U0134858

實用現代漢語語法

Modern
Chinese Grammar

for
Teachers of Chinese
as a Second Language
&
Advanced Learners of Chinese

劉月華　潘文娛　故韡　原著
繁體字版　鄧守信策劃

師大書苑有限公司發行

目 錄

台灣繁體字版

前言

　　《實用現代漢語語法》自一九八三年出版以來，為國內外漢語教師所採用。就我們所知，它已譯成日文和韓文。現在又將在台灣出版，這意味著它將擁有更多的讀者，這是一件值得高興的事。

　　此次出版，除了更換部分例句外，在內容與文字上我們都未做任何修改。

　　在本書即將出版的時候，我們要特別感謝鄧守信教授。鄧先生一直用這本書作教材。早在一九八五年，他就建議將此書翻譯成英文，兩年前鄧先生又建議在台灣出版繁體字本。他不僅幫助聯繫出版社，而且做了許多聯絡、編輯方面的工作。正是他的熱心，才促使這本書這麼快地與讀者見面。

　　我們也要感謝師大書苑，感謝他們在如此短的時間裏把書印得這麼精美。

　　希望能得到專家學者和廣大讀者的批評指正。

劉月華

說明

　　本繁體字版由原作者授權，在台灣出版發行。原書由北京外語教學與研究出版社在一九八三年出版，現已絕版。原書經由北京語言學院儲誠志以掃描方式，製作成大陸碼文字檔，再由臺灣師範大學華語文教學研究所鄧守信轉換成台灣碼及繁體字，並得華語文教學研究所黃主俠、郭如玉同學協助編排完成，師大書苑出版組顏逸萍小姐校對，特此誌謝。

　　簡繁轉換過程煩瑣。時有簡體一字須轉換成繁體多字。如使用單字轉換軟體，定有差錯。而所謂智慧型轉換軟體，尚在開發雛形階段。此版基本上使用新天馬轉換，外加人工飾潤，但只對漢字而言，並未處理詞語差異，故稱為繁體字版，而非台灣版。漢字轉換定有疏忽之處，尚望讀者見諒並給予指正。

鄧守信
國立臺灣師範大學華語文教學研究所
一九九六年八月初版

呂叔湘序

　　這幾年我很看過幾本講現代漢語語法的書，得到一個印象是這些書的讀者對象不明確，不知道是為誰寫的。好像是誰都可以看看，看了都多少有點收穫，但是誰的收穫也不大。因為它既不能在理論上有所貢獻，又不能在實用上有所裨益。最近劉月華同志把她和潘文娛同志、故韡同志合編的《實用現代漢語語法》校樣拿給我看，我愉快地把它看完，覺得這是一本很有用的書，會受到它的讀者的歡迎的。

　　這本書是為漢語作為第二語言的教師和已有基礎的學生寫的。作者在前言裡說：＂本書的著眼點是實用。就是說，力求通過語法現象和語法規則的具體描寫，來指導學生學會正確地使用漢語。…凡是外國人難以理解和掌握的語法現象，本書都做了儘可能詳細的描寫；對某些容易引起混淆的語法現象還作了比較分析，指明正誤。＂她們說到做到，有不少內容是別的書上不講或一筆帶過，而這本書裡有詳細說明的。例如：單音方位詞的用途，＂這/那麼＂和＂這/那（麼）樣＂用法的異同、＂每＂和＂各＂用法的異同，數目後邊的＂上下＂和＂左右＂用法的異同，特別是用在年齡上，同一詞語作狀語和作補語的異同，等等。這些是一般語法書上忽略過去的的例子。還有別的書上也講，但是沒有這本書講得仔細的，如動詞重疊的用法和意義、十六個重要副詞的用法、＂了＂的用法、多項定語的順序、等等。

　　這本書還有值得稱道的特點是有些提綱性的表解，如能願動詞用法表、介詞分類用法表、語氣助詞表達功能表、狀語補語比較表。還有，練習多而且切合需要。

這本書之所以能夠具備這些優點，是因為它是多年課堂教學經驗的總結。它還將繼續在課堂教學中經受考驗，並通過課堂教學改掉它裡邊未能完全避免的缺點。例如用二十頁的篇幅講"了"字的用法、"了₁"分五大項二十二小項、"了₂"分七大項二十八小項，就不免有些煩瑣，不便記憶。誠然，"了"字的用法是複雜的，但是能不能在材料的組織上想點辦法，執簡以馭繁呢，或者把一部分內容安排到練習裡去呢？此外，本書所用的語法間架似乎有點折衷諸家之間的意思，但因此也就不免有些不盡融洽之處，這也可以在教學中繼續得到改進。月華同志來取回校樣的時候，要我在前邊寫幾句話，我是樂於從命的。是為序。

　　　　　　　　　　　　　　　　　　呂叔湘　1982.6.1

作者前言

本書主要是為從事漢語作為第二語言教學的教師以及具備了一定的漢語基礎的外國學生和學者編寫的。它也可以作為國內民族院校的少數民族學生以及其他高等院校漢語和外語專業的學生學習現代漢語語法的參考書。

作為一部"實用語法",本書的著眼點是實用。就是說,力圖通過語法現象和語法規則的具體描寫,來指導學生學會正確地使用漢語。為此,我們在闡述各項語法規則時,除了指出結構上的特點以外,還特別注重語義和用法上的說明,以便使讀者了解在什麼情況下使用什麼樣的表達方式以及在使用某種表達方式時應該注意什麼樣的限制條件等。外族人學習漢語語法與本族人的難點不完全相同,因此本書的重點就是外國人學習中經常會遇到的語法難點。凡是外國人難以理解和掌握的語法現象,本書都作了儘可能詳細的描寫,對某些容易引起混淆的語法現象還作了比較分析,指明正誤。對部分語法現象的口語形式和書面語形式的區別以及風格色彩等也作了一定的介紹。這樣,本書的重點、對某些語法現象的解釋方法以及各項內容的詳略程度跟其他語法著作就不完全一樣。

本書的編寫過程是首先對搜集到的大量正面例句進行分析排比,在此基礎上確定本書的內容範圍和各項內容的編排順序。然後參照外國留學生的病句和多年的教學經驗,確定每一項內容需要講解的方面。在解釋每一種語言現象時,也注意到了儘可能吸收語言學界已有的研究成果。

本書是1978年4月開始編寫的。1979年暑假寫成初稿,1979年9月至1980年8月進行了第一次修改,1980年9月至1981年1月進行了第二次修改。1981年3月開始編寫練習並作了最後一次修改。1978年8月曾油印了句法部分的綱要(《基礎漢語課本》語法提綱),供我院教師作教學上的參考,並分送部分院校和研究機構徵求意見。

本書是採取集體討論、分頭執筆、統一修改的方式編寫的。執筆人分工如下：

劉月華：第一編；第二編中的數量詞、形容詞、動詞、助詞；第三編中的定語、狀語、補語；第四編中的"把"字句、被動句、存現句、非主謂句；第五編中的複句。

潘文娛：第二編中的名詞、代詞、副詞、介詞、連詞、象聲詞、嘆詞；第三編中的主語、謂語、賓語、複指和插說；第四編中的主謂句、"是"字句、"有"字句、連動句、兼語句；第五編中的緊縮句。

故韡：第四編的"是…的"句、疑問句和反問句、比較的方式。

趙靜貞同志曾參加編寫了狀語、複指和插說、連動句、兼語句、比較的方式、存現句、複句等章節的初稿。後因工作調動，未能繼續參加本書的編寫和修改工作。

針對外國人學習漢語的特點編寫一部系統的語法書，對我們來說還是第一次。由於我們缺少編寫經驗，加上對某些語法現象的研究還很不深入，對他人的研究成果學習得也很不夠，所以本書遺留的問題仍然很多，缺點甚至錯誤更是在所難免。這次出版的目的之一，就是希望得到國內外廣大讀者的批評指正，以便將來進一步修改提高。

在編寫本書的過程中，我們得到了院內外很多同志的大力支持和熱情幫助。有的同志提供了部分例句，有些同志提出過很好的意見和建議。呂必松同志自始至終關心本書的編寫工作並看了部分書稿，提出了寶貴意見。特別是呂叔湘先生在百忙中審閱全書、提出修改意見並寫了序言，周祖謨先生為本書題了書名。在此我們一併向他們表示衷心的感謝。

劉月華、潘文娛、故韡
於北京語言學院

第一篇　　現代漢語語法概述

　　本篇介紹本書的語法體系、所使用的語法術語，並簡述第二---四篇未能涉及的有關漢語語法的一些問題。

第一節　語法單位

　　語法單位包括語素、詞、短語、句子。

一、語素

　　語素是最小的音義結合體，也是最小的語法單位，例如“人”、“民”、“作”、“用”、“桌”、“葡萄”、“玻璃”等等都是語素，因為它們都有意義，而且不能分割成更小的有意義的單位。“人”、“民”等單音節語素自然不能進行分割，像“葡萄”、“玻璃”等雙音節語素，如分割成“葡”、“萄”、“玻”、“璃”、將不包含任何意義，因而也就不成其為語素。

　　在漢語裏，絕大多數語素是單音節的，少數是雙音節的，三、四個音節的語素很少。由於漢字是音節文字，一個單音節語素在書面上就用一個漢字來書寫，所以絕大多數漢字都與語素對應。但有的漢字不與語素對應，如“瑪”、“瑙”、“嘮”、“叨”、“葡”、“萄”等，因為它們不能表示什麼意義。還有的漢字與幾個語素對應（在不同的詞裏表示不同的意義），如“把”～“一把尺子”、“把守”、“把門開開”、“個把月”（上述“把”音（bǎ）、“把（bà）兒”：“生”～“生長”、“一生”、“生爐子”、“生病”、“生瓜”、“生疼”、“學生”等等。漢字和語素的關係是比較複雜的。

二、詞

　　詞是最小的能獨立運用的有意義的語言單位。所謂能獨立運用，是指能單說或能單獨（不必與另一些特定的語言成分結合）進入句子。例如“工人”是一個詞，因為：第一，它有意義，第二，可以單說、單獨回答問題：
　　① 問：他哥哥是幹什麼的？

答：工人。

第三，它是最小的能獨立運用的語言單位，如進一步分割成"工"、"人"，不僅意義上不完全相同，而且當"工"作名詞用時，一般也不能單說。又如"的"也是一個詞，第一，它表示一定的語法意義，第二，可以單獨進入句子，而不必與某一個或某些特定的語言成分結合在一起，如：

② 我的家在北京。

③ 明明是一個可愛的孩子。

第三，"的"自然是最小的有意義的單位。而"人民"中的"民"就不是一個詞，因為它不能單獨進入句子，必須與"人"、"公"、"居"等等語素組合成"人民"、"公民"、"居民"等，才能進入句子。

三、短語

詞與詞按一定的規則組合起來表達一定的意義，就成為短語。短語是造句的單位。例如"他的學生大部分是非洲人"中的"他的學生"、"大部分"、"非洲人"等都是短語。

語素一般是比詞小的單位。短語是比詞大的語言單位。由於漢語的詞大多缺乏明顯的形態標誌，又由於書面語中保留了相當數量的古漢語成分，所以一個語言單位究竟是語素還是詞，是詞還是短語，有時難於確定。這個問題無論在理論上還是在實踐上都是很複雜的。但這種劃分上的困難並不會對漢語的實際運用造成多大影響，因此，本書本著實用的原則，不準備對此詳加討論。

四、句子

句子是能表達完整的意思、前後有較大停頓的、有一定語調的語言單位。句子是語言運用的最小單位，我們說話一般至少要說一個句子。以下各例都是句子：

① 你去不去？

② 去。

③ 小心！

④ 每想到這些，我渾身就充滿了前進的力量。

第二節　詞的分類

我們劃分漢語詞類的標準主要是根據詞的語法功能，兼顧其詞彙意義。

根據語法功能，首先把詞分為實詞與虛詞兩大類。實詞能充任句子成分，一般具有實在的詞彙意義。實詞下又可以分名詞（包括時間詞、處所詞）、動詞、形容詞、數詞、量詞、代詞、副詞七類。虛詞一般不能單獨充任句子成分，主要表達各種語法意義或語氣、感情。虛詞下又分介詞、連詞、助詞、象聲詞四類。此外還有嘆詞。例如：

實詞　（91.4.25）

core 詞類

1. 名詞：桌子　國家　科學　明天　外丸 裏邊（不能否定, 不能"很"）
2. 動詞：走　懂　喜歡　是　醒　可以　應該
3. 形容詞：紅　大　胖　對　男　高興　自由
4. 數詞：一　三　十　百　千　萬　億
5. 量詞：個　件　斤　雙　副　次　遍
6. 代詞：我　你們　每　這　那　怎麼樣

虛詞

7. 副詞：很　又　都　永遠　漸漸　親自
8. 介詞：在　從　自　向　由　於　給
9. 連詞：和　與　因為　雖然　因此　即使
10. 助詞：結構助詞：的　地　得　等　所
　　　　　 動態助詞：了　著　過　來著
　　　　　 語氣助詞：啊　呢　吧　的　了　嗎

边缘 詞類　11. 象聲詞：砰　咚咚　轟　劈里叭啦　嘩嘩（約定俗成）　miao-miao
exaggerate
no meaning, not often used　12. 嘆詞：唉　哼

　　　　名詞、代詞、數量詞是"體詞"，動詞、形容詞是"謂詞"。

在漢語中，有些詞具有不同的語法功能。如"鎖"既具有名詞的語法功能，又具有動詞的語法功能，"鎖"就兼名詞、動詞兩類。"端正"既具有形容詞的語法功能，又具有動詞的語法功能，"端正"兼屬形容詞、動詞兩類。詞的兼類現象較多，是漢語語法的特點之一。

第三節　句法結構關係和短語的類型

一、句法結構關係與句法結構關係的類型

詞與詞可以按照一定的規則構成短語，如"紅花"。詞與短語又可以按照一定的規則構成一個更大的短語，如"我的紅花"。在短語中詞與詞（或短語）之間是存在著一定的結構關係的，如"紅"修飾"花"，這種關係叫句法結構關係。漢語有以下幾種句法結構關係：

（一）聯合關係：組合中的各個項（詞、短語等）地位是平等的。

工人和農民	張村的學校和李村的學校
愉快而幸福	語文老師和體育老師
偉大、光榮、正確	新工人和老工人
又團結又鬥爭	紅的和綠的

（二）偏正關係：組合中的前一項修飾（限制或描寫）後一項，後一項叫中心語，前一項叫修飾語。

偉大的祖國	勇敢地鬥爭
妹妹的書	極困難地工作著
一件衣服	很多
很大的房子	不成熟

（三）動賓關係：組合中的前一項表示動作行為或判斷等等，後一項表示動作行為、判斷等所涉及的事物。

開汽車	進教室
學漢語	去上海
是學生	曬太陽
當老師	挖坑

（四）補充關係：組合中的前一項表示動作行為或性質狀態，後一項對前一項進行補充說明，前一項叫中心語，後一項叫補語。

走進去	氣得說不出話來
聽清楚	去一下

看得見	住幾天
乾淨得很	走向光明

（五）主謂關係：組合中的前一項表示陳述的對象，後一項是對前一項的陳述 或說明，前一項叫主語，後一項叫謂語。

小張是工人	國旗飄揚
你看	房子大
頭疼	他上海人
學習好	小王看畫報

掌握這幾種結構關係很重要。因為在漢語裏，不僅詞組或短語採用這五種方式，而且詞或短語組成句子以至語素構成複合詞都採用這五種方式。牢記並正確理解這五種結構關係，對分析、掌握漢語的詞語，分析理解漢語的句子，都是關鍵。可以說，它是分析漢語語法結構的一把鑰匙。

二、短語的類型

短語是詞與詞的組合。如"很大"、"我的書"、"吃蘋果"、"看清楚"、"老師和學生"等等。一個短語還可以和一個或幾個詞構成一個更複雜的短語。如："很有意義的工作"、"寫完作業的學生"等。短語可分為三大類：（一）實詞與實詞構成的短語；（二）實詞與虛詞構成的短語；（三）固定短語。

（一）實詞與實詞構成的短語。

實詞與實詞構成的短語，也叫詞組。這種短語如果有中心語，造句時，其功能總與短語的中心語一致。比如"紅花"與"花"（名詞）的功能一致，"高喊"與"喊"（動詞）的功能一致。因此，我們把以某類詞為中心語構成的短語就叫做某類詞的短語。在漢語語法分析中，短語是很有用的造句單位。

1. 名詞短語

我們班	可愛的祖國
他的父親	一本書
長頭髮	這三種因素
乾淨的教室	辯證的觀點

2. 動詞短語

認真地學習	寫漢字
唱得很好	喜歡看電影
去買書	請他來
寫完	看得懂

3. 形容詞短語

很大	非常高興
急得不得了	高興得跳了起來

4. 主謂短語

我去	頭疼
學習努力	個子高

（二）實詞與虛詞構成的短語。

1. 介詞短語

在學校裏（學習）	給他寫信
從東邊（來）	向前（走）
跟他（談話）	為他（高興）

2. "的"字短語（後無名詞）

紅的	中文的
賣菜的	寫字用的

　　"的"字短語是名詞性的。如"藍的"指"藍顏色的東西"，如"衣服"、"紙"等。"鐵的"指"用鐵製成的物品"，如"箱子"、"盒子"等等。"賣菜的"指"賣菜的人"。"寫字用的"指寫字用的文具、家具等，如"紙"、"筆"、"桌子"等等。

（三）固定短語。

　　固定短語主要是由實詞（有時包含虛詞）構成的固定的組合。固定短語在形式上具有固定性，構成固定短語的詞以及詞序一般都不能變換，在意義上具有熟語性，往往不能簡單地根據所包含的詞的意義作字面上的理解，而要作為一個整體來理解，有時用比喻意義。如"頭面人物"指"社會上有較大勢力和聲望的人物"（多含貶義）；"山窮水盡"比喻"陷入絕境"；"一不作，二不休"意思是"事情已經開始了，就索性幹到底"；"一棍子打死"意思是"全盤否定"，等等。固定短語包括一般語法著作中所說的固定詞組、成語、習慣用語等。

固定短語多為四字形式。四字形式的固定短語通常叫"四字格"。四字格的構成方式是多種多樣的，僅舉幾種主要類型：

主要由名詞構成的：

千山萬水	山珍海味	行雲流水	千方百計	（偏正+偏正）
井底之蛙	下里巴人			（偏正）
子虛烏有				（並列）

主要由動詞構成的：

有條有理	指手劃腳	發號施令	避重就輕	（動賓+動賓）
深思熟慮	不屈不撓	左顧右盼	一曝十寒	（偏正+偏正）
井井有條	歷歷可數	巧立名目	對牛彈琴	（偏正--狀+動賓）

主要由形容詞構成的：

光明磊落	光怪陸離	華而不實	（並列）
洋洋得意			（偏正）
輕於鴻毛			（補充）

由主謂短語構成的：

心直口快	天長地久	天怒人怨	頭破血流	（主謂+主謂）
天衣無縫	毛遂自薦	江郎才盡	愚公移山	（主謂）

固定短語在句子中是作為一個整體出現的，其語法功能並不完全與其中心語一致。如"大刀闊斧"，其中心語為名詞"刀"與"斧"，"刀"、"斧"不能作狀語，但"大刀闊斧"可以作狀語。如"他大刀闊斧地工作起來。"從語法功能來看，一個固定短語總是接近於某一類詞，但又不一定具有該類詞的全部語法功能。例如，有些固定短語功能接近動詞，是敘述性的，主要作謂語，如"求全責備"、"棄暗投明"、"聲東擊西"。有些接近形容詞，是描寫性的，如"好大喜功"、"年富力強"、"光明磊落"可以作謂語、定語，"同甘共苦"、"同舟共濟"、"有條不紊"可以作謂語、狀語，"目瞪口呆"、"龍飛鳳舞"、"頭破血流"可作謂語、補語，"千方百計"、"依依不捨"主要作狀語。有些接近名詞，主要作主賓語，如"豐功偉績"、"陽春白雪"、"害群之馬"等等。

固定短語數量很多，活動能力很強，是漢語詞彙中的活躍因素。多掌握一些短語，對提高漢語水平是很有幫助的。

第四節　漢語的構詞法

漢語的詞從構造上看可分為兩類：單純詞和合成詞。單純詞是由一個語素構成的，從語音形式上說，以單音節的為多。單純詞也有雙音節的，如兩個音節完全相同的："奶奶"、"蛐蛐"、"寶寶"、"紛紛"等；兩個音節的聲母或韻母相同的："輾轉"、"參差"、"伶俐"、"連綿"、"逍遙"、"徬徨"等；兩個音節完全不同的："玻璃"、"葡萄"、"琥珀"、"咖啡"等。還有三個音節以上的（多為外來詞），如"奧林匹克"、"開司米"等。

合成詞是由兩個或兩個以上的語素構成的。構詞法就是研究合成詞構成的方法。漢語的合成詞是用以下兩種方法構成的：

一、附加法

具有詞彙意義的語素叫詞根語素。不具有實在的詞彙意義而只用來構詞的語素叫附加語素，也叫詞綴。由詞根語素加上附加語素構成的方法叫附加法。用附加法構成的詞叫派生詞。

在漢語中詞綴的數目不多。常用的前綴（加在詞根語素前）有"阿"、"老"、"第"、"初"、"小"等；後綴有"子"、"兒"、"頭"、"者"、"巴"、"然"、"性"、"化"等。下列詞為派生詞：

加前綴的：　阿姨　老師　老虎　初一　第五　小孩
加後綴的：　刀子　瘦子　花兒　蓋兒　木頭　苦頭　作者　讀者
　　　　　　彈性　綠化　積極性　現代化

二、複合法

由兩個或兩個以上的詞根語素構成詞的方法叫複合法。用複合法構成的詞叫複合詞。構成複合詞的語素與語素之間存在以下幾種結構方式：

（一）聯合式：	道路	人民	國家	聲音	群眾	友誼
	團結	清潔	優秀	幫助	學習	始終
（二）偏正式：	學校	家長	工人	電車	京劇	雪白
	筆直	滾熱	移植	鉛筆	筆談	詞組
（三）動賓式：	主席	命令	司儀	司令	理事	頂針
	動員	幹事	司機	鼓掌	革命	出席
（四）補充式：	擴大	埋沒	提高	推翻	壓縮	摧毀
	說明	發動	延長	改進	立正	推動
（五）主謂式：	年輕	心疼	地震	月蝕	霜降	夏至
	民主	自決	花紅	月亮	膽小	性急

此外還有用減縮法構成的簡稱：

北京大學 → 北大　　　　　　　政治協商會議 → 政協
掃除文盲 → 掃盲　　　　　　　聯合國安全理事會 → 安理會
奧林匹克運動會 → 奧運會　　　教員、職員 → 教職員
工業、農業 → 工農業

用數字概括幾種包含共同語素的"縮語"：

身體好、學習好、工作好 → 三好
工業現代化、農業現代化、國防現代化、科學技術現代化 → 四化

　　這裏所談的是現代漢語的基本構詞法。關於構成形容詞生動化用法的方式，如"黑咕隆咚"、"甜絲絲"，關於動詞、形容詞、量詞的重疊用法等等，不單純屬於構詞法問題，將在第四章與第五章中加以敘述。

第五節　句子的分類

　　句子可以從不同的角度、按不同的標準，進行分類：

一、按表達功能分：陳述句、疑問句、祈使句、感嘆句

（一）陳述句：敘述事情或對事物加以說明、描寫。如：

    ① 小張的哥哥從上海回來了。

    ② 今天很涼快。

    ③ 弟弟學習很努力。

（二）疑問句：提出問題。如

    ① 你去上海嗎？

    ② 他是不是你們班的阿里？

    ③ 今天星期幾？

（三）祈使句：表示請求、命令、勸阻或禁止。如：

    ① 請你給我一個明確答覆。

    ② 別吵了！

    ③ 場內禁止吸煙！

（四）感嘆句：表達某種激動的感情。如：

    ① 我們的祖國多麼偉大啊！

    ② 這本書太好了！

    ③ 讓我們為實現四個現代化貢獻力量！

二、按結構分：主謂句與非主謂句

（一）**主謂句**：主謂句是由主語和謂語兩部分構成的句子。主謂句也叫雙部句。例如：

    ① 阿里在北京語言學院學習漢語。

    ② 中國人民是勤勞勇敢的。

主謂句的主語或謂語在一定的語言環境中可以省略：

    ③ 小劉不在學校，（∅）去上海了。

    ④（問）：誰找他？ （答）：小張（∅）。

（二）**非主謂句**：不是由主語和謂語兩部分構成的句子叫非主謂句，也叫單部句。非主謂句並不是省略了主語或謂語，也補不出確定的主謂或謂語。所以非主謂句是完整的句子，不是省略句。非主謂句又分兩種：

1．無主句：沒有主語的句子。如：

① 下雨了。

② 小心火車！

2・獨詞句：由一個詞或一個偏正關係的短語構成的句子，叫獨詞句。例如：

① 注意！

② 多美的花呀！

三、按謂語的性質分

即按謂語是哪類詞來分，可分為動詞謂語句、形容詞謂語句、主謂謂語句、名詞謂語句。

（一）動詞謂語句：謂語為動詞。如：

① 小馬在工廠工作。

② 阿里是二年級的學生。

③ 我有一本新畫報。

④ 你把這本書還給他。

⑤ 我下午去北京站接朋友。

⑥ 你請老張來一下。

（二）形容詞謂語句：謂語為形容詞。如：

① 今天很熱。

② 蘋果快熟了。

③ 他急得滿頭大汗。

（三）主謂謂語句：謂語由主謂短語充任。如：

① 他學習很努力。

② 這個問題我沒有意見。

③ 山上紅旗飄揚。

（四）名詞謂語句：謂語由名詞或名詞短語充任。如：

① 今天星期一。

② 他高個子，大眼睛。

③ 阿里伊拉克人。

④ 小劉二十多歲。

四、單句和複句

　　這也是一種按句子結構劃分的類，是更高一層的結構分類。單句只包含一個主謂短語（或謂語），前面三種句子分類中列舉的都是單句。複句是由兩個或兩個以上在意義上有關係的單句組成的。組成複句的各個單句是這個複句的分句，分句與分句之間有一定的語音停頓。例如：

　　①　如果明天不下雨，我們就去長城。

　　②　這個電影我看過，今天晚上不去看了。

　　③　你不去，我也不去。

複句的各個分句彼此分離，互不包容（即一個分句不是另一個分句的組成成分）。"我期望著，這一天早日到來。"這個句子不是複句，而是單句，其中，"這一天早日到來"是"期望著"的賓語。

第六節　句子成分和句子的結構分析

一、句子成分

　　一個句子一般不止包含一個詞。這些詞彼此之間的關係不同。有的詞彼此直接發生關係，有的詞與其他詞組成短語以後才與其他詞發生關係。例如"小組討論整整進行了一天"這個句子，"小組"與"進行"不直接發生關係，"整整"與"討論"也不直接發生關係，"小組"與"討論"直接發生關係，構成一個偏正關係的動詞短語，"整整"與"進行了一天"直接發生關係，組成一個偏正關係的動詞短語，"小組討論"與"整整進行了一天"這兩個短語直接發生關係，構成了一個主謂句。在句子中，各個詞或短語的作用也是不同的。例如上邊這個句子，"小組討論"是句子陳述的對象，其中"小組"修飾"討論"，"整整進行了一天"是對"小組討論"的陳述，其中"整整"又修飾"進行了一天"，"一天"補充說明"進行"的時間。這樣，我們可以按照組成句子的詞或短語的關係以及地位、作用的不同，把句子分成幾個部分。如上面這個句子，首先可以分成"小組討論"與"整整進行了一天"兩部分，即主語部分與謂語部分，然後再逐層分析出"小組"、"討論"以及"整整"、"進行了"和"一天"等五個部分。這樣劃分出來的句子的各個部分，就叫句子成分。句子成分按地位、作用分成六種：主語、謂語、賓語、狀語、補語、定語。

　　主語部分是句子陳述的對象，謂語部分是對主語部分的陳述。任何雙部句都可以分為主語部分與謂語部分。

　　在謂語部分中，起主要作用的詞或短語是謂語部分的核心，叫謂語。動詞謂語句的謂語是動詞，有時為了稱說方便，稱之為謂語動詞；形容詞謂語句的謂語是形容詞，叫謂語形容詞；名詞謂語句的謂語是名詞或名詞短語；主謂謂語句的謂語是主謂短語。

　　在動詞謂語句的謂語部分中，表示動作所涉及的對象的名詞性詞語叫賓語。例如。"我寫字"這個句子，"字"是"寫"的賓語。

　　謂語動詞與謂語形容詞後的補充說明成分是補語，補語多由謂詞性的詞語充任。數量短語也可以充任補語。如在"她唱得很好"，"這朵花紅極了"與"我去了三次"中，"很好"、"極"、"三次"是補語。

　　謂語前起修飾作用的成分叫狀語。如在"小組討論整整進行了一天"與"他很高興"中，"整整"與"很"就是狀語。狀語有時位於主語前，如："昨天我們看了一場電影。"

　　主語部分如果是一個偏正關係的名詞短語，其修飾語為定語。如"我的弟弟是學生"中"我"是定語。賓語前的修飾語也是定語。如"他是我的老師"以及"他們對我們表示熱烈的歡迎"中，"我的"與"熱烈的"都是定語。

　　漢語的這六種成分不是處於同一層次上的。主語部分是對謂語部分而言；賓語是對謂語動詞而言；補語是對謂語動詞或謂語形容詞而言；狀語有時修飾其後的整個謂語部分，有時只修飾謂語；定語是修飾主語和賓語的。

　　以動詞謂語句為例，漢語句子成分的基本順序是：

定語+主語 ‖ 狀語+謂語+補語+定語+賓語

　　定語、狀語、補語、賓語以及主語、謂語等術語，還用在另外一種意義上，即表示短語中詞與詞之間的語法關係。定語是名詞的修飾語，不管被修飾的名詞是否是句子的主語、賓語或其他。

① （小劉）北京 人（。）
　　　　　　定語　中心語

　（大家不要亂，）一個 人　一個 人　說（。）
　　　　　　　　　　定語　中心語 定語　中心語

狀語是修飾動詞或形容詞的：

② 熱烈地　　討論（進行了）　很　久（。）
　　狀語　　　中心語　　　　　狀語　中心語

③ （孩子們）很　早　（就起來了。）
　　　　　　狀語　中心語

賓語是動作所涉及的對象：

④ 學　　漢語（是比較困難的。）
　　動詞　賓語

⑤ （他急得）吃　不下 飯（。）
　　　　　　動詞　補語　賓語

介詞後的名詞也是賓語：

⑥ （他）從　　南方（來。）
　　　　　介詞　賓語

補語是補充說明動詞、形容詞的：

⑦ 考　　上　大學（是他的願望。）
　　動詞　補語　賓語

二、句子分析

在分析句子時，首先把句子成分分析出來。

第一步，先劃分出主語部分和謂語部分，在二者中間劃雙豎線“‖”，並確定所分析的句子屬於哪種謂語句：

① 我‖學習漢語。　　　　　　（動詞謂語句）

② 今天‖很熱。　　　　　　　（形容詞謂語句）

③ 北京的春天‖一般風沙很大。　（主謂謂語句）

④ 明天‖星期三。　　　　　　（名詞謂語句）

第二步，根據各種謂語句的特點，再進一步進行分析。

動詞謂語句的結構一般比較複雜。先找出主語和謂語，下邊分別劃雙橫（＝）和單橫（—），然後找出主語和謂語，劃浪線（＿＿），再找出補語、狀語，分別用< 和 >括起來，最後找出定語，用（　）括起來。例如：

⑤ （阿里的）弟弟‖<去年> <在北京語言學院>學了〔一年〕漢語。

形容詞謂語句也先找出主語和謂語，然後再分析出其他成分。
⑥ （我們班的）同學‖<今天>高興〔極〕了。

主謂謂語句也同樣分析。主謂謂語句的結構一般比較簡單，謂語部分只有狀語和謂語。如：
⑦ 哥哥‖<一直>學習很好。

名詞謂語句的結構也很簡單，如：
⑧ （我們班的）小張‖高個子、寬肩膀。

分析句子只分析到句子成分。句子成分可能只包含一個詞，也可能是一個短語，包含幾個詞。但在分析句子階段對充任句子成分的短語一律不作進一步的分析。必要時，對充任句子成分的短語也可以進行分析，但在句外進行。如例⑦與例⑧：
哥哥‖<一直>學習很好。
學習‖<很>好
（我們班的）小張‖高個子、寬肩膀。
（高）個子　　　　（寬）肩膀

在分析出句子成分之後，再說明句子成分之間的結構層次關係。如：

⑨（小李的）朋友‖<昨天>買〔到〕了（一本）（新出版的）雜誌。

主語部分		謂語部分				
定	主	狀	謂			
			謂	賓		
			謂	補	定	定	賓

⑩　小明‖　<很>　喜歡學外語。

主	謂語部分	
	謂	賓
	狀	謂

　　應當指出的是，分析句子的目的，是為了分析句子的結構，使學生通過對句子結構的分析，掌握句子的意思。因此，結構簡單的句子，一般不必進行分析。如果句子中的修飾語較複雜，找出句子的主幹（如：主語、動詞、賓語），一般來說，有助於學生很快掌握句子的格局，然後再通過進一步分析，逐步搞清補語、狀語、定語等成分與句子主幹的關係，從而理解全句的意思。在教學中，如無特殊需要，一般分析出句子成分就可以了。

第二篇　詞類

第一章　名詞

名詞表示人或事物的名稱。在漢語，名詞通常分為以下四個小類：

一、一般名詞：手　床　書架　字典　紡織機　自行車
　　　　　　　專家　工程師　售票員　學生　伯父　阿姨
二、專有名詞：中國　黃海　北京　西湖　長城
三、集體名詞：人類　人口　書本　車輛　瓷器　物資
四、抽象名詞：概念　氣氛　原則　意識　成就　水平

除上述四類名詞外，還有一些名詞表示方位、處所和時間。這三類名詞各有語法特點，詳見本章第三節。

第一節　名詞的構詞標誌

漢語裏的詞類一般沒有構詞上的標誌，但有一部分詞在構詞上有獨特的標誌，可以幫助我們辨認名詞。漢語名詞的構詞標誌有兩種：一是前綴，用在詞根語素前；一是後綴，用在詞根語素後。

一、前綴

（一）阿：阿姨、阿爹、阿爸、阿毛（以前綴 "阿" 構成的名詞在南方方言裏
　　　　用得較多。）
（二）老：老漢、老板、老婆、老張、老虎、老鷹、老鼠
（三）小：小孩兒、小鬼、小姐、小人書、小辮兒、小菜兒

二、後綴

（一）子：桌子、筷子、鏡子、裙子、笛子、皮子

　　帶"子"的名詞裏，有的必須有"子"，如：筷子、椅子、蚊子、帳子等。去掉"子"只是語素，不能單獨成詞。但是如果和其他詞或語素連用，可以不用"子"，如：桌椅板凳、消滅蚊蠅、碗筷要勤煮等。有些名詞的後綴"子"是可用可不用的，如可以說"刀"，也可以說"刀子"，可以說"尺"，也可以說"尺子"，應當記住哪些詞一定要用"子"，哪些詞可以不用。

　　有些動詞（多為表示動作的單音節動詞）加"子"後可構成名詞，如構成表示工具的名稱的詞：刷子、剪子、夾子、噴子、鏟子、漏子、板子、梳子、推子、塞子、墊子、蓋子、滾子。

　　有些形容詞加上"子"後也可構成名詞，如：胖子、瞎子、聾子、呆子、傻子、瘸子。

　　需要注意的是，後綴"子"總是要輕讀的。有些名詞裏的"子"要重讀，是詞根語素，不是後綴，如：魚子、電子、質子、孔子等。

（二）兒：冰棍兒、針鼻兒、胖墩兒、耳朵眼兒、門臉兒、墨水兒、項鏈兒、
　　　　　杏仁兒、花兒

　　這類名詞有的一定要用"兒"，如：冰棍兒、針鼻兒、胖墩兒、耳朵眼兒等都不能說成：冰棍、針鼻、胖墩、耳朵眼。這樣的詞數目不多，大多數的詞可以去掉"兒"，如：項鏈、杏仁、花等。名詞加"兒"在北方話裏，尤其是北京話裏用得較多。

　　有些動詞或形容詞加"兒"後可構成名詞。如：畫兒、響兒、蓋兒、塞兒、捻兒、扣兒、亮兒、空兒、熱鬧兒，這類"兒"是不能去掉的。

　　有些語素可以加"子"，也可以加"兒"。同一語素加"子"或加"兒"在表達上有一定區別。加"子"時往往指較大的事物，或帶有厭惡的感情色彩；加"兒"一般表示所指的事物小巧，或表示喜愛的感情色彩。試比較：棍兒、棍子；管兒、管子，老頭兒、老頭子，小貓兒、小貓子等等。

（三）頭：木頭、石頭、磚頭、骨頭、饅頭、罐頭、老王頭

　　某些動詞或者形容詞加"頭"後也可構成名詞，"頭"讀輕聲。如：說頭、想

頭、念頭、吃頭、盼頭、去頭、苦頭、甜頭。這些名詞都表示抽象的事物。

(四) 者：讀者、作者、記者、編者、筆者、領導者、參加者、演唱者、受害
者、被統治者、無神論者、旁觀者、強者、弱者、老者、前者、後
者、文藝工作者、愛國主義者

　　帶 "者" 的名詞多是由動詞（短語）、形容詞（短語）或主謂短語加 "者" 構
成的，其中有的已成為名詞，如：讀者、編者、記者、筆者、作者，有些則是短語
或者是臨時的組合。在現代漢語裡，"者" 多指人，"…者" 是指從事某一工作、
具有某一屬性或持有這種信仰的人。

　　除上述典型的名詞後綴外，還有一些用於名詞的類後綴，它們還沒有完全轉變
為後綴，有時還用作詞。例如 "有志之士"，"革命隊伍中的一員" 等等而這些類後
綴對於我們判別某一詞是否是名詞是有用的。常見的類後綴有：

(一) 員、長、士
員：教員、學員、採購員、理髮員、列車員、打字員、演員、運動員、
會員、警衛員、衛生員

　　由類後綴 "員" 構成的名詞多是由動詞（短語）或者名詞加 "員" 而成的。
"員" 本有 "成員" 的意思，"…員" 有時指某一組織或集體的成員，有時指某一
組織中從事某一方面的工作的人。

長：船長、列車長、護士長、班長、隊長、校長、站長、教務長
士：戰士、護士、博士、女士、騎士、人士、烈士

(二) 家、師、生

家：作家、畫家、歌唱家、書法家、發明家、探險家、科學家、語言學
家、藝術家　（類後綴 "家" 含有 "專家" 的意思。"…家" 指專門從事
某一方面工作的人。）
師：導師、設計師、醫師、廚師、律師、魔術師、工程師、講師、藥劑
師、琴師
生：留學生、研究生、進修生、實習生

（三）工、匠、手

工：木工、電工、鉗工、瓦工

匠：花匠、鐵匠、石匠、油漆匠、皮匠、木匠

手：舵手、水手、打手、拖拉機手、兇手、對手、老手、新手、
多面手

（四）主義、學、論

主義：社會主義、資本主義、改良主義、現實主義、浪漫主義、
個人主義、集體主義

學：哲學、數學、文學、社會學、天文學、人類學

論：無神論、進化論、唯物論、相對論、人性論

（五）機、器、儀

機：錄音機、發電機、打字機、起重機、收音機

器：量角器、掃描器、計時器、示波器、變壓器

儀：水平儀、地球儀、經緯儀、繪圖儀、投影儀

（六）型、形、式

型：微型、流線型、輕便型

形：扇形、球形、工字形、矩形

式：中式、盒式、青年式、噴氣式、新式、老式

（七）度、性、則

度：濕度、高度、強度、密度、濃度、坡度、溶解度

性：現實性、積極性、黨性、彈性、伸縮性、紀律性、特殊性、
可能性、代表性、感性、理性、急性、長期性

則：法則、準則、細則、總則、規則、原則、守則

（八）廠、場、站

廠：煉鋼廠、紡織廠、發電廠

場：操場、劇場、跑馬場、滑冰場、市場、停車場

站：服務站、收購站、煤氣站

（九）法：

1・法（指"法律"）：婚姻法、勞資法、刑事訴訟法
2・法（指"方法"）：速成法、合成法、體育療法、構詞法、
　　圖解法、用法、染法、寫法、製法
3・法（指"見解"）：說法、想法、看法

上述幾個類後綴大多數是由具有實在意義的詞逐漸虛化而成的。有的幾乎失去了原來的意義，如"手"，有的還虛化得不徹底，在與其他語素結合成名詞時還隱含著一些原義，但已不能獨立使用了，如："師"、"匠"等，個別的甚至還能單獨成詞，如"主義"。

漢語裏構成名詞的前綴、後綴或類後綴，有的與其他語素結合的能力較強，運用起來比較靈活，如"者"、"性"等，有的則不能隨意用來與其他語素組成新詞。如我們可以說"鋼琴家"，但不能說"提琴家"，可以說"教員"，但不能把"醫生"改說成"醫員"。因此只能留意去記，而不要隨意創造。

第二節　名詞的語法特徵

一、名詞可以受數量詞的修飾。在漢語裏要表示人或事物的數量時一般不能把數詞直接用在名詞前，在數詞和名詞之間要用一個量詞，如"三本書"、"一個學生"，而不能說"三書"、"一學生"。名詞也不能單獨受量詞的修飾，不能說"本書"、"個學生"。但有時在成語或科技著作中，有數詞和名詞、一圓柱體、四發動機飛機、八管半導體收音機等。另外還有些是古漢語延續下來的用法，如：一草一木、一針一線、一夫一妻等。

二、名詞可以受代詞、形容詞、動詞、各種短語的修飾或受另一個名詞的修飾。例如：

受代詞的修飾：你媽媽、他的書、別人的東西、這樣的事情
受形容詞的修飾：紅磚、袖珍字典、老實人、燦爛的陽光
受動詞的修飾：生產計劃、奮鬥目標、比賽項目、出版日期
受各種短語的修飾：作實驗的步驟、起得早的同學、我說的話
受另一名詞的修飾：語法書、布鞋、體育老師、玻璃盃、電話號碼、花的
　顏色、書的封面

　　三、名詞一般不能受副詞的修飾。這是名詞區別於其他詞類的重要特徵。在漢語裏，不能說"不人"、"不時間"、"很桌子"、"都書"等等。但名詞在句中作謂語時，可以受副詞的修飾（見第六章副詞）。

　　名詞作主語時前面可用表範圍的副詞"就"，如："就小明一個人在家"，但不能說"我買了就蘋果，沒有買梨"。

　　四、漢語的名詞沒有"數"的語法範疇，不論單數、複數，形式上是一樣的，如：一張桌子、五張桌子，一個學生、十個學生，這本書、那些書。"桌子"、"學生"和"書"在形式上沒有變化。

　　但是，在指人的名詞後面可以加詞尾"們"，表示多數，如：同學們、朋友們、同志們、伙伴們、孩子們、姐妹們等等。但用"們"是有條件的。如果在表示人的名詞的前面有數量詞或在句中有其他表示多數的詞語時，就不能再用"們"。比如：我們不能說"我們班有九個學生們"，也不能說"參加這次運動會的學生們很多"。在這兩個句子，因為有了"九個"，"很多"表示多數的詞語，所以都不需要再用"們"了。

第三節　名詞的語法功能

　　名詞最主要的語法功能是在句中作主語、賓語（包括介詞的賓語），其次是作定語，有時名詞還能作謂語。一般名詞很少作狀語，但時間詞或處所詞可以作狀語。

一、作主語或賓語
　　① 北京是中華人民共和國的首都。
　　② 春天到了，天氣暖和了。
　　③ 昨天我們訪問了一位老畫家。
　　④ 方先生，您對美學很有研究啊！

二、作定語
　　⑤ 滔滔湘江，映著金色的朝霞，格外燦爛。
　　⑥ 星期六，我們常常去工人俱樂部過週末。
　　⑦ 白色梨花開滿枝頭，多麼美麗的一片梨樹林啊！

⑧ 電話鈴響了，屋裏的人們立刻安靜了下來。

⑨ 他們每天都到王大爺家來看他，幫助他做飯、洗衣服。

⑩ 我們檢查員的職責不應該是光檢查產品質量……。

三、作謂語

　　名詞作謂語是有條件的，不是任何一個名詞都可以充當謂語。單個名詞充當謂語的情況不多，多是以名詞為中心的名詞短語，用來表示籍貫、日期、天氣等，如："昨天星期日"、"現在九點鐘"、"他黃頭髮，藍眼睛"（詳見第四篇第一章第四節）。

四、作狀語

① 實現祖國四個現代化的任務歷史地落在我們這一代人的肩上。

② 他站在那裏，深情地望著我，沒有說一句話。

一般名詞很少單獨作狀語，但數量詞加名詞構成的名詞短語可以作狀語。例如：

③ 你老人家一個人走路，我不放心。

④ 這本小說太有意思了，他一口氣看了一大半。

⑤ 他幾句話就把弟弟說服了。

第四節　方位詞、時間詞、處所詞

　　在名詞中，表示方位、時間、處所的詞語，語法功能與一般名詞不完全相同，因此要專門加以討論。

一、方位詞

　　方位詞是指表示方向和相對位置的名稱的詞。方位詞按其構成特性可分為兩種：單純方位詞和合成方位詞。

（一）單純方位詞。

　　單純方位詞是最基本的方位詞，都是單音節的。它們是：東、南、西、北、上、下、左、右、裏、外、內、中、間、旁。下面介紹幾種單純方位詞的用法：

1、在現代漢語裡，單純方位詞較少單獨使用，一般只在下列幾種情況下可以單獨用。

（1）在成語或類似成語的固定短語裏，其中大部分是成對的方位詞同時使用，前後呼應。例如：

前仆後繼　前思後想　前因後果　空前絕後　瞻前顧後　懲前毖後
前功盡棄　前車之鑒　史無前例　後起之秀　前怕狼後怕虎
東張西望　東鱗西爪　東拼西湊　東拉西扯
南腔北調　南征北戰　南來北往　天南地北　南轅北轍
欺上瞞下　上竄下跳　上推下卸　承上啟下　上有老下有小
左顧右盼　左鄰右舍　左思右想　　　左右逢源　左右開弓
裏應外合　外強中乾

（2）在書面語裏。
　　① 非本單位工作人員請勿入內。
　　② 成昆鐵路，北起四川成都，南至雲南昆明。
　　③ 萬里長城西起甘肅嘉峪關，東至山海關。

（3）作動詞或介詞“朝”、“向”、“往”、“在”、“從”、“對”等的賓語。
　　① 汽車在大雨中不停地往前跑，我們很快就到達了目的地。
　　② 為了牽制敵人，我們的部隊第二天就向外轉移了。
　　③ 咱們應該永遠朝前看。
　　④ 到了胡同口我往東，他往西，我們就分手了。
　　⑤ 新蓋的這幾座單元樓都是坐北朝南的。

　　有時修飾動詞作狀語，
　　⑥ 一九四五年秋，我和爸爸媽媽隨軍南下了。
　　⑦ 他們東打聽西打聽，最後終於找到了那個旅館。
　　⑧ 為我們的事，您左跑一趟、右跑一趟，我們感到很不安。

2．單純方位詞往往成對連用，其中有些已形成為一個詞。

（1）成對的方位詞“上下”、“前後”、“左右”、“內外”等常用在數量詞或表示時間、空間的詞語後面，表示對數量、時間或方位、範圍等的粗略估計或描述。例如：

　　四十歲上下　　六千公尺上下　大河上下
　　兩點鐘前後　　國慶節前後　　事情發生的前後
　　三點鐘左右　　二十歲左右　　一百人左右
　　長城內外　　　場院內外

（2）有些成對的方位詞連用時表示抽象的方位與範圍。
　　左右搖擺　　前後矛盾　　前後照應　　　上下通氣
　　舉國上下　　內外有別　　轉戰南北

（3）有的成對方位詞與"一"連用，在句中修飾動詞，表示行為動作進行的方式。
　　一前一後地走　　一上一下地晃動　　　一左一右地搖擺

（4）有的成對的單純方位詞可以重疊使用，表示遍及全部。例如：
　　① 敵人闖進他的家裏，上上下下，裏裏外外翻了個夠，可是他們
　　　連一粒糧食也沒有找到。
　　② 虎子對田大叔家裏裏外外都非常熟悉。
　　③ 吃過午飯，張楠坐在那裏，把剛剛發生的事前前後後又想了一
　　　遍。

3．有的單純方位詞可以直接附著在名詞或名詞短語上，構成一個表示時間或處所的
短語。它的附著方式又可分為用在名詞或名詞短語之前和之後兩種。附在名詞前時，
它們之間有時可加一"個"字。例如：

　　用於名詞或名詞短語前：
　　　上（個）星期　上半年　下下（個）星期　下一個季度
　　　西半球　前半生　東郊　南城　北緯　旁門

　　用於名詞或名詞短語後：
　　　三天前　十年後　三個月內　期中
　　　地上　報上　床下　窗前　抽屜裏　門外　路旁

　　（用於名詞後的方位詞"上"，"裏"要讀輕聲）

　　應注意，當普通名詞表處所時，後面往往要加上方位詞。如：
　　① 屋裡在開會。　　　　　　　＊屋子在開會

② 他把書放在桌子上了。　　　　*他把書放在桌子了。

③ 姑娘們愉快地從山上走下來。　*姑娘們愉快地從山走下來。

但在國名、地名之後，不能再用方位詞"裏"：

④ 他在法國學習。　　　*他在法國裏學習。

⑤ 小王在天津工作。　　*小王在天津裏工作。

在單純方位詞中，"裏"、"前"、"後"、"上"、"下"等與名詞的結合能力最強。"裏"和"上"只要意思上能講得通就可以加在名詞的後面。其他的單純方位詞如"旁"、"左"、"右"等等的結合能力比較弱。單純方位詞與名詞結合時，無論在前或在後，在它們之間都不用"的"，如前門、門前、裏屋、屋裏。

4．有些單純方位詞還可以附在非名詞性的詞語之前或之後。

"前"、"後"可附在動詞、動詞短語、主謂短語的後面，表示時間。例如：

畢業前　結婚後　做試驗前　　　死後　我走後　天亮前

"上"、"下"、"前"、"後"用在動量詞前，可表示時間。如：

上次　下次　前兩次　下一步　上一回　後兩趟

（二）合成方位詞。

單純方位詞前邊加上"以"或"之"或者後邊加上"邊"、"面"、"頭"就構成合成方位詞，表示方位、處所或時間。"邊"、"面"、"頭"要讀輕聲。不同的方位詞與"以"、"邊"等組合的情況不完全相同。列表如下（用"✓"表示能組合，"✗"表示不能組合）：

		東	南	西	北	上	下	前	後	左	右	裏	外	內	中	間	旁
前加	以	✓	✓	✓	✓	✓	✓	✓	✓	✗	✗	✗	✓	✓	✗	✗	✗
	之	✗	✗	✗	✗	✓	✓	✓	✓	✗	✗	✗	✓	✓	✓	✗	✗
後加	邊	✓	✓	✓	✓	✓	✓	✓	✓	✓	✓	✓	✓	✗	✗	✗	✓
	面	✓	✓	✓	✓	✓	✓	✓	✓	✓	✓	✓	✓	✗	✗	✗	✗
	頭	✓	✓	✓	✓	✓	✓	✓	✓	✗	✗	✓	✓	✗	✗	✗	✗

除上表中組合的合成方位詞外，還有"中間"、"當中"也是合成方位詞。

下面介紹合成方位詞的用法及語法功能。

1·合成方位詞的用法要比單純方位詞靈活、自由。在句中它們可以單獨使用，充當主語、賓語、定語、狀語。

（1）作主語：多用於"是"字句、"有"字句、"存現句"或其他描寫性的句子。例如：
　　① 那所大學周圍的環境很優美，西邊是一個天然洞，東邊是一座
　　　　小山，後邊還有一片松林。
　　② 前邊開過來一列國際列車。
　　③ 外邊冷，請到屋裏坐。

（2）作賓語
　　① 中文雜誌都在上頭，外文的都在下頭。
　　② 這張畫從左邊看是一個畫面，從右邊看是另一幅畫面。
　　③ 那時候，小石頭經常走在前邊給游擊隊帶路。

（3）作定語：合成方位詞修飾名詞是比較自由的，方位詞和中心語之前一般要用"的"。例如：
　　① 前邊的樓都是新建的。
　　② 下邊的書都不怕壓，上邊的儀器怕壓。
　　③ 東頭（的）那一片平房是工人宿舍。
　　④ 中間（的）那張油畫是他的處女作。
　　⑤ 以上的論述說明了三個問題。
　　⑥ 她只認識我們當中的一個人。

（4）作狀語：方位詞後面不用助詞"地"。例如：
　　① 王阿姨，您請裏邊坐一會兒。
　　② 以前我不太了解他。
　　③ 我們以後應加強聯繫，增進了解。
　　④ 以上我們討論了產品質量的問題，下面再談談數量問題。

　　但是有少數的合成方位詞不能單獨自由使用，如"之間"等，只能附著在名詞、代詞、數量詞後，也不能單獨作定語。如不能說"之間的關係"，但可以說"你和我之間的關係"、"這之間的關係"、"二者之間的關係"等等。

2．合成方位詞也可以加在名詞、代詞、數量詞的後邊，有的合成方位詞還可加在動詞或動詞短語的後邊，構成表示處所、範圍、時間的短語。

（1）名詞+"～邊（～頭、～面）"

　　名詞與"～邊"、"～頭"、"～面"等合成方位詞之間多不用"的"，合成方位詞一般讀輕聲。這時與"名詞+單純方位詞"所表示的意義基本相同。例如："桌子裏邊"與"桌子裏"，"牆上邊"與"牆上"。由"上"和"裏"構成的合成方位詞也可以重讀，名詞與合成方位詞之間有時還可以加"的"，這時所表示的意義重點在合成方位詞上，有時與"名詞+單純方位詞"所表示的意義不同。如：

牆上邊	工廠裏頭	抽屜裏邊
牆（的）上邊	工廠（的）裏頭	抽屜（的）裏邊
報上邊	便條上頭	屋子裏面
報（的）上邊	便條（的）上頭	屋子（的）裏面

　　以上六組短語，每組的第一個短語表示名詞所代表的處所的任何一部分，如"牆上邊"指牆表面的任何一部分，"屋子裏邊"指屋子裏邊的任何一部分，相當於"名詞"+單純方位詞"。第二個短語則指名詞所代表的處所的一部分。如"屋子的裏面"指屋子的靠裏面那一部分，"報的上邊"指報紙偏上邊的那一部分，不同於"名詞+單純方位詞"。這個分別只存在於"上"和"裏"，別的方位詞無此分別。

　　但下面的短語重音一般在合成方位詞上：
　　　　工廠（的）東邊、牆（的）右邊、學校（的）旁邊、
　　　　頤和園（的）南面、電影院（的）後頭

（2）名詞+"之（以）～"多表示地域，名詞和方位詞之間不能加"的"。如：黃河以南、長江以北、北京與天津之間。

　　名詞+"～邊（～面、～頭）"與名詞+"之（以）～"在意義上有差別。前者表示的範圍比較窄，後者表示的範圍比較廣。如"黃河南邊"是指黃河南邊附近的地區，而"黃河以南"則指以黃河為界，中國南部的廣大地區。

（3）有些合成方位詞加在數量詞後邊，表示範圍或時間，如：十里以外、一百元以內、十八歲以下、兩點之間、三天之內、五點鐘以前、百年之後。

（4）有的合成方位詞還可以附在動詞（短語）之後，構成表示時間的短語，在句中多充當狀語或定語。合成方位詞的前面不用“的”，這種用法常見的有“以前”、“以後”、“之前”、“之後”，如出發以前、下課以後、來中國之前、我們畢業以後。

　　用在“以前”之前的詞語可以是肯定的，也可以是否定的，意思相同。如“來中國以前”、“沒來中國以前”、“畢業以前”、“沒畢業以前”。“以後”之前的詞語一般是肯定的。

（5）一般名詞不能受副詞的修飾，而合成方位詞有的能受副詞（多為表示程度的副詞）修飾，如：最前邊、緊裏頭、頂後邊兒、再下邊兒。單純方位詞如“極右”、“太左”、“稍後”等。

（三）方位詞的引申用法

　　方位詞的基本用法是表示方位、處所、時間，也可以引申用來表示“方面”、“範圍”、“條件”、“情況”、“過程”等。如：
　　① 經濟上的損失一定要補回來。
　　② 他主觀上很努力，但客觀條件比較差。
　　③ 這種金屬高溫下也不易鎔化。
　　④ 這個問題他們私下解決了。
　　⑤ 病中，她還堅持工作，不肯休息。
　　⑥ 閒談中，我發現他對京劇很有研究。
　　⑦ 在老關的幫助下，抽水機很快就修好了。

二、時間詞語

　　表示時間的名詞或名詞短語叫做時間詞語。例如：
　　　　今天、去年、白天、現在、星期六、清明節、清早、
　　　　一九七八年、上個月、二十一世紀、前半天、四點、
　　　　飯前、開學後、來中國以前、他走後、國慶節前後、
　　　　三個月、八小時、十年之內、有一天、古時候、五十年代

　　時間詞語有兩種。一種表示在什麼時候，如：“二〇〇〇年”、“下午”、“昨

天晚上"，說的是時間的位置，這是時點。一種表示多長時間，如"十年"、"一個晚上"、"兩分鐘"、說的是時間的量，這是時段。

時間詞語的語法功能：

（一）作狀語：時間詞語常常單獨作狀語，這是時間詞語的主要功能。能做狀語的主要是表示時點的詞，表示時段的詞語有時也可以作狀語。例如：

① 小王，你星期日有事嗎？
② 一天晚上，我和爺爺在燈下下棋，……
③ 早上我去看他的時候，他跟朋友說話呢。
④ 阿里一分鐘能寫二十個漢字。
⑤ 老王這幾天身體不太好，已經兩天沒來上班了。
⑥ 你愛人找你一定有急事，一早晨來了三四次電話。

（二）作補語：這也是時間詞語與一般名詞不同的一點，作補語的時間詞語多是"數量詞+時間名詞"表示時段。例如：

① 他曾在農村住過十幾年。
② 畢業後，他當編輯就當了七八年。
③ 我要在中國學習三個月。

（三）作謂語：有的時間詞語可單獨作謂語，表時間、日期。

① 明天中秋節了。
② 現在四點一刻。
③ 今天二月六號，星期六。

（四）作定語：時間詞語和被修飾的詞語之間常用"的"。

① 五月的夜風，暖煦煦的。
② 我在昨天的招待會上認識了一個朋友。
③ 早晨的空氣格外清新。
④ 三月八號的報紙借出去了。
⑤ 四年的大學生活就要結束了。
⑥ 上半年的生產任務已經超額完成了。

（五）作主語：時間詞語作主語時都是要說明時間本身怎麼樣。例如：

① 新年快要到了。

② 春天給人們帶來了希望。
③ 嚴冬已經過去，春天還會遠嗎！
④ 昨天是我一生中最難忘的一天。
⑤ 前天那麼冷，今天暖和了。
⑥ 八月、九月、十月是農忙季節。
⑦ 三月八號是國際勞動婦女節。

（六）作賓語：
① 他的生日正好是農曆大年三十。
② 我碰到他是在國慶節那天中午。
③ 中小學從一月底到二月中旬放寒假。
④ 他們的婚期推遲到明年二月份了。

三、處所詞語

表示處所的名詞或名詞短語叫做處所詞語。其中包括：

（一）方位詞（因方位詞也可表處所）。
（二）表示地方的專有名詞，如：中國、北京、天安門廣場、北京大學（這類專名都是從地理位置上講的）。
（三）表示處所的代詞和一般名詞：圖書館、學校、門口、車站、周圍、附近、國內、外國、這裏、那兒等。
（四）表示處所的名詞短語（多由名詞+某些方位詞組成）：心裏、報上、身旁、橋下、天上、書裏、西北方向。

處所詞語的語法功能和時間詞語一樣，可作主語、賓語、定語、狀語等。

（一）作主語：要描述某個處所時，就把處所詞語放在句首作主語。處所詞語作主語的句子主要有以下幾種：

1·形容詞謂語句及主謂謂語句
① 市中心十分繁華。
② 會場上安靜極了。
③ 城樓上鑼鼓喧天，紅旗飄揚。
④ 這裡街道路面寬闊，房屋整齊。

2· "是"字句、"有"字句
　① 北京的北面是連綿不斷的山，北京的南面是綠色的大平原。
　② 從車窗向外望去，遠處是一株株墨綠的柑橘樹。
　③ 杭州是有名的花園城市。
　④ 怎麼你身上、臉上都是泥？摔跤了？
　⑤ 我家的後面有一個大花園。
　⑥ 那不算小的院子裏沒有一點花草的綠色。
　⑦ 這幾天楠楠的心裏有說不出的高興。
　⑧ 很遺憾，我這裏沒有這方面的資料。

3· 現存句
　① 樓梯的兩旁擺著盆盆鮮花。
　② 她的眼睛裡滿了淚水，臉色白得像紙一樣。
　③ 天空上掛著一輪皎潔的明月。
　④ 遠處傳來姑娘們銀鈴般的歡笑聲。

4· 表示某處持續進行某動作的句子
　① 臺上唱著戲。
　② 外面刮著風。

5· 說明某處所的用途的句子
　① 屋裏住人，屋外放東西。
　② 山頂上種樹，山坡種莊稼。

（二）作賓語
　① 代表團已經離開北京去南方參觀訪問了。
　② 小保和幾個孩子到山坡上放牛去了。
　③ 夏天，人們常在這棵古老的大樹下乘涼，休息。
　④ 放哨的偽軍往窟洞裏瞧瞧，沒有動靜。
　⑤ 你要的那本書在這兒呢。

（三）作定語：
　① 北京的春天很暖和。
　② 戶外生活逐漸對他成了巨大的誘惑。

③ 她家門口的綠色柵欄門總是緊關著的。
④ 屋裏的空氣實在令人窒息。
⑤ 這裏的一切似乎都變了樣子。

(四) 作狀語：處所詞語很少單獨作狀語。處所詞語作狀語，主要出現在下面三種句子中。

1．表示某處正在進行某個動作。處所詞語位於句首，施事主語不能省略。
　　① 老槐樹下，人們一邊乘涼，一邊聊天。
　　② 臺上，老隊長在講生產計劃。

2．謂語很簡短的動詞謂語句，多用於口語。
　　① 你坐飛機去，我坐火車去，咱們後天上海見。
　　② 這幾天，他們地裏吃，地裏睡。

3．處所詞語成對使用的句子。
　　① 他終日樓上、樓下地跑著，輕易不出門。
　　② 小安風裏來，雨裏去，堅持給王大爺看病，從不間斷。
　　③ 彩排時，導演臺上臺下忙個不停。

練 習

一、將所給的詞語加上適當的方位詞後，填入空中：

同學　人　街　身　機器　窗　心　小凳子　路　眼睛　八點
離開教室　下課　樓　到中國來　院子

1. 風很大，＿＿＿ 行人很少。
2. 希望寄託在你們青年人 ＿＿＿ 。
3. 聽了這個消息，阿香的 ＿＿＿ 有說不出的高興。
4. 在回學校的 ＿＿＿ ，我們碰到了老王和他愛人。
5. ＿＿＿ 應該互相幫助。
6. 說到這，妹妹的 ＿＿＿ 閃著幸福的淚花。
7. 月亮漸漸地升高了，＿＿＿ 孩子們的歡笑聲已經聽不見了。

8. 看著這些工人站在 ＿＿＿ 緊張地勞動，我非常感動。

9. 我們每天八點鐘上課，你應該 ＿＿＿ 到教室。

10. 小姑娘讓我坐在 ＿＿＿ 的 ＿＿＿ ，她就站在我面前。

11. ＿＿＿＿＿＿＿ ，咱們一起去游泳吧！

12. ＿＿＿＿＿＿＿＿＿ ，要把門關好。

13. 我們的閱覽室就在 ＿＿＿ 。

14. 今天，在新中國，人與 ＿＿＿ 沒有職位高低的區別。

二、根據所給條件填空：

1. 商店在劇場的東邊，理髮館在劇場的西邊。

劇場在 ＿＿＿＿＿＿＿ 的中間，劇場在理髮館的 ＿＿＿ ，劇場在商店的 ＿＿＿ ，商店的西邊是 ＿＿＿ ，理髮館的東邊是 ＿＿＿ 。

2. 小明在小紅的左邊，小力的小紅的右邊。

小明的右邊是 ＿＿＿ ，小紅地右邊是 ＿＿＿ ， ＿＿＿ 的左邊是小紅， ＿＿＿ 的左邊是小明，小紅在小明和小力的 ＿＿＿ 。

3. 甲走在最前面，乙走在最後，丙走在他們中間。

甲的後面是 ＿＿＿ ，丙的前面是 ＿＿＿ ，丙的後面是 ＿＿＿ ，乙的 前面是 ＿＿＿ ，乙在丙的 ＿＿＿ 。

4. 紅圈在白圈的裏邊，藍圈在紅圈的裏邊。

白圈在紅圈的 ＿＿＿ ，紅圈在藍圈的 ＿＿＿ ，紅圈的裏頭有 ＿＿＿ ，白圈的裏邊有 ＿＿＿ 和 ＿＿＿ 。

5. 張家、李家、王家分別住在一層、二層、三層。

張家的 ＿＿＿ 住著李家，李家的 ＿＿＿ 住著張家，李家的 ＿＿＿ 住著王家，王家的下面住著 ＿＿＿ 家和 ＿＿＿ 家。李家住在 ＿＿＿ 家和 ＿＿＿ 家的中間。

三、熟讀下列短語，並選一適當的填空：

事實上　實際上　基本上　表面上　思想上　生活上　理論上　事業上
行動上　客觀上　主觀上　國防上　原則上

1. 這種分析 ＿＿＿ 是合理的， ＿＿＿ 是行不通的。

2. 學院領導 ＿＿＿ 同意了我們的意見。

3. 抗日戰爭時期，那個地方的軍民 ＿＿＿ 遇到了很大的困難。

4. 幾年來，他們倆 ＿＿＿ 互相關心支持， ＿＿＿ 互相照顧，日子過得很美滿、幸福。

5. 在 ＿＿＿ ，現代化武器多半是自動化或半自動化的。

6. 這次，由於大家 ＿＿＿ 重視了，＿＿＿ 積極了，任務完成得相當順利。

7. 他 ＿＿＿ 很希望把工作搞好，可是 ＿＿＿ 往往得不到理想的效果。

8. 我們單位的工作計劃 ＿＿＿ 定下來了。

四、辨別正誤（對的劃 ✓，錯的劃 ✗）：

1. 朋友之間（　　） 　　2. 以外三千公尺（　　）

3. 牆上的畫（　　） 　　4. 以後八點鐘（　　）

5. 長江之南（　　） 　　6. 黑板的右頭（　　）

7. 南方的中國（　　） 　　8. 燈的牆上（　　）

9. 黃河的以北（　　） 　10. 幾年的以後（　　）

11. 之間的我們（　　） 　12. 以前畢業（　　）

13. 臉的上（　　） 　14. 二十年以後（　　）

15. 旁邊人（　　）

五、改正下列病句：

1. 昨天有四個同學們來看我。

2. 他在我的床站了一會兒，沒有說話。

3. 請你把練習本兒放在老師的桌子。

4. 頤和園是中國裏有名的公園。

5. 幾個孩子從山跑下來了。

6. 從古代我們兩國的中間就有密切的往來。

7. 東邊的我們學校是一個醫院。

8. 以前他犧牲，說過這樣的話。

9. 字典查不到這個字。

10. 媽媽回來了，孩子們都躲到門藏起來了。

11. 她那金黃色的頭髮，像一朵美麗的花兒，在陽光開放。

12. 下個月我們要到中國以南去旅行。

第二章　代詞

代詞是具有指別、稱代作用的詞，其指、代的具體內容只有在一定語言環境中才能確定。例如：

① 喂，阿里，這個網球拍是你的嗎？
② 老王是一個正直的人，我們也應該做那樣的人。
③ 李明得了單打冠軍，這是他刻苦練習的結果。

例①的"這"起指別作用，"你"稱代"阿里"。例②的"那樣的"稱代"正直的"。例③的"這"稱代"李明得了單打冠軍"。

按意義和功能，代詞可以分為三類：
　　　　一、人稱代詞
　　　　二、指示代詞
　　　　三、疑問代詞

第一節　人稱代詞

人稱代詞是起稱代作用的詞，常用的人稱代詞有：

我	我們
你　您	你們
他（她、它）	他們（她們、它們）
咱　　咱們	
人家　別人　旁人	
大家　　（大夥兒）	
自己　自家　自個兒	

一、我、你、他（她、它）等

"我"是第一人稱單數，代表說話人。"你"是第二人稱單數，代表聽話人。"你"的尊稱是"您"。"他（她、它）"代表"我"、"你"以外的第三者，在書寫上"他"表示男性的人，"她"表示女性的人，"它"表示事物。"他"與

"她"、"它"發音都是 /ta/。

第一人稱複數是"我們";第二人稱複數是"你們";第三人稱複數,書面上"他們"表示男性;"她們"表示女性,發音也是一樣的。如果第三人稱複數中既包括男性,也包括女性,就用"他們"。"它們"用得較少。

這類人稱代詞中"我"、"我們"、"你"、"你們"還有一些靈活的用法,主要有:

(一)單數人稱代詞"我"、或"你"作定語時常用來代替"我們","你們"。例如:
① 我廠王建同志前往你處聯繫工作,請協助。
② 我校訂於七月十五日開始放暑假。
③ 我軍攻克了三八二〇高地。
④ 你方代表提出的方案是可以考慮的。

例①的"我廠"等於說"我們工廠"、"你處"就是"你們那兒"或"你們單位"的意思。例②,③,④中的"我校"、"我軍"、"你方"也都是指"我們"、"你們"的意思。

這種用單數人稱代詞代替複數人稱代詞的用法多見於書面語,尤以信函、公文或新聞報導中用得較多。在口語中也有類似的用法,如把"你們倆"說成"你倆",但不如書面語普遍。

(二)有時說話人為了表示謙恭或有意不突出自己,可以用"我們"代替"我"。例如:
① 上週我們講完了第九課,現在我們講第十課。
② 以上我們向大家介紹了這種機器的工作原理,下面再介紹一下具體操作方法。
③ 上次作業我們已經看過了,現在就作業中的問題我們作進一步講解。

這些例中的"我們"都是指說話人自己(即指"我"),因為例句中的"講","介紹","看","作"的人都只是說話者本人。

(三)有時為了表示親切,說話人可以把自己置於聽話人之中,用"我們"代替"你們”。例如：

① 我希望我們每個少先隊員，每個小朋友都勇於攀登科學的頂峰。

② 同學們，我們要為祖國的“四化”建設而努力學習啊！

（四）“你”可以用來不確指說話的對方，而是指任何人。例如：

① 困難像彈簧，你硬它就軟，你軟它就強。

② 有時候，你越怕什麼事發生，什麼事就偏偏發生，你不怕，反倒沒事了。

（五）用兩個不同的人稱代詞前後呼應，不實指某人，這種用法使語言簡練生動。例如：

① 伙計們你一言，我一語，正在商量對付周老板的辦法。

② 在生產競賽中，大家你追我趕，一個比一個幹勁大。

③ 在評比會上，你推選我，我推選你，誰都想把榮譽讓給別人。

④ 孩子們你唱一個歌，他跳一個舞，玩得高興極了。

例句中的“你…我…”、“你…他…”都是不定指的，相當於“這一個…那一個”。

二、咱們、咱

　　“咱們”與“咱”多用於北京話的口語，都是表示包括說話者與聽話者在內的人稱代詞。與“我們”有區別。一般來說，在北京口語裏“我們”只指說話人一方，不包括聽話的一方，“咱們”則包括雙方。不過區別也是很嚴格的。凡是用“咱們”的地方，改用“我們”也不會引起誤解。比如主人請客人到花園裏去散步，主人對客人說：“咱們走吧！”也可以說：“我們走吧！”但是當客人告別，要離去時，他（或他們）對主人只能說：“我們走了。”而不能說：“咱們走了。”

　　“咱”有時相當於“我”，有時相當於“我們”，有時又相當於“咱們”。這需要由語言環境來幫助區別。這樣用的“咱”有土語色彩，往往帶有粗俗、隨便的意味。例如：

① 修理收音機，可別找我，咱是個外行。（代表“我”）

② 登臺表演？哪兒有咱的份兒啊？（代表“我”）

③ 要是他不同意咱的意見，咱幾個就給他擺擺事實，講講道理。

　　（代表“我們”）

④ 這點小事兒你別放在心上，咱哥們兒沒說的。（代表"咱們"）
⑤ 二班和三班都表演節目了，咱怎麼辦？也來個小合唱吧。
　　（代表"我們"或"咱們"）

三、人家、別人、旁人

這三個人稱代詞都是指稱說話人和聽話人以外的的。"別人"和"旁人"只能用於泛指，"人家"既可用於泛指，也可用於確指。

（一）"人家"泛指第三人稱。例如：
① 我聽人家說你們搬家了，是嗎？
② 人家能搞出成績來，咱們就不能？
③ 一個人不能只看到人家的缺點，看不到人家的優點。
④ 你這樣大聲叫嚷不影響人家嗎？

（二）"人家"用來確指第三人稱，所確指的人都在上文提到過的。有時可與指人的名詞（短語）連用，構成複指成分。例如：
① 一班的同學團結得很好，我們應該向人家學習。
② 看人家小華多有禮貌啊！
③ 主人不在，咱們不能隨便動人家的東西。
④ 人家王大叔走南闖北幾十年，什麼地方沒去過！

（三）"人家"還可以用來確指第一人稱，指說話人自己。這種用法多為年輕的婦女們所常用，有嬌嗔、親昵的意味，只用於口語。例如：
① 人家都急死了，你們還開玩笑，快告訴我吧！
② 你別再說了，人家不願意聽嘛！你再說，我就堵起耳朵來了。
③ 你們不來幫忙，還站在旁邊笑人家，真討厭！

（四）"別人"或"旁人"用來泛指第三人稱，多用於口語。例如：
① 別人有了困難，咱們應該熱情幫助。
② 我們不能只顧自己，不考慮旁人。
③ 王師傅向來是關心別人勝於關心他自己。
④ 別人去可以，他去不行。

（五）"別人"，"旁人"還有"另外的人"的意思。例如：

40

① 我家只有我和我愛人，沒有別人，你來玩吧！
② 他見人很害羞，就是不怕我，沒有旁人的時候就和我說話，
　　於是不到半天，我們就熟了。

"旁人"比"別人"的口語色彩更濃。

四、大家（大家伙）

"大家"和"大伙兒"都是總括眾人之稱。具體用法如下：

（一）包括說話人和聽話人在內。例如：
① 請大家安靜，現在開始上課。
② 大家的事大家作主。
③ 聽到這個消息後，大家議論了好久。
④ 明天上午八點，大家都到這兒來集合，咱們一起走。

（二）不包括說話人或聽話人在內。有時還可以不包括談話人雙方在內。例如：
① 我代表全廠工人感謝大家對我們的熱情支持。（不包括說話人）
② 這次短跑比賽，大家的成績都很好，我也為你們高興。　（同上）
③ 大家都很喜歡讀您的作品。　　　　　　　　　（不包括聽話人）
④ 大家向你們祝賀，祝願你們永遠幸福。　　　　　（同上）
⑤ 看，大家還向我們招手呢！　　　　　（不包括談話人雙方）

（三）放在"我們"，"你們"，"他們"等複數人稱代詞後邊作複指成分。例如：
① 這點兒活，我們大家一起動手，一會兒就幹完。
② 你們大家的幹勁是有目共睹的。
③ 他們大家都說小王的功課最好。

"大伙兒"與"大家"的意思、用法完全相同，只用於口語。

五、自己、自家、自個兒

"自己"不是確指某一人稱的代詞，而是表示某人或某物的"自身"，對人而言也可理解為"本人"的意思。在句中可單用，也可複指人稱代詞或指人、物的名詞。具體用法如下：

（一）"自己"可與其他人稱代詞成名詞連用，人稱代詞或名詞放在前邊，"自己"放在後邊，構成複指成分，強調某人本人或事物本身。例如：

① 他自己生活十分儉樸，經常把錢用來幫助周圍的人。
② 這件事情怪我自己做得不對。
③ 對這篇文章作者自己也發表了評論。
④ 寧寧現在已經能照顧她自己了。
⑤ 這種機器自己有控制機構，會自動停機。

（二）"自己"也常常與其他人稱代詞或名詞一起使用，稱代處在主語位置上的人稱代詞，"自己"在句中充任賓語、定語等成分。例如：

① 小王要求自己很嚴格。　　　　　　　（稱代"小王"）
② 白大夫用自己的血把那個孩子救活了。（稱代"大夫"）
③ 他總是把別人的困難當做自己的困難。（稱代"他"）
④ 李力表示要到最艱苦的地方去鍛練自己。（稱代"李力"）
⑤ 一事當前，你不應該先為自己打算。　（稱代"你"）
⑥ 張蘭給自己訂了一個學習外語的計劃。（稱代"張蘭"）

應當注意，當句子的主語代表施事者，句中的賓語或賓語的修飾語又與該主語相同時，一般來說，都不重複原主語的名詞或代詞，而用"自己"。如不能把例①說成：✱小王要求小王很嚴格。✱小王要求他很嚴格。也不宜把例③說成：✱他總是把別人的困難當做他的困難。

（三）"自己"可以用來修飾動詞或形容詞，充當狀語。例如：

① 王老師別客氣，要吃什麼您自己拿。
② 我們小組自己制定了一個施工方案。
③ 今年我廠工人又自己設計、自己製造了一條新型生產流水線。
④ 楓樹的葉子一到深秋就自己紅了。
⑤ 電燈怎麼自己亮了？
⑥ 這種病不用吃藥，過三五天就會自己好的。

"自己"修飾動詞或形容詞時，在"自己"前面還可以用"還"、"又"、"可"、"就"、"常常"等狀語。例如：

⑦ 昨天張麗又自己去河邊游泳了，老師批評了她一頓。

⑧ 牆上的畫兒突然自己掉下來了？

⑨ 你們還自己做飯吃？怎麼不請個人幫忙？

"自己"作複指成分時，它的前面不能插入此類狀語。

*他又自己十分儉樸。

*這件事怪我還自己做得不對。

（四）"自己"有時可代替第一人稱"我"，一般多用於較正式的口語。例如：

① 領導的表揚對自己是一個鞭策。

② 這次的先進經驗交流大會對大家、對自己都有深刻的教育意義。

（五）"自己"也可以泛指任何人。例如：

① 自己動手，豐衣足食。

② 自己的事應該自己做，不能依靠別人。

（六）"自己"還可用來表示親近的意思。例如：

① 到我家來做客的都是自己人，大家都不必客氣。

② 你有什麼事就說吧，在坐的都是咱們自己人。

③ 王兄，在敵人的虎穴中生活跟在自己家工作真是不一樣啊！

"自個兒"、"自家"完全與"自己"相同。"自個兒"是北方口語。"自家"是南方方言。

人稱代詞在句中都可用作主語、賓語、定語，"自己"還可用作狀語。例如：

① 大家應該互相關心，互相愛護。　　　　　（主語）

② 她從來不願意麻煩別人。　　　　　　　　（賓語）

③ 咱們不要干涉人家的自由。　　　　　　　（定語）

④ 這個小組又自己做了一個飛機模型。　　　（狀語）

第二節　指示代詞

指示代詞中最基本的是表示近指的"這"和表示遠指的"那"，其它指示代詞都是由它們派生出來的。按照性質和用法，指示代詞可分為幾小類：

指示代詞	近　指	遠　指
指別或稱代人、事物	這(+數)(+量)(+名)	那(+數)(+量)(+名)
稱代處所	這裏、這兒	那裏、那兒
稱代時間	這會兒	那會兒
指別或稱代性質、方式、程度	這麼、這樣 這麼樣	那麼、那樣 那麼樣

指示代詞的主要作用在於指稱人、事物，在句中可以代表名詞、動詞、形容詞和表示程度的副詞。它們既有指別作用，也有稱代作用。例如：

① 這是丁力的房間，那是阿里的房間。　　　　（稱代）
② 這裏氣候變化無常。　　　　　　　　（稱代）
③ 這枝鋼筆和那枝鋼筆都是張老師的。　　　（指別）
④ 他對待工作總是這麼認真負責。　　　　　（指別）

下面按小類分別加以介紹。

一、這、那

"這"和"那"可以單用，也可以和其他詞類（如量詞、數詞、名詞）連用。

（一）"這"、"那"單用時稱代所要說的人、事物。例如：

① 這是王院長，那是外科主任。
② 這是集郵本，那是相冊。

但是必須注意：

A．"這"、"那"在句中多做主語，而且多指事物，如："這我都見過"、"那不算什麼幫助"。指人時，多用於"是"字句中，如："這是我們車間主任"、"這是我弟弟，那是我愛人"。

B·"這"、"那"很少單獨做動詞的賓語,但有時可做介詞的賓語,如:"您把這都交給我吧!""他對那不感興趣。""這"、"那"後面加上量詞後可以作動詞的賓語,如:"我看這本,你看那本。"、"我找這位(同志)。"

C·"這"、"那"還可以代替短語或句子,特別是"這",承前稱代的範圍很廣,用處很大。例如:
① "不要再跟他來往。"蘭蘭聽了立刻回答說:"那辦不到!"
② 孩子的父親感動地說:"專為我的孩子開一列快車,這件事我以前是連想也不敢想的。"
③ 有喜有憂,有笑有淚,有花有實,有香有色。既須勞動,又長見識,這就是養花的樂趣。

(二)"這"、"那"與名詞或"數量詞+名詞"連用時,可以起對人、對事物確指的作用。其詞序是:"這(那)+(數量詞)+名詞"。如:"這人真有意思"、"用那辦法快"、"這三張桌子"、"那幾條意見"。"這"、"那"與不定量詞"些"、"點兒"連用,構成"這些"、"那些"、"這點兒"、"那點兒",前兩者指代兩個以上的人或事物,後兩者表示少量。如:這些人、這些糧食、那點兒水、那點兒紙。"這"、"那"也可與動量詞連用,如"這次"、"那回"。

(三)"這"、"那"並列地用在一個句子中,前後呼應,表示不確指。這種用法作主語或賓語都可以。例如:
① 兩個人見面後,說說這,說說那,高興極了。
② 小明在玩具店時,這也想摸摸,那也想動動。
③ 你小孩子不懂事,別問這問那的。

二、這裏、這兒、那裏、那兒

　　"這裏"、"這兒"、"那裏"、"那兒"分別指稱較近和較遠的處所。"這兒"和"那兒"更加口語化。

(一)單用時可作主語、賓語、定語、狀語,用法與處所詞語基本相同。
① 這兒有樹蔭,我們在這兒休息吧。
② 你們的教室在這裏嗎?不,在那裏。
③ 那裏的陽光充足,走,到那兒去曬太陽。

④ 來，這裏坐。

⑤ 小虎子，你這兒來，我告訴你一句話。

（二）直接加在某些名詞（多為表示人或具體事物的名詞）、人稱代詞、疑問代詞 "誰" 的後面，表示處所。漢語裏有些動詞如：來、去、到、上、回、在，介詞如：從、在等，後面常常有處所賓語。如果賓語不是處所詞，而是人稱代詞或指人指物的名詞時，這些詞後面一定要加 "這兒"、"那兒"、"這裏" 或 "那裏" 使之成為處所詞語。例如：

① 我從朋友那兒來。　　[不能說 "*我從朋友來"]

② 我的練習本子在老師那兒。

③ 丁力去誰那兒了？

④ 沙發那裏光線不好，你到桌子這兒來看書吧。

⑤ 我這兒沒有漢法詞典，張老師那兒有。

⑥ 他們這裏也在研究這個題目。

⑦ 下星期天，我想回我媽媽那兒去看看。

⑧ 歡迎你常到我們這兒來玩。

例④,⑤,⑥中的 "沙發"、"我" 和 "張老師"，"他們" 後如果沒有 "這兒"、"那兒"、"這裏" 或 "那裏" 是不能表示處所的。

三、這會兒、那會兒

"這會兒" 有："這個時候" 的意思，通常指 "現在" 或 "當前"，前面加上表示過去或將來時刻的詞語也可以指過去或將來的某個時間。"那會兒" 是 "那個時候" 的意思，指過去，也可以指將來的某一時間，不能指現在。究竟是指過去還是指將來，要受語言環境的制約。它們的用法與時間詞語一樣，可以作主語、賓語、定語、狀語等。例如：

（一）單用

① 早晨有點兒冷，這會兒暖和了。

② 跟那會兒比，這會兒的日子是甜的。

③ 那會兒，我不是個孩子，什麼也不懂。

（二）"這會兒"、"那會兒" 用在某些詞語後，表示某一確定的時間。例如：

① 明年這會兒我們就大學畢業，參加工作了。

② 去年這會兒，這兒剛開始動土，今年這會兒兩座樓已經建成了。

③ 你等她這會兒先看看報吧！

④ 每天上下班那會兒，來往的車輛最多。

⑤ 我上大學那會兒，女同學很少。

四、這麼、那麼

（一）這兩個詞的主要句法作用是修飾動詞、形容詞，表示程度或方式，在句中作狀語。例如：

① 他說話的語氣那麼堅定、那麼有力。　　　　　　　　（程度）

② 你這麼熱情地招待我，我可真不好意思了。　　（程度）

③ 這件事不像你說的那麼嚴重。　　　　　　　　（程度）

④ 這麼重的石頭，古代是怎麼運到山上去的呢？（程度）

⑤ 你的女兒這麼愛好音樂，應該報考音樂學院。（程度）

⑥ 北京的夏天沒有上海那麼熱。　　　　　　　　（程度）

⑦ 這個字應該這麼寫，那麼寫就錯了。　　　　　　　　（方式）

"這麼"、"那麼"表示程度時多用在形容詞和表示心理活動的動詞前。

（二）"這麼"、"那麼"也可以作主語、謂語，稱代某種動作或方式。作主語：

① 這麼行，那麼也行。

② 這麼（點頭）表示同意，那麼（搖頭）表示不同意。

③ 這麼是順時針方向，那麼是逆時針方向。

作謂語時，"這麼"、"那麼"後面常加"著"：

④ 咱們就這麼著吧，先到小王家集合，然後一起出發。

⑤ 她總是這麼著，自己有困難從不去麻煩別人。

"這麼"、"那麼"也可以作定語，但不能直接加在名詞前，後面要加上數量詞，所指代的意思往往在下文交代、或不言而喻或不可言傳。例如：

⑥ 這篇文章裏還表達了這麼個意思，就是……

⑦ 這種花總有那麼一般香味，聞起來叫人心醉。

⑧ 這個人有那麼一般勁兒，怎麼說呢？

　　“這麼”、“那麼”還可以修飾表示數量的詞語，“這麼”、“那麼”重讀，有加強語氣的作用。例如：

　　⑨　這幾天，他就接到三封家信。

　　⑩　張老師家裏有那麼一屋子書。

　　“這麼”、“那麼”輕讀時，表示估計。例如：

　　⑪　昨天參加大會的有那麼五六千人。

　　⑫　從這兒到機場有那麼七八十里地。

　　⑬　他到上海去有這麼半個月了。

五、這樣、那樣、這麼樣、那麼樣

（一）這兩組詞的意義和用法一樣，可以指代狀態、情況，可以作定語、謂語、補語以及主語、賓語。例如：

　　①　這樣的民族，永遠不會倒下去。

　　②　這樣的痛苦生活，她在馬戲團裏整整過了七年。

　　③　古時候，傳說有這樣一件事情：……

　　④　你不應該對他那樣，他還小，不懂事。

　　⑤　別理他，他經常這樣。

　　⑥　敵人把他折磨成這樣，他也沒招供。

　　⑦　這樣就行，不必改了。

　　⑧　實際情況並不是那樣。

（二）指代過程和方式，作狀語。例如：

　　①　原來你這樣沒良心。

　　②　那位姑娘是那樣熱情，那樣愛幫助人。

　　③　你這樣寫字，姿勢對嗎？

　　上述用法的“這樣”、“那樣”可以與“這麼”、“那麼”互相替換，意思基本相同。應注意“這樣（麼）痛苦的生活”與“這樣的痛苦生活”的不同。後者是“這樣的”（指代）修飾“痛苦生活”，前者是“這樣（麼）”（指示程度）修飾“痛苦”，強調“痛苦”的程度，然後“這樣（麼）痛苦”再修飾“生活”。

（三）“這樣”和“那樣”並列地使用時，表示虛指，常作定語或狀語。例如：

① 這部電影雖然有這樣那樣的缺點，但總還算是一部佳作。
② 這段話儘管可以這樣或那樣地理解，但從上下文來看，只能這樣理解。

"這樣"和"那麼"還有一個用法，即它們在句中可以起承上啟下的作用。"這樣"用來承上，"那麼"用來啟下。例如：
① 我問了老師後又做了幾道題，這樣，才把這個原理搞清楚。
② 如果大家同意這個方案，那麼，咱們就幹起來吧。

第三節　疑問代詞

疑問代詞是用來表示疑問的詞。它是構成疑問句的一種手段。問人用"誰"，問事物用"什麼"、"哪"，問方式和性狀用"怎麼"、"怎樣"或"怎麼樣"，問處所用"哪兒"、"哪裏"，問時間用"多會兒"，問數目用"多少"、"幾"。

常用的疑問代詞可以分成以下四組：

疑問方面	疑問代詞
問人、事物	誰、甚麼、哪
問性狀、方式等	怎麼、怎樣、怎麼樣
問時間、處所	多會兒、哪會兒、哪兒、哪裡
問數目	多少、幾

一、誰、什麼、哪

"誰"和"什麼"的用法以及在句中的位置和名詞完全一樣，可充當主語、賓語、定語等。例如：
① 誰是你們的老師？
② 他找誰？
③ 這是誰的本子？
④ 什麼叫困難？
⑤ 你在看什麼？

⑥ 您做什麼工作？

"哪"有兩個讀音，可讀作 /nǎ/ 或 /něi/。"哪"後往往帶量詞或數詞。例如：
⑦ 哪位是新來的學生？
⑧ 這三種顏色，你喜歡哪種？
⑨ 您在哪個大學教書？

用"誰"，"什麼"和"哪"時應該注意下面幾點：

A · "誰"、"什麼"都沒有單數和複數的區別。如"誰是你的朋友"裏的"誰"可指多數，也可指一個人。"你買了什麼東西"裏的"什麼"可指一樣東西，也可指幾樣東西。"哪"表示多數時用"哪些"。

B · "誰"做定語時，後面一般要用結構助詞"的"，表示領屬關係，如"這是誰的書？"、"誰的身體最好？"不用助詞"的"的情況較少，如"誰家來客人啦？"

C · "什麼"單用時，可以代事物，也可以代行為動作或性質、狀態。例如：
問：你喜歡什麼？
答：我喜歡書//我喜歡游泳// 我喜歡安靜。

作定語時，也可以修飾指人的名詞，如"什麼人"、"什麼大夫"、"什麼工程師"，代姓名、職業等。

"什麼人"和"誰"表達的意思基本一樣，都是問人的姓名、職業、身份，如："他是誰？"、"他是什麼人？"但"什麼人"不夠客氣禮貌。"他是你什麼人？"是問"他"與"你"的關係，這時不能說："他是你的誰？"。

D · "什麼"修飾"時候"，"地方"等名詞時，組成"什麼時候"，"什麼地方"等短語，用來詢問時間或處所。如："現在什麼時候了？"、"這是什麼地方的土產？"、"這次出差到什麼地方去？"、"在什麼地方倒車？"

E · "什麼"與動詞"為"連用組成動賓短語"為什麼"，用於動詞、形容詞前或句首作狀語，問原因，如："你為什麼來晚了？"

二、哪裏、哪兒

　　"哪裏"、"哪兒"的意義和用法完全相同。"哪兒"多用於口語。它們的基本用途是詢問處所，在用法上很接近處所詞語。在句中常作主語、賓語、定語。例如：

　　① 哪兒出產這種蘋果？
　　② 哪裏錯了？
　　③ 哪裏你們的實驗室？
　　④ 老張在哪兒？外邊有人找他。
　　⑤ 人的正確思想是從哪裏來的？
　　⑥ 你是哪兒的人？

　　"哪裏"或"哪兒"問處所時前面多有介詞，如："你在哪兒工作？"、"他從哪裏來？"有時也可以直接用在動詞前做狀語。例如：

　　⑦ 人都哪兒去了？
　　⑧ 你哪兒買的這麼大的西瓜？

三、多會兒、哪會兒

　　這兩個詞只出現於口語，意義和用法大致相同，都是用來問時間的。"多會兒"相當"什麼時候"，"哪會兒"是"那會兒"，"這會兒"的疑問形式，在句中充當狀語、定語、賓語。例如：

　　① 你多會兒動身？明天下午？
　　② 這是多會兒的報紙？
　　③ 您從哪會兒就改行搞創作了？
　　④ 那是哪會兒的事了？

　　"多會兒"還可以作謂語，問日期，只見於北京話口語。
　　⑤ 今兒多會兒了？快春節了吧？

四、怎麼、怎樣、怎麼樣

　　這三個詞的用法有相同之處，也有不同之處。

（一）都能用來詢問方式，用在動詞、形容詞前。口語裏多用"怎麼"、"怎麼樣"。例如：

　　① 小趙，這個漢字怎麼（怎麼樣）寫？

　　② 你是怎麼（怎麼樣）來的，坐車來的還是騎車來的？

　　③ 怎麼（怎麼樣）好，去還是不去？

（二）"怎麼"用在動詞、形容詞前，用來詢問原因，這時，"怎麼"可位於主語前，也可位於主語後。例如：

　　① 你怎麼沒去看電影？

　　② 你眼睛怎麼紅了？

　　③ 怎麼你還沒走？

　　④ 怎麼教室裏這麼亂？

　　而"怎麼樣"，"怎樣"都不能這樣用。

（三）"怎麼"後加量詞（也可在量詞前再加"一"），用於詢問性狀，但用的範圍較窄，多用來問人、事、情況等。

　　① 這是怎麼（一）回事？

　　② 你說說，他姐姐是怎麼個人？

　　③ 當時是怎麼一種情況，你給大家說說。

　　"怎樣"與"怎麼樣"也可以詢問性狀，其後可以跟［"的"＋名詞］或跟［"的"＋"一"＋量詞＋名詞］。這兩個代詞使用範圍比"怎麼"廣。

　　④ 你說說，你要買的是怎（麼）樣的一所房子？

　　⑤ 小李是怎（麼）樣的一個人？

　　在文學作品中，還可以用於感嘆句：

　　⑥ 請你們想想，那是怎（麼）樣的一種生活啊！

（四）"怎麼"、"怎樣"、"怎麼樣"都可以用來詢問狀況。作謂語時，"怎麼"後一般要用"了$_2$"，"怎樣"與"怎麼樣"後不一定用"了$_2$"。這兩個詞使用的範圍也比"怎麼"廣，還可以做補語、賓語。例如：

　　① 小紅怎麼了？

　　② 阿里學習怎麼樣？

　　③ 這個字寫得怎麼樣？

④ 對這種人你能怎麼樣？一點辦法也沒有。

⑤ 你看怎麼樣？就這麼定了吧。

五、幾、多少

"幾"和"多少"都可以用來詢問數量，但是在具體用法上又有不同。

（一）"幾"用來替代一至十之間的待定數字，而"多少"替代任一待定數字，大小均可。試比較下列甲乙兩組例句：

甲：①一個星期有幾天？　　　　乙：一個小時有多少分鐘？

　　②你有幾個孩子？　　　　　　那個幼兒園有多少個孩子？

　　③這一暖瓶的水有幾磅？　　　那件行李有多少磅？

　　④世界上有幾大洋？　　　　　天上有多少星星？

　　⑤人一小時能走幾公里？　　　火車一小時能走多少公里？

從上述甲、乙兩組問句可以看出，當我們估量的數目在一至十之間時，就用"幾"來提問，對數目毫無估計或估計超過十時，就用"多少"來提問。

（二）"幾"與名詞連用時，中間通常要插入適當的量詞，而"多少"與名詞連用時，其間的量詞可有可無。例如：

① 這是幾噸煤？

② 你買了幾斤蘋果？

③ 這種稿紙一頁有多少（個）字？

④ 那個劇場裏一共有多少（個）座位？

"幾"和"多少"也可以和動量詞連用，但不能與不定量詞"些"、"點兒"連用。例如：

① 你們村有幾十戶人家？

② 這部歷史書一套有幾十本？

③ 這種放大機能放大十幾倍？

④ 新蓋的禮堂能容納幾千人？

⑤ 這本書一共有二十幾萬字？

⑥ 這臺計算機每秒運轉幾百萬次？

⑦ 現在世界人口是幾十億？

⑧ 今年的財政收入是多少億？

⑨ 那座新興的城市有多少萬人？

（三）“幾”前可用疑問代詞“哪”修飾，“多少”不可以。例如：

① 在這些得獎的電影裏，你喜歡哪幾部？

② 咱們學校參加全市數學比賽的是哪幾位同學？

③ 這個星期裏你哪幾天比較空？

　　“幾”和“多少”除了作數量疑問代詞外，還可用以表示不定的數量。例如：

① 街上，十幾個小伙子在練長跑。

② 來了幾十人支援我們，任務很快就完成了。

③ 中國有幾千年的歷史，為世界文明作出了貢獻。

④ 今天氣溫低，來遊園的沒有幾個。

⑤ 橫幅上寫著“電子計算機學術討論會”幾個大字。

⑥ 這種藥經過幾百次試驗才研究出來的。

⑦ 目前，這種商品來多少就賣多少，是暢銷產品。

⑧ 為了這一天，他付出了多大的代價呀！

⑨ 那會兒，爺爺因為不識字，吃了多少苦頭啊！

⑩ 這次試驗多少有了一些進展。

⑪ 他的試卷每一次多少也得有點錯誤。

疑問代詞的活用·

一、表示反問

　　疑問代詞除表示疑問外，還可表示反問。反問句的形式與疑問句相同，但作用不同。反問句中雖然含有疑問代詞，但並不要求對方回答。句中有否定詞時，表達的是肯定的意思；句中無否定詞時，表示否定的意思（參見第四篇第四章疑問和反問）。例如：

① 誰不知道老張是個忠實可靠的同志？

② 老李從小離開家，走南闖北卅餘年，人家什麼苦沒吃過，什麼人沒見過？

③ 你為什麼急？有話慢慢說嘛！

④ 解放前，他家連飯都吃不上，怎麼能有錢去念書！

（這裏的"怎麼"不能用"怎麼樣"替換）

⑤ 這件事是他經手辦的，他怎麼不了解情況？（同上）

⑥ 人家小林多會兒說過別人的壞話？

⑦ 今天是你們倆大喜的日子，我們哪能不來祝賀呢？

（"哪"表示反問時讀作/nǎ/，不能讀/něi/）

⑧ 王師傅是一位老司機，整個北京城哪兒沒去過？

用"哪兒"、"哪裏"造成的反問句，有時不表示處所。例如：

⑨ "小王，你好像不太高興。"→"我哪兒不高興了？"

⑩ 事情不是他經手的，他哪裏了解情況。

⑪ 狼著急地說："先生，能不能快一點？像你這樣慢，哪兒是救我，簡直是讓他們來捉我。"

口語裏單用一個"哪兒+呀"（哪呀）或疊用"哪裏"（哪裏哪裏），表示否定。例如：

⑫ 甲：你漢語說得不錯嘛。

乙：哪兒呀（哪裏哪裏），我才學不久，還差得遠呢。

⑬ 甲：你比我念的書多，知道的多。

乙：哪裏哪裏。

二、表示任指（或泛指）

"誰"、"什麼"、"哪"、"哪兒"等疑問句代詞還可以用來任指（或泛指），比如"誰"可以代表任何一個人，"什麼"可以代表任何一件東西。疑問代詞這樣用時，不要求回答，句中常用副詞"都"或"也"與之呼應，有時句首還可以用"無論"、"不管"等連詞更加突出任指的含義。例如：

① 誰都懂得這個道理。

② 他誰都幫助過。

③ 誰他都幫助過。

④ 你什麼時候來都可以。

⑤ 他第一次來中國，哪兒他都想去看看。

⑥ 他第一次來中國，他哪兒都想去看看。

⑦ 這個漢字有兩種念法，你怎麼念都可以。

⑧ 無論什麼意見都可以提。

⑨ 無論哪種方法他都試驗過了，但都失敗了。

⑩ 不管你怎麼問他，他也不嫌煩。

例如②和③的意思一樣，這裡誰"都是動詞"幫助"的受事，表示任指時，都要放在動詞之前，後面用"都"或"也"呼應。例⑤,⑥的情況也是如此。

疑問代詞也可以用在介詞之後，表示任指。例如：

⑪ 在哪兒工作都可以發揮自己的光和熱。

⑫ 你從哪兒走都可以，距離一樣。

⑬ 她對誰都那麼熱情。

另一種表示任指的方式是用兩個同樣的疑問代詞，前後呼應，指同一個人、同一件事物、同一種方式、同一個時間、地點等。前一個疑問代詞所屬的分句或短語多表示後一個分句的條件或範圍。第一個疑問代詞是任指的，第二個疑問代詞以第一個疑問代詞為轉移，指稱同樣的事物。這種用法多見於複合或緊縮句。疑問代詞前不用"無論"、"不管"等詞語。前後兩個分句或兩個短語之間有時用"就"關聯。例如：

⑭ 誰知道誰回答。

⑮ 誰學習好，我就向誰學習。

⑯ 你喜歡哪個，我送你哪個。

⑰ 哪種便宜就買哪種。

⑱ 你請誰去，誰就去。

⑲ 這個演員總是演什麼像什麼。

⑳ 哪裏有困難，他就出現在哪裏。

㉑ 你哪會兒有空兒，我哪會兒來。

㉒ 你願意怎麼去就怎麼去。

在用"誰"表示任指時，第二分句的"誰"可為一人稱代詞代替。例如：

㉓ 今後，誰再提為河神娶親，就讓他去見河神。

還有一種表示任指的方法是兩個疑問代詞用於同一單句，前後呼應，指不同的人或事物。例如：

㉔ 我們已經廿年沒見了，見了面後誰也不認識誰了。

㉕ 這些零件尺碼型號都一樣，哪件跟哪件配在一起都裝得上。

㉖ 他是搞無線的，這個儀器的哪條線路通哪條線路他都一清二楚。

㉗ 日本人進了地道也不知道哪兒通著哪兒，哪兒連著哪兒。

三、表示虛指

疑問代詞用於虛指時也不要求回答，它只代表不知道或說不出來或無須指明的人或事物。例如：

① 這件事情好像誰告訴過我。

② 我應該在中國買點兒什麼送給我的朋友。

③ 咱們哪天到頤和園去玩玩兒。

④ 我看你很面熟，咱們好像在什麼地方見過面。

⑤ 你坐哪兒等我一下兒，我就來。

⑥ 多會兒你們放暑假，咱們去海濱游泳。

⑦ 我的腰不知怎麼扭了一下兒。

第四節　幾個特殊的代詞 —— 每、各、某

一、每、各

“每”和“各”都是指組成全體的任何一個個體來說的，而意在全體，強調共同處。例如：

① 老校長對全校每一個同志的情況都很清楚。

② 他現在每天早晨鍛練，身體開始好起來了。

③ 請把這個通知傳達給每個單位。

④ 我們和各級幹部必須時刻關心群眾的生活。

⑤ 在這所大學，來自世界各國的學生都在一個餐廳吃飯。

⑥ 我們的工作得到各國人民的同情和支持。

但是，“每”和“各”在意義上和用法上還是有區別的。

（一）“每”指的是全體中任何一個個體，強調所指事物的共性，因此，側重表示由個體組成的全體。在用“每”的句子裏，常用表示範圍的副詞“都”。

① 老人每天都到果園裏來勞動。

② 你說的每一句話我都聽懂了。

③ 會上每位代表都發了言。

"各"強調所指事物的不同點，側重於逐指，主要表示個體。

④ 我們主張各國的事務應當由各國人民自己來管。

⑤ 當前，環境保護問題引起了社會各方面的不同的反應。

⑥ 起義軍佔領陳縣以後，陳勝請各方面的代表來開會。

⑦ 希望大家把我所講的加以考慮，加以分析，同時也分析各人
自己的情況。

（二）"每"不能直接與名詞連用（"天"、"日"、"月"、"年"、"星期"、"人"、"小時"、"分鐘"等因同時是準量詞，除外）。"每"和名詞之間要用量詞或數量詞，例如我們不能說"每桌子"，必須說"每張桌子"或"每一張桌子"。不能說"每書"，必須說"每本書"或"每一本書"等。

"各"可以和名詞連用，但也是有限制的。可以和"各"連用的名詞多為表示組織、機構的名詞。如：各國、各省、各縣、各地、各民族、各部門、各單位、各工廠、各學校、各機關團體、各系、各班、各組、各年級、各支部、各小隊等。"人"也可與"各"連用："各人"。

有些名詞不能與"各"連用，中間要用量詞。能與"各"連用的量詞也是有限的。下面列舉一些常與"各"連用的量詞：個、種、式、樣、位、方面、條、類、門、屆、項、級、界……等。

此外，"每"和"各"還可以修飾動詞。這時它們均被看作副詞。如："每到夏天，他就去北方旅行。""每當我遇到困難的時候，我就想到了你。""我們每前進一步，都要付出一定的代價。""桂林、杭州各有特點。"

二、某

（一）"某"可直接用在名詞前面，指代知道但不願意、無須說或說不出來的人或事物。例如：

① 代表團已於昨晚乘專機前往我國西北某地參觀訪問。

② 一九四五年復員後，我在江南某地度過了第一個元旦。

③ 最近，我們在某地發現了一個新的油田。

④ 這個地區在某年某月某日曾發生過一次大地震。

"某"還可以疊用，說成"某某單位"、"某某學校"、"某某公司"、"某某人"、"某某出版社"等等。

有時"某"和名詞之間也需用量詞，如"某種原因"、"某項規定"、"某個事件"。"某"還能與不定量詞"些"連用。如：

⑤ 這個工廠的某些產品的質量已經達到世界先進水平。

⑥ 社會上某些不健康的思想也會反映到學生的頭腦中。

（二）"某"也可指不確定的人或事物。例如：

① 這個故事發生在南方的某個縣城。

② 在實驗中，如發生某種不正常現象，請保持鎮靜。

③ 某班有學生五十人，男生三十人，問女生有多少？

"某"的上述用法，通常只用於書面語。

"某"還可以用在姓氏的後面指確定的人。如"王某"、"李某"，或"王某某"、"李某某"，或"王某人"、"李某人"。這種用法也可以表示自稱，如"我張某向來視榮華富貴如糞土。"、"我王某絕不會背信棄義，出賣朋友。"

"某"的這種用法多出現在與人交談的場合，表示說話人的一種自恃情緒。

練習

一、指出下列句中的代詞，並說明是哪類代詞[人稱代詞（人）、疑問代詞（疑）、指示代詞（指）]：

1. 夜深了，這兒的夜是那麼靜。
2. 這裏有四十多個姓張的同志，這個寄包裹的人連名字都不寫，誰知道是寄給哪個老張的？
3. 大春和小李快要結婚了。這對青年人是怎麼認識的呢？事情是這樣：…
4. 每當我看到自己畫的那間草屋，就不由得想起那些活潑的姑娘，她們像一朵朵白色的梨花，那樣美麗，那樣可愛。

5. 有一天，愚公對他的家裏人說："這兩座山，對著我們家的門口，太不方便了，我們搬走它，好不好？"

6. 愚公的兒子、孫子都很同意。但是他的妻子決心不大，她說："這兩座山這麼高，這麼大，怎麼搬得了呢？這麼多石頭，什麼地方放得下呢？"

二、指出下列句子中的指示代詞，哪些起指別作用（指），哪些起稱代作用（稱）：

1. 弟弟年紀小，老貪玩，你是哥哥，可不應該那樣。

2. 這些書都是他在三十年前寫的。

3. 你總那麼坐著對身體不好。

4. 你這麼一解釋，我才明白。

5. 這種生產方法現在已經落後了。

6. 昨天來看我的那位老人是我父親的一個老朋友。

7. 你不要謝我，這是我應該做的。

8. 你怎麼能那樣對待他。

9. 這個輪子這麼裝，車子就走不動了。

10. 這是爸爸剛買來的書，這都是給你的，那些是我的。

11. 忠誠、老實是一種美德，這是人人都知道的。

12. 那幾句話到底應該怎麼翻譯才對？

13. 事情發生的經過就是這樣，你清楚了嗎？

14. 這個螺絲帽我怎麼擰也擰不上去。啊，你應該這麼著；那麼著，方向錯了，當然擰不上去囉！

三、用適當的代詞填空：

1. 勞駕，去清華大學 ＿＿ 走？

2. 通知上說的是 ＿＿ 事？

3. 昨天的排球比賽，＿＿ 隊贏了？

4. 這把鎖 ＿＿ 開？我 ＿＿ 開了半天也開不開。

5. 這是 ＿＿ 天的報紙？

6. ＿＿ 張彩色照片是新照的，牆上掛著的 ＿＿ 是前年照的。

7. 這封航空信是 ____ 來的？

8. 請問去北京醫院 ____ 走？要倒 ____ 次車？

9. ____ 件行李是我隨身帶的，____ 幾件大的準備托運。

10. ____ 為群眾辦好事，群眾就擁護 ____ 。

11. 阿毛？這一帶的人 ____ 不知道他。

12. 想要跟你說的話太多了，真不知道先說 ____ 好。

13. 剛才老張給你來了兩三次電話，一定有 ____ 事。

14. 一切都聽你的，你讓我 ____ 幹，我就 ____ 幹。

15. 剛來北京的時候，我 ____ 都不認識，出門時總要帶著市區交通圖。

16. 哎呀，____ 好的電影，你 ____ 沒去看呢？

17. 明天我一整天都在家，你 _____ 來都可以。

18. 我實在走不動了，咱們在 ____ 休息會兒，好嗎？

19. 我 ____ 跟你 ____ 的家一樣，你想幹就幹 ____ ，不要客氣，不要拘束。

20. ____ 個時代出的人才多， ____ 時代就發展得快。

四、就下列各句畫線部分用疑問代詞提問：

例如：　我在北京語言學院學習漢語。
　　　　你在哪兒（哪個學校）學習漢語？
　　　　你在北京語言學院學習什麼？

1. 小明生日那天，姐姐送給他一套彩色明信片。

2. 我們應該做有用的人，不應該做只講體面而無用的人。

3. 一隻做工的蜜蜂最多能活六個月。

4. 這個字念干（gān），那個字念于（yú）。

5. 大家注意明天上午八點鐘到學校東門上車，八點半出發。

6. 這個手提包是他媽媽從上海給他寄來的。

7. 織女星的光是太陽的五十倍，牽牛星的光是太陽的九倍多。

8. 來中國以前，我也是個教師。

9. 老劉對人非常熱情。

10. 這張畫兒畫的是杭州西湖。

五、用疑問代詞改寫下列句子（注意疑問代詞的活用）：

1. 她今天不太舒服，一點東西都不想吃。
2. 圖書館的字典我都查過了，也沒查到這個字。
3. 我們想請英語水平高的同學給我們當翻譯。
4. 我們大院裏人人都知道老王正直、可靠。
5. 小王只交給我一封信，別的什麼話沒說就走了。
6. 弟弟剛到這兒來的時候，看到這個也覺得新鮮，看到那個也覺得新鮮。
7. 我每次去他家的時候，他都在學習呢。
8. 開始學打太極拳的時候，老師這樣做，我們也這樣作，老師那樣做，我們也那樣做。

六、說明下列疑問代詞是表示疑問，還是表示任指或虛指：

1. 老師傅見了魯班就問："你叫什麼名字？從哪兒來的？"
2. 您的兒子把您交給我照顧，我怎麼也應該負責到底。
3. 人的正確思想是從哪裏來的？
4. 這個郵電所是先進單位，電報什麼時候來，什麼時候送。
5. 小姑娘抬頭一看，這位老幹部好像在哪裏見過似的，怎麼這麼面熟？
6. 哎呀，你這個人，這麼大的事，你怎麼不早說？
7. 這一整天，誰也沒有買過一根火柴，誰也沒有給過她一個錢。
8. 離別以後，她的情況到底怎麼樣，我就一點也不知道了。
9. 回國之前，我應該買點什麼送給我的朋友。
10. 下次你再帶禮物給我，你怎麼拿來，還怎麼帶回去！

七、選詞填空：

（一）每、各

1. 老師要求我們 ____ 分鐘寫四十個漢字。
2. 這個班的學生 ____ 人有 ____ 人的特點。
3. 這種藥片 ____ 四個小時吃一次，____ 次吃兩片。
4. 我家的房後有一個大花園，花園裏有 ____ 種花草。
5. 當時，鐵路工人的鬥爭，得到了社會上 ____ 方面群眾的同情和支持。

（二）我們、咱們（可填"我們"和"咱們"的儘量填"咱們"）

1. 接到你的來信，＿＿ 可高興了。
2. ＿＿ 永遠不會忘記您對 ＿＿ 的教導。
3. 聽到他的先進事蹟，＿＿ 都感動極了。
4. 明天下午 ＿＿ 一起開個座談會，交流交流經驗好不好？
5. 下星期日 ＿＿ 去長城，你跟 ＿＿ 一起去好嗎？
6. 這幾張照片是張教師送給 ＿＿ 兩人的，這三張是你的，那兩張是我的。

（三）幾、多少

1. 今天是 ＿＿ 月，＿＿ 號，星期 ＿＿？
2. 你寫的那篇論文有 ＿＿ 字？
3. 新蓋的禮堂能坐 ＿＿ 人？
4. 世界上有 ＿＿ 大州？＿＿ 大洋？
5. 你們學校一共有 ＿＿ 人？＿＿ 個學生？＿＿ 個教職工？

（四）別人、人家

1. ＿＿ 三班同學都那麼團結，咱們班怎麼做不到？
2. 大劉和小王正在準備考大學，＿＿ 哪兒有時間陪你玩。
3. 我都快忙死了，你幫幫 ＿＿ 不行嘛？
4. 今天家裏只有我和媽媽兩個人，沒人 ＿＿ 。
5. 小明，你記住，要是有 ＿＿ 來叫門，一定不要開，我們在開會。

第三章 數詞和量詞

數詞是表示數目的詞。量詞是表示事物或動作的數量單位的詞。漢語的數詞和量詞常常一起使用。

第一節 數詞

數詞包括基數、序數，基數又包括整數、分數、小數和倍數。

一、整數的稱數法。

基數指數值，即數目的多少。漢語的基數詞分係數與位數兩種。整數的係數詞是：零、一、二、三、四、五、六、七、八、九、十、兩。位數詞是：個、十、百、千、萬、十萬、百萬、千萬、億，等。漢語按十進制計數法計數，十個"十"為"百"，十個"百"為"千"，十個"千"為"萬"……。"10"以下的數目只用係數詞來稱數，如"5"讀作"五"，"8"讀作"八"，"10"讀作"十"。"10"以上的數目，要把係數詞與位數詞結合起來稱數，係數詞放在位數詞之前，個位數的"個"不讀。如：

```
3   5   1   2   6
萬   千   百   十   (個)    讀作：三萬五千一百二十六
```

位數與前面的係數是相乘的關係，不同位數（連同前面的係數）的數值是相加的關係，即：

數　目	表　示　的　數　值	讀　法
萬千百十(個)		
13	$1 \times 10 + 3$	十三
22	$2 \times 10 + 2$	二十二
362	$3 \times 100 + 6 \times 10 + 4$	三百六十四
7212	$7 \times 1000 + 2 \times 100 + 1 \times 10 + 2$	七千二百一十二
83651	$8 \times 10000 + 3 \times 1000 + 6 \times 100 + 5 \times 10 + 1$	八萬三千六百五十一

數目在"萬"以上時，以"萬"為單位，"萬"位照讀，"萬"以上的位數和

"萬"以下一樣,仍讀作"十","百","千",而不是"十萬","百萬","千萬"。如:

```
3  7  8  6  4  2  1  6
千  百  十  萬  千  百  十 （個）
```

讀作:三千七百八十六萬四千二百一十六。不能讀作:三千萬七百萬八十萬六萬四千二百一十六。

"萬萬"為"億"。"億"以上的數目,以"億"為單位,稱數法與"萬"以上的相同。如:

```
3  5  6  7  4  3  2  1  3  3  1  9
千  百  十  億  千  百  十  萬  千  百  十 （個）
```

讀作:三千五百六十七億四千三百二十一萬三千三百一十九。（稱數時括號內的位數都略去不說）

漢語稱數法是四位一級,位數順序如下:

……	千	百	十	億	千	百	十	萬	千	百	十	（個）
	(億)	(億)	(億)		(萬)	(萬)	(萬)					
……	億　級			萬　級			個　級			

由此可見漢語的稱數法規律性是很強的。為了便於稱數,可在阿拉伯字碼數列上從個位開始,隔四位打一逗號,這樣每一段四位數的位數詞均為"千"、"百"、"十"、"（個）"（或"萬"、"億"）。如:

3216,9473（三千二百一十六萬九千四百七十三）

138,8612,3116（一百三十八億八千六百一十二萬三千 一百一十六）

須注意有些數目的稱數法:

（一）"11---19",十位數係數詞為"一",稱數時"一"略去不說。如"18"讀作"十八"。

（二）一個數列中間有空位（位數詞前沒有係數）時,不管空幾位,都讀一個"零",但當最高位數為"億"時,"億"要讀出,當最高數為"萬"以上時,"萬"要讀出,不可空過,"億"、"萬"後如有空位,仍讀作"零"。如"18,0000,0021"～十八億零二十一,"3003"～三千零三,"5,8012"～五萬八千零一十二,"6050,0099"～六千零五十萬零九十九。

（三）如空位在後，不管空幾位，空位後的部分都可略去不說。如"360"～三百六（十），"3500"～三千五（百），2,0400,000～兩億零四百萬。

二、分數、小數和倍數的稱數法。

（一）分數

分數通常的說法是"×分之×"，前一個"×"表示分母，後面的"×"表示分子。2/3～三分之二，7/10～十分之七。分數前有整數，讀作"×又×分之×"，如：3 又 4/25～三又二十五分之四。

分母為 100 的叫百分數，讀作"百分之×"。如：70%～百分之七十，201%～百分之二百零一。

分母為 1000 的讀作"千分之×"，如"千分之十"，"千分之十五"等等。

"分"，"成"是"十分之一"的意思。如"三分（利息）～3/10（的利息）"，"今年的蔬菜比去年增加了三成（十分之三）。"

（二）小數

小數通常的說法是把小數點讀作"點"，小數點以後的部分只讀係數詞，小數點以前的部分與一般稱數法相同，也可只讀係數·詞。如"0.6"～零點六，"3.1416"～三點一四一六，"138.45"～一百三十八點四五，或一三八點四五。

（三）倍數

倍數通常的說法是在數詞後加上量詞"倍"。倍數一般用在"大於"或"增加"的情況。如"34 是 17 的兩倍"。要注意的是"是……×倍"與"增加了×倍"的區別。"甲是乙的×倍"，甲與乙是相除關係：甲÷乙=×倍；"甲比乙增加（多）×倍。是甲減去乙之後再與乙相除：（甲－乙）÷乙=×（倍）。比如，某工廠去年的的產量為 2000 萬噸，今年的產量為 6000 萬噸，那麼今年的產量就是去年的三倍，或比去年增加了兩倍。

"小於"或"減少"的情況一般不用倍數，而用分數來表示。如："兒子十二歲，爸爸三十六歲，兒子的年齡是爸爸的三分之一。""某校去年的學生是 3000 人，今年的學生是 2000 人，今年比去年減少了三分之一（或今年的學生是去年的三分之二）。"

三、概數的表示法

有時說話人不知道、不願意或無須說出準確的數目，就可以說一個大概的數目。概數有以下幾種表達方式。

（一）兩個相鄰的數詞連用。連用的一般為係數詞，通常數目小的在前，數目大的在後。如"八九千"、"七八歲"、"十五六個"、"三四百斤"。"兩三（不用二三）"連用時有兩種方式，一種是"兩三"，如"兩三天"、"兩三千人"，一種是"三兩"，但一般只限於"三兩天"（含"少"義）。"九"和"十"不能連用表示概數。

不連續的係數詞可以連用表示概數的有"三五"，如"來了三五百人"、"去三五天就回來"。

（二）數詞後加上表示概數的詞語。主要有"來"、"多"、"把"、"左右"、"上下"等。

[來]"來"表示接近前面數詞所表示的數量，可能略多，也可能略少，相差不能太遠，只用於整數。如"十來個"表示八九個～十一二個，"一百來個"表示比一百多幾個或少幾個。用"來"表示概數時，應注意以下幾點：

（1）"來"如在數量詞後，它限制整個數量短語，如"十斤來肉"，"來"限制"十斤"，表示大約九斤八九兩～十斤一二兩；如果"來"在數量短語中間，它只限制前面的數詞，如"十來斤肉"表示八九斤～十一二斤。

（2）"來"的位置

"來"可以用在一切名量詞之後，"來"的位置與名量詞的種類有關。我們把名量詞分為兩大類：一類表示連續的量，如度量衡單位"斤"、"兩"、"尺"、"寸"，表示時間的"年"、"天"，表示組織機構的"連"、"排"、"班"等，這類量詞所表示的單位是由更小的單位組成的。如一斤由十兩組成，一連有三個排等等。另一類是表示非連續量的，多為個體量詞，如"個"、"只"、"把"等。"來"與表示連續量的量詞連用時，有兩種位置：可分別稱為 A 式和 B 式：

A 式：數詞（以 O 結尾的）+"來"+量詞（+名詞）。如：五十來里路、三百來斤（米）、四千來尺（布）、三十來年（的時間）。

B式：數詞（以1、2…9結尾的及10）+量詞+"來"+名詞。如"五里來路、六斤來肉、十尺來布、三年來時間。

A式中量詞後的名詞有時可省略去不說。B式中的數詞以"1～10"為多，10以上的有時也可以，如"二十五里來路，一會兒就到了"，但比較少用。數詞為"10"時，"來"有兩種位置："十來斤米、"十斤來米"。但如前所述，所表達的意思不同。

"來"與表示非連續量的量詞連用時，位置只能在數詞後，數詞只限於以"0"結尾的，即A式：

數詞（以0結尾）+"來"+量詞+名詞。如"十來個（人）"，"三十來本（書）"，"三千來棵（樹）"，名詞也可以省去不說。

"來"多用於口語。

[多]"多"表示比前面的數詞所表示的數目略多。如"二十多個（人）"、五百多斤（米）"。"多"的位置以及用法與"來"一樣：

A　數詞（以0結尾）+多+量詞（各種量詞）（+名詞）

B　數詞（以1…9結尾及10）+量詞（表示連續量）+"多"+名詞

[把]"把"與"來"的意思一樣，但只能用在位數詞"百"、"千"、"萬"和某些量詞之後，位數詞或量詞前不能用係數詞，但表示"一"的意思。如"百把人"～一百來人，"萬把畝地"～一萬來畝（地），"塊把錢"～一塊來錢。還可以說"個把人"～一、兩個人，意思是"人極少"，"個把月"～一個來月，意思是時間不長。

北方多用"來"，南方多用"把"。

[左右]"左右"也表示與實際數值相去不遠。可略多，也可略少。如"一年左右"、"三天左右"、"十五個左右"，幾乎沒有什麼限制。"左右"要與數量短語一起連用，位於數量短語之後。當數值在"十"以上時，在一定的語言環境中表示年齡、日期的量詞可以省去不說，如"十五（歲）左右」、"二十（號）左右"。"左右"表示時間的概數時，既可用於時點，也可用於時段，如"十二點左右"、

"三天左右"。但只能用於用數量詞表示的時間詞語後，不能說"春節左右"。

[前後] "前後"只用於表示時間的概數，意思與"左右"基本相同。但只用於時點，不能用於時段。表示時點的詞不限於用數字表示的時間詞語，如"十一前後"、"春節前後"、"天亮前後"、十號前後、停戰前後"，但不能說"三天前後"。

[上下] "上下"的意思用法基本與"左右"一樣，但適用的範圍有些不同。"上下"適用的範圍較窄，多用於年齡、高度、重量等，"左右"適用於各種量詞。用於年齡時，"上下"一般適用於成年人，如"二十（歲）上下"、"七十（歲）上下"，不說"五歲上下"，而"左右"可用於各種年紀。

[以上] "以上"用在數詞或數量短語之後，表示大於該數值的概數。用法與"左右"基本相同。如"一年以上（的時間）"、"一萬（人）以上"。

"以上"有時只起劃定界限的作用，不表示概數。如"十六歲以上的公民有選舉權"，意思是"凡超過十六歲的公民都有選舉權"。習慣上"×以上"的數目包括"×"在內。如"二十歲以上的青年"包括二十歲的。正式文書一般用"滿×的"。

[以下] "以下"表示小於某個數值的概數。用法與"以上"基本相同。習慣上"×以下"不包括"×"在內。如"二十歲以下的青年"，不包括二十歲的。正式文書一般用"不足×的"。

[成] "成"只用於"百"以上的位數詞前，表示達到一定的單位，包含有數目大的意思。如"成千的人"意思是"人數可以以千為單位來計算"，表示人多。"成"也可用於借用量詞及準量詞（見本章第二節）前，如"成車地往外拉"、"成年地勞動"。"成"還可以用在"倍"前，如"成倍地增長"。

[上] "上"也只能位於"百"以上的位數前，表示數目"夠得上"，"達到"。如"上萬（的）人"，意思是"人數達到一萬"，又如"上百輛（的）車"、"上千畝（的）地"，用"的"更加強調數目大。

[近] "近"用在數量短語前，表示"雖沒有達到但接近"，適用的量詞很寬，一般用於說話者認為是較大的數目。如"近千人"、"近五億元"、"近三年的時

間"。

[約]"約"用在數量短語前,表示與後面的數量短語所表示的數目相距不遠,與"左右"近似。"約"適用的數詞、量詞範圍很廣。如"約三天時間","約十人"。

比較起來,"來"、"把"、"成"、"上"比"左右"、"上下"、"以上"、"以下"、"近"、"約"更口語化。

(三)"幾"、"兩"的活用

[幾]"幾"是疑問代詞,有時並不表示疑問,而表示概數。如"你去拿幾本書來。"、"我還有幾個字沒寫完。""幾"所表示的概數一般在"十"以內。有時"幾"所表示的實際數值並不在"十"以內。說話者所以用它,是為了有意縮小數值(客氣或其他原因)。如:"我沒讀過幾本書,知道的東西很少。"、"敵人堅持不了幾天了。""幾"還可以在數列中代替係數詞,表示"十"以上的概數。如:十幾本書、幾十個人、幾百人、幾萬人等等。

[兩]"兩"活用表示概數的用法與"幾"基本一樣:"過兩天我再去看你。"、"都八點了,才來這麼兩人。"這裏的"兩"都可以換成"幾"。但"兩"一般多用於肯定的情況,"幾"肯定、否定情況都能用。"兩"因為是一個係數詞,所以不能在數列中代替係數詞。

四、序數

序數詞是表示次序的數詞。漢語序數的基本表示法是在基數詞前加"第",如"第一天"、"第七名"、"第二十八號"等。

在漢語裏,不少情況下用基數詞表示序數。有些事物還有特殊的表示序數的方法。下面列舉幾種主要的:

年代用基數詞。如"1978年",可以讀作"一千九百七十八年",更經常地是讀作"一九七八年"。

月份也用基數詞。如:一月、二月 … 十二月。"一月"可以說"元月"。夏曆"一月"叫"正(zhēng)月"。

日期用基數詞。如"一號、二號 … 三十一號。夏曆"一號 … 十號"叫"初一 … 初十"。

親屬排行：大哥、二哥、三哥 …，二弟、三弟 …，大伯、二伯 …，二叔、三叔 …。

子女排行：長子、次子 … 小兒子。

等級：頭等、二等、三等 … 末等。

樓房層數：一樓（層，高出地面那層）、二樓（層）、三樓（層）…。

公共車輛班次：頭班車（第一班）、末班車（最後一班）。

書籍：第一卷、第二卷 …（書面語也可用"卷一"、"卷二"…）

組織機構：一班、二班 …，（第）一組、（第）二組 …，一廠、二廠 …。

如名詞音節較多，為了音節勻稱，前面加"第"，如"第一教研室"、"第二機械工業部"；簡稱時不用"第"：一教"、"二機部"。

五、幾個特殊數詞的用法

[二]和[兩] "二"和"兩"都表示"2"，但用法不同：

（一）用在量詞前：

量詞為度量衡單位時，用"二"、"兩"均可，但中國傳統的度量衡單位（分、畝、頃、合、升、斗、石、錢、兩、斤等等）多用"二"，新出現的度量衡單位（米、公里、公頃、平方米、立方米等等）多用"兩"：

二（兩）畝　二（兩）斤　二（兩）斗　二（兩）尺　二兩（＊兩兩）兩公斤　兩公里　兩公尺　兩立方米　兩米　兩公頃

一般量詞前用"兩"：兩件衣服、兩個房間、兩本書、兩千人、兩次、兩趟，等等。

（二）用在位數詞前：

"十"前只能用"二"；"百"、"千"、"萬"、"億"位於數列中間時，一般用"二"，處於開頭時，"百"前仍用"二"，"千"、"萬"、"億"前通常用"兩"：二十、二百、二百五十萬、兩千二百萬、兩億二千萬。

（三）稱數序數、分數、小數以及基數的個位數，都用"二"：

第二、二月、二樓；零點二、二點一一；二分之一、百分之二；
十二、九十二、一百零二、三萬五千一百二十二。

（四）在"半"、"倍"前：

在"半"前用"兩"，如"兩半兒"；在"倍"前用"二"、"兩"都可以，
如"二倍"、"兩倍"。

	度量衡單位	一般量詞	位數詞	整數、分數 小數、序數	半	倍
兩	兩畝、兩斤 兩公里 兩米 兩公尺 兩公斤	兩本書 兩件衣服 兩下兒 兩遍	兩萬五 兩千九 兩億		兩半兒	兩倍
二	二畝 二斤 二里 二米		二十 二百五十六 三萬二千二百三十 十二萬	二、十二 三分之二 二分之一 二點二五 第二、二樓、 二哥		二倍

　　[倆]　"倆"（li3）是"兩個"的意思，為北方口語。一般能用"兩個"的地方，都可以用"倆"："他們倆"、"倆人"、"姐妹倆"、"倆包子"。不能用"兩個"的地方，也不能用"倆"，如不能說"倆兄弟"、"倆天"。

　　[半]　數詞"半"的意思是二分之一。無整數時，"半"用在量詞前，如：半斤、半個、半尺、半天、半疋布、多半袋麵粉、半人多高。有整數時，"半"用在量詞後，後面再接名詞，名詞也可以省去：一斤半（肉）、一里半（地）、兩天半。

　　"半"與數詞、量詞連用時，位置基本與"來"、"多"相同。

　　[一]　數詞"一"限定賓語時可略去不說。如"昨天來了個客人。"、"我送你件禮物吧。"

"一"有很多引申用法，不表示數目，詞性也有所變化。這裏舉出幾種主要的：

1. 表示分指，有"每"的意思，後面一定還有一個數量短語。如"一個人三個蘋果"、"一個人一個想法"、"一天去一次"。
2. 表示"滿"，"整個"的意思，具有描寫作用。如"他跑得一頭汗。"、"他弄了一身土。"、"一路上車馬絡繹不絕。"、"我們一學期沒有見面。"、"一樓的人都出來了。"
3. 用在動詞或形容詞前，表示突然發生的動作或變化，或兩個緊捱著的動作："他一抬頭，看見一個陌生的人。"、"他把門一關就走了。"、"小芳聽了臉一紅，不再說什麼了。"用"一"時，動作一般已發生或完成。與時間無關。
4. 熟悉性的，即固定用法："寫一筆好字"、"做一手好活"、"學了一身本領"。

六、數詞的活用

有些數詞有時不表示實在的數目，而表示與數目有關的其他一些意思，這就是數詞的活用。主要有以下幾種：

（一）單個數詞的活用：

[三] "三"有時表示"多"，如"再三斟酌"、"一問三不知"。有時表示"少"，如：三句話不離本行"、"三個臭皮匠湊成一個諸葛亮"。

[九] "九"表示"多"，如：九天雲外、九霄。

[十] "十"表示種類繁多、齊全，如：十樣錦（一種食品）、十全十美、十全大補丸（一種藥）。

[百] "百"表示"多"，如：百感交集、百病叢生、百廢待舉、百思不解、百看不厭。

[千] "千"表示"多"，如：千里馬、千重浪。

[萬] "萬"表示"多"，如：萬頭鑽動、萬箭齊發、萬籟俱寂。

（二）數詞聯合活用，多與其他詞類交錯使用。例如：

一知半解　一時半會兒　一鱗半爪　一男半女
一時半晌　一天半天　　　　　　　　　　（表示"少"）

三天兩頭	接二連三		(表示"頻繁")
三腳兩步	三言兩語		(表示"少")
丢三拉四	說三道四	推三阻四	朝三暮四
顛三倒四	低三下四	不三不四	挑三揀四 (包含貶義)
亂七八糟	横七豎八	七扭八歪	七拼八湊
七上八下	雜七雜八	七手八腳	七嘴八舌 (表示雜亂無章)
千瘡百孔	千方百計	千錘百煉	千言萬語
千辛萬苦	千變萬化	千刀萬剮	千頭萬緒 (表示"多")
九死一生	九牛一毛	萬無一失	百裏挑一
千慮一得	掛一漏萬	百聞不如一見	(表示對比懸殊)

數詞的活用是多種多樣的，而且是熟語性的，不少是成語。所以要逐個去記，不能隨意創造。

第二節　量詞

量詞表示事物的數量單位或與動作有關的數量單位。量詞分名量詞和動量詞兩大類。

一、名量詞

名量詞是表示事物數量單位的詞。在漢語裏，除了成語或某些特殊用法外，數詞一般不直接與名詞連用，中間要用量詞（詳見本篇第一章"名詞"）。

名量詞分以下幾類：

（一）專用量詞。又可分以下幾種：

1．個體量詞：用於個體事物，這是漢語特有的。一般表示個體事物的名詞前都要求有一個特定的量詞，不能隨意使用。不少個體量詞與相應的名詞在意義上有某種聯繫，如"條"一般用於長條形狀的物體，如：一條帶子、一條路、一條繩子、一條蛇、一條河等等；"張"一般用於能展開（或打開）的物體，如：一張紙、一張畫、一張畫、一張嘴、一張弓；"顆"、"粒"用於小而圓的東西，如：一顆珍珠、一顆心、一顆星、一粒米、一粒種子、一粒花生；"個"是使用範圍最廣的個體量詞，可以用於很多個體名詞前。個體量詞前可以用指示代詞：這張紙、那條河。

2．集合量詞：用於由兩個以上的個體組成的事物。如：一副對聯、一雙筷子、一套房子、一幫敵人、一群孩子、一班人、一伙強盜、一批貨、一系列問題、一打鉛筆。集合量詞前一般也可以用指示代詞。

3．度量詞：即度量衡的計算單位。

長度：（市）分、（市）寸、（市）尺、丈、（華）里、釐米
　　　（公分）、米（公尺）、公里、海里（書寫時可用"浬"表示）。
容量：合、升、斗、公升、石（dàn，十斗）
重量：錢、（市）兩、（市）斤；克、公斤、噸
面積：分、畝、頃；平方寸、平方尺、平方米；公頃
體積：立方寸、立方尺、立方米

4．不定量詞：表示不定數量的量詞有兩個："些"、"點兒"。"些"和"點兒"前只能用數詞"一"，如：一些、一點兒。一般來說，"一些"比"一點兒"表示的數量要多。"些"和"點兒"前可以用指代詞"這"、"那"、"這麼"、"那麼"。"這麼些"、"那麼些"表示數量多，"這麼點兒"、"那麼點兒"表示數量少。"些"和"點兒"還可以用在形容詞和動詞後，表示"略微"的意思。如"好些（點兒）了"、"多些（點兒）"、"注意點兒"、"小聲點兒"。

　　"些"前可以用"好"表示"多"："好些（個）人"、"好些（間）房子"、"好些（本）書"。"些"後的量詞多省去不用。[註]

5．準量詞：有些名詞可以直接與數詞連用，這時這些名詞的語法功能基本與量詞相同，這樣用的名詞叫"準量詞"。準量詞主要有"年"、"星期"、"天"、"小時"、"分（鐘）"、"秒"；"國"、"省"、"市"、"縣"等。如"三年"、"五天"、"一小時"、"兩國"、"四省"等。大多數準量詞與名詞之間不能再用其他量詞，如不能說："五個年"、"四個天"、"兩個國"、"五個分鐘"等。但"星期"與"小時"前可以用"個"，如"三個星期"、"一個小時"。數詞和

[註]　"幾"前也可以加"好"表示"多"，如"他買了好幾本書。"但"好"＋"幾"表示數目一般不超過"十"。"好"＋"幾"後面一定要用"量詞"。"多"前也可以加"好"，意思用法與"好些"相同。"好些"比"好多"口語色彩濃。

準量詞後必要時還可以用其它名詞，如"三年的時間"、"五天的功夫"。

6・複合量詞：複合量詞是由兩個以上的量詞構成的，表示一個複合性單位的量詞。如"架次"（用於飛機）、"人次"、"秒立方米（用於流量）"等。

（二）借用量詞

　　有些名詞（多為表示容器的）可以臨時用作量詞，叫借用量詞。如：三碗飯、一盃水、兩壺酒、一身新衣服、一桌菜、一盆花、三車貨。借用量詞有的可以兒化，如：一桌(zhuōr)菜、一身(shēnr)衣服。

　　有些名詞有時可以與"一"連用，後面還可以加"的"，表示"滿"的意思（見本章第一節[一]的用法），如：一桌子（的）菜、一手（的）泥、一屋子（的）人、一肚子（的）壞主意、一臉（的）汗。這樣用的名詞與借用量詞不同，不能兒化。

二、動量詞

　　表示動作或變化次數的單位的量詞叫動量詞。動量詞也分專用動量詞與借用動量詞兩類。

（一）專用動量詞

　　專用動量詞數目不多，主要有：次、下、回、頓、陣、場、趟、遍、番等。專用動量詞一般不僅僅表示動作或變化的量，還包含某種詞彙意義。動量詞的使用不僅與動詞有關，還與相關的名詞有關。下面分別說明。

[次] "次"表示動作的次數，一般用於（能）反覆出現的事情："這個問題我們討論了三次。"、"這個電影他看了兩次，都沒看完。"

[下] "下"表示動作的次數，一般用於短時間的動作："老李拍了小劉一下。"、"他搖了幾下旗子。"、"你來一下！""一下"還有緩和語氣的作用，如"喂，你給我找一下小李。"、"你詳細介紹一下事情的經過。"比"喂，你給我找小李。"、"你詳細介紹事情的經過。"語氣要委婉得多。

[回] "回"表示動作的次數，也用於（能）反覆出現的動作，比"次"的口語色彩更濃。如"他家我去過三回。"、"一回生，兩回熟。""回"還可以作名量詞，用於"事情"："這是怎麼一回事？"、"你們說的是一回事，

別爭了。"

[頓]"頓"表示動作的次數，一般用於吃飯、斥責、勸說、打罵等動作。如"每天吃三頓飯。"、"他訓斥了那個流氓一頓。"

[陣]"陣"表示一段時間，一般用於驟發的持續的時間比較短的情況。如"下了一陣雨。"、"響了一陣槍聲。"、"臺下爆發了一陣熱烈的掌聲。"

[場]完整地進行一次為"一場"，多用於文藝表演及體育活動。如"上午打了一場球。"、"明天有兩場電影。"、"她大哭了一場。"

[趟]"趟"一般指來回行走的次數。如："我剛進了一趟城。"、"他找了你三趟都沒有找到你。"

[遍]一個（套）動作從開始到結束的整個過程為一遍。如"這個電影我看了三遍，每遍都很感動。"、"你把課文從頭到尾念一遍。"

[番]"番"表示動作行為的次數，多用於費時費力的行為。如"他又調查了一番。""番"前一般只能用數詞"一"，口語中較少使用。

[個]"個"也可以作動量詞，前面的數詞只能是"一"，"一"可略去不說。如"洗了（一）個澡"、"打了（一）個電話"、"使了（一）個眼色"。

（二）借用動量詞

表示動作行為所憑藉的工具以及人體的四肢器官的名詞，可以借用為動量詞。如：砍了一斧子、切了一刀、放了一槍、踢了一腳、咬了一口、看了一眼、打了一拳。

第三節　數量短語的語法功能

數詞單獨使用的情況較少。常見的只有數字作為陳述對象的，這時數詞可以做主語和賓語。如"一加一等於二。"、"十六是八的兩倍。"數詞有時可以作謂語，但必須是包含係數詞與位數詞的："這個孩子十二了。"、"這是三百張卡片，你二百，我一百。"用作謂語的數詞除了表示年齡、日期以外，一般都是承前省略了名詞。

量詞一般不單獨充任句子成分。但有時量詞可以作定語，那是因為省略了數詞"一"："他有個姐姐在北大學習。"、"我上街買了本書。"、"你寫篇文章吧。"這種省略了"一"的量詞只能限制賓語。

　　數詞和量詞一般是連在一起使用的。連在一起的數詞和量詞構成數量短語。量詞或數量短語前還可以用指示代詞“這”、“那”和疑問代詞“哪”，構成“指數量短語”，如“這三本（書）”、“那件（衣服）”、“哪兩個（人）。”指數量短語的語法功能與數量短語基本相同。下面我們提到數量短語時，一般包括指數量短語在內。

一、由名量詞構成的數量短語的功能。

（一）此類數量短語的主要功能是限制名詞，充任定語：
　　① 接著，他給我講了一個故事。
　　② 那個商店大不大？
　　③ 楊白勞身上落了一層雪。
　　④ 老任這著棋走得好，有心胸、有眼力。

　　一般來說，數量短語中間不能插入其他成分，如不能說“一新件衣服”、“一小個蘋果”、“兩座高樓”；而應該說“一件新衣服”、“一個小蘋果”、兩座高樓”。

　　如果個體量詞後的名詞所表示的事物是可以再分割的，數詞與量詞中間可以插入“大”、“小”這兩個形容詞。如：三大塊蛋糕、五大張紙、一小條布。大多數表示數目不定，但超過“二”的集合量詞前也可以用“大、小”之類形容詞：兩小把米、一大群人、一小批貨。但數目一定的“打”及表示成對的“副”、“雙”等集合量詞前不能用“大”、“小”修飾。“厚”、“薄”、“長”等描寫物體形狀的形容詞，有時可用在某些名詞前，插在數量短語中間，如：一長排桌子、三厚冊書、一薄片餅乾。這樣用的“數＋量＋名短語是有限的。

　　借用量詞，因本來是名詞，所以前面一般可以用形容詞修飾語，如：一滿壺酒、一平碗飯、三大鍋湯、一小鐵盒白糖。

（二）作主語或賓語。如果數量短語所修飾的名詞已在上文出現，下文緊接著再提到該名詞時，可以只說數量短語，省略其中心語。結果數量短語就成為主語或賓語了。如：
　　① 我從圖書館借來兩本書，一本是英文的，一本是中文的。
　　② 昨天我們去商店買衣服，我買了兩件，小李買了一件。

（三）作謂語，不是承前省略時多表示年齡、日期。如：
　　① 小劉今年十八歲了。
　　② 明天十五號。
　　③ 現在發書，每人五本。（承前省略了名詞“書”）

（四）由序數詞構成的數量短語可以作狀語。如：
　　① 他第一次沒有翻譯陪著上街買東西。
　　② 這是我第三次來中國了。

二、由動量詞構成的數量短語的語法功能。

（一）作動量補語：
　　① 老師傅把頭輕點了一下。
　　② 他朝敵人狠狠踢了兩腳。

（二）作狀語：
　　① 為了保障人民群眾的身體健康，最近藥品幾次降價。
　　② 幾萬名石油工人一下子來到了大草原。
　　③ 他一把把我拉住。

（三）動量詞還可以作主語的定語。有兩種情況，一種是在肯定句：
　　① 這場電影演的時間真長。
　　② 這趟上海去的值得，收獲不少。
　　③ 他這一頓打捱得太冤枉了。

能這樣用的“數、量、名”短語不多。另一種是在“一…也…”格式的否定句：
　　④ 我一次京劇也沒看過。
　　⑤ 他連一遍課文都沒念完就跑了。

三、數詞、量詞、數量短語重疊形式的語法功能

（一）數詞“一”可以重疊，表示“逐一”的意思，做狀語：
　　① 代表們和大家一一握手。
　　② 他把參觀的情況向大家一一做了介紹。

（二）量詞也可以重疊，用法比較複雜。

1・名量詞重疊表示“由個體組成的全體”，有“毫無例外”的意思，一般不用來分指全體中的每一個個體，應注意與代詞“每”的區別。“每”既能分指“全體中的個體”，又能表示“由個體組成的全體”。試比較：
 ① 他們班在學習方面每個人都很努力。
  他們班在學習方面人人都很努力。
 ② 他們班在學習方面每個人努力的程度不一樣。
  ＊他們班在學習方面人人努力的程度不一樣。
 ③ 這個孩子每月都生病。
  這個孩子月月都生病。
 ④ 這個孩子每個月病一次。
  ＊這個孩子月月病一次。

重疊的名量詞可以作主語（有時是複指主語）和定語：
 ⑤ 我們班的男生個個都是鋼鐵漢。
 ⑥ 條條道路通北京。
 ⑦ 朵朵葵花向太陽。

重疊的名量詞只能作主語的定語，不能作賓語的定語，例如不能說“他的話打動了人人的心。”但可以說“他的話打動了每個人的心。”

 表示時間的準量詞重疊時，可作狀語：
 ⑧ 他天天做早操。
 ⑨ 這個組年年超額完成生產任務。

 “重”、“層”等量詞重疊時表示“一層（重）又一層（重）”的意思，既可以作定語以又可以作狀語，既可以修飾主語，又可以修飾賓語：
 ⑩ 他們衝破了“四人幫”設置的重重障礙。
 ⑪ 雖然敵人層層設防，但仍然阻擋不住偵察英雄們。

2・動量詞也可以重疊，也表示“毫不例外”的意思，多作主語：
 ① 看電影，回回都少不了他。
 ② 他家頓頓吃米飯。

（三）數量短語也可以重疊，作定語時後面要用"的"。能這樣用的數詞限於"一"。例如：

　　① 桌子上擺著一盤一盤的水果。

　　② 山下，一條一條的小路通往各個村莊。

　　③ 院子裏堆著一堆一堆的柴火。

重疊的"一"也可以省略，數量短語後不用"的"：

　　④ 他看著眼前一張張熟悉的面孔，感到無比親切。

　　⑤ 這時一件件往事又湧上心頭。

前一種重疊形式描寫性更強。

　　這種重疊的數量短語的作用在於描寫，它描寫事物很多的樣子，所描寫的事物必須是以個體（用集合量詞時，事物以分離的群體）的方式呈現在人們眼前。因此它與"很多"的功能不同。如果說話者的目的不在於描寫，而只是一般地敘述事物多，就不宜用重疊數量短語這種表達方式。下面是兩個病句：

　　＊看到這裏，一個一個的孩子笑了起來。

　　＊我很喜歡看小說，我想買一本一本的小說。

把上面句子中的"一個一個"、"一本一本"換成"很多"，句子就通了。

　　重疊的數量短語可作狀語，一般表示動作的方式，意思是"～接著～地"：

　　⑥ 孩子們排著隊，兩個兩個地走進教室。

　　⑦ 她把糖水一勺一勺地餵給老大娘喝。

重疊的"一"可以省略，"地"也可省略：

　　⑧ 天氣一天天（地）暖和起來了。

　　⑨ 我們要把動搖的人一步步（地）爭取過來。

　　由動量詞構成的數量短語一般也可以重疊，意思、用法與由名量詞構成的數量短語重疊式相同。如作定語：

　　⑩ 一次次（的）失敗，並沒有嚇倒他。

　　⑪ 一場一場的比賽，搞得他精疲力竭。

作狀語：

⑫　（老栓）提著大銅壺，一趟一趟（地）給客人沖茶。

⑬　鐵錘一下一下準確地落在鋼鐵上。

練習

一、寫出下列數字：

一萬五千二百三十六　　　　　九千六百四十三

三十五萬　　　　　　　　　　一千八百二十六億

十億五千萬零九百二十六　　　三千二百一十八萬零四百

二、讀出下列數字：

20805	3692418	62154321
300000000	1080	250001
3/4	4/5	9/28
7/10	1/2	1/1000
80%	2%	95%
3.1416	584.32	1040.52

三、用概數來表示下列數字：

99 個	9-11 個	9 個
21 個	3-5 個	7-9 個
23-25 歲	18-20	69 歲

四、用“二”或“兩”填空：

（　）斤三兩　　　　十（　）斤　　　　（　）百（　）十五個

（　）萬人　　　　　（　）米布　　　　（　）億（　）千萬

（　）次　　　　　　（　）畝　　　　　（　）件衣服

（　）個本子　　　　（　）分之一　　　（　）倍

五、判斷下列句子的正誤，並將錯的改正過來：

1. 我們班有十個來學生。
2. 他已經學了十來課書了。
3. 春節左右王剛要回家鄉去一趟。
4. 老師的孩子很小，看上去五歲上下。
5. 某工廠去年生產化肥一千萬噸，今年生產兩千萬噸，今年的產量是去年的一倍。
6. 小梅去天津了，國慶前後回來。

六、用適當的量詞填空：

兩（　）鉛筆　　　三（　）衣服　　　一（　）床
兩（　）椅子　　　這（　）課文　　　一（　）傘
一（　）黃瓜　　　一（　）蒜　　　　五（　）梳子
一（　）毛巾　　　一（　）電視機　　兩（　）自行車
一（　）國旗　　　一（　）繩子　　　三（　）本子
一（　）橡皮　　　一（　）蛋糕　　　一（　）湯
一（　）茶　　　　兩（　）窗戶　　　一（　）牆
一（　）珍珠　　　一（　）牛　　　　一（　）狗

七、判別正誤（在每組句子中，正確的畫 ✓）：

1. A. 老作家用了一年的時間寫完了那本書。
   B. 老作家用了一個年的時期寫完了那本書。
2. A. 謝利用了一月的時間寫了一篇論文。
   B. 謝利用了一個月的時間寫了一篇論文。
3. A. 回憶往事，一張張熟悉的笑臉又出現在我眼前。
   B. 回憶往事，張張熟悉的笑臉又出現在我眼前。
4. A. 小剛兩三天沒上學了。
   B. 小剛三兩天沒上學了。
5. A. 我去火車站用了一半個小時。
   B. 我去火車站用了一個半小時。
6. A. 那個工人每天裁八十、九十條褲子。
   B. 那個工人每天裁八、九十條褲子。

7. A. 她每月工資六十左右塊錢。

　　B. 她每月工資六十塊錢左右。

8. A. 這個生產隊每年蔬菜產量是三千萬多斤。

　　B. 這個生產隊每年蔬菜產量是三千多萬斤。

八、在下列短語中，哪些數詞與量詞之間可以加上形容詞？
　　請加上適當的形容詞（如：大、小、長、平、滿等）：

　　如：一（大）把米

1. 一（　）群孩子　　　2. 三（　）堆篝火

3. 五（　）椅子　　　　4. 六（　）筐蘋果

5. 兩（　）面鏡子　　　6. 一（　）片森林

7. 一（　）塊點心　　　8. 兩（　）棵樹

9. 三（　）碗飯　　　　10. 一（　）條布

11. 七（　）箱衣服　　　12. 一（　）杯牛奶

第四章　動詞

第一節　動詞的語法特徵

　　動詞主要表示動作行為。漢語的動詞內部情況比較複雜，不同類的動詞具有不同的語法特徵，而動詞和形容詞又有一些重要的共同的語法特徵，因此很難概括出適合於所有的動詞而又只屬於動詞的語法特徵。這裏只提出一些適合於多數動詞的主要的語法特徵。

1・動詞在句子裏主要作謂語，部分動詞還可以作結果補語、趨向補語和情態補語。
　　動詞有時可以作定語及主語、賓語，少數動詞可充任狀語（詳見第三篇句法（上）句子成分）。
2・動詞一般都可以用"不"來否定，多數動詞還可以用"沒"來否定。
3・多數動詞後可以用動態助詞"了"、"著"、"過"。
4・多數動詞可以帶賓語。

第二節　動詞的分類

　　我們可以按不同的標準來給動詞分類，不同的分類有不同的意義和用途。這裏介紹動詞的幾種主要的分類。

一、及物動詞與不及物動詞

　　動詞按能不能帶賓語以及能帶哪類賓語分為及物動詞與不及物動詞兩類。及物動詞主要指能帶受事賓語（動作的接受者）的動詞，如：看（書）、寫（字）、發動（群眾）、挖（坑）、打（球）等等。

　　有些動詞帶賓語後表示使動意義，這類動詞也是及物的。如"去皮"就是"使皮去掉"的意思。這類動詞如：下（蛋）、上（顏色）、出（汗）、平（地）等。

　　大多數及物動詞的賓語在一定的語言環境中（如有一定的上下文、答話等）可以省略。如：

① 他昨天看過這部電影了，今天怎麼又去看？

② 甲：你聽錄音嗎？

乙：聽。

姓、叫、屬於、具有、成為、等於等也是及物動詞，這些及物動詞一般不能省略賓語。

不及物動詞指不能帶賓語和不能帶受事賓語的動詞。不能帶賓語的動詞如：著想、相反、斡旋、問世、通航、休息、指正、送行等。很多不及物動詞可以帶非受事賓語。不及物動詞所能帶的賓語主要有以下幾種：

（一）表示行為的處所。如：上山、回家、去上海、出國、下鄉、出院等。

（二）表示動作行為所憑藉的工具。如：睡床、過篩子。

（三）表示存在、出現、消失的事物（即存現賓語）。如：來了兩個人、蹲著
　　　一個石獅子、死了一頭牛等。

應注意，有些動賓短語凝結得很緊，與某些語言中的一個詞相當，如：見面、握手、結婚等，後面不能帶賓語。如不能說 "見面他"、"握手你"、"結婚她" 等等。

有的動詞包含幾個意義，可能分屬及物與不及物兩類。如：去（南京）～不及物，去（皮）～及物，笑了～不及物，（大家都）笑（他）～及物。

二、動作動詞、狀態動詞、關係動詞與能願動詞

（一）動作動詞

動作動詞是表示動作行為的動詞，在動詞中佔多數。如：吃、看、聽、說、試驗、辯論、收集、表演、通知等。動作動詞是最典型的動詞，有下列語法特徵：

1. 一般可以重疊；
2. 一般可以帶動態助詞 "了"、"著"、"過"；
3. 可以用 "不" 和 "沒" 來否定。
4. 可以帶動量、時量補語；
5. 可以構成命令句，如 "來！"、"走！"；

6. 可以用正反疑問式提問；
7. 不能受程度副詞的修飾。如不能說 "很吃"、"非常跑"。"很看了
   一陣子"，"很解決問題" 中的 "很" 是修飾後面整個動詞短語的，
   不是單純修飾動詞的。

（二）狀態動詞

狀態動詞主要表示人或動物的精神、心理和生理狀態。如："愛、恨、喜歡、
討厭、想（念）、希望"（心理）與 "聾、瞎、瘸、餓、醉、病、困"（生理）等。
狀態動詞與動作動詞不同的語法特徵是：

1. 大多可以受程度副詞的修飾，如 "很餓"、"特別喜歡"、"十分討厭"。
   但 "病"、"醒" 等不能受程度副詞的修飾。
2. 不能構成命令句。
3. 表示心理狀態的狀態動詞是及物的，表示生理狀態的狀態動詞是不及物的。

（三）關係動詞

關係動詞的詞彙意義一般比較抽象，其主要作用是聯繫主語和賓語，表示主語
與賓語之間存在某種關係，因此關係動詞後往往出現賓語，大多數關係動詞的賓語
基本是不可缺少的。關係動詞的數目不多，主要有以下幾種：

"是"（詳見第四篇第二章第一節 "是" 字句）。

"叫"（稱謂義）、"姓"、"當作"、"成為"、"像"、"等於" 等。此
類關係動詞的主要語法特徵是：

1. 多用 "不" 來否定，偶爾可以用 "沒" 來否定。
2. 除了 "像" 以外，一般不能受程度副詞的修飾，不能省略賓語。
3. 一般不用重疊式，"成為"，"叫"，"等於"，"像" 等根本不能重疊。
4. 後面一般很少用動態助詞 "了"，"著"，"過"。
5. 不能作 "把" 字句的謂語動詞。
6. 不能構成命令句。

"有"（詳見第四篇第二章第二節 "有" 字句）。

（四）能願動詞（詳見本章第六節）。

三、按所帶的賓語分類

（一）只能帶體詞（名詞、代詞、數量詞）賓語的動詞，這是大量的。如：打（電話）、
買（東西）、開（汽車）、縫（衣服）等。

（二）只能帶謂詞（動詞、形容詞）賓語的詞。如：進行（動員）、加以（指責）、
開始（研究）、繼續（討論）、主張（參加）。此類動詞還有：希望、從事、
給予、裝作、聲明、以為、斷定、認為等。

有的動詞兩類賓語都能帶，如：記得、通知、肯定、表示、研究、準備等。此
外，還可以按能否帶雙賓語、能否帶主謂短語賓語（參見第二篇第二章）以及所表
示的動作是能夠持續的（如：看、寫、討論）和不能持續的（如：寄、死、懂）來
分類等，這裏就不一一列舉了。

第三節　使用動詞時應注意的問題

在動詞謂語句子中，動詞是句子的核心。一般語言，動詞的用法都比較複雜。
不少語言的動詞有各種表示語法意義的形態變化。漢語的動詞沒有像印歐語動詞那
樣的形態變化，加上漢字的影響，很容易使人認為漢語的動詞都是獨個兒進入句子、
而不帶有什麼表示語法意義的成分。但事實並非如此。漢語的動詞有其獨特的表示
各種與動作有關的語法意義的方式。如可以在動詞後用動態助詞：表示完成的“了
$_1$”、表示變化的“了$_2$”、表示動作持續的“著”、“表示經驗的“過”等等；可以
用各種補語，如表示結果的結果補語與趨向補語。當句子表達上述語法意義時，一
般需要在謂語動詞後用相應的助詞或補語，單用一個動詞語義就不夠明確（詳見第
三篇第五章補語與第一篇第九章“助詞”）。但在有些情況下，漢語的動詞是可以
獨個兒進入句子、後面不帶表示語法意義的助詞或補語的。這樣用的動詞在以下幾
種情況下出現：

一、敘述一種經常性的或沒有限定時間的動作。如：

① 小王每天來。

② 文化宮常常舉辦各種展覽。

③ 這個隊伍我當家。

④ 一個人寫文章是為了給別人看。

⑤ 阿里住這個房間嗎？

⑥ 這兒的氣候變化無常，一會兒下雪，一會兒刮風。

文章的標題以及標語口號也屬於這種情況：

⑦ 虎穴追蹤。

⑧ 預防流感！

二、敘述將要發生的（未完成）動作：

① 明天我們學新課。

② 同志，你借什麼書？

③ 甲：明天你去頤和園嗎？

　　乙：去。

命令句也屬於此類情況：

④ 走！

⑤ 說！

三、說明或描寫一種狀態，謂語多為狀態動詞或由四個字構成的固定短語：

① 馬志民熱愛集體。

② 我珍惜彼得的禮物，更珍惜彼得對中國人民的友誼。

③ 溝兩岸懸崖陡立，溝裏雲飛霧繞。

④ 幾年來，這個地區發生了巨大的變化，工農業生產蒸蒸日上。

四、說話者表達的重點是說明事實、介紹情況，而不在於敘述動作進行的情況，多
　　出現於由幾個分句組成的複句中。如：

① 昨天，一班參觀紡織廠，二班參觀百貨公司，我們班參觀幼兒園。

② 英雄的築路工人和工程技術人員破除迷信、解放思想、精心設
　　計、精心施工。

上述句子雖然都表示已經完成的動作，但說話者的用意不在於說明動作已完
成，而在於說明、介紹情況，所以不用動態助詞“了”。

五、下列動詞後一般不能用動態助詞"了₁"、"著"、"過"或補語(但句末可以用動態助詞"了₂"):

（一）關係動詞"是"。
（二）表示使動意義的"使"、"讓"、"叫"。
（三）能願動詞。

第四節　動詞的重疊

漢語的動詞可以重疊起來使用,重疊的動詞表示一定的意義。

一、動詞重疊的方式。

單音節動詞重疊時,第二個音節（即重疊的部分）讀輕聲,即"AA"式（A代表單音節動詞,"·"表示後面的音節為輕聲）。如"看·看","聽·聽","想·想"。如果動詞是第三聲,那麼第一個音節一般變為第二聲,如:"講·講"(jiángjiang)、"洗·洗"(xíxi)等。單音節動詞重疊式之間可以加"一",如:"想一想"、"看一看"。

雙音節動詞以詞為單位進行重疊,即"ABAB"式（A、B分別代表動詞的兩個音節）,第一個音節重讀,第三個音節次重,第二、四音節輕讀。如"討論討論"/ tǎolun tǎolun /,"研究研究"/yánjiu yánjiu/。

二、動詞重疊的意義和作用。

籠統地說,動詞重疊有表示量的作用,即表示動作時間短或次數少。不過進一步仔細分析,動詞重疊的意義和作用是很複雜的。我們初步歸納為以下幾點。

（一）凡用於已發生的動作,一般表示短時、少量,重疊的動詞之間往往加"了₁":
　① 小寧伸了伸舌頭,不覺摸了一下腦袋,又嘻嘻笑了起來。
　② 歐陽海看了看停在旁邊的火車,又看了看從火車上下來的人,微笑了一下,就閉上了眼睛。
　③ 徐廠長又給他講了講酒廠的前途,擺了擺條件。

（二）用於尚未發生、尚未完成的動作時，又可分為兩種情況：

1．含有嘗試的意思，重疊的動詞後還可以加表示嘗試意義的助詞“看”。如：
　　① 這個收音機我修不好，你來修修（看）。
　　② 老謝說：“對，你去找小吳想想辦法（看）。”
　　③ 這道題他算不上來，我算算（看）。
　　④ 叫他生生孩子，他就知道做母親的甘苦了。

　　表示嘗試意思時，動詞既可以是表示能夠持續的動作的，也可以是表示不能持續的動作的。

2．不包含嘗試的意思，動詞一般是表示能夠持續的動作的：
　　① 你看看，這樣寫對不對？
　　② 我的鋼筆不見了，你幫我找找。
　　③ 請校長休息休息。
　　④ 沒辦法，只好暫時擠一擠。

這種動詞重疊式的表示量的意思不明顯，其主要作用是緩和語氣。如上述各例句，如不重疊動詞，語氣將顯得生硬，例②甚至變成命令句。

　　如果在重疊動詞後用表示“快”意義的“就”，將包含“短時”義，如：
　　⑤ 你別怕，我看看就給你，不要你的。
　　⑥ 你等我一下，我去去註就來。

　　在某些表示假設的分句裏，一般不能用一個單純的動詞，而要用動詞的重疊式，或加動量詞“一下”等：
　　⑦ 補一補（一下）還可以穿幾年。
　　⑧ 想一想（一下）這件事關係重大啊！
　　⑨ 這枝鋼筆修修（一下）（好了）還能用。

對比著說時可以不重疊動詞：
　　⑩ 這雙鞋，補還能穿，不補就穿不得了。

註　“去”表示不能持續的動作，這種重疊用法是比較特殊的。

不表示持續動作的動詞，如果不用於嘗試意義時，一般不能重疊使用。如：

*小馬，他把那個球遞遞給我。

*（你等一會，）我寄寄這封信就回來。

（三）重疊動詞所表示的動作如果是經常性的或沒有確定時間的，一般也不表示量，而往往有"輕鬆"、"隨便"的意味，常常用於排比句，所用的動詞與能否表示持續的動作無關。例如：

① 他退了休以後，平常看看書，下下棋，和老朋友聊聊天，倒也不寂寞。

② 會議已經開完，這幾天他看看電影，買買東西，收拾收拾行李，就等著回家了。

③ 打打球，跑跑步，就不會失眠了。

動詞重疊的（二）、（三）兩種用法因不表示短時、少量，所以前邊可以用表示長時、多量的狀語：

④ 為了全面了解情況，他要多聽聽，多看看，深入調查調查。

⑤ 我要好好回憶回憶那天的情況。

⑥ 你要徹底挖一挖思想根源。

⑦ 經常打打球，游游泳，對身體有好處。

三、動詞重疊用法的特點

（一）表示正在進行的動作的動詞，不能重疊使用，例如不能說 "*我正在看看書。"，"*他們聽一聽音樂呢。"

動詞用了"過"，"著"等動態助詞後，也不能重疊。

（二）能夠重疊使用的動詞所表示的動作或動作的時間、次數是動作者所能控制的，如果動作或動作的時間、次數是動作者所不能控制的，要表示短時、少量時，不能用重疊動詞的辦法，只能用動量補語。如：

① 剛才他睡了一會兒。 *剛才他睡了睡。

② 他哭了一會兒。 *他哭了哭。

③ 他病了一陣兒。 *他病了病。

但下邊的句子能夠成立：

④ 這幾天你睡得太少了，去睡睡吧。

⑤ 你太難過了，哭哭心裏會暢快些。

這是因為例④的"睡"不是指"入睡"、"睡眠"，而是指"上床睡覺"這一動作，這個動作是動作者能夠控制的；例⑤的"哭"也是動作者所能控制的，說話者的意思是勸說"你"不要過分控制自己的悲痛感情，要"哭出來"。

（三）重疊的動詞一般作句子的謂語，也可以作主語和賓語。

① 看看是必要的。

② 他總喜歡多看看，多聽聽，不喜歡下車伊始哇啦哇啦地發議論。

重疊的動詞一般不做狀語和補語。

（四）重疊動詞的否定用法多出現於下述兩種情況。

1．在疑問和反問句中：

① 你也不想想，他的話還有真的？

② 他怎麼沒等等我？

這種用法有埋怨的意味。

2．在下面這種表示假設、條件的緊縮句中：

① 對這種人，不教訓教訓不行。

② 這個問題不調查調查就弄不清楚。

由於重疊動詞的意義和用法十分複雜，所以不能隨便用表示短時、少量的"一下"或"一會兒"來替換。

第五節　動詞、名詞兼類問題

在漢語裏，有些動詞有時具有名詞的語法特點或語法功能，這類詞就是動、名兼類詞。動、名兼類詞有以下幾種：

一、有些動詞既可表示一種動作行為，又可以指稱一種具體事物，詞義關係密切，前一種用法是動詞，後一種用法是名詞。這類動詞主要有：[註]

擺	包	保管	報導	報告	筆譯	病
裁判	參謀	殘廢	沉澱	陳設	稱呼	代辦
刺	代表	導演	點	垛	調度	雕塑
對話	翻譯	堆	俘虜	規劃	合唱	合奏
演奏	彙報	賄賂	禍害	計劃	記錄	鑒定
剪貼	剪輯	檢討	間隔	建築	警衛	看守
口譯	練習	領導	埋伏	命令	鳥瞰	陪同
批示	批注	設計	聲明	說明	速記	隨從
通報	通告	通令	通知	統計	統帥	突起
寫生	展覽	偵探	證明	指揮	指示	主編
主演	注解	注釋	裝備	裝置	組合	組織

二、有些動詞有時可以受數量詞以及表示事物的性質、數量的形容詞（如：好、大、多等等）修飾。如：

① 他有一個愛好。

② 上級給了他一個很嚴重的處分。

③ 通過學習，我們有很大收獲。

動詞這樣用時，就不再具備動詞的語法特徵（如不能用"不"否定，不能帶賓語，不能用動態助詞"了"、"著"、"過"等），而成為名詞，即此類動詞兼屬名詞。主要有：

愛好	愛護	安排	保障	保證	報復	幫助

[註]　本節收錄的動詞限於前北京語言學院所編《漢英小辭典》中所收的動詞。

比喻	變化	標誌	表示	表演	部署	參考
嘗試	懲罰	成就	刺激	處分	觸動	創造
答覆	打擊	打算	調查	鍛鍊	對比	發明
發現	反覆	反映	反應	飛躍	分析	諷刺
負擔	改變	改革	改進	改善	干擾	感受
革新	更正	工作	貢獻	構思	估計	顧慮
關懷	規定	號召	幻想	回答	會戰	活動
紀念	寄託	記載	假定	建議	獎勵	教導
教訓	教育	揭發	結合	解釋	借鑒	決定
警告	開始	抗議	考查	考慮	考驗	拉攏
捏造	判斷	判決	批判	批評	陪襯	偏向
評價	評論	迫害	欺騙	啟發	企圖	遷就
牽制	譴責	傾向	區別	曲解	欠缺	認識
聲援	勝利	失敗	失算	實驗	示範	試探
試驗	收獲	束縛	探索	提高	體會	體現
體驗	挑釁	突變	突破	推測	退步	歪曲
妄想	威脅	誣蔑	污辱	侮辱	誤會	希望
習慣	限制	象徵	消遣	信任	行動	休息
宣傳	演說	演習	要求	優待	預感	援助
運動	折磨	診斷	震動	支援	轉折	作用

第六節　能願動詞

　　能願動詞（也叫助動詞）是一個封閉的類，數目有限，但意義複雜，又具有不同於一般動詞的語法特徵，所以我們單獨提出來討論。

　　能願動詞多數表示"意願"，少數表示"可能"。能願動詞有以下一些：

表示意願的：
　　　要　想　願意　肯　敢
　　　應該　應當　應該　得(děi)
　　　能　能夠　可以　可　准　許　得(dé)
　　　配　值得

表示可能的：

　　　　可能　會　要　得(děi)　能

一、能願動詞的語法特徵

　　能願動詞（特別是表示意願的能願動詞）在語法功能與語法特徵方面與非動作動詞很接近。

（一）能單獨作謂語，這主要出現在答話中：
　　① 甲：明天你能去看電影嗎？
　　　　乙：能。
　　② 甲：這兒可以吸煙嗎？
　　　　乙：可以。

　　在其他場合有時也可以單獨作謂語：
　　③ 你去可以，他去也可以。
　　④ 這樣做應該。

（二）能用肯定、否定並列的方式表示疑問：
　　① 你想不想看這本書？
　　② 他今天能不能打球？
　　③ 一天到晚白看書，會不會遭人家的白眼？

（三）可以受某些副詞的修飾（但不同的能願動詞能受修飾的情況不同）如：
　　① 從此以後他更鐵了心。
　　② 硬讓我去，一定得捅出亂子來。
　　③ 我去可以，你去也可以。
　　④ 他這樣說話很不應該。

（四）能願動詞的賓語只能是動詞（短語）、形容詞（短語）、主謂短語，不能是名詞或代詞（某些熟語除外）：
　　① 可能遇到什麼大事呢？能夠把姐姐救出來麼？
　　② 對，不會錯，這個紀延風一定是老紀的女兒。
　　③ 今天應該小張值班。
　　④ 在這場鬥爭中，要立場堅定，旗幟鮮明。

（五）能願動詞不能重疊，不能帶"了"、"著"、"過"等動態助詞。

（六）能願動詞的主要功能中充任謂語（其後的成分是賓語），還可以充任定語，有時可作主語，一般不作其他成分。

二、包含能願動詞的句子的結構特點

（一）只要意義上允許，能願動詞可以連用：
　　① 明天我可能要去天津。
　　② 我想要買一本書。
　　③ 他應該能做到這一點。

（二）能願動詞的賓語可以是否定的結構：
　　① 能不去就不去。
　　② 你可以不理他。

　　否定形式的能願動詞也可以帶否定的賓語：
　　③ 你不會不同意吧？
　　④ 他不應該不來。

"（不）配"、"（不）值得"後不能用否定賓語，這是意義決定的。

（三）能願動詞的賓語包括它後面的所有的詞語（語氣詞除外）。有時能願動詞的賓語本身又是一個動賓結構，如：
　　① 你能解決這個問題。

能願動詞的賓語中的動詞，其受事也可以位於句首成為主語：
　　② 這個問題你能解決。

也可以用"關於"，"對於"等引導狀語：
　　③ 我們要認真地解決人民群眾的生活問題。
　　④ 對於人民群眾的生活問題，我們要認真地解決。

（四）關於狀語：

　　能願動詞本身可以有修飾語，但一般限於副詞：
　　① 父親也快要睡了。
　　② 你這樣做很不應該。

由於能願動詞不具有處置意義，所以不能作"把"字句與"被"字句的謂語動詞，即不能用於由介詞"把"、"被"構成的狀語之後，如不能說"你今天把這本書應該看完"。但可以說："你今天應該把這本書看完。"即能願動詞的賓語可以包含由"把"、"被"等構成的狀語。能願動詞前一般還不能用描寫性的狀語或由"跟"、"給"、"向"等介詞構成的狀語。

　　包含能願動詞的句子，整個謂語也可以有狀語，一般是表示時間、處所、目的或由"對於"、"關於"等構成的狀語，可以位於能願動詞前，也可以位於句首：
　　③ 我今天要處分你呢。
　　④ 你在家應該多學習學習。
　　⑤ 今天，我們要在這裏建設起人造平原。
　　⑥ 我們主張，對發展中國家的經濟援助，應當尊重受援國的主權。

　　能願動詞的賓語當中也可以包含狀語，包含什麼樣的狀語與充任賓語的詞的詞性有關。如中心語是動詞時，其狀語與一般動詞謂語句的狀語一樣，既可以是表示時間、處所、目的、對象的詞語，也可以是描寫性的詞語：
　　⑦ 這樣，我就不得不把遊湖的計劃延長一天了。
　　⑧ 有時，一天要給幾百人看病。
　　⑨ 但是，他一定得來，而且一定得早來。
　　⑩ 你應該痛痛快快地玩幾天。

如果賓語由形容詞或主謂短語充任，賓語中所能包含的狀語就有限了，只能是表示時間、範圍、語氣等限制性狀語。

　　在一個句子中，能願動詞的狀語、整個謂語的狀語以及賓語所包含的狀語，各司其職，不能隨意調換：

　　⑪ 工資　也　要　做　適當地　調整。

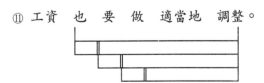

⑫ 你　不　要　光　寫　他救人的事。

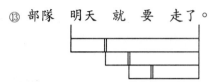

⑬ 部隊　明天　就　要　走了。

　　有些詞語既可以做全句或能願動詞的狀語，又可以做賓語的狀語，但位置不同，作用不同，使用的場合或表達的意思就不同。比較：

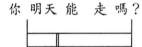

⑭ 你　能　明天　走　嗎？（包含不希望"今天或其他某一天走"的意思）

你　明天　能　走　嗎？　　　　　（主要問是否具備"明天走"的條件）

⑮ 你　應該　在北大　學一門外語。　（包含"不應該在其他地方學"的意思）

你　在北大　應該　學一門外語。（意思是"在北大期間應該學一門外語"）

⑯ 我　在家裏　總　想　睡覺。（意思是"在家裏的時候總想睡覺"）

我　總　想　在家裏　睡覺。（包含的意思是"不想在家以外的地方睡覺"）

　　狀語在能願動詞前，表示動作者在何時、何地（或何目的等）有什麼意願或可能做

某事，狀語位於能願動詞後則表示動作者打算或可能在何時、何地（或為何目的等）
做某事。

三、能願動詞分述

（一）要

1·表示有做某事的意願：
　　① 他看我年紀大了，每月都把我要買的東西送來。
　　② 畢業以後，我還要回到農村來。
　　③ 你們要把愫方怎麼樣？
　　④ 這個孩子，今天非要去動物園不可。

表示否定意思時不用"不要"，而用"不想"、"不打算"：
　　⑤ 甲：他要去東北，你呢？
　　　　乙：我不想去東北。
　　⑥ 甲：今天晚上我要看電影，你看不看？
　　　　乙：我不打算看。

2·表示事實上或情理上的需要，多用於未然的情況：
　　① 這麼好的青年，當然要表揚了。
　　② 你不要送了，把大娘交給我吧。
　　③ 這個方法也要介紹到老百姓那裏去。
　　④ 要建立和健全合理的規章制度。
　　⑤ 工作的時候可要用腦子好好想一想。

3·表示"可能"、"會"的意思，但語氣比"可能"、"會"更肯定：
　　① 你這樣自以為是是要栽跟頭的。
　　② 脫離群眾，十個有十個要失敗。

　　表達否定的意思用"不會"、"不可能"：
　　③ 甲：你這樣固執是要出問題的！
　　　　乙：你放心，不會（不可能）出問題。

　　"要"還有很多意思和用法，如表示"索取"、"要求"(動詞)，表示(估計)、

"將要"(副詞),表示"如果","要麼"的意思(連詞),等等。

（二）想

能願動詞"想"表示"願望"、"打算"：
① 他想儘可能了解他們，然後再做他們的思想工作。
② 他幾次想問，卻不好啟齒。
③ 除了我，誰也別想打敗他。
④ 小劉，我想跟你聊聊。
⑤ 今天的活動我不想參加了。

"想"還用作動詞，意思是"思念"、"思索"。

（三）願意

表示主觀意願，有"樂意"、"喜歡"的意思：
① 今天下午有一個學術報告，誰願意去聽？
② 我願意和你一起去，不願意一個人去。

（四）肯

1‧表示主觀意願，有時包含"做一定的努力"、"克服一定的困難"的意思：
① 只要你肯幫忙，工廠就撐得起來。
② 遇到困難，他最肯動腦筋、想辦法。
③ 在學習方面，小李是肯下功夫的。

2‧表示把有利的事情、條件儘讓別人，在陳述句中多用否定形式，可以說"自己不肯…。"如：
① 你答應我的條件我才肯去。
② 無論敵人怎麼威脅利誘，這個小虎子始終不肯說出八路軍的住處。
③ 工人們堅持所提出的條件，一點也不肯讓步。

（五）敢

1‧表示有膽量、有勇氣做某事：

① 這主意，多少輩人都在想，就是不敢動手。

② 你挺起腰桿來，看他敢怎麼樣你！

③ 他不敢不答應大家的要求。

2・表示有把握做某種判斷：

① 我敢保證，明天一定能完成任務。

② 我不敢肯定他會不會同意這個意見。

（六）應該、應當、該

1・表示事實上或情理上的需要，未然的情況都可以用。例如：

① 我們應該為人民做出更多的貢獻。

② 你是哥哥，應該讓著弟弟。

③ 這種情況應當結束。

④ 這是一個革命者應有的品質。

⑤ 明天該種麥子。

2・表示估計或推測，也是建立在第 1 項用法的基礎上：

① 都六點了，他該來了。

② 此項決議順利貫徹應無問題。

③ 他是個聰明人，應該明白我的意思。

　　“應該”、“應當”的用法基本一樣。“應”多用於書面語，“該”多用於口語。“該”也用作動詞，意思是“輪到”，如：“我唱完了，該你了。”

（七）得(děi)

1・表示情理上需要，比“應該”語氣更肯定，而且更口語化：

① 以後可得小心點兒。

② 咱們還得趕緊想辦法，找到雞蛋的主人。

③ 明天大考，今天晚上你得早點睡覺！

　　表達否定意思時用“不用”，口語中可用“甭”。

2・表示估計、推測，在語氣上比“會”更肯定：

① 你一回來，小蘭準得高興。

② 這個丫頭啊，我看早晚得當了我的兒媳婦。

③ 她那潑辣勁兒一上來，還不得經常吵架呀！

在陳述句裏，表達否定意思時用“不會”，“不可能”。

（八）能、能夠

1·表示主觀上具有某種能力：

① 剛來中國的時候，我連一個漢字也不認識，怎麼能看中文書呢？

② 這個機器的馬達壞了，不能開動。

③ 打獵的越來越近，都能聽見馬跑的聲音了。

2·表示具備某種客觀條件：

① 今天氣溫低，水能結成冰。

② 時間還早，九點鐘以前能趕回。

3·表示情理上許可，多用於疑問句和否定句：

① 天這麼晚了，我不能讓你走！

② 陳勝對吳廣說：“我們不能去漁陽送死，應該起義反抗。”

③ 病人病情危急，不能坐等。

4·表示“准許”多用於疑問句和否定句：

① 沒有我的命令你不能動！

② 那是集體的財產，我怎麼能讓你隨意破壞？

在陳述句中，3、4 二義肯定的用“可以”。[註]

5·表示估計：

① 今天小劉能到北京嗎？

② 電影已經演了一半了，他不能來了。

[註] 以下凡說明在陳述句中只用肯定形式或否定形式的，一般在疑問句和反問句中沒有限制，既可以用肯定形式，也可以用否定形式。

6・表示善於做某事：
　① 他能說會道，能寫會算。
　② 老師傅可真能睡。

（九）可以

1・表示主客觀條件容許做某事，在陳述句中，否定意思用"不能"或可能補語：
　① 他可以說三種外語。
　② 這本書我今天可以看完。
　③ 天氣熱了，可以游泳了。

2・表示"准許"或情理上許可：
　① 大家說："可以把石頭扔到海裏去！"
　② 狼聽見馬跑的聲音漸漸地遠了，就在口袋裏喊："先生，可以放我出去了。"
　③ 休息室裏可以吸煙。

　在陳述句表達否定意思時，用"不能"，單獨回答問題時用"不行"，"不成"。如：
　④ 問：這兒可以吸煙嗎？
　　　答：不行。

3・表示"值得"的意思：
　① 這本書寫得不錯，你可以看看。
　② 頤和園風景優美，很可以去遊覽遊覽。

否定的用"不值得"。

（十）准、許

　表示"准許"或情理上許可的意思，在陳述句中多用否定形式：
　① 劇場裏不准吸煙。
　② 你發燒了，不准出去亂跑。
　③ 我不許你們這樣議論他。

表達肯定的意思用"可以"。

（十一）得 (dé)

　　"許可"的意思，多用於書面語。在陳述句中一般只用否定形式：
　　① 不得隨地吐痰。
　　② 每隻船不得超過五人。
　　③ 這樣，我就不得不把遊湖計劃延長一天了。

　　表達肯定的意思用"可以"。

（十二）配

　　表示"有資格"的意思，前面常有"只、才、最、不"等副詞（疑問句除外），多用於口語：
　　① 他最配當我們的代表。
　　② 這種人不配在學校裏工作。
　　③ 說這種話，他配嗎？

（十三）值得

　　"有價值"的意思，否定式可用"不值得"，也可用"不值"。如：
　　① 這本書值得一讀。
　　② 這個觀點不值（得）一駁。

（十四）可能

　　表示客觀的可能性，一般只用於未發生的動作或虛擬的情況：
　　① 這個工程很大，不可能那麼快完工。
　　② 我看今天天氣不錯，不可能下雨。
　　③ 在這次行動中，可能遇到什麼事呢？

　　"可能"也用作名詞，意思是"可能性"，也可以用作副詞，表示"也許"、"或許"的意思。

（十五）會

　　表示可以實現，已然、未然的情況都可以用：

① 在建設社會主義社會的道路上，一定會遇到許許多多的困難。

② 明天早晨我會把準確的數字拿出來。

③ 我真沒想到你今天會來。

④ 過去，我是不會同意這樣做的。

"會"還用作動詞，表示"懂得"或"有能力做某事"、"善於做某事"。

主要能願動詞的用法

表義	意願		事實、情理上需要		主客觀條件容許		情理上許可		准許		可能性		有...的價值	
	肯定	否定	肯定	否定	肯定	否定	肯定	否定	肯定	否定	肯定	否定	肯定	否定
要	要	—	要(未然)	不要(未然)	—	—	—	—	—	—	要	不會	—	—
想	想	不想	—	—	—	—	—	—	—	—	—	—	—	—
打算	打算	不打算	—	—	—	—	—	—	—	—	—	—	—	—
願意	願意	不願意	—	—	—	—	—	—	—	—	—	—	—	—
肯	肯	不肯	—	—	—	—	—	—	—	—	—	—	—	—
應該	—	—	應該	不應該	—	—	—	—	—	—	—	—	—	—
得 (d7i)	—	—	得(未然)	不用(未然)	—	—	—	—	—	—	得	不會	—	—
能	—	—	—	—	能	不能	—	不能	—	不能	能	不能	—	—
可以	—	—	—	—	可以	—	可以	—	可以	—	—	—	可以	—
可	—	—	—	—	可	不可	可	不可	—	—	—	—	可	—
配	—	—	—	—	—	—	—	—	—	—	—	—	—	—
准	—	—	—	—	—	—	—	—	—	不准	—	—	—	—
許	—	—	—	—	—	—	—	—	—	不許	—	—	—	—
得(d6)	—	—	—	—	—	—	—	—	—	不得	—	—	—	—
值得	—	—	—	—	—	—	—	—	—	—	—	—	值得	不值得
可能	—	—	—	—	—	—	—	—	—	—	可能	不可能	—	—
會	—	—	—	—	—	—	—	—	—	—	會	不會	—	—

表中所列為陳述句中的用法。在疑問句和反問句中，表示意願的
要以及能、可以、准、許等，肯定形式與否定形式都可以用。

練習

一、為下列動詞儘量選擇適當的賓語：（在能作賓語的詞上劃 ✓號。）

1. 主張（參加　看電影　中國電影　去　工作　英語）
2. 希望（學習　老李　好成績　知道　去上海　小汽車）
3. 收集（材料　魯迅先生講演　唱歌　反映）
4. 能（來　說普通話　乾淨　英語　寫）
5. 知道（阿里　去王府井怎麼走　這部電影　跳高　明天　什麼時候上課　游泳）
6. 玩（球　公園　撲克牌　鋼琴）

二、判別正誤：

1. A. 甲：你姓趙嗎？　　　乙：我姓。
   B. 甲：你姓趙嗎？　　　乙：我姓趙。
2. A. 甲：你叫阿里嗎？　　乙：對，我叫阿里。
   B. 甲：你叫阿里嗎？　　乙：對，叫。
3. A. 請你指正這篇文章的缺點。
   B. 這篇文章一定有缺點，請你指正。
4. A. 明天下午我們去火車站送行小王。
   B. 明天下午我們去火車站給小王送行。
5. A. 今天下午我去醫院看一個朋友，他病得厲害。
   B. 今天下午我去醫院看一個朋友，他很病了。
6. A. 現在我要去書店，咱們一起去去吧。
   B. 現在我要去書店，咱們一起去吧。
7. A. 甲：這件事叫你不高興了，是嗎？
      乙：對，叫。
   B. 甲：這件事叫你不高興了，是嗎？
      乙：對，這件事是叫我不高興。
8. A. 這道題剛才我反覆看了幾遍，還是不明白。
   B. 這道題剛才我反覆看了看，還是不明白。

9. A. 我想一想就開始回答老師的問題。
　　B. 我想了想就開始回答老師的問題。
10. A. 他對我點了點頭就過去了。
　　B. 他對我點點頭了就過去了。

三、說明下列句子中的動詞重疊用法表示哪種意思：①短時，②緩和語氣，③嘗試，④包含隨便的意味。

1. 春天到了，咱們到郊外去玩玩吧。
2. 這支歌很好聽，不信你照譜子唱唱，
3. 你想想，這樣做對嗎？
4. 昨天小張來了，還到圖書館去看了看。
5. 假期裏，我們每天看看書，游游泳，打打球，有時還看看電影，過得很充實，很愉快。
6. 他朝我看了看就走了。
7. 她對我擠擠眼，擺擺手，我明白了，她的意思於是不再問了。
8. 小馬躺在床上，想想這個，想想那個，半夜沒睡著。
9. 我回家看了看就走了。
10. 這件衣服怎麼樣，你穿穿看。

四、說明下列句子中的能願動詞表示什麼意思：

1. 甲：小李今天下午能來嗎？
　　乙：他今天下午沒事，能來。
　　　（①主、客觀條件允許，②情理上許可，③准許，④可能性。）
2. 甲：劉紅，你看明天能下雨嗎？
　　乙：大概下不了雨。　　　　　　　　　　（同1）
3. 你不能這麼說，他這樣做是為了你好。　　　（同1）
4. 甲（敲門）：能進來嗎？　　　　　　　　　（同1）
　　乙：可以進來。要想學好一門外語，就得下苦功夫。
　　　（①事實情理上需要，②可能性，③准許。）
6. 不經許可，不得入內。　　　　　　　　　　（同5）
7. 坐在後邊的同學也可以看清楚黑板上的字。
　　　（①主客觀條件容許，②情理上許可，③准許，④有…的價值。）

8. 這個戲你可以去看看，演得不錯。　　　　　　（同 7）

9. 甲（敲門）：可以進來嗎？　　　　　　　　　（同 7）

　　乙：請進！

10. 我以後還要去中國。

　　　（①願意，②事實、情理上需要，③可能性。）

11. 你要記住這句話：有志者，事竟成。　　　　　（同 10）

12. 你這樣固執是要犯錯誤的。　　　　　　　　　（同 10）

五、把下列句子改成否定句：

1. 今天晚上我得去醫院看阿里。

2. （外邊下雪了，）你穿這雙鞋出去準得摔跟頭。

3. 我已經好多了，自己能走了。

4. 劇場裏可以吸煙。

5. 吳明可以用英文寫信。

6. 飛機票已經買到了，你們明天可以走了。

7. （今天的課就上到這兒吧，）同學們可以走了。

8. 那座廟你可以去，看看有意思。

9. 我去請小李，他一定肯幫忙。

10. 外邊要下雨吧。

11. 我要出去散步（你去嗎？）

12. 這本書丟了要賠。

第五章　形容詞

第一節　形容詞的構成

在各個詞類中，形容詞的構成方式最為多樣。而且，構成方式不同的形容詞，其語法特點也有所不同。

① 單音形容詞：大　多　紅　白　真　假　對　錯

② 一般的雙音形容詞：偉大　美麗　乾淨　莊嚴　清楚　重要

③ 帶詞綴的形容詞：有的形容詞後面或前面可以加詞綴。這類詞綴主要有三種：

a. 由一個音節的重疊形式構成的後綴：

綠油油　紅通通　黑漆漆　陰森森　亮晶晶　暖洋洋

厚敦敦　直溜溜　冷清清　沉甸甸　乾巴巴　香噴噴

孤零零　亂哄哄　硬梆梆

b. 由兩個不同的音節構成的後綴，在形容詞與後綴之間還有"里"、"不"、"了"之類的嵌音，嵌音都讀輕聲：

黑不溜秋　白不呲咧　髒了咕嘰　傻里吧嘰　黑古隆咚　濕不濟濟

黏了吧嘰　灰不溜秋　小不溜丟　光不了溜　傻不愣登　苦里呱嘰

c. 前綴：滴溜圓　稀巴爛

什麼形容詞用什麼詞綴是一定的，不能隨意亂用。有些詞綴與其前後的形容詞在詞彙意義上有聯繫，如"冷清清"、"孤零零"、"亮晶晶"，有些在意義上沒有什麼聯繫。詞綴所用的漢字從前比較紛亂，現在漸趨一致。這類詞綴的作用是使形容詞在描寫時更加生動、形象。(b) 類後綴還具有厭惡的感情色彩。

④由一名詞語素或動詞語素與形容詞語素構成的複合形容詞。名詞或動詞語素所表示事物與形容詞語素的意義有一定的聯繫：

　　雪白　漆黑　冰涼　滾熱　筆直　通紅　煞白

　　"雪白"是像雪那樣白，"冰涼"是像冰那樣涼。

　　下文我們把上述四種由不同方式構成的形容詞分別稱為 ①、②、③、④等四類形容詞。

第二節　一般形容詞和非謂形容詞

一、一般形容詞

　　形容詞絕大多數屬此類。一般形容詞通常可以做定語、謂語、狀語、補語以及主、賓語。多數可以受程度副詞修飾，如"很紅"、"很好看"、"非常漂亮"、"十分可愛"等。

二、非謂形容詞

　　非謂形容詞只用來修飾名詞（一般後面不用"的"），不能充任謂語、補語等。這類形容詞如：

　　　　男　女　雌　雄　正　副　橫　豎　夾　大型　彩色
　　　　初級　多項　個別　共同　主要　新生　慢性　新式
　　　　四方　萬能　天然　人為　高頻　袖珍　根本　基本　一切

　　非謂動形容詞本來數目很少，但隨著科學技術的發展，正在不斷出現一些新的非謂形容詞。不過新出現的某些非謂形容詞使用範圍很窄，只用來構成科技名詞或科技名詞短語。非謂形容詞與一般形容詞還有一點不同，就是用"非"而不是用"不"來否定。如"非大型"、"非主要"、"非個別"等。非謂形容詞多不能用"很"修飾，如不能說"很男"、"很副"、"很大型"、"很四方"等，但"個別"、"主要"等可以用"很"修飾。

　　還有少數形容詞如"多、少、夠"等，一般只用作謂語、補語，不能單獨作定語修飾名詞。如不能說"夠東西"、"多書"、"多人"。"多"、"少"作定語時要與副詞結合，後面不必加"的"。如"很多書"、"不少工作"、"很多人"等。有人把"多"、"少"單立一類，叫數量形容詞。

第三節　形容詞的語法特徵

漢語的形容詞有許多和動詞相同的語法特徵，因此有人把形容詞算作動詞的一類，也有人把二者合稱為謂詞。一般形容詞可以直接作謂語，這與一切動詞相同；絕大多數形容詞可以受程度副詞修飾，這是與表示心理狀態的動詞及能願動詞相同而與動作動詞不同的；有些形容詞後可以用動態助詞"了₁"以及動量、時量補語，如"紅了一下"、"亮了一天"，這又與動作動詞相同，不過，儘管形容詞和動詞這樣那樣地糾結著，我們仍可以根據絕大多數形容詞和絕大多數動詞的語法特徵，把二者區分開來。

形容詞的主要語法特徵是：

1. 大多數形容詞可以受程度副詞的修飾，如"很紅"、"十分壯觀"。③類（帶詞綴的）及④類（由名詞、動詞語素＋形容詞語素構成的複合形容詞）因本身包含程度意義，所以不能受程度副詞修飾。如不能說"很冷清清"、"非常冰涼"。
2. 形容詞不能帶賓語。有些形容詞有時可帶賓語（多表示使動意義），這時這些形容詞就兼屬動詞類了，這是形容詞與動詞的兼類現象（見本章第五節）。
3. ①、②、④類形容詞可以重疊。重疊形容詞所表示的意義與重疊動詞不同。②類形容詞重疊的方式 (AABB) 也與動詞不同（見本章第四節）。

第四節　形容詞的語法功能

形容詞在句中主要做定語、謂語、狀語和補語。但大多數形容詞在充任這些句子成份時都有一定的條件。

一、作定語

　　①類單音節及②類（雙音節）形容詞直接作定語（不用“的”）是有限制的。比如下面兩組短語，左邊一組成立，右邊一組一般是不能說的：

方桌	＊方紙
薄紙	＊薄灰塵
白布	＊短布
綠上衣	＊綠莊稼
客氣話	＊客氣態度
老實人	＊老實工人
關鍵時刻	＊關鍵地點
重要問題	＊重要方針

　　也就是說，在不用“的”的“形＋名”短語裏，哪些形容詞和哪些名詞配合是有限制的。這種限制沒有語義或語法的根據，是在長期語言實踐中由於經常組合而凝結成的，是習慣性的，因此對學漢語的人來說，不用“的”的“形＋名”短語是需要逐一去記的。

　　①、②類形容詞如果加上程度副詞或重疊起來，後面再用“的”與名詞搭配就很自由了。如“很薄的灰塵”、“很短的（一塊）布”、“綠綠的莊稼”、“很客氣的態度”等都是可以說的。

　　①、②類形容詞中有一些不止一個意義，即在與不同的名詞組合時意義可能不同。如“老工人”通常指“熟練工人”，“老朋友”指“相識已久的朋友”，“老同學”則指“曾經一起學習過的人”。又如“大樹”、“大事”、“大個子”、“大雪”中“大”的意義也不同。這種由同一形容詞構成的“形＋名”短語，在其他語言中有時用不同的形容詞表達，這也是需要注意的。

　　③、④類形容詞作定語時，都要用“的”，只要語義能搭配，與名詞的結合是自由的。

二、作謂語

　　①、②類形容詞單獨作謂語也有一定的限制，一般只能用於對照、比較的情況：

①　這件衣服合適，那件衣服太長了。

②　這個孩子人小志氣大。

③　外邊風大，快進來吧。

④　　甲：黑龍江冷還是新疆冷？

　　　　乙：當然黑龍江冷。

在沒有對照、比較意味的句子裏，只用一個①、②類形容詞作謂語，會使人感覺句子的語意未盡，似乎只說了半句話。一般要在形容詞前加上程度副詞"很"："今天很冷"、"他學習很好。"這裏的"很"表程度的意思很弱。在形容詞前加上其他副詞或其他成份也可以，如"外邊風特別大"、"我們班小劉比小張高"。

　　①、②類形容詞的重疊形式及③類形容詞可以單獨作謂語，但後面要用語氣助詞"的"：

⑤　屋裏亂哄哄的。

⑥　這個孩子傻拉吧嘰的。

⑦　姑娘的臉紅紅的。

⑧　她大大方方的。

④類形容詞一般可以單獨作謂語：

⑨　我一摸，他的手冰涼。

　　街上漆黑，（…。）

這類句子往往作為一個分句，出現於複句中。

三、作狀語

　　①類形容詞大都不能單獨自由地作狀語，只有"多"、"少"、"早"、"晚"、"遲"、"快"、"慢"、"難"、"容易"等可以單獨作狀語。如：

①　你們在一起多研究研究問題，少說閒話。

② 小馬經常早來晚走。

有些單音節形容詞雖然可以單獨作狀語，但有很大限制，只能修飾個別的動詞。例如"輕"一般只修飾"放"、"彈"等，構成"輕放"，"輕彈"。類似的短語如：高舉、高喊、緊握、緊跟、粗看、粗通、靜坐、靜聽、怪叫、重打、重創等等。

雙音節形容詞在口語裏很少單獨作狀語，多採用重疊形式：
③ 孩子們規規矩矩地坐在那裏，一動也不動。
④ 今天放假，我們痛痛快快地玩一天吧。

有少數雙音節形容詞可以單獨作狀語，如：
⑤ 你再仔細看看，有沒有錯。
⑥ 工人們把車間徹底打掃了一下。

有些雙音節形容詞作狀語只出現在書面語中。如：
⑦ 聽到這個消息，戰士們激動地表示：…
⑧ 在我們國家孩子們愉快地生活，健康地成長。

③、④類形容詞有些可以作狀語，後面一般要用"地"：
⑨ 麥穗沉甸甸地垂著。
⑩ 老頭兒孤零零地站在那裏。
⑪ 小湯姆筆直地坐在椅子上。

四、補語

①，②類形容詞可以單獨作結果補語：
① 衣服晾乾了。
② 這個電影我看明白了。

①、②、③、④類形容詞都可以作情態補語，其限制基本與作謂語的情況一樣。即，①、② 類形容詞單獨作情態補語有對照、比較的意味：
③ 妹妹唱得好，哥哥唱得不好。

④ 小紅長得漂亮，小蘭長得醜。

①、②類形容詞作一般的描寫性的情態補語時，前邊要加程度副詞等成份：

⑤ 我坐在第一排，所以看得很清楚。

③類形容詞及①、②類形容詞的重疊形式作情態補語時，後面要用語氣詞"的"：

⑥ 飯做得香噴噴的。

⑦ 孩子們穿得整整齊齊的。

④類形容詞可以單獨作補語：

⑧ 他的臉漲得通紅。

第五節　形容詞的重疊

①、②、④類形容詞都可以重疊。各類形容詞重疊的方式以及所表示的意義有所不同。

一、①類形容詞的重疊

①類形容詞按AA式重疊。在口語中，有些①類形容詞重疊後第二個音節可以兒化，念第一聲並且是重音所在，如"早早兒"/zǎo `zāor/ "遠遠兒"/yuǎn `yuānr/ "慢慢兒"/màn `mānr/。在莊重正式的場合或朗誦非口語化的文學作品時，重疊的音節不兒化，也不變調。

重疊形式的①類形容詞作狀語、補語時，表示程度深：

① 您行行好，再重重地給我一拳。

② 我自己會走，我要走得遠遠的。

作定語時一般不表示程度深，但描寫作用更強，而且包含喜愛的感情色彩：

③ 彎彎的眉毛大大的眼，紅紅的嘴唇賽櫻桃。

④ 彬彬有長長的眉，大大的眼睛，高高的鼻子，小小的嘴。

二、②類形容詞有兩種重疊方式。

一種是完全重疊式，按AABB式，如"清清楚楚"、"乾乾淨淨"。在口語中第二個音節可念輕聲，第三音節念第一聲，第四音節也念第一聲、兒化，並且是重音所在，如"漂漂亮亮"/piào •piao liāng`liāngr/、"明明白白"/míng•ming bāi`bāir/。在正式場合，第一音節重讀，第二音節為輕聲，第三、四音正常。如"漂漂亮亮"/`piào •piao liàngliàng/、"明明白白"/míng •ming báibái/。

②類形容詞的完全重疊式作狀語、補語時，也表示程度深：
① 小喜親親熱熱地問長問短。
② 你看這是白紙黑字寫得清清楚楚的。

作定語時描寫作用更強，表示程度的作用不明顯：
③ 他家來了一個斯斯文文的姑娘。
④ 他那樸樸素素的衣著，實實在在的態度，大大方方的舉止，給人留下了很好的印象。
⑤ 你這種拖拖拉拉的作風必須改變！

作謂語時是取得了單獨作謂語的資格，同時具有描寫作用：
⑥ 家裏乾乾淨淨，…。
⑦ 這個姑娘大大方方，一點也不扭捏。

這種句子也多作為分句出現於複句中。

有的②類形容詞只有完全重疊式，沒有基本式，如"病病歪歪"、"大大咧咧"。

②類形容詞還有一種不完全重疊式，格式是"A里AB"。重疊時聲調不變，重音在第一音節上，第二音節（嵌音"里"）讀輕聲，第三、四音節次輕，有時重音可落在第四音節上，使語氣更重些。如"糊里糊塗"/`hú •li•hútú/，"傻里傻氣"/`shǎ •li shǎqì/，"囉里囉唆"/`luō •li luōsuō/，以及"拉里拉雜"，"馬里馬虎"等等。不完全

重疊式含有厭惡、輕蔑的意味，能這樣重疊的只限於包含貶義的形容詞。

三、④ 類型容詞都按ABAB式重疊，一般包含程度深的意思：

① 天空瓦藍瓦藍的。

② 這頭小豬長得滾圓滾圓的。

③ 他焦黃焦黃的長臉上佈滿了皺紋。

應當注意，並不是所有的①、②、③類形容詞都能重疊。能重疊的多為日常生活中常用的。不少形容詞不能重疊，如"偉大"、"光明"、"幸福"、"美麗"、"英明"、"勇敢"、"熟悉"、"困難"、"艱巨"、"悲"、"瘋"、"假"、"賊"等。比較起來 ②類形容詞不能重疊的多些，①、③類絕大多數都可以重疊。

第六節　形容詞與其他詞類兼類的問題

有一部份形容詞兼其他詞類。

一、形容詞兼副詞

有些形容詞在修飾動詞或形容詞時，意義有所改變，語法功能也與副詞相同，這時應屬於副詞。主要有：

直（不斷地）：這個孩子直哭。

怪（很，非常）：跑了一天了，怪累的。

老（總是）：他怎麼老不說話？

全（都）：我十道題全對了。

白（徒然）：今天又白跑了一趟。

光（只、單）：不能光說不做。

快（時間接近）：小劉快回國了。

偏（只有、就）：大家都高高興興，偏你一人生氣。

死（不靈活、程度高等）：

學習的時候，不要死記硬背。

這個箱子死沉死沉的。

他犯了錯誤還死不承認。

早（很久以前）：我們早就認識了。

真（的確、實在）：今天的電影真好。

乾（徒然）：這件事他乾著急沒辦法。

這些副詞都只用於口語。

二、形容詞兼動詞

　　形容詞如果能帶賓語（常表示使動意義）或能按動詞的重疊方式重疊（ABAB式，表嘗試、短時等義），就兼屬動詞類。列舉主要的如下：

（一）能帶賓語，能按動詞重疊方式重疊並有形容詞重疊式的：

紅	壯	彎	正	斜	平	鬆	餓
靜	多	短	直	燙	溫	寬	勻
光	省	累	通	橫	端正	清楚	平靜
明白	搖晃	富裕	晃悠	平整	麻煩	安定	冷淡

（二）能帶賓語、能按動詞重疊方式重疊、無形容詞重疊式的：

響	隱蔽	習慣	鞏固	充實	坦白	公開	緩和
統一	孤立	講究	開闊	可憐	肯定	清醒	深入
疏遠	嚴肅	壯大	平均	純潔	固定	嚴格	滿意
健全	調和	突出	繁榮	密切	滋潤	便利	集中
普及	擠						

（三）能帶賓語、不能按動詞重疊方式重疊，但有形容詞重疊式的：

厚	亂	黑	髒	多	少	苦	活
死	破	啞	勉強	模糊	恭敬		

（四）能帶賓語，不能重疊的：

聾　瞎　瘸　對　錯　差　渙散　煥發
激動　堅定　固執　討厭　忠誠　便宜　鬆懈　冤枉

（五）不能帶賓語、能按動詞重疊方式重疊，並有形容詞重疊式的：

高興　熱鬧　涼快　安靜　親熱　輕鬆　嘮叨　痛快
愉快　舒服　乾淨　漂亮

三、形容詞兼名詞

當形容詞能指稱一個具體事物或具有名詞的某些語法特徵（能受數量詞和表示性質、數量的形容詞修飾）時，就兼屬名詞類。這種兼類的形容詞數目有限：

橫　豎　苦　規矩　秘密　便宜　保險　方便
熱鬧　困難　痛苦　煩惱

練　習

一、下列形容詞有哪些能受程度副詞（如"很、太、非常"等）修飾，哪些不能？

白　　　整齊　　正（副）通紅　　假　　　正確
大型　　直　　　滾熱　　漂亮　　豎　　　黑洞洞
正式　　隨便　　相同　　共同　　一般　　傻里傻氣

二、寫出下列形容詞的重疊式：

大　　　高　　　紅　　　涼快　　熱鬧　　漆黑
雪白　　高興　　碧綠　　滾圓　　痛快　　生疼
清楚　　整齊　　焦黃　　模糊　　順當　　冰涼

三、指出下列句子中形容詞重疊式的作用：

（①包含喜愛意味，　②表示程度，　③表示厭惡的感情，　④具有描寫作用）

1. 天黑了，老人在路上慢慢地走著。

2. 孩子們把教室佈置得漂漂亮亮的。

3. **彎彎**的月亮斜掛在天空，星星在向我們眨眼。夜美極了。

4. 這時我抬頭一看，從外面進來了個漂漂亮亮、乾乾淨淨的小姑娘。

5. 這個人辦事總是馬里馬虎的，大家都不放心。

6. 小明把大海塗得藍藍的，樹塗得綠綠的，國旗塗得紅紅的，色彩十分鮮明。

7. 我清清楚楚地聽見有人叫我，可就是看不見他。

8. 小梅舉著兩隻胖胖的小手，向我跑來。

四、判別正誤：

1. a. 我買了一本袖珍英漢詞典。

   b. 我買了一本袖珍的英漢詞典。

2. a. 這朵花粉白粉白的，很可愛。

   b. 這朵花白不呲咧的，很可愛。

3. a. 張群穿了一件新衣服，銀灰色的，很精神。

   b. 張群穿了一件新衣服，灰了吧嘰的，很精神。

4. a. 今天的會很主要，希望大家都要出席。

   b. 今天的會很重要，希望大家都要出席。

5. a. 我們的老師不愛打扮，總是樸樸素素。

   b. 我們的老師不愛打扮，總是樸樸素素的。

6. a. 醫生輕輕地走到病人床前，給他蓋好被子。

   b. 醫生很輕輕地走到病人床前，給他蓋好被子。

7. a. 這個孩子小眼睛睜得滴溜圓。

   b. 這個孩子小眼睛睜得滴溜圓的。

8. a. 地裏的莊稼綠油油。

   b. 地裏的莊稼綠油油的。

五、判別下列句子的正誤，並把不正確的句子改正過來：

1. 中國人民友好我國人民。

2. 我們宿舍很乾淨。

3. 這件事情他了解得清楚。

4. 小明比小剛高。

5. 我們人窮志不短。

6. 不喜歡音樂的人是個別的。

7. 老師的房間裏有許多書。

8. 頤和園的風景十分優美。

9. 扮演小花的演員演得真實。

10. 外面漆黑漆黑。

11. 黑板上的字寫得很清清楚楚。

12. 新建的工廠很大型。

第六章　副詞

副詞主要用來修飾動詞或形容詞，以說明行為動作或狀態性質等所涉及的範圍、時間、程度、頻率以及肯定或否定的情況。有時也用以表示兩種行為動作或狀態性質間的相互關係。

第一節　副詞的特徵和語法功能

一、大部份副詞不能單獨回答問題。如甲問"昨天的電影好嗎？"可以單獨回答"好"，不能回答"很"。少數副詞，如"也許"、"一定"可以單獨回答問題。

二、副詞一般不受其他類詞的修飾。

三、副詞的主要語法功能是充任狀語。副詞可以修飾動詞、形容詞，如"剛到"、"已經走了"、"最好你去"、"非常高興"，也可以修飾能代替動詞、形容詞的代詞"這樣"、"那樣"、"這麼著"等。例如：

① 事情已經這樣了，還有什麼辦法？

② 你就這麼著，不要動。

③ 這篇文章就那樣了，不需要再修改了。

④ 經過批評幫助，他不再那樣了。

副詞一般不能修飾名詞、數量詞。但是當這些詞作謂語時，則可以受表示時間、範圍等方面的副詞修飾。例如：

⑤ 今天才星期五，我以為又星期六了。

⑥ 王大伯都七十多歲了，他兒子剛十幾歲。

⑦ 他們結婚已經兩、三年了。

⑧ 三斤蘋果一共一塊五毛錢。

少數表示範圍、否定的副詞，有時可以限制名詞："光他一個人去。"、"這件事就你不知道。"、"他去了沒幾天。"

四、有的副詞還可以充當補語，只限於"極"、"很"、"壞"、"死"、"透"
　　等少數幾個詞。例如：

　　① 昨天的乒乓球表演賽精彩極了。

　　② 街上的車多得很。

　　③ 我把他恨透了。

五、有的副詞在句中可以起關聯作用，副詞常用來連接兩個動詞或形容詞，也可以
　　連接兩個短語或分句。例如：

（一）用單個副詞關聯的：

　　① 說幹就幹。

　　② 死也不投降。

（二）用兩個相同的副詞關聯的：

　　① 那座新樓又高又大。

　　② 我越學習越覺得自己知道的少。

（三）用兩個不同的副詞關聯的：

　　① 再困難也不怕。

　　② 非學會不可。

（四）用一個副詞和一個連詞或介詞關聯的：

　　① 不管多困難也得學會。

　　② 剛來中國時，我連一個漢字也不認識。

第二節　副詞的分類

　　按照意義，可以把副詞分成若干類：

一、表示時間的，常用的有：

　　　剛、剛剛、已、已經、曾經、早、就、早先

　　　正、正在、在

　　　將、將要、立刻、馬上、頓時、回頭、起初、原先

　　　一時、向來、一直、一向、好久、永遠、從來、隨時

　　　時時、偶爾、間或、老（是）、總（是）、忽然

二、表示範圍的，常用的有：

　　　都、全、統統、一共、共、總共、一起、一塊兒

　　　一同、一齊、一道、一概、淨、一味

　　　只、僅僅、就、獨、唯獨、單、光

三、表示重複、頻率的，常用的有：

　　　又、再、還、也、屢次、再三、常常、經常、時常

　　　往往、不斷、反覆

四、表示程度的，常用的有：

　　　很、極、挺、怪、太、非常、格外、十分、極其

　　　最、頂、更、比較、更加、相當

　　　稍、稍微、稍稍、略、略微

　　　多、多麼

　　　愈、越加、越發

五、表示語氣的，常用的有：

　　　可、幸虧、難道、何嘗、居然、究竟、到底、偏偏

　　　索性、簡直、反正、卻、倒、多虧、也許、大約

　　　好在、幾乎、差點兒、果真、果然、明明、敢情

六、表示肯定、否定的，常用的有：

　　　不、沒（有）、一定、準、未必、必定、必然

七、表示情態的，常用的有：

猛然、依然、仍然、逐步、逐漸、漸漸、親自
擅自、百般、毅然、互相、特地

第三節 某些常用副詞的用法

一、都

　　"都"是表示範圍的副詞，常用來總括它前面提到的人或事物的全部。但在句法上"都"修飾它後面的動詞或形容詞，表示"都"所限定的事物沒有例外地發生或具有謂語動詞或形容詞所表達的行為動作或性狀。例如：

　　① 咱們都不要客氣。

　　② 今天學生都去參觀了。

　　③ 櫃子裏都是書。

　　④ 這兒的人都那麼熱情、好客。

　　⑤ 老張每天都睡得很晚。

　　⑥ 這是祕密，對任何人都不能講。

例①的"都"總括的是"咱們"，即聽話人和說話人的全部。②總括的是"學生"的全部。③總括的是"櫃子裏的東西"的全部。④總括的是"這兒的人"。⑤總括的是狀語"每天"。⑥總括的是介詞的賓語"任何人"。

　　有時"都"的前面所提到的人或事物都是複數時，"都"所總括的部份有三種可能。例如：

　　⑦ 這幾個句子大家都翻譯得很好。

這裏的"都"總括的可能是"這幾個句子"，也可能是"大家"，也可能是"這幾個句子"和"大家"兩項。這需要靠語言環境來確定。有時說話人的邏輯重音也可以表明"都"所總括的是哪一項內容。如例⑦重音落在"這幾個句子"上，就總括"這幾個句子"，如落在"大家"上，就總括"大家"。

　　在下面幾種情況下常用"都"，有時"都"甚至是不可缺少的。

（一）如句子的主語為複數事物，要強調“全部”的意思時，謂語中常用“都”。

（二）主語中包含“每”、“所有的”、“一切”、“任何”或句中包含“隨時”、“到處”等詞語時，謂語中常用“都”。

（三）句中有表示任指的疑問代詞時，謂語中常用“都”與之呼應。

（四）句中有連詞“無論”、“不論”、“不管”時，謂語或第二個分句中常用“都”與之呼應。

（五）由疑問代詞“誰”、“什麼”、“哪兒”、“哪＋數量詞”、“哪＋幾”構成的疑問句中常用“都”。這時，“都”要放在謂語動詞前，總括後面疑問代詞所詢問的內容，“都”輕讀。回答這類問題時，“都”要略去不用。例如：

① 你家裏都有什麼人？

　　～我家裏有我父親、母親、兩個哥哥和一個妹妹。

② 這件事情你都告訴誰了？

　　～我告訴了張老師和咱們班的同學。

③ 這次旅行你都去哪兒了？

　　～我去了天津、上海、杭州、廣州和桂林。

④ 參加座談會的都有哪些人？

　　～有學校的各級領導和各年級的學生代表。

⑤ 張老師，您都教哪幾門課？

　　～我只教現代漢語。

　　在口語裏，“都”有時直接用在疑問代詞前。例如：

⑥ 你這輛自行車都哪兒有毛病？

⑦ 今年暑假都誰想回國探親？

　　“都”的其他用法：

（一）常與介詞“連”、副詞“甚至”、數詞“一”（＋量詞＋名詞）搭配使用，用來強調某一情況，常見的格式有“連 … 都 …”、“甚至 … 都 …”、“一…都 …”。

① 連弟弟都懂得這個道理，你這麼大，怎麼不懂。

② 他膽子太小了，甚至樹葉子落下來都怕砸了腦袋。

③ 這次考試，李力一個漢字都沒寫錯。

④ 她是女扮男裝嗎？一點兒都看不出來。

有時，只用一個副詞"都"，語氣中也隱含著"甚至"、"連"的意思。例如：

⑤ 這麼重要的消息你都不知道。

⑥ 昨天我家門都沒出，怎麼會去王府井了呢？

⑦ 他為了趕火車，飯都沒吃就走了。

⑧ 老陳每天堅持鍛鍊，颱風下雨都不間斷。

⑨ 爺爺，我都不怕那個傢伙，您還怕他！

如果要突出強調行為動作時，"都"後要重複動詞並帶其他成份。例如：

⑩ 聽完老師的問題，他想都沒想就回答出來了。

⑪ 拿到信後，她看都沒看一眼就塞在書包裏了。

⑫ 你走都走不穩，還想跑！

（二）表示"已經"的意思，"都"輕讀，句尾常用"了"。例如：

① 喲，都十二點了，該睡覺了。

② 幾年不見，你怎麼頭髮都白了。

③ 打獵的追上來了，聽，都能聽見馬跑的聲音了。

二、只

"只"也是一個表示範圍的副詞，在句法上修飾它後面的動詞，在意念上，限定動詞所表示的行為動作或其所涉及的事物的範圍。例如：

① 咱們應該說得到，做得到，不能只說不做。

② 他懂一點兒漢語，可是只會說，不會寫。

③ 學習外語，不能只看書，不張嘴。

④ 他整天只在家裏看書，哪兒也不去。

⑤ 這學期，我們只學習漢語。

⑥ 最近，我只給家裏寫信了。（沒給朋友寫信）

⑦　會上，大家只就這個問題展開了討論。

　　"只"與數量詞同時用時表示數量少。在句中"只"放在動詞前修飾動詞，不能與數量詞連用。例如：

⑧　這本書只有二百多頁。

⑨　聯歡會只進行了一個多小時。

⑩　白天，家裏只剩下我和孫女兩個人了。

⑪　信裏他只寫了這麼幾行字。

　　有時，"只"也可以直接用在名詞（短語）前，表示數量少。

⑫　今天家裏只我一個人，你來玩吧！

⑬　這個消息只大張和王師傅聽說了。

以上兩例中的"只"也可用"只有"。"只"在名詞短語前的這種用法是有條件的：名詞短語必須是作謂語（如⑫或主語⑬的。作賓語時不可這樣用，不能說"阿里會只英文和法文兩種外國語。"）

三、最

　　"最"是表示程度的副詞。兩個以上同類的事物進行比較，達到了比較範圍內的頂點時，就用"最"來修飾。例如：

①　甲班有九個學生，乙班有六個，丙班有十二個，哪個班的學生最多？

②　數理化三門功課比較起來，他數學學得最好。

③　這三個年輕人中小王最愛學習，最有鑽勁兒。

④　誰最能代表群眾的利益，群眾就最擁護誰。

　　"最"也可用於無需與其他事物比較的情況，多用在高、低、大、小、長、短、快、慢、早、晚、多、少、粗、細、冷、熱等形容詞前表示性質、狀態、時間、數量等方面的極點，多含有估計、限定的語氣。例如：

⑤　我們將盡最大努力完成好這項任務。

⑥ 嬰兒的睡眠時間最少要十二個小時。

⑦ 用這種辦法養魚，每年畝產最高達到三、四十萬斤。

⑧ 從北京到上海最快也要一個小時。

⑨ 你最晚在上午下班以前給我答覆。

⑩ 每位代表的發言時間最多不能超過十分鐘。

由於"最"含有達到頂點的意思，它常用在某幾個方位詞的前面，表示方位的極點。例如：

⑪ 走在遊行隊伍最前頭的是母親們。

⑫ 怕壓的東西放在最上邊兒，不怕壓的放在最下邊兒。

⑬ 最後邊的一節車廂是餐車。

四、更

"更"也是一個程度副詞，用於人或事物自身的比較或兩個事物之間的比較，表示比原有的程度或情況又進一層。例如：

① 那篇文章修改以後，主題更突出了。

② 雨過天晴，景色顯得更美麗了。

③ 這個戲脫稿於去年春天，醞釀這個戲的時間還要更早一些。

④ 做出這道題的不是小王，也不是小李，更不是小張。小張對
數學最不感興趣。

⑤ 這裏的一切都很好，可是故鄉的一草一木更吸引著我。

"更"還常用於"比"字句中：

⑥ 現在的生活比過去好了，將來會比現在更好。

⑦ 那時他認為學習文藝比學習醫學更重要。

⑧ 這個例子比那個例子更能說明問題。

⑨ 通過接觸，他比以前更信任我們了。

以上各例中"更"的用法都是就人或事物所具有的性狀的同一方向進行比較。比如甲乙二人比身高時，我們首先要肯定甲高，才可以說乙更高。如先肯定了甲矮或甲不高，就不能說乙更高，而只能說甲矮，乙高，或乙比甲高。總之，在使用"更"

時，要注意"更"是表示在已經存在的性狀基準上更進一層。

五、比較

"比較"作為副詞表示兩個以上的事物相比而顯出程度的差別，而且著重表示差別不是很大。例如：

① 今天比較冷。

② 小王比較了解我。

③ 對這裏的情況，您一定比較熟悉。

"比較"和"更"都是表達對比後得出的肯定的一面。但應該注意兩者在語義上的差別。"比較"往往就相對的兩方面進行評述。如"今天比較冷"包含著"昨天不冷或暖和"的意思。又如"小王比較了解我"包含著"別人不了解我"的意思。因此，用"比較"時，可以說"昨天暖和，今天比較冷"、"別人都不了解我，小王比較了解我"。但是不能說"昨天很冷，今天比較冷"、"別人都了解我，小王比較了解我"。"更"的基本意義和用法在上文中已經說過，是表示在原有性狀基礎上更進一層，是在相同的一方面進行比較。若把上述兩例中的"比較"替換成"更"，其語義就不同了。如"今天更冷"包含著"昨天也冷"，"小王更了解我"包含著"其他同志也了解我"的意思。

"比較"有時也可不包含就相反方面進行比較的意思，而只表示具有一定程度（不是最低，也不是最高），如："這部電影內容比較好，你可以去看。"、"這次考試成績只能說'比較'好，不能說'很好'。"

六、稍微

"稍微"也是表示程度的副詞。用這個詞時往往包含著數量的概念，在它所修飾的動詞或形容詞的後面總用上"一點兒"、"一些"、"一會兒"、"幾＋量詞"等表示數量的詞語，動詞可用重疊式，表示程度淺或短時、少量等。例如：

① 這課書的生詞稍微多了一點兒。

② 他們倆的關係稍微緩和了一些，不怎麼吵嘴了。

③ 您稍微等一會兒，他馬上就來。

④ 這種藥特別靈，稍微撒上幾滴，蟲子就都殺死了。

⑤ 這個問題你稍微想一想就能答出來。

⑥ 王師傅經驗多，這種小故障他只要稍微敲打三、五下，就能聽出毛病在哪裏。

有時"稍微"後面跟上表示不定量的"有一點兒"，再跟上所要修飾的成份。例如：

⑦ 你嗓子稍微有點兒紅。

⑧ 這個小姑娘，稍微有點兒不稱心就撅嘴。

⑨ 他稍微有點兒頭痛，沒什麼大病。

有些形容詞或動詞被表動作短暫的副詞"一"修飾時也表示一定的量，這時前面也可用"稍微"修飾，表示動作之短促或程度不深。這樣用時，後面往往緊跟著另一個分句。例如：

⑩ 小心點兒，你稍微一碰，杯子就會掉下來的。

⑪ 天稍微一亮，咱們就出發。

⑫ 你稍微一疏忽就會出差錯。

七、曾經、已經、剛

這幾個詞是表示時間的副詞，修飾動詞或形容詞時，表示在過去時間裏發生的行為動作或狀態。例如：

① 他曾經來過中國。

② 他已經來中國了。

③ 他剛來中國。

④ 衣服已經乾了。

以上四例都表明"來中國"的行為動作或"乾了"的狀態，在說話的時間以前已然發生。可是在具體用法上這三個詞又有不同。用"曾經"時表示過去如此，現在不一定如此了。如例①的意思是：他有來中國的一段經歷，而現在不一定在中國了。動詞前用"曾經"時，動詞後常用動態助詞"過"，即"曾經＋動詞＋過"：要表示否定的意思時，就是"沒有＋動詞＋過"，方言有用"不曾"的。用"已經"或"剛"時，則表明動作狀態發生在過去，而且，一般說來，現在仍保持著那種狀態。例如：

⑤ 她女兒已經結婚了。

⑥ 天氣已經暖和了，樹梢都綠了。

⑦ 呀！你的電話，剛掛上。

⑧ 天剛亮，他們就動身了。

"已經"和"剛"還可以用在時間詞或數量詞前，表示時間的早晚、長短或年齡的大小。至於選用哪個詞，這需要根據說話人的主觀感覺。例如：

⑨ 今天已經星期三了。　　　（說話人覺得時間過得快或表示時間晚了）

⑩ 今天剛星期三。　　　　　（說話人覺得時間過得慢或時間尚早）

⑪ 他的小兒子已經廿歲了。　（說話人覺得他的小兒子年齡大）

⑫ 他的小兒子剛廿歲。　　　（說話人覺得他小兒子小）

⑬ 我認識他已經四、五年了。（說話人覺得認識的時間長）

⑭ 我認識他剛四、五年。　　（說話人覺得認識時間短）

"已經"和"剛"有時和"快"、"要"、"快要"等副詞連用，表示達到了即將發生而尚未發生的時刻。例如：

⑮ 太陽已經快落山了。

⑯ 車已經快要開了，他才趕來。

⑰ 天剛要黑的時候下了一陣雨。

"已經"和"剛"的區別在於"已經"只表示動作行為在過去發生，離說話時間的遠近無關，而"剛"表示動作行為在說話或某一時刻前不久才發生。另外，用"已經"時，動詞或形容詞後、或句尾處往往用表示變化的"了"，而用"剛"時，如無後續句子，多不能用"了"，我們不能說"我剛上完課了"。

八、快、就、將

這三個詞都是表示"未來"的時間副詞。"快"、"就"表示最近的將來。例如：

　① 快到站了，準備下車吧。

　② 對不起，請等一會兒，我就來。

　③ 到2000年，中國將成為一個現代化的社會主義國家。

　　"快"、"就"、"將"經常和"要"連用，組成"快要"、"就要"、"將要"。"將"和"將要"多見於書面語。口語裏多用"快（快要）"、"就（就要）"，而且用"快要"或"就要"時表示時間更為緊迫些。用這些副詞時，句尾常用語氣助詞"了"。常見的格式有"快 …了"、"快要 …了"、"就要 …了"。例如：

　④ 他們快回國了，飛機票都買好了。

　⑤ 天快亮了。

　⑥ 春天快要到了。

　⑦ 四年的大學生活就要結束了。

　⑧ 那幾座樓下個月就要全部完工了。

表時間的副詞"就"有"立刻"的意思，單用時多數情況下不用"了"，如"我就走"，"借你的詞典查一個字，作完馬上就還"。"就要 …了"比"快要 …了"顯得行為動作發生的時間還要快些、緊迫些，而且"就要 …了"可以用表示時間的狀語。"快（快要）…了"除了可以被"已經"意義的"都"修飾外，一般不能帶時間詞或表時間的副詞作狀語。如：

　⑨ 勝利的時刻馬上就要到了。

　⑩ 他們的試驗眼看就要成功了。

　⑪ 你借的那本書下星期三就要到期了。

　⑫ 太陽已經快要下山了。

　⑬ 你再說下去他都快要哭了。

但是我們不能說"電影七點半快要開始了。"值得注意的是表示時間的狀語一般要放在"快要"、"就要"或"將要"之前，而不能接在謂語動詞或形容詞之前。所以不能說"我們就要七月底放暑假了"。

九、還

（一）表示行為動作的繼續進行或狀況的繼續存在，含有“仍舊”、“依然”的意思。

① 幾年沒見，你還是老樣子。

② 夜深了，爸爸還沒回來。

③ 這個矛盾解決了，還會遇到新的矛盾。

（二）表示補充。除了提到的情況外，另有增補。

① 他不但要關心自己妹妹，還要關心別的女孩。

② 除了他們，還有誰支持你的意見？

③ 這次旅遊到上海，我們看了看市容，還嘗了嘗上海小吃。

（三）表示更進一層。多指在比較之下，在程度上或數量上的更進一層，常用於“比”字句。

① 聲速快，光速比聲速還快。

② 現在的年青人，你能幹，我比你還能幹。

③ 明天要看的那個電影比這個電影還要好　。

（四）表示“勉強”的意思，“還”起著減輕程度的作用。

① 您最近身體好嗎？ —— 還可以。

② 這部小說寫得怎麼樣？ —— 還不錯，值得一看。

③ 他這個人當個基層幹部還能勝任。

（五）表示“尚且”的意思。用於複句的前一分句，提出一種讓步的情況，後一分句表示進一步推論的結果。

① 你走路還走不穩呢，就想跑？

② 張華還能參加三千米長跑呢，你這個運動健將肯定沒問題。

③ 二年級學生還讀不了原著呢，我們剛學幾個月更不行了。

④ 她還去過幾個城市呢，你連北京城都沒出過？

（六）表示出乎意料，含有“居然”的意思。估計不可能出現的情況出現了。“還”字後面常用“真”。

① 這麼難的題，他還真做出來了。

② 他們母子失散了幾十年，最後還真團聚了。

③ 敵人用盡各種刑法折磨她，她還活過來了。

（七）表示反問或輕蔑的語氣。

① 他是漁民的後代，還能不會游泳。

② 你還是哥哥呢，帶著弟弟淘氣。

十、又

（一）表示行為動作的重複發生或連續反覆地進行，多用於已然的情況。

① 這份試卷張老師看了一遍，李老師又看了一遍。

② 見我沉思不答話，老紀又問一句：“怎麼樣？”

③ 張文覺得弟弟比以前又長高了一些。

當“又”的前後重複同一動詞或同一“一＋量詞”時，表示反覆多次。如：

④ 丁力拿著媽媽寄來的相片看了又看。

⑤ 老船長把彼得送給他的禮物包一層又包一層。

⑥ 你一次又一次地來幫助我，真太感謝了。

⑦ 從他一封又一封的來信可以看出，他是多麼想念久別的故鄉啊！

“又”還可以用來表示預計的重複。例如：

⑧ 明天又是星期日了，我們又可以去郊外遠足了。

⑨ 月亮又圓了，明天大概又是農曆十五了。

⑩ 下禮拜又輪到咱們組值日了，大家別忘了。

在兩個分句中連用兩個“又”可以表示兩個動作或兩種情況交替重複發生。

⑪ 他把模型拆了又裝，裝了又拆，最後終於學會了不少手藝。

（二）表示兩種情況同時存在。

① 聽說要到中國來學習，媽媽高興，又不高興。

② 他離婚了，在家裏又是爸爸又是媽媽。

③ 天這麼黑，又下著雨，也不帶個電筒。

以上例句中的“又”雖都表示兩種情況同時存在，各句之間又有細微差別。例①的兩種情況是並列的，例②的兩種情況之間有層次之分，“又”後面的情況有進一層的意思。例③的“又”有追加補充的意思。

有時兩個或三個“又”同時用，構成“又 …又 …”或“又 …又 …又 …”格式，表示兩個或兩個以上行為動作或性狀同時發生或存在。

④ 那天晚上，月亮又圓又亮。

⑤ 看他高興得又說又笑。

⑥ 這個姑娘又喜歡唱歌又喜歡跳舞。

⑦ 在動物園門口，橫著一條又寬敞、又平直、又乾淨的柏油馬路。

⑧ 張小姐畫張畫也值得你們這樣大驚小怪的，又賦詩、又題字、又親自送去裱。

（三）表示相繼發生的動作。

① 孩子們給我們唱了一支歌，又跳了一個舞。

② 昨天他剛從東北回來，明天又要去廣州。

（四）表示轉折。在表示前後相矛盾的情況時，用“又”加強轉折的意味。

① 田忌聽說齊王要跟他賽馬，他怕自己輸給齊王，可是又不敢說不賽，只好同意了。

② 有件事想告訴你，又怕你聽了不高興，你想聽嗎？

③ 這個句子不太像中國話，可我又不知道應該怎麼改一下兒。

“又”這樣用時，它的前面常用連詞“可”、“可是”，如例①、③。有時與“而”連用。

④ 原來那是一個多麼美麗而又痛苦的夢啊。

（五）表示語氣，常用於表示否定的句子裏或表示反問。

① 衣服舊一點兒，又有什麼關係呢?

② 他又不是孩子，用不著管得那麼嚴。

③ 路又不遠，何必要坐車去呢。

十一、再

（一）表示同一動作的重複或繼續。這一點與"又"很相近，但"又"多用於已然的情況，"再"用於未然的情況。例如：

① 我還不懂，請老師再講一遍。

② 再過幾個月，我們就畢業回國了。

③ 他再不來，咱們就不等了。

④ 你有什麼困難明天再來。

如果例① 改成"我還不懂，老師又講了一遍"。意思是"講"的行為已然重複完畢。

（二）表示在另一行為動作之後發生，含有"然後"的意思。常與"先 …"，"等 …"搭配使用，有時還與"然後"連用。

① 祥子喝了兩壺茶，他覺出餓來，決定在外面吃飽再回家。

② 回頭說，回頭說，等會兒見了老爺再說吧!

③ 咱們應該先訂個計劃，然後再開始行動。

④ 你讓我辦的事，等我病好了再給你辦。

（三）表示程度加深，多用於形容詞前。

① 這個游泳池再大一點兒就好了。

② 事情再多，她也不嫌多，不叫苦。

例① 的"再大一點兒"是"比現有的游泳池更大一點兒"的意思。這樣用時形容詞後面常跟上"一點兒"、"一些"等不定量詞。例② 的"再多"有"無論怎麼多"的意思。這後一種用法多出現在表示假設的前一分句中，後面緊跟另一分句。

"再"表示程度加深時，也可用在方位詞前，如"再裏頭"、"再前邊"等：

① 十幾年來，除了這一屋子書和字畫，他再也沒有別的什麼了。

② 你穿上中式布小褂，頭上再包上一塊白毛巾，就算化裝成農民了。

③ 這張畫兒再配上一個精緻的鏡框，那就再好也沒有了。

"再"和否定副詞"不"一起用時，可以在"不"的前邊，也可以在"不"的後邊，即"再不"和"不再"都可以。但"再不"與"不再"的意思不同。比如甲問："你明天還來嗎？"乙回答："我明天不再來了，後天再來。"這個句子裏的"不再"就不能改用"再不"，因為"再不"含有"永遠不"、"堅決不"的意思。

十二、也

（一）表示兩個人或事物同屬一類，或發出同樣行為動作，或具有同樣性狀。例如：

① 這本書是英文的，那本也是英文的。

② 老師說漢語，我們也說漢語。

③ 媽媽每天六點起床，我也六點起床。

④ 春天了，天上風箏漸漸多了，地上孩子也多了。

（二）表示同一個人或事物同時具有兩種屬性或發出兩個動作、具有兩種性狀。例如：

① 中國是社會主義國家，也是發展中國家。

② 輔導員批評了我們，也表揚了我們。

③ 妹妹比哥哥活潑多了，話也多。

有時同時用兩個以上的"也"表示幾個動作行為或情況同時存在。

④ 天氣暖和了，樹梢也發綠了，小草也青了。

⑤ 苦也吃了，煙也戒了，臨走，臨走，你難道還想鬧場亂子。

⑥ 一年不見，小傢伙個子也高了，也懂事了。

⑦ 劉華為人正直，對領導也那樣，對群眾也那樣。

（三）"也"與連詞"無論"、"不論"、"不管"或表示任指的疑問代詞以及正反疑問式搭配使用時，表示"同樣"、"照樣"。例如：

① 不管有多大困難，咱們也要幹下去。

② 無論遇到什麼樣的天氣，也要準時到達。

③ 什麼事也不要落在別人後面。

④ 大人孩子我給你照顧，誰也不要惦記。

⑤ 你同意不同意也要給我一個答覆。

（四）"也"和介詞"連"、"一"搭配使用，強調程度。多用於否定句。例如：

① 1949年以前，長江上連一座橋也沒有。

② 大家好像都已睡了，全院中一點兒聲兒也沒有了。

③ 他接過信，連看也沒看就塞進兜裏了。

（五）表示轉折。

"也"與"雖然"、"即使"、"就是"、"寧可"等連詞或與"再"、"最"等副詞配合使用時，表示轉折的語氣。例如：

① 老鄉們消息挺靈通，雖然瞞著也都知道了。

② 這次試驗即使不成功，也不能氣餒。

③ 題目雖然難了些，但是難也有難的好處。

④ 十年啦，工作再忙，時間再緊也得去看望一下老戰友。

⑤ 我最早也要到月底才能接到你的信。

（六）表示緩和的語氣。

① 這句話你這樣翻譯也不能算錯，不過 …。

② 這件事也不能怪他，主要是我做得不對。

③ 由他嘮叨去吧，都給他個裝聾，也就過去了。

④ 你也太嬌氣了，說你兩句就哭。

十三、就、才

"就"、"才"是兩個很常用的副詞，可以表示時間、範圍、語氣，也可以起關聯作用。

（一）表時間。

用"就"表示說話者認為行為動作實現得早或實現得快；而用"才"表示說話者認為實現得晚或慢。"就"、"才"輕讀。

① 演出七點半開始，他七點鐘就到劇場了。　　　　（早）
② 演出七點半開始，他七點廿五分才到劇場。　　　（晚）
③ 夏天四點鐘天就亮了，冬天七點鐘天才亮。
④ 這課書他念了三遍就會背了。　　　　　　　　　　　（快）
⑤ 這課書他念了三遍才會背。　　　　　　　　　　（慢）

由於"就"具有上述特性，常用來表示兩個緊接著發生的動作或事情。例如：
⑥ 他病剛好就上班了。
⑦ 他一畢業就回國了。
⑧ 希望你到上海就來信。

"就"還可以表示"立刻"、"馬上"的意思，重讀。
⑨ 我就走，你別催了。
⑩ 你再等等，小明就要回來了。

（二）表示數量。

"就"表示說話人認為數量"多"、"才"表示說話人認為數量"少"。"就"與"才"輕讀。
① 王老師一週就上了廿節課。
② 王老師一週才上兩節課。

"就"重讀時表示數量"少"。如：
③ 上海我就去過一次。
④ 我就認識一百多個漢字。

有時在同一個句子，"就"重讀與不重讀意思不同。如：

⑤ 這種菜一毛錢就買了三斤。

⑥ 這種菜一毛錢就買三斤。

例⑤的"就"表示價錢便宜，買得多，⑥表示價錢貴，買得少。

（三）"就"還可限定範圍，重讀，可以限制賓語或主語。

① 我們班就阿里學過一點兒漢語。

② 這件事就你和我知道，不要告訴別人。

③ 謝力就學漢語，不學日語。

④ 我就要你買的那本書。

"就"還可以限制動詞。

⑤ 這本書我就翻了翻，還沒仔細看。

⑥ 他就碰了你一下兒，哪至於疼得那個樣子。

（四）表示語氣。

"就"和"才"都可以用來表示堅決的語氣。"就"重讀。例如：

① 弟弟捂住自己的嘴說："我就不吃，我就不吃。

② 我就討厭說假話的人。

③ 我才不相信你那套大道理呢。

"才"還可以表示滿意、讚揚的語氣。例如：

④ 那位書法家的字才棒呢！

⑤ 這才夠朋友。

⑥ 這樣的人才配當領導！

"就"也可以輕讀，表達一種肯定的語氣，表示主語就具備謂語所表示的條件。

例如：

⑦ 你們班誰會英語？謝力就會。

⑧ 閱覽室就有你要的那本書。

（五）表示關聯。

　　"就"和"才"常和一些表示條件的連詞搭配使用。連詞用在第一分句，"就"或"才"用在第二分句，起關聯作用。
　　① 如果有問題，你就去請教張老師。
　　② 只要咱們大家齊心協力，事情就能辦好。
　　③ 既然你不同意，我就不再說下去了。
　　④ 要是阿里今天不來，你明天就走。
　　⑤ 你只要認真想想就明白了。

　　"才"可以和表示條件、原因的連詞搭配使用。
　　⑥ 只有認識落後，才能去改變落後，只有學習先進，才有可能趕超先進。
　　⑦ 只有首先正視事實，才有可能作出合理的解釋。
　　⑧ 因為不懂才來向你請教。
　　⑨ 那時候，為了工作方便，他才更換了姓名。

十四、不、沒（有）

　　"不"和"沒（有）"都是表示否定的副詞，都可以放在動詞或者形容詞的前面，對動作或者性狀作否定的說明。但"不"和"沒（有）"的用法不同。

（一）"不"的用法："不"表示否定的判斷，是對行為動作、性狀進行否定。多用於現在、將來，也可用於過去。

1. 表示對現在或將來的行為動作、心理狀態、意願愛好或可能性的否定。
　　① 我們現在不學習專業，只學習漢語。
　　② 想到這裏，羅平不願再想下去了。
　　③ 天氣預報說明天有雨，我們不去春遊了。
　　④ 這個問題目前還不能解決。
　　⑤ 我永遠也忘不了您對我的忠告。
　　⑥ 他不喜歡喝酒。

2. 否定經常性或習慣性的動作或狀況。

   ① 那個地方一年四季不下雨。

   ② 他不吸煙，也不喝酒。

   ③ 王老師從來不坐車上班。

   ④ 我們不常見面。

3. 否定非動作動詞。

   ① 那時，我還不認識你。

   ② 他們不是為這事來的。

   ③ 問題不在於是否有經驗，而在於服務態度。

   ④ 在車間裏，他倆不像愛人，倒像競賽對手。

4. 用在形容詞前表示對性質狀態的否定。

   ① 近來，他不忙。

   ② 你的志氣真不小。

   ③ 你看，月亮不圓，今天肯定不是農曆十五。

   ④ 她的嗓子真不錯，歌兒唱得多好啊！

（二）"沒（有）"的用法：

   "沒（有）"主要用於否定行為動作的發生或完成，即表示行為動作尚未發生或尚未完成。

1. 否定行為動作的發生或完成。

   ① 昨天沒下雪。

   ② 以前，我沒學過漢語。

   ③ 那次會議我們沒派人參加。

   ④ 我還沒接到回信呢。

2. 用在形容詞前，否定性狀轉變的發生或完成。

   ① 那天，天沒亮，他們就出發了。

② 衣服沒乾，換一件穿吧。

③ 天沒晴，今天還去不了。

3. 加在數量詞前，表示"不及"、"不到"。

　　① 他們來的時候沒有三點鐘。

　　② 我看你沒有四十歲，最多不超過三十五歲。

　　③ 我到家沒有幾天，前天回來的。

4. "沒"加在動詞"有"前否定沒有或存在。

　　① 我沒有中文畫報。

　　② 教室裏沒有人。

　　有些動詞或形容詞既可以用"不"否定，也可以用"沒有"否定。但是這兩種否定的意義是有差別的。一般來說，用"不"表示否定意願或判斷，而用"沒有"表示否定"發生"或"變化"。試比較：

　　① 我不打乒乓球。　　　　　（否定意願）

　　　　我沒打乒乓球。　　　　　（否定發生）

　　② 那個西紅柿不紅。　　　　　（否定判斷）

　　　　那個西紅柿沒紅。　　　　　（否定變化）

（三）、雙重否定。在漢語的句子裏，兩次否定的意義不完全等同於肯定或取消否定。一般說來，雙重否定帶有某種感情色彩。

　　① 沒有人不知道這個消息。

　　② 他不是不努力，而是學習方法不好。

　　③ 這個討論會咱們不應該不參加。

　　④ 這句話不是沒有道理的。

　　⑤ 她說的很有道理，我們不能不改變原來的主意了。

練 習

一、選詞填空：

（一）都、只

1. 這幾份考卷 ＿＿＿ 有這份是全對的，其他幾份 ＿＿＿ 有些錯誤。
2. 你家有幾口人？我家 ＿＿＿ 有三口人，我和我愛人，還有一個小女兒。
3. 書架上所有的英文書 ＿＿＿ 是我的。
4. 哪個人 ＿＿＿ 有他自己的缺點。一個人一個樣兒。
5. 小明，你怎麼能 ＿＿＿ 看別人的缺點，而看不到人家的優點呢！
6. ＿＿＿ 有小王還沒有來，別人 ＿＿＿ 到了。
7. 桃子、梨、石榴、香蕉 ＿＿＿ 是水果。
8. 爺爺和奶奶 ＿＿＿ 有他這麼一個小孫子，怎麼不疼愛呢！

（二）最、更、稍微、比較

1. 清晨，霧很大，江面上的霧 ＿＿＿ 大，前邊的船都看不清楚。
2. 她一個人照顧四個孩子，＿＿＿ 大的十歲，＿＿＿ 小的兩歲。
3. 做這個菜，一定要 ＿＿＿ 加點兒糖才好吃。
4. 我新買的一雙皮鞋 ＿＿＿ 有點兒小，式樣倒不錯。
5. 今天雖然不颳風了，可是還是 ＿＿＿ 冷。
6. 你的個子算 ＿＿＿ 高的了，女同志裏很少有你這麼高的。
7. 我愛上了這裏的勞動生活，愛上了這一片金黃色的田野，＿＿＿ 愛上了這裏的勤勞樸實的農民。
8. 這篇文章改了兩遍以後，還是 ＿＿＿ 長。
9. 幹這種活，＿＿＿ 不注意就會出問題。
10. 會上每個代表的發言時間 ＿＿＿ 多不能超過十分鐘。

（三）已經、曾經

1. 我看你很面熟，我們好像 ＿＿＿ 在哪兒見過面。

2. 他 ____ 去廣州了，有事可以寫信告訴他。

3. 我小的時候 ____ 跟爸爸來過這個地方。

4. 這個學期 ____ 過了三分之二了，再過一個月左右就要放假了。

5. 這位偉大的作家，青少年時代 ____ 當過賣報童和印刷工人。

（四）還、又、再、也

1. 那天，天 ____ 不亮，就聽見外邊一陣陣的歡呼聲。

2. 別看我滿頭白髮，我的心 ____ 年輕著哪！

3. 我們老師的辦公室 ____ 乾淨 ____ 整齊。

4. 你剛纔唱的歌實在太動聽了，觀眾請你 ____ 唱一遍。

5. 日子過得真快，明天___是星期六了。___ 過兩天這個月 ___ 過去了。

6. 敵人要劉胡蘭答應以後不 ___ 給共產黨辦事，劉胡蘭斬釘截鐵地

   說：“死 ____ 辦不到。”

7. 那個外文電影我 ____ 看了一遍，可是 ____ 些地方沒看懂。

8. 自從那年大學畢業後，我 ____ 沒有見過他。

9. 你的病雖然好了，可是 ____ 需要修養一段時間。

10. 音樂會上，她唱的歌有中文的，有英文的，____ 有法文的。

（五）才、就

1. 為了能掌握這門新技術，她工作十年後 ____ 結婚。

2. 一路上他太累了，午飯時他只吃了一點點 ____不想吃了。

3. 聽了老學者提出的問題，夏明低著頭想了半天，____ 說話。

4. 玩了一整天，晚上躺在床上 ____ 覺得累了。

5. 我們姐妹四個 ___大姐是大學畢業生。我們三個上完高中___工作了。

6. 這麼難的句子他 ____ 不會翻譯呢，他剛學了一年英文。

7. 這本字典 ____ 不錯，我看，你 ____ 買一本吧！

8. 她說什麼也不肯接受這份禮物，直到我們都著急了，她____勉強收下。

9. 抗日戰爭一開始，我____離開家鄉了，直到解放戰爭勝利後____回去。

10. 馬上 ____ 上課了，快跑兩步吧。

（六）不、沒有

1. 要是你 ____ 了解情況，就請你 ____ 要亂說。

2. 這種圓珠筆好用嗎？我還從來 ____ 用過。

3. 對不起，我 ____ 姓沈，我姓陳，我也 ____ 叫沈芳，我叫陳放。

4. 看他那樣子，好像還 ____ 聽懂我說的話。

5. 大家都知道，____ 有空氣，飛機是飛 ____ 起來的。

6. 剛纔我來找過你三次，都 ____ 見到你。

7. 在上次小組預賽中____取得前三名的就____能參加這次的大組比賽。

8. 大家都以為小王 ____ 高興了。小王說他根本就 ____ 高興。

9. 他肯定有什麼別的事，急急忙忙把東西交給我什麼也 ____ 說就走了。

10. 老張從來___抽煙，___喝酒，有的朋友請他喝酒，他也從來 __ 喝過。

11. 這幾個字 ____ 可能是小王寫的，小王今天 ____ 來上課。

12. 最近一段時間，我哪兒都____去，也 ____ 幹什麼事兒，徹底休息了幾天。

二、根據下列短文，選擇適當副詞填空：

也、很、正、就、再、只、一塊兒（一起）、已經、比較、
非常（十分）、曾經

　　阿里在來信中說：“我是昨天下午到杭州的。這是我到
中國以後第二次遊覽西湖，這裏要比北京暖和得多，到處是
一片春色。我將在這裏玩一個星期左右，三月中旬以前一定
回到北京。”

1. 到中國來以後，阿里 ____ 去過一次杭州。

2. 我接到信時，阿里 ____ 到達杭州了。

3. 這幾天，阿里 ____ 杭州參觀遊覽了。

4. ___ 過四五天，阿里 ____ 回北京來了。

5. 阿里這次去南方旅行一共 ____ 用了七八天。

6. 阿里這次旅行的時間是 ____ 短的，但一定是 ____ 有意思的，因為

現在 ＿＿＿ 是春天。

7. 春天的西湖風景是 ＿＿＿ 優美的。

8. 有機會，我 ＿＿＿ 想去玩一次，並且請阿里跟我 ＿＿＿ 去。

三、辨別下列各組句子中哪一個是對的：

1. a. 太陽曾經落山了，咱們該回去了。

   b. 太陽已經落山了，咱們該回去了。

2. a. 天黑下來了，就要馬上下雨了。

   b. 天黑下來了，馬上就要下雨了。

3. a. 那個地方太冷了，我不想還去。

   b. 那個地方太冷了，我不想再去了。

4. a. 我們立刻才出發，你怎麼現在就來。

   b. 我們立刻就出發了，你怎麼現在才來。

5. a. 他的球掉到就要水裏去了。

   b. 他的球就要掉到水裏去了。

6. a. 東郭先生把狼藏起來了，打獵的哪兒找不到了。

   b. 東郭先生把狼藏起來了，打獵的哪兒也找不到了。

7. a. 姐姐在商店買糖也水果了。

   b. 姐姐在商店買糖了，也買水果了。

8. a. 我們都很寫漢字。

   b. 我們都很喜歡寫漢字。

第七章　介詞

　　介詞是置於名詞、代詞或某些短語前組成介詞短語，用以修飾動詞或形容詞的詞。如“我在家等你。”、“弟弟比我高了。”、“他們對於提高產品質量很重視。”

第一節　介詞分類和列舉

　　介詞的數量不多，但使用頻率較高，而且每個介詞也往往有多種用法。這裏把常用的介詞列舉如下：

介詞	例句	功能	備註
（一）表示空間			
在	老王在北京住了三年了。 他在鋼筆上刻上了自己的名字。	表示行為動作發生的處所	
於	魯迅生於浙江紹興。 這種草藥多生長於山地。	同上	
從	外婆從農村搬到城市裏來了。 汽車從大橋上開過去了。	表示行為動作發生的起點 表示通過的處所	
自	我們都來自五湖四海。 他這些話都是發自內心的。	表示行為動作發生的起點	
打	你打哪兒來？ 他剛打我門前走過去。	同上 表示通過的處所	多用於口語
由	由這兒往西一直走就到車站了。 由天津到北京只要兩個小時。	同上	
朝	李虎朝天上開了兩槍。 門前一對石獅子，都朝東坐著。	表示面對的方向	
向	向敵人陣地開炮。 這條小路通向後花園。	表示行為動作的方向	
往	往西走二百步就到家了。 本次列車開往武漢。	同上	
沿著	咱們沿著湖邊散步吧。 沿著這條路一直往前走。	表示行為動作所經過的路線	

	（二）表示時間		
從	他們從清早一直幹到太陽落山。 我們從昨天開始放暑假了。	表示行為動作發生的起始時間	
自	這個圖書館每天自八點到十二點開館。 他自小就喜歡畫畫兒。 自古以來就有這個傳說。	同上	
自從	自從參加工作到現在已經整整二十年了。 自從到中國以後，她的身體好起來了。	同上	用於過去的時間
由	本店營業時間：由上午8點到12點。 由今天算起，再過二十天就過年了。	同上	
打	游泳池打哪天開放的？ 打明天起，我每天六點起床。	同上	多用於口語
在	人在生病的時間，常常想念親人。 這個工廠是在我來這裏以前辦起來的。	表示行為動作發生的時間	
當	當紅日從地平線昇起時，緊張的勞動又要開始了。 當你遇到困難的時候，一定要鼓起勇氣。	表示行為動作所處的時間	
於	運動會將於五月十二日舉行。 通知已於昨日發出。	表示行為動作發生的時間	
	（三）表示對象		
對	他對工作是負責的。 老李對人很熱情。	引進行為動作的對象或關係者	
對於	這種藥對於人體是有益無害的。 對於具體問題要進行具體分析。	同上	
關於	關於節約能源的問題，有各種不同的方案。 關於期終考試，還要研究一次。	引進某一事物或行為動作的關涉者	
至於	他們是有一臺計錄儀，至於它的性能，我不很清楚。 他已決定報考北大，至於學什麼專業，還沒定下來。	引入另一個議論對象	
和	擴建廠房的問題，我和老王商量過了。 這件事和你沒關係。	表示行為動作所協同的對象	
跟	她的業務水平跟你差不多。 這件事老王跟我說過了。	同上	
同 （與）	昨天我同計算站聯繫好了，你把程序送去就行了。	同上	多用於書面語

	這次春遊,我同你們一道去。		
為	為大家出力是應該的。 老李同志為國家、為民族作出了重大貢獻。	指出行為動作服務的對象	
給	他給我們介紹了一下情況。 我曾給他回過一封信。	表示行為動作的接受對象	
替	一切手續他都替你辦好了。 你見到他時,替我問他好。	表示行為動作服務的對象	
將	將問題交待清楚! 將化驗結果進行了反覆的研究。	表示行為動作及其效應的接受者	多見於書面語
把	把一切獻給人民。 把孩子們培養成有用的人。	同上	口語
叫 (讓)	錄音機叫(讓)小王弄壞了。 他叫(讓)人請去作報告了。	指出行為動作的施事者	口語裏用得較多
被	你的自行車被誰騎走了。 他們的秘密被發現了。	同上	施事者可不出現
比	姐姐比妹妹胖一點兒。 他的發音比以前好多了。	指出比較的對象	
朝	我朝他借了兩本小說。 這種事情,你朝我說沒用。	指出行為動作的對象	
向	他向我行個禮表示感謝。 他向我搖搖頭,表示不同意我的意見。	指出行為動作的接受者	

(四)表示依據

按	按制度辦事。 按高矮個兒排隊。	表示遵從某種規定、條件或標準	
按照	按照上級的規定,只能這樣做。 按照客觀規律,制定方針政策。	同上	
依	依當地的風俗習慣,除夕的晚上都要守歲。 依我看,大家的水平都不低。	表示依從某種規定方式或條件	
依照	依照常規辦事,保證不會出問題。	同上	後跟雙音節名詞
照	照這種管理辦法進行管理,產品就能保證質量。 她這件衣服是照這個樣子做的。	同上	
據	據天氣預報說,明天有大風,降溫。 據報導,今年農業又獲得豐收。	表示判斷的憑據	
根據	根據統計的材料可以得出這個結論。 根據群眾要求,工會將組織一次春遊。	同上	後跟雙音節詞
以	以革命者的姿態克服了種種困難。	表示行為動作的基點	

	這裏以瓷器為最有名。 九大行星以太陽為中心。		
憑	只憑主觀願望辦事，往往會犯錯誤。 要憑證據下結論。	表示依據的基點	
論	香煙都論包賣，不零賣。 論學習，你比他好，論身體，他比你強。	表示按某種方式或某一方面	

（五）表示緣由

由於	由於工程計劃的變動，某些設計需要修改。 他沒回答上來是由於沒聽懂你的問題。	表示原因	
為	大家都為他的精彩表演熱烈鼓掌。 為幫助後進學生，老師經常早來晚走。	表示原因或目的	
為了	為了加強兩國人民的了解和友誼而努力工作。 為了加速四化建設，應該大力培養人才。	表示目的	介詞短語與動詞之間常用"而"
為著	為著新一代的健康成長，園丁們付出了全部精力。 為著豐富群眾的文化生活，作家們寫了一部又一部電影、小說。	同上	

（六）表示其他方面

連	連盒子一起都拿走吧! 這次洪水連輸電塔都給沖壞了。 連你這個知情人都不知道，誰信呢! 連老頭兒、老太太都幫著一塊綠化。	表示連帶的對象或表強調，出乎意料	
除了 (除) (除開)	這兒除了咱們倆，沒有別人。 他除了教書，還搞些研究工作。	表示不計及的事物	
趁	趁農閒，搞點副業。 趁這次實習的機會，他們收集了許多標本。	表示可用的時機或條件	

第二節　介詞的語法特點和介詞短語的語法功能

一、介詞的語法特點

　　現代漢語的介詞，有些是沿用古漢語的介詞，如"於"、"以"、"自"等，有些是上古漢語動詞演化來的，如"把"、"被"等，有些主要用作介詞，但還保留動詞的用法，屬於介詞、動詞兼類。如：

① 書在桌子上放著。　　　　　（介詞）
② 小明不在家。　　　　　　　（動詞）
③ 媽媽朝我笑著點了點頭。　　（介詞）
④ 我家的大門朝南。　　　　　（動詞）

這類詞有"在"、"朝"、"向"、"往"、"順"、"隨著"、"對"、"為"、"跟"等。

　　由於介詞與動詞關係十分密切，所以我們討論介詞的語法特徵，主要從介詞與動詞的區別著眼。

（一）介詞是虛詞，不能單獨回答問題，也不能充任謂語。例如："他對我"、"小明把錄音機"、"阿里從非洲"都不是完整的句子。

（二）介詞不能重疊，也不能帶動態助詞"了"、"著"、"過"等。有些介詞可以有幾種形式，如"為"、"為著"、"為了"、"沿"、"沿著"、"朝"、"朝著"、"向"、"向著"、"隨"、"隨著"、"除"、"除了"等等。這些介詞中的"了"、"著"不表示任何語法意義，用不用"了"、"著"，其意義、用法基本相同，所以這裏的"了"、"著"不是動態助詞，而是介詞本身固有的構成成份。

（三）介詞不能單獨充任句子成份。它必須與名詞、代詞或名詞短語、動詞短語、形容詞短語、主謂短語等結合在一起組成介詞短語，才能充任句子成分。介詞後的詞語是介詞的賓語。如：

① 他對青年人的思想脈搏把握得真準。　　　（名詞短語作賓語）
② 班主任謝老師比我更了解這個學生的情況。　（代詞作賓語）

③ 關於怎樣學習得又快又好，這本書裏談得很詳細。

（動詞短語作賓語）

④ 晚霞已由橘紅漸漸變成暗紅。夜幕，已悄悄由天邊撒了過來。

（形容詞短語作賓語、名詞作賓語）

⑤ 全中國人民都在為祖國早日實現"四化"而努力工作。

（主謂短語作賓語）

二、介詞短語的語法功能

（一）作狀語　這是介詞短語主要的語法功能。例如：

① 我的一個老同學從上海來了。

② 他對我們的學習很關心。

③ 會上，老教授向我們介紹了他的研究成果。

④ 天快黑了，隨著晚風，隱約飄來一陣美妙的樂曲聲。

（二）作定語　介詞短語與中心語之間一定要用"的"。

① 人們對月球的研究，以後還會不停地繼續下去。

② 古時候流傳著不少關於這位詩人的故事。

③ 這些沿街的小商亭都是為了方便群眾而設立的。

④ 在向四個現代化的進軍中，李四光是中國科技工作者學習的榜樣。

（三）作補語

① 魯迅生於1881年。

② 我們從勝利走向勝利。

③ 約翰來自美國南部的一個城市。

能充任補語的介詞只有"於"、"向"、"自"。

（四）作賓語　常用作賓語的是"為…"、"在…"，而且多見於"是"字句中。

① 他這次來不僅僅是為了工作，也是為了你。

② 我初次見到您是在一次電影招待會上。

第三節　常用介詞的用法

一、從

（一）表示起點

1. 表示空間的起點後面一般要跟表處所或方位的詞語。例如：
   ① 他姐姐從英國來了。
   ② 這時候老農民非常高興，他又把蛇從衣服裏面輕輕地拿出來。
   ③ 他一邊說一邊從口袋裏掏出一個小瓶子。
   ④ 明天大家先到我家來集合，從我這兒走比較近。
   ⑤ 不論做什麼事，都要從實際出發。
   ⑥ 我們現在用的"推敲"這個詞，就是從這個故事來的。

2. 表示時間的起點後面一般要跟表示時間的詞語。例如：
   ① 我們從五月一日開始改用夏季作息時間。
   ② 她從昨天下午就有點不舒服。
   ③ 從找到大慶油田以後，中國石油工業很快發展起來了。
   ④ 這個故事要從四年前初春的一個星期天說起。
   ⑤ 從三十年代起他寫了很多重要論文，成了國際上有名的地質學家。

3. 表示事物涉及的範圍或發展變化的起點。例如：
   ① 我們應該注意解決群眾的生活問題，從土地、勞動問題，到柴米油鹽問題。
   ② 海風，從八級颱到九級，又從九級颱到十級。
   ③ 北京的工業從無到有，從小到大。
   ④ 小剛從一個不懂事的孩子成長為科學家了。

（二）表示通過的處所。
   ① 這兒有一條小路，狼也許從小路逃走了。
   ② 晏子對衛兵說："只有到狗國去的人，才從狗洞進去。"

③ 這裏樹木森森，遮天蔽日，陽光從樹縫中射進來像一條光彩
   奪目的金棒兒。

　　"從"常跟某些詞搭配使用組成一定的格式，常用的有"從…到…"、
"從…起"、"從…以來"、"從…往…"等，其中"從…到…"最常用，
它既可表示時間、處所從起點到終點，也可表示人物、數量等的範圍。例如：

① 春天像剛落地的娃娃，從頭到腳都是新的，它生長著。
② 她的兒子從興奮到驚訝到失望。
③ 從省委到各地、市、縣委、到各個部門的負責幹部都要注意
   這個問題。

　　跟"從"的用法相同的介詞還有"由"、"自從"、"自"、"打"等。下面
就它們表"從"義時的用法，略舉數例：

　　"由"可表時間、處所的起點、來源或事物發展變化的起點。
① 碑身南面有三幅浮雕，由東向西的第一幅，是1911年的武昌起義。
② 那部電影是由陳建華第二次去機場迎接妹妹開始的。
③ 我們由瀝青鈾礦中提出的物質，含有一種尚未經人注意的金屬，它的
   分解特性與鉍相近。
④ 在我國實現現代化，必然要有一個由初級到高級的過程。

　　"自從"只用於表示時間的起點，而且只能用於過去。
① 自從搬進小閣樓，瑪麗的學習效率大大提高了。
② 自從第一次見面，他就對她的印象很好。
③ 阿里自從來中國以後，漢語水平提高得很快。

　　"自"和"打"可表示處所或時間的起點。"打"多見於北方口語。"自"多
用於書面語，另外還可組成介詞短語作補語。
① 花瓶裏的花是打哪兒摘來的？
② 打八點多鐘起，他便趴在桌子上寫呀，寫呀，…
③ 媽媽剛一出屋，我就跳起來，打窗戶蹦出去了。

④ 他出生在南海，自幼失去父母。

⑤ 自古以來，不少文學家留下了許多讚美泰山的詩句和題字。

⑥ 一封封來自祖國各地的祝賀信激勵著他不斷前進。

⑦ 信裏他流露出發自內心的喜悅。

二、在

（一）表示時間

後面常跟表示時間的名詞（短語）或時間詞語，說明動作行為發生的時間。例如：

① 這趟火車每天在七點鐘通過這座橋。

② 在出發之前，排長就到各班進行了紀律檢查。

③ 就在這個時候，一架敵機朝這兒飛來，在上空盤旋著。

④ 在那些困難的歲月裏，她給了我們很大的幫助。

⑤ 他（魯迅）在逝世的前三天，還給別人翻譯的蘇聯小說寫了
一篇序言，在逝世的前一天還記了日記。

由 "在" 構成的表示時間的短語常見的有： "在 …的時候"、"在 …時期"、"在 …時刻"、"在 …年代"、"在 …同時"、"在 …之前（之後）"、"在 …以前（以後）" 等。

（二）表示處所

後面要用表示處所的詞語。

① 你在前面走，我們在後面跟。

② 彼得在海員俱樂部工作。

③ 我走進他的房間，他正用那隻接活的手在一塊紅布上繡 "友誼"
兩個字。

④ 星期日我們全家在張老師那兒玩了一天。

⑤ 阿里，你不舒服，先在我這兒休息會兒吧！

介詞 "在" 與表示處所或方位的詞語組成的介詞短語用在動詞前，是用來說明

動作發生的處所的。這裏又分兩種情況：一種是動作者也在該處所，如例② 的主語
"彼得"也在"海員俱樂部"；另一種是動作者不在該處所，如例③ 的主語"他"
不在"紅布上"，而只是在"紅布上"繡字。

（三）表示範圍。

① 在她這個年紀的女人裏邊，她是個頂有福氣的。
② 這個會議的召開，在國內和國外，在我們的朋友和敵人中間，
　　都引起了廣泛的注意。
③ 在我們這個集體裏，同學之間，像親兄弟一樣，親如手足。
④ 在許許多多的同學之中，阿彤是我最要好的朋友。

"在"表示範圍時，常用的格式有"在 …中間"、"在 …之間"、"在 …範
圍內"、"在 …當中"等。

"在"還可以跟一些方位詞構成"在 …外"、"在 …以內"、"在 …以
上"、"在 …以下"等格式，表示界限。例如：
① 在一萬一千米以上的高空，溫度是不隨著高度而改變的。
② 這種飛機在兩萬公尺以上就不能飛了。
③ 這種雷達不能發現在五百公尺以外的目標。
④ 這種膠在攝氏二百度以下是不會熔化的。

（四）"在"和方位詞"上"、"中"、"下"組成的"在 …上"、"在 …中"、
"在 …下"可表示時間，空間、範圍、方面、條件。

1. "在 …上"：用來表示動作進行或狀況存在的時間、空間範圍、方面或條件。插
入這一格式的詞語多為名詞或名詞短語，有時也可以是動詞或動詞短語。例如：
① 科學技術是一種在歷史上起推動作用的力量。
② 文學革命在創作上是從白話詩開始的。
③ 我們要在發展生產的基礎上，逐步改善人民生活。
④ 一年來，他在學習上的進步是很顯著的。

⑤ 小華在玩上可有辦法了。

2. "在…中"：表示動作發生或狀態存在的環境、範圍、時間、條件等。能嵌入這一格式的大多是名詞、名詞短語、動詞、動詞短語或形容詞等。例如：

① 在這個過程中，我們要創造條件逐步縮小城鄉差別、工農差別、體力勞動和腦力勞動的差別。

② 青年人就是要在艱苦中奮鬥，在奮鬥中創業，在創業中成長。

③ 正確的東西總是在同錯誤的東西作鬥爭中發展起來的。

④ 他在教學工作中的成績是有目共睹的。

⑤ 我在極短期的躊躇中，想：這裏的人照例相信鬼，然而她，卻疑惑了。

3. "在 …下"：表示動作發生或狀態進行的前提條件。可嵌入這一格式的多為名詞短語或帶有定語的雙音節動詞。例如：

① 我們認為，在社會主義制度下積累和消費的關係，從根本上看是一致的。

② 這些花燈、魚燈是在老藝人的指點下，群眾業餘創作出來的。

③ 在老師和同學們的幫助下，任小明進步了。

（五）"在"有時用來指明全句的論斷或看法所適用的對象，相當於"對於 …來說"。例如：

① 作這種特技飛行動作，在他是不成問題的。

② 在她一切都來得自然簡單，率直爽朗。

③ 這點兒力氣活，在他算不了什麼。

④ 能用中文寫出這樣的文章，在他們已是很不容易了。

（六）"在 …看來"是一常用格式，用以介紹出對所談論的人或事物持某種態度或看法的人。嵌入這格式的多是指人的名詞或代詞，在句中作插說成份。例如：

① 那時，在很多人看來，人類遨遊太空僅僅是一種美好的願望。

② 這件事情的發生，在我們看來不是偶然的。

③ 在專家們看來，這種作法是得不償失的。

三、對於

　　表示人、事物、行為之間的對待關係。後面多為名詞短語、動詞、動詞短語或主謂短語。"對於…"作狀語時，謂語多較複雜。

（一）指動作的受事

　　"對於"的賓語在意念上受句中謂語動詞的支配。例如：

① 魯迅到了晚年，對於時間抓得更緊。

② 對於在教學工作中作出突出貢獻的教師應當表揚和獎勵。

③ 如果我們不具備相當的科學文化水平，不學習新的生產技能，
　對於現代化的工業生產就很難掌握。

④ 我公安人員對於案件的每一細節都進行了調查研究。

這樣用的"對於"可以有兩種作用：一是突出動詞的支配對象。通過"對於"使動作的受事者或處置對象位於動詞之前，處於醒目的地位。二是滿足句子結構的要求。有的句子謂語動詞後有程度補語，這時如果有賓語，不能直接放在動詞後，可以重複動詞，如"他抓時間抓得很緊"，也可用"對於"把賓語放在動詞前："對於時間他抓得很緊。"有時表示動詞受事者的詞語結構複雜，也以用"對於"提到動詞前為宜，如例③，④。在這樣的句子裏，有時謂語動詞後可以用代詞複指動作的受事者，即"對於"的賓語。例如：

⑤ 對於在科技戰線上作出較大貢獻的人，應該獎勵他們。

⑥ 對於鄙薄技術工作的人，應該耐心地教育他們。

（二）指涉及的人或事物

　　"對於"賓語在意念上不受謂語動詞的支配。例如：

① 對於這個地方，他並不陌生。

② 教學法對於提高教學質量有很大作用。

③ 對於犯錯誤的幹部，一般地應採取說服的方法，幫助他們改正
錯誤。

④ 我們對於農業、輕工業都有一套切實可行的政策。

"對於…來說（說來）"這是一個常用的格式，用來介紹出對於所談到的情況或看法有關的人或事物，表示從某人或某事物的角度來談問題。例如：

① 本來像這樣的勞動活，對於他這樣一個老礦工來說不是什麼新課。

② 對於工作來說，人還是多一點好。

③ 對於她來說，現在不是工作好壞的問題，而是有無的問題。

"對於…"也常作定語：

① 這件事充份表現了這位作家對於未來生活的信心。

② 對於太陽能的利用已經被越來越多的人所注意。

四、對

（一）表示人、動作、事物之間的對待關係。凡用"對於"的地方，都可以用"對"。但如果表示人與人之間的對待關係，介詞的賓語又為單個名詞或代詞時，只能用"對於"。例如：

① 他對人很熱情。

＊他對於人很熱情。

② 我們應該對人忠誠老實。

＊我們應該對於人忠誠老實。

但是如果"對"的賓語結構複雜，又位於句首，這時可以用"對於"替換"對"。例如：

③ 對（對於）不遵守公共道德的人，我們絕不客氣。

④ 我們對（對於）嚴格要求自己的人，要充份肯定。

（二）指出動作的對象或目標。

① 劉四爺對祥子笑著說。

② 永生對大家笑一笑，上船走了。

這樣用的"對"不能用"對於"替換。

五、關於

（一）表示動作關涉的事物或範圍。

"關於…"作狀語時總是放在句首。例如：
① 關於這座白塔，相傳有這樣一個故事。
② 關於怎樣合理使用人力，提高工作效率的問題，領導上已經作
出了安排。

（二）指明事物所關涉的範圍或包含的內容

"關於…"也常作定語，它和中心語之間要用"的"。例如：
① 我也還想打聽些關於祥林嫂的消息，…。
② 這本書裏收集了許多關於海底動物的原始資料。

六、跟

（一）"跟"用於描述必須由甲乙兩方參與的行為動作、事情、狀態的語句中。"甲"
是起主導作用的，是全句主語。"乙"是行為動作或事物的參與者，牽涉者或動作
對象，由"跟"引出。"跟"和乙構成的介詞短語常作狀語。甲乙的位置不能互換。
例如：
① 我們要跟中國同學開一個聯歡會。
② 王朋躺在床上，李友跟他握手以後，就在床前邊的椅子上坐下，
小聲地跟他談起話來。
③ 中國人民要加強跟世界各國人民的友誼。
④ 畢業以後，我跟他的聯繫就中斷了。

"跟"的這種用法常與下列動詞或動詞短語搭配使用：握手、見面、結婚、配合、
共事、打交道、打仗、打架、吵嘴、鬧矛盾、談得來、合得來、比賽、討論、爭論、

辯論、商量、談話、聊天、平行、垂直、相交、互補等。由"跟"構成的介詞短語還可以作定語，修飾"關係、聯繫、交情、友誼"等，如例③,④。

（二）"跟"也可以用於只由甲一方就可以完成的行為動作。"跟"的作用仍是介紹出參與者或共事者，或者動作對象。

① 看完體操表演，領導們從主席臺上走下來跟孩子們一起照了相。

② 我跟你們一塊兒上山打游擊去吧！

③ 小孫坐在我床邊，跟我講了許多夏令營的事。

④ 近幾年來有幾個青年工人一直跟我學技術。

"跟"表示行為動作的對象時，與介詞"向"的意思相近，有時可互換使用，如例③,④。

（三）在表示比較的句子裏，"跟"用來介紹比較的對象。比較兩個人或兩個事物的異同，後面常用"相同"、"不同"、"一樣"、"不一樣"、"相似"、"相反"、"相等"、"差不多"等。例如：

① 這個字跟那個字的發音一樣。

② 三角形ABC跟三角形A'B'C' 相似。

③ 這篇文章跟那篇文章的觀點恰好相反。

④ 這裏的氣候跟我們國家的氣候差不多。

"跟…"後面也常用動詞"比"或"比較"，有時"跟＋比（比較）"還可以放在句首。例如：

⑤ 我們拿水跟鐵比較一下兒，一塊鐵，不管放在什麼地方，它的
形狀都不會改變，水卻不是這樣，水能流動。

⑥ 跟過去相比，這會兒的日子好過多了。

七、給

（一）介紹事物的接受者。

① 遠處，老場長正在給林子裏的樹澆水。

② 妹妹，我也給你帶來了幾樣禮物，你來看看。

③ 農奴主給他女兒做了非常漂亮的衣服，給她戴上金色的假髮，但是仍然改變不了她那難看的樣子。

（二）介紹出動作行為服務對象，相當於"為"、"替"。

① 他不願給外族統治者作官，只好隱退了。

② 老王，你給他解解心上的疙瘩吧！

③ 那個少年抱起孩子，給他抹去嘴角的血痕。

（三）介紹出行為動作的對象，有"朝"、"向"、"對"的意思。

① 工廠的領導給我們介紹了技術革新的情況。

② 老科學家給我們講了許多科學幻想的小故事。

③ 那麼，奶媽，讓我先給你拜吧！

（四）介紹出行為動作的施事，相當"被"的意思。

① 糧食全給鬼子搶光了，房子也都給他們佔去了。

② "為什麼？"少年給老人問住了。

③ 長了廿多年的樹，那麼好的咖啡，可都給砍了。

"給"用於引出服務對象或行為動作的施事時，"給"的賓語可以不出現，如（四）的例③。

在口語裏，"給＋我"常用在命令句中，表示強迫、命令。

① 都別著急走，先給我到這邊來，還有裏邊的，都給我出來。

② 周扒皮不住地罵："今天上午都給我鋤這塊地，不把這塊地給我鋤完，就別想吃飯。"

練 習

一、從所給介詞中選一適當的填入下列各句的空白中：

> 由於　對　為　向　從　跟　離　在…中　為了　替　在…下

1. ＿＿＿ 受到冷空氣的影響，這兩天的氣溫又下降了。
2. 她 ＿＿＿ 熱烈的掌聲 ＿＿＿ ，走下了講臺。
3. 你去郵局的時候，勞駕 ＿＿＿ 我寄一封掛號信。
4. 您的家 ＿＿＿ 市中心遠嗎？
5. 大家 ＿＿＿ 你的發言表示贊同。
6. ＿＿＿ 今天起，咱們倆每天用漢語談話好嗎？
7. 誰都知道我們上學讀書絕不是 ＿＿＿ 做官發財。
8. 他的身體 ＿＿＿ 以前相比算是好多了。
9. 他們在農村 ＿＿＿ 當地的老農學到了許多書本上沒有的知識。
10. ＿＿＿ 老師的教育和幫助 ＿＿＿ ，小明 ＿＿＿ 一個後進生變成"三好"學生了。

二、用適當的介詞填空：

甲1：（老同學）：你好！你是新同學嗎？＿＿＿ 哪兒來的？

乙1：（新同學）：是的，我是 ＿＿＿ 武漢來的。

甲2：還沒辦入學手續吧？要不要我 ＿＿＿ 你去辦？

乙2：謝謝，不用了。請問男同學都 ＿＿＿ 這座樓住嗎？

甲3：對，你是第一次到北京來嗎？剛 ＿＿＿ 南方到北方來，也許 ＿＿＿ 這兒的天氣還不太習慣吧！

乙3：北京的冬天 ＿＿＿ 我這個南方人來說，可能是最不習慣的。

甲4：這兒的冬天不算太冷，我想 ＿＿＿ 武漢的冬天也差不多。室內都有暖氣。＿＿＿ 夏天，那要 ＿＿＿ 武漢舒服多了。

乙4：那倒是。唉。你有沒有 ＿＿＿ 咱們學校的介紹材料？或者，以後有時間請 ＿＿＿ 我介紹介紹咱們學樣的情況。

甲5：可以，可以。咱們這兒的同學都很用功。大家 ＿＿＿ 一個共同目標，整天都在埋頭苦幹。

乙5：我作為一個新兵，一定要好好 ＿＿＿ 老同學學習。

甲6：大家互相學習，互相幫助吧。

乙6：咱們的宿舍 ＿＿＿ 教室、食堂遠不遠？

甲7：不遠，不遠。這兒一切都很方便。各方面條件可以說都 ＿＿＿ 別的學校好一些。

乙7：聽說這兒的老師 ＿＿＿ 學生要求很嚴，＿＿＿ 同學的關係也很好。他們＿＿＿ 各方面關心學生的成長。

甲8：對。學校也是這樣。領導上 ＿＿＿ 現有的條件 ＿＿＿，儘量 ＿＿＿ 學生創造良好的學習環境，使學生 ＿＿＿ 德育、智育、體育三方面得到全面的發展。

三、選詞填空：

（一）向、往

1. 大家注意了。立正！＿＿＿ 右看齊！＿＿＿ 前看！＿＿＿ 右轉！齊步走！
2. 火車漸漸地走遠了，歡送的人們還在 ＿＿＿ 我們招手。
3. 我要到首都電影院去，應該 ＿＿＿ 哪邊兒走？
4. 李時珍處處留心 ＿＿＿ 父親學習，還暗自記下了不少藥方。
5. 小明到家後，把書包 ＿＿＿ 床上一扔，出去玩去了。
6. 有了正確的路線，我們的事業一定會走 ＿＿＿ 勝利。
7. 他什麼東西都喜歡 ＿＿＿ 牆上掛。

（二）從、由、自

1. ＿＿＿ 今以後，我們應該加強聯繫。
2. 這段話引 ＿＿＿《魯迅全集》。
3. 這個劇團 ＿＿＿ 十名演員組成。
4. ＿＿＿ 古以來，這裏就是一個繁華的地方。

5. 這項工作 ＿＿＿ 我負責。

（三）跟、對

1. 你每天 ＿＿＿ 誰在一起學習？
2. 大劉生在北京，長在北京， ＿＿＿ 北京的一切都很熟悉。
3. 明天是春節，你到我家來 ＿＿＿ 我們一起過春節好嗎？
4. 阿毛的死，＿＿＿ 林大嫂是個很大的打擊。
5. "嘿！小明，你不 ＿＿＿ 我玩，以後我就不 ＿＿＿ 你做伴兒了。"
6. 小明一直 ＿＿＿ 小力特別好，特別關心。

（四）為、給、替

1. 這次，你 ＿＿＿ 我耽誤了工作，我該怎麼感謝你呢？
2. 下午的會要是你沒時間參加，我 ＿＿＿ 你去吧。
3. 我這兒有小王一封信，請你 ＿＿＿ 我帶給他。
4. 這幾天，大家都 ＿＿＿ 你們倆的喜事高興。
5. 昨天他家裏又 ＿＿＿ 他打來一封電報，催他回去。
6. 人的生命是有限的，可是， ＿＿＿ 人民服務是無限的。
7. 小明恭恭敬敬地 ＿＿＿ 老師鞠了一個躬，謝謝老師的幫助。

（五）對於、關於、至於

1. 旅行的路線就這樣定下來吧。 ＿＿＿ 出發的日期、住宿問題等，現在
   還不能定下來。
2. 今天的報告講的是 ＿＿＿ 怎樣加快發展農業的問題。
3. 開聯歡會的事我已經通知大劉了，＿＿＿ 他能不能來我就不知道。
4. ＿＿＿ 這種生活小事，小王從來不在乎。
5. 咱們 ＿＿＿ 人家提的意見應該表示歡迎。

四、正誤識別，對的劃（✓），錯的劃（✗）：

1. A. 文藝工作者要服務"四化"。（　）

   B. 文藝工作者要為"四化"服務。（　）

2. A. 他在圖書館裏借來了很多雜誌。（　）

   B. 他從圖書館借來了很多雜誌。（　）

3. A. 我是禮堂前邊看見他的。（　）

   B. 我在禮堂前邊看見他的。（　）

4. A. 他給寫這封信，今天沒有休息。（　）

   B. 他為寫這封信，今天沒有休息。（　）

5. A. 北京圖書館除了有這本書以外，別的地方都沒有。（　）

   B. 除了北京圖書館有這書以外，別的地方都沒有。（　）

6. A. 這種報告我們學習中文很有幫助。（　）

   B. 這種報告對我們學習中文很有幫助。（　）

7. A. 公共汽車和小汽車從我們學校門口不停地開過去了。（　）

   B. 公共汽車和小汽車在我們學校門口不停地開過去了。（　）

8. A. 這件事情，他說過我。（　）

   B. 這件事情，他對我說過。（　）

9. A. 我要學習得比他一樣好。（　）

   B. 我要學習得跟他一樣好。（　）

10. A. 敵人對我們投降了。（　）

    B. 敵人向我們投降了。（　）

五、改正病句：

1. 你在哪兒來?
2. 昨天汽車上我遇見了一個朋友。
3. 狼給東郭先生說："打獵的從後邊追來了，先生救救我吧！"
4. 先生談跟我幾次，為了了解我的學習情況。
5. 他跟這裏的情況很熟悉。
6. 為了他每天練習發音，他的發音特別好。
7. 他對這件事知道，但是他不說。
8. 中國同學關於我們的學習很關心。

第八章　連詞

連詞是虛詞的一類，是連接詞、短語或者分句的。它的功能主要是表示兩個或兩個以上的詞、短語或分句之間的某種關係。比如"丁力和我"裏的"和"表示"丁力"和"我"之間是並列的聯合關係。"丁力或者我"裏的"或者"表示"丁力"和"我"之間的並列的選擇關係。又如，"因為丁力學得好，所以大家都選他當班長"，這裏"因為 …所以 …"連接的是兩個分句，表示兩個分句的因果關係。

第一節　連詞列舉

漢語裏連詞的數目比較多。有些常用以連接詞或短語的，有些常常用以連接分句。無論連接詞、短語或連接分句，正如上文所說，各個連詞都表示所連接的兩部份之間有某種關係。這種種關係大體上可分為聯合關係和偏正關係兩大類。下面就按這兩大類將漢語中列舉如後表。

常用連詞表

連詞	搭配的詞語	聯合關係				連接對象		
		並列	選擇	承接	遞進	詞	短語	句
和		＋	＋			＋	＋	
跟		＋				＋	＋	
與		＋				＋	＋	
及		＋				＋	＋	
既	既…又（也）	＋				＋	＋	
以及		＋				＋	＋	
並					＋	＋	＋	＋
並且	不但…並且 （又、還）				＋	＋	＋	＋
而	為了…而… 因為…而…	＋				＋	＋	＋
而且	不但…而且… （還、又、更）				＋	＋	＋	＋
或			＋			＋	＋	＋
或者			＋			＋	＋	＋

還是	還是…還是…			+							+	+
要麼	要麼…要麼…			+								+
不但	不但…而且 (還、也、又)						+				+	+
何況	尚且…何況…						+					+
況且							+					+
尚且	尚且…何況…						+					+
寧可	寧可…也不… 寧可…也要…			+								+
與其	與其…寧可… 與其…不如…			+								+
然後	首先…然後 (再、又、還)…				+							+
而況								+				+
以致					+							+
從而						+						+
於是					+							+

連詞	搭配的詞語	偏正關係							連接對象		
		因果	假設	條件	讓步	轉折	取捨	目的	詞	短語	句
因為	因為…(所以)…	+									+
因此	(因為)…因此…	+									+
因而	(因為)…因而…	+									+
所以	因為…(所以)…	+									+
既然	既然…那麼(就)…	+									+
無論	無論…(還是)…都 (也)…			+						+	+
不論	不論…(還是)…都 (也)…			+						+	+
不管	不管…都(也)…			+						+	+
只有	只有…(才)…			+						+	+
只要	只要…(就)…			+						+	+
除非	除非…(才)(不) (否則)…			+						+	+
要是	要是…(就)(也)…		+								+
倘若	倘若…(就)(也)…		+								+
假如	假如…(就)(也)…		+								+
如果	如果…(就)(也)…		+								+

但是	(雖然)…但是…					+				+
可是	(雖然)…可是…					+				+
不過	(雖然)…不過…					+				+
然而	(雖然)(儘管)… 然而…					+				+
雖然	雖然…(但是)(可是)不 過…			+						+
儘管	儘管…(可是) (但是)…			+						+
即使	即使…(也)…			+						+
就是	就是…(也)…			+					+	+
哪怕	哪怕…(也)…			+						+
固然	固然…(可是)…			+						+
省得								+		+
免得								+		+

第二節　連詞的語法特徵

一、連詞既是虛詞的一類，就具有虛詞的一般特點。

（一）不表示實在的詞彙意義，只表示一定的語法意義。

（二）不能充當句子成份。就這一點來說，它與副詞、介詞也有不同。副詞與介詞雖
　　　然都屬虛詞一類，但副詞可以單獨在句中充當句子成份，起修飾作用；介詞與
　　　其後面的名詞或代詞組成介詞短語後也可以充當句子成份，起修飾作用。而連
　　　詞只能連接單詞、短語或句子，表示被連接的兩個語法單位之間的各種關係，
　　　並不能起修飾或相互補充的作用。

（三）不能單獨回答問題。

二、連詞與副詞、介詞的界限

（一）連詞與副詞的界限。

　　　上文說過，有些連詞可以和某些副詞同時使用，前後呼應，以表示某種關係。這
樣的副詞在句子中也起一定的連接作用。例如：“如果你去，我就去。”這句話中

有連詞"如果"和副詞"就"。這兩個詞前後呼應，表示假設關係。我們如果把連詞"如果"去掉，句子變成為"你去，我就去。"句子的意思與原句相同，沒有改變。但是，如果將副詞"就"去掉，句子就成"如果你去，我去"，或者將"如果"和"就"都去掉，變成"你去，我去"這兩句話的意思就不清楚了。尤其在口語裏，沒有標點符號表示停頓，再加上語速較快時，意思就更加不清楚了。由此可見，副詞"就"在句中是有一定關聯作用的。再如"無論誰聽到這個消息都會很高興。"這句話裏有連詞"無論"和副詞"都"。去掉連詞"無論"後，句子語義不變。但是再去掉副詞"都"，就變成"誰聽到這個消息高興。"句子的意思就與原義不同了，句法關係也變了。可見副詞所起的關聯作用是很明顯的。這樣看來，這些在一定條件下起關聯作用的副詞是否可劃入連詞呢？回答是否定的。因為連詞與其他詞類相區別的一個很重要的特點是它可用在主語前邊也可用在主語後邊，但起關聯作用的"就"、"都"、"也"以及"又"、"再"、"還"、"卻"、"便"等都只能用在主語的後面、謂語動詞或形容詞的前面。它們的位置是比較固定的。所以這些副詞儘管在句中起了一定的連接作用，但仍屬於副詞。

（二）連詞與介詞

"跟"、"和"、"同"、"與"等幾個詞是介詞兼連詞。那麼，它們什麼時候是作為連詞使用，什麼時候又是作為介詞使用的呢？在語義表達上又有什麼區別呢？先看下面兩組例句。

甲　① 我跟方強都會英語。

　　② 長久以來，海員和漁民們多麼希望能在礁頂上設一座航標燈呀！

乙　③ 小燕昨天只跟小青說了這件事。

　　④ 看，胖胖跑的速度和走（的速度）差不多。

甲組例①中的"我"和"方強"調換一下位置，說成"方強跟我都會英語"，語義沒有改變。例②的情況相同。但如果將乙組例③中的"小燕"和"小青"調換一下位置，說成"小青昨天只跟小燕說了這件事"，語義就與原句不同，小青變成了說話人，小燕變成聽話人了。同樣，如果將例④中"和"前後的兩個成份對換一下位置，說成"胖胖走的速度和跑（的速度）差不多"，語義與原句恰好相反了。

因此，甲組的"和"、"跟"不同於乙組的"和"、"跟"。前者是連詞，連接的兩個成份之間是平等的、並列的關係，被連結成的短句在句中共同充當同一語法成份。如在例①，②中充當句子的主語。"和"、"跟"的這種用法在書面上也可以用頓號來代替，而語義不變。可是，乙組的"和"、"跟"前後的兩個成份之間就不是平等的、並列的關係了。二者之間有主次之分。在句法結構上，"和"、"跟"並不與其前面的詞語直接發生關係，而跟其後的"小青"、"走（的速度）"相結合，構成介詞短語，再去修飾後面的動詞、形容詞，在句中充當狀語。這裏的"和"、"跟"也不能用頓號代替。

其次，連詞前不能插入其他修飾成份，如例①不能說成"我從前跟方強都會英語"。而如果"跟"、"和"、"與"，"同"等作為介詞使用，它們的前面就可以使用或插入其他修飾成份。如③中的"昨天"、"只"。例④的"和"前面也可以插入"確實"、"簡直"等詞語作狀語。這是因為介詞的主要作用是與其後面的詞語結合成介詞短語在句中充當修飾成份，而介詞短語本身也可以再受其他詞語的修飾，如③的"只"就是修飾"跟小青"的狀語。

第三節　常用連詞的用法

一、和

"和"是表示並列關係的連詞，只能連接單詞、短語，不能連接分句。

（一）經常連接名詞或名詞性短語、代詞，例如：
　　① 長江和黃河是中國最大的兩條河。
　　② 去年的十月和今年的三月他都出差到上海去了。
　　③ 他和我都是華僑。

如果有兩個以上的單詞或短語並列的時候，"和"一般放在最後兩個詞或短語當中。例如：
　　④ 鐵、石頭和金子都是固體。

⑤ 我們班的學生大部份來自亞洲、歐洲和美洲。

（二）連接形容詞或動詞

動詞、形容詞用 "和" 連接成的短語可作句中的主語、賓語、定語。但作謂語是有條件的。它的前後要有附帶成份。所連的動詞、形容詞是雙音節的。

1. 並列形容詞或動詞作主語或賓語（包括介詞的賓語），可以用 "和" 連接。
　　① 他的聰明和勤奮都足以使他的志願成為現實。
　　② 長期辛勞和營養不足，損害了他的健康。
　　③ 我為故鄉的人民感到幸福和驕傲。
　　④ 她作畫是為了表達對正義和幸福的嚮往。
　　⑤ 李勇對游泳、滑冰和射擊都很感興趣，很有研究。
　　⑥ 那些在舊路上走慣了的年輕人，在走上新的生活道路的時候，
　　　總要搖擺和反覆。

2. 並列的動詞或形容詞作定語共同修飾一個中心語，動詞或形容詞之間可用 "和" 連接。例如：
　　① 這在母親心裏是多麼慘痛悲哀和無可奈何的事啊！
　　② 教師應該大力培養學生的閱讀和寫作的能力。
　　③ 語文是學好各門知識和從事各種工作的基本工具。

3. 並列的謂語動詞後面有共同的賓語、補語或助詞 "著" ，或每個動詞後分別有 "了" ， "著" 時，可用 "和" 連接。例如：
　　① 政府提倡和推行計劃生育。
　　② 在人才的問題上，我們必須打破常規去發現、選拔和培養傑出
　　　的人才。
　　③ 正是這千百萬人創造了和創造著中國的歷史。
　　④ 報告中的全部數據，測量和計算都很準確。
　　⑤ 兩種意見矛盾地存在著和鬥爭著，總是先進的意見克服落後的
　　　意見。
　　⑥ 這篇小說醞釀和創作於一九五〇年。
　　⑦ 比較，從來是防止和醫治受騙的重要方法。

4. 並列的謂語動詞或形容詞前有共同的修飾語時，動詞或形容詞可以用“和”連接。例如：

① 他也不像他見到的許多義軍首領那樣膚淺和粗俗。
② 近年來，民用機場越來越龐大、複雜和現代化了。
③ 他很激動，在過去自己的勞動從沒被人重視和關心過。

跟“和”的用法相同的連詞還有“與”、“跟”、“同”等。“與”是從文言裏繼承下來的，多見於書面語；“跟”在北方話裏用得比較多；“同”字流行於華中一帶。但都不如“和”用得廣泛，在口語和書面語裏都常見。

二、或者（或）

“或者”（或）是表示選擇關係的連詞。要表示在兩個或兩個以上的人或事物中選擇一個時，就用“或者”。“或者”可以連接在句中充當各種成份的各類單詞、短語，也可以連接分句或句子。

（一）連接單詞。

① 在一定條件下，液體的東西也可以變成固體或氣體。
② 關於這個題目，你最好看看是不是前人已經有過類似的或相反的結論。
③ 如果你能每天或者經常有時間翻閱一下這方面資料，那是很有好處的。
④ 這一屋子書，老王一上午能整理出一半或者三分之一也不錯了。

（二）連接短語（或單詞和短語）。

① 星期日或者工作完了的時候，人們都喜歡到公園去玩兒。
② 勤勞的小虎子放學回家總要先做些挑水或者撿柴木之類的家務勞動，然後才開始做功課。
③ 這個門向裏推或者向外拉都可以。
④ 王醫生說這種病痊癒至少要半年或者更長的時間。
⑤ 至於修辭格，只好比做在領子或袖口上滾一道花邊，或者在胸前別個紀念章什麼的，是錦上添花的性質。

（三）連接分句或句子。

① 這樣，為什麼人的問題他們就還是沒有解決，或者沒有明確地

解決。

② 要解決問題，一定要自己下去，或者是請下面的人上來。

③ 知道某個字的發音，忘了怎麼寫，或者會讀某個詞，不知道它的意思，可以用音序檢字法。

④ 工作之餘，我們常常全家到公園暢敘，或者到戲院看戲，那時的戲院也是聊天的場所。

有時，句中可同時用兩個或兩個以上的"或者"，即"或者…或者…或者。"例如：

⑤ 明天或者你來，或者我去，怎麼都行。

⑥ 槓桿的主要作用是或者省力，或者省距離，或者改變用力方向。

三、而

"而"可用來連接單詞（主要是形容詞或動詞）、短語、分句或句子，表示它所連接的兩個成份之間的並列、轉折、承接或者遞進等關係。

（一）表示並列關係（也隱含著進一層的意思）。

連接的兩項之間意思是一致的。

① 船上生活，是如何的清新而活潑。

② 戲裏的主人公，是高大而豐滿，真實而感人，親切而可信的。

③ 在飲酒中間，徐以顯雖然恭敬而熱情地向闆王敬酒，心中卻繼續想著如何勸說獻忠下狠心。

④ 他確乎有點像一棵樹，堅壯、沉默、而又有生氣。

有時連接的兩項一個是肯定形式，一個是否定形式，但是意思上還是一致的。例如：

⑤ 會上，同學之間展開了正確的而不是歪曲的，認真的而不是敷衍的批評和自我批評。

（二）表示轉折關係。

① 這張畫的色彩艷而不俗。

② 張老師講課向來是少而精，簡而明。

③ 能讀懂文章而寫不通文章的人是大有人在的。

④ 大家敢怒而不敢言地在那裏立著，心中並沒有給劉四爺念著吉祥話兒。

⑤ 今天這個文化宮再也不為少數人所佔有，而成為勞動人民休息的好地方了。

⑥ 那些老友的穿戴已經落伍，而四爺的皮袍馬褂全是新做的。

（三）表示承接關係

如果用來連接分句或句子，常常是對前句的內容進一步闡述。

① 青出於藍而勝於藍。

② 阿Q很氣苦；因為這很像是帶孝，而帶孝是晦氣的。

③ 他的臉慢慢由紅而白，把以前所受過一切委屈都一下子想起來，全堵在心上。

④ 他們也許拉一輩子車，而一輩子連拉車也沒出過風頭。

⑤ 四個現代化的關鍵是科學技術現代化，而數學在科學技術現代化中有著重要的地位和作用。

（四）“而”前面的成份多表示原因、目的或者方式。

① 唯物辯証法認為外因是變化的條件，內因是變化的根據，外因通過內因而起作用。

② 這些青翠的竹子，沿著細長的滑道，穿雲鑽霧，呼嘯而來。

③ 一切種類的文學藝術的源泉究竟是從何而來呢？

④ 小郭接過雨衣，熱淚滾滾而下。

用來表原因或目的時，“而”常與“為”、“為了”、“由於”、“因為”等搭配使用，最常見的格式是“為…而…”。例如：

⑤ 我們的總目標，是為建設一個偉大的現代化國家而奮鬥。

⑥ 是啊！誰願為做奴隸而來到人間呢！

⑦ 誰曾因為太陽本身有黑子而否認了它的燦爛的光輝呢？

⑧ 會上代表們表示一定要為了祖國國防的現代化而努力！

四、並、並且

“並”，“並且”都是表示遞進關係的連詞，可以連接單詞（多是動詞）、短語

（多是動詞性的）或分句。"並且"還可以連接句子。

① 在昨天的會上，代表們討論並通過了兩項決議。

② 真理是跟謬誤相比較，並且同它作鬥爭發展起來的。

③ 這位老大夫十分重視基礎醫學理論的探討，並在新的手術設計和改進方面有許多貢獻。

④ 要是他還活著，他一定會對四化建設表示衷心擁護，並且全力以赴。

⑤ 這種構件有良好的硬度、強度和耐高溫性，並且很輕。

⑥ 老師用右手拍了拍阿寶的肩膀，並向他作了個鼓勵的手勢。

五、雖然、儘管

"雖然"、儘管"都是表示讓步關係的連詞，常用在複句中引出表示讓步的分句，即表示承認某事為存在的事實，後面常用表示轉折的連詞"可是"、"但是"、"然而"等引出主句，表示另一事不因前一事的存在而不發生。例如：

① 他雖然沒有經驗，但是工作作得很好。

② 她說話時雖然臉帶笑容，可是聽得出話中有責備的味道。

③ 創作計劃雖然按期完成了，然而並不很理想。

④ 雖然坐車的有很多好的條件，可是方向錯了，結果離他要去的地方越來越遠。

⑤ 儘管她的文化程度比別人低一些，可是她的工作成績是相當好的。

⑥ 思考有時儘管令人苦惱，但清醒中的苦惱總比糊里糊塗的幸福好一些。

有時主句裏還常有副詞"卻"、"總（是）"、"仍然"等。例如：

⑦ 雖然時間比較緊一些，他們還是按時完成了。

⑧ 人雖然受點累，該辦的事總算都辦完了。

⑨ 儘管太陽是人類生存不可缺少的，但總還是有人批評太陽的某些過失。

⑩ 儘管人們對她有誤解，對她有種種看法，她那雙眼睛仍是那麼善良、清澈。

⑪ 儘管我們在同一單位工作，然而卻很少見面說話。

　　"雖然"、"儘管"也可連接句子，其後面引出的讓步分句多用指代詞"這樣"、"那樣"、"如此"等指代前一句的內容。

　　⑫ 十年的成就遠遠超過了過去幾十年、幾百年的成就。儘管如此，但它並不意味著我們十年來的工作絲毫沒有缺點和錯誤。

"儘管"表示讓步的語氣更重些，多用於口語；"雖然"表示讓步的語氣緩和一些，多用於書面語。

六、只有、只要

　　這兩個詞都是表示條件的連詞，常用在表示條件關係的複句中。"只有"常與副詞"才"搭配，構成"只有[A]才[B]"的格式，其中[A]表示條件，[B]表示結果。這格式表示：如果[A]條件不存在，就沒有[B]；有了[A]就一定有[B]。例如：

　　① 只有奮鬥，才能成功。

　　② 只有承認落後，才能改變落後的面貌。

　　例①的意思是如果不奮鬥，就不可能成功，如果努力奮鬥，就一定能成功。例②的情況也如此。

　　由以上二例可以看出，"只有"後所引出的條件是唯一的。

　　"只有"還可以用在單句中，"只有"的後面是主語或狀語（多為介詞短語），"才"後面是謂語。例如：

　　③ 只有不畏艱難的人，才能攀登科學的高峰。

　　④ 只有在這所大學，你才能取得這麼大的成就。

　　⑤ 只有你們老師才能解決這個問題 。

　　"只要"常與副詞"就"搭配，構成"只要[A]就[B]"的格式，這格式表示如果[A]條件存在，就有[B]。例如：

　　⑥ 只要奮鬥，就能成功。

　　⑦ 只要承認落後，就能改變落後的面貌。

　　例⑥的意思是如果奮鬥，就可達到成功的結果，但並不表明如果不奮鬥，就不能達到成功的結果。也就是說，如果有別的條件，也有可能達到成功的結果。例⑦的情況也是如此。從以上二例可以看出"只要"後面引出的條件是充分的、但不是唯一的。

七、與其、寧可

　　這兩個詞都是表示選擇關係的連詞。“與其”與“寧可”可以搭配在一起使用。分別表示取捨選擇的兩面。“與其”後接的是捨的一面，“寧可”後接的是取的一面。在這種句子中所涉及的各選擇面，一般都是不理想的，或不夠理想的。是退一步所做出的取捨選擇。“與其”與“寧可”除可在一句中同時應用前後呼應外，也可只用其中的一個，並配上“不如”，“也不”等詞語仍構成取捨選擇句。“寧可”還可在句中單獨使用，是一種只表達取的一面的選擇句。具體句式和用法分述如下：

（一）與其＋[A]＋寧可＋[B]。

　　這個句式是一個常用的表示選擇關係的格式。[A]是代表捨棄的一面，[B]是選取的一面。而[A]和[B]都不是理想的。但在相比較之下，取[B]而捨[A]。例如：
　　① 與其屈膝投降，寧可粉身碎骨。
　　② 與其生產一大堆殘品，寧可生產少一些，但質量高一些。
　　③ 與其求人家來幫忙，寧可自己加班加點。
　　④ 王導演想，與其沒有合適的演員扮演這一偉大形象，寧可採用
　　　　暗場處理的辦法。

（二）與其＋[A]＋不如＋[B]。

　　這也是一個常用取捨選擇句格式，與上一句式相近。所不同的是這種取捨沒有意願上的成份，只是單純的評比後得出的取捨結果。[A]是捨的一面，[B]是雖不滿意，但比[A]要好一些，合適一些的那一面。例如：
　　① 與其給敵人幹事，不如讓敵人殺死。
　　② 喜兒說：“與其在黃仕仁家挨打受罵，不如逃到山裏去。”
　　③ 涓生認為與其一同毀滅，不如分道揚鑣，各自去謀求生路。

　　這種句式中的“不如”前還常常用副詞“倒”、“還”、“真”。例如：
　　④ 天氣這麼好，與其呆在家裏休息，倒不如出去走走。
　　⑤ 這輛舊自行車與其這麼一次一次地修理，真不如換輛新的。
　　⑥ 這本《日俄詞典》與其放在我這兒用不上，還不如送給你用吧。

這個句式中的"與其"與"不如"後還常常加上"說",著重表明說話人對某一事物的看法。

⑦ 與其說你沒有學好,倒不如說我沒教好。

⑧ 他的病房並不寬大,寫字檯上堆滿了信件、書報。與其說是病房, 倒不如說是一間書房。

⑨ 與其說小捷天資聰敏,倒不如說他刻苦勤奮。

"與其"除與"寧可"、"不如"搭配外,還可與"寧願"或"寧肯"搭配使用,這個句式比用"寧可"表意願的意義更強一些。例如:

⑩ 與其叫你加班,我寧願帶病堅持工作。

⑪ 與其向國家伸手求援,給國家增加困難,他們寧肯自己艱苦奮鬥、自立更生。

(三) 寧可╱寧願╱寧肯+ [B] +決不╱也不╱也別+ [A]

寧可╱寧願╱寧肯╱除與"與其"搭配外,更常常與副詞"也不","決不","也別"等搭配,前後呼應。這一句式中的[A]必須是否定的一面,不希望做的一面。意思是為了否定[A],即使付出[B]的代價也心甘情願。例如:

① 他寧願受窮挨餓,也不和敵人微笑乾杯。

② 當時,全城的老百姓寧可淹死,決不投降。

③ 寧可早到半個小時,也別遲到半分鐘。

④ 爸爸寧可默默忍受兒子的誤會和斥責,也不能暴露自己的身分。

⑤ 我寧願十天不吃啥,也不能讓孩子受苦。

⑥ 我寧肯餓死,也不願意跟余敬唐這樣的人在一起。

有時為了加強語氣可以把"也不"和"決不"合併成"也決不"。

⑦ 他寧肯自己作點自我犧牲,也決不學那些市儈,做損人利己的事。

(四) 寧可╱寧肯╱寧願+ [A] +也要⋯。

這個句式中的[A]是選取的一面,"也要"後表示選取[A]的目的。例如:

① 在這關鍵時刻他想:有我在就有大橋在!寧可犧牲自己,也要保住大橋。

② 寧可掉腦袋，也要堅持真理，對得起自己的良心！

③ 我寧可傾家蕩產，也要幫助你度過這個難關。

有時為了突出表明選取[A]所要達到的目的，也常用介詞"為了"把表示目的詞語先介紹出來，即：為了…寧可／寧肯／寧願＋[A]。例如：

④ 為了給王強補課，張老師寧願放棄星期天的電影。

⑤ 為了尋求救國的真理，他寧願遠離家鄉到異國去求學。

⑥ 為了幫助夫人，我寧願赴湯蹈火。

⑦ 為了給後人開闢道路，他寧願承擔失敗的風險。

在語言環境上下文清楚，或說話人認為不言自明或無需說明時，也可以只說出選取的一面，表明意願：

⑧ 不過，我寧願聽"藍色的多瑙河"。

⑨ 我寧願自己吃點虧。

（五）在某些成語或四字格裏，表示"寧可／寧願／寧肯"的意思時通常只用"寧"來代表，"寧"後緊跟的詞語是取的一面。與"寧"配用的是"勿"、"毋"、"不"等，後面緊跟的詞語是捨的一面。例如：

① 寧左勿右、寧缺毋濫、寧死不屈

② 寧為玉碎，不為瓦全。

③ 駕駛汽車時要做到"寧停三分，不搶一秒"。

八、無論、不論、不管

這三個詞都是表示條件關係的連詞，常用於複句，也可用於單句，後面總有副詞"都"、"也"等與之呼應。構成"無論／不論／不管＋[A]，都／也＋[B]的格式。[A]表示指定的狀況，[B]表示成立的情況。因此，整個格式表示在[A]的狀況下，都將發生[B]的情況。例如：

① 你無論說漢語還是說英語，我都能懂。

② 你不論說哪國話，我都能懂。

③ 你不管同意或者不同意，都應該表示個態度。

例①中的[A]列舉了兩種情況，即"說漢語"、"說英語"，[B]是能懂。例②的[A]是"說哪國話"，其中"哪"是表示任指的疑問代詞，不表疑問，意思是任何一種外國話。全句的意思是“你說任何一種外國話，我都能懂”。例③與例①大致相同。由以上三例可以看出“無論”等後面的詞語都表示無條件。用在單句裏的情況也一樣。例如：

④ 無論誰都應該遵守國家的法令。

⑤ 他不論在多麼艱苦的條件下都一直堅持工作。

值得注意的是“無論”等後面的詞語有兩種構成形式：

（一）A是表示任指的疑問代詞，這樣，“無論＋[A]”表示“在任何狀況下”。例如：

① 無論誰有困難，他都熱情幫助解決。

② 不論你有什麼困難，他都設法幫助解決。

③ 不管你怎麼麻煩他，他也不嫌煩。

（二）A是“…還是／或者…”，“還是／或者”的前後是並列結構，列舉出B成立的各種狀況。

① 明天你無論來還是不來，都要告訴我一下兒。

② 明天你無論上午來還是下午來，我都在家。

③ 我們不論在順利的條件下還是在困難的條件下，都要堅持工作。

有時也可以不用連詞“還是”、“或者”：

④ 不管是你，是我，是他，是男是女，是老是少，人人都應該為“四化”出力。

⑤ 不管你信不信，事實總是事實。

“無論”分句中的謂語是形容詞、表示心理狀態的動詞或“有”、“善於”等動詞，謂語部份往往用副詞“多麼”。例如：

① 不管你多麼想去，如果不讓你去，你也不能去。

② 不管夏天多麼悶熱，冬天多麼寒冷，他總是趴在牢房的地上寫著，算著。

③ 無論條件多麼艱苦，他們也從來沒叫過苦。

④ 不管有多麼大的困難，我也要參加這次冬季游泳比賽。

九、況且、何況

這兩個詞都是表示遞進關係的連詞，用在複句中連接分句，由"況且"、"何況"引出的分句總是對前一分句所表明的理由追補更進一層的理由。例如：

① 小船是逆水而上，況且又頂風冒雨，行走得很慢。

② 你剛來，哪兒都不認識，何況又語文不通，不要一個人到處亂跑。

③ 小明天賦聰敏，況且又刻苦勤奮，學習一定很好。

還可以連接句子：

④ 爸爸胳膊上的傷還沒好，怎能去比賽呢？況且對手又是個大力士！

⑤ 他很高興，因為他第一次有了一個社會職業。何況這個工作又那麼合乎他的理想。

"何況"除上述用法外，還可以反詰語氣表示一種更為肯定的情況。即在前一分句中表示甲事尚且如此，在後一分句中"何況"引出乙事在甲事相襯之下更是如此。這時後一分句常為"名詞（短語）＋呢？"例如：

⑥ 總之，行行出狀元。古代尚且如此，何況我們這個時代呢？

⑦ 我站在岸上穿著棉衣還冷得打顫，何況站在水裏穿著單衣的人們呢？

練 習

一、找出下列各句中的連詞，並說明它們在句中所起的連接作用（連接的詞、短語或分句）：

1. 今天下午，老王把夏明和我找去談話了。

2. 這一切對於我是多麼熱情的支持和鼓勵啊！

3. 你今天來或者明天來都可以。

4. 寄往城裏的信用四分郵票還是八分郵票？

5. 這是一個美麗而動人的神話故事。

6. 對什麼問題都應該想得深一些和遠一些。

7. 遇到下雨、多雲或者有霧的天氣，他們也堅持出工。

8. 雖然很忙，可是我感到我們的生活是愉快的、幸福的。

9. 既然是試驗，就別怕失敗。

10. 今天，不但在生產上、國防上實現了自動化或者半自動化，人們的日常生活也開始進入自動化的時代。

11. 儘管他還在病休，可是他還抓緊時間刻苦自學外語。

12. 這個任務咱們不但要接受下來，而且還要完成得快，完成得好。

13. 老王就是聽了和自己不同的意見，也從不發火。

14. 倘若能倒退回十年，讓我重過學習生活，該多麼好啊！

15. 不論做什麼工作，都不能粗心大意。

16. 寧可自己苦一點兒，也要幫助別人解除困難。

17. 與其跪著生，不如站著死。

18. 只有艱苦奮鬥，才能獲得成功。

19. 只要你肯下苦功夫，就能學好漢語。

20. 我們應該繼承併發揚中華民族的光榮傳統。

二、在下列各句中填上適當的連詞：

1. ＿＿＿天氣多麼冷，他都堅持洗冷水澡。

2. ＿＿＿ 誰，＿＿＿ 努力學習，就能獲得好成績。

3. 小王 ＿＿＿ 沒有按照規定的方法進行生產，＿＿＿ 出了事故。

4. 老李今天晚上來 ＿＿＿ 明天一早來，他也沒說定。

5. 我們 ＿＿＿ 要學習好，＿＿＿ 還要品德好，身體好。

6. 你用中文講 ＿＿＿ 用英文講都可以，我們都會英文。

7. 妹妹替大哥著急 ＿＿＿ 又沒有能力幫助他。

8. 老人 ＿＿＿ 身體不很好，每天還堅持工作七八個小時。

9. 今晚 ＿＿＿ 什麼時候，你一定要到我家來一趟。

10. ＿＿＿ 咱們倆的看法不一致，那就無法在一起合作了。

11. 練習的題目 ＿＿＿ 難了一些，＿＿＿ 難有難的好處。

12. 自己主觀上不努力，＿＿＿ 客觀條件再好，也不起作用。

13. 這個任務很急，＿＿＿ 幾天幾夜不睡覺，也要按時把它完成。

14. 我們的任務 ＿＿＿ 按期完成了，＿＿＿ 完成得很出色。

三、用適當的連詞把每組中的兩句話改寫成一句話：

例如：這本字典是我的。　　&　　那本語法書是我的。
　　　這本字典和那本語法書都是我的。

1. 明天我們上午有課。　&　明天我們下午有課。

2. 你坐火車來的嗎？　&　你坐飛機來的嗎？

3. 你坐十路公共汽車可以到天安門。　&　坐二十二路公共汽車也可以到天安門。

4. 我穿著棉衣還覺得冷呢。　&　你只穿一件毛衣，一定更覺得冷。

5. 你學習有很大進步。　&　你不應該驕傲。

6. 明天陰天，我們去頤和園。　&　明天晴天，我們去頤和園。

7. 他的態度是不太好。　&　你也不應該對他那樣。

8. 最近學習比較忙。　&　沒能及時給你寫回信。

9. 小明沒有想到自己的考試成績那麼好。　&　他是全校第一名。

10. 你對我有什麼意見。　&　請你隨時給我提。

11. 阿里要寫一篇論文。　&　他暑假不回國探親了。

12. 作報告的人講的不是普通話。　&　我聽懂一大半。

13. 他願意挨餓。　&　他不願意給敵人做官發財。

14. 小王遲到了，他不是起晚了。　&　他在上班的路上幫助別人修車，耽誤了時間。

15. 我們要有革命的熱情。　&　我們要有科學的態度，實事求是的精神。

16. 你刻苦鑽研，堅持到底。　&　我要繼續試驗下去。

17. 這個試驗，我們失敗了一百次。　&　我要繼續試驗下去。

18. 我們兩家住得近。　&　我們不常常見面。

第九章　助詞 *auxillary particles*

漢語的助詞是由一些功能很不相同的虛詞組成的，但有共同的特點。

1. 絕大多數助詞都黏附於實詞、短語或句子，不能單獨使用。
2. 只表示語法意義，沒有實在的詞彙意義。
3. 由於處於附著地位，一般都讀輕聲。

按照功能，助詞可以分為三類：

1）結構助詞：的、地、得、所、等、給、似的（地）等。
2）動態助詞：了、著、過、來著等。
3）語氣助詞：啊、吧、呢、嗎、了、的、嘛、麼、罷了等。

第一節　結構助詞

結構助詞的作用是把詞語連接起來，使之成為具有某種句法結構關係的短語。比如，"的"連接定語及其中心語，"地"連接狀語及其中心語，"得"連接補語及其中心語，等等。

一、的

結構助詞"的"是連接定語及其中心語的，是定語的語法標誌。關於定語後"的"的用法，見第三篇第三章第二節。

"的"的其他用法：

（一）構成"的"字短語。

名詞、代詞、形容詞、動詞、主謂短語等都可以加"的"構成"的"字短語，"的"字短語的功能相當於一個名詞。"的"字短語具有限制、指別作用，比如"紅的"區別於"藍的"、"白的"…；"賣書的"指明不是"賣布的"、"教書的"等等。"的"字短語在句中可以充任主、賓語。

① 這本書是中文的，那本書是英文的。
② 穿紅衣服的是我妹妹。

使用"的"字短語應注意：

1. 使用"的"字短語時，"的"字短語所指的人或事物必須是上文出現過或不需指明而別人也清楚的，否則不能用。如：
   ① 昨天我們去買毛巾，我買了一條白的，阿里買了一條花的。
   ② 他們家生活不錯，吃的、穿的、用的，樣樣不缺。

2. "的"字短語只能指代具體的人或事物，一般不能指代抽象的事物。例如：
   ＊這個孩子的精神很好，那個孩子的不好。
   ＊小明是他們的榜樣，不是我們的。

有些抽象名詞，如"意見"、"想法"、"辦法"、"事情"等也可為"的"字短語所指代：
   他說的辦法可以，你說的不行。

3. 因"的"字短語具有限制、指別作用，所以如果"形容詞＋的"不具有此種作用，而只具有描寫作用時，就不能構成"的"字短語。如"紅的（花）"、"高的（樹）"（區別於"黃的"、"矮的"等）可以，而"莊嚴的（會場）"、"巍峨的（山脈）"、"遼闊的（大海）"等等就不行。

（二）在某些凝結得很緊的動賓短語中間，插入帶"的"的表示人的名詞或代詞，表示某人是動作的對象，插入的名詞或代詞為定語。
   ① 別開他的玩笑了。　　　　（別跟他開玩笑了。）
   ② 他不會挑我的眼。　　　　（他不會對我挑眼。）
   ③ 不要拆老王的臺。　　　　（不要給老王拆臺。）

（三）用在指人的名詞、代詞和表示職務、身分等類名詞前面，表示某人承擔某職務或具有某種身分等。
   ① 這次開會，你的主席，我的記錄。　　（你當主席，我當記錄）
   ② 今天晚上的京劇，馬連良的諸葛亮，裴盛戎的⋯
      （馬連良演諸葛亮，裴盛戎演⋯）

（四）用在兩組同樣的動詞中間，表示“有的…，有的…”，只用於已成事實的情況。

    ① 敵人死的死，傷的傷。

    ② 他家的東西，當的當了，賣的賣了，所剩無幾。

（五）用在並列的詞語之後，表示“等等”、“之類”的意思：“針頭線腦的”、“閒言碎語的”、“書啊本的”…。

（六）用在名詞、動詞、形容詞後，表示一種狀態或情況。用在名詞、動詞後時，該短語多位於句首，強調原因、條件。如：

    ① 大過年的，還去上班啊！

    ② 大晌午的，也不休息一會兒！

    ③ 姑娘們唱啊唱的，就把心裏的愁事忘了。

用在名詞短語、形容詞短語或包含形容詞的名詞短語（多為並列關係的）後，描寫一種狀態：

    ④ 小路坑坑窪窪的，很難走。

    ⑤ 孩子們有說有笑的，很高興。

    ⑥ 地裏的麥苗綠油油的，很惹人愛。

    ⑦ 外面黑燈瞎火的，我一個人不敢出去。

    ⑧ 屋子裏亂七八糟的，好像沒有人住。

二、“地”

見第三篇第四章狀語第二節。

三、“得”

見第三篇第五章補語第四節“情態補語”。

四、“所”

（一）“所”可用於及物動詞前構成“（名詞＋）所＋動詞”短語，這種短語可以作定語，後面一般用“的”。

    ① 最近《北京晚報》所討論的問題，大家都很有興趣。

    ② 趙丹是廣大觀眾所喜愛的電影演員。

③ 今天我讀了一篇文章，所談的問題還是關於能源的。

"所＋動詞" 短語也可以構成 "的" 字短語，作主、賓語：
④ 老師所講的，正是我們的問題所在。
⑤ 這正是我所感興趣的。

這樣用的 "所" 多出現於書面語，"所" 不表示什麼意思，去掉 "所"，意思不變，只是更加口語化。

（二） "所＋動詞" 短語也可以不用 "的"，充任主、賓語，但動詞一般為單音節，而且能這樣用的動詞有限。例如：
① 據我所知，這個目的是不可能達到的。
② 這次外出，一路上所見所聞頗多。
③ 各盡所能，按勞分配。

這樣用的 "所" 書面語色彩更濃。

（三） "所" 可以用在動詞 "有" 之後，表示 "一定的程度"，後面接動詞賓語（多為雙音節動詞）。如：
一年來小李的工作能力有所提高。

上述句子與 "一年來小李的工作能力提高了" 相比，程度要差些。這樣用的 "所"，多出現在表示積極意義的動詞之前，如 "有所發明"、"有所前進"、"有所改進"、"有所準備"、"有所克服"、"有所貢獻" 等等。

"所" 也可以用在 "無" 後，後面再跟動詞（一般為雙音節的）多構成熟語性的固定短語，如 "無所用心"、"無所事事"、"無所作為"、"無所不用其極" 等等，動詞多為表示消極意義的。

（四） "所" 還可以與 "為" 構成 "為 …所 …" 式，見第二篇第二章第七節 "被動句"。

五、 "給"

見第二篇第二章第七節 "被動句"。

練習

一、用結構助詞 "的" , "地" , "得" , "個" 填空：

1. 這鐘聲使人們回憶起那遙遠（　）過去。
2. 我知道，他一發現問題，準會弄（　）水落石出。
3. 每想到這些，我渾身就充滿了前進（　）力量。
4. 我尷尬（　）點了點頭。
5. 我興奮（　）問："是誰呀？"
6. 我們做（　）還遠遠不夠呢。
7. 小梅當時激動（　）不知說什麼好。
8. 社員們也七嘴八舌（　）說："馬忠民工作幹（　）好，真是我們（　）好榜樣。
9. "好吧"。老朱諒解（　）笑了。
10. 大娘高興（　）見人就說："售貨員小李真是好啊！"
11. 呼嘯（　）大風，捲起地上（　）灰沙，直吹（　）我頭昏眼花。
12. 這幾年，他的思想感情發生了深刻（　）變化。
13. 幾句熱情（　）話，說（　）大娘心裏熱乎乎的。
14. 為了提高農民（　）生活水平，國家還有計劃（　）提高了農副產品（　）收購價格。
15. 孩子們都玩（　）很高興。
16. 現在是植樹造林（　）黃金季節。
17. 讀唐詩先讀王維、杜甫、李白這些名家（　）律詩，從這裏入手，要多讀多背；讀多了，背多了，這個門自然而然（　）便入了。
18. 經過一年多（　）訓練，隊員們（　）個人技術提高（　）很快。
19. 我聽了這句話，臉紅了起來，結結巴巴（　）說："這是我（　）責任。"
20. 小李買（　）那臺收音機比你（　）這臺好（　）多。

二、改正下列病句：

1. 在父母的教育下，經過獨立生活的鍛鍊，小蘭很快成長為一個堅強地社會工作者。

2. 文教衛生事業相應的有了發展。

3. 這件事在世界上引起越來越多地注意。

4. 孩子們都寫地很好。

5. 北京的農業發展的很快。

6. 他們時間抓地很緊。

7. 小明今天受到了嚴厲地批評。

8. 目前，這方面的工作經驗還不多，要在今後的實踐中不斷的總結、改
   進和提高。

第二節　動態助詞

　　動態助詞表示動詞的某種語法意義，主要有“了”、“著”、“過”。按功能
與結構特點的不同，“了”又分為兩個“了₁”、“了₂”。

一、“了₁”

　　“了₁”表示動作行為的完成，只出現在動詞後。

（一）什麼時候用“了₁”？

　　當說話者意在說明動作或行為在某一時刻已實現或完成時，就在表示這個動作
行為的動詞後用“了₁”。例如：

1. 敘述在某一時刻實現或完成了某一動作行為，這類句子多有表示具體時間的狀
語：
   ① 十月的一天上午，我們參觀了一個幼兒園。
   ② 傳說一年冬天，某村附近來了一隻大老虎。
   ③ 他們在爭取民族解放和國家獨立的鬥爭中，顯示了無比巨大的
      威力，不斷地取得了輝煌的勝利。
   ④ 中學畢業以後，他考上了一個很好的大學，成了家裏的第一個大學生。
   ⑤ 那個電影我昨天看了。

2. 敘述在一個動作實現或完成後，出現了（或將會出現）另一種動作或情況，第一
個動詞後一般要用“了₁”：

① 聽了老師的話，蔡立堅心情非常激動。
② 麻醉醫生在她的耳朵上、手上和頸部扎了八根針，然後通上電流。
③ 明天你吃了早飯就來找我。

3. 敘述由於某種原因或通過某種方式、途徑，取得了某種結果，一般要在表示結果的動詞後（多在最後一個分句中）用"了₁"。
① 有的地方的一些幹部、群眾，看到當前旱情嚴重，就產生了畏難情緒。
② 經過討論，大家明確了自己的任務。
③ 在領導和同事們的幫助下，她設計了五個頂碗的動作。

這裏只列舉了幾種必須用"了₁"的情況。實際上，凡表示動作已完成的，除了下文將要提到的可省去"了₁"與不能用"了₁"的情況外，一般都要用"了₁"。

應該注意，"了₁"只與動作的完成有關，與發生動作的時間無關，因此它既可以用於過去，也可以用於將來：
① 昨天晚上我看了一場電影。
② 明天我下了課就去找你。

（二）什麼時候可以省去"了₁"：

1. 敘述緊接著發生的幾個動作，為了增強節奏感，前幾個動作雖已完成，但動詞後可以不用"了"：
① 他站起來開門迎了出去。
② 小紅開燈下地去找衣服。

2. 動詞後有結果補語或趨向補語時，"了₁"可以省去。一般情況下，當動補短語處於複句的前幾個分句時，多不用"了₁"；動補短語處於最後一個分句時，多用"了₁"，這樣能在語氣上表明一個句子的結束。例如：
① 有一天，彷彿黑夜裏亮起一道閃電，他突然想起了魯迅先生。
② 放下電話，我的思想飛馳起來。彷彿又回到了南南出生時那個艱苦的歲月。
③ 最後他們用高官厚祿來引誘他，遭到了他的嚴厲斥責 。

有時為了強調幾個動作都已實現或完成，或在排比的句子裏，也可以在每個動補短語或動詞後都用"了₁"：

④ 在廠長的正確領導下，經過全體技術人員和工人的努力，他們很快提高了產品質量，改變了工廠虧損局面，進入了先進單位的行列。

⑤ 喜迅傳到了北京，傳到了祖國的每一個地方。

3. 動詞前有某些表示動作的方式、次數等狀語時，如果說話者表達的重點在上述狀語上，動作雖然已經完成，動詞後可以不用甚至往往不用"了₁"：

① 會上，他主動承擔責任，取得了群眾的諒解。

② 這幾年，小高努力鑽研業務，進步很大。

③ 為了保障人民群眾的身體健康，幾年來藥品幾次降價。

④ 陶誠向前快走幾步，掀開半舊的鑲黑邊紫綢棉簾，躬身說了個"請"字。

除了包含表示動作次數的狀語的句子外，上述這種省去"了₁"的句子，多為複句的一個分句，而且一般不是最後一個分句。

4. 並列動詞作謂語，第一個動詞後不用"了₁"：

① 大會討論並通過了今年的生產計劃。

② 通過這次互相訪問，鞏固並加強了兩國人民的友誼。

（三）包含"了₁"句子的結構特點：

1. 包含"了₁"又包含賓語的句子，賓語一般要有定語：

① 修建南京長江大橋的消息鼓舞了全國人民。

② 下午他們還請我們看了各種精彩的軍事表演。

③ 昨天我們參觀了一個工廠。

在下列情況下賓語前可以沒有定語：

（1）賓語出現在兩個（幾）個連接得很緊的動詞短語、分句或排比句中：

① 晚上我看了電影就去找你。

② 馬大砲交了鐵鍬，一縱身跳出豬圈。

③ 衣服縮了水，緊緊地箍在身上。

④ 一天，他拜了爹媽，騎上馬，向西方走去。

⑤ 蕭長春下了河坡…扒了鞋，脫了襪子，捲上褲腳，下了河。

（2）動詞與賓語是比較固定的動賓短語，動詞前一般還有與時間有關的狀語：

    ① 經過二十七天的緊張戰鬥，拒馬河終於向英雄們低了頭。

    ② 夥計們這才住了手。

    ③ 在總結大會上，我無比自豪地帶頭發了言。

    ④ 由於他多次犯錯誤，結果被撤了職。

（3）句末有"了₂"或其他語氣詞：

    ① 這時小蘭明白了：出了叛徒了。

    ② 昨天我已經買了鋼筆了，不去商店了。

    ③ 他犯了錯誤吧？

（4）賓語為專有名詞，表示泛指的事物或在一定範圍內為唯一的事物；句中一般還有狀語：

    ① 一九七九年八月，馬文加入了中國共產黨。

    ② 路上，我遇見了老李。

    ③ 會後大家選出了組長。

    ④ …於是在人們的腦子裏生起了個認識過程的突變（即飛躍），
      產生了概念。

2. "了₁"的位置

    句子中如果有"了₁"，又有賓語、補語成份時，應注意"了₁"的位置。

（1）謂語動詞後有賓語時，"了₁"位於賓語（包括直接賓語與間接賓語）前：

    動詞＋"了₁"＋賓語（間接賓語＋直接賓語）

    ① 昨天上午我們看了一個電影。

    ② 這件事給我們很大的鼓舞。

（2）如果謂語動詞後有結果補語，"了₁"位於結果補語後：

    動詞＋結果補語＋"了₁"＋賓語

    ① 隊上有名的小老虎變成了小老鼠。

    ② 小明輕輕地關上了門。

（3）如果謂語動詞後有簡單趨向補語又有賓語，賓語為抽象名詞、存現賓語時，"了₁"

位於補語與賓語之間：

動詞＋來／去＋"了₁"＋賓語（抽象名詞、存現賓語）
① 海外僑胞送來的不僅僅是衣物錢財，他們送來的是對祖國親人的關懷和溫暖。
② 忽然從海上傳來了一陣歌聲。
③ 去臥虎嶺的大道上，走來了一老一小。

賓語如果表示一般事物，"了₁"有兩個位置：

A. 動詞＋來／去＋"了₁"＋賓語（一般事物名詞）
B. 動詞＋"了₁"＋賓語（一般事物名詞）＋來／去
④ 學校給他們拍來了一份電報。
　　學校給他們拍了一份電報來。
⑤ 我給他送去了一些水果。
　　我給他送了一些水果去。

（4）謂語動詞後有複合趨向補語又有賓語時，"了₁"有以下三種位置：

A. 動詞＋上類字＋"了₁"＋賓語＋來／去[註]
B. 動＋"了₁"＋賓語＋複合趨向補語
C. 動＋複合趨向補語＋"了₁"＋賓語

① 他從書包裏拿出了一本書來。
　　他從書包裏拿了一本書出來。
　　他從書包裏拿出來了一本書。

賓語為存現賓語時，"了₁"只有A、C兩種位置：
② 這時從車上匆匆地走下了一個人來。
　　這時從車上匆匆地走下來了一個人。

3. "了₁"的否定形式。

[註] "上類字"指"上、下、進、出、回、過、起"等。詳見第三篇第五章第二節"趨向補語"。

若否定動作的實現或完成時，就在謂語動詞前加上副詞"沒"，但不能再用"了₁"：

① 昨天我們沒參觀工廠。

② 上星期六我們沒看電影。

"了₁"表示動作的實現或完成，但並不是凡是表示已實現或完成的動作動詞後都用"了₁"。只有當說話者（或敘事者）表達的側重點在動作（已實現或完成）時，才在相應的動詞後用上"了₁"，比如本節"什麼時候用'了₁'"中所列舉的幾種情況，。如果表達的重點不在動作，而在於介紹情況，敘述事件，一般就不用"了₁"。這一點在第一篇第四章"動詞"第三節已說明。這裏再舉出幾種情況進一步加以說明：

1. 在通訊報導中，報導已發生的事情，如果只是為了介紹情況，動詞後就不用"了₁"：

① 去年我們去中國旅行，先乘飛機到北京，再坐火車到西安，

然後飛到上海，最後從上海回國。

② 昨天下午在XXX舉行追悼會。市長主持追悼會，副市長致悼詞。

③ 上星期六，一班去長城，二班去香山，三班去頤和園。

2・在敘事中，"了₁"的用法比較複雜。一般來說，述在談話時已完成的動作，可以用"了₁"。但如果敘述一件事的經過，那就不僅要看說話時某個動作是否已經完成，還要看在所敘述的事情發展過程中，該動作所處的階段。比如：

①我吃罷中飯，休息了①一會，便到休息室去，透過窗戶欣賞

了②西陵峽的景色：陽光透過浮在半山上的薄霧投進三峽之中

，使我感到難以形容的美。

這個句子第一個"了₁"用得對，表示"休息"這個動作完成之後進行下一個動作"到休息室去"。第二個"了₁"用得不對。如果這個句子到"…景色"就結束了，下邊所談與西陵峽的景色無關，②處自然可以用"了₁"。但作者下面繼續說的正是西陵峽的景色，說明"欣賞"這一動作在②處並沒有完成，因此後面不能用"了₁"。又如：

② 在蘇州玩了①兩天以後我遊覽了②優美的城市杭州。我乘下午五

點二十分的車前往杭州。

這個句子第①個"了₁"用得對。第②個"了₁"用得不對，應改為"在蘇州玩了兩天以後我去遊覽杭州。…"因為下面一句話作者才敘述他是什麼時候動身去杭州的，可見在第②個"了₁"處"遊覽"這一動作並沒有完成。

　　直接引語或間接引語前（前後）的動詞不能用"了"，也屬於這種情況。例如：
③ 狼…在口袋裏喊："先生，可以放我出去了。"
④ 小蘭堅決地回答："我死也不投降！"
⑤ "怎麼？"我不解地問。
⑥ 好幾個老師傅擠攏來，嘈雜地議論著蕭師傅的辦法，都說行得
　　通。

　　如果動詞後有動量補語，後面再接直接引語，這時動詞後可用"了₁"，如：
⑦ 他喊了一聲："抓特務！"就追了上去。

3. 兼語句連動句的第一動詞後一般不能用"了₁"：
① 進了學校七個月才使他略微有些異樣。
② 北京大學和中國人民大學法律系還派人到外地，為一些訓練班
　　講課。
③ 我們坐火車來到了北京。
④ 我的房東特意去鎮上買了一塊布。
⑤ 他回過頭去說："水生，給老爺磕頭。"
⑥ 今天的座談和參觀，幫助我們了解了很多情況。

只有表示第一動作完成後才發生第二個動作、第一動詞不是"來"或"去"時，連動句的第一動詞後才可以用"了₁"：
⑦ 小安聽完了非常生氣。
⑧ 什麼，脫了衣服潑水，一個大姑娘家。

4. 賓語為動詞、動詞短語、主謂短語等謂詞性詞語時，謂語動詞後一般不能用"了₁"：
① 大隊決定從今年起為老人辦養老院，為孩子辦托兒所。
② 無論家裏人怎麼勸說，他還是拒絕去見她。
③ 一會兒，他們看見一隻大白雞慢慢地走進草堆。
④ 從昨天起，我們開始學習第三十八課。

但謂語為"進行"，"作"等動詞時，雖然其賓語為謂詞性的，後面仍能用"了₁"：

⑤ 代表們對這個問題進行了熱烈的討論。

⑥ 主席對下一階段的工作進行了具體安排。

⑦ 大會對很多事項作了規定。

5. 表示過去完成的"是…的"句（一）中間不能用"了₁"：

① 這本書是我買的。

② 小劉是昨天來的。

（五）有些動詞後面加上"了₁"表示對受事者產生了某種結果（如被破壞了，消失了等），與某些結果補語或趨向補語所表示的意義相同，只是在所表示的結果方面，更籠統些。如：

① 小妹不小心打了一個杯子。　　（打破）

② 他買這本書花了兩塊錢。　　　（花掉）

這類動詞有：吃、忘、丟、失、拉（閘）、喝、咽、吞、洒、潑、扔、放、塗、擦、抹、碰、摔、磕、撞、傷、打、殺、宰、切、煮、沖、賣、還、毀、燒、燙、花、撕、扯、倒(dào)、炸(zhà)等。我們稱為"吃"類動詞。這樣用的"了₁"，在句法結構特點方面也與結果補語有類似之處，如可以在保留"了"的情況下用"沒"來否定，在假設句裏可以用"不"否定，等等。如：

③ 這張紙還有用啊，剛纔我差點兒沒撕了它！

④ 你不喝這杯藥病就好不了。

⑤ 當心點，別砸了腳！

這樣用的"吃"類動詞，一般表示非持續性的動作。[註]

二、"了₂"

"了₂"多位於句末，一般語法著作稱之為語氣詞。"了₂"主要表示情況發生了變化，還有成句、表達語氣的作用。

[註] "吃"類動詞有時也可以表示持續的動作，這時後面的"了"不具有結果意義，試比較：你把藥吃了再睡。（表示非持續動作）這頓飯整整吃了兩個小時。（表示持續動作）

（一）表示變化的 "了₂"

1. "了₂" 的作用：

"了₂" 的主要作用是表示情況發生了變化。它可以用於各種謂語句，與 "了₁" 相比，謂語可以說不受什麼限制。"了₂" 所表示的變化是多種多樣的，現舉幾種主要的：

（1）表示事情從未發生到發生（謂語動詞多為動作動詞）：
　　① 上課了，快進教室！
　　② 下雨了，把晾的衣服收回來吧。
　　③ 隊伍出發了。

如果謂語動詞前有 "將要" 意義的副詞，全句表示即將發生某種情況：
　　④ 快上課了。
　　⑤ 新年要到了。

（2）表示動作由未完成到完成（謂語動詞後有結果補語或趨向補語）：
　　① 今天的作業寫完了。
　　② 在工人的努力下，大樓終於建成了。
　　③ 你的信我看過了。

（3）表示動作由進行到停止：
　　① 他一看見我，就站住了。
　　② 火車停了，旅客們走出了車廂。
　　③ 他一來，大家都不說話了。

（4）表示事物的性質、狀態發生了變化（謂語動詞一般為形容詞、狀態動詞和關係動詞）：
　　① 蘋果熟了。　　　　　　　　（由生到熟）
　　② 小李病了。　　　　　　　　（由未病到病）
　　③ 張濱覺悟過來了。　　　　　（由不覺悟到覺悟）
　　④ 明明學習進步了。　　　　　（學習成績有所提高）
　　⑤ 小紅是中學生了。　　　　　（由不是到是）
　　⑥ 我現在有電影票了。　　　　（由無到有）

⑦ 這個孩子從前叫毛毛，現在叫張濱了。

（5）表示意願發生了變化（謂語動詞多為能願動詞）：

    ① 他又想去了。　　　　　　　　（原來不想去）

    ② 我明天不去頤和園了。　　　　　（原來打算去）

    ③ 阿里能用中文寫信了。　　　　　（原來不能）

    ④ 謝利能看懂中文電影了。　　　　（原來不能）

（6）表示數量的變化

    數量的變化不僅與用 "了₂" 有關，也與 "了₁" 的使用有關，這裏一併討論。

A. 句子中只用 "了₁" 時，全句不包含數量變化的意思。又分三種情況：

（A）. 包含數量定語：

      動詞＋ "了₁" ＋數量定語＋名詞， "了₁" 表示動作完成：

    ① 我買了二十本。

    ② 教室裏來了十五個學生。

（B）包含時量補語：

      動詞＋ "了₁" ＋時量補語＋名詞

    如果謂語動詞表示能持續的動作，後面沒有後續分句時，數量補語表示動作持續的時間， "了₁" 表示動作持續一段時間後已完成，該動作不再繼續進行了：

    ① 這本書我看了三天。　　　（這本書已看完了，不再看了）

    ② 今天我聽了一下午報告。　（報告已聽完，不再聽了）

    ③ 我在上海住了五年。　　　（現在已不住在上海）

    如後面還有後續分句時，可以表示動作持續一段時間後不再進行，也可以表示動作還要繼續進行下去：

    ④ 這本書我看了三天才看完。

    ⑤ 這本書我看了三天，才看了一半。

    ⑥ 今天我們聽了一下午報告，晚上沒事了。

⑦ 今天我們聽了一下午報告，明天還要接著聽。

（C）句中包含時量補語，謂語動詞為"吃"類以及其他表示非持續性動作的動詞時，"了₁"與時量補語表示動作已完成了多長時間：

① 他吃了藥不到一個小時就吐了。

② 他來了才三天。

B. 只用"了₂"，表示達到某一新的數量，可以分兩種情況：

（A）包含表示時段的狀語，謂語動詞前有否定副詞"沒"：

時間狀語＋"沒"＋動詞＋"了₂"

一般表示到說話時某種情況已持續多長時間了：

① 我們八年沒見面了。

② 他三天沒回家了。

如果句中還有表示時點的狀語，就表示到某一時刻某種情況已持續多長時間了。如：

③ 到明年暑假我們就八年沒見面了。

④ 到昨天為止他三天沒回家了。

（B）謂語為數量詞：

主語（名詞）＋謂語（數量詞）

一般表示說話時已達到的日期（幾號、星期幾等）或某人已達到的年齡：

① 九號了。　　　　　　　　　　　（今天已經九號）

② 阿里二十五歲了。　　　　　　　（阿里現在已經二十五歲）

如果有表示時點的狀語，就表示到某一時刻已達到的日期或某人已達到的年齡：

③ 小明今年十歲了。

④ 明天就星期五了。

（C）既用"了₁"又用"了₂"，謂語動詞後有數量補語或賓語帶數量定語：

動詞＋"了₁"＋數量詞（＋名詞）＋"了₂"

表示已完成的數量或持續的時間，一般說來動作還要還要繼續進行下去：

① 圖書館買了三十本字典了。　　　　　　（還要買）

② 我們聽了三天報告了。　　　　　　　　（還要繼續聽）

③ 阿里學了兩年漢語了。　　　　　　　　（還要繼續學）

在一定的語言環境中或有後續分句時，也可以表示動作不再進行。例如在第一人稱與第二人稱的直接對話中：

④ 甲：你等了多長時間了。

　　乙：我等了你兩個小時了。

⑤ 你到哪兒去了？我找了你半天了。

⑥ 這種書我買了一本了，不再買了。

動詞表示非持續的動作時，全句表示到說話時（如無指明具體時間的狀語）動作已持續多長時間或已完成多少數量了，一般不涉及動作是否還要繼續進行。如：

⑦ 我吃了藥已經一個小時了。

⑧ 今天他吃了三次藥了。　　　　　（可能還要吃一次，也可能不吃了）。

⑨ 這個孩子找了五個杯子了。　　　（不知道以後是否還會"打"）

應注意，如果句末用"了₂"，謂語動詞後又有數量補語或賓語帶數量定語時，動詞前面多用"了₁"：

⑩ 他吃了兩片藥了。

⑪ 他敲了三下門了。

⑫ 我來了一年了。

(7)"了₂"可用於表示命令、祈使、勸阻的句子：

① 走了，走了！　　　　　　　　　　　（催促）

② 好了，好了，大家都不要說了！　　　（勸阻）

③ 別吵了！　　　　　　　　　　　　　（制止）

應注意包含有否定副詞的祈使句所表示的意義，比較：

① a. 你已經喝得不少了，別喝了！　　　（動作正在進行，勸阻動作繼續進行）

　　b. 別跑了，停一停！　　　　　　　　（動作正在進行，勸阻動作繼續進行）

② a. 你身體不好，以後別喝酒了！　（曾進行或打算進行此種動作，勸阻動作發生）

　　b. 你今天不舒服，別跑步了！　　　（曾進行過或打算進行此種動作，勸阻動作發生）
③　a. 那酒有毒，小心別叫人喝了！　　　　　（提醒不要"喝掉"）
　　b. 那是個特務，別讓他跑了！　　　　　　（提醒不要讓"他""跑掉"）

　　"了₂"究竟表示什麼意思，與動作有關。一般來說，表示持續動作的只有①、②兩個用法，如"看、說、寫"等；表示非持續動作的動詞只有第②個用法，如"來、走、（離開）"等；只有"吃"類動詞有第三個用法。在命令句裏，"了₂"究竟表示什麼意思，可根據一定的語言環境來確定。在①、②兩種用法中，重音落在"別"上（粗體表示），第③種用法的重音落在謂語動詞上。

　　應注意，"了₂"與動作進行的時間無關。
①　昨天我頭疼了。　　　　　　　　　　　　（過去時）
②　你們看，這朵花開了，開了！　　　　　　（現在時）
③　等你的病好了，我們就離開這個城市。　　（將來時）

2. "了₂"的位置。

　　"了₂"一般在句末，它不可能出現在賓語的前頭，但可以出現在其他某些語言成份之前：

（1）"了₂"可以位於某些表示引申意義的複合趨向補語前：
①　群眾的情緒漸漸平靜了下來。

這句話的意思與下面的句子完全一樣：
②　群眾的情緒漸漸平靜下來了。

這是描寫性的句子，不能用"了₁"，所以兩個句子中的"了"都是"了₂"。
③　村上的男女老少接過他們的行李，一邊給他們燒水做飯，一邊和他們親切地談了起來。

這個句子表示出現了新情況—由未交談到開始交談，"了"不表示完成。

（2）"了₂"可以位於語氣詞以及正反疑問句的"沒有"，"是不是"等之前：
①　你看見張老師了嗎？
②　十五年過去了，五個孤兒成長得怎麼樣了呢？

③ 小陳，現在你應該明白，這紅色的燈標是用什麼點燃的了吧?

④ 女兒笑了，"是給別人幹正事了? 花就花了吧。"

⑤ 上課了沒有?

⑥ 這個孩子長高了是不是?

應注意，在疑問句中，只有問主語、謂語、賓語、定語、補語時， 才可以用"了₂"，問狀語時一般不能用"了₂"：

⑦ 今天幾號了?　　　　　　（問謂語）

⑧ 你買了什麼?　　　　　　（問賓語）

⑨ 誰來了?　　　　　　　　（問主語）

⑩ 小李看了幾本書了?　　　（問定語）

⑪ 老王來了幾天了?　　　　（問補語）

　＊他哪天走了?　　　　　（問狀語）

下面的句子是反問句，不是詢問狀語的疑問句：

⑫ 他什麼時候來了?　　　　（意思是: 他根本沒來）

⑬ 我跟誰一起去了?　　　　（意思是: 我根本沒去）

問狀語時，一般用不帶"了₂"（未實現）或包含"是 …的"（一）（已實現）的句子：

⑭ 他什麼時候來?　　　　　（未實現）

　他是什麼時候來的?　　　（已實現）

⑮ 我跟誰一起去?　　　　　（未實現）

　他跟誰一起去的?　　　　（已實現）

有時問狀語的句子也可以用"了₂"，但這種句子的重點不是表示疑問，而是表達說話者對某種情況的驚訝或不以為然的情緒，重音常落在主語或賓語上。如:

⑯'他什麼時候來了!　　　（表示驚訝或認為"他"不該"來"或不希望"他來"）

⑰'你怎麼坐在這兒了!　　（表示驚訝或認為"你"不該"坐在這兒"或不希望"你坐在這兒"）

（3）"了₂"可以出現在主語、賓語以及情態補語等句子成份的末尾，這時主語、賓語、情態補語一定是由謂詞性詞語充任的。如:

① 老栓聽得兒子不再說話了，料他安心睡了。　　　　　　（賓語）

② 病好了就好，不然叫人多著急呀!　　　　　　　　　　（主語）

③ 他的屁股底下像是有個釘子，兩隻手急得都出汗了。（情態補語）

3. 包含"了₂"的句子結構分析：

從結構層次來說，位於句末的"了₂"大多數是管著全句的，不是只管謂語動詞（或形容詞等），應作如下分析：

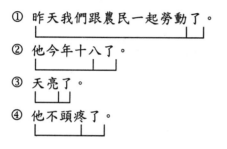

① 昨天我們跟農民一起勞動了。

② 他今年十八了。

③ 天亮了。

④ 他不頭疼了。

4. 什麼時候不能用"了₂"？

（1）因為"了₂"是表示變化的，如果不表達變化的意思，就不能用"了₂"，例如：
表示動作一直進行：
① 大家都為他們熱烈鼓掌。
② 他們正在上海呢。
③ 那天晚上，他和小朋友們一起唱歌，一起跳舞，玩兒得非常高興。
④ 明天這個時候，你準在家裏睡覺呢。

表示一種經常性的情況：
⑤ 每到假日，都有很多人想到這裏來遊覽。
⑥ 他常常到學校來講課。

表示一種現存的狀態、性質或情況：
⑦ 江那邊有三萬同志哪！
⑧ 夜空漆黑。
⑨ 今天小明很不高興。

（2）表示過去完成的"是 …的"句（一）中不能用"了₂"：
① ＊我對新事，是一點一點明白了的。

② ＊他後來是跟我們一起去旅行了的。

（3）句中已用"了₁"，如果不表示動作還要繼續進行或已達到某一數量的意思時，不能再用"了₂"。試比較：

① 我買了五個筆記本。

我買了五個筆記本了，　　　　　（再買兩個就夠了。）

② 這個星期我們聽了兩個報告。

這個星期我們聽了兩個報告了，　（不會再聽了。）

③ 他睡了兩個小時。

他睡了兩個小時了，　　　　　　（該起來了。）

（4）並列的兩個短語或兩個分句一般只用一個"了₂"，第一個短語或分句後的"了₂"往往省略不用：

① 我不頭疼也不咳嗽了。

② 他上個月去上海，後來又去廣州了。

5. 怎樣區別"了₁"與"了₂"？

（1）除了複合趨向補語、語氣詞前的"了"以及位於某些句子成份末尾的"了"外，凡不在句末的，一般是"了₁"：

① 他大學畢業後，找到了工作，結了婚 。

② 雷鋒的話受到了同志們的熱烈歡迎。

③ 他朝大門狠狠踢了幾腳。

④ 那盞燈亮了一下又滅了。

（2）"了"在句末，如果前邊有賓語，一般是"了₂"：

① 下課了。

② 小明去上海了。

（3）形容詞謂語句、名詞謂語句、主謂謂語句句末的"了"，謂語動詞為關係動詞、能願動詞以及謂語動詞前有否定副詞的句子末尾的"了"，都是"了₂"：

① 花紅了。

② 現在十一點了。

③ 小明學習努力了。

④ 我不學法語了。

⑤ 從今天起，他是一個大學生了。

（4）一個單句如包含兩個"了"，動詞後的是"了₁"，句末的是"了₂"：
① 我們吃了飯了。
② 這本書我看了一天了。

（5）句末的"了"如果有表示完成的意思，一般是"了₁"＋"了₂"。
① 我們國家的大使也去了。
② 我姐姐去年大學畢業了。
③ 彼得的斷指接上以後，很快就復活了。
④ 經過幾個月的努力，這頭野象基本上被馴服了。

（二）滿足句子結構需要的"了₂"

這類"了₂"是某些類型的句子在結構上所不可缺少的，它有表示語氣的作用，所以也可以看作是語氣助詞。這類"了₂"出現在以下幾類句子裏：

1. 程度副詞作補語的形容詞謂語句中：
① 第三回出得山口，高增福情緒高'極了。
② 今天'熱死了！
③ 這個人壞'透了！

"太"做狀語的感嘆句，句末也要用"了₂"：
④ 老趙這個人太好了！
⑤ 這個消息太鼓舞人了！

在這種句子中，"了₂"不表示什麼語法意義，但在結構上是不可缺少的，它還有表示肯定的語氣的作用。在這類句子中，重音都落在表示程度的詞上（"死"除外）。

2. 用於某些形容詞作謂語或結果補語的句子，這時這些形容詞都表示不合某種標準，這個"了"也是"了₂"。此類形容詞是"大、小，高、低，肥、瘦，長、短，輕、重，粗、細，鹹、淡，厚、薄，寬、窄，早、晚（遲）"等表示性狀的形容詞。"了₂"後可以加"（一）點兒"、"（一）些"等表示程度的補語：
① 此刻說，也遲了。
② 這雙鞋大了一點兒。

③ 這張紙太薄了，換一張吧。

④ 他的褲子做瘦了，上衣做肥了，穿著都不合適。

這類句子的形容詞前如有程度副詞 "太"、"稍" 時，重音一般仍落在形容詞上，程度副詞表示程度的作用較弱；重音也可以落在程度副詞上，這時其表示程度的作用強。在後一種情況下，全句有時不包含不合某種標準的意思，而是一個感嘆句：

⑤ 這件衣服太紅了。　　　　　（不合某種標準）

　　這件衣服**太**紅了。　　　　（表示程度過份）

　　這件衣服**太**好了，　　　　（差一點的就可以；不合某種標準）

　　這件衣服**太**好了！　　　　（感嘆句）

3. 在隨意列舉的句子中也可以用了$_2$：

① 約翰來中國以後看了不少電影，什麼《早春二月》了，

　　《小花》了，《劉三姐》了，他都看了。

② 阿里很喜歡體育，打球了，游泳了，他都擅長。

這類句子包含 "了$_2$" 的成份，多為並列的詞語。這種句子的 "了$_2$" 也可以不用，但會大大失去隨意列舉的意味。

三、著

（一） "著" 的語法意義。

　　動態助詞 "著" 主要表示動作或狀態的持續，有以下幾種情況：

1. 表示動作一直在持續：

① 東郭先生趕著驢，在路上慢慢地走著。

② 姐妹倆坐在山坡上愉快地唱著歌。

③ 一個白髮蒼蒼的老頭兒正在床上睡覺，像雷一般地打著呼嚕。

④ 這些工廠都在譜寫著 "自力更生、艱苦奮鬥" 的頌歌。

2. 表示動作進行後，使某物處於某種狀態：

① 桌子上放著收音機。

② 屋右一門通大奶奶的臥室，門上掛著一條精細的綠紗簾。

③ 教室的窗戶沒開著。

④ （大奶奶）自命知書達禮，精明幹練，整天滿臉堆著笑容。

⑤ 碑座的上下四周，雕刻著由牡丹花…組成的八個大花圈。

⑥ 他們都穿著新衣服。

3. 表示某種持續的動作，而這動作實際上也是一種狀態：

① 西門豹彎著腰，裝作很恭敬的樣子。

② 火車到了撫順，雷鋒背著老大娘的包袱，扶她下了車。

③ 城市廣場的中央，聳立著一座抗日勝利紀念碑。

④ （陳奶奶）耳微聾，臉上常浮泛著歡愉的笑容。

⑤ 正思考著，突然發現山腳下有一間小房，門口坐著個老奶奶。

4. 某些非動作動詞加 "著" 後所表示的也是一種狀態：

① 第二天早飯後，小吳和小張就在草堆附近等著。

② 魯迅先生把密信和文稿珍藏著。

③ 為了教育子孫後代，今天，番瓜弄還保留著一間舊蓆棚。

④ 上級的賀電鼓舞著築路大軍繼續前進，去爭取新的勝利。

⑤ 在你們身上寄託著中國與人類的希望。

⑥ （龍梅）突然發現玉榮光著一隻腳。

5. 某些形容詞後可加 "著"，表示狀態的持續：

① 屋裏的燈還亮著。

不過 "形容詞＋著" 不常單獨作謂語，如 "屋子裏的燈亮著" 不像一個完整的句子，但在對舉的句子及複句中，"形容詞＋著" 可以單獨充任謂語：

② 東屋的燈亮著，西屋的燈關了。

③ 屋子裏亮著燈，孩子們正在燈下學習。

（二）"著" 的用法

如上所述，"著" 主要表示一種持續的狀態，即使在表示某一動作在持續時，也多為了說明、描寫某事物所處的或所呈現的狀態。也就是說，"著" 的作用在於描寫。例如：

① 趙永進靜靜地聽著，一聲也不響。

② 她的眼裏閃動著淚花。

③ 交通艇嗖嗖地向前疾駛著。

這幾個句子中帶"著"的謂語部份,顯然是對主語的狀態進行描寫的。

"著"不同於表示動作進行的"在"。"在"的作用在於敘述動作的進行,而不是描寫。例如:

④ 小明在打籃球。

⑤ 一班在上課,二班在進行課堂討論。

這兩個句子顯然在敘述動作者進行什麼動作。從提問方式來看,"著"與"在"的區別更為明顯:

⑥ 小明做什麼呢?

_____小明在打籃球。　　(或:小明打籃球呢。)

＊小明打著籃球。

有時,"在"或"…呢"可以與"著"連用,這時有表示動作進行的意思,但描寫的意味不是相當強的:

⑦ 他在期待著,期待著。

⑧ 英雄們在譜寫著新的詩篇。

⑨ 快走,孩子們等著我們呢。

由於"著"的作用主要在於描寫,所以常常用於以下幾種情況:

1. 用於連動句的第一動詞前,表示動作者進行第二個動作(主要的動作)時的狀態或方式:

① 我微笑著淡淡地說。

② 魯班含著眼淚拜別了師傅,下山了。

③ 他拿著留在他身上二十多年的彈片誇獎我們。

④ 忽然,天空暗了下來,北風捲著大雪,向草原撲來。

⑤ 忽然,海員們扶著一個老工人走過來。

⑥ 張老師帶著七班的學生走在最後邊。

這種連動句中帶"著"的部份,具有明顯的描寫作用,因此不少語法著作把它歸入狀語。

2. 連動句的第一動詞(或形容詞)帶"著",也表示方式或狀態,後面的第二動詞或動詞短語表示原因或目的，這樣用的"動（形）＋'著'"也具有描寫作用：
　　① 他鬧著讓我帶他出去玩兒。
　　② 老王急著趕火車，飯也沒吃就走了。
　　③ 他們忙著佈置房間。

3. 可用於祈使句，表示要求保持某種狀態：
　　① 你先歇著，我出去看看。
　　② 你叫他們在門房裏等著去吧。
　　③ 夥計們…叫玉寶躲在門後看著。
　　④ 隊長，到城裏想著看看老白。
　　⑤ 穩著點兒，別慌！
　　⑥ 機靈點兒！

4. 第一動詞後加"著"，表示在第一個動作持續的同時，發生了第二個動作：
　　① 玉榮著急地說："放下我，你快去追羊！"說著就從龍梅的背
　　　　上掙脫下來。
　　② （狼）說著，就向東郭先生撲去。

這樣用的"動＋著"提供了動作發生的背景，也具有描寫作用。

5. 連用兩個帶"著"的動詞，後面接用其他動詞，表示一個動作正在持續時，另一動作發生了，原來的動作也因此而停止，有不知不覺的意味：
　　① 有時想著想著，我真恨不得…把你這兩隻巧手砍下來給我接
　　　　上。
　　② 他說著說著哭了起來。
　　③ 孩子哭著哭著睡著了。
　　④ 老漢走著走著摔了一跤。

6. 有些非動作動詞後面可以用"著"，用"著"與不用"著"意義上沒有什麼不同，但用"著"語氣緩和些：
　　① 人民這個概念在不同的國家和各個國家的不同的歷史時期，
　　　　有著不同的內容。[註]

[註] "有"後用"著"時，賓語只能是抽象名詞。

② 我們的會議有一千六百多位代表，代表著全國各大學的師生員工。

③ 他寫了一篇充滿著愛國主義熱情的文章。

（三）包含"著"的句子的結構特點：

1. 動詞用"著"以後，後面只能帶賓語，不能用其他動態助詞或補語。
2. 否定動作或狀態持續時用"沒"，"著"仍保留：

① 窗戶關上了，沒開著。

② 你是在躺著嗎？ —— 我沒躺著，坐著呢。

由於"著"的功能主要在於從正面加以描寫，所以很少用否定形式。只有在分辯、回答問話中有"著"的句子的場合，才用否定形式，如上邊兩個例句。

（四）"著"的其他用法。

1. 做某些詞的後綴。如：趁著、沿著、順著、隨著、朝著、向著、冒著、為著、怎麼著、接著等等。
2. "著呢"用在形容詞後後，表示程度高，往往包含著說話者某種感情、情緒，有時有誇張的意味，目的是使聽話者信服，一般出現於口語。例如：

① 我們學校的校園大著呢。

② 他的朋友多著呢。

③ 今天的作業難著呢。

④ 這個人壞著呢。

四、過

（一）動態助詞"過"所表示的語法意義。

動態助詞"過"表示曾經有過某種經歷，只能用於過去：

① 來中國以後，我們參觀過一些工廠、公社和學校。

② 為了反抗地主的壓迫，她從地主家逃出過三次。

③ 前年他去過一次上海。

④ 我找過他兩次。

⑤ 天津我去過，上海他去過。

⑥ 鄉親們把我隱藏在咱們部隊駐過的山溝溝裏。

"過"也可以用在形容詞，一般總包含有過去與現在相比較的意思：
⑦ 兩年來，這個隊的出工人數從來沒像今天這麼齊全過。
⑧ 這個孩子小時候胖過，後來瘦下來了。

（二）包含"過"的句子的結構特點：

1. 動詞用"過"後，後面不能再用"了₂"；如果"了₂"前有"過"，這個"過"一定是補語，不是動態助詞，如：
① 這本書我看過了，你拿走吧。
② 行李檢查過了，沒問題。

這兩個"過"可以輕讀，也可以重讀。

2. "過"總是在賓語前，"過"與動詞之間可以插入結果補語、趨向補語：
① 我吃過這種魚。
＊我吃這種魚過。
② 昨天晚上小王回來過，你沒看見嗎？
③ 那本書我看見過，好像在書架上。

3. "過"的否定。否定有過某種經驗時在動詞前用"沒(有)"，後面仍保留"過"：
① 從那以後，他找了二十多年，沒找到妹妹，也沒回過故鄉。
② 我學過英語，沒學過法語。

五、來著

"來著"表示不久前發生了某種事情或某種情況，只出現於口語。

（一）"來著"用於陳述句末，表示不久前發生了某件事情。所謂"不久前"是說話者的主觀感覺，所指的時間不一定很近。例如：
① 我剛纔去打電話來著，沒在宿舍。
② 上午小王找你來著，你去哪兒了？
③ 昨天我上他家去來著，沒見著他。
④ 他屋裏的燈剛剛還亮來著，怎麼會沒人？

這樣用的"來著"一般表示不久前發生了某件事,這件事到說話時已結束。從所表達的意義來看,"來著"與"過"不同,不表示有某種經歷,與"了₁"比較接近些。但"來著"只能用於句末(包括分句末),不能用於賓語前。

(二)"來著"用於疑問句時,一般也是用來詢問剛剛發生的事情的:

① 喂,老師說什麼來著?

② 你剛纔說要上哪兒去來著?

"來著"還可以用來問曾經知道、但現在想不起來了的事情:

③ 這個人我見過,他姓什麼來著?

④ 你昨天穿什麼衣服來著,我怎麼想不起來了?

⑤ 小劉住哪兒來著,是果子巷嗎?

⑥ 咱們學校的電話號碼是多少來著,是27-2723嗎?

⑦ 昨天誰找我來著,是小趙嗎?

這樣用的"來著"詢問的範圍很廣。

練 習

一、用"了"、"著"、"過"填空:

1. 過去,我只是在電影上看見( )長城,今天終於親眼看到( )。

2. 阿里激動得不知說什麼好,只是呆呆地看( )賓館的服務員。

3. 謝利在這裏學習( )四年漢語,今年暑假就要畢業( )。

4. 在火車上,孩子們一邊唱( ),一邊看( )外面的風景。

5. 從此他明白( ):千萬不要離開正確的道路。

6. 老人傷心地哭( ),哭( )哭( ),沒有聲音( )。

7. 昨天我們去北海公園,玩得可高興( )。

8. 我們都讀( )魯迅的著作。

9. 妹妹總愛躺( )看書,這個習慣很不好。

10. 今天是"六·一"兒童節,孩子們都穿( )節日的服裝,高興極( )。

二、判別正誤：

1. A. 在中國學習的四年中，每年春天我們都去長城。
   B. 在中國學習的四年中，每年春天我們都去長城了。

2. A. 現在，中國人民正在努力建設自己的國家，工農業生產不斷取得了新的成就。
   B. 現在，中國人民正在努力建設自己的國家，工農業生產不斷取得新的成就。

3. A. 張老師跟學生的關係很好，有時到學生宿舍給他們講了一些故事。
   B. 張老師跟學生的關係很好，有時到學生宿舍給他們講一些故事。

4. A. 我現在上三年級，功課很多了。
   B. 我現在上三年級，功課很多。

5. A. 小學的數學很簡單，到了高中就比較複雜了。
   B. 小學的數學很簡單，到了高中就比較複雜。

6. A. 他剛從日本回來了，正在家裏休息。
   B. 他剛從日本回來，正在家裏休息。

7. A. 腳不疼了以後，他決定不穿了皮鞋，改穿布鞋。
   B. 腳不疼了以後，他決定不穿皮鞋了，改穿布鞋。

8. A. 下雨了，籃球恐怕比賽不成了。
   B. 下雨了，籃球恐怕比賽不成。

9. A. 每天晚上我吃了飯就去閱覽室。
   B. 每天晚上我吃飯就去閱覽室。

10. A. 這時，臺下忽然爆發了一陣掌聲。
    B. 這時，臺下忽然爆發了掌聲。

11. A. 你是什麼時候到中國來的?
    B. 你是什麼時候到中國來了?

12. A. 這本書難一點了，請給我找一本容易一點的。
    B. 這本書難了一點，請給我找一本容易一點的。

13. A. 我們一起從香港坐了火車回到北京。
    B. 我們一起從香港坐火車回到了北京。

14. A. 這個消息使大家非常高興。
    B. 這個消息使了大家非常高興。

三、改正下列病句：

1. 我們每個月寫了一篇短文章。
2. 昨天我們上四節了古代漢語課。
3. 三年前，我在波恩大學開始了學習中文。
4. 那個年輕人進來以後，魯迅問了他為什麼到書店來。
5. 在那些艱苦的日子裏，我一直隨身保存了這兩件東西。
6. 我在日本常常看見了中國古代的藝術品。
7. 我在國內讀《紅樓夢》過，但沒讀完。
8. 從前我去過了上海，上海是中國最大的工業城市。
9. 昨天晚上小明沒把練習做完了。
10. 到現在還沒有一個人來開會，是不是時間改呢？
11. 王冕到了二十歲左右，就成為了一個很有名的畫家了。
12. 兩個月以後，我會了說一點漢語了。
13. 有了不少工人、農民，被選為勞動模範。
14. 現在我能了滑冰。

第三節　語氣助詞

　　語氣助詞可以單獨或與語調以及其他詞類一起表示各種不同的語氣。與某些語言（如印歐語系語言）相比，語氣助詞是漢語特有的一類詞。語氣助詞有以下一些特點：

1. 語氣助詞一般位於句末（包括分句末）。兩個語氣助詞如果連用，還會合成一個音節。如："了＋啊" → "啦"/le+a→la/，"呢＋啊" → "哪"/ne+a→na/，"了＋歐" → "嘍"/le+ou→lou/等等。

2. 語氣助詞一般都讀輕聲，句子語調的高低昇降變化主要體現在語氣助詞前的音節上。例如：
　　① 你去嗎?　　　　（"去"相對地高些）
　　② 你去吧!　　　　（"去"相對地低些）

3. 一種語氣，可能有幾個語氣詞來表示，一個語氣助詞也可能表示幾種語氣。因此，某一個語氣助詞究竟表示什麼語氣，往往要看其伴隨的語調或一定的語言環境。

　　下面按語氣的不同，對語氣助詞分別加以說明。

一、表示疑問和反問

（一）嗎

　　在陳述句的末尾加上"嗎"（書面上多寫作"嗎"，有時也寫作"麼"），可以構成是非問句，表示疑問。是非問句句末語調一般是高揚的。這種是非問句可以是肯定形式的：
　　① 你看見張老師了嗎?
　　② 能夠把孩子救出來嗎?
　　③ 明天你們去頤和園嗎?
　　④ 你們參觀了車間，就回學校了嗎?

也可以是否定形式的，用否定形式發問，問話者多認為答案是肯定的：
　　⑤ 你不認識老李嗎?　　（含義：我還以為你認識老李哪!）

⑥ 他不會說漢語嗎？　　（含義：我還以為他會說漢語哪！）

　　"嗎" 可以用於反問，有時包含有質問、責備的意味，有時還有分辯的意味（謂語動詞前有否定副詞）。"嗎" 與語氣副詞 "難道"、"豈" 等呼應時，語氣更重。用 "嗎" 的反問句，肯定句表示否定的意思，否定句表示肯定的意思：

⑦ 你這是幫助人的態度嗎？　　　　　　　　　（責備）

⑧ 你看，這還像個學生嗎？　　　　　　　　　（責備）

⑨ 難道可以說有既不對又不錯的事嗎？　　　　（質問）

⑩ 你這不是欺負人嗎？　　　　　　　　　　　（質問）

⑪ 我這不是回來了嗎，還嘮叨什麼！　　　　　（分辯）

⑫ 我不是去過了嗎！　　　　　　　　　　　　（分辯）

⑬ 你看，你看，他不是回來了嗎！　　　　　　（分辯）

（二）呢

　　表示疑問的語氣助詞 "呢"（書面上有時也寫作 "吶"）用於特指疑問句，句中一般還有表示疑問的代詞，如 "誰"、"什麼"、"怎麼樣"、"哪兒" 等等。句子的疑問功能主要由疑問代詞承擔，"呢" 是可用可不用的。用 "呢" 常常包含有 "奇怪"、"困惑" 的成份。這種疑問句的句末語調多為高揚的，但也可以低沉，因為疑問主要不是由語調來表達。例如：

① 這是怎麼回事呢？

② 小英啊，部隊明天就要走了，咱們送給同志們些什麼呢？

③ 咦，這就怪了！算得對呀，怎麼會錯了呢？

④ 十幾年過去了，五個孤兒成長得怎麼樣了呢？

　　在一定的語言環境中，也可以不用疑問代詞，只在名詞（代詞）或名詞短語後加 "呢"，這種疑問句一般是問人或物 "在哪裏"：

⑤ 還沒走出洞口，他就把我叫住了：「辦公的地方呢？」

　　　　　　　　　　　　　　　　　（辦公的地方在哪兒？）

⑥ 妹妹，你的靴子呢？　　　　　　　（你的靴子哪兒去了？）

⑦ 小李呢？　　　　　　　　　　　　（小李在哪兒？）

　　"呢" 也可以用於反問句，有緩和語氣的作用。例如：

⑧ 你對人民犯了那麼大的罪，這樣處理有什麼不公道的呢？

⑨ 他沒到過北京，怎麼會去過天安門呢？

⑩ 為什麼這個地方可以這樣做，別的地方就不可以這樣做呢？

⑪ 事已至此，說這些又有什麼用呢？

2. 可用於選擇疑問句後，句末語調一般是低而緩。選擇疑問句用"呢"以後，語氣委婉緩和，常常用於商量、徵詢：

① 咱們是去頤和園呢，還是去北海呢？

② 今天晚上你去不去呢？

③ 我們可不可以在房間裏頭兩個人或幾個人談談心呢？

④ 「怎麼辦，我談不談呢」？他自言自語地說。

這種句子在一定的語言環境中也可以省略謂語，只在名詞（代詞）或名詞短語後加"呢"，問情況：

⑤ 明天一班去參觀工藝展覽，二班呢？　　　（二班去不去參觀？）

⑥ 他開始不同意你的意見，後來呢？　　　　（後來同意沒同意？）

在疑問句中用"呢"，總是有一定的上文，即"呢"不能出現在毫無背景、前提的問句中：

⑦ 小李，你去不去打球？　　　　　　　（一般發問）

　　小李，我想去打球，你去不去呢？

⑧ 妹妹，你的靴子哪兒去了？　　　　　（一般發問）

　　（發現妹妹光著一隻腳）妹妹，你的靴子呢？

應注意，在疑問句中表示動作進行的"呢"（也有一些表示語氣的作用）與單純表示語氣的"呢"的區別。比較：

⑨ 小劉，你吃‘什麼呢？　　　　　　　（問正在吃什麼）

　　小劉，他想吃麵包，‘你吃什麼呢？　　（呢只表語氣）

　　小劉，你不吃麵包，吃‘什麼呢？　　　（呢只表語氣）

表示動作進行的"呢"，用於疑問句時不需有什麼前提、背景、上文，只表示語氣的"呢"則需要。另外，句重音有時不同，如上例，用表示進行的"呢"，重音只能落在疑問代詞上，而表示語氣的"呢"，句重音有時落在疑問代詞上，有時落在主語上。

（三）啊

1. 可用於是非問句，表示說話者有些懷疑，甚至有些出乎意料，因而要求對方證實。可用於肯定句和否定句。句末語調低平，邏輯重音明顯。例如：

　　① 明天ˋ你在大會上發言哪？　　　　　　（出乎意料）

　　② 小劉ˋ不去上海呀？　　　　　（原以為 "去"）

　　③ 你說的是ˋ這本書哇？　　　　（原以為是另一本）

2. 可以用於特指疑問句，句末語調較高揚，這樣用的 "啊" 使句子的語氣變得緩和些：

　　① 誰呀？

　　② 咱們什麼時候走哇？

　　③ 你怎麼不高興啦($了_2$＋啊)？

　　這樣用的 "啊" 可以用於反問句：

　　④ 車都開了，還怎麼去呀？

　　⑤ 幹嘛不說呀，要是我就說。

3. 用於選擇疑問句，語調較高揚，有詢問究竟的意思：

　　① 咱們是看電影還是看話劇呀？

　　② 你到底來不來呀？

　　③ 快說，你同意不同意呀？

　　語氣助詞 "啊"，受前一個音節的影響，會表現出幾種不同的語音形式：

前一音節尾音	啊的發音	漢字
-i, -ü, -a, -e, -o[註]	ya [ja]	呀
-u, -ao [au]	wa [wa]	哇
-n	na [na]	哪
-ng	[ŋa]	啊
-i [ɭ], -r	[ʐa]	啊
-i [ɿ]	[za]	啊

[註] 在 -e，-o 後，可讀作 "啊" [a]，也可讀作 "呀" [ja]。

（四）吧

1. 用在陳述句末，構成是非問句，句末語調低降。用"吧"提問與用"嗎"不同，"吧"不是單純地表示提問，還包含一種揣測的語氣，因此句中常常還用"可能"、"也許"、"大概"、"一定"之類的副詞，而用"嗎"提問的句子是不能用這類副詞的。例如：

　　① 參加招待會的人一定很多吧？
　　② 小陳，現在你該明白，這紅色的燈標是用什麼點燃的了吧？
　　③ 這座樓可能是你們的宿舍吧？

　　有時陳述句後用"吧"，表示疑問的語氣不明顯，實際上完全是一種肯定的陳述，"吧"的作用是使語氣更緩和些：

　　④ "善有善報，惡有惡報"，這句話我過去跟你說過吧，但你就
　　　　是不相信。
　　⑤ 這點道理，你不會不懂吧？

2. 在特指疑問句或選擇疑問句的末尾用"吧"，含有要求對方表明態度的意味，句末語調較高揚。例如：

　　① 你說咱們該怎麼辦吧？
　　② 你這個人，今天到底走不走吧？
　　③ 大家快發表意見，看這個方案行不行吧？
　　④ 你快說，到底買什麼吧？

這樣用的"吧"一般用在主語為第二人稱的句子裏。

二、表示祈使語氣

　　祈使語氣包括請求、命令、催促、勸告等語氣，常用的語氣助詞是"吧"和"啊"。

（一）吧

1. 表示請求語氣，句末語調較低，句中有時還有"請"、"讓"、"叫"一類動詞：

　　① 爸爸，您就答應了吧！
　　② 小李，給我一張票吧！

③ 老師，讓我去吧！

④ 請大家幫幫忙吧！

2. 表示命令語氣。

典型的命令句不用任何語氣助詞，詞序與陳述句相同，謂語動詞後不用任何動態助詞或補語，句末語調低沉、短促。例如：

① 走！

② 坐下！

③ 你們都出去！

命令句末尾也可以用語氣助詞"吧"。加上"吧"以後，表示命令的語氣要緩和些，往往有勸告的意味，句末語調低而緩。例如：

④ 你走吧！

⑤ 把東西拿出來讓大家看看吧！

⑥ 快說吧！

⑦ 你好好聽聽大家的意見吧！

（二）啊

命令句末尾用"啊"，有時有囑咐、提醒的意味，語調較低。例如：

① 細心點兒啊，別看錯了！　　　（囑咐）

② 注意啊，比賽馬上開始了！　　（提醒）

③ 我不過開個玩笑，別急呀！　　（提醒）

④ 明天你可早點來啊！　　　　　（囑咐）

有時包含催促的意味。句末語調略高：

⑤ 你怎麼不吱聲，說呀！

三、表示感嘆語氣。

感嘆語氣是指誇獎、讚揚、感慨、嘆惜等語氣，常用的語氣助詞是"啊"，句末語調高降。例如：

① 這是一個多麼安靜美好的夜晚啊！

② 時間多快呀，轉眼三年過去了！

③ 李先生，我沒有瘋，我沒有瘋啊！

四、表示肯定語氣。

肯定語氣也就是一般的敘述事實、說明情況的語氣，通常不用語氣助詞，加上語氣助詞，肯定的語氣會有所加強。常用的表示肯定語氣的助詞有“的”、“了”、“呢”、“吧”、“嘛”（“嗎”）、“啊”等。

（一）的

陳述句末加“的”，可以加強肯定語氣，謂語前往往還用“是”（詳見第四篇第三章第二節“是 …句（二）”）。如：
① 放心吧，你的病會好的。
② 他一定會回來的。
③ 我是同意你的意見的。

（二）了

見本章動態助詞“了₂”之（二）。

（三）呢

1. 可以用在形容詞謂語句和動詞謂語句後，謂語前常有“可”，含有誇張意味，句末語調高揚。例如：
① 天安門廣場可大呢！
② 孩子們聽了這個消息，可高興呢！
③ 這條街有五里長呢。
④ 這個人可能睡呢。

在謂語中心語前也可以用“才”，“還”一類副詞，往往出現於對比的句子，有強調所對比的一方的意味，所強調的部份重讀。如：
⑤ 主席可能快回來了，我連‘水還沒燒好呢。
⑥ 我唱得不好，‘你唱得才好呢。
⑦ 電影‘八點才開始呢，現在來太早了。
⑧ 我的手藝還沒學好，還要再‘學三年呢。

⑨ 你別著急，我以後還‘來呢。

⑩ 別怕，有‘我呢。

⑪ 這麼好的房子，我還從來沒‘見過呢。

（四）罷了

陳述句末加上“罷了”，往往有把事往小裏說（由於謙虛、輕視或安慰人等）的意味，前面常有“不過”、“只是”、“無非”等詞，語調低降。例如：

① 這個孩子沒有什麼大病，不過著點涼罷了。

② 我不過說說罷了，你何必當真！

③ 他無非會寫幾句詩罷了，算不上什麼作家。

（五）吧

陳述句末用“吧”，往往表示同意某種意見、要求，句末語調低降：

① 行，就這樣吧。

② 好，明天出發吧。

有時包含“勉強”或“無可奈何”的意味：

③ 既然你說非我去不可，那我就去吧。

④ 算了，丟就丟了吧。

“吧”還可以用在“好”、“可以”、“行”等後，作為表示同意的應答語：

⑤ 好吧，咱們現在就去。

⑥ 行吧，明天我來。

⑦ 可以吧，支援你們一個班！

（六）嘛（嗎）

“嘛”有時也寫作“嗎”。陳述句末尾用“嘛”，表明說話者認為“理應如此”或“顯而易見”，句末語調低降。例如：

① 小英，你為什麼還不走？

　　——我不願意走嘛！

② 你們忙什麼，等我一會兒嘛。

③ 行行出狀元嘛。

④ 還楞著幹什麼？走嘛！

（七）啊

　　用在陳述句末帶有解釋、提醒的意味，一般要重讀"啊"前的謂語（助動詞充任謂語時，其賓語的核心成份要重讀），句末語調低降。例如：
　　① 這件事可馬虎不得，關係**重大**呀！
　　② 小明，你可得**努力**呀，不然要掉隊了。
　　③ 他不是不負責任，是能力**太差**呀！
　　④ 小梅急得眼淚汪汪地說："就是走，我也得跟班上說一聲啊。"

　　"啊"還可以連用在兩個（或兩個以上）相同的或不同的動詞後，如：
　　⑤ 走啊，走啊，走了大半夜，才走了一半。
　　⑥ 姑娘們聚在一起，說呀，笑呀，鬧個不停。

這類用法表示動作連續進行，包含動作時間長的意味。

（八）唄

　　陳述句末用"唄"，常常表示"道理簡單"、"無須多說"。與"嘛"相比，"嘛"語氣鄭重，"唄"包含"不屑一說"的意味，說話者用"唄"時多不太滿意。用"唄"也不夠客氣、禮貌。句末語調較高：
　　① 這回考得不好沒關係，以後努力唄！
　　② 你怎麼來的？
　　　　——走來的唄，這兒又沒車。
　　③ 你要去就去唄，跟我有什麼關係！

五、表示句中停頓。

（一）吧

1. 用於舉例：
　　① 就拿英語來說吧，不下苦功夫是學不好的。
　　② 譬如喝茶吧，我們這位內兄最懂得喝茶，最講究喝茶。

2. 表示交替假設，有時有"左右為難"的意味，句末語調高揚：

① 去吧，得花很多時間；不去吧，又不太禮貌。

② 今天晚上看書吧，頭疼；不看吧，明天又要考試。

③ 這本書你說不好吧，它有很多讀者；你說好吧，讀後又沒有什麼收獲。

3. 用於一個分句末，有時表示"滿不在乎"：　　　　（語調較低沉）

① 丟了就丟了吧，再買一個就是了。　　　　　　（滿不在乎）

② 去就去吧，反正我也不發言。　　　　　　　　（滿不在乎）

③ 他不願意去就不去吧，不必勉強他了。　　　　（無可奈何）

④ 你說行就行吧，我沒有什麼意見。　　　　　　（無可奈何）

（二）麼

在句中表示停頓，有時為了喚起聽者的注意，有時說話者為了考慮下面該怎麼說，語調低而緩，多用於假設分句：

① 這個學期的工作麼，主要有以下四個方面。

② 你要問我的意見麼，我不同意。

③ 你要是不願意去麼，就讓小李去吧。

④ 今天因為作業太多，所以麼，就沒有複習課文。

⑤ 這次活動參加麼，不感興趣，不參加麼，又怕大家對自己有看法。

（三）呢

1. 用在主語後，有"至於說到某一點（某人、某事、某方面等）"的意思，常用於對舉、列舉。語調較高揚：

① 你走好了，我呢，你就不用管了。

② 這幾個孩子興趣愛好各不相同，姐姐愛好體育，妹妹呢，愛畫畫，哥哥喜歡音樂，小弟呢，就知道玩。

2. 用於表示假設的句子，有讓對方或自己思考的意思，語調較高揚：

① 我要是不同意呢，你怎麼辦？

② 學一門外語，要學，就得堅持下去，如果沒有時間呢，就乾脆別學。

③ 老李，都到時間了，小張要是不來呢，我們還等不等他？

3. 表示說話者的看法，或說明、解釋原因：

① 他說他昨天晚上沒來上課是因為頭疼，其實呢，他是看電影去了。

② 這個人總愛說漂亮話，實際上呢，不做一點扎扎實實的工作。

③ 這個人很謙遜，總說自己工作做得少，實際上呢，他對我們工廠的貢獻可大了。

④ 今天晚上我實在不能去，一來呢，我有點頭疼，二來呢，還可能有人來找我。

（四）啊

1. 為了提醒對方注意，或者說話人在猶豫：

① 這件事啊，你可不能馬馬虎虎。

② 今天你要是不來呀，我可不答應。

③ 我呀，還沒有考慮好呢。

2. 用於打招呼，語調較低，所表示的語氣緩和、親切：

① 老張啊，你來一下。

② 同志啊，郵局在哪兒？

③ 明明啊，以後可要努力學習呀！

3. 用在假設、條件分句：

① 要是我呀，就給他提意見。

② 如果他不來呀，你就去請他。

4. 表示列舉：

今年生產情況不錯，糧食啊，棉花啊，水果啊，都獲得了豐收。

這種"啊"的讀音有時不完全隨語音環境變化。在莊重、正式的場合，如朗誦，以讀 /a/ 為宜，日常生活中，以說"呀" /ia/ 為多。

常用語氣助詞的主要表達功能

	疑問				祈使				肯定		感嘆		停頓	
	詢問	語調	反問	語調	請求	語調	命令	語調	包含的意味	語調	包含的意味	語調	包含的意味	語調
啊	是非問	低平					催促	略高	解釋、提醒	低	感慨、讚美	高揚	提醒、猶豫	低沈
	特指問	較高	有責備意味	高揚			囑咐提醒	低						
	選擇問	較高												
吧	是非問 表示揣測	低			請求	低	勸告	低	勉強、無可奈何	低			讓步、列舉	低
							催促	低						
呢	特指	可高可低	道理顯而易見	較高					誇張	較高			至…於	較高
	選擇	較高							用於對比	較低			為了思考	較高
嗎	是非問	較高	有責備意味	較低										
的									加強語氣	低				
了									語氣肯定	低				
罷了									輕視、縮小	低				
嘛									顯而易見	低				
麼													喚起聽者注意	低

練 習

一、給下列句子填上適當的語氣助詞：

1. 我看你很面熟，你是化工廠的技術員（　）？

2. 小李，我從來沒來過這兒，這是圖書館（　）？

3. 這件事真難辦，答應（　），怕辦不了，不答應（　），又有點說不
　　過去。

4. 同學們，我的話你們聽明白了（　）？

5. 情況我不是都說清楚了（　），你怎麼還問（　）？

6. 喂，老趙，小李到底上哪兒去了（　）？

7. 功到自然成（　），這點道理你還不懂！

8. 你對這件事是同意（　），還是反對？

9. 小趙，明天你來不來（　）？

10. 這麼一點小事，何必去麻煩他（　）？

11. 你問我（　）？我喜歡看電影。

12. 咳，他不過說說（　），你何必當真。。

13. 我（　），就喜歡芭蕾舞，不喜歡歌劇。

14. 快走（　），不然該晚了。

15. 小劉新買的筆好使（　）。

二、判別正誤：

1. A. 他非常想去，你不讓他去，他會同意嗎？
　　B. 他非常想去，你不讓他去，他會同意吧？

2. A. 這條魚可新鮮呢！
　　B. 這條魚可新鮮吧！

3. A. 早上一起床我就想，今天可能還得颱風，可是向窗外一看，誰知
　　　是個好天氣啊！
　　B. 早上一起床我就想，今天可能還得颱風，可是向窗外一看，誰知
　　　是個好天氣！

4. A. 泰山頂上的老太太特別多，我覺得奇怪，她們僅僅是為了鍛鍊身
　　　體才來爬泰山呢？

　B. 泰山頂上的老太太特別多，我覺得奇怪，她們僅僅是為了鍛鍊身體才來爬泰山嗎？

5. A. 你們已經使學生感到學習沒興趣了，你們的教學方法難道不應該改進啦？

　B. 你們已經使學生感到學習沒興趣了，你們的教學方法難道不應該改進嗎？

6. A. 汽車已經開了，我遲到了，怎麼辦呢？

　B. 汽車已經開了，我遲到了，怎麼辦嗎？

第十章　象聲詞

第一節　象聲詞的作用

象聲詞是指用語音來摹擬事物或自然界的聲音以及描寫事物情態的詞，如："砰"（槍聲）、"轟隆"（炮聲）、"丁冬"（滴水聲）、"嘩嘩"（流水聲）、"滴滴噠噠"（號聲）、"嘩啦嘩啦"（雨聲）等等。

象聲詞主要是用語音來摹擬事物或自然的聲音以增添聲音的實感和語言的生動性。如：

① 一下、兩下、五下、十下…打得山崖上的土嘩嘩往下落。

② 春雨刷刷地下著。

③ 這時老李一個手榴彈扔了過去，"轟"一聲，機槍頓時啞了。

④ 風捲起砂粒打得車蓬　啪作響。

⑤ 現在這一條街上的店鋪也都開市了。卸店板的聲劈劈拍拍傳
　　來，王阿大也聽得見。

但是，象聲詞並不都是摹擬事物或自然界聲音，有時是用聲音對事物的情態進行描繪。例如"他的臉唰地紅了。"這個句子所描述的"臉變紅"是不會發出聲音的，但用象聲詞"唰"來修飾"紅"，生動而形象地表現了臉變紅的速度之快、之突然。使表示聽覺的詞語收到了增強視覺的效果。因此，象聲詞的修辭作用比其他詞類要突出。

第二節　象聲詞的分類

從象聲詞運用的情況來看，它可以分為定型的和非定型的兩種。定型的如"潺潺"、"琅琅"、"蕭蕭"、"霍霍"、"淙淙"等。非定型的如"轟"、"嘩嘩"、"砰"、"啪嗒"、"唰"、"嘎吧"、"刺溜"等等。定型的象聲詞大多是從古代沿用下來的，多為疊音的雙音節詞。它的書寫形式和所代表的聲音都比較固定，無需一定的語言環境也能知道它指的是什麼聲音。如"潺潺"是代表溪水或泉水流動的聲音。"琅琅"是描述金石相擊聲或響亮的讀書聲。"蕭蕭"是指風聲或馬叫聲。"霍霍"是形容磨刀的聲音。這類詞在口語裏很少用，多見於書面語。非定型

的象聲詞大多是由說話人或寫作的人摹擬聲音而寫成的。因此它的語音形式、書寫形式都不大固定，而且適用的範圍也比較廣，沒有一定的語言環境有時難以知道它所代表的是什麼聲音。例如：

① "砰朗"一聲，又碎了些陶瓷。　　　　　　　　　　　（瓷器摔碎聲）

② "豁啷"一聲，茶碗落地，潑了一身一地的茶。（瓷器摔碎聲）

③ 他剛到院子裏，"叭嚓"一聲，盆子片、豬食渣鬧了一身，灑了一地。　　　　　　　　　　　　　　　　　　（陶瓷器摔碎聲）

④ 忽聽得"咚咚咚"有人敲門。

⑤ 聽，號聲嗒嗒，鼓聲蘩蘩。

⑥ "砰砰"兩聲，不知是誰從後面打來了兩槍。

⑦ 忽聽砰砰的打門聲。

不過很多不定型的象聲詞大體上摹擬什麼聲音一般還是一定的，如"咚咚"～鼓聲、敲門聲，"砰砰"～槍聲，"嘩嘩"～流水聲、雨聲，"的的"～哨聲，"霹里啪啦"～鞭砲聲，"轟轟"～炮聲，"的里嘟嚕"～聽不懂的語言聲，"噗通"～落水聲，等等，因此應儘量使用通行的象聲詞，避免隨意創造。

第三節　象聲詞的語法功能

一、象聲詞主要作狀語，修飾謂語動詞。可以加"地"也可不加"地"。

① 許多戰士冷得嘴唇發白，牙齒嗒嗒地響。

② 桌上的鬧鐘的嗒的嗒地在靜夜裏清脆地響著。

③ 石玉亭舉起槍就打，匪副司令的手槍"噹啷啷"地滾了下去。

④ 你聽，啦啦地響了，磕在咬瓜了。

⑤ 咕！咕！咕！王阿大的肚子又一次猛烈地叫著。

⑥ 啵！啵！啵！鎮市梢那機器碾米廠的汽管驕傲地叫著。

二、作定語

① 我躺著，聽船底潺潺的水聲，知道我在走我的路。

② 正在這時，石洞裏傳來"咕咚咕咚"的腳步響。

③ 東方剛剛發白，那鳴鳴的小火輪的汽笛聲就從村外的小河裏送到村裏來了。

④ 再看看那滴嗒滴嗒的小鬧鐘──已經三點半啦。

三、作謂語

① 王阿大鼻孔呼嚕了兩聲，忍往了眼淚，抖著手指…。

② 她們輕輕劃著船，船兩邊的水，嘩，嘩，嘩。

③ 小高嶺硝煙瀰漫，炮聲隆隆。

④ 忽然，她們聽見大街上，車輪子轟隆隆的，還有過隊伍的聲音。

四、作補語

① 火車從這裏經過的時候，窗戶都被震得嘩啦嘩啦的。

② 叭兒見奶奶鎖上門走了急得嗷嗷的。

③ 她躺在床上，聽得見鄰舍家的門，砸得咚咚的，又是吼、又是罵。

④ 大廳裏打了個稀里嘩啦，花瓶粉碎，碟兒碗兒稀爛，桌椅板凳東倒西歪，軍棋、撲克牌撒了一地…

五、作複指成份

① 他正要說下去，"的鈴鈴"，一陣急促的警鈴聲打斷他的聲音。

② "篤！篤！篤！"聲音那麼沉悶，就同我的心情一樣。

③ "嘩，嘩，嘩"，划船的聲音越來越遠了。

六、象聲詞也可以獨立使用：

① "砰"！子彈向別處飛去。

② 突然，"突突突…"一輛摩托車給媽媽送來了電報。

③ "噗噗"。郭太身子一歪，倒在地上。

練 習

一、將下列各句中的象聲詞找出來，並說明它所摹擬的是什麼聲音：

1. "啪啪"槍聲響了，敵人立刻倒下去。

2. 一天早晨，天剛剛亮，大雨嘩嘩地下了起來。

3. 只聽見房子後頭，老是"赤嚓赤嚓"地響著，原來老牛又在吃草。

4. 大街上的雪足有一尺多深，人走上去咯吱咯吱地響。

5. 過了一會兒，遠處又"喔喔喔！"傳過來第二遍雞叫。

6. 那天夜裏，西北風呼呼地刮著，吹得窗戶紙也嘩嘩地直響。

7. 他從衣袋裏掏出一根火柴，"嚓"的一聲劃著了。

8. "嘀鈴鈴，嘀鈴鈴"老王立刻抓起電話機的聽筒。

9. 忽聽半空中一陣"嘎！嘎！嘎！"兄妹倆抬頭一看，是一群海鳥，從天空飛過。

10. 得得得得，老王在夢中突然聽到有人敲門。

11. "喊嚓，喊嚓，喊嚓"，四秒、五秒、六秒過去了，可是班長怎麼還不下令開炮呢。

12. 老師叫了我的名字，我的心緊張得怦怦直跳。

13. 鐺，鐺，鐺，鐺…鐘敲了十二下，已經深夜十二點了。

14. "啪"的一聲，小李把書扔在地上，轉身就走了。

15. 風颳來的大雨點打在玻璃窗上霹霹拍拍亂響。

16. 你走路輕一點兒好嗎？登，登，登地走，把人吵死。

17. 這幾天，春雨唰唰地下個不停。

18. 今天小力渴壞了，到家咕嘟咕嘟喝了兩大碗水。

19. 聽，風把樹葉刮得撒啦撒啦直響。

20. 人家都在睡午覺呢！咱們先別乒乒乓乓的搬東西了。

二、選擇適當的象聲詞填入空白：

呱嗒呱嗒、唰、滴滴答答、嘩、啪搭啪搭、吱扭、嗷嗷、
吧嗒吧嗒、唔里哇啦、呼哧呼哧、嗡嗡

1. 老張的這句話使小朱的臉 ＿＿ 地一下紅到耳朵根兒。

2. 這時候不知道誰帶的頭，全場 ＿＿ 的一聲鼓起掌來了。

3. 狼對東郭先生說："你聽這 ＿＿ 的聲音，打獵的追來了。"

4. 剛纔還有太陽呢，忽然間 ＿＿ 直掉大雨點，快把晾的衣服收進來。

5. 怎麼水管子漏了，這麼半天一直在 ＿＿ 往下滴水。

6. 每年到這個時候，蜜蜂就在花叢中 ＿＿ 的飛著，忙著採蜜。

7. 門 ＿＿ 響了一聲，我轉過頭去一看，媽媽進來了。

8. 老支書裝了一袋煙，＿＿ 抽著，好像在想什麼。

9. 我只聽他們倆人 ＿＿ 說了一陣，可是不懂說的什麼。

10. 大鬍子軍官氣得跳起來 ＿＿ 地叫"再不說就打死你！"

11. 看把他累得 ＿＿ 直喘大氣。

第十一章　嘆詞

　　嘆詞是用來表示強烈的感情或者表示呼喚應答的詞。如表示憤怒時常用"哼"，表示歡樂時用"哈哈"，痛楚時用"哎喲"，呼喚人時用"喂"，應答時用"嗯"等等，這些都是嘆詞。

第一節　嘆詞的特徵

一、嘆詞是一種比較特殊的詞類。它既沒有確切的詞彙意義也沒有語法意義；既不是實詞，也不是虛詞。在結構上，嘆詞獨立於句子結構之外，不與句子中的任何成份發生關係，也不充當任何句子成份。但每一個嘆詞包含一定的意義，因此，在意義上，嘆詞與後面的句子是有聯繫的。例如：

① "啊喲喲！不要踩了我的魚啊！"　　　　　　　　（焦急）
② "哎！施粥廠門外也沒有這般擠呀！"　　　　　　（嘆息）
③ 玉寶借著火光一看，啊，是周扒皮。　　　　　　（驚訝）

二、嘆詞通常位於句首，後面用逗號或嘆號。例如：

① "啊呀！這樣的婆婆！…"四嬸驚奇的說。　　　　（驚訝）
② "噯，喔唷！喔唷！好疼呀！"　　　　　　　　　（呻吟）

　　有時，嘆詞可放在句子中間或者末尾，但是這種情況居少數。例如：

③ "荒年荒時，哎！＿＿＿幾時開門呢？"
④ 這些小傢伙，哎呀！真有個意思。
⑤ "你甭看著我辦事，你眼兒熱！看見？我早就全看見了，哼！"

三、嘆詞表達感情的複雜性。漢語的嘆詞數目較多，表達感情時區別細緻。同一嘆詞，伴隨不同的語調，在不同的語言環境中可以表達不同的感情。如：

"啊"：

① 啊，是你呀。　　　　　　　（微微一驚，"啊"語調低降）
② 啊，他死了？　　　　　　　（驚懼，"啊"語調高揚、短促）

③ 啊，明天考試？　　　　　（因意想不到而吃驚，有時有不相信
　　　　　　　　　　　　　　　的成份，語調低降而後上昇）
④ 啊！你說什麼？　　　　　（因沒聽清楚而追問，語調高揚、舒緩）
⑤ 啊，是這麼回事。　　　　（恍然大悟，語調低降，舒緩，聲音較長）
⑥ 啊，就這樣吧。　　　　　（表示同意、應允，語調低降，聲音短促）
⑦ 好好睡覺，啊，小妹！　　（囑咐，平調）
⑧ 哥哥，讓我去吧，啊！　　（請求，平調）
⑨ （大叫）啊——！　　　　（大叫的聲音，高降，拖長聲音）

四、在書面上嘆詞的寫法不固定。疼痛時用的 /ài you/ 可寫作 "哎喲" 或 "喔唷"，
應答時用的 /ài/ 可寫作 "哎" 或 "唉"。"哦、喔、噢、嚄"都發 /o/ 音。有的嘆詞
發音也不一致。如 "唉" 可讀作 /ɑi/、/ei/。

第二節　嘆詞列舉

一、表示得意、高興、歡樂

　　哈哈 /ha ha/, 嗬嗬 /ho ho/, 嘿嘿 /hei hei/, 語調低降、短促，第一音節重，第二
音節輕，多用於直接引語中。有時形容笑聲。

二、表懊惱、嘆息、哀傷

　　唉 /ai/（語調低降、舒緩），表示嘆息、哀傷；咳、嘻、嗨 /hai/（語調低降），
表示嘆息、不滿、懊惱。

三、表示讚嘆、羨慕

　　喝、嗬、呵 /he/（語調降）多用於當面高聲稱讚；嗯 /ng/（語調低降），一般
用於暗暗或低聲讚許；嘖（或嘖嘖嘖）（為舌與上齒的吸氣音）多用於對第三者的稱
讚，有時包含羨慕的意思。

四、表示驚訝

哎呀 /aiya/（語調低降、短促），哎喲 /aiyou/（語調低降、短促），可用於一般的吃驚、焦急，也可表示驚喜、驚懼時的呼聲；呀 /ya/（語調低降、短促），多用於突然發現意想不到的或不利的新情況，自言自語、對話都可用；哎喲、喔唷，還可表示疼痛時的呻吟，嗄 /o/（語調曲折、先降後升），對聽到的情況表示驚疑；嗄 /huo/（語調高降），表示對突然出現新情況的驚訝。

五、表示不同意、埋怨或申斥

哎 /ai/（語調曲折、先降後升），表示不同意對方意見；哎呀 /aiya/（語調曲折，先降後升），表示埋怨；嗯 /hm/（語調低降，短促），表示不滿或申斥。

六、表示輕蔑，不滿或氣憤

哼 /hng/（語調低降，短促），表示不滿、氣憤；呸 /pei/（語調高平或高降），表示唾棄或斥責；喝、呵 /he/（語調高平或高降），表示不滿，語調高平時有諷刺意味。

七、表示醒悟、領會

哦、嘔 /o/（語調低降），表示領會；嗯、唔 /u/（語調低降，表示領會；喔 /o/（語調低降、舒緩，聲音拖長），表示終於明白了；啊 /a/（語調低降、舒緩、聲音拖長），表示恍然大悟。

八、呼喚、應答

欸 /ei/（語調高揚），表示招呼或提醒對方注意；欸 /ei/（語調高降、舒緩），用於答應；嗯 /ng/（語調低降），用於答應；哎 /ai/（拖長聲音，語調先高平然後下降），可用於呼喚。喂 /wei/（語調低降），用於招呼，也可用於打電話，語調可降低，也可高揚。

九、表示追問或出乎意料

嗯 /ng/（語調高揚），表示出乎意料，也可用於追問；啊 /a/（語調高揚），因聽不清而追問。

第三節　嘆詞的特殊用法

嘆詞有兩種特殊的用法。

一、單獨用，表達一個完整的意思，這時可把它看做是一個句子，例如：
　　① 魯貴：大少爺，您是明天起身麼？
　　　　周萍：嗯。
　　② 明姐，阿鳳說她今晚不能到你家來了。
　　　　"噢？"明姐緊鎖了一下眉頭。
　　③ 我說的這番意思您聽明白了嗎？ "唔唔。"老人含糊地回答。
　　④ "嘿嘿嘿"、 "咯咯咯"，我們在門外歡笑了起來。

二、用在句子裏，充當句子成份

（一）作謂語
　　① 她嗯了一聲，自言自語似地說： "到長沙來看兒子嘍！ "
　　② 大水這一夥，一連兩天水米沒沾牙，…，有些人哼哼，鬼子的
　　　　刺刀就從窗洞裏捅進來。
　　③ 勇進對準村田的太陽穴猛擊一拳，只聽得鬼子 "啊" 了一聲，
　　　　癱倒在地。

（二）作定語
　　① 這時崗樓上傳出陣陣哈哈的笑聲。
　　② 你聽這喂喂的聲音，誰在隔壁打電話呢？
　　③ 只聽得哎喲一聲，老人就暈倒在地上了。

（三）作狀語
　　① 你這懶丫頭，嗯嗯地答應了好幾聲，可就是不起來。
　　② 他慌忙抽出一條圍巾，裹在頭上，哼哼唉唉地裝著有病來開門。
　　③ 他低聲一說，大家聽了都哈哈大笑起來。

（四）作補語
　　④ 她嚇得 "啊" 了一聲。
　　⑤ 小明突然肚子痛，痛得直哎喲。

練 習

一、說明下列各句中的嘆詞表達了什麼感情：

1. 嗬！瞧你那個神氣勁！
2. 喂，你們後邊的快點走啊，時間來不及啦！
3. 唉，可憐的孩子，才三歲就沒有媽媽了。
4. 嗯，你放心吧，放假的時候我一定來。
5. 咦，我的房門鑰匙放那兒了，剛纔還在口袋裏哪。
6. 喲，這麼冷的天，你怎麼來啦！
7. 哎呀，真糟糕，看戲忘了帶眼鏡了。
8. 喂，你找誰？我是語言學院。
9. 嘖，嘖，嘖，看這球打得真夠意思。雙方來回扣剷了十幾大板。
10. 哎喲，哎喲，壓著我的腳了。
11. 唉，叫我有什麼事？
12. 啊，你說什麼？大點兒聲音，聽不見。
13. 唶！過去的事就讓它過去吧！
14. 哎呀，你們可別感謝我，這不是我替你們做的。
15. 他？小淘氣，啊，誰不認識他啊！
16. 哦，我明白了。
17. 呸，我才不相信他那一套呢！
18. 別讓他這麼不講理，哼！
19. 噢，原來你就是老張的弟弟呀！
20. 哈哈哈…你們看他畫的這個像什麼呀！
21. 啊！你明天就走了，怎麼沒聽說。
22. 哎呀，看你弄得這一身泥。
23. 喔唷，牙疼啊！
24. 呀，他的通訊地址是哪來著？
25. 嗄，一下子買了這麼多桃子。

二、選擇括號中適當的嘆詞填空：

1. ____！都十二點了，該睡覺了。（喲、呸）
2. ____！怎麼都打扮的這麼漂亮呀！（嗬、欸）
3. ____，別讓他瞎說了。（嘖、呸）
4. ____，著急有什麼用，趕緊想辦法。（嗐、哦）
5. ____，誰在叫我？在這兒哪！（嘖、欸）
6. ____，____，____，看看人家的口才多好！（哦、嘖）
7. ____，原來是這麼回事。（嗯、哦）
8. 他 ____ 了一聲，表示同意，又低下頭去，一聲不響。（呸、嗯）
9. 大劉拍著我的肩膀說：“這就對啦！”說著 ____ 笑了。（啊、哈）
10. ____，這火柴怎麼划不著？（哦、咦）
11. ____，他怎麼到現在還不來？真急死人，車都要開了。（喔唷、哎呀）
12. ____，這可怎麼好呢！（喂、唉）

第三篇 句法(上) 句子成分

第一章　主語和謂語

第一節　主語和謂語的特點

通常，一個句子總可以劃分為兩個部分，即主語部分和謂語部分；主語部分是陳述的對象，謂語部分是對主語的陳述。主語部分的核心和謂語部分的核心便是主語和謂語。例如：

① 他們游泳。

② 街上的人真多。

例①"他們"是主語，"游泳"是謂語。例②"人"是主語，"多"是謂語。

主語和謂語是句中的兩個主要成分，一般來說，缺一不可。如"他們游泳"這句話，如果說話人只說"他們"或只說"游泳"，在缺乏一定語言環境的情況下，就會使人覺得意思不完整，不清楚。因此，一個句子總是有主語和謂語的。

在漢語裏，主語與謂語之間不一定是動作者與動作的關係。主語可能是施事或者受事，也可能既不是施事也不是受事。例如：

① 我吃了，（他沒有吃。）

② 饅頭吃了，（米飯沒有吃。）

③ 早餐吃了，（中午飯還沒有吃。）

例①中的"我"是施事，例②"饅頭"是受事，例③"早餐"既不是施事，也不是受事。

在漢語裏，不僅可以用動詞作謂語來敘述人或事物的動作行為，也可以用形容詞作謂語來描寫人或事物的性質、狀態以及變化，或者用體詞（短語）來說明人或事物的特徵，數量，還可以用主謂短語來說明或描寫人或事物。例如：

① 他學習漢語。

② 他很努力。

③ 他北京人，瘦高個兒，圓臉龐，大眼睛。

④ 他學習好、工作好、身體好，是個"三好"學生。

　　在漢語裏，一般情況是主語在前，謂語在後，但是也有先說出了謂語，隨後又補上想起的主語，這是一種倒裝句。在這種情況下，主語總是輕讀的。書寫時要在謂語後加逗號，使主謂語隔開。例如：

① 真多啊，街上的人。

② 回來了嗎，你媽媽？

這種倒裝句子可起到增強感情色彩、突出謂語的作用。多見於口語。

　　漢語裏的主語部分和謂語部分之間意義上的聯繫比較鬆散。在主、謂語部分之間可以有停頓，或加上表示停頓的語氣助詞，在一定的語言環境中，主語可以不在句中出現，這叫主語隱現。

① 這個辦法，我不贊成。

② 他呀，就認識圖書館、實驗室。

③ 聽，（她）唱得多好聽。

④ 這個電影是新拍的片子嗎？

　　（這個電影）是新拍的片子。

第二節　充任主語的詞語

在漢語裏，幾乎所有的實詞都可以充當主語。

一、名詞或代詞

① 王英是我的朋友。

② 月亮漸漸地升高了。

③ 我們的事業一定會取得勝利。

④ 您要我辦的事已經辦好了。

⑤ 這叫風箏。

⑥ 他最喜歡打網球。

⑦ 誰教你們漢語？

⑧ 一切都準備好了。

名詞與代詞充任主語是最常見的。

二、數詞或數量短語

數詞或數量短語作主語有兩種情況：一種是把數目或數量單位作為陳述對象，這種用法的句子一般是表示數字或度量之間的關係。例如：
① 零也是一個數。
② 一米等於三市尺。
③ 一年三百六十五天。

另一種是數量詞所修飾的中心語在上文已經出現，因而被省略，這樣數量詞就代替了所限定的中心語，而充當了主語。例如：
① 這兒還有兩張票，一張給你，一張給張麗。
② 教我們的兩位老師，一位姓張，一位姓王。
③ 園林的建築，十之八九是靠水的。

三、動詞（短語）和形容詞（短語）

動詞本來是表示動作或行為的詞，形容詞是表示性質或狀態的。當動作行為、性質狀態是陳述的對象時，動詞、形容詞就可以直接作主語。例如：
① 虛心使人進步，驕傲使人落後。
② 游泳是一種很好的體育運動。
③ 姑娘有點不好意思了，走也不是，坐也不是。
④ 太慢了不好，太急了也不好，太慢太急都是機會主義。
⑤ 多聽、多說、多寫、多讀，對提高外語水平很有好處。
⑥ 他生長在北京的書香門第，下棋、賦詩、作畫，很自然地在他的生活裏佔了很多的時間。
⑦ 你應該少吃點兒，吃得太飽不好。

在書面語中，動詞（短語）、形容詞（短語）充任主語時，還可以有定語。例如：
① 您的到來為我們的晚會增添了歡樂的氣氛。
② 第一次較大手術的成功，增強了我們的信心。

③ 民族的災難，人民的痛苦，激發了魯迅的愛國思想。

四、"的"字短語

"的"字短語的作用相當於一個名詞，也常用來作主語。
① 打獵的追上來一看，狼不見了。
② 他說的正是我所想的。
③ 最令人感動的是他的捨己救人的精神。

五、主謂短語
① 我們看書學習，掌握知識是為了更好地建設自己的國家。
② 他說話辦事是極有分寸的。
③ 我這幾天不休息沒關係。

有時，一個句子既可分析為主謂短語作主語，也可分析為主謂短語作謂語。如："他講課很出色"可分析為：

他　講課很出色。
|＿＿＿＿＿＿＿＿|
主　謂（主謂短語）

他講課　很出色。
|＿＿＿＿＿＿＿＿|
主（主謂短語）　謂

但結構不同，在表達意義方面是有差別的。當"講課很出色"做全句的謂語時，表達"他"在講課方面很出色，而別的方面不一定出色，句子的重點在於從某一方面來說"他"怎麼樣。當"他講課"做全句的主語時，則表示"他講課"是很出色的，而別人講課就不一定了。在口語中，語音停頓也有助於確定句子的結構分析，一般在全句的主謂分界處可有短暫的停頓，在書面語中，可根據上下文來確定。

漢語的主語有一個總的傾向——一般都是定指的，即一般是已經提到過的或者已經知道的事情（見本節的各例句），但有時主語是表示週遍性的泛指。
① 人人都應該愛護公共財物。
② 誰都要自覺遵守國家的法律。

這種情況一般出現在標語口號、或說明真理、公理、法律、法令的句子裏。

練 習

一、找出下列句中的主語，並說明主語與謂語之間的關係：

(A. 主語是施事　B. 主語是受事　C. 主語既不是施事也不是受事)

1. 說到這裏老人的臉色變得嚴肅起來了。
2. 小王腿長，跑得一定快。
3. 五七年大學畢業後，她就分配到這個單位來了。
4. 你的回答並沒有解決我的問題。
5. 由於長期的艱苦爭鬥和反對派的迫害，魯迅的健康一天不如一天。
6. 珍貴的花草不易養活。
7. 當時參加罷工的人革命熱情很高。
8. 彼得的斷指接上了，手術作得很好。
9. 二十二次開往上海的火車票已經賣完了，十六次的也快賣完了。
10. 那座小山上長滿了各種花草樹木。
11. 花生都榨油了。
12. 那天晚上天氣不怎麼好。
13. 愚公對智叟說："你還不如一個孩子！"
14. 那個地方四面是山。
15. 從車窗向外望去，遠處是一片綠。

二、找出下列句中的主語，並說明充當主語的詞語的詞性：

1. 八月的南方，夠熱的。
2. 一切都清楚了，你不用再說了。
3. 這十二個字還有這樣一段故事。
4. 工作、勞動對我們是幸福、是快樂。
5. 從大學畢業到現在，三十年過去了。
6. 天已經黑了，地裏走出幾個搖搖晃晃的人來。
7. 我們屋後有一片空地，大院裏的孩子們常常到那兒去玩。
8. 自己的事應該自己做。
9. 婚禮的舞會開始了。

10. 休息的方式很多。睡覺只是其中一種，散步、下棋、聽音樂、出去逛公園都是休息。

11. 不同意的佔少數。

12. 按時工作、按時休息對身體有好處。

13. 看著一棵好花生病要死是一件難過的事。

14. 聰明來自勤奮。

15. 運動場上打球的打球，賽跑的賽跑，打拳的打拳，好熱鬧啊！

16. 他這樣做完全是為了你好。

17. 勇敢不等於魯莽。

18. 對人平等相待是小王最大的優點。

第二章 賓語

賓語並不是對主語而言，而是對動詞而言。它表明與動作行為有關的事物，可使動詞所表示的動作行為更具體、明確。所以可以說賓語是動詞的連帶成分，涉及的對象。它無需借助任何虛詞的幫助，可以直接與動詞結合，受動詞的支配。

第一節　賓語的判別和前置賓語

在通常情況下，確定某一語言成分是否為賓語有兩個條件：一是表示動作涉及的對象；二是位於動詞之後。這裏"在動詞之後"是一個重要的條件。因為在漢語裏，賓語不是只按動作的施受關係來確定的。如"臺上坐著主席團"，"我家來了一位客人"中的"主席團"、"一位客人"是施事，但都是賓語。我們在討論主語時曾經說過，主語也不是由施受關係來決定的。在動詞謂語句中，主語和賓語的分別是依據它們在句中的位置，一般來說，動詞前的為主語，動詞後的為賓語。如：

① 三十個人吃一鍋飯。
② 一鍋飯吃三十個人。
③ 太陽曬著花了。
④ 花曬著太陽了。

例①的賓語是"一鍋飯"，是動詞"吃"的對象，是受事賓語。例②的賓語是"三十個人"，是動詞"吃"的施事，是施事賓語。例③、④的情況也一樣。除受事賓語和施事賓語外，還有既非施事也非受事的賓語。例如：

⑤ 這種花叫二月蘭。
⑥ 我們都是同事。
⑦ 小芳不像她媽媽，像爸爸。
⑧ 我們的宿舍樓前邊有一個網球場和一個排球場。

但賓語也可以出現在動詞前，叫前置賓語。如：

⑨ 我上海去過，廣州沒去過。
⑩ 他這也不吃，那也不吃。
⑪ 他誰都不認識。
⑫ 這次聽寫，一個字他都沒寫錯。

這四個句子中的“上海”、“廣州”、“這”、“那”、“誰”、“（一個)字”就是前置賓語。

前置賓語是有限的。只有句中出現施事、而且句中的受事又緊接在施事之後時，這種受事才是前置賓語。前置賓語大都出現在任指、對舉的句子中。如上述各例句。

如果受事出現在施事之前，那麼整個句子就是主謂謂語句，受事成為全句說明、描寫的對象---主語。例如：

⑬ 上海我去過，杭州我沒去夠過。

⑭ 這他也不吃，那他也不吃，不知他要吃什麼。

⑮ 誰他都不認識。

⑯ 這次聽寫，一個字他都沒錯。

這類主謂謂語句，不一定是任指、對舉的。

⑰ 這本書我看過了，還不錯。

⑱ 小李我認識。

有些句子，謂語動詞所涉及的對象有兩個，即句中有兩個賓語。例如：

⑲ 張老師教我們漢語。

⑳ 王老師告訴我們班下午上答疑課。

上面例句中的動詞有兩個賓語：一個指人（或集體、單位），一個指事物。指事物的稱為直接賓語，指人的稱為間接賓語。在句法結構上，間接賓語緊跟在動詞之後，而直接賓語在間接賓語之後，如上述例句中的“我們”，“我們班”是間接賓語。“漢語”、“上答疑課”是直接賓語。

漢語裏帶雙賓語的動詞常用的有：給、送、租借、還、遞、告訴、通知、報告、教、賠、稱、叫，等等。

第二節　動詞和賓語的關係

動詞與賓語之間的關係是多種多樣的，最常見的有以下幾種：

一、賓語是動詞所表示的行為動作的對象：

① 我去看朋友。

② 謝謝你，謝謝中國大夫。

③ 他為了事業，獻出了青春，獻出了生命。

④ 我們才認識不久，我不太了解他。

二、賓語表示動作行為的結果：

① 李家的群眾為了和敵人作鬥爭，挖了許多地洞。

② 他最近又寫了一首長詩。

③ 我們在這兒照幾張相，留個紀念吧。

④ 彼得用那隻接活的手，在一塊紅布上銹了 "友誼" 兩個字。

三、賓語表示動作進行時所憑藉的工具：

① 她女兒拉小提琴拉得可好了。

② 他把張經發剛才那一套話過了一遍篩子，經了一遍籮。

③ 運動場上人多極了，有的跳繩，有的舞劍，有的盪鞦韆，還有
的在爬繩、跳馬或者扔手榴彈、投標槍。

四、賓語表示行為動作的處所、方向：

① 明天我們去長城。

② 我們昨天沒有爬山。

③ 走大路太遠，咱們穿小路吧。

④ 星期天，他們一家人常去逛公園。

有的動詞不表示行為動作，賓語表示方向、位置：

① 我們學校的辦公樓座西朝東。

② 這條石子路直通後花園。

③ 我的家就在學校的對面。

④ 在大森林裏，哪兒是南，哪兒是北，我簡直認不出來了。

五、賓語表示行為動作的目的或原因：

① 她急自己的病老看不好。

② 我後悔沒囑咐小明兩句。

③ 外婆到鄉下躲清靜去了。

④ 救急救不了窮啊！還得自己找飯碗子。

六、在存現句裏，賓語表示存在、出現或消失的事物：
　　① 外邊有人。
　　② 桌子上放著一套茶具和兩個花瓶。
　　③ 客廳的後面是還有一個書房。
　　④ 房間裏只剩下我們倆了。
　　⑤ 隨著一陣風，屋裏跑進來兩個孩子。
　　⑥ 他卅歲那年死了媳婦，到現在還沒娶上。
　　⑦ 一九四一年爆發了第一次世界大戰。

　　這裏所介紹的只是幾種一般公認的、常見的動賓之間的關係。實際上，在漢語的動詞與賓語之間還有許多種關係，而且有些關係是很難描寫的。例如：
　　① 祥子，咱們服個軟，給他賠個 "不是"。
　　② 他又拉了個買賣，到家已經十一點多了。

第三節　充任賓語的詞語

一、名詞（短語）或代詞
　　① 我們都學習漢語，阿里學現代漢語，我學古代漢語。
　　② 他們正在編寫一本簡明漢英小詞典。
　　③ 這件事我就託付您了。
　　④ 你們在談論什麼？

二、"的" 字短語裏 "的" 字短語的作用相當於一個名詞，所以也常作賓語。
　　① 毛衣的樣式很多，您要什麼樣的。
　　② 我買到的電影票是晚上七點半的。
　　③ 花園裏的花有各種顏色，有黃的，粉的，紅的，白的，淡綠的
　　　，五光十色，非常好看。
　　④ 後邊追上來幾個打獵的。
　　⑤ 您不用謝了，這是我們應該做的。
　　⑥ 車上坐著一個趕路的和一個趕車的。

三、數詞或數量詞

① 三乘三得九。

② 一公尺等於三市尺。

③ 這兩所學校相距三四里。

④ 這個地區水池面積約佔全區的五分之三。

⑤ 新編的那套講義分上中下三冊。

⑥ 我那輛舊自行車賣了一百多元。

⑦ 他們住的房間號是308。

有時數量賓語是指稱事物的，而該事物已在上文出現過，可以略去不再重複，只說出數量詞即可。例如：

⑧ 最近你看了籃球比賽嗎？上星期看了一場。

⑨ 這樣的紀念郵票我有三套，送你一套吧。

四、動詞（短語）、形容詞（短語）

漢語裏有些動詞的後面只能帶動詞賓語，如"進行"、"加以"、"給予"、"給以"等表示處理意義的，還有些表示心理狀態的，如"感覺"、"感到"、"希望"、"以為"、"認為"等以及"開始"、"繼續"、"打算"之類的動詞也經常帶由動詞（短語）、形容詞（短語）充任的賓語。例如：

① 這個問題我們已經進行了多次研究。

② 對於有卓越貢獻的科技人員，政府將給予表揚和獎勵。

③ 根據大家的意見，這個設計圖紙還需加以修改。

④ 關於這個方案，王工程師還要作進一步的解釋與說明。

⑤ 代表們表示同意我們的安排。

⑥ 李時珍廿二歲就開始給人看病了。

⑦ 現在繼續開會，請大家入座。

⑧ 社員們從切身的體會中，進一步認識到政府對農民的關懷。

⑨ 每逢春暖花開的時候，人們都喜歡到湖邊來散步。

⑩ 愚公一家不怕辛苦、不怕困難，每天不停地挖山。

⑪ 這次，我們的演出獲得了意想不到的成功。

⑫ 這幾天，阿爹顯得特別高興。

五、主謂短語

主謂短語作賓語時，動詞常是感知性或表示心理活動的，如“說”、“想”、“看”、“聽”、“覺得”、“認為”、“以為”、“記得”、“忘”、“忘記”、“知道”、“相信”、“認識”、“希望”、“贊成”、“反對”、“同意”、“發現”、“指出”、“建議”等等。主謂短語本身所表示的是一件事情。例如：

① 我知道你一心想做好人民代表的工作。

② 那時候，我多麼盼望自己能有翻身的一天啊！

③ 我們看到她的短髮已經變成兩條長辮子了。

④ 當時，他認為這個同志的發言比較符合實際。

⑤ 他不怕山高路遠，不怕嚴寒酷暑，走遍了產藥材的名山。

六、介詞短語

介詞短語作賓語時都是在“是”字句裏，作“是”的賓語。最常見的只有“在 …”、“為 …”、“為了 …”、“由於 …”。例如：

① 我第一次見到老楊同志是在延安某地的窯洞裏。

② 我最初認識小川，是在一九五五年夏天。

③ 我和老郭同志最後一別，是在一九七〇年初夏，湖北的向陽湖畔。

④ 我這次來，不只是為了我，也是為了你。

⑤ 他這次沒參加比賽是由於最近身體不太好。

練 習

一、指出下列句中的賓語，並說明賓語與動詞之間的關係：

（施事、受事、處所、結果、數量、原因、工具、存在的事物、類別）

1. 彼得是個海員，他常常到中國來。

2. 夜深了，市區裏突然響起了一陣槍聲。

3. 今天下午他又寫了三張紙，大約寫了兩千字。

4. 他在送給我的手絹上繡了“留念”兩個字。

5. 船就要靠岸了。

6. 我們和外國朋友一起在河邊照了一張相。

7. 這時屋裏走出一個二十三四歲的姑娘，留著兩條長辮子。

8. 客人差不多都來子，只少小王一個人了。

9. 我們下了船，還要走三十多里，才能到家。

10. 上大學的時候，他就寫了好幾首長詩。

11. 我們應該學習他的好學精神。

12. 外邊下著雪，孩子們正在堆雪人。

13. 兩個小時的工夫，他們就種了十幾棵樹。這兒只剩下三棵了。

14. 我們這裏差不多都睡竹床，也有人睡木板床。

15. 大家都笑他那張大花臉。

16. 要托運的東西都已經裝箱了，下午就要裝車運走了。

17. 屋裏沒人。

二、找出下列句中的賓語，並說明充任賓語的詞語的特性：

1. 勝利一定屬於我們。

2. 這本書他已經翻譯了五百頁了，快翻譯完了。

3. 走在街上，要注意來往的車輛。

4. 小王是東北人，不怕冷。

5. 良好的開始是成功的一半。

6. 這個月，大劉又受到了表揚。

7. 我家從前受過很多苦，解放後才有吃、有喝、有穿、有戴了。

8. 節日的天安門城樓顯得更加莊嚴、美麗了。

9. 我們這兒有四位姓張的，您找哪一位？

10. 這藥是老張讓他妻子從家鄉寄來的。

11. 回國後，我還要繼續學習中國歷史。

12. 我覺得這部小說寫得好，值得看一看。

13. 今年暑假，你打算到哪兒去玩？

14. 剛到這兒來時，我一個熟人都不認識。

15. 你喜歡滑冰還是游泳？我滑冰和游泳都喜歡。

16. 別看他是個老北京，他哪兒都沒去過。

17. 這半年，我一本小說也沒看。

18. 他英文、法文、德文、日文都說得相當流利。

第三章　定語

第一節　定語的作用和語法意義

一、定語的作用

　　定語是一種修飾語。在短語中，它是用來修飾名詞的，如："紅旗"、"偉大的國家"、"木頭桌子"、"小張的書"。

　　在句子中，定語是修飾主語和賓語的，例如：
① 紅旗在空中飄揚。
② 星期六，五班的同學訪問了王國華的家。
③ 昨天你上街買了些什麼？
④ 剛才那個姓杜的來了。
⑤ 這篇文章歌頌了他們在抗日戰爭時期建立的豐功偉績。
⑥ 每到星期天，總有很多工人、解放軍、幹部和小朋友來看他們。

　　當動詞、形容詞在句子中充任主語或賓語時，其修飾語也是定語。如：
① 他的死比泰山還重。
② 內心的激動使他再也說不下去了。
③ 這是我的不對，我向您道歉。
④ 一路上他們受到了熱烈的歡迎。

　　專有名詞和人稱代詞一般很少受定語修飾，不過在文學作品中還是可以發現的：
① 一夜沒睡覺的王觀臨，兩隻眼都熬紅了。
② 還穿著破棉襖的他，覺得渾身躁熱起來。

　　在漢語裏，除了某種特殊的修辭需要外，定語總是位於其中心語前。

二、定語所表示的語法意義

　　定語可以從各個方面修飾其中心語。定語所表示的語法意義，定語與其中心語在意義方面的關係，是非常複雜的，基本上可以劃分為兩大類：限制性的與描寫性的。

（一）限制性的定語，從數量、時間、處所、歸屬、範圍等方面說明中心語。主要包含以下幾種：

1. 表示數量：
　　① 我買三斤蘋果。
　　② 這三本書我全看了。
　　③ 很多學生在操場上鍛練身體。
　　④ 一件件往事湧上了心頭。

2. 表示時間：
　　① 經過幾個月的努力，這頭野象基本被馴服了。
　　② 他給我講了一遍過去的情況。

3. 表示處所：
　　① 你把身上的雪掃掃吧。
　　② 書包裏的書是我從圖書館借來的。
　　③ 你腦子裏的想法我全清楚。

4. 表示歸屬、領屬：
　　① 愚公的兒子、孫子都贊成。
　　② 我們班有十個同學。
　　③ 這是張明的鉛筆。
　　④ 謝謝各位旅客的關心。

5. 限定範圍：
　　① 他們中間的多數會覺悟過來。
　　② 你的包裹超過了我們國家規定的重量。
　　③ 你昨天說的那件事，我們同意了。
　　④ 省裏派來的兩位同志住在招待所裏。
　　⑤ 關於誰領導誰這個問題已經解決了。

（二）描寫性的定語，從性質、狀態、特點、用途、質料、職業等方面對中心語加以描寫。

1. 描寫性質狀態：

    ① 小趙穿了一件紫紅色的大衣。

    ② 這是一個非常重要的會議。

    ③ 我們踏上了一座顫顫悠悠的小橋。

    ④ 小明這個可愛的姑娘成長得很快。

2. 描寫人或事物的性格、特徵：

    ① 突然跑來一個十五、六歲的孩子。

    ② 老馬是一個雷屬風行的人。

    ③ 他有哪些最值得尊敬的品德？

    ④ 我看了一眼這個雙層玻璃的窗子，玻璃上結滿了冰花。

3. 說明用途：

    ① 這個裝工具的箱子我很熟悉。

    ② 我要買一枝畫畫用的鉛筆。

4. 表示質料：

    ① 房間裏擺著一張木頭桌子，兩把鐵木折椅。

    ② 紙箱子裏裝滿了書。

5. 說明職業：

    ① 我們班的漢語老師姓李。

    ② 張健的父親是土建工程師。

6. 其他描寫性的定語：

    ① 這裏沒有一般工地上常常發生的那種「我在哪兒」的笑話。

    ② 老大娘給了我一把剛從樹上打下來的棗兒。

（三）怎樣區分限制性定語和描寫性定語？

    限制性定語具有區別作用，它指明在一些事物中是"這個"而不是"那個"。因此，當用這類定語修飾某事物時，一定還有其他同類事物存在，說話者認為有必要或者必須加以區別。也就是說，限制性的定語指明是"哪一個"。一般說來，表示時間、處所、領屬關係的定語往往是限制性的，例如：

① 桌子上的書是中文的。　　（區別於“書架上的”，“框子裏”…）

② 今天的天氣很好。　　　　（區別於“昨天的”，“前天的”…）

③ 小明的媽媽是個醫生。　　（區別於“其他人的”…）

不包含任何修飾成分的、由動詞構成的主謂短語，往往也是限制性的，如：

① 這是哥哥給我的鉛筆。（區別於“買的”、“借的”或“其他人給的”）

② 老師說的那本書我已經買到了。（區別於“其他人說的”…）

描寫性定語的作用只在於描寫。使用這類定語時，說話者所為眼的主要是所描寫的事物本身，而不理會是否還有其他同類事物存在。也就是說，描寫性的定語指明是“什麼樣的”。形容詞以及由形容詞構成的主謂短語往往是描寫性的，例如：

① 我的朋友買了一條漂亮的圍巾。

② 遠處傳來了隱隱的炮聲。

③ 他的熱情洋溢的講話，給我留下了深刻的印象。

④ 我的老師是一位性情溫和的人。

動詞（短語）、主謂短語、介詞短語既可以充任限制性的定語，又可充任描寫性的定語。因此，同一詞語，在不同的場合、不同的句子裏，可能屬於不同性質的定語。如：

① 這時，對面走來一位穿紅衣服的姑娘　　（描寫性的）

② 穿紅衣服的那位姑娘是小李的妹妹。　　（限制性的）

③ 這是一個裝衣服的箱子。　　　　　　　（描寫性的）

④ 裝衣服的那個箱子已經運走了。　　　　（限制性的）

形容詞和不用“的”的名詞在一定的語言環境中也可以具有限定範圍的作用，如：

① 給你這本新畫報，我要那本舊的。

② 售貨員：同志，你想買哪件衣服？

　　顧　客：我想買那件藍色的上衣。

但這樣用時，這類定語的語法特徵（如：後面是否用結構助詞“的”，在多項定語中的順序等）不變，仍與描寫性的定語一樣。

第二節　充任定語的詞語和“的”的使用問題

　　能充任定語的詞語是多種多樣的，如名詞、數量詞、代詞、形容詞（短語）、動詞（短語）、主謂短語、固定短語等等。定語後常常用結構助詞“的”，即“的”是定語形式上的標誌，但不是一切定語後都要用“的”。定語後是否用“的”，與充任定語的詞語的性質以及所表示的語法意義有關。下面分別加以說明。

一、數量短語或數詞、量詞作定語，表示限制關係時後面不能用“的”：
　　① 接著，他們給我講了一個故事。
　　② 楊白勞身上落了一層雪。
　　③ 老張，託你給王來泉同志捎個信兒。
　　④ 他讀的當然不外是些「易經」，「書經」。
　　⑤ 阿Q對了墻壁也發楞，於是兩手扶著空板凳。

數量詞作定語表示描寫關係時，後面要用“的”：
　　⑥ 連五十多歲的老張也來參加乒乓球比賽了。
　　⑦ 他買了一條三斤的鯉魚。
　　⑧ 一寸的釘子買一兩就成了。

借用量詞作定語表示限制關係的後面不用“的”：
　　⑨ 他看見前邊有一個女同志，肩上扛著袋糧食。

表示“滿”的意思，具有描寫作用的，一般也要用“的”：
　　⑩ 他從外邊跑進來，一頭的汗。
　　⑪ 一屋的人都愣住了。

　　分數詞作定語，後邊一般要用“的”：
　　⑫ 今年百分之四十的職工增加了工資。

　　有時也可以省略，如：
　　⑬ 我們廠百分之七十女工是青年。

　　由數詞“一”與量詞構成的數量短語的重疊形式作定語，後邊一般要用“的”：
　　⑭ 地上擺一筐一筐的西紅柿。

⑮ 一列一列的火車滿載著生產物資開往祖國的四面八方。

數詞 "一" 與重疊的量詞一起作定語時，可以不用 "的"：
⑯ 到布谷鳥歡叫的時候，一條條更高大的石壩修起來了，一個個山頭被推倒了。

但用 "的"，其描寫作用更強：
⑰ 地道口裏還有一道道的門，民兵們把門一關，放進去的毒氣又從原來的洞口出來了。

重疊的量詞作定語，後面不用 "的"：
⑱ 今天，垛垛高牆夷平地，座座亭榭任人憩歇。

二、指示代詞和疑問代詞以及指示代詞和疑問代詞與數量詞構成的短語作定語，表示限制關係，後面不用 "的"：
① 這話說得多好啊！
② 延風，你說這幾顆種子怎麼樣？
③ 哪個老師教你們體育？
④ 你的襯衣是什麼顏色的？
⑤ 這個工廠有多少工人？

表示領屬關係的 "誰" 以及描寫性的 "怎麼樣"、"這樣"、"那樣" 等代詞作定語時後面要用 "的"：
⑥ 這是誰的地圖？
⑦ 這樣的人還不該表揚嗎？
⑧ 老李是怎麼樣的一個人，你給我們介紹介紹。

代詞 "別" 除了 "別人"、"別處"、"別國" 等以外，後面一般也要用 "的"：
⑨ 下次再給你們介紹別的情況。
⑩ 這種產品還有別的用處沒有？

三、人稱代詞作定語表示領屬關係，後面一般要用 "的"：
① 你的工作怎麼樣？
② 白大夫同志用自己的血把那個孩子救活了。

有時用不用 "的" 意思不同：
　　③ 我們青年是國家的未來。
　　④ 我們的大學生是很優秀的。

第一個句子 "我們" 就是 "大學生"，是複指成分，中間不能加 "的"，第二個句
子，"我們" 是 "大學生" 的定語，表示領屬關係，後面一定要用 "的"。在口語
中，表示疑問或反問時，人稱代詞後也可以不用 "的"：
　　⑤ 我書包怎麼不見了？
　　⑥ 你帽子不是戴在頭上麼？

　　如果中心語是對人的稱呼或集體、機構的名稱以及方位詞時，人稱代詞後一般
不用 "的"：
　　⑦ 你姐姐是昨天來的嗎？
　　⑧ 我想談談我們國家的情況。
　　⑨ 小明悄悄地藏在他後邊。

這類定語後如果用 "的"，就特別強調領屬關係：
　　⑩ 這是他的弟弟，不是我的弟弟。

四、名詞作定語表示領屬關係時要用 "的"：
　　① "玉榮……" 後邊傳來了姐姐的喊聲。
　　② 裏邊的小屋子裏也發出了一陣咳嗽。

方位詞作中心語時，名詞後一般不用 "的"：
　　③ 操場北邊是游泳池。
　　④ "看！" 她把照片遞到小李面前。

　　作定語的名詞具有描寫作用（原料、職業等等）時，後面不用 "的"：
　　⑤ 房間中央擺著一張塑料桌子。
　　⑥ 我很喜歡我們的體育老師。
　　⑦ 這位老工人從十幾歲起就學紡織工藝了。

有時名詞作定語後用 "的" 與不用 "的" 表示的語法關係不同，意思也不同，比較：
　　⑧ 他是班主任老師。　　　　　　　　　（描寫性的）
　　　　他是班主任的老師。　　　　　　　　（表示領屬關係）

⑨ 敵人的狐狸尾巴露出來了。　　　　　　　（描寫性的）

狐狸的尾巴很大。　　　　　　　　　　　（表示領屬關係）

五、形容詞作定語後面用不用"的"主要與音節有關。單音節形容詞作定語，後面不能用"的"：

⑩ 我們一起學習，一起鍛練，我們是好朋友。　　　（*好的朋友）

⑪ 這是一件小事，你別著急。　　　　　　　　　　（*小的事）

有的形容詞為了強調或對比，可以加"的"：

⑫ 他為先生製竹片總是選嫩的竹子。

⑬ 這個重的箱子給我，你提那個輕的。

普通的雙音節形容詞作定語，一般要用"的"：

⑭ 魯迅先生團起潮濕的紙，揉爛了，把它放進爐子裏。

⑮ 孫先生是一個謙虛的人。

有些形容詞常與某些名詞組合，形成了一個比較穩固的短語，中間常常不用"的"：

⑯ 關鍵時刻就要當機立斷，堅持原則。

⑰ 要把國內外一爭積極因素調動起來。

類似的短語如"糊塗蟲"、"老實人"、"俏皮話"、"正經事"、"可憐相"、"重大貢獻"、"先進單位"、"偉大勝利"等。

帶有各種附加成分的形容詞，（如"冰涼"、"通紅"、"黑洞洞"、"白花花"）、形容詞的重疊形式以及各種形容詞短語作定語時，後面要用"的"：

⑱ 我在朦朧中，眼前展開一片海邊碧綠的沙地來，上面深藍的天空中掛著一輪金黃的圓月。

⑲ 這天一早，我就背著那鼓鼓囊囊的挎包來到航測專用碼頭。

⑳ （他）頭上套著一個明晃晃的銀項圈。

㉑ 彎彎的月牙，已經移到村西頭柳樹林上頭了。

㉒ 走，我們到最高的地方去看看。

㉓ 採用針刺麻醉作手術，收到了這樣好的效果。

㉔ 六十多噸重的鑽機躺在火車上。

"很多"、"好多"、"不少"^注等常用形容詞短語作定語時，後面一般不用"的"：

㉕ 您瞧，好多人在天安門前照相呢，我們也去合影留念吧。

㉖ 他剛才把我綑起來，裝在口袋裏，上邊還壓了很多書。

㉗ 媽媽送給我不少禮物。

六、動詞、動詞短語作定語一般要用"的"：

① 杭州人稱它為綠化的倉庫。

② 我們立刻像置身在驚濤駭浪的大海中，撐著的傘和披著的油布都失去了抵抗的力量。

③ 這是新出版的雜誌，你看嗎？

④ 媽媽剛剛給我買的這些衣服我都很喜歡。

⑤ 靠牆擺著裝滿書籍的櫃子。

⑥ 一下船，他又去開會研究渡江後如何前進的問題去了。

充任定語的動詞或動詞短語後如果不用"的"，有時會和後面的名詞中心語發生動賓關係，結構與意義就變了。如"吃的東西"與"吃東西"，"打破了的碗"和"打破了碗"。

· 有些雙音動詞經常修飾某些雙音名詞，並且不會被誤解為動賓關係，這樣的動詞與名詞之間一般不用"的"：

⑦ 遠遠地聽見一片笑聲。

⑧ 大家提了不少改進意見。

⑨ 發展工作進行得很順利。

⑩ 考試成績公布了。

七、主謂短語作定語要用"的"：

① 故宮過去是封建帝王住的地方，現在是勞動人民遊覽的場所。

② 這時，破草屋裏走出來一位衣服破舊的老大娘。

八、介詞短語作定語，後面要用"的"：

① 中國人民要加強同世界各國人民的友誼。

② 種地，生產糧食，這不是對國家的貢獻嗎？

---

^注 "多、少"這兩個形容詞一般不單獨作定語，如不能說"多人"、"少東西"等。見本書第一編第五章"形容詞"。

九、固定短語（多為四字形式）作定語，後面要用“的”：
　　① 突然，眼前如彩虹升起，一幅幅五光十色的織錦把我給吸引住了。
　　② 在這座巍峨的紀念碑前，終日都有川流不息的人群向革命先烈
　　　 默默致敬。
　　③ 今天早晨廣播了兩篇熱情洋溢的講話，我們聽了很受鼓舞。

十、複句形式的短語作定語，後面要用“的”：
　　① 魯迅先生讀完這封並不是給他，而是作為收信人的證件的短信，
　　　 和來客談了一會兒，把他送走了。
　　② 他又不敢大聲喊，怕驚醒白天做得勞乏、晚上躺下就睡著了的
　　　 母親。

十一、凡是定語與其中心語結合起來成為一種或一類事物的名稱或稱呼的，中間一
律不用“的”：
　　　　知識青年　　　　　　愛民模範
　　　　擦邊球　　　　　　　烤白薯
　　　　應屆畢業生　　　　　三八紅旗手
　　　　新技術推廣交流會　　北京大興縣紅星人民公社

　　上面總結了各類詞語作定語時用不用“的”的規律。值得提出的是，凡是用
“的”的名詞短語，其定語與所修飾的名詞組合是比較自由的；相反，凡是不用“的”
的名詞短語，其定語與所修飾的名詞組合就不那麼自由，有一定的限制。比如，可以說“河
岸、江岸、海岸”，但一般不說“湖岸”，可以說“體育老師”（教體育的老師）、“煉
鋼工人”（冶煉鋼鐵的工人），但不能說“體育學生”（學體育的學生）、“豆腐工人”
（做豆腐的工人），可以說“關鍵時刻”，不能說“關鍵天”，可以說“活躍分子”，不
能說“活躍學生”，等等。這說明不用“的”的名詞短語具有較強的凝固性。哪些
詞語可以不用“的”去直接修飾哪些名詞，是固定的，是在長期語言實踐中形成的，
說話的人一般不能隨意創造。對學漢語的人來說，原則上是需要逐個去記的。當然
各種詞語與各種名詞直接組合時受限制的情況並不一樣。比如表示顏色的形容詞，
表示質料、職業的名詞和所修飾的名詞結合面寬些，雙音動詞與“時間、地點、方
式、方法、手段、現象、問題、情況”等名詞組合的機會遠比其他名詞組合的機會
要多。比如：“開會時間”、“集合地點”、“購銷方式”、“開採方法”、“遲
到現象”、“游泳問題”、“生長情況”等。還需要指出，如果不用“的”的幾個
名詞短語的定語或中心語相同時，要重複說出相同的成分，一般不能省略。如：“語

文老師和體育老師"不能省略為："語文和體育老師"；社會主義革命和社會主義建設"一般不能省略為："社會主義革命和建設"；"新書包和新本子"不能省略為："新書包和本子"；"一斤蘋果和一斤梨"不能省略為："一斤蘋果和梨"。只有"很多"、"不少"、"某些"等表示不定數量的詞語例外。例如，可以說"有些工廠和農村"、"不少老師和學生"等等。用"的"的名詞短語則不同，省略相同的定語或中心語是正常的現象，比如"他是工人和農民的朋友"、"開會的時間和地點另行通知。

第三節　多項定語

在一個偏正短語中，有時可能包含幾個修飾語，如："清潔、明亮的窗戶"、"一本很厚的書"、"站在門口的那個穿皮夾克的人"等等，這樣的修飾語叫多項定語。多項定語可分為三種類型：並列關係的多項定語、遞加關係的多項定語、交錯關係的多項定語。

一、並列關係的多項定語。

（一）什麼是並列關係定語？

幾個定語沒有主次之分，並列地修飾一個中心語，這幾個定語之間的關係就是並列關係。並列關係的定語多是由同一詞性的詞語構成的，有時幾個定語聯合起來修飾中心語，有的分別修飾中心語，前者只有聯合起來才能與中心語發生關係，後者可分別直接與中心語發生關係。例如：

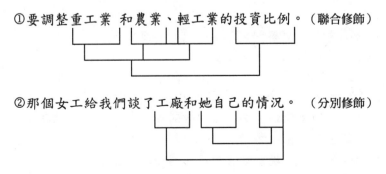

①要調整重工業 和農業、輕工業的投資比例。（聯合修飾）

②那個女工給我們談了工廠和她自己的情況。（分別修飾）

③人們一下子都變成

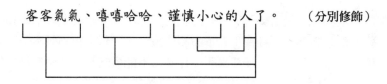

客客氣氣、嘻嘻哈哈、謹慎小心的人了。　　（分別修飾）

（二）關於並列關係定語中連詞和“的”的用法

並列關係的定語如果是由名詞或動詞構成的，一般多在最後兩項定語之間用
“和”、“以及”、“或”等連詞，前幾項之間用頓號：
① 這是小明和小剛的老師。
② 在學習或工作的時候，他的思想總是非常集中。
③ 必須兼顧國家、集體和個人三方面的利益。

如果各定語的地位並不完全相同，可以用連詞將關係較遠的定語隔開，關係較
近的定語之間可以用頓號：
④ 老師和爸爸、媽媽的囑咐時常在他耳邊響起。

如果定語是由兩個形容詞組成，兩個形容詞可以直接相連：
⑤ 他被小燕真摯誠懇的態度感動了。
⑥ 老人穿了一件破舊衣服。

也可以在兩個形容詞前分別加“又～又～”，“很～很～”，“最～最～”：
⑦ 孩子們挖了一個又（很）大又（很）深的坑。
⑧ 我要到最遠最艱苦的地方去工作。

還可以在兩個形容詞之間加連詞。如果兩項定語的意義不是互相排斥的，多用
“而”：
⑨ 偉大而光明的祖國啊，願你永遠“如日之升”。
⑩ 她是一個熱情而開朗的姑娘。

如果兩個形容詞在意義上互相排斥，不能用“而”，可以用“和”或“或”：
⑪ 總之，我們要調動一切直接的和間接的力量，為把我國建設成
　　為一個強大國家而奮鬥。
⑫ 他站住了，臉上現出歡喜和淒涼的神情。
⑬ 先進的或落後的群眾都發動起來了。

如果並列的形容詞不止兩項，可在前幾項之間用頓號，最後兩項之間可以仍用頓號，也可以用"而"，"和"或"或"：

⑭ 她是一個美麗、聰明、又善良的姑娘。

⑮ 我們要把祖國建設成為一個獨立、繁榮而富強的國家。

並列關係的複雜定語，一般在最後一項定語後面用"的"（見上述部分例句），有時為了強調定語的作用，也可以在每項定語後分別用"的"：

⑯ 我們要和一切資本主義國家的無產階級聯合起來，要和日本的、英國的、美國的、德國的、意大利的以及一切資本主義國家的無產階級聯合起來…

⑰ 我要到最遠的最艱苦的地方去工作。

（三）並列關係定語的順序

從理論上來講，並列關係的各個定語的排列順序應該是自由的。但實際上，在大多數情況下，並列關係的各定語不能自由排列，種種因素使它們固定起來。

如果並列的各定語之間存在一定的邏輯關係，就要按遞升或遞降的順序排列：

① 生產隊、生產大隊和公社的領導幹部都要參加一定的集體生產勞動。　　　　　　　　　　　　　　　　　　（遞升的）

② 我們必須兼顧國家、集體和社員個人的利益。（遞降的）

有的定語要按對事物認識的先後或認識規律（如由淺入深、由表及裏、由外到內等等）排列。如：

③ 這就是我軍多年來發展壯大的歷史。　　　（按事物的內在聯繫）

④ 這時，一位身穿花衣服，梳著兩條長辮子，長著一雙大眼睛的姑娘站了起來。　　　　　　　　　　　（按觀察的過程）

⑤ 設計院來了一個才從藝術學院畢業的，作雕塑師的姑娘。

　　　　　　　　　　　　　　　　　　　（按事情發生的先後）

有的定語要按漢語的習慣排列，如：

⑥ 這時他想起臨行時父親和母親對自己的囑咐。

又如"文化教育事業"、"男女青年"、"老師和同學的幫助"、"社會主義革命和社會主義建設事業"、"工廠和農村的關係"、"醫療衛生方面"等等。

　　只有少數詞性、地位完全對等的並列定語，才可以自由排列，如：

　　　　小張、小李和小趙的文章都寫得不錯。

　　　　小李、小張和小趙的文章都寫得不錯。

　　　　小趙、小李和小張的文章都寫得不錯。

二、遞加關係的多項定語

　　遞加關係的各個定語詞性往往不同，它們彼此互不修飾，而是遞次修飾其後的語言成分，中心語與定語之間存在著層次關係。遞加關係定語之間不能用任何連詞，也不能用標點符號，例如：

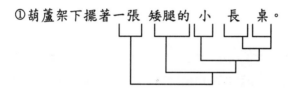

①葫蘆架下擺著一張 矮腿的 小 長 桌。

②右邊，立一個 五尺高 的 烏木塑龍 燈座。

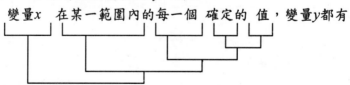

③……如果有兩個變量x和y，對於 變量x 在某一範圍內的每一個 確定的 值，變量y都有

確定的值和它對應，那麼變量x叫自變量，變量y叫自變量的函數。

（二）遞加關係定語要按一定的順序排列，形成一定的層次。

1. 遞加關係定語首先可以分成兩個大的層次：描寫性的定語在後，在第一個層次上；限制性的定語在前，在第二個層次上。如：

①曹飛是工業組　最老的　編輯。

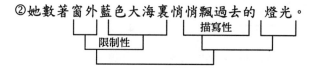

②她數著窗外藍色大海裏悄悄飄過去的　燈光。

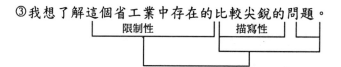

③我想了解這個省工業中存在的比較尖銳的問題。

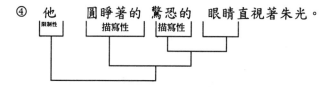

④　他　　圓睜著的　驚恐的　　眼睛直視著朱光。

這個順序往往是不能顛倒的，因為一般來說人們總是先限定事物的範圍，指明是哪一個（些），然後才對它加以描寫。

2. 在限制性定語中順序一般是：

　① 處所詞語與表示領屬關係的名詞、代詞同時出現時，處所詞在前，名詞、代詞在後[註]

　② 處所詞與時間詞同時出現時，可互為先後

　③ 主謂短語

　④ 動詞（短語）、介詞短語[註]

[註] 表示領屬關係的名詞代詞後如有處所詞，名詞、代詞與處所詞多為一項定語，不是兩項定語：

　　　　我眼前　　這個　　人很面熟。

[註] 作定語的主謂短語、動詞短語與介詞短語內部有時包含時間詞、處所詞，這時也為一項定語：

　　　　我昨天說的 那個 人走了嗎？　　　　在操場上打球的學生 穿運動服。

⑤ 數量詞短語。

① 報紙頭版 上 高廳長 這篇 論文很有分量。

② 操場北面 我們班 的 那間 活動室已經鎖上了。

③ 這是整個學校 一天 的 活動 計劃。

④ 他剛才說的 關於會議 的 那一套 意見 我全不同意。

⑤ 楊明 在體育運動方面的 興趣 很廣。

⑥ 這位總編 每天早晨的這次談話總是很及時。

3. 描寫性定語的排列順序一般是：

　　① 主謂短語

　　② 動詞（短語）、介詞短語

　　③ 形容詞（短語）及其他描寫性詞語

　　④ 不用“的”的形容詞和描寫性的名詞。如：

① 這當然是少有的 最好的 情形。

② 他心裏有一股 說不出來的 痛苦的 味道。

③ 他穿一雙 沒膝的 長統 尼龍 褲子。

④ 那個 個子比一般人高些的 青年 工人是我弟弟。

4. 表示數量的詞語（數量短語、指數量短語及某些形容詞等）屬於限制性定語，但由於它用得十分頻繁，所以單獨提出來討論。此類定語在複雜定語中有特定的位置：在限制性定語的末尾，在描寫性定語前[注]。即，遞加關係定語的排列順序可以概括為：　**限制性的 + 數量詞語 + 描寫性的，**　例如：

① 兩三片透明的白雲悄悄地遊動著。
　　　　　描寫性
② 他耐心地聽我敘述前幾天看到的這些情況。
　　　　　　　　　　限制性
③ 現在他要去給他們那兒八十名閒得難受的鉗工找工作。
　　　　　　　　限制性　　　　　描寫性
④ 我使勁把朝江的那面大窗子推開。
　　　　　限制性　　描寫性

　　為了突出描寫作用，描寫性的定語（名詞除外）可提到數量詞語前，例如：

[注] (a)有時某些名詞定語（有的後面甚至用"的"）不表示領屬關係，而表示著者、"關於…"等意思，這類定語是描寫性的，一般位於數量詞語後：上午召開了一次學術委員會的緊急會議。牆上掛著一幅周總理像。 (b)時間詞作定語有時也不表示限制關係，而具有描寫作用，也要放在數量詞語後：你給我一張二十六號的《人民日報》。（表示"二十六號出版的"）大批大批昨天的落後分子進入了先進人物的行列。（表示"昨天曾是;"）(c)指示代詞"這"、"那"單獨作定語時，一般位於所指代的詞語前，與"指數量短語位置不一定相同：在那春夜京郊的小路上，有一對青年在散步。在這北國的散發著泥土芳香的田野裏，我深深地陶醉了。

⑤ 突然，天空出現了<u>年輕而快活的</u>一抹紅色。

⑥ 這兒住了<u>大小</u>一共二十八個部門單位。

⑦ 他不知不覺選擇了<u>最簡單的</u>一種工作方法。

⑧ 盛開的桃花丁香混成<u>那麼濃的</u>一股香味。

⑨ <u>彎彎曲曲</u>一千多條小路，你找哪一條？

描寫性的詞語都可移到數量詞語之後。

如果把遞加關係的複雜定語統統排列起來，順序如下：

① 領屬性名詞、代詞

② 處所詞與時間詞互為先後（處所詞與①同時出現時，位於①前）

③ 數量短語（後面為描寫性的定語）

④ 主謂短語

⑤ 動詞（短語）、介詞短語

⑥ 數量短語（前面為限制性定語）

⑦ 形容詞（短語）以及其他描寫性詞語

⑧ 不用"的"的形容詞和描寫性名詞

⑩ 不久，草原上又響起了<u>他們</u> <u>愉快的</u>歌聲。
　　　　　　　　　　　　　①　　⑦

⑪ 這時，一個 <u>年紀稍大的</u> <u>大個子</u>解放軍走了過來。
　　　　　③　　④　　　　⑦

⑫ 他們克服了<u>所遇到</u> <u>的一切</u> <u>意想不到的</u>困難。[注]
　　　　　　⑤　　⑥③　　⑦

⑬ 張野看著<u>黃佳英</u> <u>那個</u> <u>嚴肅的</u>樣子，覺得她確實變了。
　　　　　①　　⑥③　　⑦

⑭ 那說是壁上的<u>一張</u> <u>畫滿了各種工作母機與農具的</u><u>大</u> <u>廣告畫</u>。
　　　　　　③　　　　　　⑤　　　　　　⑧　　⑧

⑮ 他剛走進四號病房就見<u>在病房門口走廊裏坐著的</u> <u>一位</u> <u>六十多歲</u>
　　　　　　　　　　　⑤　　　　　　⑥③　　⑦

的老大爺在向他招手。

（三）遞加關係定語中"的"的用法。

[注] 在這個句子裏，對於限制性的定語"所遇到的"來說，"一切"是⑥，而對於描寫性的"意想不到"來說，他又是③。

1. 主謂短語、動詞（短語）、形容詞（短語）、介詞短語後有其他定語時，後面一般仍然要用"的"。形容詞短語後有數量短語時，可以省去"的"。

2. 表示領屬關係的名詞或代詞後面有不用"的"的定語時，名詞、代詞後仍要用"的"：
    ① 我要為家鄉的茶葉工人歡呼。
    ② 我的老同學在北京工作。

表示領屬關係的名詞、人稱代詞後面有指示代詞、疑問代詞、方位詞或其他用"的"的定語時，一般不再用"的"：
    ① 你跟那個班哪些人比較熟？
    ② 後來，紀政明總是把魯迅這本小說在書包裏帶在身邊。
    ③ 當他的雙手接觸到我哆嗦著的身體時⋯⋯
    ④ 我後頭那個人是誰？

3. 雙音節形容詞作定語位於描寫性的名詞定語前時，形容詞後一般仍用"的"：
    ① 勞動人民創造了燦爛的古代文化。
    ② 可是孩子們還小，要幫助他們走上正確的生活道路，還得花費
       不少心血。
    ③ 小姑娘穿著一條漂亮的裙子。

當雙音節形容詞最靠近中心語，前面有其他應該用"的"的定語時，形容詞後可以不用"的"：
    ④ 長城是中國勞動人民的偉大創造。
    ⑤ 我們怎麼能忘記過去的悲慘生活呢？
    ⑥ 他了解大娘想看兒子的迫切心情。

當兩個形容詞或形容詞短語同時充任定語時，雙音節形容詞或形容詞短語在前，後面仍用"的"，單音節形容詞不用"的"，緊靠中心語：
    ⑦ 趙永進那雙有神的大眼，在長眉毛下，迎著星光在閃亮。
    ⑧ 人們親切地把這頭健壯的小象叫"版納"。

    總之，在遞加關係的多項定語中，在不會產生歧義的情況下，一般要避免連用幾個"的"。這是表達上簡潔的要求。

（四）多項定語與定語本身為複雜短語的區別。

    多項定語是指一個中心語有幾項定語，這幾項定語都直接與中心語存在修飾關

係，而各項定語相互之間不存在修飾關係。複雜短語作定語則不然，它只構成一項定語，不過本身結構複雜。這類定語往往是一個偏正關係的短語，短語中的修飾成分與整個短語所修飾的中心語不存在直接的修飾關係。例如：

① 南京長江大橋把中國東南部被隔斷的鐵路、公路連接起來。

這裏，"中國東南部"是作為一項定語出現的，在這個定語中，"中國"又是"東南部"的定語，它不直接修飾"被隔斷的鐵路、公路"。

② ……………………………………圖7-1乙中的直線L2就是
和L1切於一側的半徑為R的圓的圓心的軌跡。

在這個句子裏，中心語"軌跡"只有一項定語——和L1切於一側的半徑為R的圓的圓心"裏，而這個定語本身也是一個偏正結構，其中心語是"圓心"，定語為"和L1切於一側的半徑為R的圓"。後面這個定語本身又是一個偏正結構，其中心語是"圓"，定語是並列關係的"和L1切於一側的"以及"半徑為R的"。這種定語與遞加關係定語不同，其內部多為一層套一層的領屬關係。這類定語常見於學術論文，口語中很少見。這種定語在不會引起歧義的條件下，要儘量省略前面的結構助詞"的"，最後一個"的"不能省略。

三、交錯關係的多項定語。

既包含並列關係又包含遞加關係的多項定語，叫交錯關係的多項定語。其順序受並列關係定語與遞加關係定語兩種規律的制約。例如：

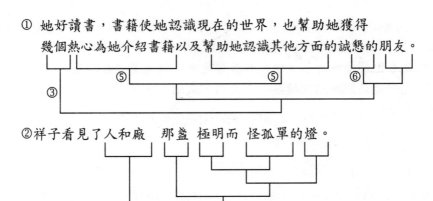

① 她好讀書，書籍使她認識現在的世界，也幫助她獲得
幾個熱心為她介紹書籍以及幫助她認識其他方面的誠懇的朋友。

練　習

一、用所給的詞或短語，構成一個新的偏正關係的名詞短語。

（注意哪些用"的"，哪些不用"的"。）

例如：　好、孩子 ➜ 好孩子　　美麗、國家 ➜ 美麗的國家

1.	新　　　社員	2.	健康　　身體
3.	北京　　春天	4.	他　　　姐姐
5.	三塊　　蛋糕	6.	老實　　人
7.	普普通通 房子	8.	操場　　前面
9.	非常關鍵 時刻	10.	中國　　老師
11.	身體好　學生	12.	前面　　山嶺
13.	小劉　　信心	14.	白茫茫　山上
15.	很多　　問題	16.	小　　　花
17.	多麼簡單 方法	18.	石頭　　桌子
19.	嘹亮雄壯 歌聲	20.	穿藍衣服 人
21.	光明正大 事情	22.	非常幸福 生活
23.	小蘭　　母親	24.	聯歡　　晚會
25.	參加勞動 人	26.	學習　　方法

二、把下面每組句子改寫成一個包含有複雜定語的句子。

例如：　他是一個工程師。

他是有名的工程師。

他是一九八一年開始在這裏工作的工程師。

他是一個一九八一年開始在這裏工作的有名的工程師。

1. 這是一張照片。
   這是彩色照片。
   這是從畫報上剪下來的照片。
2. 一個孩子病了。
   男孩子病了。
   不滿週歲的孩子病了。
3. 他們把羊趕到一塊草地上。
   他們把羊趕到山坡下的草地上。

他們把羊趕到開滿鮮花的草地上。

4. 昨天作報告的同志是小李的爸爸。

那個男同志是小李的爸爸。

穿藍衣服的同志是小李的爸爸。

5. 這時一個解放軍走了過來。

這時年紀最小的軍人走了過來。

這時高個子的軍人走了過來。

這時穿著一身新軍裝的解放軍走了過來。

6. 他們正在執行一項任務。

他們正在執行上級交給的任務。

他們正在執行光榮的任務。

7. 小劉是一個青年。

小劉是勇敢的青年。

小劉是朝氣蓬勃的青年。

小劉是有遠大理想的青年。

三、下列句子中哪些是正確的？把不正確或不合漢語習慣的改正過來。

1. 到中國以後，我認識了很多中國的朋友。

2. 北京有悠久的歷史。

3. 我要積極參加技術革新和革命活動，刻苦鑽研學術，為祖國生產更多優質的產品。

4. 中國人民滿懷信心地迎接新大好形勢。

5. 今天參加遊行人很多。

6. 我學習的成績不太好。

7. 昨天我去看了一個我的朋友。

8. 我哥哥不喜歡顏色藍的，他喜歡顏色白的。

9. 我們每學期進行兩次考試。

10. 鮮艷的紅旗在空中飄揚。

四、判別正誤：

1. A. 西湖是有名的一個湖。

B. 西湖是一個有名的湖。

2. A. 我們有了自己的製藥廠。

   B. 我們有了自己製藥廠。

3. A. 剛兩歲的他哥哥，連病帶餓，死在了媽媽的懷裏。

   B. 他的剛兩歲的哥哥，連病帶餓，死在了媽媽的懷裏。

4. A. 現在我向你們介紹一下我們學校的學習和生活情況。

   B. 現在我向你們介紹一下我學校的學習和生活情況。

5. A. 列寧用麵包捏成許多裝牛奶的"墨水瓶"。

   B. 列寧用麵包捏成裝牛奶的許多"墨水瓶"。

6. A. 上海是一個中國最大的工業城市。

   B. 上海是中國最大的一個工業城市。

7. A. 他千言萬語說不盡對新社會熱愛。

   B. 他千言萬語說不盡對新社會的熱愛。

8. A. 到中國以後，我們看了很多中國的電影。

   B. 到中國以後，我們看了很多中國電影。

9. A. 我們公社的醫療衛生工作搞得不錯。

   B. 我們公社的衛生醫療工作搞得不錯。

10. A. 市、省、縣的各級幹部都在開會。

   B. 省、市、縣的各級幹部都在開會。

11. A. 我買一斤蘋果和一斤梨。

   B. 我買一斤蘋果和梨。

12. A. 漢語和物理老師都來參加我們的聯歡會。

   B. 漢語老師和物理老師都來參加我們的聯歡會。

第四章 狀語

第一節 狀語的功能及其分類

一、什麼是狀語？

在短語中，狀語是用來修飾動詞和形容詞的，如"努力學習"、"詳細描寫"、"很紅"、"格外高興"。在句子中，狀語是謂語部分中的修飾成分，動詞謂語句、形容詞謂語句、主謂謂語句以及名詞謂語句的謂語部分都可以包含狀語。例如：

① 我常常打籃球。

② 勞動人民紛紛起來反抗秦二世的統治。

③ 西邊是人民大會堂，您看，多雄偉。

④ 弟弟今天很不高興。

⑤ 時令才初冬，河水就結冰了。

⑥ 張文剛才頭疼了。

⑦ 熱烈地討論整整進行了一天。

從結構上來看，狀語在句子中一般是修飾其後的語言成分的。狀語位於主語前時，修飾整個句子：

⑧ 上月十號，我從法國乘飛機來到中國。

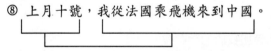

⑨ 對明天的安排 你們還有什麼意見？

狀語位於主語後時，修飾其後的謂語部分：

⑩ 醫生又 把病歷 仔細 翻了一遍。

⑪ 放學了，孩子們高高興興地從學校往家 走。

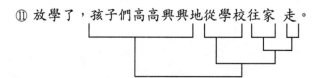

⑫ 天氣逐漸 暖和起來了。

⑬ 小剛一直 學習很努力。

二、狀語的分類。

　　能充任狀語的詞語是多種多樣的，狀語所表示的意義也是多種多樣的，也就是說，狀語可以從很多方面對動詞、形容詞等加以修飾。根據狀語的功能，我們首先也可以把狀語分成兩大類：限制性的狀語和描寫性的狀語。在這兩大類狀語下，再進一步分成若干小類。

（一）限制性的狀語

　　限制性的狀語主要是從時間、處所、範圍、對象、目的等方面對句子、謂語成分或動詞、形容詞加以限制，它沒有描寫作用。限制性的狀語按其意義可分成以下幾個小類，對封閉性的類，我們將儘可能地列舉：

1·表示時間：主要由時間詞、副詞和介詞短語充任。
　　　時間詞，如：今天、上午、1980年、5月5號、三點鐘、原來、以後、三
　　　　天、一年。
　　　副詞：已經、早、就、才、從來、曾經、一向、向來、歷來、終於、馬
　　　　上、立刻、剛、將、快、永遠、始終、一直、總、老、常常、往往、
　　　　通常、有時、匆匆、同時、本來、然後等。
　　　介詞短語：從…起、在…、當…、於…、打…、按…等。

2·表示目的、依據、關涉、協同，由介詞短語充任。
　　　目的：為…、為了…。
　　　依據：從…、按…、根據…、據…、由…、照…、依…、拿…等。
　　　關涉：關於…、就…。
　　　協同：同…、跟…、和…。

3．表示處所、空間、路線、方向：由處所詞語和介詞短語充任。

處所和空間如：上、左邊、屋裏、地上、桌子上、在…、於…、當…。

路線：沿（著）…、順（著）…、打…、從…、通過…、經（過）…。

方向：朝…、向…、往…、照…。

4．表示對象：由介詞短語充任。如：對…、給…、跟…、和…、於…、照…、為…、同…、替…。

5．表示語氣和估計：主要由副詞充任。如：

明明、的確、難道、簡單、幸虧、到底、居然、當然、果然、根本、索性、反正、何必、何苦、竟然、顯然、大概、大約、大致、也許等。

6．起關聯作用：由關聯副詞充任。主要有：就、也、都、又、還、等。

7．表示否定、程度、重複、數量、範圍：由副詞充任。

否定：不、沒（有）、甭、別等。

程度：很、十分、非常、更、最、特別、極、格外、可、真、好、多（麼）、比較、稍微、略微、有點兒、頗、太、還。

重複：又、再、還、重、也等。

數量：正好、大約、差不多、幾乎、起碼等。

範圍：都、全、統統、一概、淨、只、就、僅僅、光、唯獨、不過等。

（二）描寫性的狀語

描寫性的狀語又可以分為兩類：描寫動作的和在意念上描寫動作者的。

1．描寫動作的。此類狀語的作用是對動作進行修飾描寫，主要由下列詞語充任：

形容詞（短語），如：快、高、徹底、仔細、熱烈、草草、慢慢、積極、努力、很快、十分詳細。

象聲詞，如：噗通、忽搭、淅淅瀝瀝、嘩嘩、嗚嗚。

動詞（短語），如：來往、來回、巡迴、不住、不停。

數量（短語），如：一把、一腳、一趟一趟、一勺一勺。

名詞（短語），如：歷史、主觀主義、快步、大聲。

固定短語，如：滔滔不斷、繪聲繪色。

副詞，表示情態方式，如：一直、斷然、親自、親手、擅自、暗暗、公然、互相、斷然、逐漸、漸漸、特地、專門、一、不斷、忽然、；表示頻度的，如：再三、一再、反覆。

2·在意念上描寫動作者的。此類狀語的作用在於描寫動作者動作時的情態，多出現於文學作品，主要由以下各類詞語充任：

形容詞（短語），如：激動、高興、興奮、愉快、幸福、懶洋洋、顫微微。

動詞（短語），如：猶豫、懷疑、踉踉蹌蹌、又蹦又跳。

固定短語，如："熱情洋溢、興高采烈、目不轉睛、（像）…一樣（似地）、 …一樣（似地）。

此外，主謂短語也可以充任描寫動作者的狀語。如："他臉色陰沉地說："…"。

這兩類狀語都包含形容詞（短語）、動詞（短語）以及固定短語，但功能，作用很不同。一類是描寫動作變化的，如：

① 我們到公園的時候，很多中國小朋友熱烈地歡迎我們。

② 他沒有得到更多的消息，只是長長地噓了口氣，靠在床邊上坐下。

③ 在新修的幾千畝大的人造平原上，拖拉機來往奔馳。

一類是描寫動作者動作時的情態的，如：

④ 黎明激動的握著小陳的手："真謝謝你！"

⑤ 我興奮地問："是誰呀？"

⑥ 小李尷尬地點點頭。

⑦ 他猶豫地說："這個辦法行麼？"

把這兩類狀語區分開來很重要，它不僅對用不用"地"有影響，而且對複雜狀語的排列順序也有影響（見本章之第二節、第四節）。那麼怎樣區分這兩類狀語呢？首先可以從意義、功能上區分。如上所述，第1類狀語是描寫動作的，主要描寫動作進行的方式、情況等等；第二類狀語在意念上（語義上）是描寫動作者的，描寫動作者動作時的心情、態度、姿態、表情等等。其次，還可以從結構上加以區別。描寫動作的狀語，有些可以變換成對動作的表述。如：

⑧ 小朋友們熱烈地歡迎我們。

　小朋友們對我們的歡迎很熱烈。

⑨ 我們把房間徹底打掃了一下。

　我們把房間打掃得很徹底。

⑩ 他把事情的經過詳細說了一遍。

　他把事情的經過說得很詳細。

⑪ 老張平時積極工作。

　老張平時工作很積極。

描寫動作者的狀語一般不能進行這樣的變換。如：

⑫ "…" 他高興地對我說。

　*"…" 他對我說得很高興。

⑬ 媽媽溫和地看了女兒一眼。

　*媽媽看女兒一眼很溫和。

　*媽媽看了女兒看得很溫和。

⑭ 他懷疑地注視著我。

　*他注視得我很懷疑。

　而描寫動作者動作時的情態的狀語很多可以在意義不變的情況下構成對動作者的表述。例如：

⑮ 他很高興地對我說。

　他很高興。

⑯ 媽媽很溫和地看了女兒一眼。

　媽媽很溫和。

⑰ 她懷疑地注視著我。

　她很懷疑。

描寫動作的狀語，一般不能對動作者構成這樣的表述：

⑱ 心臟劇烈地跳動著。

　心臟（很）劇烈。

⑲ 我們把房間徹底打掃了一下。

　我們很徹底。

⑳ 這個人總是孤立地看問題。

　這個人總是很孤立。（意思變了）

大多數形容詞（短語）以及動詞（短語）、主謂短語、固定短語只能充任一種描寫性狀語（即或者充任描寫動作的，或者充任描寫動作者的），只有少數形容詞在不同的句子中可以充任不同的描寫性狀語，如：

　　小明認真學習。　　　　　　　　（描寫動作。"認真"修飾"學習"）
　　小明認真地說：…　　　　　　　（描寫動作者，"認真"表示"小明"說話的樣子）

第二節　狀語後結構助詞"地"的使用問題

一、限制性狀語後一般不能用"地"。例如：

　　① 第二天他起得很早。　　　　　　　　（時間）
　　② 小明剛走。　　　　　　　　　　　　（時間）
　　③ 她像一隻燕子似地在車間裏飛來飛去。（處所）
　　④ 我從口袋裏掏出一塊手絹。　　　　　（處所）
　　⑤ 他們都為實現四個現代化而努力工作著。（目的）
　　⑥ 小馬跟小趙游泳去了。　　　　　　　（協同）
　　⑦ 大家對這個節目沒有興趣。　　　　　（對象）
　　⑧ 觀眾的確很喜歡這部電影。　　　　　（語氣）
　　⑨ 喜兒三歲上就死了娘。　　　　　　　（關聯）
　　⑩ 今天不是星期日。　　　　　　　　　（否定）
　　⑪ 老師把剛才說過的句子又說了一遍。　（重複）
　　⑫ 這一籃水果正好五斤。　　　　　　　（數量）
　　⑬ 今天我們班的同學都來上課了。　　　（範圍）

　　雙音節程度副詞後一般不用"地"，但強調其修飾作用時可用"地"："這個決定非常地英明。"、"小妹今天格外地高興。"、"白梅對工作極端地負責任。"

二、描寫性的狀語絕大多數後邊可以用"地"。其中描寫動作者動作時的情態的，一般一定要用"地"；描寫動作的，有一部分一定要用"地"，有一部分不能用"地"，絕大多數用不用"地"是自由的。

（一）描寫動作者的一般都要用"地"

　　形容詞、形容詞短語：

① 加麗亞得意地說："我成功了！"
② 她大方地伸出手來同我握手。
③ 黃英激動地說："我太佩服你了！"
④ 小紅不高興地走了。
⑤ 這時他很客氣地提出三點要求。
⑥ 全會場都在靜靜地等待著。
⑦ 她一隻手拿著筷子，兩眼直瞪瞪地瞅著火苗。

但單音節形容詞後一般不用"地"：他看著我傻笑。

動詞和動詞短語：
⑧ 我愛人一見便吃驚地問："你買的？"
⑨ 老人抱歉地笑了笑。
⑩ 小明跟跟蹌蹌地走回了家。
⑪ 雪仍無聲地往下飄著。
⑫ 他一面擦著槍，一面連說帶比劃地對我講了起來。
⑬ 我們捱得緊緊地站著，一句話也不說。
⑭ 一隻老鷹張開翅膀，在半空中一動不動地停著。

主謂短語和固定短語：
⑮ 他聲音肯定而堅決地說："我一定要把他找回來！"
⑯ 這時王玉昆氣喘吁吁地跑了進來。
⑰ 我渾身戰慄了一下，手忙腳亂地解開了包袱。
⑱ 張廣發聚精會神地聽著。
⑲ 我很喜歡他這種豪爽勁，便也毫無顧忌地發表意見。

有時，描寫動作者的固定短語後也可以不用"地"，但將不再充任狀語，整個句子
成為連動句或兩個分句（中間加逗號），比較：
他橫眉立目地塞給那個人一張紙："寫！"
他橫眉立目（，）塞給那個人一張紙："寫！"
我昏頭昏腦地在街上亂走。
我昏頭昏腦（，）在街上亂走。
老人無可奈何地回家去了。
老人無可奈何（，）回家去了。

　　“（像）…似地”因已包含“地”，所以後面不再用“地”，“（像）…一樣”後可以用“地”，也可以不用“地”：

　　⑳ 我麻木了似地望著門。

　　㉑ 小紅像小鳥一樣（地）飛回了家。

　　其他描寫動作者的狀語一般也要用“地”：

　　㉒ 外邊風小了，雪花大片大片地往下落著。

　　㉓ 他抓起電話，粗聲大氣地問：“你找誰！”

　　㉔ 羅立長站起來，疾言厲色地駁斥說：“…”

（二）描寫動作、變化的用不用“地”，情況比較複雜

　　多數形容詞（短語）、動詞（短語）以及主謂短語、固定短語、象聲詞、數量短語，用不用“地”是自由的，一般情況下不用，強調其描寫作用時才用。

（1）形容詞：

　　單音節形容詞後一般不能用“地”：

　　① 快走幾步，跟上隊伍！

　　② 他眼睛直視著前方。

　　“真”作狀語時，為了強調描寫作用，可以用“地”：

　　③ 這件事我真不知道。

　　④ 這件事我真地不知道。

　　多數雙音節形容詞一般情況下不用“地”，強調描寫作用時可用“地”：

　　⑤ 醫生把病歷仔細（地）翻了一遍。

　　⑥ 她從來沒有明確（地）表示過同意。

　　⑦ 你有事可以直接（地）找他。

　　⑧ 車子過了西郊公園，猛然（地）轉了個彎。

　　⑨ 要切實（地）幫助他們解決一些問題。

　　如果“形＋動”作賓語，一般以不用“地”為宜：

　　⑩ 要注意安全生產。

　　⑪ 這件事我們又做了詳細研究。

有的形容詞，既描寫動作，又描寫動作的受事，這時形容詞後一般人用"地"。如：

⑫ 大夫清楚地寫了兩個字：手術！

⑬ 他模糊地聽見有人在喊他。

⑭ 他含混地應了一聲。

重疊式形容詞一般用不用"地"也是自由的：

⑮ 她回身輕輕（地）把門關上了。

⑯ 難道咱們眼巴巴（地）看著糧食爛在地裏？

⑰ 大家痛痛快快（地）玩了一天。

如果被修飾的只是一個單音節動詞，一般要用"地"：

⑱ 小剛一邊穿衣服，一邊慢慢地問："什麼事？"

⑲ 我一翻身，覺出床在輕輕地顫。

形容詞短語後多用"地"[注]：

⑳ 那位姑娘非常詳細地介紹了自己的經歷。

㉑ 爸爸媽媽走了以後，你要更好地照顧弟弟妹妹。

（2）動詞：

動詞作狀語後面用不用"地"一般是自由的：

① 拖拉機在田野裏來回（地）奔馳。

② 老人嘮嘮叨叨（地）說個沒完。

"不住"，"不停"以及動詞短語後一般要用"地"：

③ 一路上，我思想裏不停地翻騰著這個問題。

④ 這條河不住地流啊流啊，越流越開闊。

⑤ 我們很感興趣地觀看孩子們的表演。

⑥ 為了提高農民的生活水平，國家有計劃地提高了農副產品的收購價格。

有些雙音動詞修飾某些動詞，形成了比較固定的組合，一般不用"地"，如"聯

[注] "很+單音形容詞"有的用不用"地"是自由的：① 這件事大家很快（地）就傳開了。有的不能用"的"，如"很少"、"很難"：② 最近我很少看見他。③ 這件事能不能成還很難說。

合發表"、"補充說明"等。

（3）固定短語一般用不用"地"是自由的：
    ① 我們自下而上（地）進行動員，工作很順利。
    ② 你就這樣按部就班（地）往下學，一定能提高。

（4）名詞（短語）後一般要用"地"：
    ① 這個任務已經歷史地落在我們肩上。
    ② 他們總是形式主義地看問題。
    ③ 你不要著急，一個字一個字地往下念。
    ④ 他們一家一戶地了解情況。

    "快步"、"大聲"之類名詞短語後多不用"地"：
    ⑤ 護士快步走了進來。
    ⑥ 別大聲嚷嚷，安靜點兒！

（5）數量短語後不用"地"：
    ① 幾萬名工人一下子來到大草原，有很多困難。
    ② 小戰士一把把敵人揪住了。

    重疊式數量短語用不用"地"是自由的：
    ③ 老栓一趟一趟（地）給客人倒茶。
    ④ 水一股一股（地）湧進了房間。

（6）多音節象聲詞後用不用"地"是自由的：
    ① 老人低頭不語，只是吱吱（地）抽煙。
    ② 姑娘們格格（地）笑了起來。
    ③ 五點半鐘，便橋的木頭吱吱嘎嘎（地）響了起來。

    單音節的一般用"地"：
    ④ 手槍乒地響了一聲。
    ⑤ 堡壘轟地被炸開了。

（7）充任描寫性狀語的副詞後用不用"地"多數也是自由的，但以不用"地"為多：
    ① 我聽了心中暗暗（地）得意。

② 在相處的過程中，我們互相之間逐漸（地）了解了。

③ 她的臉漸漸（地）紅了，嘴角露出了微笑。

④ 媽媽再三（地）囑咐他要當心。

⑤ 工人們反覆（地）討論這個計劃。

⑥ 我們經常（地）在一起研究工作。

單音節副詞後不能用"地"；"親自"、"親手"、"親眼"等副詞後也不能用"地"。

第三節　狀語的位置

在漢語中，狀語，一律位於中心語前。有時，為了特殊的修辭上的需要，可以把狀語放在中心語後：

於是我們只好等待著黃昏的到來，抑鬱地。

但這種狀語後出現的情況一般只見於文學作品。在一般情況下，不能把狀語放在中心語後。

本節所要談的是，在中心語前的狀語又有兩種位置：一種是在主語前，一種是在主語後。大多數狀語只能出現於主語後，少數狀語只能出現於主語前，其餘的既可出現在主語後，也可以出現在主語前。決定狀語這種位置的因素，主要是充任狀語的詞語的功能和詞性。下面分別說明。

一、只能位於主語前的狀語

只能位於主語前的狀語限於限制性的，主要是由"關於"、"至於"構成的介詞短語，如：

① 關於他，這裏有不少類似小說一樣的傳說。

② 關於明年的計劃，我們以後再討論。

③ 考試的範圍我可以告訴你們，至於考試的題目，那當然要保密嘍！

④ 在月底以前你一定要給我一個答覆，至於同意還是不同意，那是你的自由。

當謂語中包含其他結構比較複雜的描寫性狀語時，不包含介詞的處所詞語也要放在主語前。例如：

　　⑤ 院子裏，孩子們你追我趕地玩著。

　　⑥ 池塘旁邊，一群白鵝一跛一跛地邁著方步。

二、只能位於主語後的狀語

　　只能位於主語後的狀語包括：1・絕大多數描寫性的狀語；2・部分限制性的狀語。

　　描寫性的狀語絕大多數只能位於主語後，只有極個別的可位於主語前，如：

　　① 像是燕子似地，小紅在林子裏一會兒飛到這兒，一會飛到那兒。

　　② 一腳他就把球踢出了大門外。

　　③ 慢慢地大家對我不那麼客氣了。

　　下列限制性狀語只能位於主語後：

（一）副詞，表示語氣的及部分時間副詞除外（見本節之"三"）；

（二）少數不包含介詞的處所詞語，在口語中要放在主語後，這時，謂語部分一定很簡短：

　　① 客人們請屋裏坐！

　　② 老人炕上睡，炕上吃。

（三）由"把"、"被"、"將"、"叫"、"讓"、"給"、"管"、"替"、"離"等構成的介詞短語，如：

　　① 你把那本書遞給我。

　　② 這個孩子管他叫叔叔。

　　③ 北大離清華不遠。

　　④ 你給我買點東西來。

三、既可以在主語前也可以在主語後出現的狀語（主要是限制性的狀語）

（一）表示時間的詞語，包括時間詞及下列副詞："忽然、原先、突然、馬上、立刻、回頭、一時、起初"等。

（二）多數介詞短語；

（三）表示語氣的副詞。

（四）極個別的描寫性狀語（見本節之二）。

上述幾類狀語一般情況下多位於主語後，如：

① 你明天來吧。

② 我忽然想起一件事來。

③ 我想趁這個工夫跟老人聊聊。

④ 阿丹經常在宿舍裏聽錄音。

⑤ 這幾個月小燕著實付出了不少勞動。

⑥ 聽他這麼一說，小明簡直不敢相信自己的耳朵了。

在下列情況下，此類狀語要放在主語前：

（一）特別強調此類狀語的作用，如：

① 明天上午你來開會，別忘了！

② 突然，週圍一片黑暗。

③ 明明你錯了，為什麼不承認呢？

④ 難道我說得不對麼？

⑤ 對他，我從來沒有什麼好印象。

⑥ 在家裏，我看不下去書。

（二）狀語承接前文：

①（頭天晚上他很晚才睡。）第二天他起得很遲。

② 這時服務員停掉廣播趕回來了。

③（每天上午上四節課。）除了上課以外，我們還常常出去參觀。

④ 在這些事實面前，大家又受到了一次教育。

（三）狀語修飾不止一個分句：

① 天一擦黑，她就把後門關上了，把雞窩堵上了。

② 原先，我仗著是個老杭州，打算在杭州呆三天，訂了一天遊湖、兩天參觀市區的計劃。

③ 她大學畢業後，找到了工作，結了婚，生了孩子，日子過得不錯。

④ 在實踐中，我們的醫學知識由少到多，醫療技術逐步提高。

⑤ 在老師的指導下，學生們不但實驗做得很成功，而且還學到了學習方法。

（四）對比或列舉不同時間或不同條件下發生的事情：

① 明天我們要去長城，不能去你那兒了，以後再去看你吧。

② 以前他是一個工人，後來當了幹部。

③ 在業務上，我教你；在思想上，你多幫助我。

④ 對工作，他精益求精；對困難，他從不退縮；對同志，他滿腔熱情；對自己，他嚴格要求。

（五）當狀語結構比較複雜或音節很多時，以位於主語前為宜：

① 當暴風雨快到來的時候，龍梅的爸爸就騎馬去找孩子和羊群。

② 在我上大學的前一天，爸爸給我講了他前半生的經歷。

③ 對每一個具體的困難，我們都要採取認真對待的態度。

④ 根據開荒造林季節的要求和生產的特點，參加造林隊的知青在開荒造林季節要保證在場勞動。

第四節　多項狀語

多項狀語是指一個句子中同時包含兩項或兩項以上的狀語。多項狀語也可以分為並列關係的、遞加關係的、交錯關係的三種。

一、並列關係的多項狀語

（一）什麼是並列關係的多項狀語？

多項狀語之間沒有主次之分，平等地、聯合地修飾中心語，這樣的狀語叫並列關係的多項狀語。例如：

① 我和同志們堅定、沉著地駕駛著飛機，穿雲下降。

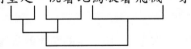

② 這對黨對國家社會比較有利。

（二）並列狀語的連接和"地"的用法。

並列的兩項狀語如都是形容詞，兩項之間可直接相連，也可以用頓號，還可以加"而"或"而又"：

① 紀誠樸歡快、爽朗地說："…"

② 被壓迫人民勇敢機智地進行鬥爭，並取得了勝利。

③ 哥哥親切而（又）誠懇地給弟弟指出了努力方向。

如果並列的兩項狀語都是介詞短語或動詞短語，可以直接相連，也可以在中間加頓號：

④ 這個辦法對老師對同學都很方便。

⑤ 有些生產項目要有計劃、有步驟地發展。

並列的狀語如果是多項，多項之間一般用頓號：

⑥ 中國人民在國際交往方面，應當堅決、徹底、乾淨、全部地消滅大國沙文主義。

並列關係的狀語一般只在最後一項狀語後用"地"（見以上各例句）。有時為了強調各項狀語，也可以在每項狀語後都用"地"，如：

⑦ 中國革命的文學家藝術家…必須長期地無條件地全心全意地到工農中去，到火熱的鬥爭中去。

並列關係狀語的順序，與並列關係定語一樣，理論上是自由的，但在實際語言中，要受邏輯關係、觀察事物的過程以及語言習慣或上下文的制約，比如"乾淨、徹底、全部"、"自由平等"、"勇敢而堅強"等等。

二、遞加關係的多項狀語

（一）什麼是遞加關係的多項狀語？

多項狀語的幾項之間，沒有主次之分，按一定的順序遞次修飾其後的謂語部分，每項狀語在語義上都與中心語存在修飾關係，這樣的狀語叫遞加關係狀語，如：

① 平時，小李從來 也 不亂 花 一分錢。

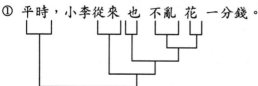

② 董大貴滿有把握地 從床子上把活 卸了下來。

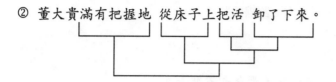

遞加關係的各項狀語之間不能用關聯詞語或標點符號，"地"的用法與各類詞語單獨作狀語時基本相同。

（二）**遞加關係狀語的排列順序。**

總的來說，遞加關係狀語的排列順序要比遞加關係定語靈活得多。排列順序主要與多項狀語的功能與語法意義有關。這裏總結的是普遍的、常見的規律。一般來說，按這個順序說話是能被說漢語的人接受的。有些狀語有一定的靈活性及特殊性，我們將簡要地加以說明。

1·在描寫性的狀語中，描寫動作者的在前，描寫動作的在後，例如：
　　① 成瑤笑盈盈地 斜視著華為。
　　② 他不動聲色地 一件件處理著。
　　③ 她像跟誰辯論似地 猛然仰起了頭，…

2·除了大部分副詞以外，限制性的狀語按下列順序排列：

　　1）表示時間的狀語
　　2）表示語氣、以及在分句之間起關聯作用的狀語
　　3）表示目的、依據、關涉、協同的狀語
　　4）表示處所、空間、方向、路線的狀語
　　5）表示對象的狀語

　　① 陳松林後來 索性不去多想了。
　　② 這件事我昨天 在下邊 都跟你談了。

3·把兩類狀語排在一起，總的順序是：

　　① 表示時間的狀語
　　② 表示語氣、關聯句子的狀語
　　③ 描寫動作者的狀語
　　④ 表示目的、依據、關涉、協同的狀語

⑤ 表示處所、空間、方向、路線的狀語

⑥ 表示對象的狀語

⑦ 描寫動作的狀語

① 你給我乖乖地 <u>在這兒</u>，哪兒也不准去。
　　　　　⑥　　⑦

② 余新江攢起拳頭，<u>在小圓桌上</u> <u>狠狠地</u> <u>一擊</u>。
　　　　　　　　　　⑤　　　　⑦　　⑦

③ 成瑤<u>立刻</u> <u>機靈地</u>上前去扶住了她。
　　　　①　　　③

④ 你要<u>像個朋友似地</u> <u>跟人家</u> <u>好好</u>談談。
　　　　　③　　　⑥　　⑦

⑤ <u>她興奮地</u> <u>從哥哥手裏</u> <u>很快地</u>搶過那封信來。
　　　③　　　⑤　　　⑦

⑥ <u>二十多年來</u>，他<u>為學校</u> <u>踏踏實實地</u>工作著。
　　①　　　　④　　　⑦

⑦ 你們<u>從前</u> <u>到底</u> <u>在一起</u> <u>共同</u>生活了多久？
　　　①　　②　　④　　⑦

4．幾點說明

（1）表示動作發生時動作者所在的空間、處所的"在…"以及"從…"既可以位於③前，也可以位於③後。如：

① 他<u>在家裏</u> <u>愉快地</u>度過了暑假。

　　他<u>愉快地</u> <u>在家裏</u>度過了暑假。

② 姑娘<u>不好意思地</u> <u>在眾人面前</u>唱了起來。

　　姑娘<u>在眾人面前</u> <u>不好意思地</u>唱了起來。

③ 早晨他<u>高高興興地</u> <u>從家裏</u>走出來。

　　早晨他<u>從家裏</u> <u>高高興興地</u>走出來。

上述"在…"、"從…"與表示時間的副詞也可以互為先後：

④ 他<u>在國內</u> <u>已經</u>學過一年漢語了。

　　他<u>已經</u> <u>在國內</u>學過一年漢語了。

⑤ 這個人<u>從床上</u> <u>忽然</u>坐了起來。

　　這個人<u>忽然</u><u>從床上</u>坐了起來。

表示動作對象的"對…"等有時也可以位於③前：

⑥ 他<u>親切地</u> <u>對那個青年</u>打了聲招呼。

他<u>對那個青年</u> <u>親切地</u>打了聲招呼。

（2）描寫動作的狀語，為了突出其描寫作用，可以位於⑤前，特別是雙音節的、重疊式的形容詞，數量短語的重疊形式，因其描寫作用較強，往往在前，但單音節形容詞一般不能提前。例如：

① 有人發覺一個人影<u>悄悄地</u> <u>從訓導處後面的窗口</u>跳出。
　　　　　　　　　　⑦　　　　⑤

② 交通艇<u>嗖嗖地</u> <u>向前</u>疾駛著。
　　　　⑦　　　⑤

③ 敵人<u>一步一步地</u> <u>向後</u>退著。
　　　　⑦　　　⑤

④ 他拿起鋼筆<u>很流利地</u> <u>在筆記本上</u>用中文寫下了自己的名字。
　　　　　　⑦　　　　⑤

⑤ 老張，你<u>詳細</u> <u>給我</u>談談。
　　　　　⑦　　⑥

（3）如果句子裏同時出現幾個表示時間的短語，順序是：
　① 這個青年<u>最近</u> 時常來書店。
　② 我<u>從現在起</u> 永遠不吸煙了。
　③ 昨天我<u>從早上七點</u> 一直睡到下午兩點。

（4）句子裏如果同時出現兩個描寫動作的狀語，音節多的在前，音節少的在後：
　① 匪徒<u>慢慢地</u> 緊逼過來。
　② 他<u>一個步驟一個步驟地</u> 仔細計算著。

（5）其他副詞作狀語時的位置

A、表示否定、重複、程度的副詞，其位置與句子的結構層次有關。這一類狀語在語義上不一定與中心語直接發生關係。如果是修飾中心語，就緊靠中心語：

① 大廳裏掌聲一直 十分 熱烈。

② 芳芳很 喜歡 唱歌。

③ 這外人我 不 認識。

④ 你再 說一遍。

如果是修飾一個短語的，就位於短語前：

⑤ 小梅聽了這句話很 不 高興。

⑥ 他 又 一夜 沒 回來。

⑦ 別 再 給我 添麻煩吧，瘋子！

此類副詞可在不同的位置上出現，但位置不同有時會引起意義上的差別。比較：

⑧ 我對這件衣服不 十分 滿意。 （滿意，但程度差些）

⑨ 我對這件衣服 十分 不 滿意。 （不滿意，而且程度很高）

⑩ 他每天 都 不 來， （今天可能也不來。）（不來，而且每天都如此。）

⑪ 他不　每天　都　來，（今天來不來很難說。）（來，但不是每天來。）

⑫（你上午看了一個電影，）怎麼　下午　又　看電影？

⑬ 你經常下午看電影，很影響工作，怎麼今天又　下午　看電影？

B、表示範圍的副詞"都"，"全"等要位於所總括的成分之後：

① 你聽聽，街坊四鄰　全幹活兒，就是你沒有正經事兒。

② 臭水往屋裏跑，把什麼東西　都淹了。

③ 入冬以來，體育活動在各個班　都積極開展起來了。

⑤狀語的位置和順序表：

關於 至於	主語	①	②	③	介詞短語				⑥	⑦	謂語
					④	⑤					
		時間 狀語 時間 詞語 介詞 短語 時間 副詞	語氣副詞	**描寫 動作 者的 狀語** 形容詞 (短語) 動詞 (短語) 主謂 短語 固定 短語 其他 短語	目的 狀語 關涉 狀語 協同 狀語 依據 狀語	處所 狀語 空間 狀語 方向 狀語 路線 狀語	把 被 叫 讓		**對象 狀語**	**描寫 動作、 性狀的 狀語** 形容詞 短語 動詞 短語 固定 短語 **數量** 短語 名詞 副詞 象聲詞	

註：　1. ⑦可移至④後
　　　2. ①②④⑤⑥可移至主語前（部份副詞除外）

練 習

一、用所給的詞或短語構成新的偏正結構的短語：

　　如：激動　說→ 激動地說　　　詳細　說明→ 詳細（地）說明

1. 熱烈	討論	2. 快	走
3. 努力	學習	4. 積極	參加
5. 明天	出發	6. 親自	動手
7. 漸漸	走遠	8. 高	喊
9. 在宿舍	下棋	10. 跟小王	談話
11. 一步一步	接近	12. 吃驚	看著
13. 自由自在	飛翔	14. 高高興興	回家
15. 筆直	站著	16. 一次	解決問題
17. 一下午	沒說話	18. 不由自主	站了起來
19. 仔細	觀察	20. 順利	進行

二、把下列每組句子改寫成一個包含有多項狀語的句子：

1. 孩子們向公園走去。
   孩子們興高采烈地走去。
   孩子們昨天下午走了。

2. 他已經去上海了。
   他昨天去上海了。
   他跟小李一起去上海了。

3. 幾天來他奔走著。
   他為大家奔走著。
   他到處奔走著。

4. 小王高興地站了起來。
   小王從座位上站了起來。
   小王很快地站了起來。

5. 姐姐對小明說：“快走吧！”
   姐姐忽然說：“快走吧！”
   姐姐激動地說：“快走吧！”

6. 老師大聲地朗讀課文。

老師在課堂上朗讀課文。

老師給學生朗讀課文。

三、判別正誤：

1. A. 看你累得滿頭大汗，你應該不走得那麼快。

   B. 看你累得滿頭大汗，你不應該走得那麼快。

2. A. 我親自打掃房間。

   B. 我親自地打掃房間。

3. A. 突然從森林裏敵人走出來，向正在開會的地方走去。

   B. 突然敵人從森林裏走出來，向正在開會的地方走去。

4. A. 我沒跟社員一起勞動，我進城了。

   B. 我跟社員一起沒勞動，我進城了。

5. A. 這裏剩下只一輛汽車了。

   B. 這裏只剩下一輛汽車了。

6. A. 在北京，不論是郊區還是市區，到處我們都可以看到新建的大樓。

   B. 在北京，不論是郊區還是市區，我們到處都可以看到新建的大樓。

7. A. 天天勘探隊員們背著背包翻山越嶺去尋找礦藏。

   B. 勘探隊員們天天背著背包翻山越嶺去尋找礦藏。

8. A. 中國朋友熱烈而隆重地舉行了歡迎儀式。

   B. 中國朋友熱烈隆重舉行了歡迎儀式。

四、指出下列句子中哪些是不正確的，並改正過來：

1. 你到底同意不同意，直爽跟他說一說。

2. 李蘭已經安全地來到北京。

3. 在那個地方他們正在唱歌，我們去聽聽吧。

4. 我們2月16日1980年從法國來到北京。

5. 我們走進禮堂的時候，正在為作報告的人大家熱烈鼓掌。

6. 早也不雞叫，晚上也不雞叫，長工們才躺下雞就叫了起來。

7. 這本畫報很有意思，那本畫報也很有意思。

8. 村裏你幹什麼活兒？

9. 我們都很喜歡游泳。

10. 朋友，你怎樣地回答這個問題呢？

第五章　補語

　　補語是位於動詞或形容詞後主要對動詞或形容詞進行補充說明的成分。雖然賓語也位於動詞後，但賓語與補語的區別是明顯的：賓語一般表示動作涉及的對象，因而大多數是名詞性的；補語主要是對動作加以補充說明，因而除數量補語外，大多數是非名詞性的。按著意義和結構特點，補語分為以下六種：（一）結果補語；（二）趨向補語；（三）可能補語；（四）程度補語；（五）數量補語；（六）介詞短語補語。

第一節　結果補語

一、什麼是結果補語

　　結果補語表示動作或變化所產生的結果，由動詞和形容詞充任。在漢語裏，當敘述通過動作或變化產生了（或將產生）某種具體結果時，就應該用結果補語，否則語義不明。如：

　　*醫生們緊張地工作，他們一定會救他。

這裏，說話人要表達的顯然是對醫生充滿了信心，相信他們能"救活他"，而不是"救他"（因為這是不成問題的），所以應改為：

　　醫生們緊張地工作，他們一定會救活他。

又如：*雖然今天學的生詞很多，但約翰很快就全記了。

這裏說的顯然不是"約翰記生詞"這一動作，而是動作已有了結果－"記住了生詞"，所以應加上結果補語"住"：

　　雖然今天學的生詞很多，但約翰很快就全記住了。

　　還應注意，結果補語與表示"完成"的動態助詞"了₁"的功能不同。動態助詞"了₁"只表示動作的完成，結果補語不僅表示動作完成，而且表示動作完成後產生了某種具體的結果。因此應該用結果補語時，如果用了"了₁"代替，所表達的意思就不夠明確。例如：

　　*這本書我到處託人買，今天可買了一本。

這裏，說話人要表達的意思不是"買"這個動作已經完成，而是"買"這個動作達到了目的，有了結果，所以應改為：

　　這本書我到處託人買，今天可買到了一本。

　　只有形容詞和動詞可以做結果補語。一般常用的形容詞都可以做結果補語。能做結果補語的動詞比較少，主要有：見、成、懂、走、跑、往、掉、著、倒、翻、倒、作、為、死、透、丟、到、在、給等。

二、結果補語的意義

　　結果補語所表示的意義，可以分為兩類：

（一）大多數的結果補語表示通過一個動作使人或事物發生了某種變化或又發出另一動作，即這種結果補語說明"人"或"事物"。如：
　　① 醫生把卓瑪救活了。

這句話的意思是：醫生通過"救"使卓瑪"活"了。
　　② 早晨，陽光照紅了巨大的橋身。

這句話的意思是：陽光的"照（射）"使橋身"紅"了。

　　包含有這類結果補語的句子，如果句中有動作的受事者（動作所涉及的對象），不管受事者是句子的主語還是賓語，一般都是結果補語說明的對象：
　　③ 中國人民推翻了壓在頭上的大山。(中國人民--推，大山--翻)
　　④ 老農民和東郭先生一起把狼打死了。(農民和東郭先生--打，狼--死)
　　⑤ 到布谷鳥歡叫的時候，一個個的山頭被搬倒了。([∅]--搬，山--倒)
　　⑥ 臥輔全賣光了，沒有一個空的。([∅]^註 --賣，臥輔--光)

這類句子的謂語動詞多為及物的。

　　如果謂語是由不及物動詞或形容詞構成的，結果補語就說明施事者：
　　⑦ 他一路上不知摔倒了多少次。　　　　（他--摔--倒）
　　⑧ 衣服濕透了。　　　　　　　　　　　（衣服--濕--透）

---

^註 [φ]表示省略的或未出現的成分。

　　有的句子，雖然有受事者，但結果補語在語義上不可能與受事者有什麼聯繫，這種結果補語也說明施事者：

　　⑦ 去年冬天，我學會了滑冰。　　　　（我--學--會）

　　⑧ 我聽懂了他的話。　　　　　　　　（我--聽--懂）

這類結果補語多表示有生命物體的心理活動，而賓語表示的是無生命的事物。

（二）另一種結果補語只說明動作，沒有"使動"意義：

　　① 你看完這本雜誌了嗎？

　　② 這一帶全是山，連一條小路都不容易找到。

　　③ 我在農村住久了，來到城裏不大習慣。

①、②中的"完"、"到"只表示動作是否"完結"、是否"達到了目的"，不表示動作對人或事物產生了什麼結果。③中的"久"也只說明"住"。

　　"大、小，快、慢，肥、瘦，輕、重，鹹、淡，長、短，多、少，粗、細，寬、窄，高、低"等形容詞作結果補語時往往表示不合某一標準：

　　④ 今天上課我來晚了。　　　　（與"應到的時間"相比）

　　⑤ 這件衣服做大了。　　　　　（與"合適的尺寸"相比）

這種句子末尾一般要用"了₂"。

　　有些詞作結果補語（多為第二類結果補語）時，詞彙意義有所改變。現將常用的列舉如下：

　[見] "見"的基本意義是"看而有結果--看到"的意思。"見"作結果補語，一般只用於"看、瞭望、聽、聞"之後，表示"動作有結果"的意思：

　　① 孩子們看見我來了，都非常高興。

　　② 這種物體發出的聲音太小，我聽了半天也沒聽見。

　　③ 一進門我就聞見一股香味。

"見"還可以在"遇、碰、夢"等動詞之後作結果補語：

　　④ 你遇見老劉告訴他一聲，今晚在家裏等我。

　　⑤ 我昨天夢見了我的一個老同學。

[住] 表示通過動作使人或事物的位置固定起來：

    ① 他聽了我的話立刻站住了。

    ② 我緊緊握住老李的手。

    ③ 門擋住了外面的燈光。

    ④ 咱們可別叫他給嚇住啊。

    ⑤ 這些生詞我記住了。

[著]（zh.o）

1. 表示動作達到了目的，多用於口語：

    ① 你說的那本書我借著了。

    ② 這個謎語他沒猜著。

    ③ 他們躺在床上就睡著了。

這個意思的 "著" 用於否定情況（前面有 "沒"）時，重讀，用於肯定情況時，除 "睡著" 以外，一般都輕讀。

2. 用在某些動詞或形容詞後，表示動作或某種情況對人或事物產生了不良後果：

    ① 這個孩子穿得太少，凍著了。   （因 "凍" 而病）

    ② 你們休息一會兒，小心別累著。   （因 "累" 而對身體有不良影響）

此類動詞短語還有 "熱著"、"捂著"、"餓著"、"撐著"、"燙著"、"涼著"、"嚇著" 等等，"著" 總是輕讀。

[到]

1. 表示動作達到了目的，與 "著" 的第一個意思相同，口語，書面語都用：

    ① 你丟的那支鋼筆找到了。

    ② 昨天下午我見到了你哥哥。

    ③ 我借到了一本非常有趣的書。

2. 表示動作持續到什麼時間，賓語一定是表示時點的詞語：

    ① 昨天晚上我們談到十點半。

    ② 我們下午打球，一直打到吃晚飯。

3. 表示事情、狀態發展變化所達到的程度：

① 事情已經鬧到不可收拾的地步了。

② 起義軍很快發展到幾萬人。

③ 要把次品率降到百分之一以下。

4. 表示通過動作使事物達到某處，賓語一定是表示處所的詞語，"到"的這種用法
為趨向補語。如：

① 卓瑪從中央民族學院畢業以後回到了西藏。

② 這個消息已經傳到外地了。

③ 我們把這個方法擴大到了黨外。

[好] 表示動作完成而且達到完善的地步：

① 東郭先生把狼綑好，裝進口袋裏。

② 魯班把所有的工具都修理好了。

③ 要搞好安全生產，搞好環境保護。

④ 這篇文章寫好了，交給你吧。

[在]

1. 表示通過動作使人或事物處於某個處所，後邊一定要有處所賓語：

① 我坐在五排十一號。

② 你們把生詞抄在本子上。

③ 小王站在我面前。

④ 問題出在計劃性不強上。

2. 有時表示事情發生的時間：

① 這個故事發生在古代。

② 時間定在明天上午八點。

三、包含有結果補語的句子的結構特點

（一）結果補語的否定形式

由於結果補語表示動作或變化是否發生或完成，所以其否定形式一般用
"沒"。否定結果補語時，要把"沒"放在謂語動詞（或形容詞）的前頭。"沒+動
詞+結果補語"表示沒取得某種結果。例如：

① 這個故事我沒聽懂。

② 還有一次，裁判員沒看清楚，判錯了。

這兩個句子的意思是"聽"了，但"沒懂"，"看"了，但"沒清楚"。

只有在條件副詞中，結果補語用"不"來否定。這時"不+動詞+結果補語"表示的是一種事實。如：

③ 我不做完練習不去游泳。

④ 不打倒敵人，我們決不停止顫抖。

（二）結果補語與謂語動詞或形容詞之間不能插入其他成分。如果補語後可以用動態助詞"了"、"過"，但不能用"著"，在結果補語（以及"了"、"過"）後還可以有賓語。例如：

① 小燕關掉了總閘，好幾臺機都停產了。

② 明朝統治者為了修建這些陵墓，費盡了勞動人民的血汗。

③ 他從來沒打斷過別人的發言。

（三）關於賓語的問題

有的句子，結果補語後還有賓語。這個賓語應看作是動補短語的賓語，而不只是動詞的賓語。如：

① 他看見了一個人。

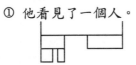

正因為如此，所以雖然有的不及物動詞不能帶事物賓語，但加上結果補語以後，便可以帶事物賓語了：

② 他跑丟了一隻鞋。

③ 這件事聽了叫人笑破了肚皮。

④ 小姑娘哭紅了眼睛。

有時謂語動詞帶補語與不帶補語與賓語之間的關係大不一樣。比較：

⑤ 人人努力搞生產。

⑥ "四人幫"搞亂了革命和生產。

"搞亂生產"實際上是破壞了生產，與"搞好生產"意思完全不同。因此可以說動詞是與結果補語結合以後才與賓語發生關係的。就是用那些可以與賓語直接發生關係的動詞，說話人所著眼的也是動補短語與賓語的關係。例如，當一個人說"打倒反動派"時，他所要表達的是要把"反動派""打倒"，而絕不僅僅是"打""反動派"。

練 習

一、用適當的結果補語完成下列句子：

1. 他不小心跌倒（　　）石頭上。
2. 老大爺看（　　）遠處走過來兩個人。
3. 青年端著一杯水，送（　　）老大娘。
4. 後來，紅軍打（　　）了地主南霸天，解放了受苦的農民。
5. 他把自己的一生獻（　　）了祖國和人民。
6. 山洞終於打（　　）了。
7. 我恨不得一下子就把所有的漢字都記（　　）。
8. 這件衣服做（　　）了，穿著太緊。
9. 大家聽（　　）這個消息，高興得跳了起來。
10. 每天晚上我看（　　）報就睡覺。
11. 在景山公園最高的亭子上，可以看（　　）北京城的全景。
12. 他們每月把十萬隻母雞上交（　　）國家。
13. 我們去醫院看安娜的時候，她正躺（　　）床上看報。
14. 我昨天上街，找了很久，最後找（　　）了那本書。

二、判別正誤：

1. A. 你能看見清楚黑板上的字嗎？
   B. 你能看清楚黑板上的字嗎？
   C. 你能看見黑板上的字嗎？
2. A. 會開完了，我就去食堂吃飯。
   B. 開完會了，我就去食堂吃飯。
   C. 開完了會，我就去食堂吃飯。
3. A. 如果我把你要求講的都講完，講得清楚，那還得半年的時間。

B. 如果我把你要求講的都講完，講清楚，那還得半年的時間。

4. A. 通過這部電影，我們看到了黨和紅軍對小冬子的關懷。

    B. 通過這部電影，我們看見了黨和紅軍對小冬子的關懷。

5. A. 小紅不吃完飯就跑出去了。

    B. 小紅沒吃完飯就跑出去了。

6. A. 我一邊看著江面一邊想：“這條江有多寬？”

    B. 我一邊看著江面一邊想到：“這條江有多寬？”

7. A. 阿里看信就拿起筆來寫回信。

    B. 阿里看完信就拿起筆來寫回信。

8. A. 我國政府把我送到中國來學漢語。

    B. 我國政府送我在中國學漢語。

9. A. 老師不但關心我們的學習，還關心到我們的生活。

    B. 老師不但關心我們的學習，還關心我們的生活。

10. A. 我看完報了。

    B. 我看報完了。

11. A. 他們在學好漢語的過程中，遇到不少困難。

    B. 他們在學習漢語的過程中，遇到不少困難。

12. A. 小李走近小河的時候，忽然看到一條狗。

    B. 小李走到小河的時候，忽然看到一條狗。

13. A. 阿里的收音機壞了，謝利把它修好了，能用了。

    B. 阿里的收音機壞了，謝利把它修了，能用了。

14. A. 今天晚上我沒看完這本書不睡覺。

    B. 今天晚上我不看完這本書不睡覺。

第二節　趨向補語

趨向補語是指用在動詞後由表示趨向的動詞“來”、“去”，和“上”、“下”、“進”、“出”、“回”、“過”、“起”、“開”、“到”等充任的以及用在動詞和形容詞後由“上”、“下”、“進”、…“到”與“來”、“去”一起構成的補語。前者叫簡單趨向補語，後者叫複合趨向補語。

一、簡單趨向補語

(一) 簡單趨向補語所表示的意義。

　　簡單趨向補語與（一）類結果補語一樣，表示 "使動" 意義，即表示動作使人或事物向某一方向移動。及物動詞後的趨向補語，表示受事者的趨向：

① 小明從圖書館借來一本書。　　　　　（小明--借，一本書--來）

② 龍梅把羊趕上山。　　　　　　　　　（龍梅--趕，羊--上）

③ 手放下吧。　　　　　　　　　　　　（[∅]--放，手--下）

不及物動詞後的趨向補語表示施事者的趨向：

④ 我們跑回宿舍。　　　　　　　　　　（我們--跑--回）

⑤ 放學了，孩子們排著隊走出了校門。（孩子們--走--出）

　　"來"、"去"、"上"…等簡單趨向補語，除了表示趨向以外，一般還都有引申意義，下面分別說明。

　[來]、[去]

　　"來"、"去" 作補語時表示人或事物的趨向。我們知道，方向是相對的，因此確定趨向，也就是確定用 "來" 還是用 "去" 得有一個基點，這個基點我們叫立足點。向著立足點時用 "來"，背離立足點時用 "去"。

這個立足點怎樣確定呢？

1. 當說話人出現或用第一人稱為事時，說話人或 "我" 的位置就是立足點：

① 甲（打電話）：喂，明天你能回來一下嗎？

　　乙：能回去，你在家等我吧。

② 謝利說："我的字典夏西借去了。"

③ 昨天我們上口語課，鈴還沒響，老師就進教室來了。

2. 在用第三人稱進行客觀敘事時，可以把立足點放在正在敘述的人物所在的位置上：

    ① 一天，老師傅把魯班叫來，說："你該下山了。"

    ② 歐陽海受了重傷，車上的人都向他跑來。

    ③ "讓我把你吃了吧！"狼說著就向東郭先生撲去。

    應注意，在用"來"、"去"作趨向補語時，動作總是有確定的目標的。用"來"時，立足點就是動作的目標，如例如"車上的人都向他跑來"，"他"是動作"跑"的目標。用"去"時，目標在立足點以外，多用由"朝"、"向"等構成的狀語來表示，如例如"狼…向東郭先生撲去"，"東郭先生"是動作"撲"的目標。

3. 在用第三人稱進行客觀敘事時，也可以把某一處所當作立足點，這個處所或者是正在描述的對象，或者是正在敘述的事件發生的地點：

    ① 為了叫井岡山變得更快，國家派來了兩千好兒女，同井岡山人
       一起來開發這座萬寶山。

    ② 會場裏坐了不少人，這時還不斷有人進來。

    "來"，"去"的引申用法：

    "來"或"去"用在"看、說、聽、想"等幾個動詞後，有時不表示趨向，而表示"估計"或"著眼於某一方面"的意思：

    ③ 這個小伙子看來年紀不大。

    ④ 這件事想來已有二十幾年了。

    ⑤ 這件事說來話長啊！

這種引申用法，"來"比"去"更常見。

    [上]、[下]

    作為趨向補語，"上"表示由低處到高處，"下"表示由高處到低處：

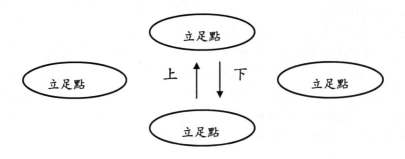

① 小二很快地爬上了樹。

② 這裏的氣候很壞，有時還降下相當大的冰雹。

"上"的引申用法：

1. 表示趨近立足點（可以由後面和對面）：
   ① 青年急忙走上前對她說："大嫂，你別急，跟我來！"
   ② 三號運動員追上了五號運動員。

2. 表示由開而合：
   ① 歐陽海微笑了一下，就閉上了眼睛。
   ② 請你把門關上。

3. 表示使某物存在於某處：
   ① 這塊地今年第一次種上莊稼。
   ② 孩子們把紅旗插上了山頂。

4. 表示達到了很不容易達到的目的：
   ① 年輕時住了幾十年蓆棚的孫大娘，搬進了大樓，一家五口住上了一套房子。
   ② 小明當上了優秀學生。

5. 表示達到一定的數量，這個數量往往是概數。如：
   ① 他每天早晨起床後都要到操場上跑上幾圈。
   ② 我的家鄉比這兒要好上一百倍。
   ③ 這件衣服再長上那麼一、二寸就合適了。

6. 表示動作開始並繼續，包含有"變化"，"出現了新情況"的意思。如果動詞後沒有賓語或賓語只有一個音節，一般要在句末用"了₂"，如果賓語不止一個音節，可以在賓語前用"了₁"，也可以在句末用"了₂"。"上"的這個用法具有很濃的口語色彩。如：
   ① 老師剛說了一句話，學生們就議論上了。
   ② 小明，我叫你睡覺，你怎麼又唱上了。
   ③ 從此，我和小鳥交上了朋友。
   ④ 這麼說，她是愛上你了。

7. 表示添加：

　　① 你們去旅遊算上我一個行不行？

　　② 三個再加上三個是幾個？

　　③ 他這樣蠻幹，會把命賠上的。

"下"的引申用法：

1. 表示使某人或某物固定在某處：

　　① 這件事在我的腦海裏留下了深刻的印象。

　　② 中國人民又寫下了歷史的新篇章。

2. 表示使某物脫離或離開：

　　① 小明從花盆裏摘下一朵花。

　　② 我脫下大衣掛在衣架上。

3. 表示容納：

　　① 這個書包能裝下十本書。

　　② 你們學院的禮堂能坐下兩千人嗎？

[進]、[出]

　　由某一處所（一般指能容納人或物的空間）的裏邊向外時用"出"，由外向裏時用"進"：

　　① 觀眾們邊說邊走進劇場。

　　② 最近圖書館買進一批新書。

　　③ 孩子們唱著歌走出公園。

　　④ 他從口袋裏掏出一塊手絹。

"出"的引申用法：

表示由隱蔽到顯露或由無到有：
① 這話說得多好啊！它說出了每個工人的心願。
② 魯班到了山頂，遠遠看見一片樹林裏露出房脊。
③ 老人的眼睛裏流露出失望的神色。
④ 石油工人們決心要為發展祖國的石油工業做出更大的貢獻。

[回]

表示動作使人或事物又到原來的地方（包括"家"，"家鄉"）。

① 下班後，他把孩子從幼兒園接回家。
② 上午我們去長城遊覽，下午汽車把我們送回學校。
③ 書報看完後請放回原處。

[過] 表示動作使人或事物"經過"或"通過"某處：

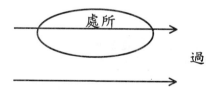

① 休息的時候，天空飛過一群大雁。
② 隊伍穿過操場，向教室樓走去。
③ 忽然，一個孩子從我身邊跑過。

"過"的引申用法：

1. 表示動作使事物由一處到另一處：
孩子接過信，表示一定要快把信送給校長。

2. 表示物體隨動作改變方向：
 ① 他翻過身臉朝裏又睡了。
 ② 汽車轉過彎向橋上開去。

3. 表示超過了合適的一點：
 ① 今天早上阿里睡過了頭，上課遲到了。
 ② 他使過了勁兒，把瓶蓋撑裂了。

[起]表示動作使事物由低到高。與"上"相比，"上"是以一個處所為目標的，如"走上樓"，"爬上房"，而"起"是沒有目標的，所以後面不能用表示處所的賓語：

起

 ① 他站起身想走。
 ② 孩子們從地上拾起一把小刀。
 ③ 他舉起紅旗，邁步前進。

 "起"的引申用法：

1. 表示動作使某事物出現：
 ① 森林裏燃起一堆堆篝火。
 ② 天剛亮，溫榆河兩岸就響起了一片鐘聲。

2. 表示動作涉及到某事物：
 ① 提起思想，老紀想起了不少。
 ② 有一天，仿佛暗夜裏亮起一道閃電，他想起了魯迅先生。

[開] 表示"離開"，"脫離"，側重表示與某處或某物有了距離：

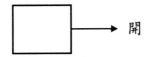

開

 ① 歐陽海很快地從後邊跑過來，用出全身的力量把馬推開了。

② 當時我們要離開家鄉了，都感到戀戀不捨。

使用趨向補語"開"時，說話者所要表達的只是動作使人或物與某一處所有了距離，而不理會動作的目標，因此句中一般不出現表示目標的詞語。這一點與趨向補語"去"不同。

"開"的引申用法：表示使事物展開：
① 站長話音剛落，人群像開了鍋一樣，嘰嘰喳喳議論開了。
② 蔡立堅到杜家山插隊落戶的消息很快就傳開了。

（二）包含簡單趨向補語的句子的結構特點：

1. 簡單趨向補語大多只能出現在動詞後，只有"出"、"過"、"上"的引申用法可以出現在形容詞後。如：
① 這個房間再長出一米就可以擺兩張床了。
② 向四個現代化進軍的浪潮一浪高過一浪。

2. 賓語的位置

"上、下、進、出、回、過、起、開"與結果補語一樣，只能緊跟在動詞後，位於賓語前（見前面有關各例句）。

包含"來"，"去"的句子，賓語可以在幾種位置上出現：

（1）如果賓語是表示事物的名詞，有兩種位置：謂語動詞表示已實現的動作，賓語多位於"來"、"去"之後：
① 王進喜帶領工人和農民端來了幾十噸水，提前開了鑽。
② 周永壽生前所在單位送來了撫恤金。
③ 阿華師傅，給你領來個徒弟。

在命令中，賓語往往位於"來"、"去"之前：
④ 倒一杯水來！
⑤ 給小王送一本書去！

在一般謂語動詞表示未實現的動作的句子中，賓語也多位於"來"、"去"之前：
⑥ 明天我要給他送一些水果去。

⑦ 上級早就說要給我派個助手來。

有時也可以位於"來"，"去"之後：

⑧ 明天你給他送去一些水果，再問他有什麼事沒有。

（2）如果賓語是表示抽象事物的名詞或是存現賓語，只能位於"來"、"去"之後：

① "嗚！"海上傳來一陣陣嘹亮雄壯的笛聲。

② 複雜的地質情況給修橋墩帶來了困難。

③ 去臥虎嶺的大道上，走來一老一小。

④ 他剛出門口，迎面走來一個人。

（3）如果賓語是表示處所的詞語，只能位於趨向補語之前：

① 母親和宏兒下樓來了，他們大約也聽到了聲音。

② 他回家去了。

3. 趨向補語的否定形式與結果補語的否定形式一樣。

二、複合趨向補語

　　"上、下、進、出、回、過、起、開"以及"到"與"來"、"去"結合可以構成複合趨向補語："上來"、"上去"、"下來"、"下去"…，但應注意"起"、"開"不能與"去"構成複合趨向補語：

表：

	上	下	進	出	回	過	起	開	到
來	上來	下來	進來	出來	回來	過來	起來	開來	到…來
去	上去	下去	進去	出去	回去	過去	—	—	到…去

表示趨向的複合趨向補語一般只能用於動詞後，表示引申意義的複合趨向補語可以用於動詞和形容詞後。

（一）複合趨向補語的意義

　　複合趨向補語的意義是由兩個趨向動詞複合構成的，表示人或事物的趨向。大多數複合趨向補語有引申意義，下面分別說明。

[起來]表示通過動作使事物由低到高,與"起"的意思基本相同,後面沒有其他句子成分時,一般用"起來":
① 突然間第一顆信號彈升起來了。
② 誰有問題請把手舉起來。

"起來"的引申用法:

1. 表示動作使事物由分散到集中:
① 團結起來,爭取更大的勝利。
② 我把小冊子、照片、南瓜子包了起來。
③ 南京長江大橋把中國南部被隔斷的鐵路、公路連接了起來。

2. 表示動作或情況開始並繼續,前面多為動作性較強的動詞或表示變化的形容詞:
① 工人們望著"嘩嘩"噴出的石油,歡騰起來。
② 姑娘說著說著突然哭起來了。
③ 組長講完話之後,大家鼓起掌來。

3. 表示說話人著眼於事物的某一方面對事物進行估量或評價:
① 這件事說起來容易,做起來難。
② 那輛自行車騎起來真輕,一點也不費勁兒。
③ 這個手提包看起來不大,裝起東西來可不少。

[下去] 表示動作使事物由高到低(立足點在高處):
① 快些送我們下山去吧。
② 她毫無懼色,一把把敵人從山崖上推下去了。

"下去"的引申意義:

1. 表示已在進行的動作繼續進行:
① 這樣幹下去,要七年才能完成。
② 洞裏悶得喘不過氣來,喝口冷水堅持下去再幹。

2. 用於形容詞後,表示某種狀態的開始或繼續,這樣用的形容詞一般表示消極意義:
① 可是過不多久,我的勁頭就消沉下去了。　　　(開始並繼續)
② 天氣再冷下去,麥苗就要凍壞了。　　　(繼續)

③ 敵人一天天爛下去，我們一天天好起來。　　　（繼續）

[下來] 表示動作使事物由高到低（立足點在低處）：
① 大竹槓又向他劈下來了。
② 突然牆上的畫掉了下來。

"下來" 的引申意義：

1. 表示動作使事物分離：
　　① 請大家把大衣脫下來掛在衣架上。
　　② 她從衣服上撕下一塊布來替傷員把傷口包紮上。

2. 表示動作使事物固定：
　　① 用憲法這樣一個根本大法的形式，把人民民主和社會主義原則
　　　　固定下來。
　　② 在這裏停下來準備過草地。
　　③ 村裏大部分上了山，只有小蘭和幾個伙伴留了下來。

3. 表示動作（或狀態）從過去繼續到現在
　　① 鐘前橫放一架金錦包裹的玉如意，祖傳下來的東西。
　　② 應該把延安的革命精神繼承下來。

4. 表示某種狀態開始出現並繼續發展，前面多為 "暗、靜、瘦、平定、垮、軟、鬆懈" 等等表示由強到弱變化的形容詞。與 "下來" 相比，"下去" 側重表示某種狀態開始出現：
　　① 突然天空暗了下來。
　　② 讓石頭碰一下就軟下來，那還有咱們貧下中農的骨氣嗎？
　　③ 會場漸漸安靜下來了。

[出來] 表示動作使事物由裏到外（立足點在外）：
① 小栓已經吃完飯，吃得滿頭大汗，頭上都冒出蒸汽來。
② 他從書包裏拿出一本書來。
③ 門口突然伸出一個很圓的頭來。
④ 他突然叫出聲來。

"出來" 的引申意義：

表示動作使事物從無到有或由隱蔽到顯露：
① 這時，眼前突然閃出一幅神奇的圖畫來。
② 噢，我看出來了，這兒畫的是咱們這條街。
③ 這些菜都是媽媽自己做出來的。

[出去] 表示動作使事物由裏到外或由內部到外部（立足點在外或內部）：
① 敵人氣得拍著桌子喊："拉出去鍘了！"
② 小虎把手榴彈用力扔出去，炸死了好幾個敵人。
③ 這件事傳出去可不太好。

[過來] 表示動作使事物改變位置（由遠至近）或使事物改變方向（轉向立足點）：
① 忽然聽見身邊傳來一陣腳步聲，抬頭一看，永進滿面笑容地走
　 了過來。
② 青年一聽，跟自己是同路，就立刻把包袱接了過來。
③ 一陣雞蛋大小的冰雹呼嘯著打了過來。
④ 他一跳就跳過溝來了。
⑤ 小李回過頭來看了我一眼。

"過來" 的引申意義：表示回到原來的、正常的狀態，多用於積極的意義：
① 他們很快就把錯誤糾正過來了。
② 現在我明白過來了，你是對的。
③ 老師把我練習本裏的錯字都改過來了。
④ 龍梅醒過來了，第一句就問羊群在哪裏。

[過去] 表示動作使事物改變位置（由近到遠）或使事物改變方向（背離立足點）：
① 阿Q不開口，想往後退；趙大爺跳過去，給了他一個嘴巴。
② 弟弟把我手裏的書搶過去了。
③ 孫桂英急忙調過臉去，不說話了。

"過去" 的引申意義：

表示失去正常的狀態，多用於消極意義：
① 他一句話還沒說完就昏了過去。

② 有一次卓瑪被農奴主打得死了過去。

[上來] 表示動作使事物由低到高（立足點在高處）：
① 他從井裏提上一桶水來。
② 孩子們從山腳下一直跑上來了。

表示趨近立足點：
① 玉榮一看，姐姐抱著一隻小羊追上來了。
② 掉隊的戰士漸漸跟上來了。
③ 這個年輕人不辭辛苦，親自把菜籽送上門來。

"上來"的引申意義：

表示動作使人或事物由較低的部門到較高的部門（立足點在較高的部門）：
① 他有豐富的實踐經驗，最近從基層單位調上來了。
② 群眾的意見都搜集上來了。

[上去]
1. 表示動作使事物由低到高（立足點在低處）：
① 他從坑下運上去兩筐土。
② 你把這些糧食送上山去。

2. 表示趨近某處：
① 小保趕緊追上去拉住馬。
② 他迎上前去，握住對方的手。

"上去"的引申意義：表示動作使人或事物由較低的部門到較高的部門（立足點在較低的部門），或使事物的產量、質量、水平等方面由低到高：
① 大家的意見都反映上去了。
② 要儘快把農業搞上去。
③ 要把燃料、動力和原料工業抓上去。

[回來] 表示動作使人或事物回到"原處"（包括"家"、"家鄉"），立足點在"原處"：
① 首長，我把傷員接回來了。

② 要把"四人幫"造成的損失奪回來。

③ 你給阿里的信,地址寫得不對,退回來了。

[回去] 表示動作使人或事物到"原處"(包括"家"、"家鄉")立足點不在原處:

① 錢,你留著自己用或寄回家去吧。

② 他們把隧道頂部掉下來的混凝土又一點一點地填了回去。

[進來] 表示動作使人或事物由某一處所的外面到裏面(立足點在外面):

① 我說了半截話,抬頭看見老洪笑呵呵地從外邊走進來。

② 一會兒,急急忙忙地跑進來一個穿綠衣服的人。

③ 一九六三年十一月十八日早上,我軍的一支部隊沿著鐵路走進山來。

[進去] 表示動作使人或事物由某一處所的外面到裏面(立足點在外面):

① 他把口袋打開,拿出裏面的書,把狼裝進去。

② 運動員走進比賽大廳去了。

③ 要注意,別掉進敵人設下的圈套裏去。

[開來] 表示動作使事物分開或展開,一般用於抽象事物:

① 他們兩個人的動機完全不同,處理時要把他們區別開來。

② 流感如果蔓延開來,危害很大。

[到…來] 表示使人或事物由彼處到此處,"到"與"來"之間必須有表示"此處"的處所詞語:

① 他每天把報紙給我送到宿舍來。

② 謝利下個月要把妹妹送到中國來。

③ 這個工人家庭出身的姑娘,把在生產班組裏的那股熱情和幹勁都搬到檢查站來了。

(二)包含複合趨向補語的句子的結構特點:

1. 複合趨向補語的否定形式與結果補語、簡單趨向補語一樣,也是在謂語動詞或形容詞前用"沒"(在假設句中用"不")。

2. 表示趨向的複合趨向補語一般用在動詞後,表示各種引申意義的複合趨向補語可用於動詞和形容詞後。

3. 賓語的位置

（1）如果賓語是表示一般事物的名詞或存現賓語，可以位於趨向補語的中間（即"上、下、進…"與"來"、"去"之間），也可以位於複合趨向補語之後：
① 地裏走出幾個人來。
② 終於這流言消滅了，幹事卻又竭力運動，要收回那一封匿名信去。
③ 前面跑過來一匹小馬。
④ 今年我院送出去一百多名學生。

一般說來，謂語動詞表示未實現的動作時，賓語以在複合趨向補語中間為多；謂語動詞表示已實現的動作時，賓語以位於補語之後為多。

（2）如果賓語是表示處所的詞語，只能位於複合趨向補語中間：
① 忽然火車開進山裏來了。
② （阿Q）一直被抓出衙門外去了。

（3）有些動詞與賓語結合得很緊，如"打仗、幹活、洗澡、轉身、回頭、跳舞、唱歌"等，賓語也只能位於複合趨向補語的中間：
① 龍梅站住，轉過身來。
② 田大爺回過頭來，打斷了延風的話。
③ 他們高興得跳起舞來。

（4）表示一般事物的名詞有時也可以位於複合趨向補語前：
④ 敵人企圖從我們的隊伍裏拉一些人出去。
⑤ 拿一張紙出來！

練 習

一、用適當的趨向補語填空：

1. 同事們鼓勵他們投稿，爭取把這篇文章在報紙上登（　）。
2. 他說（　）了青年們的心裏話。
3. 姐姐拿（　）一把刀子，把西瓜切（　）了。

4. 你放心，我們一定把你的意見反映（　　）。

5. 兩個青年把受傷的老人送（　　）醫院（　　）了。

6. 售貨員同志，請你把這件衣服包（　　）。

7. 這個幹部們是在鬥爭中成長（　　）的。

8. 狼突然向東郭先生撲（　　）。

9. 我能看（　　）這是一個先進單位，這裏的一切都令人滿意。

10. 最近，小明當（　　）了優秀少先隊員。

11. 請你們把今天的作業記（　　）。

12. 這個宿舍能擺（　　）四張床嗎？

13. 聽了他的話，大家都笑了（　　）。

14. 應該注意，別叫群眾的情緒低落（　　）。

二、改病句：

1. 我們進去了幼兒園，小朋友們正在門口排著隊歡迎我們。

2. 吳清華逃了地主家以後，向大森林走去。

3. 琴聲一響，孩子們就唱了下來。

4. 人民的生活一天天好下去。

5. 小剛把書包一放就跑出了。

6. 你的朋友回到了，難道你沒看見嗎？

7. 時間飛快地過，眼看就要放假了。

8. 孩子一看見我，就向我撲了過去。

9. 你的鋼筆壞了，應該修理起來。

10. 一九六二年，周師傅和他的妻子先後病死了，留起來三個兒子和兩個女兒。

11. 每到這個時候，我就想起來他的名字。

12. 老張進去商店的時候，已經快十二點了。

13. 他把小女兒叫來面前說："你要永遠記住這個教訓。"

14. 受傷的人從床上坐上來了，大家勸他趕快躺。

15. 風一吹，飄過了一陣花香來。

16. 房間裏不時地傳出一陣陣的笑聲來。

17. 同學們，上課了，快進去教室！

18. 吃完飯，我們都回宿舍。

19. 小李，你給我拿來一個杯子！

20. 鴿子飛上去天了。

第三節　可能補語

可能補語有三種：一、由"得/不+結果補語/趨向補語"構成的，叫A類可能補語；二、由"得/不+了（li.o）"構成的，叫B類可能補語；三、由"得/不得"構成的，叫C類可能補語。

一、A類可能補語

（一）A類可能補語所表示的語法意義。

在動詞和結果補語或趨向補語之間插入"得"或"不"可以構成A類可能補語，如"吃飽"---"吃得飽"，"吃不飽"，"出來"---"出得來"，"出不來"。A類可能補語表示"主觀條件（能力、力氣等）或客觀條件是否容許實現（某種結果或趨向）"。例如：

① 小明的力氣小，舉不起這塊大石頭。
② 我只學了幾個月漢語，看不懂《人民日報》。

以上兩句說的是主觀條件。

③ 前邊的人擋著我，看不見黑板上的字。
④ 教室裡很吵，聽不清錄音。

這兩句說的是客觀條件。

應注意，可能補語與"能"的意思不完全一樣。表示"情理上許可不許可""准許不准許"的意思時，可以用"能"或"不能"，但不能用A類可能補語：

⑤ 外面很冷，你又在發燒，不能出去。

這個句子裡的"不能"是"情理上不許可"，"不應該"的意思，不能用A類可能補語來表達，不能說：*外邊很冷，你又在發燒，出不去。又如：

⑥ 記住，沒有我的命令，你不能進來！

這個句子裏的"不能"是"不准許"的意思，也不能說：*記住，沒有我的命令，你進不來！

（二）A類可能補語的肯定形式和否定形式

雖然A類可能補語有肯定和否定兩種形式，但在實際語言中主要用否定形式，除了疑問句以外，肯定形式用得較少。當要表達“主、客觀條件容許實現某種結果或趨向”這個意思時，一般多用“能（或可以）+動詞+結果補語/趨向補語”的形式，如：

① 這種本子很普通，你在商店裡能（可以）買到。
② 他又往前一湊，能聽見說說笑笑，卻聽不清說什麼。
③ 我能學會滑冰，但學不會游泳。

A類可能補語的肯定形式主要在下列場合使用：

1．問話中有可能補語時，回答多用可能補語：
--- 我的話你們聽得懂嗎？
--- 聽得懂。

2．表示某種結果或趨向比較勉強或把握不大時，常用肯定形式的A類可能補語，動詞前常有“大概、也許、說不定”一類詞語：
① 我去書店看看，你要的書也許買得到。
② 你說一遍我聽聽，說不定我聽得懂。

3．委婉地表示否定的意思：
① 他的病不是藥治得好的。　　　（藥治不好）
② 這裡沒有一個人比得上他。　　（誰都比不上他）

4．形式上用肯定形式，但所表達的意思與否定形式有某種聯繫：
① 你上哪兒我也找得著！　　　　（你別以為我找不著）
② 這個人什麼壞事都做得出來！　（沒有什麼壞事他做不出來）

2、3、4是肯定形式的A類可能補語的典型用法，這些用法可以歸結到一點---都與否定意義有某種聯繫。也就是說，當表示把握不大、委婉的否定意思或批駁某種說法時，肯定形式的A類可能補語是更富於表現力的。

當表達“主、客觀條件不容許實現某種結果或趨向”時，一般用可能補語，很少用“不能+動詞+結果補語/趨向補語”，如用後者，有時句子不能成立：

① 吸煙的害處説不完。

  *吸煙的害處不能説完。

② 銀花想不出辦法來。

  *銀花不能想出辦法來。

有時表示其他意思：

③ （黑板上的字寫得太重）擦不掉。

  （黑板上的字有人還沒抄完，）不能擦掉。　　　　（不准許）

④ （老漢對羊有深厚的感情，）離不開羊群。

⑤ 龍梅想：羊是集體的財產，不能離開羊群。　　（不應該）

當表達人對事物的某種看法、主張時，可以用"不能+動詞+結果補語/趨向補語"形式，這時所表達的意思與A類可能補語基本一樣：

⑥ 你不下苦功夫就不能趕上他們。

⑦ 眼淚不能嚇跑敵人，必須和敵人鬥爭。

在疑問句裡，既可以用可能補語，也可以用"能/不能+動詞+結果補語/趨向補語"：

他的話你聽得懂嗎？

他的話你聽不懂嗎？

他的話你聽得懂聽不懂？

他的話你能聽懂嗎？

他的話你能不能聽懂？

他的話你能聽得懂嗎？

（三）熟語性A類可能補語

有些A類可能補語，沒有相應的結果補語或趨向補語形式，如"來不及"---*"來及"，"對不起"---*"對起"。這類可能補語多與前邊的動詞結合很緊，形成一個熟語性結構，如"對不起"的意思是"對人有愧"，"靠不住"的意思是"不可靠"。這類可能補語的數目不多，常用的如："禁得/不住"、"經得/不住"、"靠得/不住"、"划得/不來"、"合得/不來"、"說得/不攏"、"經得/不起"等等，其意義大多能在辭典裏查到。由於沒有相應的"能+動詞+結果補語/趨向補語"形式，所以熟語性A類可能補語的肯定形式比一般的A類可能補語的肯定形式用得多些。

（四）包含A類可能補語的句子的結構特點

1．能帶A類可能補語的主要是動詞，而且以單音節動詞為多。如果單音動詞與雙音動詞同義，一般用單音動詞。如說"吐不出來"，不說"嘔吐不出來"，說"考不好"，不說"考試不好"。

　　下列動詞[註] 不能帶A類可能補語：

（1）動補式的雙音動詞：取得、獲得、使得、免得、覺得、曉得、認為、
　　　成為、延長、擴大。
（2）某些表示心理活動的動詞：感動、佩服、喜歡、討厭、抱怨、想（想
　　　念義）、誤會、怕、心疼、著急、懂、知道、同意、希望、滿意。
（3）"有、是、為、像、以為"，表示致使義的"讓、叫、給"以及能願
　　　動詞。
（4）"滅、斷、發生、開始、出現、經過、成、結果、停止、加入、爆發、
　　　鼓勵、稱贊、尊敬、尊重、衝突、反對、俘虜、允許、通訊、教學、
　　　交際、抱歉、失去、著、遊戲、擁抱、跟隨"等。

　　少數形容詞也可以帶A類可能補語，如"好不下去了"、"熱不死"、"紅不起來"等等。

　　從結果補語與趨向補語方面來看，用於基本意義的趨向補語易於構成可能補語，不能構成可能補語的，多為引申意義的。如"哭開了"---"*哭不開"，"看上去"---*看不上去"。結果補語大多可以構成可能補語。

2．包含A類可能補語的句子，動詞前可以有狀語，但限於在意念上是修飾整個謂語的表示時間、處所、範圍、對象等方面的詞語。如：
　　① 大娘接過藥，眼裡含著感激的淚水，半天說不出話來。
　　② 她性格孤僻，和別人談不上話來。
　　③ 一直到半夜，他還合不上眼。
　　④ 一鍬挖不出個井，一口吃不成個胖子。

動詞前一般不能用表示動作者的心情、態度以及修飾動作的描寫性的狀語，句中如有此類狀語，就只能用"能/不能+動詞+結果補語/趨向補語"的句式：

[註] 本節所列舉的動詞、形容詞一般限於《普通話三千常用詞表》（初稿）所收錄的。

⑤ 他在哪裡呢？他自己也不能正確地回答出。

*他在哪裡呢？他自己也正確地回答不出。

⑥ 你能高高興興地做完這件事嗎？

*你高高興興地做得完這件事嗎？

應注意下邊兩個句子的區別：

⑦ 這些書我今天不能全買到。

⑧ 這些書我今天全買不到。

例⑦的"全"只限制"買到"，意思是"只能買到一部分"，例⑧的"全"限制"買不到"，意思是"一本也買不到"。

3．可能補語一般不能用於"把"字句、"被"字句的謂語動詞後[注]，不能用於連動句的第一動詞後。下邊的句子是不正確的：

*我把這個活幹不好。

*我把這些練習一小時做得完。

*這個杯子被他打不破。

*敵人可能被我們打得敗。

*他病剛好，出不去散步。

*我沒有票，進不去看電影。

4．有些可能補語中間可以加"太、大、很"一類程度副詞。如：

① 我看不大清楚。

② 在別人家裡吃飯，我總吃不大飽。

③ 這件事我說不太準。

5．賓語的位置

（1）當可能補語由結果補語和簡單趨向補語構成時，賓語位於可能補語後：

① 我們還是看不清跑道。

② 這個口袋裝不下六十斤米。

③ 店已經下班了，他買不來東西了。

[注] 某些熟語性補語可以用於"被"字句，如："他不明白，為什麼自己總被人看不起？"

（2）賓語也可以放在整個動補短語之前，不過要在賓語前重複動詞：
 ① 他說話說不明白。
 ② 汽車拐彎拐不過來。

（3）如果可能補語是由複合趨向補語構成的，賓語多位於複合趨向補語的中間：
 ① 他激動得說不出話來。
 ② 他的思想總是轉不過彎來。

賓語有時也可以放在複合趨向補語之後：
 ③ 這個包太小，裝不進去一本雜誌。

6·肯定形式的A類可能補語前還可以加“能”來加強“主、客觀容許”的意思：
 ① 這一百多億根毛竹，流去了井岡山人多少汗水，誰能算得清呢？
 ② 你別說，我能猜得出來。

　　但否定形式的A類可能補語前不能加“不能”，因為加上“不能”後將成為雙重否定，在漢語裡雙重否定等於肯定，再加上“不能”的多義性，意義會相差很遠。例如：
 ③ 你完不成這個任務。
 ④ 你不能完不成這個任務。 （不准、不應該）
 ⑤ 這句話他聽不懂。 （否定）
 ⑥ 這句話他不能（會）聽不懂。 （肯定）

二、B類可能補語

（一）B類可能補語表示的語法意義

　　B類可能補語是由“得/不+了（li.o）”構成的。“了”的本義是“完”、“結束”，由“得/不+了”構成的可能補語用在某些動詞後[注]，“了”有時仍表示“完”、“掉”等結果意義。如：
 ① 這個西瓜太大，咱們倆吃不了。 （吃不完）
 ② 這件事我總也忘不了。 （忘不掉）

[注] 此類動詞後用動態助詞“了”，也表示“掉”之類結果意義。參見本書第二編第九章第二節。

這類"得/不了"與A類可能補語所表示的意思是一樣的,所以應屬於A類。

由"得/不+了"構成的B類可能補語,"了"本身不表示結果意義,整個"得/不了"表示"主、客觀條件是否容許實現(某種動作或變化)"。例如:

③ 鑽機沒有水就動不了。 （客觀條件不容許）

④ 今天下雨,去不了頤和園了。 （客觀條件不容許）

⑤ 你這麼大年紀了,連山上的草都拔不了,怎麼能搬走這兩座大山呢? （主觀條件不容許）

⑥ 今天阿里病了,上不了課了。 （主觀條件不容許）

"得/不了"還可以表示對情況的估計:

⑦ 我看小劉比小陳大不了幾歲。

⑧ 敵人是兔子的尾巴,長不了。

表示"情理上是否許可"或"准許不准許"意義時,不能用B類可能補語,例如:

⑨ 一個人不能去,看掉在溝裡!

*一個人去不了,看掉在溝裡!

⑩ 你的要求是錯誤的,我不能答應。

*你的要求是錯誤的,我答應不了。

B類可能補語在陳述句中也主要用否定形式,表達相應的肯定意思時,多用"能":

⑪ 二哥,屬老虎的才能幹這種事,屬耗子的幹不了。

⑫ 今天晚上我能去,阿裡去不了。

B類可能補語主要用於口語,書面語或在正式場合,更多的是用"能/不能+動詞"、A類可能補語或其他方式。

(二) B類可能補語與A類的區別

雖然在表達"主、客觀條件是否容許實現"這一點上A類可能補語與B類有相同之處,但A類總與動作的結果或趨向相聯繫,而B類則與結果或趨向無關。試比較:

① 今天晚上我有事,看不完這本書了。（A類,不能實現"看完"）

② 今天晚上我有事,看不了這本書了。（B類,不能實現"看"）

（三）包含B類可能補語的句子特點

　　　包含B類可能補語的句子，結構特點基本與包含A類可能補語的句子相同，值得提出的有以下兩點：

1・動詞或形容詞與B類結合要比A類來得容易，結合面也寬些，連某種動補式動詞（如“擴大、延長、埋沒、提高”等）、前面有狀語的動詞甚至有其他補語的動詞都可以帶B類補語。例如：

　　① 我們這裡埋沒不了人才。
　　② 他這個人，早來不了。
　　③ 這些土地是我們的，誰也搶不了去！

這是因為B類可能補語主要用於口語，所以結構上相對地自由些。只有口語中不常用的動詞，如“蹓、著、恭候、尋（找）……”以及表示使令義的“使、讓、叫”，能願動詞等不能帶B類可能補語。

　　　不能帶B類可能補語的形容詞有以下兩類：

A・某些口語中不常用的，如“骯髒、錯誤、醜陋、細膩、衰敗、高大”等。
B・非謂形容詞，如“男、女、雌、雄、正、副、橫、豎、夾、大型、初級、
　　多項、個別、共同、主要、新生、慢性、新式、四方、萬能、天然、人為、
　　袖珍、高頻”等。

2・B類可能補語中間不能插入程度副詞。

三、C類可能補語

　　　動詞和形容詞後可以只用“得/不得”作補語，叫C類可能補語，如“吃不得”，“去不得”，“急不得”等。此類可能補語表示兩種語法意義，或者說有兩種C類可能補語，C1類與C2類。

1・C1類可能補語

　　　C1類可能補語表示“主、客觀條件是否容許實現（某種動作）”，即與B類可能補語的意義相同。如：

① （三仙姑）羞得只顧擦汗，再也開不得口。

② 他倒在太師椅上，半天動彈不得。

C1類可能補語在現代漢語普通話中用得很少，所以在表達"主、客觀條件容許實現某種動作"這個意義時，一般不用C1類可能補語，而用"能/不能+動詞"或B類可能補語：

③ 我沒有時間，不能去了。

　　我沒有時間，去不了了。

　　*我沒有時間，去不得了。

　　C1類可能補語中有些是熟語性的，已與前邊的動詞凝結成一個詞，在現代漢語普通話中常用。例如"恨不得"、"怪不得"、"顧不得"、"巴不得"、"算不得"---只用否定形式，"捨得/不得"、"值得/不得"、"記得/不得"---肯定、否定形式都用。

2·C2類可能補語

　　C2類可能補語表示"情理上是否許可"，可以用在動詞和形容詞後：

① 涼水澆不得。

② 個人你可小看不得。

③ 那推針的手，輕不得、重不得、慢不得、快不得。

④ 那壽木蓋子是四川漆！不能碰，碰不得！

但"不准許"意義不能用C2類可能補語來表達，試比較：

⑤ 沒有我的命令你不能走！

　　*沒有我的命令你走不得。

　　除了疑問句外，C2類可能補語一般只用否定形式。這是因為此類可能補語常用來規勸、提醒或警告，說明不要做或避免出現可能補語前的動詞或形容詞所表示的動作或情況，否則會帶來不良後果。此類補語只出現在口語中。

　　包含C2類可能補語的句子的結構特點，有兩點應該提出：

（1）C2類可能補語前的動詞或形容詞也以單音節的為多。不能帶C2類可能補語的動詞主要有：

A. 口語中不常用的；
B. 表示動作者所不能控制的動作的動詞，如"醒、傳染、長(zhǎng)、度過、遇、吃驚、覺悟、爆發"等。
C. "是"，"像"，"為"，"以為"以及能願動詞。

　　能帶C2類可能補語的形容詞是有限的，多是口語中常用的、表示人所能控制的狀態的。主要有：

　　大、小、高、低、長、短、粗、細、寬、窄、厚、薄、滿、空、多、少、偏、歪、斜、彎、深、淺、重、輕、快、慢、遲、濃、淡、密、稀、軟、硬、緊、鬆、亂、穩、錯、怪、貴、賤、便宜、密切、統一、簡單、複雜、難、容易、熱、冷、涼、甜、酸、辣、鹹、餓、累、閒、慌、胖、美、驕傲、糊塗、靈活、老實、謙虛、粗魯、冒失、粗心、大意、隨便、認真、馬虎、麻痺、厲害、緊張、急、客氣、文明、嚴、活潑、頑固、疲沓、固執、熱情、大方、小氣、自私、激烈、懶、勉強、頑皮、高興、惱、親熱、興奮、保守、積極、消極、悲觀等。

（2）帶C類可能補語的動詞後很少帶賓語，如有賓語，賓語的結構也一定很簡單，如："開不得口"，"怨不得他"等。句中如有受事者，多位於動詞前作主語，比較：
　　你那猶猶豫豫的老毛病可犯不得。
　　可犯不得你那猶猶豫豫的老毛病。

練 習

一、用適當的可能補語填空：

　　1. 樹林中有一面紅旗，由於霧特別大，看（　　）。
　　2. 這個擔子太重了，我挑（　　）。
　　3. 我們住的小胡同特別窄，汽車開（　　）。
　　4. 我的鋼筆哪兒去了，怎麼找（　　）了？
　　5. 我是哪國人，你猜（　　）嗎？

6. 今天太晚了，去（　　）頤和園了。
7. 不用電爐的時候，要把插銷拔下來，千萬大意（　　）。
8. 他忙得連飯都顧（　　）吃。
9. 他從來捨（　　）亂花錢。
10. 這個禮堂坐（　　）三千人嗎？
11. 這是什麼地方？我怎麼記（　　）了？
12. 你說得太快，我們聽（　　）。
13. 這件衣服太貴，我買（　　）。
14. 在我們面前沒有克服（　　）的困難。

二、把下列肯定句改成否定句：

1. 今天學的課文我能背下來。
2. 星期日小劉能回來看電影。
3. 這兩道題有什麼區別，我能看出來。
4. 他說的話我能聽懂。
5. 這個問題小王能答上來。
6. 一塊錢能買五斤蘋果。
7. 電影七點半能演完。
8. 你在這樣的燈光下看書，眼睛會近視的。
9. 這件事我能詳細地寫出來。
10. 童年時代的生活他還記得。

三、判別正誤：

1. A. 這個問題他考慮了很久，還是不能想出什麼辦法來。
   B. 這個問題他考慮了很久，還是想不出什麼辦法來。
2. A. 只要你能平安地回來，我就滿足了。
   B. 只要你平安地回得來，我就滿足了。
3. A. 阿里問謝利上哪兒去了，誰都回答不過來。
   B. 阿里問謝利上哪兒去了，誰都回答不出來。
4. A. 這本書你能親自給他送去嗎？
   B. 這本書你親自給他送得去嗎？
5. A. 他長得和中國人一樣，誰都看不出來他是個外國人。

B. 他長得和中國人一樣，誰都不能看出來他是個外國人。

6. A. 這個音很難，我總也發不好。

B. 這個音很難，我總也不能發好。

7. A. 你這個毛病怎麼老也改變不過來？

B. 你這個毛病怎麼老也改不過來？

8. A. 酒太多了，我喝不了。

B. 酒太多了，我不能喝完。

四、改病句：

1. 你連一塊石頭都不能搬動，怎麼能把山搬走呢？

2. 今天天氣不好，還照相得了嗎？

3. 要不是老師幫助我，我就不能學習中文好。

4. 因為錢不夠，所以他買不到那件大衣了。

5. 下午你來得了幫助我嗎？

6. 我打開水龍頭，看看現在水來得了來不了。

7. 現在，那座小山上一棵樹也不看見。

8. 蕃瓜弄是上海的一個有名的貧民窟，去參觀以前，我真不能想像到過去的勞動人民生活是那樣的悲慘。

9. 小張的傷勢很重，大家都知道已經不能活了，禁不住哭了起來。

10. 你這樣工作，不能工作好。

第四節　情態補語

　　情態補語主要指動詞或形容詞後用“得”連接的補語，由“得個”，“個”連接的補語，以及由“極”、“透”、“死”、“壞”等充任的表示程度意義的補語，也屬於情態補語。無論從形式上來看還是從所表示的意義來看，情態補語都是比較複雜的。

一、用“得”連接的情態補語

　　用“得”連接的情態補語雖然都可以概括為表示動作或狀態的結果或程度，如“辛苦得很”、“睡得很晚”、“他急得哭了起來”、“吹得我頭昏眼花”，但進一步分析，會發現這四個句子裏的補語還有差別：“很”只表示程度；“晚”是對動作"睡"進行描寫；"哭了起來"可以說是"急"的結果，也可以說是描寫"他"的情態；"我頭昏眼花"可以說是"吹"的結果，而"頭昏眼花"又是描寫"我"的情態的。下面分別分析這幾類補語。

（一）表示程度的情態補語

能充任表示程度的情態補語的主要是副詞"很"。"慌"、"多"、"不得了"、"了不得"、"要死"、"要命"、"不行"、"可以"等也可以作情態補語，這些詞語在充任情態補語時，其意義大都與其基本意義有些距離，都有表示"程度高"的意思。如：

① 老師您為大家辦事，辛苦得很，休息一下吧。
② 剛才他找老楊三次都沒找到，把他急得不得了。
③ 水泵用是能用了，可是離您常說的"治病要去根"還差得很遠。
④ 老鄭，坐我的車可顯得慌啊。
⑤ 小馬急得不得了。
⑥"我實在喜歡得了不得，知道老爺回來...."

能帶這類情態補語的只限於形容詞和表示心理活動的動詞；動詞後很少再帶賓語，如有賓語，要重複動詞：

⑦ 媽媽愛女兒愛得不得了。

（二）對動作進行描寫、評價或判斷情態補語。這類補語一般由形容詞短語充任。

形容詞充任情態補語與充任謂語一樣，一般前面多加"很"；"很"表示程度的作用很弱。

① 為了備課，李老師每天睡得很晚。
② 這場友誼賽非常精彩，運動員都打得很好。

只有再對舉、比較的句子裡，形容詞才能單獨作情態補語：

③ 我們一起學英語，他學得好我學得不好。
④ 我從前唱得好，現在嗓子不行了，唱不好了。

其他形容詞短語也可以作此類情態補語：

⑤ 太陽出來一人高了，伙計們睡得正香。
⑥ 老師的問題他回答得對不對？

⑦ 他説得非常對，我完全同意。

帶這類情態補語的動詞後有賓語時，也要重複謂語動詞：
　　⑧ 他唱歌唱得很好。
　　⑨ 阿里寫漢字寫得很清楚。
　　⑩ 夏西説漢語説得比我流利。

這種句子的第一個動詞也可以省掉：
　　⑪ 他歌唱得很好。
　　⑫ 阿里的漢字寫得很清楚。
　　⑬ 夏西漢語説得比我流利。

（三）描寫動作的施事者（或當事者）或受事者的情態的情態補語

　　有些包含情態補語的句子，其謂語動詞或形容詞往往表示原因，"得"後的補語表示結果---某動作或狀況使施事者（當事者）或受事者出現了何種情態。在包含情態補語的句子中，這類句子佔多數。當謂語中心語為形容詞時，此類情態補語一般描寫當事者（多為主語），謂語中心語為動詞時，補語多描寫受事者，有時描寫施事者。能充任此類補語的詞語很多，幾乎凡是能充任謂語的詞語都可以。如形容詞（短語）、動詞（短語）、名詞短語、固定短語以及複句形式的短語等。例如：
　　① 敵人氣得大喊："你小小年紀，難道不怕死嗎？"

　　　　　　　　　　　　　　　　　　　（描寫"敵人"---當事者）
　　② 聽了這句話，他的臉脹得通紅。　　（描寫"臉"---當事者）
　　③ 嗓子眼兒乾得直冒煙兒。　　　　　（描寫"嗓子眼"---當事者）
　　④ 王進喜聽了這個消息高興得跳了起來。（描寫"王進喜"---當事者）
　　⑤ 住在這古老森林裏的飛禽走獸，都被驚得亂飛、怪叫起來。

　　　　　　　　　　　　　　　　　　　（描寫"飛禽走獸"---受事）
　　⑥ 老大娘高興得見人就説："合作醫療真是好啊！"

　　　　　　　　　　　　　　　　　　　（描寫"老大娘"---當事者）
　　⑦ 我看他忙得一點空也沒有，心裏很難過。（描寫"他"---當事者）
　　⑧ 從此，隧道裏的情況完全變了，昨天還熱得頭暈，今天卻凍得
　　　　發抖。　　　　　　　（描寫"人"---當事者，"人"承前隱現）
　　⑨ 那包餅乾早被壓得粉碎了。　　　　（描寫"餅乾"---受事）
　　⑩ 有一次卓瑪被打得快死了。　　　　（描寫"卓瑪"---受事）

⑪ 他嚇得站也站不穩，坐也坐不安。　　（描寫"他"---受事）

⑫ 廷椽和豪神們嚇得面如土色。　　　（描寫"廷椽…們"---受事）

⑬ 這一場意外的爭論，把我和那個女衛生員搞得莫名其妙。

（描寫"我和那個女衛生員"---受事）

⑭ 他把斧子舉得跟頭一樣高，站在那裏，一動也不動。

（描寫"斧子"---受事）

⑮ 老紀聽得入了迷。　　　　　　　　（描寫"老紀"---施事）

⑯ 我看書看得忘了吃飯。　　　　　　（描寫"我"---施事）

有時謂語動詞不表示原因（此類動詞多為"生、長"一類非動作動詞），補語也說明當事者的情態：

⑰ 此人生得細長高粱桿個子，雞蛋臉。（說明"此人"---當事者）

⑱ 這個小女孩長得很漂亮。　　　　（說明"小女孩"---當事者）

帶這類情態補語的動詞後如有賓語，也要重複謂語動詞：

⑲ 他走路走得滿身大汗。

⑳ 小明聽故事聽得忘了吃飯。

（四）主謂短語充任情態補語時，補語中的謂語說明補語中的主語。如：

① 鐵錘一下一下準確地落到鋼床上，打得石屑飛迸，火星四濺。

"飛迸"說明"石屑"，"四濺"說明"火星"。又如：

② 呼嘯的大風捲起地上的灰沙，直吹得我頭昏眼花。

③ 在進軍的路上，打得敵人望風而逃。

④ 看慌得你那個樣子，快把心收收辦正事好不好？

⑤ 這一篇話聽得我淒然而又悚然。

⑥ 這雙鞋穿得底都快透了，可是幫兒還很好。

⑦ 小明寫字寫得鉛筆尖都禿了。

這種句子全句的主語、謂語動詞與情態補語中的主語成分的關係比較複雜。有時全句主語是施事，補語中的主語成分是謂語動詞的受事，如②、③兩句；有時全句主語是謂語動詞的受事，而補語的主語成分是施事，如⑤；有時謂語中心語是形容詞，主語往往省略或根本沒有主語，補的主語成分是當事者，如④；有時補語的主語成分是全句主語的一部分，如⑥；有時補語的主語成分表示工具，如⑦；…。這類句子一般都可以變換成"把"字句如："把敵人打得望風而逃。"、"（大風）把我吹得頭昏眼花。”、“這一篇話把我聽得悽然而又悚然。”、“這雙鞋把底穿得快破了。”、“小明寫字把鉛筆尖寫得快禿了。”

（五）情態補語的省略形式

有的句子，動詞、形容詞後有結構助詞“得”，“得”後再無其他成分，這類句子的主語前常有“瞧、看”一類動詞：
① 孩子，看你那鞋爛得，把這雙鞋穿上。
② 看他累得。
③ 你瞧小英美得。

這類句子是省略了情態補語，後邊往往能補上“這個樣子”、“那個樣子”以及更為具體的情態補語，在一定的語言環境中，所省略的補語不說意思也清楚。這種句子只出現在口語中。

下面的句子實際上也包含情態補語（詳見第二編第三章“是…的”句）：
④ 他兩眼通紅，是哭的（得）。
⑤ 我手上起了一個大泡，是開水燙的（得）。

（六）包含由“得”連接的情態補語的句子的結構特點：

1. 情態補語與謂語中心語之間除了結構助詞“得”之外不能插入其他任何成分。除了表示程度的情態補語以外，其他帶由“得”連接的情態補語的句子，語音停頓都在“得”後。
2. 能帶此類情態補語的動詞和形容詞必須具備下列條件。
   動詞：
   （1）一般動詞不能帶表示程度的情態補語，只有表示心理活動的動詞可以帶表示程度的情態補語。
   （2）能帶表示動作的施事或受事者情態補語的動詞以單音節的為多，如“打”，“吹”，“說”…等等。少數雙音節動詞也可以帶此類補語，多為表示具體動作行為的動詞，如“收拾、打扮、糟蹋、整理、安排、打掃”等等。
   （3）一般動詞都可以帶對動作進行描寫的情態補語。有些雙音節動詞，如“鍛鍊、提高、發展、開展、進行、表演、回答、工作”等等，不能帶對動作的施事或受事進行說明的情態補語，但可以帶對動作進行描寫的情態補語。

形容詞：

（1）無論單音節形容詞還是雙音節形容詞，一般都可以帶"很"，"多"一類表示程度的補語。

（2）單音節的以及不少雙音節形容詞，如"聰明、老練、糊塗、熱鬧、激動、高興、涼快、舒服、緊張、嚴肅"等等都能帶描寫當事者的情態的情態補語。這類形容詞還可以帶由主謂短語充任的情態補語。

（3）形容詞本身包含有程度意義及形象意義的，如"冰涼、漆黑、雪白、金黃、筆直、草綠、鵝黃、逼真、稀爛、滾圓、碧綠、狂熱、傑出、紅彤彤、黑古隆冬、稀哩糊塗"等等，不能帶任何一種情態補語。

3. 帶情態補語的動詞、形容詞不能是重疊形式的。

4. 包含有情態補語的句子，表達全句意思的重點在補語部分，因此謂語動詞或形容詞前一般很少出現描寫性的狀語。

5. 在情態補語中，只有說明動作的有否定形式，如：

① 小剛唱歌唱得不好。

② 這個字寫得不對。

此類補語可以用正反疑問式來提問：

③ 小剛唱得好不好？

這是因為此類補語的作用在於對動作進行判斷、評議。

其他幾類補語是描寫性的，一般多以肯定形式出現。有時以否定形式出現會使人莫名其妙。如：

*這個電影好得不很。

（這個電影好得很。）

*我把那本書看得沒舊。

（我把那本書看得很舊。）

*他高興得沒跳起來。

（他高興得跳了起來。）

有時補語中可以有否定副詞，但那是和補語中其他詞語構成一個整體來描寫施（當）事或受事：

④ 大風吹得他睜不開眼睛。

⑤ 王剛被訓斥得不説話了。

這類補語不能用正反疑問式來提問。如：

*大風吹得他睜得開眼睛睜不開眼睛？

*王剛被訓斥得説話不説話了？

只能用"怎麼樣"來提問：

⑥ 大風吹得他怎麼樣了？

⑦ 王剛被訓斥得怎麼樣了？

二、用"個"連接的程度補語

用"個"連接的情態補語其形式和意義都是很簡單的，遠不如由"得"連接的補語那麼複雜。這類補語有兩種：

（一）補語為肯定形式的，其作用一般是對施（當）事或受事進行描寫，可由形容詞（短語）、動詞（短語）、象聲詞、固定短語等充任：

① 在游泳池裏，孩子們又是游泳，又是打水仗，玩了個痛快。

② 大廳裏打了個稀里嘩啦，花瓶粉碎，碟兒碗兒稀爛，桌椅板凳東倒西歪。

③ 這會兒，又半路上拔汽門芯，把我弄個不上不下的，多彆扭。

④ 民兵們把敵人打了個落花流水。

此類用"個"連接的情態補語比用"得"連接的更加口語化，動作已完成時，"個"前常用"了"，這一點與用"得"連接的補語很不同。

（二）補語為否定形式的，通常表示"不停"的意思，其作用是對動作進行描寫、說明：

① 媽媽見了高興得笑個不住。

② 女孩子們待在一起總斷不了笑聲，瞧，她們手不停嘴也不停，說個沒完。

③ 不知為什麼，馬瑰玫幾乎失聲驚叫起來，心兒"怦怦"跳個不住。

這兩類補語都只能用在動詞後。

（三）由“得個”連接的情態補語

　　由“得個”連接的情態補語只有肯定形式，其作用及結構特點與由“個”連接的肯定形式的情態補語基本相同。如：
　　① 其結果，把幾千年封建地主的特權，打得個落花流水。
　　② 訪問的，研究的，談文學的，偵探思想的，要做序題簽的，請演說的，鬧得個不亦樂乎。

這類補語多出現於文學作品中。

（四）不用結構助詞連接的情態補語

　　不用“得”、“得個”、“個”等結構助詞連接的表示程度的補語主要有“極”、“壞”、“死”、“透”等。這類補語數目有限，也歸入情態補語。這類情態補語只用於形容詞與表示心理活動的動詞和狀態動詞之後。如：
　　① 那天正下大雪，跑了三十多里山路，我累極了。
　　② 跨上斷橋，…橋頭荷花迎風擺動，像在迎接遊人，真是可愛極了。
　　③ 我們高興極了。
　　④ 這本書我喜歡極了。
　　⑤ 檢查站工作這一改進，可樂壞了工人。
　　⑥ 嗐，這麼談，可別扭死人了。
　　⑦ 伙計們恨透了周扒皮，越打越狠。
　　⑧ 哎呀，睏死我了！
　　⑨ 有吃的嗎？我餓極了。

　　“極”還可以用於動詞“像”之後：
　　⑩ 他們父子倆像極了。

　　此外，“遠”（只用於“差”後）、“多”也可以直接充任情態補語，只用於形容詞後：
　　⑪ 小李的技術差遠了。
　　⑫ 我們想，這裏的條件雖然簡陋，但比白求恩大夫當年戰場上的條件強多了。

　　“極”，“多”作補語可以用於積極意義，也可以用於消極意義；“死”、“壞”作情態補語，多用於消極意義，但也可以用於積極意義；“透”、“遠”作情態補語只用於消極意義。

　　“極”為副詞，“壞”、“遠”、“多”原為形容詞，“死”、“透”原為動詞，但作情態補語時與原義有所不同，都表示“程度”，與副詞差不多。其中“壞”、“死”、“透”、“遠”、“多”等也可以直接做結果補語，詞意不變，不表示“程度”。比較：

⑬ 我的衣服叫雨淋透了。　　　　　　　　（結果補語）
　　這個人壞透了。　　　　　　　　　　　（情態補語）
⑭ 他把收音機搞壞了。　　　　　　　　　（結果補語）
　　今天我氣壞了，幹什麼事都不順利。　　（情態補語）
⑮ 這盆花乾死了。　　　　　　　　　　　（結果補語）
　　這件事真把人急死了。　　　　　　　　（情態補語）

　　帶此類情態補語的句子的結構特點：

（a）句末一定有助詞“了2”。
（b）補語與動詞或形容詞之間不能插入“了”，“過”等其他成分。
（c）動詞帶情態補語“極”時，如還有賓語，要重複動詞：
　　① 他想孩子想極了。
　　② 小明像爸爸像極了。

　　“透”作情態補語時，謂語動詞如還有賓語，可以重複動詞，也可以不重複：
　　③ 伙計們恨透了周扒皮。
　　④ 伙計們恨周扒皮恨透了。

　　“死”，“壞”作情態補語時，如謂語動詞還有賓語，一般不重複動詞；如賓語為施事，不能重複動詞：
　　⑤ 這件事樂壞了我了。
　　　*這件事樂我樂壞了。

（d）此類情態補語中，“透”、“死”、“壞”可以用於“把”字句，“極”、“遠”、“多”不能用於“把”字句。

練 習

一、用所給的詞語造帶情態補語的句子：

    例1. 他　洗衣服　衣服很乾淨
        (1) 他把衣服洗得很乾淨。
        (2) 他洗衣服洗得很乾淨。

    例2. 小紅　高興　小紅　跳了起來
        小紅高興得跳了起來。

1. 阿里　很　激動
2. 小剛　鍛鍊　身體　身體很結實
3. 他的臉　脹　他的臉通紅
4. 運動員們　表演　很好
5. 謝利　說漢語　比我流利
6. 小王　忙　小王忘了吃飯
7. 李明　吃飯　飯乾乾淨淨
8. 火　烤　他的臉　他的臉通紅

二、判別正誤：

1. A. 我不能寫漢字很快。
   B. 我寫漢字不能寫得很快。
2. A. 他感動得連一句話也說不出來。
   B. 他感動連一句話也說不出來。
3. A. 他翻譯很清楚，我們都懂了。
   B. 他翻譯得很清楚，我們都懂了。
4. A. 我們回答老師的問題，回答得很努力。
   B. 我們努力回答好老師的問題。
5. A. 今天晚上我寧肯少睡點覺，也要把作業作好。
   B. 今天晚上我寧肯少睡點覺，也要把作業作得好。
6. A. "為人民利益而鬥爭"這句話說得容易，做得很難。
   B. "為人民利益而鬥爭"這句話說起來容易，做起來很難。

7. A. 車開得很慢，因為路不好走。
 　 B. 車開了很慢，因為路不好走。
8. A. 他比我寫快得多。
 　 B. 他比我寫得快得多。
9. A. 由於老師的嚴格要求，我們越來越學得中文好。
 　 B. 由於老師的嚴格要求，我們學中文學得越來越好。
10. A. 冬子心裏想，能不能快長一點，好早一點參加紅軍？
 　 B. 冬子心裏想，能不能長得快一點，好早一點參加紅軍？

三、改病句：

1. 我要把這項工作作更好。
2. 我聽見他們唱歌得高興極了。
3. 他學漢語學得很好，也說得很對，也寫得很快。
4. 工人管理得工廠很好。
5. 他散步得很慢。
6. 敵人惡狠狠地說：“你回答全不對！”
7. 我們在教室裏討論很熱烈。
8. 孩子們把水果吃了得一乾二淨。

第五節　數量補語

　　表示有關動作、變化的數量的補語叫數量補語。數量補語有三種：動量補語、時量補語、比較數量補語。

一、動量補語

（一）動量補語表示的意義

　　動量補語表示動作、行為進行的數量---次數，由動量詞（專用、借用）充任。
如：
　　① 這本書你看過幾遍了？
　　② 請等一下。

③ 大叔，咱們是不是一塊兒到臥虎嶺去一趟？

④ 他朝敵人狠狠踢了一腳。

⑤ 這杯茶水不燙，你喝一口試試。

某些形容詞後也可以用動量補語：

⑥ 燈亮了一下，又滅了。

⑦ 這朵花開始紅了一陣子，後來變白了。

（二）包含動量補語的句子結構特點

1・動量補語與謂語中心語之間可以用動態助詞 "了"、"過"：

① 老師傅把頭輕輕地點了一下。

② 來北京後我去過兩次天安門。

2・賓語的位置：

謂語動詞後如果同時出現動量補語與賓語，賓語可能在補語前，也可能在補語後。有幾種情況：

（1）一般動量詞充任動量補語：

A・一般事物名詞作賓語時，大都位於動量補語後：

① 阿華師傅與站長交換了一下意見，矛盾消除了。

② 他的母親大哭了十幾場，他的老婆跳了三回井。

③ 勞駕，請給我找一下26樓101號房間。

B・人名、地名以及對人的稱呼作賓語時，可以有兩種位置：補語前與補語後。如：

① 昨天我找過兩次老師。

昨天我找過老師兩次。

② 剛才我喊了小李兩回，他都不答應。

剛才我喊了兩回小李，他都不答應。

③ 小馬去年來過北京一次，但住的時間不長。

小馬去年來過一次北京，但住的時間不長。

C・人稱代詞作賓語時，一般位於補語前：

① 今天上午我去醫院看了他一趟，他很好。

　　② 這個人過去騙過我一回，所以我不相信他。

（2）借用量詞作動量補語時，（賓語多為有生命的物體）：

A・借用量詞一般都位於賓語後：
　　① 小剛狠狠踢了狗一腳就跑開了。
　　② 他從後面砍了鬼子一刀。
　　③ 阿金抓了船幫一把沒抓住，又掉進水裏去了。
　　④ 你打他一巴掌他就不鬧了。
　　⑤ 你走的時候告訴老師一聲。

B・賓語為對人的稱呼，補語為“X 眼”、“X 把”時，賓語可以在補語前也可以在補語後：
　　① 他向前推了老李一把，老李站不穩，倒了。
　　　 他向前推了一把老李，老李站不穩，倒了。
　　② 你拉一把張明，他上不來了。
　　　 你拉張明一把，他上不來了。
　　③ 老人白了兒子一眼，不說話了。
　　　 老人白了一眼兒子，不說話了。
　　④ 他看了一眼身旁的小鐘。
　　　 他看了身旁的小鐘一眼。

3・在一般情況下，帶動量補語的動詞前很少用否定副詞。當表示辯白時，動詞前可以用“沒”，這時“沒”否定的是動量詞：
　　① 上海這個地方我只去過一次，沒去過兩次。
　　② 這個電影我只看過一遍，沒看過兩遍。　．

　　在條件句中動詞前可以用“不”：
　　③ 這個人不碰幾回釘子是不會虛心的。
　　④ 你不嘗一口，怎麼知道湯的味道？

4・限制動量詞數量的副詞一般多在動詞前：
　　① 我才打了你兩下你就受不了啦？
　　② 今年我總共去過兩次長城。

有的副詞也可位於動量補語前：

    ③ 這篇文章我讀了整整三遍，還是不大懂。

    表示次數少時，還可以用下列方式：

    ④ 這篇課文我沒看幾遍就會背了。

       這篇課文我看了沒幾遍就會了。

    ⑤ 頤和園我沒去過幾次。

       頤和園我去了沒幾次。

應注意：①這裏的"沒"可看作與動量詞結合一起表示"少"，動量詞前只能用不定數詞"幾"，"多少"；②當謂語動詞後沒有動態助詞或有動態助詞"過"時，"沒"放在動詞前，當謂語動詞後有"了"時，"沒"放在動詞後。

二、時量補語

    時量補語是表示有關動作或狀態的時間長短的補語。只有表示時段的詞語可以充任時量補語。時量補語表示以下幾種意見。

（一）表示動作持續的時間，只有表示能持續的動作或狀態的動詞或形容詞才能帶此類時量補語。如：

    ① 他在路上走了整整三天。

    ② 同志，你等一會兒。

    ③ 朝也等，暮也等，等了漫長的二十年。

    ④ 金沙江對岸的幾萬部隊，一直過了三天三夜。

    ⑤ 宴會進行了幾個小時？

    ⑥ 阿華師傅站在我背後看了一會兒。

    ⑦ 去年他在北京住過幾天。

    ⑧ 那盞燈亮了一夜。

    ⑨ 他整整累了一年。

    帶有此類補語的句子的結構特點：

1・謂語動詞或形容詞後可以用動態助詞"了"、"過"。見上述各例。

2・賓語的位置：

重複謂語動詞時，賓語位於第一動詞後，補語位於第二動詞後：

① 我們坐車坐了四十多分鐘。

② 老李聽報告聽了一下午。

③ 剛才我找小劉找了半天。

④ 我喊你喊了有十分鐘了。

不重複謂語動詞時，賓語有以下幾種位置：

（1）如果賓語是一般名詞，一般位於時量補語後[注]：

① 我寫了二十分鐘漢字。

② 為了這件事，黨支部開了兩個晚上會。

③ 這個公社的領導幹部去年參加了二百零幾天勞動，今天又勞動
了十幾天。

（2）賓語為稱呼以及人稱代詞時，一般位於時量補語前：

① "是啊，我替小劉一天。"

② 我跟師傅這麼多年，學到了不少東西。

③ 小馬等了你一個小時。

④ 你觀察老師這麼多年，有什麼發現？

（3）賓語為稱呼、補語為"一會兒"、"半天"等不定時量時，賓語可以在補語前，
也可以在補語後：

① 你等小劉一會兒吧。

你等一會兒小劉吧。

② 我叫了半天李英她也不答應。

我叫了李英半天她也不答應。

③ 我陪一會兒老師。

我陪老師一會兒。

3．否定副詞的用法，限制數量的副詞以及表示少量意義的詞語的位置，與包含動量
補語的句子基本相同。例如：

① 我只休息了一天，沒休息二天。

[注] 如果這種句子表示時間的詞語與賓語之間有結構助詞"的"，那麼表示時間的詞語就不再是補語，而是定語
了：　　　　　　　　小明打了一下午的球。　　　　　　昨天我們看了一天的電影。

② 你不休息一會兒不行。

③ 小馬已經等了你一個小時了。

④ 我説了沒幾分鐘話就給他打斷了。

（二）表示動作從開始或完成到説話時（或提到的某一時刻）已經有多長時間了。帶此類時量補語的，一種是表示不能持續的動作的動詞，一種是帶結果補語或趨向補語的動詞：

① 他走（離開）了三天了。

② 我來北京兩年了。

③ 我們已經認識十年了。

④ 小王和小李結婚才一年多。

⑤ 姐姐回來一個小時了。

⑥ 那棵樹已經砍掉很長時間了。

帶此類數量補語的句子的結構特點：

1·謂語動詞後如還有賓語，謂語動詞與賓語之間不能用"了₁"及"過"等動態助詞。

2·謂語動詞前一般不用否定副詞來否定。限制補語數量的詞語一般多位於補語前：

① 我們相識還不到一年。

② 小高畢業快十年了。

③ 你離家才一天就想家了？

④ 我回到國內整整五年了。

表示數量少的"沒（不）…"一般也多用在補語前：

⑤ 小明中學畢業沒幾天。別聽他吹牛。

⑥ 我們認識不幾天就要好了。

"已經"可在謂語動詞前，也可以在謂語動詞後：

⑦ 我來北京已經快兩年。

我已經來北京兩年了。

3·賓語的位置：一般位於謂語動詞後，補語前：

① 他妹妹考上大學已經三年了。

② 我認識老李時間很長了。

（三）表示兩個動作間隔的時間，即表示第一個動作開始或完成多久以後才（或再）進行第二個動作。如：

　　① 你吃完飯半小時再吃藥。

　　② 我起床後十分鐘開始聽廣播。

　　③ 今天下午學習一小時再打球。

　　④ 大會開始不久他就發了言。

（四）表示與某個標準比較相差的時間。如：

　　① 他每天早到十分鐘。

　　② 這趟車晚點兩分鐘。

　　③ 小馬今天遲到五分鐘。

這類補語前的動詞多有或包含有 "早"、"晚"、"遲" 一類詞或語素。

三、比較數量補語

　　比較數量補語是指用在形容詞後表示比較的結果的補語。數量補語由名量詞充任。如：

　　① 雖然敵人的武器比我們強許多倍，但我們不是打贏了。

　　② 這個班的學生比那個班多二十個。

　　③ 從學校到機場比到火車站遠五公里。

　　④ 今年的產量比去年多一倍。

　　⑤ 小英比小蘭高出了一頭。

　　⑥ 他比他大兩歲。

　　⑦ 我大他一歲。

　　動詞後的名量詞是賓語，不是補語。如：

　　① 這個月的產量比上個月提高了兩倍。

　　② 今天的學生比去年增加了一百名。

練　習

一、判別正誤：

    1. A. 那時候每個工人每天十到十二個小時的工作。

        B. 那時候每個工人每天幹十到十二個小時的工作。

    2. A. 你學中文學了多長時間？

        B. 你學了中文多長時間？

    3. A. 你每天寫多長時間漢字。

        B. 每天多長時間你寫漢字。

    4. A. 中國已經十多年改革開放了，變化很大。

        B. 中國已經改革開放十多年了，變化很大。

    5. A. 我學了英文兩年，學了法文三年。

        B. 我英文學了兩年，法文學了三年。

        C. 我學了兩年英文，三年法文。

    6. A. 昨天他整整看了一天書。

        B. 昨天他整整看書一天。

    7. A. 今年暑假，我們在人民公社才參加勞動參加了四天。

        B. 今年暑假，我們在人民公社參加勞動才參加了四天。

    8. A. 今天我參加勞動參加了只有一個小時。

        B. 今天我參加勞動只參加了一個小時。

    9. A. 阿里朝我點了一下頭。

        B. 阿里朝我點了頭一下。

  10. A. 我去年回了國一次。

        B. 我去年回了一次國。

二、改病句：

    1. 我跟農村醫生用漢語談話了一個上午。

    2. 關於回國的問題他們倆一個小時談了。

    3. 每天我們在課堂上寫了漢字半個小時。

    4. 他在農村幹活了十一年。

    5. 我們在這兒半年到一年學習。

    6. 咱們打球一場，怎麼樣？

7. 他敲了門幾下兒，屋裏沒有人答應。

8. 阿里高謝利三釐米。

三、用所給的詞語造句：

1. 孩子　看書　三個小時　了
2. 狗　咬　了　在雷鋒腿上　一口
3. 王剛　去　美國　已經　三年　了
4. 阿里　重　比謝利　五公斤
5. 小明　游泳　一上午
6. 我　昨天　看　歌舞　了　一個晚上
7. 你　去　找　小李　一下兒
9. 奶奶　死　了　整整五年　了

第六節　介詞短語補語

由介詞"於"、"向"、"自"組成的介詞短語可以用在動詞或形容詞後作補語，叫介詞短語補語，介詞短語補語多用於書面語。

一、由"於"組成的介詞短語補語

由"於"組成的介詞短語補語可以表示時間、處所、來源、對象、目標、原因以及比較等。如：

① 魯迅生於一八八一年。　　　　　　　　　　　（時間）
② 魯迅一八八一年生於紹興。　　　　　　　　　（處所）
③ 一切真知來源於實踐。　　　　　　　　　　　（來源）
④ 他決心獻身於壯麗的共產主義事業。　　　　　（對象）
⑤ 最近他正忙於寫文章。　　　　　　　　　　　（原因）
⑥ 領導不能落後於形勢，落後於群眾，否則工作必將被動。

　　　　　　　　　　　　　　　　　　　　　　　（比較）

二、由"向"組成的介詞短語補語

由"向"組成的介詞短語表示方向：
① 有了它，船就可以避開各種危險，安全地駛向目的地。
② "大爺！"她歡快地叫了一聲，撲向田大爺。
③ 我們要從勝利走向勝利。
④ 它們滑下豯水，轉入大河，流進贛江，擠上火車，走向天南海北。

三、由"自"組成的介詞短語補語

由"自"組成的介詞短語補語表示處所（"從"、"由"的意思）。如：
① 我們都是來自五湖四海，為了一個共同的革命目標走到一起來了。
② 這是發自內心的喜悅。
③ 這句話引自《馬恩全集》。

四、包含有介詞短語補語句子的結構特點：

1‧由“於”組成的介詞短語可用於動詞和形容詞後；由“向”、“自”
　　構成的介詞短語補語只能用於動詞後。
2‧謂語動詞與介詞“於”、“自”之間不能用動態助詞“了”、“過”、“向”
　　後可以用動態助詞“了”。
3‧帶有介詞短語補語的句子，語音停頓在介詞之後。
4‧動詞帶介詞短語補語後不能再帶賓語以及其他補語。

練　習

一、用適當的介詞填空：

1. 中山陵建立（　　）一九二九年。
2. 阿里來（　　）遙遠的歐洲。
3. 這些青年（　　）學校畢業以後，開始走（　　）生活。
4. 這首歌選（　　）歌劇《白毛女》。
5. 勝利號油船駛（　　）歐洲。
6. 這時，物體處（　　）相對靜止的狀態。

二、改病句：

1. 這個故事聽於老師。
2. 後來小王來到北京從東北。
3. 我們從一個勝利向另一個勝利走。
4. 這所大學建立在一九三九年。
5. 我們來從不同的國家。

第七節　補語和狀語比較

在漢語裏，謂語動詞或形容詞前的修飾成分叫狀語，謂語動詞或形容詞後面的補充說明成分叫補語。大多數能充任狀語的詞語也能充任補語。那麼同一類詞語充任狀語與充任補語所表達的意義與結構特點有什麼不同呢？這就是我們在這一節裏所要討論的問題。

一、形容詞做狀語和做補語比較

（一）單音節形容詞。

單音節形容詞能做狀語的不多，而且與動詞的搭配很受限制（詳見第一編第五章形容詞），做補語的限制要小得多。

1・單音節形容詞作狀語，可以出現於祈使句，表示命令、勸告或催促。如：
　　① 早去早回！
　　② 多吃點兒菜！
　　③ 少說幾句吧！
　　④ 快走！　　　　（表示催促）

單音節形容詞單獨作補語一般不表示命令。

2・某些單音節形容詞，如"早、晚、多、少"等，既能作狀語，又能作結果補語和情態補語，都表示不合某一標準。如：
　　① 他晚來了幾天。
　　② 這個孩子今天多說了幾句話。
　　③ 他今天來晚了。
　　④ 這個孩子今天話說多了。
　　⑤ 他今天來得很晚。
　　⑥ 這個孩子今天話說得多了一點。

這類形容詞作狀語時（如①,②），動詞後往往有表示數量的補語或賓語；作結果補語時（如③,④），句末往往有"了"；作情態補語時（如⑤,⑥），或者前面有修飾語，或者後面有表示程度的"點兒"，"些"等。

"大、小，高、低，深、淺，肥、瘦，厚、薄，寬、窄，長、短，鹹、淡，粗、細，重、輕"等單音節形容詞可以作結果補語或情態補語，表示不合某一標準（參見本章第一節結果補語），但不能在同一句子的動詞前作狀語。如：

⑦ 這雙鞋做大了。

這雙鞋做得太大。

*大做了一雙鞋。

⑧ 衣服買短了。

衣服買得短了一點兒。

*短買了一件衣服。

（二）雙音節形容詞、形容詞重疊式、形容詞短語、固定短語等作狀語與作補語比較

1．雙音形容詞作結果補語表示結果，做狀語描寫動作或動作者的情態。大多數形容詞不能在意思不變的情況下做同一動詞的狀語和結果補語。如：

① 明明激動地寫了兩個大字。　　　　　（描寫動作者）

*明明寫激動。

② 小梅高興地説。　　　　　　　　　　（描寫動作者）

*小梅説高興。

③ 老師傅仔細地把機器檢查了一遍。　（描寫動作）

*老師傅把機器檢查仔細。

④ 敵人的陰謀徹底暴露了。　　　　　（描寫動作）

*敵人的陰謀暴露徹底。

有個別雙音節形容詞既可以作狀語也可以作結果補語，都描寫動作，但作狀語時，謂語動詞後要有其他句子成分。如：

⑤ 黑板上的字我看清楚了。

我清楚地看見黑板上有兩個字。

⑥ 我聽清楚了。

*我清楚地聽了。

形容詞重疊式、形容詞短語、固定短語等不能作結果補語。

2．雙音節形容詞、形容詞短語、形容詞重疊式以及固定短語作情態補語時，在語義上是全句謂語的中心，作狀語時，全句的語義中心在動詞。比較：

① 戰士們站得筆直。

戰士們筆直地站著。

第一個句子主要描寫解放軍站著的姿式---"筆直"，第二個句子主要說明解放軍在"站著"。又如：

② 那幾個字寫得歪歪扭扭。

　　筆記本上歪歪扭扭地寫著幾個字。

③ "聽明白了！"孩子們回答得很響亮。

　　孩子們響亮地回答："聽明白了！"

④ 醫生們工作得很緊張。

　　醫生們緊張地工作著。

⑤ 李老師每天睡得很晚。

　　李教師每天很晚才睡。

多數表示動作者動作時的情態的形容詞（短語）、形容詞重疊式和固定短語不能作該句動詞的情態補語：

⑥ 他醉醺醺地走著。

　　*他走得醉醺醺的。

⑦ 他急急忙忙地跑進教室。

　　*他跑得急急忙忙的。

有些描寫動作者的情態的形容詞雖然可以在該句動詞後作情態補語，但表達的意思不同，作程度補語表示結果：

⑧ 姑娘高興地唱著。

　　姑娘唱得很高興。　　　　（因為"唱"而"高興"）

⑨ 老大爺激動地說："……"

　　老大爺說得很激動。　　　（因為"說"而"激動"）

二、副詞作狀語與作補語比較

只有程度副詞"很"，"極"既可以作狀語又可以作補語。

（一）"很"作程度補語比作狀語表示的程度要高：

① 今天紅紅很高興。

　　今天紅紅高興得很。

② 這件衣服我很喜歡。

這件衣服我喜歡得很。

（二）在口語中"極"一般不作狀語，在書面語中"極"可以作狀語，與作程度補語所表示的程度大致相同：

此書極好。

這本書好極了。

（三）時間詞作狀語與作補語比較

一般來說，只有表示時段的詞語既可以作狀語又可以作補語，但所表示的意義不同。時間詞作狀語一般表示在此段時間內完成了什麼動作或出現了什麼情況，作補語則表示動作持續的時間：

① 他兩天看了一本書。

這本書他看了兩天還沒看完。

第一句的"兩天"表示"他看一本書"所用的時間；第二句的"兩天"表示"他看""這本書"持續的時間。又如：

② 阿里一個小時就把作業寫完了。

阿里寫作業寫了一個小時了。

有時時間詞作狀語包含有"每"的意思，這類句子都表示經常性的動作：

③ 小梅兩天去一次少年宮。

④ 阿里一個月寫一篇文章。

表示時段的時間詞還可以在否定句裏作狀語，如：

⑤ 我和弟弟十年沒有見面了。

⑥ 他們倆好得不得了，一天不見都不行。

四、動量詞作狀語與作補語比較

動量詞作狀語一般表示完成某個動作所用的次數，作補語表示動作進行的次數。比較：

① 武松三拳就把老虎打死了。

武松打了老虎三拳。

② 敵人一腳把門踢開。

敵人踢了門一腳，沒踢開。

動量詞重疊形式只能作狀語，不能作補語。

五、表示處所的詞語作狀語與作補語比較

（一）"在"＋"名詞"位於動詞前時是作介詞短語，表示處所、空間，在動詞後時，"在"是結果補語，名詞為賓語。下面談談意義上的差別。

"在＋名詞"在及物動詞前作狀語時，表示動作進行的處所，動作者可能在這個處所裏也可能不在。例如：
　　① 我在黑板上寫字。　　　　　　　（動作者不在"黑板上"）
　　② 阿里在本子上畫畫。　　　　　　（動作者不在"畫上"）
　　③ 我在五道口食堂吃餃子。　　　　（動作者在"五道口食堂"）
　　④ 小明在院子裏踢球。　　　　　　（動作者在"院子裏"）
　　⑤ 謝利在語言學院學習中文。　　　（動作者在"語言學院"）

"在＋名詞"用在及物動詞後，一般表示結果，表示通過動作使某事物（受事）處於某處所：
　　⑥ 老師把生詞寫在黑板上。　　　　（"生詞"在"黑板上"）
　　⑦ 阿里把畫畫在本子上。　　　　　（"畫"在"本子上"）
　　⑧ 小朋友們都把這件事記在心裏。　（"這件事"在"心裏"）

因此如果"在＋名詞"只能表示事物所在的處所，不能表示動作進行的處所，那麼就只能作補語，不能作狀語：
　　⑨ 把箭射在靶子上。
　　　*在靶子上射箭。
　　⑩ 他把手絹扔在地上。
　　　*他在地上扔手絹。

有時，"在＋名詞"在動詞後表示結果的意思不明顯，與在動詞前表示的意思基本一樣。如：
　　⑪ 小明睡在床上。
　　⑫ 李老師住在北大。
　　⑬ 一輪紅日出現在東方。

這裏"在+名詞"表示的也是動作進行的處所,這類"在+名詞"都可以移到動詞前作狀語:

⑭ 小明在床上睡。

⑮ 李老師在北大住。

⑯ 一輪紅日在東方出現。

但能出現在這兩種句子中的動詞非常有限,不會比這裏所舉的多出多少。這兩種句子雖然意思接近,但表達的重點仍有不同:前一種突出處所,後一種突出動作。

有時,句子要稍加變換,才允許某些動詞在兩種句式中出現。如:

⑰ 我躺在床上。

　　我在床上躺著。

⑱ 小花貓走進房間,蹲在地上。

　　小花貓在地上蹲著。

即,當"在+名詞"出現在動詞前時,動詞後要用"著"。能這樣用的動詞也有限,多是表示身體姿勢的,如"躺、站、立、臥、靠、趴、頂"以及表示物體狀態的"飄、浮、懸"等不及物動詞。在這類句子中,"動詞+著"表示的是一種靜止的狀態或姿勢;"動+在+處所詞"可以表示一種靜止的狀態,如⑰,也可以表示一種動作,如⑱。當兩種句式都表示靜止的狀態時,前一種句式比後一種句式的動作性要強。

還有少數不及物動詞,其前後也都可以出現"在+名詞",但"在+名詞"出現在謂語後只限於排比句:

⑲ 小明生在東北,長在東北。

⑳ 我們勞動在一起、生活在一起、工作在一起。

在非排比句裏"在+名詞"一般只能位於動詞前,比較:

㉑ 趙老師在北大工作。

　　*趙老師工作在北大。

有的離開排比句不能獨立成句。如:

*我長在東北。

*我在東北長。

（三）“到+名詞”^注位於動詞前時，“到”是連動句的第一個動詞，第二動詞表示“到+名詞”的目的：

　　① 阿里到王府井買書去了。

　　② 我到清華看朋友。

“到+名詞”位於動詞後時，“到”是結果補語，名詞是處所賓語，“到+名詞”表示通過動作使動作者達到某處所：

　　③ 十一點，王剛回到了宿舍。

　　④ 你把書放到書包裏。

六、表示動作對象的詞作狀語與作補語比較

　　“給+名詞”在動詞前時作狀語，表示事物的接受對象或動作的服務對象。如：

　　① 我給姐姐寫了一封信。　　　　　　（姐姐---“信”的接受對象）

　　② 小明給弟弟寄了五十塊錢。　　　　（弟弟---“錢”的接受對象）

　　③ 小紅給媽媽開門。　　　　　　　　（媽媽---服務對象）

　　④ 阿里你給我把照相機修理一下。　　（我---服務對象）

　　“給+名詞”位於動詞後時，“給”是結果補語，其作用是引出事物的接受對象，名詞表示接受者。如：

　　⑤ 我寄給布朗先生一本書。　　　　　（布朗---“書”的接受對象）

　　⑥ 阿里把詞典借給謝利了。　　　　　（謝利---“詞典”的接受對象）

　　“給+名詞”在句子中可以在哪個位置上出現，與“給”及動詞的語義有關。當“給”引出服務對象時，“給+名詞”只能作狀語：

　　⑦ 老師給學生講課文。

　　　*老師講給學生課文。

　　⑧ 大家給馬車閃出一條路。

　　　*大家閃給馬車一條路。

　　當“給+名詞”表示接受對象時，凡謂語動詞表示“給予”意義的，“給+名詞”一般出現在動詞後。如：

　　⑨ 老師交給我一把鑰匙。

---

^注　“到+名詞”在動詞前不是狀語，但由於它可以出現在動詞前，也可以出現在動詞後，所以也一並在此比較。

　　*老師給我交一把鑰匙。
⑩　這筆錢我分給你一半。
　　*這筆錢我給你分一半。

具有"給予"意義的動詞是一個封閉的類，主要有："送、賣、還、遞、付、賞、嫁、交、分、輸、賠、補、發、贈、賜、獻、獎、傳、捎、寄、彙、帶、留、找（錢）、借（出）、租（出）、換（出）、扔、踢、移交、介紹、推薦、分配、歸還、發放、交還、過繼、贈送、轉賣、轉送、轉交、轉告、告訴、教"等。有些動詞本身雖不具有"給予"意義，但在一定的語言環境中可以表示"給予"意，如"攙給我一塊肉"，這類動詞有"寫、打（電話）、攙、舀（湯）"等。

　　當謂語動詞表示"製作"和"取得"意義時，"給+名詞"一般出現在動詞前。如：
⑪　媽媽給孩子縫一件衣服。
　　*媽媽縫給孩子一件衣服。
⑫　我給妹妹買了一本小說。
　　*我買給妹妹一本小說。

表示製作意義的動詞是一個開放的類，如"做、炒、縫、搞、打（毛衣）、刻（圖章）、畫、寫、抄、沏"等等。表示取得意義的動詞是一個封閉的類，主要有"買、偷、搶、騙、娶、贏、賺、扣、拐、收、要、叫（菜）、借（入）、換（入）、租（入）"等。

　　只有一部分表示給予意義的動詞和個別表示製作意義的動詞（如：寄、匯、攙、舀、留、帶、捎、讓、寫、打（電話）、換、發、推薦、介紹等）作謂語動詞時，"給+名詞"才既可以出現在動詞前，又可以出現在動詞後。如：
⑬　這五十塊錢你寄給他。
　　你給他寄五十塊錢。
⑭　我們把小李寫的一本書推薦給出版社了。
　　我們給出版社推薦了一本書。

"給+名詞"出現在動詞後時，突出接受者，出現在動詞前時，突出動作。

狀語與補語比較簡表（只列主要的）：

		狀語	結果補語	情態補語
形容詞等	單音節形容詞	①表示命令：快跑! ②描寫動作：大叫、高喊	表示結果：變黃了、打破了	描寫動作：寫得很好、走得很快
	雙音節形容詞、形容詞重疊式、形容詞短語、固定短語等	①修飾動作、突出動作：響亮地回答、很快地走進來、一字一頓地說 ②描寫動作者動作時的情態：高興地說、搖搖晃晃地走著、笑容滿面地說	——	①描寫動作，是全句的中心：回答得很響亮、走得很快、綑得結結實實的 ②表示結果：吃得很高興、吃得直打飽嗝兒
程度詞	很	表示程度的功能弱：很高興	——	表示程度的功能強：高興得很
	極	書面語：極佳、極難	——	較口語化：好極了、熱極了
時間詞語	時點	明天我們去頤和園。	——	——
	時段	表示完成某一動作所用(需)的時間：兩天看一本書。	作時量補語，表示持續的時間：這本書他看了兩天。	——
動量詞語		表示完成某一動作所用的次數：武松三拳打死一隻老虎	作動量補語，表示動作的次數：武松一連打了老虎三拳。	——
表示處所的詞語	"在"+名詞	表示動作進行的處所：在黑板上寫字、在桌子上寫信、在屋裏開會	表示通過動作使事物達到的處所：把字寫在黑板上、把手絹扔在地上	——
	"到"+名詞	是連動式的第一部分：到商店買東西、到圖書館借書	表示通過動作使施事或受事達到的處所：回到宿舍，來到操場上	——
表示對象的詞語	"給"+名詞	①表示服務對象：給孩子理髮、給客人開門 ②表示接受的對象：謂語動詞表示"製作"，"取得"義：給老師沏一杯茶、給姐姐買一本書	表示接受對象、謂語動詞表示"給予"義：交給我一把鑰匙、賣給顧客一些水果	——

練 習

一、用所給的詞語造句：

1. 那時候　有七個家庭婦女　工作　在這兒
2. 下星期　我　就要　和中國同學　住　在一個房間裏　了
3. （敵人來了，）你　走　快　吧
4. （我很快地走著）怕　晚　來　了
5. 你　放　這本書　在床上
6. 孩子　睡覺　在床上
7. 我　聽　錄音　一個小時
8. 我　看完　一本書　一天

二、判別正誤：

1. A. 時間還早，咱們慢走一點兒吧。
   B. 時間還早，咱們慢點兒走吧。
   C. 時間還早，咱們走慢一點兒吧。
2. A. 黑板上的字很大，我看清楚了。
   B. 黑板上的字很大，我看得很清楚。
   C. 黑板上的字很大，我清楚地看了。
3. A. 孩子們端端正正地坐著聽老師講課。
   B. 孩子們端端正正地聽老師講課。
4. A. 小明看書很快，一本書看了一天。
   B. 小明看書很快，一天看了一本書。
5. A. 喂，給我倒來一杯茶。
   B. 喂，給我倒一杯茶來。
6. A. 我到王府井百貨大樓去買衣服。
   B. 我買衣服到王府井百貨大樓去。
7. A. 我在宿舍裏聽錄音。
   B. 我聽錄音在宿舍裏。

8. A. 你把錢放在皮包裏。

    B. 你在皮包裏放錢。

三、改病句：

1. 在舊社會，地主不讓農民吃得飽，穿得暖。
2. 你注意記得這個字，不要忘了。
3. 張明去火車站跑得很快。
4. 他這樣少作練習，哪能得100分？
5. 我已經三次到故宮去了。
6. 我三年在大學學了中文。
7. 如果一點兒晚來，就買不到了。
8. 在通貨膨脹的情況下，糧食一天好幾次漲價。
9. 因為怕遲到，他打電話打得很快，叫了一輛出租汽車。
10. 不論什麼工作，好好完成，都是光榮的。
11. 我想我算得錯了。
12. 請你說話說得很清楚。
13. 自從中華人民共和國成立以來，北京變得多了。
14. 今天你來得太早，明天來得晚一點兒吧。

第六章　複指和插說

第一節　複指

一、什麼叫複指成分

　　如果在句中有兩個詞語都指同一人，同一事物，並在句法結構中具有同等地位、屬於同一語法成分，這兩個詞語就構成了句中的複指成分。複指成分是主語、謂語、賓語、定語、狀語、補語等六大句子成分以外的特殊成分。如：

　　① 這是我們班長老王。

這裏"班長"與"老王"同指一人，在句中都充任賓語。

　　這裏所說的"兩詞語屬於同一語法成分"，是指具有複指關係的兩詞語，在句中要做主語都作主語，要做賓語都做賓語。如果去掉它們中的一個詞語，句子的結構關係一般不受影響，句子仍然成立，意義也基本不變。如上面的句子可以改變為："這是我們班長。"、"這是老王。"

二、複指成分的類型

　　常見的複指成分有以下三種類型

（一）重疊複指

　　這種複指成分是由兩個或兩個以上的名詞、代詞或名詞短語疊用而成，在句中疊用的詞語指同一對象。從語言表達功能來看，又可分為如下兩類：

1．具有修飾功能的。這種複指成份中的後一詞語所指的人或事物，或所表達的概念非常明確，前面的複指成分的作用是使之更為具體、鮮明。例如：

　　① 最小的弟弟周同義在幼兒園。

　　② 鄰居謝剛回北京看母親。

　　③ 他把祝賀女兒生日的禮物一個塑料小熊貓放在桌子上了。

這一類疊用複指的前一成分很像後一成分的定語。但是又不能在兩者之間用上結構助詞"的"，如以上各例不能說成"最小的弟弟的周同義"、"解放軍戰士的謝剛"，…。如果能加上"的"，就不是複指成分了。

2．具有解釋功能的。這類複指成分通常前一詞語所表達的概念也是明確的，後面加上一個複指成分後對前者在職務、身份、關係等方面加以解釋說明。有時這類複指成分的兩詞語之間可有語音停頓，在書面上可用逗號、破折號或冒號等隔開，這時後一詞語的解釋作用就更加明顯了。

① 人們望望我，又望望阿華師傅和站長。
② 李仁潔先生微笑點頭，似乎表示贊許。
③ 橋上用藏文和漢文寫著"團結橋"幾個大字。
④ 我，碼頭工人的兒子，在舊社會，什麼苦沒受過呀！
⑤ 穿過登山路上的最後一道石坊---南天門，就到了泰山頂部。
⑥ 老師在黑板上寫了四個大字：持之以恆。

3．同時具有上述兩種功能的。這種複指成分通常是由三個詞語構成的，居中的詞語表達了一個明確的概念，前一詞語具有修飾作用。例如：

① 老船工王阿福給我們介紹了許多在海上戰勝風浪的經驗。
② 我最敬佩的老師黃守信老先生與世長辭了。
③ 咱們祖孫三代本不是一家人哪！
④ 你們師徒倆好好聊聊吧！

（二）稱代複指

這種複指成分多是在句子頭上先說出一個詞或者短語，後面再用一個代詞來稱代它。這個代詞可以做句子的主語、定語或賓語等成分，從意義上看，在前的複指成分是完整的全稱，後面的代詞起了重指的作用。這類複指的兩成分之間一般要用逗號隔開。

① 我們的老船長，他是一個有豐富實踐經驗的老水手。
② 曾經在這個大學上過學的人，誰會不記得湖上的小島？
③ 商品這個東西，千百萬人，天天看它，用它，但是熟視無睹。
④ 從戰爭學習戰爭，這是我們的主要方法。
⑤ 在黨內生活中，在黨的領導機關中，不說真話，甚至把一些假話加以"合理化"，"合法化"，這是一種很大的危險，很大的禍害。

　　用這類複指成分多是為了突出複指成分的前一詞語。由於前一詞語結構較複雜或較長，為了結構緊湊，使主語和謂語銜接得緊密一些，就用代詞複指前一詞語。這樣使說話人和聽話人都不會感到太吃力，語言表達也比較清楚、明確。

　　如果代詞與所稱代的詞語不屬同一語法成分，就不存在複指關係。例如：
　　⑥ 我要找的那個同志已經回家了，他是兩點走的。
　　⑦ 我剛才買了一枝毛筆，那是安徽產的。

這是兩個複句，例⑥中的“那個同志”在第一分句中作主語，“他”在第二個分句中作主語；例⑦的“一枝毛筆”在第一分句中作賓語，“那”在第二分句中作主語。

　　有時稱代複指成分的兩個詞語結構簡短，連接得比較緊，中間無需用逗號隔開。例如：
　　⑧ 你姓陳，我姓李，你爹他姓張。
　　⑨ 你快去把區長他們叫起來，讓他們趕快躲躲。

在後一句子中，“他們”複指包括區長在內的一些人。這種用法多見於口語，而且第二個複指成分多用人稱代詞，特別是第三人稱代詞。前面的名詞多為表示人的專名或表職務或親屬關係的名詞。如“李中他們”，“主任他們”，“哥哥他們”。

（三）總分複指

　　這種複指通常分為兩種，一是先分後總，一是先總後分。

1・先分後總。複指成分的前一詞語分說各個部分，後一詞語起總括作用，通常在後一詞語前有數量詞或指示代詞。
　　① 那位老水手的可貴之處，是在實踐中具體地分析了石歐、流水、河沙三者的性質及其相互關係，…。
　　② 會上選出了李立，張英，楊述三位同學為班委委員。
　　③ 太陽光的光譜是由紅、橙、黃、綠、藍、靛、紫七種顏色組成的。
　　④ 這本書已翻譯成英文、法文、德文、日文、意大利文和西班牙文六種文字，在國內外公開發行。

2・先總後分。先提出總說部分，然後再分說。有時，分說的部分可以各作一個分句的主語。例如：

① 十幾年來，他們兄弟二人刻苦自學，掌握了好幾種外語：英文、
德文、法文和日文。

② 這次來中國旅遊，參觀訪問了不少地方，北京、上海、杭州、
桂林和烏魯木齊等。

③ 我國贈送給日本的兩中小熊貓：一隻叫康康，一隻叫蘭蘭。

④ 一些身佩軍刀的官兵，有的在船弦上漫步，有的坐在船蓬上昂
首眺望，神態威武而又安閒。

　　總分複指與分合複句不同。總分複指的複指成分總有一個出現在不能成句的名
詞、名詞短語或並列短語中；而分合複句則不然，是由兩個分句組成的。例如：

⑤ 奶奶家養的菊花有好幾種顏色：白的、黃的、粉的、水綠的和
藕荷色的。

⑥ 她的三個哥哥：大哥是外科醫生，二哥是火車司機，三哥是中
學老師。

⑦ 文藝批評有兩個標準，一個是政治標準，一個是藝術標準。

⑧ 父親的朋友送給我們兩缸蓮花，一缸是紅的，一缸是白的，都
擺在院子裏。

　　例⑤,⑥是單句，都包含複指成分；例⑦,⑧是分合複句。

第二節　插說

一、什麼叫插說

　　插說也是句子中比較特殊的成分。它不是句子的主語、謂語、賓語、定語、狀
語、補語，也不跟句中各個成分發生結構上的關係。插說可在句首、句中或句末。
例如：

① 總而言之，要學好一門外語，非下苦功不可。

② 這件事，依我說，就算了吧。

③ 這藤野先生，據說是穿衣服太模糊了。

上述三個句子的“總而言之”，“依我說”，“據說”都是插說。它們不是句子結構所
必需的，去掉後，對句子原結構沒有影響。但是插說在語意的表達上是有一定作用

的。

二、插說的表達作用

插說有表達語意的作用。句子中用不用插說，在語意上是不同的。如：
① 據說，井岡山的毛竹有一千多萬根。
② 井岡山的毛竹有一千多萬根。

例①用了插說"據說"表示所說的是傳聞消息。例②不用插說，表示所說的是事實。

一個句子用不同的插說，表示的語意也不同。例如：
③ 不想他走了。
④ 聽說他走了。

例③的"不想"表示料想不到，沒有估計到的意思。例④"聽說"表示傳聞，不肯定的意思。

三、常見的幾種插說

根據插說的作用可以分以下幾種：

（一）表示說話人主觀的想法、看法、意見或態度。常用的有"我看"、"我想"、"不瞞你說"、"說實在的"、"說真的"、"依我看"。
① 這個消息，我看，不可靠。
② 這些詩集，我想，你們都讀過了吧。

（二）表示對情況的推測、估計。常用的插說有"看（起）來"、"想來"、"看樣子"、"充其量"、"少說"、"說不定"等。
① 站長笑笑，深沉地說，"看來幹航標員這一行非得要學學敲鑼不可！"
② 這個主意，想來又是李小朋出的。
③ 看樣子，你們還都沒有弄懂這篇文章的寓意。

（三）表示意想不到。常用的插說有"不想"、"誰知"、"誰知道"、"誰料到"、"不料"、"哪想到"等。
① 誰知道阿Q採用怒目主義之後，未莊的閒人便愈喜歡玩笑他。

② 後來因為被雨淋了一場，又加上長途行軍的疲勞不想在準備通過最艱苦的草地的時候，我又犯病了。

（四）表示引起對方的注意。常用的插說有“你看”、“你聽”、“你想”、“你想想”、“請看”、“你說”等。

　　① 你看，這裏的城牆大約有七米高，五米到六米厚。

　　② 你說說，他這樣做對嗎？

　　③ 您想，這一大家子的人，我沒有看見就走。

（五）表示消息的來源。常用的詞語有“據說”、“聽說”、“據…說”等。

　　① 據傳來的消息，知道革命黨雖然進了城，倒還沒有什麼大異樣。

　　② 據阿Q說，他的回來，似乎也由於不滿意城裏人…。

　　③ 聽說在你們中國到處都有這種草花—含羞草。

　　④ 據統計，這裏的人大部分都不是本地人。

（六）表示舉例補充說明。常用的詞語有“例如”、“比如”、“（也）就是說”。

　　① 這兒有許多群眾組織。比如：讀書會、世界語學會、新文字研究會、人民武裝自衛會…

　　② 幹什麼事情都得細心，比如養蠶吧，不細心，行嗎？

（七）表示總括。常用的詞語有“總之”、“總而言之”等：

　　① 總的來說，這部電影從劇本到銀幕是成功的。

　　② 總之，她的職業是搭橋、結緣、牽線、拴疙瘩。

練 習

一、找出下列句中的複指成分：

　　1. 紅旗，鮮艷的紅旗，在迎風飄揚。

　　2. 上海，這座工業發達的城市，我很早以前就想來參觀訪問了。

　　3. 她們姐妹倆，都在念書。

　　4. 我，張老漢，敢作敢當，什麼都不怕。

　　5. 這五本書，一本語文，一本數學，一本歷史，一本地理，一本英語，都是剛發下來的新書。

6. 我們大家都去過長城。

7. 愛吸煙喝酒的人，我們應該告訴他們一定要改掉那些不好的習慣。

8. 這位就是給我作手術的主治醫生王大夫。

9. 接到媽媽的來信，我們兄弟幾個都很高興。

10. 這是我最珍貴的東西，我要把它送給救了我的恩人老張叔叔。

11. 一切都替你安排好了，最後是否能成功就靠你自己了。

12. 對工作認真負責的人，我們應該及時表揚他們。

13. 屋子裏擺著好多東西，三張辦公桌，十幾把椅子，兩個書櫃。

14. 蘋果、桃子、石榴、糖、花生，這些吃的東西都是誰買的？

15. 人家張大爺每天堅持走路上班，身體棒極了。

16. 小王他們怎麼到現在還不回來？

17. 昨天我在醫院裏碰到了我的一位中學老師金建先生。

18. 王教授培養的幾名研究生張力、李平、趙凡，他們現在都是中外有名
    的科學家。

19. 我終生難忘的一天---六六年七月一日，一去不復返了。

20. 後來，他終於找到了那部書的手卷---一部不朽的巨著。

二、找出下列句中的插說成分：

1. 我看，這幾種辦法各有優缺點。

2. 據說，世界上第一座橋是猴子造的。

3. 總而言之，無論做什麼事情都應該有實事求是的精神。

4. 這件事，說實在的，沒有什麼了不起的，你卻把它看成了大事。

5. 大家提的各種方案，不瞞你說，都很難實現。

6. 這種計算器，看來對搞我們這一行的用處不大。

7. 這種教條主義的學習方法，你想想，對學習有好處嗎？

8. 聽說你來中國以前是研究社會學的。

9. 據了解他以前不是作家。他曾經做過多種工作，比如賣報、開車、打
    零工等，他都幹過。

10. 看樣子他今天來不了了，都四點了。

11. 不想這件小事竟使得他這樣不愉快。

12. 看起來，事情也只能這樣了。

第四篇　句法(中) 單句

第一章　主謂句

第一節　動詞謂語句

　　動詞謂語句是以動詞為謂語的句子，主要用來敘述人或事物的行為動作，心理活動，發展變化等。例如：

① 他們下午游泳。　　　　　（表述行為動作）

② 我很後悔。　　　　　　　（表述心理活動）

③ 他的手藝提高了。　　　　（表述發展變化）

　　動詞謂語句有以下類型：

一、謂語部分只包含動詞

　　主語‖動詞：

① 妹妹來了。

② 小明學習，小剛工作。

　　在這類句子中，有些不及物動詞不能帶任何賓語（見第一篇第四章"動詞"）；及物動詞可以不用賓語，也可以省略賓語。

二、謂語部分包含狀語

　　主語‖狀語+動詞：

① 他弟弟明年就大學畢業了。

② 雨不停地下著。

　　狀語+主語‖動詞：

① 昨天我們去春遊了。

② 關於分配的問題，你們先不要考慮。

　　動詞謂語句可以帶表示各種意義的狀語。

三、謂語部分包含直接賓語

主語‖動詞+賓語：
① 這位老師姓王，叫王華。
② 咱們大家想個辦法。

有的動詞必須帶賓語，如"姓"、"屬於"等（詳見第一編第四章"動詞"）

四、謂語部分包含雙賓語

主語‖（狀語+）動詞+間接賓語+直接賓語：
① 張老師教我們漢語。
② 我朋友又送我一本漢英詞典。

能帶雙賓語的動詞見第三編第二章"賓語"。有些動詞，雙賓語必須同出現，如"稱"、"叫"（表稱謂義）；有的可以不出現間接賓語，但可以出現直接賓語，如"費"等；有的相反，可以只出現間接賓語，如"告訴"』、"求"等；有的可以只出現任何一個賓語，如"教"、"問"、"通知"、"送"、"給"、"賠"等。

五、句中包含前置賓語

主語‖（狀語+）賓語+動詞：
① 小馬最近一封信也沒有收到。
② 老王上海去過，天津也去過。

六、謂語部分包含補語。

主語‖（狀語+）動詞+補語（+賓語）：
① 小紅的病治好了。
② 老師從國外回來了。
③ 我吃不下了。
④ 方明笑得直不起腰來了。
⑤ 喂，老張，你來一下。
⑥ 昨天他們玩了整整一天。

⑦ 這些青年人剛剛開始走向生活。

關於賓語、補語的位置見第三編第五章 "補語" 。

動詞謂語句的謂語部分有時很複雜，我們將在下一章詳細討論下面幾種特殊的動詞謂語句： "是" 字句、 "有" 字句、 "連動句" 、 "兼語句" 、 "存現句" 、 "把" 字句、 "被動句" 。

第二節　形容詞謂語句

形容詞謂語句是以形容詞為謂語的句子。在漢語裡，形容詞可以直接充任謂語，主語和謂語之間不需用 "是" 或其他動詞。形容詞謂語句主要是對人或事物的性狀加以描寫，有時說明事物的變化。形容詞謂語句通常是描寫句。例如：
① 這兒的風景非常美麗。
② 他家裡乾乾淨淨的。
③ 天漸漸冷了。

一、描寫性的形容詞謂語句

在漢語裡形容詞雖然可以作謂語，對事物的性質狀態進行描寫，但用單個的形容詞作謂語是受限制的。形容詞單獨作謂語往往用於對比句子：
① 我的行李多，他的行李少。
② 甲：這本書好，還是那本書好？
　　乙：這本書好。

如果不表示對比，形容詞作謂語時，前面一般要加上表示程度的副詞，最常用的是 "很" ，這樣用的 "很" 表示程度的作用很弱。
① 院子裡很乾淨。
② 這個孩子很可愛。
③ 今天我很高興。

也可以用其他程度副詞：
① 那天天空格外晴朗。
② 公園裡的人非常多。

還可以用其他幾種表示程度的手段。如：

形容詞重疊式：
① 小草偷偷地從土裡鑽出來，嫩嫩的、綠綠的。
② 現在，事情已經明明白白。

形容詞帶附加成分：
① 一天傍晚，天氣陰沉沉的，北風越刮越緊。
② 風輕悄悄的，草軟綿綿的。

複合形容詞：
① 田野裡的莊稼油綠油綠的。
② 夜，漆黑漆黑的。

在回答問題時，形容詞也可以單獨作謂語，不包含對比的意思。如：
① 甲：今天冷不冷？
　　乙：冷

並列形容詞作謂語不需加表程度的副詞，也不表示對比：
① 房間裡乾淨、整齊。
② 老媽媽和藹慈祥。

這種用法多出現於書面語。

二、表示變化的形容詞謂語句

有些形容詞，可以加上助詞"了"及補語，表示變化。
① 毛竹青了又黃，黃了又青。
② 風暖了，樹青了，清明到了。
③ 怎麼，你的頭髮全白了。
④ 突然，天空暗了下來。

三、形容詞謂語句的類型

（一）謂語部分包含表示程度的狀語：

主語‖程度狀語+形容詞：
① 我們的校園很大。
② 今天非常暖和。

（二）謂語部分不包含表示程度的詞語

主語‖形容詞：
① 這間北屋大，那間南屋小。
② 二寶這孩子樸實、純厚，誰都喜歡他。
③ 天亮了。

（三）謂語部分包含表示程度以外的狀語

主語‖非程度狀語+形容詞：
① 售貨員對我們很熱情。
② 小剛在家裡調皮，在外面很老實。
③ 天已經黑了，街上的人也稀少了。

狀語+主語‖（狀語+）形容詞：
① 五月，麥梢漸漸地黃了。
② 難道小明還不滿意嗎？

　　形容詞謂語句只能用表示程度、時間、處所、語氣及少數表示方式（多由副詞充任）的狀語。

（四）謂語部分包含補語

主語‖形容詞+補語：
① 天黑上來了，要下大雨了。
② 他的心情一直平靜不下來。
③ 三班表演的雙簧逗得大家哈哈大笑。
④ 蘋果熟透了。
⑤ 昨天那場足球賽精彩極了。
⑥ 剛才他高興了一陣，現在又發愁了。
⑦ 媽媽累了一天了，該休息了。

⑧ 這本書難了一點兒。

⑨ 五大於四。

形容詞只能帶複合趨向補語，可能補語，情態補語、數量補語以及介詞短語補語。

第三節　主謂謂語句

由主謂短語作謂語的句子叫做主謂謂語句。這種句子是漢語特有的一種句子類型。其謂語本身又包含主語和謂語兩部分。為了區別全句的主語、謂語和謂語當中的主語、謂語，我們把前者稱為大主語、大謂語，後者稱為小主語、小謂語。大主語和小主語或小謂語之間是有一定關係的。主謂謂語句的謂語主要是說明或者描寫主語的，即主謂謂語句是一種說明或描寫的句子。

一、主謂謂語句的類型

（一）小主語是大主語的所屬部分。例如：

① 他頭疼，嗓子還有點兒紅。

② 金沙江水急浪大。

③ 這一帶土地肥沃，山水秀麗。

④ 敵人死的死，傷的傷。

⑤ 大叔，我心裡有底，踏實得很。

⑥ 這種汽車性能好，樣子美觀，價格適宜。

⑦ 小王體重七十一公斤，身高一米七二。

⑧ 他學習努力，工作積極。

⑨ 北京的農業發展也很迅速。

這類主謂謂語句小主語和大主語的關係都比較緊密。小主語都是大主語的所屬部分，但又有細微差別。例①到④小主語是大主語的一個組成部分。例⑤到⑦小主語是大主語特性的某一側面，如年齡、性格、態度、心理狀態、長（高）度、重量、體積、式樣、顏色、性能、用途…等等。例⑧,⑨的小主語也是從某一側面來說明大主語的，所不同的是小主語都是由動詞或動詞短語充任的。

（二）大主語對謂語隱含著"對於"，"關於"的意思。例如：

① 管理工作，我是個外行。
② 這些事，領導上必會有個安排。
③ 董師傅，今天這事情我有缺點。
④ 什麼事她都走在前頭。

這類主謂謂語句，小主語與大主語關係比較遠。

（三）小主語與大主語之間存在著意念上的施受關係。例如：
① 這本書我看過了。
② 這件事誰都不知道。
③ 我買的那張畫人人都喜歡。

這類句子大主語都是被描寫或說明的對象，如果把大主語放在小謂語之後，就成為一般的"主‖動+賓"即動詞謂語句，句子的敘述性明顯增強。如：
我看過這本書。
誰都不知道這件事。
人人都喜歡我買的那張畫。

在這三個句子裡"這本書"、"這件事"、"我買的那張畫"，不再是描寫、說明的對象，句子陳述的對象變成"我"、"誰"、 和"人人"。

二、主謂謂語句的結構特點

主謂謂語句可以帶表示時間、語氣、範圍、及少數表示方式（一般由副詞充任）、關聯的狀語（狀語的位置見第三編第四章"狀語"）例如：
① 王大爺突然肚子疼。
② 從小，他就身體好，個子大。
③ 幾個月以來，他一直學習很努力。

少數凝結得很緊的主謂短語作謂語，可以用否定副詞作狀語。例如：
① 他昨天沒頭疼。

主謂謂語句的小謂語也可以有狀語。如果小謂語是動詞，可用的狀語，同動詞謂語句。但（一）、（二）類主謂謂語句結構多很簡單，可用的狀語有限。如果小謂語是形容詞，可用的狀語同形容詞謂語句。例如：

① 她身材不高。
② 王老師身體一直很好。
③ 這件事我一定負責到底。
④ 那個穿藍衣服的同志我好像在什麼地方見過。

三、主謂謂語句的用途

（一）對人或事物本身從某一方面進行說明描寫或評議判斷。例如：
    ① 那楊小梅，模樣兒長得俊，什麼活都能幹，心眼兒又挺好。
    ② 項羽不說話，劉邦臉都變白了，張良直拿眼睛看項羽。
    ③ 選編的教材題材豐富，內容充實，體裁多樣。
    ④ 這首歌曲調優美，節奏鮮明。
    ⑤ 她是咱們這兒的積極分子，不管風裡雨裡，什麼事都走到前面。

（二）對處所狀況進行說明描寫。例如：
    ① 鬧市的中心人更多，他好不容易才擠到一個人稀的地方。
    ② 暖棚裡上上下下，處處花花綠綠。
    ③ 鐵路沿線山高水險，地質複雜，氣候多變。

（三）就某人或某事物，說明某人的情況，看法。
    ① 二斤蘋果，我給人家稱三分鐘，算三分鐘，細了三分鐘。
    ② 今天來了什麼人，姓名愛好，每一個人的入黨介紹人是誰，我
      都一清二楚。
    ③ 我們村的人打虎各人有各人的特點。
    ④ 搞"四化"建設，咱們人人有份。

　　主謂謂語句是一種很有用的句式，特點是在口語裡用得很多，它往往是其他句
式所不能代替的。

第四節　名詞謂語句

　　名詞謂語句是體詞性詞語即名詞、名詞短語、代詞、數詞、數量詞短語和"的"
字短語作謂語的句子。例如：
    ① 今天是星期二。

② 張老師上海人。

③ 這個小伙子高個子、方臉龐、粗眉毛、大眼睛。

④ 哥哥十八，我十二。

⑤ 一年三百六十五天。

⑥ 喂！你哪兒？　　（打電話）

⑦ 老張新調來的，搞軟件的。

一、名詞謂語句的特點

（一）在名詞謂語句中，以單個名詞作謂語是少見的。謂語大部分是由名詞加名詞、形容詞加名詞或者數量詞加上名詞的名詞短語構成的。如上文例②,③, ⑤。

（二）名詞謂語句的謂語前很多可以加上動詞"是"，變成"是"字句。加"是"後，句子的基本意義沒變，但是結構變了，變成了動詞謂語句。如：

① 他北京人。

　　他是北京人。

② 一年十二個月。

　　一年是十二個月。

③ 這種半導體收音機八個管，兩個波段。

　　這種半導體收音機是八個管，兩個波段。

　　但是口語裡以不用"是"為多，有些句子用"是"後意思不變，但不如不用"是"更地道。例如：

① 這個小伙子高個子，方臉龐。

　　這個小伙子是高個子，方臉龐。

② 哥哥十歲，弟弟八歲。

　　哥哥是十歲，弟弟是八歲。

（三）名詞謂語句因為多是從正面對主語進行說明、描寫，所以一般沒有否定形式。反駁、分辯時，用"是"字句的否定式。

① 今天七號吧？

　　今天不是七號，是八號。

② 他的半導體八個管兒。

　　他的半導體不是八個管兒，是七個管兒。

（四）名詞謂語句的謂語都很簡短，一般沒有補語或狀語。但有時也可以帶狀語，狀語多為表示時間、範圍、語氣的詞語。例如：

① 今天已經十二月六號了。

② 三斤蘋果一共一塊零五分。

③ 我的大孩子今年十三歲多了，快十四歲了。

④ 我認識她的時候她才十幾歲，現在她已經是滿頭白頭髮了。

⑤ 難道你都快四十了？不像不像。

二、名詞謂語句的用途

（一）說明時間、天氣、籍貫等。這類句子的謂語大多是名詞、名詞短語以及部分代詞。謂語和主語有同一性。如：

① 現在十二點。

② 今天什麼日子？

③ 今天"五四"青年節。

④ 剛才還晴天呢，現在又陰天了。

⑤ 他英國人。

⑥ 他東北口音。

（二）說明與主語有關的數量方面的特性，一般是指年齡、長度、重量、價格、度量關係或存在（領有）的事物，這一類句子的謂語多數是數詞、數量詞短語或是帶數量詞的名詞短語。

① 龍梅十一歲，玉榮九歲。

② 身高一米七五，體重八十多公斤。

③ 長城東邊從山海關起，西邊到嘉峪關，一共一萬三千多里。

④ 這件毛衣廿二塊錢。

⑤ 這個書箱十六公斤，那個旅行袋四公斤。

⑥ 我兩個男孩，我妹妹一兒一女。

⑦ 前邊一片稻田，後邊一片森林。

（三）說明等價關係。這類句子的主語、謂語都包含數量詞短語，二者可互換。如：

① 一套明信片四毛五。

四毛五一套明信片。

② 兩張五分錢。

分錢兩張。

也有些句子的主語和謂語都是數量詞，或數量詞短語。這樣的句子主謂語之間表示各種單位的換算關係。例如：

① 一天廿四小時。
② 一米三（市）尺。
③ 現在一斤十兩了，不是十六兩了。
④ 一噸兩千斤。

這種用法多限於口語，在書面或較為正式的場合主謂語之間常用"是"或別的動詞，如"有"，"等於"，"折合"等。

有些名詞謂語句的主謂語都包含數量詞語，但二者不是等價的。它的主謂關係比較複雜。例如：

① 一年十塊錢，三年滿期，四年頭上就掙師傅錢了。(一年掙十塊錢)
② 一人一套茶具，一套十五件。　　　　（"有""分""發"等）
③ 十五個人一班。　　　　　　　　　　（"是""在"）
④ 一班十五個人。　　　　　　　　　　（"有"）
⑤ 一袋化肥一百斤。　　　　　　　　　（"有"）
⑥ 十張稿紙就五千字。　　　　　　　　（"有"）
⑦ 一筒（香煙）五十支。　　　　　　　（"裝"，"有"）
⑧ 普普通通的三間房子，幾根大柁？幾根二柁？多少根椽子？多少根檁子？　　　　　　　　　（"有"）柁

這類名詞謂語句多表示"有"、"是"、"掙(錢)"、"裝"、"給"、"發"、"領"等常用動詞所表示的意義。

(四) 描寫主語的狀況，特徵或屬性。謂語多是帶有形容詞或數量詞的名詞短語。例如：

① 這個十九歲的姑娘，高高的個子，一雙大眼睛，顯得很機靈。
② 張大哥急性子，張大嫂慢性子。
③ 桌前兩三把小沙發和一個矮茶几兒。
④ 日頭將沒不沒的時候，水面一片紅光，耀眼睛！
⑤ 我們這個檢查站就我自己一個人。
⑥ 這種飛機兩個發動機。

（五）說明主語的類屬。通常用"的"字短語。例如：

① 您哪個單位的？

② 那位同志哪兒的？

③ 他文化部的，搞創作的。

④ 我們的電視十九吋的。

名詞謂語句是口語中常用的一種句式，它很簡潔。但在書面語或正式場合用得較少。

練 習

一、找出下列各句中的謂語，根據其結構特點，說明各句是哪一類型的謂語句

（A.動詞謂語句　B.形容詞謂語句　　C.主謂謂語句　D.名詞謂語句）：

1. 春天到了，天氣漸漸暖和了，燕子都從南方回來了。（　）（　）（　）

2. 這個地方太美了，比畫還美。（　）（　）

3. 剛來的那個小伙子才十九歲，四川人。（　）（　）

4. 老廠長的兒子，身材高大，臉色紅潤。（　）（　）

5. 這裡是有名的遊覽區。（　）

6. 我分到的那套房子四十平方米。（　）

7. 他今天腿疼，來不了了。（　）（　）

8. 勝利的消息傳來之後，大家跳啊，唱啊，歡呼啊，高興得眼淚都流出來了。（　）（　）（　）（　）

9. 這隻船長十四米，寬八米。（　）（　）

10. 你通知一下老李今天下午開會。（　）

11. 我們的鬥爭是正義的，真理在我們這一邊。（　）（　）

12. 昨天張老師一連給我們講了四個成語故事。（　）

13. 這幾個簡寫本我都看過了，借我幾本原著吧。（　）（　）

14. 老人這麼大年紀了，什麼人他沒見過？（　）（　）

15. 你們經常來幫助我，我們非常感謝。（　）（　）

16. 為了趕任務，她已經三天沒怎麼睡覺了。（　）

17. 老科學家認為中國不是貧油國。（　）

18. 這時，一道金色的陽光射在我的床上。（　）

19. 我們的老師身高體胖。（　）（　）

20. 小王對大事認真，對小事總是馬馬虎虎的。（　）（　）

21. 這種花甜香甜香的。（　）

22. 他們為準備這些事忙了大半天。（　）

23. 風停了，雨住了，太陽又出來了。（　）（　）（　）

24. 怎麼你的手冰涼冰涼的，你冷嗎？（　）（　）

二、根據問話，寫出答話（要求用名詞謂語句）：

例：你哪國人？

　　　　---我英國人。

你今年十幾了？

　　　　---我今年十六了。

你原來學什麼的？

　　　　---我原來學歷史的。

（一）　1. 你哪裡人？

　　　　2. 你今年多大了？

　　　　3. 你幾年級了？

（二）　1. 今天幾號了？

　　　　2. 今天星期幾？

　　　　3. 現在幾點鐘？

（三）　1. 這種水果糖多少錢一口袋？

　　　　2. 桃兒多少錢一斤？

　　　　3. 兩口袋糖、三斤桃一共多少錢？

（四）　1. 你家幾口人？

　　　　2. 你愛人哪裏人？

　　　　3. 你幾個孩子？

（五）　1. 你住的那套房子幾個房間？

　　　　2. 每個房間幾個窗戶？

　　　　3. 最大的一間多少平方米？

（六）你的朋友什麼樣？（個子、眼睛、頭髮）

三、找出下列各句中的大主語、小主語（大主語用A表示，小主語用B表示）：

1. 這些道理，他都懂得。
2. 那天夜裡，他的房間燈一直亮著，窗戶也都開著。
3. 那個話劇看過的人都說好。
4. 這篇文章主題突出、語言生動。
5. 美化首都，人人有責。
6. 什麼他都想學，可是什麼他都學得不深不透。
7. 離校手續我都辦完了，行李我還沒準備好。
8. 老廠長個子不高，年紀不到六十。
9. 我的家鄉三面是水，風景很秀麗。
10. 最近，他臉色也好了，身體也顯得結實了。

四、選擇適當的形容詞填空：

長　乾乾淨淨　整整齊齊　亮　寬　高　忙　激動
綠油油　矮　噴香噴香　悶熱　艱苦　樸素　講究

1. 每天，天剛 ___ ，他就起床了。
2. 屋裡太 ___ 了，開一會兒窗戶吧。
3. 再過幾天，我們就不 ___ 了。
4. 小王一貫 _____ ，吃、穿、住都不怎麼 ____ 。
5. 張華的作業一向都 _____ ，_____ 。
6. 那條主要的街道又 ___ 又 ___ 。
7. 今天一定吃好的，你聞這味兒，___ 的。
8. 老張 ___ 還是老李 ___ ？老張 ___ ，老李比老張稍微 ___ 一點兒。
9. 從車裏向外望去，遠處一片莊稼，___ 的。
10. 那天她 ___ 得話都說不出來了。

第二章　幾種特殊的動詞謂語句

第一節　"是"字句

"是"是一個動詞，基本意思表示"肯定"，起判斷作用。

一、"是"的語法特點

（一）"是"與一般動詞相同的語法特點：

1·能受副詞修飾：
① 這些都是新雜誌。
② 他現在已經是大學生了。

2·可用在能願動詞後：
① 這應該是一對的，怎麼只有一個了。
② 這次考察的地區可以是西北，也可以是西南。

3·能用肯定、否定相重疊的形式提問：
① 這是不是新來的雜誌？
② 那位老先生是不是王院長？

4·能單獨用來回答問題：
① 請問這裡是張大伯家嗎？
　　--- 是。
② 這是你翻譯的文章嗎？
　　--- 是。

（二）"是"與一般動詞不同的特點：

1. "是"的後面不能跟"了"，"著"，"過"等動態助詞以及各種補語。
2. "是"一般不能用"沒有（沒）"來否定。"是"的否定形式是"不是"。
3. "是"不能重疊。有時表示答應，可以說"是是"。這是"是"的連用，與一般的動詞重疊不同。
4. "是"雖然是謂語，但在語義上不是句子的重點，重點在賓語上。

（三）"是"字句的主語和賓語

　　能充當"是"字句的主語和賓語的詞語是多種多樣的，比一般動詞的主賓語要廣泛得多，幾乎一切實詞和一切短語都可以。例如：

名詞及名詞短語：
① 李四光是一個著名的地質學家。
② 導電性最好的金屬是銅。

代詞：
① 他是我的老師。
② 張老師是他。

數詞及數量詞短語：
① 十五是三的倍數，也是五的倍數。
② 二加二是四。
③ 今天你是第一個。
④ 二樓二門六號是張力家。

動詞及動詞短語：
① 變化是必然的。
② 現在，活下去是他唯一的要求。

形容詞及形容詞短語：
① 謙虛是一種美德。
② 進步的大敵是驕傲自滿。

處所詞：
① 後面是一個足球場。
② 前頭就是王府井。

時間詞：
① 昨天是晴天。
② 現在是兩點半。

主謂短語：

① 他那樣做是為了快點兒完成任務。

② 他來晚的原因是家裡來客人了。

二、“是”字句的類型

按“是”字句主語和賓語的關係，可分成以下幾種類型：

（一）表示等同和歸類。這類“是”字句的主賓語大多由名詞、代詞、數量詞或者“的”字短語充任，主語和賓語往往是相應的，有時是同一的。例如：

① 一年的四個季節是春、夏、秋、冬。

② 這篇文章的作者是王中。

③ 他是我的老師，我是他的學生。

④ 一加一是二。

⑤ 三角形三內角之和是180度。

⑥ 李老師是教語音的。

⑦ 這座圓形的小塔是銅的。

⑧ 這本書是我買的。

⑨ 這臺機器是繡花用的。

用“的”字短語作賓語，除表示歸類外，有時還說明質料、來源、用途等等。

（二）賓語對主語從某個方面加以說明，主語與賓語不相應。這是漢語特有的句式。主要有以下一些類型：

1．說明人的性格、特徵：

① 老王是個慢性子，你可得常催著他點兒。

② 小李是瘦高個兒。

③ 你們是知識分子的語言，他們是人民大眾的語言。

2．說明時間：

① 他們回國的日期都定了，老張是明天，老李是後天。

② 明天從學校出發是上午六點半。

3．說明處所：

① 我們都住在黃河邊上，他是上游，我是下游。

② 這次生產實習分兩個地方，一班是上海，二班是杭州。

4・說明扮演的角色：

　　這次排練，羅拉是東郭先生，丁力是狼。

5・表示所具有的物品：

　　① 我們倆買的書不一樣，他是英文課本，我是科技常識。

　　② 我們的電視機不一樣，他是黑白十二吋，我是彩色十四吋。

6・表示衣著：

　　① 從前，他夏天總是一件破布衫，冬天是一件舊棉襖。

　　② 別人都是長袍馬褂，就他西裝革履。

7・比喻：

　　① 青年們努力吧！你們是祖國的未來，祖國的希望。

　　② 時間就是生命。

　　③ 王大爺您真是雪中送炭啊！該怎麼謝謝您呢？

8・表示工具、手段：

　　① 我們是小米加步槍，敵人是飛機加大炮。

　　這類"是"字句一般可依據語言環境給主語或賓語補充一些詞語，使主賓語相應。例如：

　　① 老王是個慢性子的人。

　　② 小李是個瘦高個兒的人。

　　但補足後往往顯得冗長、累贅，不如原來的句子簡煉、生動、活潑。

（三）表示說明、解釋，有時有申辯的意味。"是"的賓語多由動詞（短語）、形容詞（短語）、介詞短語充任。說明原因的：

　　① 我來中國的目的是學習漢語，了解中國。

　　② 你不去旅行是身體頂不下來吧！

　　③ 人家是不知道，問問你，不會有別的意思。

　　④ 他學習好是由於他有明確的學習目的。

　　⑤ 群眾敬佩她是因為她是一個踏踏實實的實幹家。

對某種情況作出解釋的：
⑥ 白嫂子低下頭來，這回不是生氣，而是不好意思。
⑦ 他是來檢查工作，我是來學習。
⑧ 我們對同學的要求就是刻苦鑽研，掌握好本領，將來為祖國的
　　"四化"建設貢獻力量。
⑨ 他們最後一次集會是在北大。
⑩ 你這樣做是根據什麼？

帶有申辯口氣的句子常常包含兩個分句：
⑪ 他的作法是進，不是退。
⑫ 這種辦法是快，不是慢。
⑬ 周瑜說："這是他自己找死，並不是我逼他。"
⑭ 狼對東郭先生說："像你這樣慢，哪裡是救我，簡直是讓他們
　　來捉我。"
⑮ 我不是不想買，是買不起。

表示解釋的句子還可以是無主句：
⑯ 是風把門吹開了。
⑰ 是皖南根據地的鄉親們掩護了我們。
⑱ 是我沒說清楚，不是你沒聽清楚。

(四)表示"存在"，主語是方位詞或處所詞。這時"是"除了表示"肯定"，"判斷"
的原意外，還有"存在"的意思。例如：
　　① 桌子上是書。
　　② 宿舍前是一個網球場。
　　③ 山上全是楓樹，秋天是一片紅。
　　④ 你怎麼兩手都是泥？
　　⑤ 早上起來，我打開窗戶向外一看，樹上、地上、屋頂上都是雪，
　　　　好看極了。

但是，"是"表"存在"與"有"表"存在"是有差別的。"是"表示什麼東西佔
據了某一空間，或肯定某一空間為什麼東西所佔據。而"有"旨在說明"在某一空
間存在著某種東西"。試比較：
　　① 桌子上是什麼？

--- 桌子上是書。

② 桌子上有什麼東西嗎？

--- 桌子上沒有什麼。

--- 桌子上有書。

例①用"是"問話時，問話人已經知道桌子上有東西，但不知道是什麼。答話人用"是"回答，表示桌子上有的就是書，別無他物。而用"有"提問時（如例②），問話者沒有確定桌子上是否有東西，更不知道有的是什麼東西。所以例②的答話可以表示桌子上有或者沒有東西；也可以表示有的是什麼東西。

（五）強調賓語：

① 今天的報告太精彩了，遺憾的是你沒能來聽。

② 我要說的就是這些。

③ 咱們倆想的不是一個問題。

（六）表示肯定：

1．用在形容詞謂語句中，"是"不是謂語，輕讀。例如：

① 小林對人是那樣熱情，誰都會喜歡她。

② 孩子們又唱又跳，高興得不得了。

"是"有時重讀，表示"確實"的意思：

① 小林這個人`是熱情。

② 昨天我`是不高興了。

2．在交談中，如果肯定對方的話語，也可用"是"：

① 甲：今天發生的這件事，不是偶然的，是我們平時不重視思想
　　　教育的結果。

　　乙：是，是，是這樣。

（七）"是"的前後用相同的詞語，可以表示以下幾種意思：

1．強調肯定主語就是賓語所代表的那一類，而不是別的。"是"字前常用"就"、"總"、"到底"等副詞。例如：

① 不懂就是不懂，不要裝懂。

② 事實總是事實。

③ 對的就是對的，不對就是不對的。

④ 青年就是青年，不然，何必要搞青年團呢？

⑤ 孩子，別怕，揀柴禾就是揀柴禾，什麼消息不消息的。

2．表示界限分明，清清楚楚，不含混。這種句式多是兩個"是"字句的並列形式。例如：

① 這孩子真是頭是頭，腦是腦。

② 小明寫的字真不錯，一筆是一筆，橫是橫，豎是豎。

③ 咱們應該公是公，私是私，清清楚楚。

3．表示讓步，有"雖然"的意思，但比用"雖然"語氣要委婉。例如：

① 這孩子聰明是聰明，就是不知道用功。

② 這個東西有是有，可是忘了放在什麼地方了。

有時，"是"前後的詞語不盡相同，其中一個可以是短語。

① 這種筆的樣子好看是挺好看，就是筆尖太粗。

② 這種汽車跑得快是快，就是費油。

（八）表示"無例外"，有"凡是"的意思，"是"重讀：

① 這點事`是個人都會做。

② 他這個人，`是節目就想看。

（九）表示應答，"是"可連用：

① 甲：你快去吧！

　　乙：是，是。

這種"是"有"服從"的意思，現在，只是在軍隊是用得較多，一般場合用得較少。

練 習

一、找出下列 "是" 字句的賓語，並說明主語和賓語的關係。

A.等同　B.歸類　C.說明主語的某一方面　D.解釋、說明　E.存在
F.表示肯定　G.表示主語就是賓語所代表的那一類　H.表示界限分明
I.表示讓步　J.表示無例外（ "凡是" 的意思）

1. 他是中國代表隊的領隊。（　）
2. 幾年來，姐姐一直是他們廠的先進工作者。（　）
3. 李四光是中國有名的地質學家。（　）
4. 這個院子跟附近的許多院子沒有什麼差別。周圍是半人高的木柵欄；
　　左邊是一間獨立的小屋；右邊是兩間正屋。（　）（　）（　）
5. 他們在這兒蓋這間草屋完全是為了方便過路的人。（　）
6. 這次試驗沒有成功是由於準備工作沒有作好。（　）
7. 您這樣做不是愛護他，是害他呢！（　）
8. 我們不是這兒的主人。（　）
9. 讀書是學習，使用也是學習。（　）（　）
10. 老教授的房間裡都是書。（　）
11. 這些花生是熟的，那些是生的。（　）（　）
12. 這套房子是兩個陽臺。（　）
13. 同志，您是哪個單位的？（　）
14. 中國古代的四大發明是造紙、印刷術、火藥和指南針。（　）
15. 不是你記錯了，是我說錯了。（　）
16. 這些書都是兒童讀物。（　）
17. 這本字典好是好，就是太貴。
18. 他的東西總那麼乾乾淨淨，整整齊齊，書是書，本子是本子。（　）
19. 辦公樓的後邊是足球場和游泳池。
20. 我給大象照相不是玩，是工作，我是個攝影記者。（　）（　）
21. 她的發音是那麼準確，語調是那麼自然。（　）
22. 他不是不知道，他是太謙虛了。（　）
23. 不同意就是不同意，不要含含糊糊，不好意思說。（　）
24. 過去，這孩子是電影就看，現在變了。（　）
25. 這兩個字的寫法是不一樣，丁力說得對。（　）

二、把下列句子改寫成"是"字句：

1. 這種布雖然貴一點兒，可是結實、耐穿。
2. 你想看的那本書我有，只是現在不在我手頭，張力借去看了。
3. 小王雖然來過了，可是你要的東西沒有給你帶來。
4. 那件事他跟我說過了，但是說得不很詳細。
5. 這些漢字我們都學過，可是忘了怎麼念了。
6. 那個英文報告我去聽了，可是都沒聽懂。
7. 他寫得慢，可是寫得整齊。
8. 這篇文章很長，可是沒有什麼內容。

第二節 "有" 字句

"有" 是個非動作詞，它不表示動作行為，其基本意思是表示 "領有"、"存在"。

一、"有" 的語法特點

（一）"有" 不能受否定副詞 "不" 的修飾。我們不能說 "我不有書"。"有" 的否定形式是在 "有" 的前面加副詞 "沒"，如 "我沒有書"。或者單用 "沒"，"我沒書"。"沒有" 後面不帶賓語時，只能用 "沒有" 不能說 "我沒"。"有" 的另一種否定形式是 "無"，"無" 一般用在文言文或成語中，如 "無源之水"，"無本之木"，"無的放矢" 等。

（二）只要意思能搭配，"有" 可以直接用在能願動詞的後面。如 "他能有這本書嗎？"，"農民可以有自留地。"

（三）"有" 不能重疊。

（四）"有" 的後面不能帶各種補語。

二、"有" 的意義和用法

（一）表示 "領有、具有"：名詞（一般事物）+ "有" +名詞（一般事物），又可分以下幾種情況：

1. 賓語所表示的事物是主語的一部分。例如：
    ① 人人都有兩隻手。
    ② 這座橋有兩層。
    ③ 紅星公社有十萬多畝土地。
    ④ 木蓮有蓮房一般的果實，何首烏有臃腫的根。

2. 賓語所表示的事物為主語所領有，賓語一般是表示具體事物的詞語。例如：
    ① 我沒有自行車，只有一輛摩托車。
    ② 張老師有很多書。
    ③ 他們單位有一臺大型電子計算機。
    ④ 你有沒有積蓄？

以上兩種用法的 "有" 前一般不能用程度副 "很"，"非常" 等修飾。

3. 賓語表示主語的某種屬性，賓語多為抽象名詞。如：
 ① 教書這個工作很有意義。
 ② 想不到敲敲浮筒鐵銹會有這麼大的重要性。
 ③ 幹這種事要有決心和勇氣啊！
 ④ 他那兩隻大眼晴總是那麼炯炯有神。
 ⑤ 我們既要有沖天的幹勁，又要有實事求是的精神。
 ⑥ 人總是要死的，但死的意義有不同。

 賓語也可以是意義有些虛化的名詞。
 ① 這個人很有錢。
 ② 小馬這個青年有頭腦，有眼光。
 ③ 老王師傅很有經驗，工作上很有辦法。

 這類用法的"有"與賓語凝結得很緊，構成一個固定短語，表示"多"，"大"一類的意思，如"有錢"就是"有很多錢"，"有決心"就是"決心很大"，"有眼光"就是"眼光遠"等等。這類短語前面可用程度副詞修飾，如"很有意義"、"特別有辦法"、"非常有知識"等。

4. 賓語所代表的事物與主語所代表的事物有某種關係。例如：
 ① "我從來沒有個親人，我真想永遠和你在一起！"
 ② 老教授一共有四位助手，他們正在研究一個新課題。
 ③ 雷鋒說："我沒有家，人民公社就是我的家"。
 ④ 太陽有九大行星。
 ⑤ 我們有了這樣的好領導，工作一定會有起色。

 老舍在《且說屋裡》有一段話，其中的幾個"有"都表示"領有"，但含義不同：
 "一個廿世紀的中國所能享受與佔有的，包善卿已經都享受和佔有過，現在還享受與佔有著。他有錢、有汽車、有兒女、有姨太太，有古玩，有可作擺設用的書籍。有名望，有身分，有一串可以印在名片上與訃聞上的官銜，有各色的朋友，有電燈、電話、電鈴、電扇，有壽數，有胖胖的身體和各種補藥。"

《老舍短篇小說選》

（二）表示"存在"：處所詞語、時間詞語+"有"+名詞（表示存在的事物）
① 屋裡有人。
② 藍藍的天空沒有一點雲彩。
③ 世界上沒有無緣無故的愛，也沒有無緣無故的恨。
④ 唐代有個詩人，名叫賈島。
⑤ 那天晚上有月亮，天不太黑。
⑥ 現在離上課還有一刻鐘。

有時處所詞前用了介詞，這時介詞短語作為狀語表處所：
① 在牆角有一個大鐵桶。
② 靠窗戶有一把竹椅子。

在一定的語言環境裡，"有"的主語可以省去。即："有"+名詞（存在的事物）
① "有情況！"他猛地站起來向門外奔去。
② 玉寶喊了聲："有賊"！伙計們拿著木棍都跑出去了。
③ 記住，小燕，沒有克服不了的困難，也沒有解決不了的問題。

有時主語是說不出的，也用"有"+名詞：
① 有水了！有水了！快去接水。
② 有風，你看蠟燭總在跳動！

存在的事物也可以放在"有"之前作主語。如：
① 我們日裡到海邊揀貝殼去，紅的綠的都有，鬼見怕也有，觀音手也有。
② 這是菜單，中餐、西餐都有。
③ 這些花布花樣雖然一樣，但顏色不同：紅的、藍的、綠的都有。
④ 這種事永遠都會有。
⑤ 她哥哥姐姐都有。

這類句子的主語多並列名詞（短語）或"的"字短語，"有"的前面一般要用副詞"都"或"也"，"有"後不能再帶賓語。

（三）表示發生和出現：名詞+"有"+動詞

"有"後面由某些動詞作賓語時，表示新情況的發生和出現：

① 在工農業發展的基礎上，人民的生活水平有了很大提高。
② 近年來，中小學教育也有了很大發展。
③ 經過同志們的批評幫助，他的思想有了一些轉變。
④ 幾年沒見，你跟以前一樣，沒有什麼變化。
⑤ 小明經過一段時間的勤學苦練，有了明顯的進步。
⑥ 去年國民收入又有了增長。

（四）有來列舉和表示包括。這裡可分為兩種情況：

1・"有"字句的賓語所指的事物與主語是一類的，賓語往往是並列結構，並包含數量詞。如：
① 人造纖維有粘膠纖維、銅氨纖維和醋酸纖維等。
② 今天參加座談會的有工人、學生、幹部、教師等各方面的代表二十多人。
③ 這位植物學家收集了六萬五千號植物標本，大約有五千多種。
④ 雲的種類很多，有捲雲、積雲、層雲等。
⑤ 人民畫報有英文版的，法文版的，日文版的等好幾十種。

　　這類句子也可以變換為無主語句。如：例①改為"有三種人造纖維：粘膠纖維、銅氨纖維和醋酸纖維。"例②改為"有工人、學生、幹部和教師等各方面代表二十多人參加座談會。"例③改為"大約有五千多種植物標本。"變換以後在意義上沒有什麼差別。

2・用兩個或兩個以上的"有"來分別一一列舉。例如：
① 人們在社會實踐中從事各項鬥爭，有了豐富的經驗，有成功的，有失敗的。
② 來客也不少，有送行李的，有拿東西的，有送行兼拿東西的。
③ 到了目的地，只見場地上立著一排排高大的鋼質燈浮標，有紅的、黑的、還有紅白相間的，很是威武。
④ 每天早上，操場上鍛鍊的人多極了，有跑的，有跳的，有打球的，還有練太極拳的。

這種格式的"有"字句，前半句是總的敘述，後面用"有"列舉。

　　表示列舉時，也常常用"有的…有的…"。例如：

① 每天早上，操場上鍛鍊的人多極了，有的跑、有的跳、有的打
　　球、還有的練太極拳。

② 我們這些新兵，有的是工人，有的是社員，有的是學生。

③ 這些石刻獅子，有的母子相抱，有的交頭結耳，有的像傾聽水
　　聲，千態萬狀，維妙維肖。

④ 它們是名副其實的小貓，只有一個拳頭的三分之一大，一隻小
　　貓一個姿態：有的靜坐，有的打滾；有的抬手，有的拍球；有
　　的傻站著，有的蹺起一條小腿；有的匍匐不前，有的待人去抱。

3・還有一類表示“包括”的“有”字句，它的賓語是數量詞或帶數量詞的名詞短
語。賓語表示主語所指事物的總數。在一定意義上，這個“有”也可以解釋為“等
於”，“是”。例如：

① 一年有十二個月。

② 一個星期有七天。

③ 這本書有三百多頁。

④ 你知道“喜歡”的“喜”有幾劃嗎？

（五）表示“達到”或“比較”：

1・“有”的後面用數量詞，或者是數量詞再加上表量度的形容詞。這時，“有”表
示主語在數量、重量、大小、程度、時間、距離等方面達到的數量，多用於估量。
例如：

① （我看）他大約有卅多歲。

② 有的石頭一塊就有兩千多斤（重）呢！

③ 斧刃有半尺左右（長）。

④ 那條河有五百米（寬）。

　　這類句子的“有”是謂語動詞，“有”後的數量詞或數量詞與形容詞一起作賓
語，形容詞不能單獨作“有”的賓語，如不能說“有高”，“有深”。

　　這種“有”字句中所用的形容詞，一般都是“長”、“寬”、“高”、“粗”、
“大”、“重”、“深”等，而不用“短”、“窄”、“矮”、“細”、“小”、
“輕”、“淺”等。這種句子的否定式是用“沒有”，表示“沒有達到某一量度的
意思”。例如：

① 這塊布沒有兩米長，最多不過一米七八。

② 從北京到天津沒有五百里。

2．表示比較："有"＋用以度量或比擬的事物的詞語＋形容詞：

　　① 小傢伙長得真快呀，都有桌子這麼高了。

　　② 咱們種的那棵小松樹已經有一個人那麼高了。

　　③ 熱帶森林裡的蛇有碗口那麼粗。

　　④ 那塊石頭有一間房子那麼大。

　　這種"有"字句中，形容詞前多用指示代詞"這麼"或"那麼"。

練 習

一、熟讀下列詞組並理解其含義：

（很）有錢	（很）有見識	（很）有志氣	（很）有風度
（很）有眼力	（很）有遠見	（很）有勇氣	（很）有禮貌
（很）有頭腦	（很）有本事	（很）有出息	（很）有辦法
（很）有眼光	（很）有能力	（很）有理想	（很）有心眼
（很）有水平	（很）有經驗	（很）有前途	有脾氣
（很）有學問	（很）有辦法	（很）有抱負	有一手
（很）有見解	（很）有才氣	（很）有魄力	有兩下子
有進步	有提高	有改進	有聯繫
有轉變	有來往	有認識	有進展
有增長	有交往	有發展	有長進

二、說明下列 "有" 字句各表示什麼意思：

A. 領有　B. 存在　C. 列舉　D. 估量　E. 達到　F. 包括
G. 發生新情況

1. 有人嗎？（　）
2. 老王，還有事嗎？沒事兒，我們可以走了吧。（　）（　）
3. 聽，有動靜！（　）
4. 今天家裏有點事，明天來看你。（　）
5. 那裏（大雪山）沒有人煙，沒有花草、樹木，連條小路也沒有。
　（　）（　）
6. 天悶熱的很，一點兒風都沒有。（　）
7. 現在有十二點了。（　）
8. 湖心的小島上有一片樹林，樹林中有一座中國式的小樓，樓裏有一張
　舊式圓桌和幾把椅子。（　）（　）（　）
9. 今天下的雪有一尺厚。（　）
10. 一年有四季。（　）
11. 本世紀以來，科學技術的新成果有了迅速的增長。（　）
12. 展覽會的展品有五千多件。（　）
13. 液體有一定的體積，沒有一定的形狀。（　）（　）

14. 太陽出來有一人高了。（　）

15. 我們推開門，進了屋，發現屋裏有水，有鹽，有辣椒…。（　）

16. 這本書有上中下三冊。（　）

17. 這臺機器沒有毛病了，昨天就修好了。（　）

18. 新來的車間主任是個中年人，有五十來歲。（　）

19. 這個小商店東西很全，吃的，用的，玩的都有。（　）

20. 他的爸爸媽媽都沒有了。他也沒有兄弟姐妹，從小就一個人生活，也
    沒有個家（　）（　）（　）

21. 參加這次大會的有工人，有農民，有解放軍，有知識分子，有男的、
    女的、老的、少的。各方面的代表共二百多人。（　）（　）

22. 他養了很多花，南方花有，北方花也有。（　）

23. 俱樂部裏的人真不少，有唱的，有跳的，有拉琴的，有下棋的。（　）

24. 小王沒有大劉高。（　）

25. 近來，小明在各方面都有很大進步。（　）

26. 我們每天上午有四節課。（　）

27. 這座樓一共有多少層？（　）

28. 這種事過去有，現在有，將來一定還有。（　）

29. 大劉，有你一封信，給你。（　）

30. 你一定要有決心和信心，這樣才能學好。（　）

三、找出病句並加以改正：

1. 這個人有學問嗎？
   當然有。人家有很多著作呢。

2. 問：你們的圖書館很有書，是嗎？
   答：對，我們的圖書館很有書。

3. 問：這個新來的小工人很有經驗吧？
   答：沒。

4. 問：他的報告一定對你們很幫助，是嗎？
   答：不，不幫助。

5. 問：是不是天氣預報說明天傍晚有小雷陣雨？
   答：對，明天傍晚有下雨，可能還有點風。

6. 問：這種小手提包很有用嗎？
   答：不有用。

第三節　連動句

一、什麼是連動句

謂語由兩個或兩個以上連用的動詞或動詞短語構成的句子叫連動句。連動句的兩個動詞或動詞短語共用一個主語。例如：

① 我去問。

② 他打開窗戶向遠處眺望。

③ 魯班含著眼淚別了師傅。

④ 中國人用筷子吃飯。

有的連動句的謂語也可以是動詞與形容詞連用，或形容詞與動詞連用，例如：

① 大家聽了這個消息都非常高興。

② 他急著說：“你別走！”

二、連動句的類型

根據前後兩個動詞之間的意義關係，連動句可分為下列幾種：

（一）表示先後發生或連續發生的兩個動作或情況。後一個動作或情況發生時，前一個動作已結束。例如：

① 孩子們聽完故事哈哈大笑起來。

② 他們吃過晚飯散步去了。

③ 無數輛汽車通過寬闊的公路橋開往四面八方。

④ 王師傅接過小模型看了一會說：“行啊！”

⑤ 我們從廣播裡聽了這一噩耗難過極了。

（二）後一個動詞（或短語）表示前一動作的目的。例如：

① 下午我們去商店買東西。

② 文清，你又把那燈點起來幹什麼？

③ 上午阿里到機場接代表團了。

④ 暑假我們一定回來看望你。

有的連動句中的“來”不表示實在的“來”義，只表示一種意願，有緩和語氣的作用。如：

① 我們開個聯歡會來歡迎新同學。

② 我來談談。

③ 我們的報紙也要靠大家來辦，靠全體人民群眾來辦，靠全黨來辦，而不能只靠少數人關起門來辦。

（三）後一個動詞或動詞短語表示動作，前一個動詞或動詞短語表示動作進行的方式。例如：

① 雷鋒用自己的錢給那位大嫂買了一張火車票。

② 我們坐飛機去上海，他們坐火車去。

③ 老師握著我的手說："再見！"

④ 第二天早上，愚公就帶著一家人搬山去了。

⑤ 上課的時候，孩子們都搶著回答問題。

⑥ 他微笑著回答："我們去外婆家。"

⑦ 她們都坐在山坡上唱歌呢。

（四）連動句的前一個動詞表示肯定的意思，後一個動詞表示否定的意思，從正反兩面說明一個事實。如：

① 走不了，爺爺的手抓著門板不放。

② 張素素卻板起臉不哭。

③ 大家都坐著不動。

（五）前一個動詞為"有"（或"沒有"）的連動句

1．"有"的賓語也是後一個動詞意念上的受事者。如：

① 我家以前生活很苦，沒有飯吃，沒有衣服穿。

② 書市有很多書可買，值得去一趟。

2．"有"的賓語為抽象名詞，與"有"結合在一起表示"能"、"應該"一類的意思。如：

① 你有什麼權力不讓我走？

② 小劉沒有資格參加這次活動。

③ 我有理由不同意。

能用於"有"（沒有）後的名詞常見的還有："責任"、"力量"、"辦法"、"本事"、"把握"、"信心"、"機會"、"條件"、"錢"、"時間"等等。

　　這類連動句後一個動詞也可變為定語，修飾前一個動詞的賓語，如“沒有說話的權力”，“有不同意的理由”，“有參加的資格”等。

三、連動句的結構特點

（一）連動句中動詞或動詞短語之間的次序是固定的，不能任意調換，否則，語義或語法關係就會改變，或者造成病句。

（二）連動句的主語。連動句的主語常見的多是謂語中連用動詞短語的施事，但也有的是受事，或既是受事也是施事。例如：

① 白求恩大夫用自己的血救活了那個戰士。

② 大家都興奮地圍了上來搶著看新加工出來的產品。

③ 書放在宿舍沒帶來。

④ 村裡的鄉親們都被帶到廣場上去審問了。

⑤ 畢業後，我和幾個同學被分配到航標站工作。

⑥ 張老師調到中文系教古漢語去了。

練 習

一、將下列連動句中連用的名動詞或動詞短語劃分開，並說明二者在意念上表示什麼關係：

A. 表示連續發生的兩個動作　B. 表示目的　C. 表示方式
D. 從正反兩面說明一個事實　E. 帶 "有" 的連動句

1. 爸爸想了一下兒說： "我不能同意你的要求。"
2. 以後我一定找時間去你家裡看看你的母親。
3. 十年前她家就搬到北京郊外住了。
4. 小時候，我們常常去那個公園玩。
5. 有一年夏天，我坐船到南方奶奶家過暑假。
6. 門外有個青年要見你。
7. 小明用手輕輕地摸了摸小力的新鉛筆盒，沒有說話。
8. 他聽到外邊有動靜，立刻開門出去看了看。
9. 你有什麼理由不同意他的要求？
10. 這些南方的特產我們一直放著沒吃。
11. 每次勞動的時候，大家都搶著幹又髒又重的活兒。
12. 張老師，我有一些問題想請教你一下兒。你現在有時間幫助我嗎？
13. 我那隻手錶一直放在抽屜裡沒帶。今天拿出來一看，壞了。

二、找出下列短文中的連動句：

　　從前有幾個人得到一壺酒。這壺酒只夠一個人喝。到底誰應該喝這壺酒呢？大家商量半天，怎麼也決定不下來，最後有一個人說： "咱們每個人用樹枝在地上畫一條蛇。誰先畫完，這壺酒就讓給誰喝。"

　　大家都同意這個辦法。於是每個人就拿起一根小樹枝在地上畫起來。有一個很快就把蛇畫好了。他笑著看了看周圍，還沒有一個人畫完。他又拿起樹枝，抱著酒壺得意地說： "你們誰有本事能比我畫得快，我還有時間給蛇畫上幾隻腳。" 說著就畫起來。當他正忙著給蛇畫腳的時候，另一個人已經把蛇畫完了，就把酒壺搶了過去，指著地上的的蛇說： "蛇是沒有腳的，你現在給蛇添了腳，就不是蛇了。因此，第一個畫完蛇的是我，不是你呀！"

三、用所給詞語擴展成連動句後填空：

1. 張老師忘了戴眼鏡，他 ＿＿＿。（回宿舍　取）
2. 那個故事太悲慘了，孩子們 ＿＿＿。（聽　哭起來）
3. 那是她結婚時的紀念，所以她一直 ＿＿＿。（保存　用）
4. 昨天，他們 ＿＿＿。（坐火車去南方旅行）
5. 姐姐正 ＿＿＿，＿＿＿。（忙寫論文　沒有時間回答問題）
6. 阿里從書包裏 ＿＿＿。（拿信　交給）
7. 小紅住院了，下午咱們 ＿＿＿。（帶水果　去看）
8. 他 ＿＿＿，已經騎了好幾年了。（花幾十塊錢　買一輛舊自行車）
9. 你不應該 ＿＿＿，不然眼睛就慢慢壞了。（躺　看書）
10. 他們 ＿＿＿ 理由不 ＿＿＿。（沒有　參加這個會）
11. 父親說：“你們都愛吃花生嗎？”孩子們都 ＿＿＿：“愛！”（爭　答應）

四、將下列句子改寫成連動句：

1. 他又買了一輛新型摩托車，花了三百多元。
2. 這位年輕的作家寫了一個劇本，用了一年左右的時間。
3. 他不回答我的問題，是沒有理由的。
4. 住那麼好的房子，我現在還沒有條件。
5. 下星期天，我來找你，咱們一起去頤和園，咱們划船。
6. 他坐公共汽車，他去北京圖書館，他借書。
7. 走在半路上，汽車停住了，汽車不走了。
8. 看完兒子的信，老人拉起衣袖，老人擦了擦眼淚。
9. 我每次去看他，他都坐在桌旁，他看小說呢。
10. 看了我織的毛衣，姐姐捂嘴，姐姐直笑。

五、比較下列連動句在意義上有什麼不同。

1. A. 小方開門出去了。
   B. 小方出去開門。
2. A. 老隊長接過那把鋤頭看了看說：“可以”。
   B. 老隊長看了看那把鋤頭接過去說：“可以”。
3. A. 他們坐汽車進城。
   B. 他們進城坐汽車。

4. A. 她下床穿衣服。
   B. 她穿衣服下床。
5. A. 他們輕輕推開門走進去。
   B. 他們輕輕走進去推開門。
6. A. 小明站起來拍拍身上的土。
   B. 小明拍拍身上的土站起來。

第四節　兼語句

一、什麼是兼語句？

　　兼語句的謂語是由一個動賓結構和一個主謂結構套在一起構成的。即謂語中前一個動賓結構的賓語兼作後一個主謂結構的主語。例如：
　　① 你請他來。

這個句子的主語是"你"，謂語是套在一起的動賓結構"請他"和主謂結構"他來"。其中"他"是動賓結構的賓語，又是主謂結構的主語，是一個一身兼二職的"兼語"。謂語中只有一個動詞"請"與主語存在主謂關係。第二個動詞"來"與主語不存在主謂關係。即兼語句謂語的兩個動詞不共用一個主語。

　　兼語句謂語的第二個中心語以動詞為多，也可以是形容詞、主謂短語或名詞。如：
　　① 這個消息使我很高興。
　　② 昨天的事使他情緒有些波動。
　　③ 祝你學習好、身體好、工作好。
　　④ 他送我一枝圓珠筆三個筆芯。

二、兼語句的類別

　　兼語句可以分為以下幾類：

（一）表示使令意義的兼語句。

　　在這種兼語句裡，第一個動詞是表示使令意義的動詞，如：使、讓、叫、請、派、強迫等等。第一個動詞所表示的行為動作是兼語所發出的行為動作的原因，也就是說兼語後面的詞語所表示的行為動作或狀態是由第一個動詞所表示的動作引起的。例如：
　　① 她們跳舞跳得很好，大家又請她們跳了一遍。
　　② 這謙遜反使阿Q更加憤怒起來。
　　③ 你聽明白，我可沒逼你做事。
　　④ 改選以前，咱們先讓大伙兒提提意見。
　　⑤ 大奶奶，我叫我的小孫子給您捎了點兒鄉下玩意兒。

⑥ 我們總教育孩子好好學習，天天向上。

⑦ 他不准人家發表相反的意見。

用於表示使令意義的兼語句中的動詞常見的還有“吩咐”、“打發”、“促使”、“使得”、“要求”、“迫使”、“催”、“要”等等。有些表示容許或禁止意義的動詞也常用於兼語句，如“容許”、“許”、“禁止”、“准許”、“允許”等，這種兼語句也屬於此類。

（二）表示稱謂或認定意義的兼語句。

這種兼語句的第一個動詞多是表示稱謂或認定意義的動詞，如“稱”、“叫（表稱呼的意思）”、“罵”、“選”、“選舉”、“推選”、“認”、“認為”，兼語後面的動詞多為“做”、“為”、“當”、“是”等。例如：

① 我給他起了個小名叫南南。

② 由於各國經常打仗，歷史上稱這一時期為戰國。

③ 我認您做我的師傅吧！

④ 你們選誰當代表？

⑤ 我們應該選擇名家名篇作教材。

⑥ ……人家背後罵我是廢物。

表示稱謂或認定意義的動詞跟與之相呼應的動詞形成一個固定的句式，常用的有：“認…為…”，“認…做…”，“叫…做…”，“稱…為…”，“稱…做…”，“選…為…”，“選…當…”，“選…做…”。

（三）表示愛憎、好惡等意義的兼語句。

在這類兼語句中，第一個動詞多是表示心理活動的動詞，如“喜歡”、“討厭”、“愛”、“恨”、“嫌”、“佩服”、“欽佩”、“欣賞”、“讚揚”、“原諒”等。兼語的謂語表示主語具有某種心理活動的原因或持有某種態度的理由。例如：

① 原諒他年紀小，沒經驗。

② 大家都嫌他說話囉嗦。

③ 群眾喜歡他辦事公道。

④ 我愛他樸實、渾厚。

⑤ 領導上批評她老愛說大話。

（四）兼語的謂語是說明或描寫兼語的。例如：

① 我最近改編了一個劇本約廿萬字。

② 她家裡擺著一個小圓桌三條腿。

③ 他們新編了一部詞典帶插圖。

（五）第一個動詞是“有（沒有）”的兼語句。

“有”的賓語（即兼語）多表示存在的人或事物，兼語的謂語說明或敘述描寫兼語。[注] 例如：

① 古代有個詩人叫賈島。

② 桌子上有一本新雜誌是誰的？

③ 第三生產隊有一隻羊病了。

④ 後面有幾個人哭起來了。

這類兼語句更常見的形式是無主語兼語句，即“有”的前頭沒有主語。例如：

① 有隻狼跑過來了，你看見沒有。

② 此後又有近處的本家和親戚來訪問我。

③ 有個人心眼兒特別好。

（六）第一個動詞是表示肯定意義的“是”的兼語句。

這類兼語句都是無主語的，“是”的作用在於強調肯定“是”的賓語（即兼語）。例如：

① 是ˋ姑老爺叫我？

② 是ˋ我把她氣哭了。

③ 是ˋ風把門吹開了。

④ 是ˋ白求恩大夫救活了那個戰士。

⑤ 是ˋ這篇文章啓發了我，使我改變了主意。

“是”的賓語一般重讀。

在“是”字句一節，我們曾說過“是”的賓語有時是一主謂短語，如“不是我ˋ

[注] “有”的賓語（即兼語）所表示的人或事物都是不確指的，不能用“這個”、“那個”做定語，只能用“一個”、“幾個”、“很多”、“一些”、“多少”等作定語。

不管，是我`管不了"。其中動詞"是"，只表示判斷，不起強調作用，主謂短語"我不管"和"我管不了"都是"是"的賓語。這種句子重音落在充任賓語的主謂短語的謂語上，與包含"是"的兼語句不同。

三、兼語句的語法特點。

（一）從語音形式上看，兼語句中語音可以停頓或可以拖長的地方是在兼語的後面，而不是第一個動詞的後面。如在"你請他來"中，只能說"你請他 ‖ 來"，而不是"你請 ‖ 他來"。

（二）兼語句的第一個動詞一般不能帶"了"、"著"、"過"。除"讓"、"叫"、"使"外，某些表示使令意義或認定意義的動詞後面有時也可帶"了"，但有一定的條件：

1·有說明原因或結果的上下文。例如：
    ① 愚公一家人搬山的事感動了上帝，他就派了兩個神仙把兩座山
      搬走了。
    ② 我們選小王當代表，明天他就要開會去了。

2·句尾可有表示出現新情況的"了"。例如：
    那件事託了老王去辦了。

（三）兼語句的兼語主要由名詞、代詞充當，在一定的上下文裏，也可以由數量詞充當。例如：
    從前線回來的人說到白求恩，沒有一個不佩服，沒有一個不為他
    的精神所感動。

四、特殊的兼語句

（一）間接賓語作兼語的句子。例如：
    小明這孩子，你一給他書看，他就不鬧了。

動詞"給"的間接賓語"他"又是"看"的主語。

（二）介詞"把"，"給"的賓語作兼語的句子。例如：
    ① 他們給傷員做了碗雞蛋湯喝。

② 我要給他們幹個樣兒瞧瞧。

③ 我把他介紹到學校裡當教員。

介詞的賓語成為第二個動詞的主語。

五、兼語句與連動句混合式

（一）兼語句套連動句。例如：

① 卓瑪身體好了以後，領導上讓她到中央民族學院學習。

　　　　　　　　　　　　　動｜　動　　　　　　　　　　動
　　　　　　　　　　　　　　　　　　　連動句
　　　　　　　　　　　　　　　兼語句

② 老師要求我們用中文寫一篇日記。

　　動｜　　　動｜動
　　　　　　　連動句
　　　兼語句

（二）連動句套兼語句。例如：

① 我　寫　了一封信讓妹妹也來中國。

　　｜　　　　　　　｜兼語句
　　　　連動句

② 那時候，爸爸沒有錢　讓　我　讀　書。

　　　　　　　　　　　｜兼語句
　　　　　　連動句

六、兼語句與雙賓語句及主謂短語作賓語句的區別

（一）兼語句與雙賓語句的區別

如果雙賓語句的直接賓語為主謂短語時，形式上與兼語句相似，怎麼區別呢？

1‧提問方式不同：兼語句中兼語後的成分可用“幹什麼”提問，雙賓語句中的直接賓語用“什麼”提問。試比較：

① 他通知我今天下午開會。　☜　他通知你什麼？　　（雙賓）

② 他叫我今天下午去開會。　☜　他叫你幹什麼？　　（兼語句）

2．雙賓語句的直接賓語可提到句首。比較：

　　①　他告訴我明天去頤和園。

　　　　明天去頤和園，他告訴我。

　　②　他讓我明天去吃飯。

　　　　明天去吃飯他讓我。

（二）兼語句與主謂短語作賓語句的區別

　　　這兩種句式形式上也很相似，主要可從語音停頓上來區別。兼語句中兼語與前邊的動詞結合得很緊，不能停頓，而主謂短語作賓語的句子，可在謂語動詞後有短暫停頓。試比較：

　　①　我叫、小王來。

　　　　我希望、小王來。

練 習

一、找出下列各句中的兼語：

例：你請他進來。（他）

1. 他從來不強迫別人接受自己的意見。
2. 老師讓誰回答問題，誰回答，不要亂說話。
3. 我們研究所的同志都稱讚他是一位先人後己，公而忘私的好黨員，好幹部。
4. 你怎麼能總叫別人替你擔憂呢？
5. 我還有一個哥哥在北大物理系教書。
6. 為了侮辱齊國的大使，楚王命令衛兵在大門旁邊另外開了一個小門。等晏子來的時候，讓他從小門進去。
7. 他常常請我們到他家去做客。
8. 班上的同學給他起了個外號叫活字典。
9. 仁慈的先生，讓我在你的口袋裡躲躲吧！
10. 我新買了一個錄音機是兩用的。

二、用所給詞語造兼語句：

（一）例： 讓　等

　　　　　他讓我等一會兒。

1. 叫　八點來
2. 讓　教他日語
3. 請　看京劇《貴妃醉酒》
4. 催　還書
5. 託　帶東西
6. 勸勸　生氣　別
7. 派　去
8. 使　不安
9. 組織　遊覽
10. 強迫　同意

（二）例：誇獎　勤奮　好學

　　　　　大家都誇獎他勤奮、好學。

1. 表揚　服務態度好
2. 佩服　有學問
3. 嫌　太淘氣
4. 喜歡　愛幫助人
5. 稱讚　刻苦好學
6. 罵　太不講道理
7. 恨　自私自利
8. 選　當車間主任

9. 笑　　　太粗心　　　　　　10. 感謝　　這麼大力地幫助我們

（三）例：一本新字典　　　四用
　　　　　他買了一本新字典是四用的。

1. 姑姑　　　　　在鄉下
2. 桌子　　　　　三條腿
3. 兩個窗戶　　　朝南
4. 大百科全書　　英文版的
5. 弟弟　　　　　小明

三、將下列句子改為兼語句：
　　例：救了我性命的是張爺爺。
　　　　　是張爺爺救了我的性命。

1. 那天晚上，給我開門的是看大門的老工人。
2. 殺害了我父親的人是誰？
3. 教育我們長大成人的是我們的老師。
4. 蠟燭讓風吹滅了。
5. 我的自行車是一位工人師傅幫我修理好了。

四、把下列連動句套兼語句或兼語句套連動句的句子分解成為：
　　A. 連動句，B. 兼語句：
　　例：我去打開窗戶讓新鮮空氣進來。
　　　　（A）　我去打開窗戶。　　　（B）　（我）讓新鮮空氣進來。

1. 他請我去他家玩過兩次。
2. 領導上讓我回來看看您老人家。
3. 齊王派晏子到楚國去當大使。
4. 大媽讓我趕快把汗水浸透的衣服脫下來換上乾的。
5. 他有個哥哥調到西北去支援邊疆了。
6. 我爹急急忙忙跑回來告訴我叫大家先躲一躲。
7. 我們廠長請您先在接待室看看報等一會兒他。
8. 大家都選她當代表去北京開經驗交流會。
9. 節日那天，很多學生到我家裏來請我給他們演戲。

10. 老師不讓我們單獨一個人到河裏去游泳。
11. 你打電話叫他來。
12. 你叫他來打電話。

五、將下列各組句子改寫成兼語句與連動句套用的句子：

例：我們一定會診。我們想盡辦法。我們讓你的斷指復活。

我們一定會診想盡辦法讓你的斷指復活。

1. 老王託我。我去他家。我看望一下他的母親。
2. 張力進城去。張力請一位畫家。畫家給我們作報告。
3. 我去張老師家。我請張老師。張老師看一下這篇論文。
4. 老王命令小王。小王立刻去連隊。小王報告新接到的情報。
5. 大家都推選大劉。大劉當組長。大劉組織這次活動。

第五節 存現句

從意義上說，存現句是指表示某個處所存在著某一事物，以及某個處所、某一時間有某種事物出現或消失的句子；從形式上來說，存現句是指句首為表示處所或時間的詞語，而表示存在、出現或消失的人或事物的名詞總是位於謂語動詞後的句子。存現句主要由所表達的意義得名。

存現句可以分為兩類：一類是表示人或事物存在的（也叫存在句）；一類是表示人或事物的出現、消失的。

一、存在句

（一）存在句的表達功能

在漢語裡，當要說明某個處所存在著什麼人或事物（比如描寫某個場所的狀況，房間的陳設等等）時，一般採用下列句式：處所詞語＋動詞＋名詞（表示存在的事物）。
① 桌子上有一本書。
② 桌子上是一本書。
③ 桌子上放著一本書。

也就是說，在表達這類意思時，漢語的習慣是把處所詞語放在句子的開頭，（不用"在"、"從"等介詞），而把表示存在的事物的名詞放在謂語動詞後。存在句的表達功能主要是描寫客觀環境、人物的穿著打扮和姿態等等，即存在句是說明、描寫性的，不是絮敘述性的。例如：
④ 屋子裡很乾淨。牆上掛著幾幅油畫。靠牆擺著一個小衣櫃，櫃子上放著一臺電視機和一臺錄音機。旁邊是一套沙發。……
⑤ 小院子裡非常安靜，茅草屋的小窗子上亮著燈光，浮動著人影。
⑥ 路的左邊，都埋著死刑和槍斃的人，右邊是窮人的叢冢。
⑦ 捕魚的人頭上戴著草帽，腰間圍著一塊油布，手裡提著魚網。
⑧ 他臉上堆著笑，眼裡閃動著狡黠的光。

關於表示存在的"有"字句與"是"字句，詳見本書第四編第二章第一、二兩節。本節只談謂語動詞不是"有"和"是"的存在句。

（二）存在句的語法特點

1.動詞：這類句子的動詞有兩種，一種是表示人體或物體的運動變化的，如“擠”、
“圍”、“閃動”等；另一種是表示人對物體進行安放或處置的動作的，如“放”、
“掛”、“插”、“擺”、“刻”等等。

2.動詞後大都有動態助詞“著”。謂語動詞加“著”，表示人或事物以何種姿態、
方式存在。例如：
　　① 他的眼裡閃動著淚花。　　　　　　　　　　　　　　（淚花閃動著）
　　② 牆上掛著小明的照片。　　　　　　　　　　　　　　（照片掛著）
　　③ 屋兩端的角落裡和門口，擠著一些熱心的群眾。（群眾擠著）

動詞後有時有“滿”（在多數情況下，“滿”後還有動態助詞“了”），表示“盡
是”、“都是”一類的意思：
　　④ 天空上綴滿了小星星。
　　⑤ 這時他的辦公桌上擺滿了文件、電報，電話不斷地響起來。

有時謂語動詞後有“了₁”，也表示人或事物存在的姿態：
　　⑥ 河邊上圍了兩三千人。（兩三千人圍著）
　　⑦ 左邊放著一個白底藍花做明磁的大口磁缸，裡面斜插了十幾幅
　　　　畫。（十幾幅畫斜插著）

　　　例⑥、⑦的“了₁”都可以換成“著”。

　　　在書面語中，謂語動詞後偶而也可以發現不帶動態助詞或補語的：
　　⑧ 條案前立一張紅木方桌……　　　（曹禺《北京人》）

3.存在句的賓語多為無定的，而且一般不能是單個名詞，前面往往有數量詞或其他
定語：
　　① 蓬亂的頭髮上插著一根草棍兒。
　　② 牆上掛著一幅條屏，那上面的字寫得曲里拐彎。
　　③ 櫥窗裡擺著五光十色的貨物。
　　④ 碑身東西兩側上部，刻著由紅星、松柏和旗幟組成的光輝
　　　　永照的裝飾花紋。
　　⑤ 東方地平線上噴吐著嫩紅鮮艷的光芒。

⑥ 這類胡同裡擁擠著許多用厚紙片或洋鐵葉子搭成的小窩棚。
⑦ 驢背上馱著一條口袋，口袋裡裝著很多書。
⑧ 場的兩面橫著峨眉山的連山，東面流瀉著大渡河的流水。

如果存在句的賓語是專有名詞，前邊往往有數量詞，如 "(一)個"，從形式上使它成為無定的，有時也可以不用數量詞，如：
⑨ 兩千年前的中國歷史上有個秦始皇，……。
⑩ 天安門廣場上聳立著（一座）人民英雄紀念碑。

對舉時，賓語前可以沒有任何定語。如：
⑪ 山上長著樹，山下種著莊稼。

當賓語為並列結構或存在句為複句的一個分句時，賓語也可以沒有任何修飾成分：
⑫ 桌子上擺著酒、餅乾、白糖、醬油等等。
⑬ 他進屋一看，桌子上擺著菜，卻不見一個人。

二、表示人或事物出現、消失的

（一）表達功能

在漢語裡，當要敘述某個處所或某一時候有什麼人或事物出現或消失的時候，一般用下列句式表達：

處所詞語（時間詞語）＋動詞＋名詞（表示出現或消失的事物）
① 前面來了一個人。
② 昨天發生了一件大事。

與存在句一樣，位於句首的表示處所、時間的詞語一般不加介詞 "在"、"從" 等。

（二）語法特點

1．動詞：這類句子的謂語動詞一般為不及物動詞，而且很多與人體或物體移動有關，如："走"、"落"、"來"、"跑"、"掉"，以及"生"、"死"、"出現"、"爆發"、"發生" 等，如：

① 傳說一年冬天，某村附近來了一隻大老虎。

② 張家昨天死了一個人。

③ 公元前二〇九年，中國歷史上爆發了第一次農民大起義，這就是有名的陳勝吳廣起義。

2・動詞後常帶趨向補語、結果補語及動態助詞 "了₁"：

① 一天晚上，已經快七點鐘了，新華旅館門口開來了一輛摩托車。

② 地裡走出幾個累得搖搖晃晃的人，這是給地主周扒皮家幹活的伙計們。

③ 休息的時候，天空飛過一群大雁。

④ 院子裡新近搬走了三家，又搬進來兩家。

⑤ 河邊柳叢裡，忽然站起一個人。

⑥ 去年冬天，杜家山來了個新社員。

⑦ 村裡死了一頭牛。

3・賓語多為無定的，前面往往有數量詞定語：

① 後邊擠過一個青年，把她抱起，一同上去了。

② 那個漫著煙霧的土屋門口，鑽出一個五十多歲的老頭。

③ 這時破屋裡走出來一位衣服破舊的老大娘。

專有名詞作賓語時，也常常在前面加上 "一個"，如：

④ 明朝末年，陝西出了個李自成。

有時賓語前沒有數量賓語，但句末有 "了₂"：

⑤ 來客人了。

⑥ 張家死了人了。

⑦ 劉胡蘭想："不好，出了叛徒了。"

三、存現句的處所詞語及其在句子中的地位

1・處所詞語的構成

（1）名詞+處所詞：　　（這是最常見的）

① 葫蘆架下擺著一張矮腿的小桌。

② 身後出現了一位挺英俊的軍官。

③ 葉公喜歡龍，他的屋子裡門上，牆上都畫滿了龍。

（2）名詞：

 ① 秋天，東高地長滿了金色的莊稼。

 ② 荒漠的低窪地區又出現了稀稀落落的村莊。

（3）方位詞：

 ① 後面寫著兩個字。

 ② 前邊來了一個老農民。

（4）動詞短語：

 ① 靠牆擺著裝滿書籍的櫃子。

 ② 迎面跑過來一個人。

（5）表示處所的代詞：

 ① 原來這裡住著二百多口人。

 ② 那邊走過來一群男男女女。

2．存現句中的處所詞語是句子的主語。理由如下：

（1）從存現句與表示存在的 "是" 字句與 "有" 字句比較來看：

 ① 桌子上有一本書。

  桌子上是一本書。

  桌子上放著一本書。

 ② 牆上有一個小窗戶。

  沿牆是一列書籍。

  門旁邊擺著一張桌子。

  這兩組句子裡 "有"、"是" 前面的處所詞只能分析為主語，而兩組中的第③個句子，無論從意義上、形式上都與①，②一樣，因此其中的處所詞也應該分析為主語。

（2）從存現句與表示存在的 "是" 字句、"有" 字句以及某些形容詞謂語句連用來看：

 ① 炕上有一張桌子，還鋪著一領破蓆。

 ② 桌子上放著幾個茶杯，桌子下邊是一個暖水瓶。

③ 屋子裡滿滿當當的，堂屋、窗外都擠著人。

④ 街道上響起各種音調，熱鬧非常。

　　這類句子句首的處所詞，對後面各個分句來說，也以一律分析為主語為宜。但如果處所詞語中包含著介詞，就是狀語。如：

⑤ 在斜對面的豆腐店裡確實終日坐著一個楊二嫂，人都叫伊"豆腐西施"。

⑥ 由通大花廳的門口跑進來雄糾糾的圓圓小姐 —— 這個一生致力於人類學的學者十分鍾愛的女兒。

（3）存在句裏的處所詞語大多不用介詞，而一般動詞謂語句的處所狀語多用介詞，比較：

① 桌子上放著一本書。

② 小明在桌子上寫作業。

　　（*桌子上小明寫作業。）

　　（*小明桌子上寫作業。）

這是因為存現句的處所詞語是描寫的對象，而一般動詞謂語的處所詞語是說明動作處所的狀語，不是句子描寫的對象。這種情況說明我們把存現句的處所詞語與其他一般動詞謂語句的處所詞語區別對待是有道理的。當然，一般動詞謂語句的處所狀語有時也可以不用介詞，如：

③ 院子裡，孩子們你追我趕地玩著。

④ 大樹下，老人們在乘涼。

不過這樣的狀語較少出現，而且一般只能位於主語前，主語不能省略：

　　*院子裡，你追我趕地玩著。

這說明此類狀語與存現句中的處所詞語不同。同時也應該指出，這種狀語比起有介詞的狀語，在句中的地位要顯著得多，把它分析為主語，也不是不可以的。

（二）時間詞語的構成及其在存現句中的地位

1．時間詞語的構成

（1）時間詞及時間詞短語：

① 剛才響了一陣槍，現在又發現了一條小船。

② 這時，急急忙忙地跑進一個穿綠衣服的人。

③ 昨天晚上來了一個客人。

（2）動詞短語

過了一會兒，又進來一個學生。

2．存現句句首的時間詞語為狀語

（1）在存現句中，處所是主要描寫對象，處所詞語一般來說是不可缺少的；而時間不是主要描寫對象，時間詞不是存現句必須出現的成分。例如：

① 院子裡堆著很多東西。

② 教室裡排列著整齊的桌椅。

③ 昨天來了幾個客人。

④ 剛才沉下去一隻小船。

①、②兩句是描寫"院子裡"、"教室裡"現存的狀況，沒有時間性，不必要用時間詞語；③、④兩句是在一定的語言環境中省略（隱含）了處所詞語（"這裡"、"家裡"、"河裡"之類），可以說處所仍是描寫的對象。

（2）無論是存現句還是一般的動詞謂語句，表示時點的時間詞一般總是不用介詞（除非特別強調時間）：

① 昨天我接到一封信。

② 昨天來了一位客人。

③ 剛才他看了場電影。

④ 剛才發生了一件事。

這說明時間詞在這兩種不同的句式中形式相同，就其功能來說，也很接近：都表示事情發生的時間，因此都作為狀語來處理是合適的。而且，包含時間詞的存現句，大多同時包含處所詞語（描寫對象），如把時間詞也分析為主語，那麼主謂謂語句的數量就大大增加，對教與學都是不方便的。

練習

一、選擇適當的詞語填空：

1.有　長滿　架著　開遍

　　我的家鄉是一個小山村，村外（　　）一條小河，小河上（　　）一座木橋。走過木橋，可以看見一座小山，山上（　　）了樹木。夏天，山坡上（　　）了野花，美麗極了。

2.是　有　放著　擺滿　掛滿　擺著　有　是

　　　阿里的房間很乾淨，也很整齊。房間裡（　　）一張床，床旁邊（　　）一個大衣櫃，裡面（　　）了衣服。靠牆（　　）兩個書架，書架上（　　）了書。房間裡還有一張桌子，桌子上（　　）一臺錄音機，錄音機旁邊（　　）一個臺燈。

3.穿著　走過來　蹲著　提著　寫滿　戴著

　　休息時我走出房間，忽然看見前邊（　　）一個人，他頭上（　　）一頂藍布帽子，身上（　　）黑衣服，手裡還（　　）一個皮包。走近一看，原來是我弟弟，我叫他到屋裡去。我們剛想進屋，又發現牆角（　　）一個人，正在地上寫著什麼，地上（　　）了字，這個人是誰呢？

二、改病句：

1.房間裡走出那個人來。
2.在桌子上放著很多書。
3.教室裡忽然跑幾個孩子進來。
4.河邊上圍很多人。
5.一群人蹲著在草地上。
6.家裡在昨天來了幾個客人。
7.生產隊裡死了黑豬。
8.在去年發生了一件奇怪的事。

第六節 "把"字句

一、什麼是"把"字句？

"把"字句是指謂語部分帶有由介詞"把"構成的介詞短語作狀語的動詞謂語句。"把"字句從表義與結構特點來看，不止一種。在大多數"把"字句裡，介詞"把"的賓語與全句的謂語動詞之間存在著意念上的動賓關係。例如：

① 他從自己的座位上把挎包拿起來。　　（拿---挎包）
② 終於把鑽機卸了下來。　　　　　　　（卸---鑽機）

我們這一節所討論的主要就是這種"把"字句。這種"把"字句的作用是表示處置和影響的，即表示打算如何處置和影響"把"的賓語（動作未實現時）或如何處置和影響了"把"的賓語（動作已實現時）。

謂語動詞為"丟"、"灑"等表示無意識的動作以及"愛"、"恨"等表示心理活動的"把"字句，雖然不表示有意識的處置，但謂語動詞與介詞"把"的賓語之間也存在意念上的動賓關係，可以看作是一種廣義的表示處置和影響的句式：

③ 這個人，我把他恨死了。　　　　　　（恨---他）
④ 連射三箭都沒中靶子，把他氣得不得了。（氣---他）
⑤ 昨天他把自行車丟了。　　　　　　　（丟---自行車）
⑥ 我不小心把杯子打了。　　　　　　　（打---杯子）

有少數"把"字句不表示處置和影響，如：

⑦ 姑娘們把腸子都要笑斷了。　　　　　（＊笑---腸子）

這種"把"字句將在本節末加以介紹。

二、什麼時候用"把"字句？

（一）從表達方面來看

當敘述或詢問動作者進行什麼動作時，一般用"主---動"或"主---動---賓"的句式。如：

① 甲：小王做什麼呢？
　　乙：他複習功課呢。

② 甲：小李到哪兒去了？

　　乙：看電影去了。

　　當敘述某一事物受某一動作的處置或影響或者詢問某一事物受了什麼處置和影響時，可以用三種方式表達：(1) 主---主謂；(2) "把" 字句；(3) "被" 字句。如：

③ 那個碗我打破了。

④ 我把那個碗打破了。

⑤ 那個碗叫我打破了。

⑥ 甲：今天的功課你複習完了沒有？

　　乙：我複習完了。

⑦ 甲：你把今天的功課複習完了嗎？

　　乙：我複習完了。

這三種句式的選擇是有一定條件的：在現代漢語普通話裏，"被" 字句目前還多用於對主語來說是受損的或不愉快的情況，所以它的使用是比較有限的；上述這種 "主---主謂" 句式，說明性多於描述性，是一種說明句，其大主語一般是小謂語的受事，因此當說話者把動作的受事作為說明的對象（大主語）時，就採用這種句式，如例③,⑥；如果說話者把動作者當作陳述對象，那麼當他敘述某事物受某人的處置或影響或者詢問某事物受了某人的什麼處置或影響時，一般就要採用 "把" 字句，如例④,⑦。

（二）從句子的結構要求來看

　　當句子的主語是施事者時，有下列情況之一者，必須（或多）用 "把" 字句：

1．當謂語動詞有兩個賓語，一個是表示事物的名詞，另一個表示事物被處置影響後所在的處所時，事物名詞要與介詞 "把" 結合放在謂語動詞前，表示處所的詞語放在謂語動詞後，謂語動詞與處所詞之間還要用一個結果補語或趨向補語：

① 他們把雞蛋放在桌子上。

② 他把照片遞到我面前。

③ 又把三老扔進了河裏。

④ 警察把他關進了監獄。

⑤ 工人們把機器運上了高山。

2．動詞本身包含有 "成、為、作" 或以 "成、為、作" 作結果補語，又有兩個賓語時，一般要求用"把"字句：

① 他們決心把杜家山建成社會主義新農村，要把自己鍛鍊成為社會主義的一代新人。

② 人們親切地把這頭小象叫做"版納"。

③ 年輕的趙永進把老主任和貧下中農當成老師。

3．動詞帶介詞短語補語，如果還有受事賓語時，要求用"把"字句：

① 大國不應該把自己的意志強加於小國。

② 要把群眾的革命熱情引向正確的軌道。

4．謂語動詞為"加以"、"～化"或包含有動詞的固定短語時，如果有受事賓語，要求用"把"字句：

①（文藝）把其中的矛盾和鬥爭典型化。

② 老方在信裡說，他已經抱定犧牲的決心，把生死置之度外。

③ 他把會上的意見加以歸納，提出以下幾點……。

5．如果謂語前用"都"、"全"一類表示範圍的副詞來總括受事賓語，要求用"把"字句：

① 他立刻跑到銀行把幾年來存下的幾百元錢全都取了出來。

② 我一定要把我全部的手藝都傳給你。

6．如果謂語動詞帶雙賓語，其中一個（或兩個）賓語比較複雜時，直接賓語多與介詞"把"結合放在謂語動詞前，間接賓語放在動詞後：

① 玉寶就把周扒皮學雞叫的事告訴了大家。

② 結果，我便把這封信最後通牒式的信退還了他們。

7．如果謂語動詞有賓語，又有由形容詞（或形容詞短語）、動詞（或動詞短語）充任的表示賓語的情態的情態補語（謂語動詞與補語之間不存在因果關係）時，要求用"把"字句：

① 他把這個家是搞得富富足足，和和美美。

② 你要把他看得比自己的生命還要寶貴啊。

③ 領導同志看我回答得這麼輕鬆，就說："你剛來不久，沒送過信，可不要把這件工作看得太簡單了。"

如果情態補語既表示賓語的情態，又是對謂語動詞的描寫，那麼既可以用"把"字句，也可以用重複動詞的方式，但用"把"字句與不用"把"字句，所表達的意義有差別：

① 他把豬養得很好。　　　　　　　（確指某頭或某些"豬"）
　　他養豬養得很好。　　　　　　　（泛指，意思是"他很會養豬"）
② 他把話說得很清楚。　　　　　　　（確指某一句、某一段話）
　　他說話說得很清楚。　　　　　　　（泛指，意思是"他口齒清楚"或
　　　　　　　　　　　　　　　　　　"語言表達很清楚"）

三、"把"字句的結構特點

　　"把"字句是漢語裏常用的一種結構特殊的句式。它對賓語、謂語動詞以及補語等都有一定的要求。

（一）介詞"把"的賓語

　　介詞"把"的賓語多為名詞，有時也可以是動詞或動詞短語：
① 今年夏天，他把游泳學會了。
② 我們把在本世紀末實現四個現代化作為奮鬥目標。

　　由於"把"字句是表示對事物的處置和影響的，所以所處置和影響的事物---"把"的賓語一般總是確指的，也就是說是一個確定的事物，而不是不確定的事物。這個確定的事物大多已見諸上文或對說話雙方來說是已知的。如：
③ 我把這個消息告訴了老紀。
④ 牧民們趕來，抱起這兩個孩子，馬上把她們送進了醫院。
⑤ 他們決心把杜家山建設成社會主義新農村。

如果"把"的賓語在上文中未出現過，或對聽話者來說不是已知的，這個賓語常常包含一個修飾語，使之成為確定的，如：
⑥ 栓把一個碧綠的包，一個紅紅白白的破燈籠，一同塞進灶裏。
⑦ 這樣，我就不得不把遊湖的計劃延長了一天。
⑧ 龍梅和玉榮把三百八十四隻羊趕到草地上。

　　有時"把"的賓語雖然包含數量短語"一個"，但這個賓語還是確指的，只是說話者認為無須指明或根本無法指明。如：
⑨ 剛才我把一個孩子碰倒了。

⑩ 老馬從你的書架上把一本書拿走了，我沒看書名。

例⑨的＂一個孩子＂就是被＂我＂碰倒的的那個孩子，是確定的；例⑩中的＂一本書＂就是＂老馬＂拿走的那本，也是確定的。

有時＂把＂的賓語還可以是一類事物或抽象的事物，這類賓語在更廣的範圍內也是確定的。如：
⑪ 這是個自動售報機，只要你把錢放進這個眼裡，報紙就從另一邊出來了。　　　　　　　　　　　　　　　（放錢，而不是放別的）
⑫ 他揮了一下手似乎要把一切煩惱統統趕走。（趕走自己的＂一切煩惱＂）

（二）＂把＂字句的謂語

表示處置或影響的＂把＂字句，其謂語動詞一般是及物的。這類＂把＂字句的謂語還必須是一個複雜的短語。即，在＂把＂字句裡，除了＂把＂及其賓語外，謂語不能只是一個簡單的動詞，必須還有其他成分。這是因為＂把＂字句是表示處置和影響的，因此句子裡不僅要有表示處置或影響的動作的動詞，而且要有說明處置或影響的結果（或打算如何處置或影響）的成分。這些成分是：

1·動態助詞＂了＂，＂著＂：
① 吃完晚飯，伙計們準備好了木棍，把燈熄了。
② 別走，你把這本書拿著！

只用＂著＂就能成立的＂把＂字句，多為祈使句。

2·動詞為重疊式：
① 他把傷口包了包，騎上車就走了。
② 我把我的意見說說。

如果動作已經完成，後面又無後續分句（或不是連動句）時，一般仍需用＂了＂。

3·動詞後有補語：
① 他把藥放在桌子上了。
② 把門關上！
③ 我把書拿起來，放到書架上。

如果動作已完成，後面又無後續分句（或不是連動詞）時，一般仍要用"了"。關於"把"字句可以用哪些補語，詳見本節之（三）。

4 · 動詞後有賓語：

　　① 不如把這件事告訴劉叔叔他們，大家想個辦法來治他。

　　② 售貨員把應該找的零錢給了我。

關於"了"的用法同2、3。還應說明，只有當謂語動詞為"告訴"、"給"、"交"等少數幾個表示"給予"意義的動詞時，"把"字句才可以只包含賓語就能成立，其他一些動詞作謂語動詞時，謂語中還需有其他成分，如補語、動態助詞等。

5 · 動詞前有狀語：

　　① 民兵們把門一關，放進去的毒氣又從原來的洞口出來了。

　　② 我把他向外拉，但拉不動。

　　③ 別把紙滿地亂扔。

應注意，這裡所指的狀語是指包含結果、完成意義的，如"一"，包含完成義，"向外"，"滿地"表示"把"的賓語受處置、影響後所在的處所。狀語如果不表示結果、完成義，句子仍不能成立。如"*我努力把他拉"、"*他昨天把書買"、"*小明把書都買"、"*玉梅從坑裡把羊拉"、"*我們徹底把宿舍打掃"等等。

（6）某些動詞本身含有結果或完成意義（如動補式、有後綴"化"等），可以單獨充任"把"字句的謂語：

　　① 不把敵人消滅，我們就不得安寧。

　　② 把隊伍解散！

但這種用法仍然有些限制，多為祈使句、條件句。

（三）"把"字句的補語

　　因為"把"字句是表示對事物進行處置和影響的，所以謂語動詞後的補語往往是表示對介詞"把"的賓語進行處置和影響的結果的。"把"字句可以用下列補語：

1 · 結果補語：

① 把鋼筆用壞了。

② 你把作業寫完了再去玩。

③ 突然眼前如彩虹升起，一幅幅五光十色的織錦把我給吸引住了。

2．趨向補語：

① 你把蘋果給他送去兩筐。

② 主席親自動手和我把它搭了起來。

③ 把飯給我挑回去。

3．情態補語：

① 他把斧子舉得跟頭一樣高。

② 汽車輪子把泥漿濺得老高。

③ 幹部下決心要把咱們這個司令部搞得棒棒的，強強的。

表示程度的"極"，"很"以及單純描寫動作者的情態補語，不能用於"把"字句，如不能說"*我把他想極了"，"*我把這本書喜歡得很"，"*我把漢語學得很差"。但口語中可以用某些表示程度的補語，如"把他氣得不得了"，"我把他恨死了"。說明動作的情態補語有時也能用於"把"字句，如：

④ 老師把作業看得很仔細，連一個標點符號都不放過。

4．數量補語。"把"字句可以帶動量和時量補語：

① 他把老人的話在心裡重複了一遍。

② 妹妹把我的衣襟拉了一下。

③ 我不得不把出發的時間推遲一小時。

④ 敵人把他在監獄裡關了三個月。

時量補語雖能用於"把"字句，但很受限制。只有謂語動詞表示的是一種持續的狀態，如"關"、"開"、"捂"、"押"、"增加"、"減少"、"延長"、"推遲"等等時，才可以用時量補語。

5．介詞短語補語。只有由"向"、"於"構成的介詞短語可以用於"把"字句：

① 把革命事業繼續推向前進。

② 他把生死置於腦後。

可能補語不能用於"把"字句，如"*我把這件事辦不好"、"*我把這碗飯吃不下"。

（四）"把"字句中謂語動詞的賓語

因為介詞"把"的賓語為受事，"把"字句的主語為施事，所以"把"字句中謂語動詞如果還帶賓語，除少數情況外，賓語大多數既不是施事也不是受事。"把"字句謂語動詞的賓語主要有以下幾種：

1．表示介詞"把"的賓語的接受者（即一般雙賓語中的間接賓語）：
　　① 上午，我把家庭作業本交給老師了。
　　② 小蘇，把兜子給我。
　　③ 那年，帝國主義國家在一次分臟會議上，決定把德國在山東的
　　　　權利，劃歸日本。

2．表示介詞"把"的賓語變化的結果或具有認定意義（謂語動詞帶有"作、成、為"等補語）：
　　① 人民政府非常關心蕃瓜弄居民的生活，很快就組織那裡的群眾
　　填了水溝，把蓆棚改建成磚房。
　　② 人們親切地把他叫做"咱們的孩子。"
　　③ 他們要把自己鍛鍊成為社會主義的一代新人。

3．表示介詞"把"的賓語被處置影響後所在的處所。謂語動詞與賓語之間一般還有一個結果補語：
　　① 敵人把他關入監牢。
　　② 接著他又把那張畫放回原處。
　　③ 我馬上和海員們帶著斷指，把彼得送到了醫院。
　　④ 不過到了抗日時期，我們就把這個方法建立在更加自覺的基礎
　　　　之上了。

4．表示介詞"把"的賓語受處置影響後的結果：
　　① 那樹根跳了幾下，把地面砸了個大坑。
　　② 他把牆挖了一個洞。
　　③ 把小明摔了個屁股墩兒。

5．表示處置介詞"把"的賓語所用的工具：
　　① 把糧食過了一遍篩子。

② 把菜過過秤。

6·動詞的賓語是介詞"把"的賓語的一部分或與"把"的賓語有密切的關係：
　　① 他把眼睛閉上了一隻。
　　② 把大門上了閂。
　　③ 把他免了職。

7·動詞賓語表示動作的受事，介詞"把"的賓語表示動詞賓語受處置後所在的處所：
　　① 把信封貼上郵票。
　　② 把爐子生上火。
　　③ 把暖壺灌滿水。

這種"把"字句是把處所作為處置對象。應該注意，如果不把處所作為處置對象，就不能把處所詞放在"把"的賓語的位置上。如不能說"*把醫院送他進去"、"*把學校送去一個學生"、"*把家回去"。

8·動詞賓語複指介詞"把"的賓語，多用於口語。如：
　　把這碗參湯喝了它！

（五）"把"字句中其他狀語的次序

　　在"把"字句中，介詞"把"及其賓語是作為狀語出現的。"把"字句中其他狀語的次序與一般句子相同。值得單獨提出來，有以下幾點：

1·起關聯作用以及表示否定、重複的副詞

　　起關聯作用的"便"，"就"，"才"，"再"，"又"，"終於"等一般位於"把"前：
　　① 老師傅說完便把魯班領到西屋裡去。
　　② 我剛會跑的時候，她就把我往海裡趕。
　　③ 他們把磚綁在羊身上，再把羊趕上山。

　　否定副詞"不"和"沒"一般位於"把"字前：
　　④ 他沒把收音機拿來。
　　⑤ 這樣的支書能沒人敬著？能沒人擁護？能不把農業社搞出花來

呀？

在一些熟語性結構裡，否定副詞可以放在"把"的賓語後：

　　⑥ 真是太把人不放在眼裡了。

　　表示重複的"再"、"又"以及其他一些副詞，可放在"把"前，也可以放在"把"的賓語後：

　　⑦ 你把他又叫回來幹什麼？

　　⑧ 你又把他叫回來幹什麼？

　　⑨ 他拼死拼活地幹，想再把地買回來。

2．描寫性的狀語，如是表示主語動作時的情態、心理的，一般位於"把"字前：

　　① 龍梅和玉榮急忙頂著風把羊往回趕。

　　② 這個年輕人不辭辛苦地親自把菜籽送上門來。

修飾謂語動詞的，可位於動詞前，也可位於"把"前：

　　③ 他們把決口的地方仔細觀察了一番。

　　　他們仔細地把決口的地方觀察了一番。

　　④ 咱們依靠群眾，把這個大難題初步解決了。

　　　咱們依靠群眾，初步把這個大難題解決了。

　　⑤ 他把我猛然往前一推，…

　　　他猛然把我往前一推，…

　　在意念上描寫"把"的賓語的，一般位於"把"的賓語後：

　　⑥ 媽媽把相片端端正正地掛在牆上。

　　⑦ 他把東西大包小包地藏了起來。

　　⑧ 他把書一本一本地擺在書架上。

　　為了加強狀語的修飾作用，這類狀語可以放在介詞"把"之前：

　　媽媽端端正正地把相片掛在牆上。

3．介詞短語作狀語時，表示介詞"把"的賓語的移動方向的（即向何處移動，介詞多為"向、往、朝"），一般位於"把"的賓語後：

　　① 老虎撲來了，他把頭往旁邊一閃。

② 阿Q將手向頭上遮,不自覺地逃出門來。

③ 你把地圖朝左邊挪挪。

　　表示介詞 "把" 的賓語從什麼地方開始受處置影響的(介詞多為 "從"),可以位於 "把" 字前,也可以位於 "把" 的賓語後:

④ 他把挎包從自己的座位上拿起來。

　　他從自己的座位上把挎包拿起來。

⑤ 龍梅從雪溝裡把羊拉了出來。

　　龍梅把羊從雪溝裡拉了出來。

　　表示在什麼地方處置 "把" 的賓語的(介詞多為 "在"),有兩種情況:如果主語也在這個處所,介詞短語狀語多在 "把" 字前:

⑥ 青年團要領導青年,在農村把農業搞好,在城市把工業搞好。

⑦ 我在教室裡就把作業作完了。

另一種情況是動作者不在這個處所中,只有介詞 "把" 的賓語在這個處所中受處置,這時處所狀語多位於 "把" 的賓語後:

⑧ 他把刀在磨石上磨了磨。

⑨ 我把手在盆裡洗了洗。

　　表示動作接受的對象的介詞短語(介詞多為 "向、給、替"),一般位於 "把" 的賓語後:

⑩ 小劉回到部隊,把這件事向領導作了彙報。

⑪ 我把信給他寄去了。

(六)哪些動詞不能作 "把" 字句的謂語動詞:

1.不能帶任何一種賓語的不及物動詞,如 游泳、合作、讓步等。

2.表示判斷、狀態的動詞,如 是、像、有、姓、屬於、存在等。

3.能願動詞。

4.某些表示心理活動或感受的動詞,如 贊成、知道、同意、覺得、相信、希望、主張、要求、看見、聽見、聞見等。

5.某些表示趨向的動詞(只能帶處所賓語),如 上、下、進、出、回、過、起、到等。

四、"把"字句的其他用法

（一）"把"字句表示致使意義，介詞"把"的賓語表示動作或情況所影響的人或事物。這類"把"字句有的是形容詞作謂語，形容詞與介詞"把"的賓語之間一般不存在動賓關係；有的是動詞作謂語，動詞與介詞"把"的賓語之間一般也不存在動賓關係，有時動詞與補語或其他成分一起與介詞"把"的賓語存在動賓關係：

① 把他凍得直哆嗦。
② 把小王急得團團轉。
③ 把她笑得腰都直不起來了。
④ 小紅把肚子都笑疼了。
⑤ 小明把鞋跑丟了。
⑥ 我們要把這件事讓所有的人都知道。

（二）表示發生了不如意的事情，多用於口語。謂語動詞與介詞"把"的賓語沒有意念上的動賓關係。如：

① 怎麼把個特務跑了？
② 他偏偏又把個帽子沒了，出去多冷啊！

（三）表示動作的處所和範圍。謂語動詞與"把"的賓語也不存在動賓關係。如：

① 他把王府井跑遍了，也沒找到那家書店。
② 你把抽屜再找一遍，看看那張票子是不是夾在什麼東西裡邊了。

練 習

一、用所給的詞語造"把"字句。

1. 老師　發　本子　我們
2. 媽媽　找　回來　我　了
3. 一幅美麗的圖畫　吸引　我們　住　了
4. 農奴主　打　那個農奴　一頓　了
5. 你　看　這個問題　太簡單　了
6. 阿里　打掃　房間　很乾淨
7. 媽媽　抱　孩子　緊緊　在懷裏
8. 大夫　輸　自己的血　給　那個受傷的戰士

二、改病句：

1. 社員挖牆挖了一個洞。
2. 大家說："可以扔石頭到海裡去！"
3. 昨天晚上，我把電影沒看完就走了。
4. 雷鋒獻自己的一生給了人民。
5. 運動員把比賽大廳走進來。
6. 文清慢慢地放手在桌子上。
7. 我們應該把他幫助。
8. 小紅洗手洗得雪白。
9. 他們不但唱了歌一支，還把舞跳了。
10. 我們把這個問題討論吧。
11. 今天我把錄音聽得完。
12. 明天你把這些練習應該作完。
13. 他沒學過中文，怎能把中文聽懂？
14. 他把中文學得很努力。
15. 敵人趕全村的群眾到廣場上。
16. 我上大學時就把魯迅有的小說讀過了。

三、用所給的詞語組成一段話，注意選擇適當的句式（如"把"字句，被動句，主---動---賓句式等），必要時可添加介詞"把"，可以去掉重複的詞，也可以用代詞代替名詞。

1. 再版 《紅樓夢》 了，我 到 書店 買 了 一本 《紅樓夢》，我回家以後 就 開始 《紅樓夢》，十天 就 看完 了 《紅樓夢》。

2. 六月初 我 開始 學 游泳， 只 學 了 三次 游泳， 我 就 學會了 游泳。

3. 星期日上午八點 洗 衣服。 我 先 放 衣服 在 洗衣機裏，然後 開動 機器， 八點半 就 洗 乾淨 了 衣服。

第七節　被動句

在漢語裡，表示被動意義的句子有兩類，一類是沒有任何標誌的，這類被動句形式上與主動句沒有任何區別，一般叫做意義上的被動句；另一類是有表示被動意義的介詞"被"、"叫"、"讓"、"給"等的句子，這類句子一般以"被"字為代表，叫"被"字句。

一、意義上的被動句

在漢語裡，表示受事者受到了某種動作的影響時，大多用意義上的被動句：把受事者放在主語的位置上，謂語放在其後，如果出現施事者，施事者要位於受事者之後。這種句子的內部結構、詞序與一般的主動句相同。如：

① 練習我作完了，生詞還沒預習。

② 今天的報放在哪兒了？

③ 房間打掃乾淨了。

在漢語中，意義上的被動句是大量存在的。怎樣判斷一個句子是主動句還是被動句呢？一般只能根據意思。被動句的主語是動作的受事，多為事物，它一般不能發出謂語動詞所表示的動作，所以不會被誤解為施事者。如例①--③。有時被動句的主語也可以是人、動物等，能發出動作，但在特定的語言環境中，這個主語不會發出謂語動詞所表示的動作，也只能表示動作的受事。如：

④ 小明這個孩子慣得越來越不像話了。

⑤ 那個戰士救上來了，但救他的班長卻犧牲了。

也就是說，這種被動句是以主語不會被誤解為施事者為前提。如果施受關係容易混淆，就不能用意義上的被動句，而要用"被"字句或其他表達方式。如：

⑥ *卓瑪打了一頓。　　卓瑪被打了一頓。

⑦ *狗踢了一腳。　　狗被踢了一腳。

意義上的被動句結構特點與"把"字句基本相同：主語多為確定的；謂語動詞是及物的，一般不能是一個簡單的動詞，往往有狀語、補語、動態助詞"了"等。這是因為意義上的被動句基本上也是表達對事物的處置或影響的，不過受處置、影響的是主語所表示的事物，而"把"字中受處置影響的是介詞"把"的賓語所表示的事物。

二、"被"字句

（一）什麼叫"被"字句？

　　有的句子，在謂語動詞前有一個介詞"被"或由"被"組成的介詞短語作狀語，這種句子叫"被"字句。"被"字句的主語是謂語動詞的受事，介詞"被"的賓語是施事。如：
　　　① 玉寶被地主打了一頓。
　　　② 他被大家選作小組長。

（二）什麼時候用"被"字句？

　　如前所述，在漢語裡，被動意義多用意義上的被動句來表達，所以如果受事主語不可能是施事者或不會被理解為施事者時，一般不用"被"字句，而用意義上的被動句。如：
　　　③ 任務完成了。
　　　④ 糧食產量提高了一倍。
　　　⑤ 信寫好了。
　　　⑥ 勝利的消息傳遍了大江南北。

　　這些句子如果加上"被"字，反倒顯得別扭。

　　到目前為止，"被"字句大多用於表示對主語來說是不愉快或受損害的情況，例如：
　　　⑦ 忽然，門被撞開了。
　　　⑧ 敵人被趕走了。
　　　⑨ 經過幾個月的努力，這頭野象基本上被馴服了。

此外，當受事主語是表示人的名詞，語言環境又不足以表明施受關係時，為了避免歧義、清楚地表明施受關係，一般也要用"被"字句：
　　　⑩ 他被派到外地去了。
　　　⑪ 我被大家選作組長。
　　　⑫ 小王被送到學校去學習了。

這種句子的謂語動詞後一般有"作"、"成"、"為"、"到"等補語。

（三）"被"字句的幾種格式

1．介詞"被"後有賓語。在這種格式裏，介詞"被"的作用是引進施事者：
　　① 敵人進了地道，沒走幾步，就被民兵消滅了。
　　② 卓瑪被醫生救活了。

　　"被"字的賓語也可以是表示泛指的"人"，這時施事者往往是無須指明或無法指明的：
　　③ 這個秘密後來被人發現了。
　　④ 他逐漸被人忘記了。

2．"被"字後無賓語，後面緊跟著謂語動詞。在這種格式裏，"被"字的作用只是表示被動：
　　① 突然，辦公室的門"匡當"一聲被撞開了。
　　② 吳廣被殺害，革命力量受到很大損失。
　　③ 行李很快地被裝上了卡車。

3．"被…所…"式

　　在書面語裡有"被…所…"式，這是由古漢語的"為…所…"式（現仍存在於書面語中）來的。在這種格式裡，介詞"被"後一定要有賓語，謂語動詞多為雙音節的，後面往往沒有其他成分：
　　① 我被這情景所激動，也和大家一起引吭高歌。
　　② 我們確信，一切困難都將被全國人民的英勇奮鬥所戰勝。
　　③ 我深深地被趙大叔的話所感動，他的話說得多深刻啊！
　　④ 解放前，他為生活所迫，不得不下南洋。
　　⑤ 他不為金錢所動。

　　這種句式的作用在於強調施事者---"被"的賓語。

4．"被…給"式

　　"被"字可以與"給"字連用，構成"被…給…"式，這裡的"給"字是結構助詞，沒有什麼意義，可有可無，不過加上"給"字，更加口語化：
　　① 孩子被你給慣得越來越不聽話了。

② 我的自行車被小明給騎走了。

此外，介詞"被"還可以與介詞"把"連用，介詞"被"及其賓語在前，介詞"把"及其賓語在後。介詞"把"的賓語或複指主語，或屬於主語：
① 那個孩子被人把他打了一頓。
② 他被人把眼睛給蒙上了。

這種句子只出現於口語中。

（四）"被"字句的結構特點

1·"被"字句的謂語

"被"字句的謂語一般也不能只是一個簡單的動詞，其前後一定要有其他成分。

（1）動詞後有動態助詞"了"，"過"：
① 董大貴被小燕眞摯誠懇的態度感動了。
② 他被大家說服了。
③ 這支部隊從來沒被敵人打敗過。

（2）謂語動詞後有結果補語、趨向補語、程度補語、動量補語、時間補語、介詞短語補語：
① 但是，戰士們沒有被困難嚇倒。
② 他的錢包被小偷偷去了。
③ 周扒皮已經被打得半死，躺在地上再也爬不起來了。
④ 敵人被這突然襲擊嚇壞了。
⑤ 那個農民被地主訓斥了一頓。
⑥ 他出生前，他爸爸在監獄裏被關了三年。
⑦ 他覺得自己好像正在被一股強大的力量推向前方。

（3）動詞後帶賓語，賓語前往往有補語。常見的賓語有以下幾種：

表示動作使主語產生的結果：
① 我的衣服被釘子掛了一個大口子。
② 他的頭被撞了一個包。
③ 後來，她又被選作全國"三八"紅旗手。

④ 魯迅的小説被翻譯成許多國家的文字。

表示主語的接受對象：
① 九歲的妹妹被賣給了別人。

賓語是主語的一部分或屬於主語：
② 演完了這個雜技，夏菊花的頭髮被拔掉了一大把。
③ 結果，敵人死的死，傷的傷，不多一會兒，就被消滅了一半兒。

表示主語被處置後所在的處所：
① 她被送進醫院，大夫給她治好了病。
② 他…又被一直抓出衙門外去了。

動詞和賓語是一個固定詞組：
① 他被撤了職。
② 這項規定被他打了折扣。

賓語是受事者，主語表示賓語受處置後所附著的處所：
① 天安門城樓被朝霞塗上了一層紅色。
② 奴隸的背上被烙上了船的名字。

（4）如果介詞"被"有賓語，謂語動詞前有某種狀語時，謂語動詞後可以沒有其他成分：
③ 你這句話很容易被人誤解。
④ 他的建議已被大家接受。
⑤ 這種意見很可能被群眾拒絕。

但謂語動詞不能是單音節的。例如：
*他忽然被敵人捕。

在"被"字後沒有賓語的"被"字句裏，有些單音動詞可以單獨充任謂語，但前面一般要有狀語或有後續分句：
⑥ 昨天老張忽然被捕。
⑦ ××月××日，美國總統肯尼迪被刺，……。

（5）"被"字句中，其他狀語的順序：

　　時間狀語、描寫受事者情態的狀語、否定副詞、起關聯作用的副詞位於介詞
"被"前：
　　① 敵人已經被民兵消滅了。
　　② 阿Q糊哩糊塗地被殺了頭。
　　③ 由於鄉親們的掩護，他才沒被敵人抓去。
　　④ 他剛回來就被爸爸叫去了。
　　⑤ 敵人一定被我們的隊伍打退了。

　　其他狀語一般位於介詞"被"的賓語後：
　　⑥ 那個包袱被敵人連搶帶奪地拿走了。^注
　　⑦ 那條狗被人狠狠揍了一頓。
　　⑧ 小明被媽媽一把拉住。
　　⑨ 這個建議被我們斷然拒絕了。
　　⑩ 我突然被人一推，後退了好幾步。

（6）不能作"被"字句的謂語的動詞

　　不能用作"被"字句謂語的動詞比"把"字句要少些，主要有"是、有、在、當、像、屬於、得、起、接近、離開、依靠、產生"等。總的來說，凡是能用於"把"字句的動詞，都能用於"被"字句，凡是不能用於"被"字句的動詞，一定不能用於"把"字句。

（五）包含介詞"叫、讓、給"的句子

　　在口語裡表示被動意義，"讓、叫"比"被"用得更普遍。"讓"、"叫"也多用於對主語來說是不愉快或受損害的事情。包含有"讓、叫"的句子在結構上與包含"被"的句子基本一樣，只是介詞"讓"、"叫"的賓語一賓要出現：
　　① 卓瑪家有八口人，除了她以外，全叫農奴主打死了。
　　② 歪風邪氣，全讓她給擋住了。
　　③ 那張地圖沒叫人借走。
　　④《西遊記》叫小張借走了。
　　⑤ 敵人叫我們打得狼狽逃竄。

---

^注 這個句子中的"連搶帶奪"是描寫施事者--"被"字的賓語"敵人"的。

⑥ 我肚子裡的這些話，全叫你們給採訪光了。

在口語裡，介詞"給"也可以表示被動的意思，南方人用得較多。介詞"給"後可以有賓語也可以沒有賓語：

⑦ 大蘭和小蘭都給他說笑了。

⑧ 我可是這回一點沒有得到好處，連剝下來的衣服都給管牢的紅眼睛阿義拿去了。

⑨ 我的杯子昨天給打破了。

⑩ 孩子給嚇壞了。

介詞"給"不能與結構助詞"給"連用。

練 習

一、用所給的詞語造意義上的被動句或 "被" 字句：

  1. 已經　寄出去　了　信
  2. 放　在　哪兒　了　今天的報
  3. 民兵　消滅　了　敵人
  4. 人　發現　了　這個秘密
  5. 困難　沒有　嚇倒　戰士們
  6. 叫不開　他家的門
  7. 買來　了　報紙
  8. 消滅　了　敵人　一半

二、改正下列病句：

  1. 他的父親被壞人殺害了，他得到親戚救了出來。
  2. 小蘭不幸被敵人發現並逮捕了。
  3. 那本新書被我買到了。
  4. 我的杯子叫孩子摔。
  5. 那張地圖讓人借了。
  6. 小馬被送醫院，醫生把她救活了。
  7. 敵人被這突然的襲擊嚇了。
  8. 十年前他被警察關了監獄。
  9. 中國雜技團被我國人民熱烈歡迎了。
  10. 孩子被媽媽喊了。
  11. 《漢語課本》被賣得很快。
  12. 這座大樓是一九五二年被蓋的。

第三章 "是 …的" 句

　　現代漢語裏有兩種句子的謂語是由 "是…的" 格式構成的，我們稱它們為 "是…的" 句（一）和 "是…的" 句（二）。下面分別敘述這兩種句子的特點及功能。

第一節 "是…的" 句(一)

　　"是…的" 句（一）的 "是…的" 中間主要是動詞、動詞短語或以動詞為謂語的主謂短語。謂語 "是…的" 表示動作已在過去實現或完成，它要說明的重點並不是動作本身，而是與動作有關的某一方面，如時間、處所、方式、條件、目的、對象或施事者等。譬如 "他是什麼時候出去的？--他是兩點半出去的。" 這兩個句子表示提問和回答的人都知道他 "出去" 這一行為已在過去完成，要問明和說明的只是 "出去" 的時間，所以從意義上看，句子的重點是 "什麼時候" 和 "兩點半"，而不是 "出去"。

　　根據 "是…的" 謂語所強調的成分以及 "是…的" 中間結構之不同，可以把 "是…的" 句（一）分成以下幾種：

一、"是…的" 用來強調動作的時間、處所、方式、條件、目的、對象、工具等。當某一動作在過去發生，而我們要著重指出動作發生的時間、處所、方式等時，就可以用這種句式。這種句子全句要表達的意義重點是由 "是…的" 中間的狀語來體現的，因此句子的重點也在這狀語上。例如：

① 我是從農村來的。　　　　　　　　　　　　　（處所）
② 那本教材是1958年編寫的。　　　　　　　　　（時間）
③ 我對新事，是一點一點明白的。　　　　　　　（方式）
④ 老趙剛才那段話，好像就是對我說的。　　　　（對象）
⑤ 這項工程是在領導的親切關懷和廣大群眾的熱情支持下完成的。
　　　　　　　　　　　　　　　　　　　　　　　（條件）
⑥ 他就是為這個目的去的。　　　　　　　　　　（目的）

有時 "是…的" 中間是連動結構，前一個動詞短語表示動作的方式。例如：

⑦ 我們是坐公共汽車去的。　　　　　　　　　　（方式）

上面例①、③、⑥中的主語對 "是…的" 謂語中的動詞來說都是施事者，也就是說全句是主動意義的；而例②、④、⑤中的主語都是受事者，也就是說全句是被動意義的。

如果 "是…的" 中間的動詞帶賓語，這個賓語可以緊跟著動詞，放在 "的" 前；也可以放在 "的" 後。口語以放在 "的" 後更為常見。如果賓語是人稱代詞，則常常放在 "的" 前。例如：
⑧ 我是在外語學院學的英語。
⑨ 她是昨天告訴我的。

如果動詞帶處所賓語和趨向補語，處所賓語和趨向補語一定要放在 "的" 前。如果帶表示一般事物的賓語，那麼賓語也可以放在 "的" 後，但趨向補語仍必須放在 "的" 前，緊跟著動詞。例如：
⑩ 我們是五點半回學校來的。
⑪ 我是跟孩子們一起爬上山頂去的。
⑫ 阿里是昨天打電話來的。
⑬ 阿里是昨天打來的電話。

二、"是…的" 用來強調施事者。當一件事已在過去完成，而我們要著重指出作這件事的人是誰時，就可以用這種句式。這種 "是…的" 句 "是…的" 中間是主謂短語，主謂短語裏的謂語一般是不帶賓語的動詞，全句的主語在意義上就是這個動詞的受事。說話時重音落在主謂短語中的主語上，因為它就是全句意義上的重點。例如：
① 你快告訴我，這劈山、攔河、造地的主意是誰出的。
② 我的一切都是黨給的，光榮應該當於黨，歸於熱情幫助我的同
　　志們。
③ 他的斷指再植手術，是張大夫作的。

三、"是" 字開頭的 "是…的" 句。這種 "是…的" 句是用來強調主語的，"是…的" 中間的謂語動詞，也可以帶上賓語，賓語一般放在 "的" 後。要注意的是這類句式中的賓語往往是不帶定語的單詞。例如：
① 是誰把信寄走的？
②（是）誰給你取的名字，這麼好聽！
③ 是你引誘的我！

④（是）姐姐讓我進的屋。

少數句子也可以把賓語放在“的”前，如例④也可以說成“是姐姐讓我進屋的。”

上述第二類句式，如果句首作為受事的詞語比較簡單，也可以移到“的”後，轉換成第三類句式。如：“你快告訴我，是誰出的這主意。”

四、“是…的”用來強調動作的受事者。這種“是…的”句“是…的”中間是動詞。動詞的受事賓語在“的”後，全句意義上的重點是這個賓語，所以句子重音也在這個賓語上。例如：

① 今天晚飯我是吃的饅頭，不是吃的米飯。
② 老大是學的歷史，老二是學的水利，他們倆畢業時的成績都不錯。
③ 每個同學都給牆報投了稿，有人是作的詩，有人是寫的散文，還有人是畫的漫畫。

五、“是…的”用來強調動作、行為，而這一動作行為是產生某種結果的原因。這種“是…的”句“是…的”中間一般只是一個動詞，全句重音落在這個動詞上。動詞也能帶賓語，但必須在賓語後再重複一次動詞。這時，句子重音就落在重複的動詞上。有時“是…的”中間還可以是主謂短語，句子重音一般落在主謂短語中的謂語動詞上。這類句式意義上的特點是：“是…的”中間的動詞所表示的動作是已存在的一種原因，全句的主語就是這一原因產生的結果，因此主語往往是一個主謂短語，表示某種事實。例如：

① 她臉紅恐怕是海風吹的。
② 秦發憤…說：“睡不著，神經衰弱了。”…油娃鑽出腦袋：“牛似的，還衰弱呢！你呀，你是盼開鑽盼的！”…趙春生嘟囔著說：“他那是凍的！”

例①的意思是“她臉紅”是“海風吹”的結果，“海風吹”是造成“她臉紅”的原因。有時，表示結果的詞語已在上文出現，主語位置上只用一個指示代詞來代替，或者只出現施事者，如例②中“你是盼開鑽盼的”意思是“你睡不著是盼開鑽盼的”，“他那是凍的”中的“那”也是指的“睡不著。”

上述五種句式的否定形式都是“不是…的”。要注意的是，這種否定式要否定的並不是動作本身，而是句子所強調的部分。例如：

① 她不是昨天來的，她是前天來的。

② 他們不是騎車去的頤和園，是走著去的。

③ 他的闌尾手術，不是張大夫作的，是王大夫作的。

④ 不是我鎖的門，是老王鎖的。

⑤ 上午我不是借的小說，我是借的雜誌。

⑥ 衣服的顏色褪了點兒，並不是洗的，是曬的。

它們的正反疑問形式是"是不是…的"。例如：

⑦ 她是不是昨天來的？

⑧ 是不是你鎖的門？

如果用特指疑問形式提問，就可以用疑問代詞來提問句中所強調的成分。例如：

⑨ 她是哪天來的？

⑩ 他的闌尾炎手術是誰作的？

⑪ 今天早上你們（是）吃的什麼？

⑫ 她那兩隻眼睛是怎麼紅的？是哭的嗎？--不是，是熬夜熬的。

另外，"是…的"句（一）中的"是"大部分都可以省略，只有主語是"這"，"那"的，以及第五類句式，"是"一般不省。而第三類的"是"卻經常是省略的。這一點，以上例句已體現。

修飾整個謂語的副詞總是要放在"是"前的，像表示範圍的"都"，"也"等，表示語氣的"就"，"一定"，"原來"，"卻"等，表示估計的"大概"，"恐怕"等。如一類中的例④,⑥，二類中的例②，五類中的例①。

第二節 "是…的"句(二)

"是…的"句（二）多用來表示說話人的看法、見解或態度等，謂語對主語來說一般是起解釋說明作用的。"是"和"的"都表示語氣，但在不同的句子中表示的語氣也不同。有時表示強調、肯定或態度堅決，有時表示口氣的緩和或委婉。例如：

① 張思德同志是為人民的利益而死的，他的死是比泰山還要重

的。

② 我是歷來主張軍隊要艱苦奮鬥要成為模範的。

③ 這後一條路是確實存在的，反革命分子可能正在那裏招手呢！

　　"是⋯的" 中間較常見的動詞短語是 "動詞+可能補語" 或 "能願動詞+動詞" 的形式。例如：

④ 經過三年修整以後，這裏園林的面貌是會有變化的。

⑤ 善意、惡意，不是猜想的，是可以看得出來的。

單獨的形容詞、動詞、能願動詞等比較少。例如：

⑥ 他心裏是透亮的。

⑦ 我們面前的困難是有的，而且是很多的，但是我們確信：一切
　困難都將被全國人民的英勇奮鬥所戰勝。

⑧ 十年樹木是不對的，在南方要廿五年，在北方要更多的時間。
　十年樹人倒是可以的。

　　還有一種情況是 "是⋯的" 用在作為謂語的主謂短語中，全句的主語就是主謂短語中動詞的受事。例如：

⑨ 這些道理，廣大人民群眾是懂得的。

⑩ 這個問題，我們也是很注意的。

⑪ 十三四歲的少年便要當家管事，我父親的實際家的手腕我是很
　欽仰的。

　　我們也可以把這些句子的主語放到 "是⋯的" 中間的動詞後面，如例⑨可以改成 "廣大人民群眾是懂得這些道理的"。其他類推。

　　"是⋯的" 句（二）的否定式一般是把 "是⋯的" 中間的結構改成否定形式。例如：

⑫ 我看要是自稱全智全能，像上帝一樣，那種思想是不妥當的。

⑬ ⋯總是先進的意見克服落後的意見，要使 "輿論一律" 是不可
　能的，也是不應該的。

⑭ 走路的人口渴了，摘一個瓜吃，我們這裏是不算偷的。

⑮ 蕃瓜弄的勞動人民和他們的後代是絕對不會忘記過去的。

　　否定的 "是⋯的" 句（二）也可以在 "是" 前再用 "不" 來否定一次，這是雙

重否定，表示委婉地肯定或強調地肯定一個事實。例如：

　⑯　問題不是不能解決的。

　⑰　那件事我們並不是辦不到的。

　　某些表示對象、語氣、時間等的狀語，有時在“是”前，有時在“是”後。這主要由它修飾什麼來決定。如果它修飾整個“是…的”，就要放在“是”前；如果它修飾“是…的”中間的成分，那麼就放在“是”後。例如：

　⑱　A. 這是群眾創造的一種新形式，跟我們黨歷史上採取的形式
　　　　　是有區別的。

　　　B. 這件事所以做得這樣迅速和順利，是跟我們把工人階級同
　　　　　民族資產階級之間的矛盾當做人民內部矛盾來處理，密切
　　　　　相關的。

　⑲　A. 我們相信，各地這種典型的好人好事是一定不少的。

　　　B. 那時候，在這麼高的山上，修這麼大的工程，一定是很不
　　　　　容易的。

　⑳　A. 羊皮筏子，過去是聽說過的。

　　　B. 必須優先發展生產資料的生產，這是已經定了的。

　　“是…的”句（二）除一部分以“這”，“那”作主語的和表示雙重否定的以外，一般都可以把“是”和“的”同時省略，或只省略“是”，省略後意思基本不變，只是語氣有所不同。

　　這類句式沒有正反疑問形式。

第三節 “是…的”句(一)、

“是…的”句(二)與“是”+“的”字短語的界限

一、“是…的”句（一）和“是…的”句（二）是兩種類型不同的句子。前者在“是…的”中間只能是動詞短語和主謂短語，如：“新教材是1981年編的。”“新教材是張老師他們編的。”後者在“是…的”中間只能是動詞短語或形容詞短語，如：“新教材是可以編好的。”、“新教材是很好用的。”因此，只有“是…的”中間是動

詞短語的句子才有屬"是…的"句(一)還是"是…的"句(二)的問題。那麼，怎樣辨別謂語為"'是'+動詞短語+'的'"的句子是"是…的"句(一)不是"是…的"句(二)呢？這可以考慮下面幾個條件：

1．"是…的"中間的動詞短語如果是動詞帶可能補語或能願動詞加動詞的，一定是"是…的"句(二)，因為可能補語和能願動詞表示的是一種可能的動作，而不會是一種在過去已成事實的動作，因此，不可能是"是…的"句(一)。

2．如果動詞短語有賓語，看"的"是否必須或可以放在賓語之前。如果必須或者可以，就說明這是"是…的"句(一)，因為"是…的"句(二)裏的"的"總是在句尾的。例如：
　　① 在昨天的會上，我是同意這種意見的。　　("是…的"句<二>)
　　② 在昨天的會上，我是同意的這種意見，並沒同意那種意見。

　　　　　　　　　　　　　　　　　　　　　　　　　("是…的"句<一>)

3．看否定式是"不是…的"，還是"是…的"中間的動詞短語為否定形式。前者是"是…的"句(一)，後者是"是…的"句(二)。例如：
　　① 我不是同意的這種意見。　　　　　　　　　　("是…的"句<一>)
　　② 我是不同意這種意見的。　　　　　　　　　　("是…的"句<二>)

4．"是…的"句(二)中表時間的狀語一般可在"是"前，"是…的"句(一)的時間狀語總是在"是"後，而且往往是被強調說明的部分。例如：
　　① 這件事，昨天我是知道的。（只是沒有告訴大家）。

　　　　　　　　　　　　　　　　　　　　　　　　　("是…的"句<二>)
　　② 這件事，我是昨天知道的。（別人可能比我知道得早）。

　　　　　　　　　　　　　　　　　　　　　　　　　("是…的"句<一>)

二、怎樣區分"是…的"句(一)和謂語為"是"+"的"字短語的"是"字句。

　　因為"是…的"句(一)的"是…的"中間只有動詞、動詞短語、主謂短語這類格式，所以只有"的"前是動詞、動詞短語、主謂短語的"是"字句才有和"是…的"句(一)相混的可能。那麼，怎樣區分這兩種句式呢？

1．遇到"的"前只有一個單個動詞的句子，可以根據上下文來判斷。如果動詞表示的是一種原因，主語是這一原因產生的結果（這主語常常是由主謂短語或動詞短語所構成），一般是"是…的"句（一），因為"是"字句的謂語只表示分類，而不表示原因。例如：

① 她臉紅是曬的，不是海風吹的。　　　　　（"是…的"句<—>）

② 這幾袋麥子是曬的，那幾袋是收的；把要曬的撒開，把要收的運走。　　　　　　　　　　　（"是"字句）

2．如果"的"前是主謂短語，要看句子的邏輯重音在哪裏。如果在主語上，大多數情況是強調施事者的"是…的"句（一）；如果在動詞上，則多半是"是"字句。例如：

① 這本書是`我買的，不是`他買的。　　　　（"是…的"句<—>）

② 這本書是（我）`買的，不是（我）`借的。（"是"字句）

而且，"是"字句的這一小主語不是事關重要的，因此它可以省去不說。但是完全根據邏輯重音來辨別，也不完全可靠，還必須參照上下文。

另外，這類格式的"是…的"句（一）可以把主語移到"的"的後面，意思基本不變。"是"字句不能這樣移動主語。如上面的例①可以改成"是我買的這本書，不是他買的這本書"。例②卻不能改為"是"（我）買的這本書，不是（我）借的這本書"。

3．如果"的"前是不帶其他成分的，單純的動賓短語，而且"的"絕對不能移到賓語之前的，一定是"是"字句。因為"是…的"句（一）只有"的"在賓語之前這一種形式，絕不會有"的"在句尾的情況。例如：

① 園中建築十之八九是靠水的。　　　　　　（"是"字句）

這個句子是不能把"的"移到賓語"水"前的。再比較：

② 我是買小説的，他是買雜誌的，我們不在一起排隊。（"是"字句）

③ 我是買的小説，他是買的雜誌，我們每個人都買了好幾本。

　　　　　　　　　　　　　　　　　　　（"是…的"句<—>）

4．看動詞前有無表示時間、處所、方式等的狀語。如果有，全句又是過去完成態，一般是"是…的"句（一），例如：

① 第一批出國留學生是昨天走的，第二批是今天走的。

如果是將來時，或與將來時對比著用的，則一般是"是"字句。例如：

② 這批出國留學生是明天走的。

③ 甲組是十五號出發的，乙組是十六號出發的，他們已經走了。

　　丙組是廿號出發的，明天走。

三、怎樣區分"是…的"句（二）和謂語為"是"＋"的"字短語的"是"字句·

　　我們知道"是"字句的賓語可以由名詞、代詞、形容詞、動詞以及形容詞短語或動詞短語加上"的"構成。"是…的"句（二）的"是…的"中間多半是形容詞短語或動詞短語，單個的形容詞或動詞是較少的。如果是單個的動詞或形容詞，也可以比較容易地根據上下文來判斷它是"是…的"句（二），還是"是"字句。如："問題是有的"，"心裏是透亮的"。另外，一般來說，"是…的"中間是"動詞/形容詞帶可能補語"或"能願動詞加動詞"的，大都是"是…的"句（二）。所以，一般來說，只有"是…的"中間是除上述兩種情況以外的形容詞短語和動詞短語，才會產生與"是"字句相混的問題。遇到這種情況時，我們可以：

1·看"是"和"的"是否能省略。如果能省略而句子意思基本不變，只是語氣稍有不同，那就是"是…的"句（二）；如果省略了，句子就不成話，或者改變了意思，一般就是"是"字句。例如：

① 他是學過針灸的，我們是沒學過的。

② 他是學過針灸的，你放心，他對人體的穴位相當熟悉。

例①的第一分句中謂語對主語來說是給主語分類，如果去掉"是"和"的"，雖然還可以成句，但意思已經有所變化，變成謂語對主語加以敘述，而不是加以判斷。因此，去掉"是"和"的"，就不能和後面的分句相銜接。可是例②的"是"和"的"去掉以後，完全不影響句子的意思，只是沒有了原來那種強調肯定的語氣，但仍可以和後面的分句銜接。所以"我是學過針灸的"是一個同形異構的句子，我們完全可以根據上下文以及"是"和"的"能否省略來檢驗它屬於哪類句式。

2·根據否定式來區分這兩種句式。在動詞"是"前加"不"來表示否定的是"是"字句，把"是…的"中間的成分改成否定形式的是"是…的"句（二）。例如：

① 我不是投贊成票的（人）。　　　（"是"字句）

　　我是不投贊成票的。　　　　　　（"是…的"句<二>）

② 這不是很簡單的（事）　　　　　（"是"字句）

　　這是很不簡單的。　　　　　　　（"是…的"句<二>）

當然有時"是"字句的賓語也有可能是一個否定形式的形容詞短語，但這種情況完全可以根據上下文來鑒別。例如：

　　③ 昨天的考試，題目是不太難的，只是時間少了一點兒。

（"是…的"句<二>）

　　④ 這些題目是難的，那些題目是不太難的。（"是"字句）

3．"的"前是動詞的，主語在意念上是這個動詞的受事者，如果在"是"前可以插上施事者，則一般是"是…"的句（二）。否則是"是"字句。例如：

　　①`困難是有的，但這不是不能克服的。

　　②`報是讀的，只是讀得不夠仔細。

　　③`報是借的，只是借出的時間不能太長。

　　④ 報是`借的，不是買的。

　　例①在"是"前可以加上施事者"我們"成為"困難我們是有的，…。"例②可以加上施事者"他"成為"報他是讀的，…。"例③可以加上施事者"我們"成為"報是我們借的，…"。這三句都是"是…的"句（二）。例④在"是"前不能加施事者，是"是"字句。

　　另外，還可以看是不是能把主語移到"是…的"中間的動詞後面。能移動的是"是…的"句（二），不能移動的是"是"字句。上面前三句都可以這樣移動，第④句不能。例如：

　　⑤ 我們是有困難的，但這不是不能克服的。

　　⑥ 他是讀報的，只是讀得不夠仔細。

　　⑦ 我們是借報的，只是借出的時間不能太長。

　　總之，由於同形異構現象的存在，在使用任何一種方法來判斷句子是屬於哪種類型時，都應結合上下文義來考慮。

練　習

一、指出下列句子哪些是"是…的"句（一）（用①表示），哪些是"是…的"句（二）（用②表示），哪些是"是"字句（用③表示）：

　　1. 這裏的學習環境是非常令人滿意的。

2. 我們是坐火車去的上海，不是坐船去的。

3. 如果你不親自去處理，那些問題是解決不好的。

4. 村裏新建的房子都是靠著山的，而且大部分都是向陽的。

5. 這部《古代漢語》是1954年出版的。

6. 他們是不會同意這種意見的。

7. 我是從來不主張這樣作的。

8. 他們是在非常艱苦的環境下完成的這項工作。

9. 我們是上午七點半吃的早點。

10. 這本《漢法詞典》是借的，不是買的。

11. 這些年輕的工作人員是可以服務得很週到的。

12. 這種小船我是從來沒有坐過的，也是沒有聽說的。

13. 老張不是跟老王一起去的，是跟他弟弟一起去的。

14. 這份調查報告是老王他們的。

15. 這次歌舞晚會，有很多節目是新的，有的是非常精彩的。

二、指出下列“是…的”句（一）是哪一類的：
　　可按本章內容的順序標號，如①表示第一類句式，②表示第二類句式

1. 他昨天發燒了，我想大概是雨淋的。

2. 我是寄的航空信，他明天就可以接到。

3. 這部著作是1962年在東北農村寫成的。

4. 他是1942年去的延安。

5. 這次的斷指再植手術是王大夫作的。

6. 今天是誰來作報告？聽的人可真不少！

7. 你頭暈可能是看書看的，出去散散步就好了。

8. 她和她妹妹都是北京大學畢業的，她是學的物理，她妹妹是學的數學。

9. 這幾項建議是誰提出來的？

10. 今天會上是王老師第一個發的言。

三、指出下列各組句中哪個是正確的：

1. a. 不下苦功夫，不是學得會的。
　　b. 不下苦功夫，是學不會的。

2. a. 我們是下午四點鐘回宿舍來的。

    b. 我們是下午四點鐘回的宿舍來。

3. a. 我是不在閱覽室看的雜誌。

    b. 我不是在閱覽室看的雜誌。

4. a. 昨天晚上睡覺前我是喝的茶，不是喝的咖啡。

    b. 昨天晚上睡覺前我是喝茶的，不是喝咖啡的。

5. a. 他得了關節炎，是不是洗冷水澡洗的？

    b. 他得了關節炎，是不是洗冷水澡的？

6. a. 我不是會贊成他的主張的。

    b. 我是不會贊成他的主張的。

7. a. 你填那個表，是不是用的鋼筆？

    b. 你填那個表，是不是用鋼筆的？

8. a. 我是從來不吸煙的。

    b. 我不是從來吸煙的。

四、把下列句子改成"是…的"句（一）：

1. 我不在北京語言學院學漢語。
2. 我朋友從外文書店買來了《英漢詞典》。
3. 昨天我在北京飯店遇見了我的老同學。
4. 他下午四點半給你打來了電話。
5. 馬同志跟張同志一起去南方了。
6. 昨天中午我吃西餐，晚上吃中餐。
7. 屋子裏太冷，誰把窗戶打開了？
8. 她喝茶喝的睡不著覺了。

第四章　疑問句和反疑問句

第一節　疑問句

疑問句是用來發問的句子，可以根據提問方式的不同分成下列幾種：

一、是非問句

（一）用語氣助詞“嗎”的是非問句。把“嗎”用在一個陳述句的末尾，就可以構成這種疑問句。這種句子的謂語可以是肯定形式，也可以是否定形式，但以肯定形式的居多。例如：

① 他是東北人嗎？
② 這個月三十一天嗎？
③ 你的表準嗎？
④ 王老師會來嗎？
⑤ 他身體好嗎？
⑥ 小李不去北海划船嗎？
⑦ 安娜沒給家裏打電報嗎？

陳述句的句尾有時帶有語氣助詞“的”，“呢”或“了”，這類句子加上“嗎”，同樣可以構成是非問句。例如：

⑧ 他是昨天來的嗎？
⑨ 他們正在開會呢嗎？
⑩ 柳樹綠了嗎？

用這種問句時，一般來說，提問的人認為所提問的事情有可能實現或可能成為事實，有時也表示對某一情況是否如此，沒有把握。

回答“嗎”的是非問句時，可以用“是的”、“對”、“對了”、“嗯”或“不”、“沒有”等表示對問句的肯定或否定。要特別注意的是：回答時不論問句是以肯定形式出現還是以否定形式出現，只要答話的人同意問句所表達的意思，就用“是的”、“對了”、“嗯”等；如果不同意問句所表達的意思，就用“不”、“沒有”等。例如：

⑪ 王老師會來嗎？

　　--- 嗯，王老師會來（的）。

　　--- 王老師不會來（的）。

⑫ 柳樹綠了嗎？

　　--- 是的，柳樹綠了。

　　--- 沒有，柳樹還沒綠呢。

⑬ 小李不去北海划船嗎？

　　--- 對了，他不去北海划船。

　　--- 不，他去北海划船。

⑭ 安娜沒給家裏打電報嗎？

　　--- 對了，她沒給家裏打電報。

　　--- 不，她給家裏打電報了。

　　從上面的例句中可以看出，會話時答句中的"是的"或"不"等，不一定要與後面句子的肯定或否定相一致；因為這類詞語在語義上是直接與問句發生關係的，而並不與後面的句子發生關係。

　　另外，在答句中可以省略主語或賓語，有時只保留謂語主要成分。例如：

⑮ 他是東北人嗎？

　　--- 不是東北人。

　　--- 他不是。

　　--- 不是。

⑯ 這個月三十一天嗎？

　　--- 不，三十天。

⑰ 安娜沒給家裏打電報嗎？

　　--- 不，打了。

（二）用"好嗎"、"行嗎"、"對嗎"、"可以嗎"等的是非問句。有時說話人先提出自己的意見、估計、要求等，然後徵詢對方意見，這時就可以用這種疑問句。例如：

① 我們明天一起去長城，好嗎？

② 你是日本人，對嗎？

③ 借我詞典用用，行（成）嗎？

④ 我們從東門進去，可以嗎？

回答時，一般只用肯定或否定的答語即可。肯定的答語用"好"（或"好吧"），"對"，"行（成）"，"可以"。否定的用"不"，"不對"，"不行（不成）"。回答"可以嗎"也用"不行（不成）"，較少用"不可以"。

（三）用疑問語氣表示疑問的是非問句。一個陳述句只要帶上疑問語氣，就可以構成疑問句。這時句尾的語調要上升。例如：

① 這麼大的風雪，丟下羊群回家去？不能！
② 這時，一位大嫂走過來…著急地問："同志，聽說老白的傷很厲害？…"
③ 今天晚上你不去圖書館了？
④ 小張沒來？

答語與省略的情況和用"嗎"的疑問句相同。

（四）用語氣助詞"吧"的是非問句。當提問的人對某一事實或情況有了某種估計，但又不能完全肯定時，就可以在一個陳述句的句尾上用語氣助詞"吧"，構成疑問句。這種問句帶有探詢、推測的意味。肯定形式和否定形式都很常見。例如：

① 這是你女兒吧？
② 現在快十二點了吧？
③ 老張不來了吧？

（五）用語氣助詞"啊"的是非問句。這種問句和用"嗎"的問句作用一樣，只是全句帶有商量或勸諫的意味。句尾語調高平，且可拖長。例如：

① 咱們歇一會兒啊？
② 您喝點汽水啊？

二、特指問句

（一）一般特指問句。一般特指問句是用疑問代詞提問的疑問句。這種問句的詞序與陳述句的詞序一樣，提問句子的哪個成分，就把疑問代詞放在那個成分的位置上。例如：

① 誰是你們的體育老師？
② 他的病怎麼樣了？
③ 你在看什麼？

④ 瑪麗是哪個班的學生？

⑤ 他什麼時候回國？

⑥ 這個句子怎麼分析？

⑦ 她學得怎麼樣？

⑧ 他們工廠有多少工人？

⑨ 考試以前，你們準備複習幾天？

⑩ 那條公路有多長？

用 "多" 提問，是問程度，大都用於表示積極意義的形容詞前。問長度用 "多長"，問面積或容積用 "多大"，問高度用 "多高"，問厚度用 "多厚"，問寬度用 "多寬" …。這和我們只說 "長度"、"高度"、"厚度"、"寬度"（沒有 "大度"），而不說 "短度"、"低度"、"薄度"、"窄度" 一樣。回答時，可以只說出數量，不必再重複形容詞。例如：

⑪ 那條街有多長？

　　--- 有兩公里（長）。

⑫ 那個房間有多大？

　　--- 那個房間有十八平方米。

⑬ 他多高？

　　--- 他一米七五。

⑭ 昨天下的雪有多厚？

　　--- 有五釐米（厚）。

"多大" 也可以問年齡，但主要是問小孩或者長輩問年輕人，也可以是年齡相倣的年輕人互相問。例如：

⑮ 他的孩子多大了？

　　--- 五歲。

⑯ 小伙子，你多大了？有二十五沒有？

　　--- 老大爺，您猜得差不離兒，我二十四了。

⑰ 喂，小張，你多大了？

　　--- 我十九。你呢？我看，你也就是十七。

問年齡的說法還有 "多大年紀"（問老人），"多大歲數"（問老人或成年人）。"幾歲"，在中國北方只能用來問十歲或十歲以下的孩子。

（二）用語氣助詞 "呢" 的特指問句。在一個詞、短語或句子後面用上語氣助詞

"呢"，就可以構成這種疑問句。

在沒有上下文的情況下，"呢"用在名詞、代詞、名詞短語之後是問處所的，即 "…在哪兒？"例如：
① 玉榮，你的靴子呢？
② 阿里呢？

如果有上下文，可根據上下文來判斷疑問所在。例如：
③ 窗戶已經擦乾淨了，地板呢？ （地板擦乾淨了沒有？）
④ 他的襯衫已經洗了，你的呢？ （你的襯衫洗了沒有？）

如果"呢"用在一個陳述句之後，意思是"如果…，那麼應該怎麼辦（或作什麼）？"例如：
⑤ 他不同意呢？ （如果他不同意，那麼怎麼辦呢？）
⑥ 學完了第一冊呢？ （學完了第一冊作什麼？）

三、正反問句

（一）一般正反問句。這種疑問句主要是由謂語的肯定形式和否定形式並列起來構成的，由回答的人選擇其中一個作為答話。提問的人對答案事先沒有什麼傾向性。例如：
① 這種錄音機好不好？
② 你母親工作不工作？
③ 他是不是教外國學生的漢語教師？
④ 你有沒有《現代漢語詞典》？

在動詞謂語句中，如果動詞後有賓語，正反疑問形式就有三種可能：第一種是只把謂語動詞的肯定式和否定式並列起來，後面再帶上賓語。第二種是肯定式帶賓語，否定式不帶。第三種是無論肯定式還是否定式都帶賓語。例如：
⑤ 你看不看京劇？
⑥ 你看京劇不看？
⑦ 你看京劇不看京劇？

第三種形式不常見，而且只有在賓語比較簡單的情況下才用。

如果動詞或形容詞後帶"了",否定形式只用"沒有"。動詞後有賓語時,"了"在賓語之後。例如:

⑧ 同學們去了沒有?

⑨ 水熱了沒有?

⑩ 她聽到這個消息了沒有?

主謂謂語句的正反疑問形式,大部分情況都是把小謂語的肯定式和否定式並列起來。只有主謂短語整個結構結合得比較緊的,才把它作為一個整體來提問。例如:

⑪ 那個圖書館書多不多?

⑫ 她最近身體好不好?

⑬ 病人腰疼不腰疼?

⑭ 比比人家,看看自己,你臉紅不臉紅?

(二)用"是不是"的正反問句。如果提問的人對某一事實或情況已有比較肯定的估計,為了進一步得到證實,就可以用這種疑問句提問。"是不是"可以用在一個陳述句的謂語前,也可以用在句首或句尾。例如:

① 你們是不是明天動身?

② 你們明天是不是去頤和園?

③ 是不是你們不打算出去旅行了?

④ 你家住在北京的郊區,是不是?

有時,用"是不是"並不是要得到證實,而是徵求對方的同意,帶有一種商量的口氣,有"…好嗎"的意味。表示這種語氣的"是不是"一般用在謂語前,有時也可用在主語前,但不能用在句子後面。例如:

⑤ 我們是不是找她談一談?

⑥ 是不是我去幫助他一下?

四、選擇問句

這種疑問句是把要選擇的兩種或幾種可能用"…(是)…還是…"或"…(是)…還是…還是…"連接起來,要求答話的人選擇其中之一作為答案。例如:

① 你是去,還是不去?

② 是你去,還是他去?

③ 你是去北海,還是去中山公園?

④ 你是去北海,還是去天壇,還是去中山公園?

⑤ 你是喝汽水，還是吃冰淇淋？

⑥ 是你去送，還是他來接？

例①、⑤是問謂語，例②是問主語，例③、④是問賓語，例⑥是問分句。要注意的是不論是問謂語還是問賓語，"是"和"還是"都要放在謂語前，如例①、③、④、⑤。如果是問主語或全句，則要把"是"和"還是"用在兩個分句之前，如例②、⑥。

一切疑問句的句末都要用問號。用"…（是）…還是…"的選擇問句中也只是在句末用一個問號，前面每個分句的一面都用逗號。有時一個陳述句中可以包含一個以疑問句形式出現的成分，但這個句子仍是陳述句，所以句末仍要用句號，不能用問號。例如：

① 我不知道他贊成不贊成。　　　　　　　　（作賓語）

② 小組長已經通知他們幾點開會了。　　　　（作直接賓語）

③ 需要多少人參加試驗的問題還沒有決定。　（作定語）

④ 怎麼樣辦好我廠幼兒園是一個急待解決的問題。（作主語）

第二節　反問句

反問是表示強調的一種方式。陳述句和各種疑問句都可以加上反問語氣構成反問句。反問句的作用是對於一個明顯的道理或事實用反問的語氣來加以肯定或否定，以達到加強語勢的目的。反問句的特點是：以否定形式出現的句子用來加強肯定的表述，以肯定形式出現的句子用來加強否定的表述。

反問句後可以用問號，也可以用感嘆號。反問的語氣重時多用問號，包含感嘆的意味時多用感嘆號。

反問句的形式有：

一、是非問句的形式

（一）一般是非問句帶上反問語氣的。例如：

① 這是哪兒和哪兒的事呀？捱得著嗎？你真能胡思亂想！(捱不著)

② 還想進去看電影？你有票嗎？　　　　　　（你沒有票）

（二）用"不是…嗎"的格式，強調肯定，帶有事實明顯如此的語氣。例如：
　① 不是早就跟你說過了嗎？這就是趕上個忖勁兒。

（早就跟你說過了）

　② 你不是去過那個地方嗎？那就給我們帶帶路吧！

（你去過那個地方）

在"是"字句和"是…的"句中只用"不…嗎"就可以了。例如：
　③ 現在辯論的是什麼問題呢？不就是經驗交流的問題嗎？

（就是經驗交流的問題）

　④ 啊！你不是張大中嗎？要不是你招呼我，我都認不出來了。

（你是張大中）

（三）用"沒…嗎"格式，強調肯定，表示事實已然如此或確實曾經如此。例如：
　① 我沒告訴你嗎？那個地方不能去！　　（我已經告訴你了）
　② 你沒聽見他說嗎？天氣預報今天有七級大風。（他曾經說過）
　③ 你沒看出來嗎？他對這事兒有點意見哩！（他已經表現出來）

（四）用"難道"，"…不成"或"難道…不成"，有時句尾還可以再用上"嗎"，全句有"不會"，"不應該"，"不可能"，"不一定"等意思。例如：
　① 我已經在他桌上留了個條子，難道他沒看見？（他不應該沒看見）
　② 我還能飛到天上去不成？　　　　　（我不能飛到天上去）
　③ 難道非得同意他的作法不成？　　（不一定非得同意他的作法）
　④ 我們死都不怕，難道還怕困難嗎？　　（不怕困難）

（五）用副詞"還"表示反問語氣，有"不應該"的意思。例如：
　① 這麼好的條件，你還不滿意！　　　（你不應該不滿意）
　② 這孩子！已經給了你了，你還哭！　（你不應該哭了）

這類句子的句尾也可以用上"嗎"。例如：
　③ 狼說："這樣的人還不該吃嗎？"　　（這樣的人該吃）

（六）一般陳述句帶上反問語氣。例如：
　① 這是你的？你能叫得它答應你麼？　　（這不是你的）
　② 他不是人？他也是人，也得吃飯。　　（他是人）

這類句子的句尾也可以用上"嗎"，構成帶語氣助詞"嗎"的是非問句形式。例如：

③ 這是你的嗎？你看看上邊寫著他的名字哪！ （這不是你的）

二、特指問句的形式

（一）一般特指問句帶上反問語氣的。句中的疑問代詞仍表示原義，只是全句並不表示疑問，而表示反問。例如：

① 玉榮急忙攔住說："姐姐，你不能脫，把你的腳凍壞了，誰去保護羊群哪！" （沒有人保護羊群）
② 自己既然事先看到了問題，為什麼要悶在肚子裏？(不應該悶在肚子裏)
③ 這樣的好事為什麼不做？ （應該去做）
④ （我）怎麼不認得？我爸爸，我哥哥，還有我媽媽。 （我認得）
⑤ 山上的石頭又搬到哪兒去呢？ （山上的石頭沒有地方可搬）
⑥ 這件事，我什麼時候告訴他了？ （我從來都沒告訴他）

（二）在謂語中用"哪兒"、"哪裏"或"怎麼"。"哪兒"、"哪裏"或"怎麼"只表示反問語氣，並不表示處所或方式、原因。除用在動詞"是"或形容詞前以外，後面常有能願動詞"能"、"會"、"敢"等。例如：

① 狼說："他剛才綑住我的腿，把我裝在口袋裏，上面還壓了很多書，哪是救我，明明是想悶死我！" （不是救我）
② 這篇文章哪兒難啊！我看一年級的學生都能看懂。 （不難）
③ 他們辛辛苦苦地寫了，送來了，其目的是要我們看的，可是怎麼敢看呢？ （不敢看）
④ 我想，我眼見你慢慢倒地，怎麼會摔壞呢？ （不會摔壞）

（三）在複句前一分句的謂語用"不"否定，後一分句為特指問句的形式，全句在於強調前一分句的肯定意思，並含有"應該"、"必須"、"只能"或"當然"一類的意思。有時包含著表示強調的"就"的意思。例如：

① 他不管我，誰管我呢？ （他當然應該管我）
② 我不這麼辦，怎麼辦？ （只能這麼辦）

有時兩個分句主語相同，也可以用緊縮句的形式。例如：

③ 我們不問你問誰呀？ （只能問你）

④ 我不幹這個幹什麼？　　　　　　　　　　（只能幹這個）

⑤ 這不是封鎖是什麼？　　　（這就是封鎖）　　（這當然是封鎖）

以上這三種類型的反問句，句尾可以有語氣詞"啊"，略表感嘆；也可以有語氣詞"呢"，略表委婉。

(四) 用"什麼"有兩種情況：

1. 在形容詞或可以用"很"修飾的動詞後加"什麼"，表示對某一性狀或某種判斷加以否定，帶有不同意或反駁的語氣。句子的重音在"什麼"上。例如：

① 這個句子難什麼？一點兒也不難。　　　　　　（這個句子不難）

② 那件襯衫好什麼？樣子太舊，顏色也不好。　（那件襯衫不好）

③ 這間教室大什麼？只坐得下十幾個人。　　　（這間教室不大）

④ 你一定很喜歡你的小孫子。

　　 -- 喜歡什麼？他太淘氣。

2. 在一般動詞之後加"什麼"，表示"沒有必要"或"不應該"，"不能實現"。如果動詞帶賓語，"什麼"在賓語前。這種反問句有時帶有不滿意、不贊成或責備的語氣。句子重音落在動詞或賓語上，"什麼"輕讀。例如：

① 哭什麼？這麼大了還哭！　　　　　　（不應該哭）

② 你嚷嚷什麼？同學們都在午睡呢！　　（不應該嚷嚷）

③ 忙什麼？再坐一會兒，時候還早呢！　（沒有必要忙）註

④ 你和我，見什麼外！　　　　　　　　（不該見外）

⑤ 外邊不下雨了，還穿什麼雨衣！　　　（沒有必要穿雨衣）

⑥ 已經下起雨來了，還去什麼公園！　　（不能去公園了）

⑦ 錢都丟了，還買什麼衣服啊！　　　　（買不成衣服了）

⑧ 衣服那麼多了，還買什麼衣服啊！　　（沒有必要再買衣服了）

(五) 把"有什麼"放在謂語形容詞前或可以用"很"修飾的動詞短語前，表示反問。如果句子以肯定形式出現，全句就表示否定意思；如果句子以否定形式出現，全句就表示肯定的意思。例如：

① 織女說："…人們都說天上好，其實天上有什麼好呢？我在那兒一點兒自由都沒有…"　　　　　（其實天上一點兒也不好）

註 此句中的"忙"是動詞。它可以帶上賓語，如："忙活兒"、"最近忙什麼哪？"

② 這件事有什麼難辦？很簡單嘛！　　　（這件事一點也不難辦）

③ 他說的這句話有什麼不公道呢？　　　（他說的這句話很公道）

如果謂語是由"有"加賓語構成的形容詞性短語的話，只要在賓語前用上"什麼（啥）"就可以構成這類問句。例如：

④ 老紀暗想：臥虎嶺是個有名的後進隊，有啥學頭？　（沒有學頭）

⑤ 如果人民不覺悟，就是有了健康的身體，對國家又有什麼用呢？

（對國家沒有用）

⑥ 牛郎想只要把老牛分給他，離開家不離開家又有什麼關係呢？

（離開家不離開家都沒有關係）

"有什麼"也可以單獨作謂語。例如：

⑦ 這有什麼？平日沒事，我還不是把這屋的門檻都踩平了！

（這沒有什麼）

這類反問句語氣較強，也很堅決。如果改成相應的陳述句，除例⑦外，要把"有什麼"改成"沒"或"不"，而不是改成"沒什麼"。[注]

（六）用"幹什麼"或"作什麼"表示反問也包含"不必"或"不該"的意思。"幹什麼"或"作什麼"用在動詞謂語句中的謂語前或全句之後。例如：

① 有些同志問他："雷鋒，你就一個人，也沒有家，存那麼多錢幹什麼？"　　　　　　　　　　　　　　（沒必要存那麼多錢）

② 您幹什麼生這麼大氣？跟這種人，犯不上　　（不必生這麼大氣）

③ 她沒記下的詩還多著呢，偏要記下這首來作什麼？由它自生自滅好了…　　　　　　　　　　　　　　　（不必記下這首來）

④ 送禮幹什麼？這樣反而生分了。　　　　　　　（不應該送禮）

這類句子中的"幹什麼"，"作什麼"是對謂語或全句所表示的某一事實進行否定。動詞的賓語可以帶比較複雜的限制性和描寫性定語。

（七）在句首用"誰說"或"誰說的"表示否認對方或某人的判斷，帶有反駁的意味。例如：

[注] "沒什麼"是一種語氣緩和的說法，表示程度不高。如"沒什麼好"是"不怎麼好"、"不太好"的意思，"沒啥學頭"是"沒有很大的學頭"的意思，"沒什麼用"是"用處不大"的意思。

① 誰說我們幹不成？我們就要幹成給他們看看。（我們一定幹得成）

② 誰說的今天有雨？你看準是個大晴天。　　　（今天肯定沒有雨）

（八）用表示反問的副詞"何必"、"何況"、"何嘗"、"何妨"、"何不"、"何苦"、"何至於"以及"豈"等的反問句。例如：

① 讀詩，有什麼感受，就按照自己的心去感受好了，何必看那些注釋呢？　　　　　　　　　　　　　　　（不必看那些注釋）

② 一年級的學生都讀得懂，何況二年級的呢？（二年給當然讀得懂）

③ 你就去問一問他又何妨呢？　　　　　（你就去問一問他也無妨）

④ 天氣這樣晴朗，何不去湖邊散散步？　　　　（應該去散散步）

⑤ 這個方法我何嘗沒有試驗過，只是都沒有成功。

（這個方法我曾經試驗過）

⑥ 你叫人把信捎來就行了，何苦自己跑一趟。（不必自己跑一趟）

⑦ 你要是早一點兒作準備，何至於現在這麼緊張呢！

（就不至於這麼緊張了）

⑧ 你若是真那樣做，豈不要讓人笑掉大牙？　　（會讓人笑掉大牙的）

三、正反問句的形式

（一）表示肯定，強調著實如此或一定如此，句首往往有"看"或"你看"，"你說"，"你想"等，有說服對方或希望對方也能有同感的意思。例如：

① 你看看這個人厲害不厲害？　　　　　　（這個人著實厲害）

② 你這麼作丟人不丟人？　　　　　　　　（你這麼作著實丟人）

③ 他得了便宜還賣乖，你說可氣不可氣。　（著實可氣）

④ 我只學了兩個月漢語就當翻譯，你想想，我的困難大不大？

（我的困難必定很大）

（二）強調否定，句中常有"還"。例如：

① 要是讓牧主知道了，你還想活不想活？　（你這是不想活了）

② 他這樣無理糾纏，還讓不讓人工作了？　（他這是不讓人工作）

（三）用"是不是"強調肯定，表示所提到的事實是在意料之中的。要注意的是"是不是"一般不用在句子中間。例如：

① 我就知道，你準得趕來，是不是？

② 是不是？我沒猜錯吧。他一去問題就解決了。

③ 是不是？他一定會來這一手兒！

四、選擇問句的形式

（一）用選擇問句的形式列舉出兩種或幾種情況，用反問的語氣一概否定，以襯托說話人的主要意思。例如：

① 越說越奇！…他要上房，還是要放火來著？

（他既沒上房，也沒放火）

② 你給的錢是夠買糧的，還是夠買菜的？

（既不夠買糧，也不夠買菜的）

③我跟你是親戚，是老朋友，還是我欠你的？

（既不是親戚，也不是老朋友，更不欠你的）

例①的主要意思是"他什麼也沒想幹，他並不淘氣"。例②的主要意思是"你給的錢太少，買什麼都不夠"。例③的主要意思是"我什麼都不是，也不欠你的，因此沒有責任幫助你。"

（二）列舉出一正一反意義上對立的兩種情況，一般前一分句為正，後一分句為反。前句所表述的情況是設想的目的，是說話人認為不該如此的。而說話人根據對某些現象的觀察，認為實際情況就是後者，因此說話時帶有質問、不滿或責備的語氣。例如：

① 你們是念書來了，不是來玩兒來了？

② 他是想解決問題呀，還是想打架呀？

例①的說話人由於看到某些現象表明"你們"並沒在努力學習，而是在玩耍，於是才提出這樣的責問。例②的說話人由於看（聽）出"他"並沒有誠意來解決問題，而是蠻橫不講道理，所以才提出質問或譴責。

反問是一種修辭手段，在一定的語言環境中，用反問句來表述有時要比用陳述句表述有力得多。因此，正確理解和學會運用反問句，對提高漢語表達能力是有重要作用的。

練 習

一、根據下列答話造疑問句：

（一）用語氣詞"嗎"造是非問句：

1. 我是清華大學的外國留學生。
2. 他是在第一外國語學院學的英語。
3. 我想去河邊散散步。
4. 明天星期三。
5. 這種圓珠筆很好用。
6. 她看過那個芭蕾舞劇。

（二）用"…不…""…沒…"或"…了（過）沒有"造正反問句：

1. 我看過魯迅的小說《阿Q正傳》。
2. 她的口頭表達能力很強。
3. 學過的生詞我都記住了。
4. 他有《現代漢語詞典》。
5. 我會翻譯這個句子。
6. 我相信這個消息是真的。
7. 他家的彩色電視機是新買的。
8. 這部作品中的幾個主要人物寫得很真實。
9. 他們能按期完成這項工程。
10. 電影開演以前，我們到不了。

（三）用"（是）…還是…"造選擇問句：

1. 我去頤和園，不去故宮。
2. 我到醫院去看內科，不看外科。
3. 這次考試的題目不容易，很難。
4. 昨天晚上的氣溫是零下十二度，不是零下十四度。
5. 我會騎自行車，不會開汽車。
6. 我是學生，不是工人。
7. 我喜歡北京的秋天，不喜歡北京的春天。

8. 這篇文章他看不懂。

9. 他來找我，我不去找他。

10. 她在教室學習，不在圖書館學習。

（四）用疑問代詞代替劃橫線部分，造特指問句：

1. 她是教育代表團的副團長。

2. 老馬是昨天動身到廣州去的。

3. 孩子們到操場上去玩兒了。

4. 我給他借了兩本《現代短篇小說選》。

5. 這個班明天要和外國留學生聯歡。

6. 那條路有三公里長。

7. 他女兒五歲了。

8. 老馬的父親七十二歲了。

（五）把下列句子改成用 "呢" 的疑問句：

1. 我的帽子在這兒。

2. 屋子裏已經打掃乾淨了，院子還沒打掃。

3. 我哥哥已經結婚了，我姐姐還沒有。

4. 這個問題比較簡單，那個問題有點複雜。

5. 這位客人是我父親的朋友，那位客人我不認識。

二、回答下列問題，注意 "是的"，"對了" 和 "不"，"沒有" 等的用法：

例：你不看書嗎？

　　-- 對了，我不看書。　　　（用否定句回答）

　　-- 不，我看書。　　　　　（用肯定句回答）

1. 明天下午你們學校有足球賽嗎？　　　　　　（用否定句回答）

2. 病人需要到室外去曬太陽嗎？　　　　　　　（用肯定句回答）

3. 你不參加今天晚上的招待會嗎？　　　　　　（用否定句回答）

4. 你昨天沒看那個歌劇嗎？　　　　　　　　　（用肯定句回答）

5. 他不是這個班的學生嗎？　　　　　　　　　（用肯定句回答）

6. 昨天晚上你不是在學校食堂吃的晚飯吧？　　（用肯定句回答）

7. 你母親還沒吃晚飯嗎？　　　　　　　　　（用否定句回答）

8. 明天你們別去長城了，好嗎？　　　　　　（用否定句回答）

9. 你是不是把房門鑰匙丟在商店裏了？　　　（用否定句回答）

10. 對完成這項任務，大家都很有信心嗎？　　（用肯定句回答）

三、指出下列反問句中哪些詞語表示反問語氣，並把句子的本義寫出來：

　例：　這麼難的文章，我怎麼能看得懂？
　　　　這麼難的文章，我怎麼能看得懂？
　　　　這麼難的文章，我看不懂。

1. 問題已經解決了，你還著急！

2. 天氣已經這麼暖和了，你怎麼還穿大衣？

3. 我叫了他好幾聲，他難道沒聽見嗎？

4. 這麼容易的句子，你還不會翻譯嗎？

5. 這不是我的字典嗎？原來在這兒。

6. 你要是不來參加聯歡會，我們的大合唱誰來指揮呢？

7. 這麼好的機會，你怎麼不利用？

8. 這哪兒是幫忙呀！簡直是給我找麻煩！

9. 這個責任我不承擔，誰承擔呢？

10. 這間屋子大什麼？只有十四平方米。

11. 這本小說有什麼好？一點兒意思也沒有。

12. 你笑什麼？難道這是可笑的事？

13. 票都丟了，還看什麼電影？

14. 他有什麼理由不讓我們工作呢？

15. 你拿傘幹什麼？外邊又沒下雨。

16. 誰說她不會畫畫兒？人家還舉辦過個人畫展呢？

17. 你打個電話就行了，何必自己跑去呢？

18. 風浪那麼大，還要坐這麼小的船出海，你還想活不想活了？

19. 是不是？我就知道你一定得感冒！

20. 我們想搞個課外活動站，可是既沒有經費，又找不到活動地點，你說難辦不難辦？

21. 你們是來幫忙來了，還是看熱鬧來了？怎麼不動手啊？

22. 誰說婦女不頂用，我們要頂半邊天！

四、把下面的陳述句改成反問句：

1. <u>那個體育館很大</u>，我聽說坐得下一萬五千人呢！ （不是…嗎）
2. <u>這種圓珠筆很好用</u>，你怎麼說不好用呢？ （不是…嗎）
3. 一個人吃不下這麼多蘋果。 （哪兒）
4. 我沒看過那本科學幻想小說，<u>不知道它的內容是什麼</u>。 （怎麼能…呢）
5. 對狼這樣的壞東西不能仁慈。 （難道…嗎）
6. 路那麼遠，<u>你應該坐汽車去</u>。 （還）
7. 既然你們兩個人都懂法語，<u>就用法語交談吧</u>！ （為什麼…呢）
8. 你是群眾代表，<u>這個會你應該參加</u>。 （你不…誰…）
9. 這兒沒有茶，只有汽水，<u>我只能喝汽水</u>。 （我不…什麼）
10. 解決這個問題並不難。 （有什麼）
11. 我們的假期很短，<u>沒有必要借那麼多小說</u>。 （…幹什麼）
12. <u>我們一定能成功</u>，我們有信心有決心，一定要試驗成功！ （誰說…）
13. 聽說他去過那個地方，<u>我們可以請他來介紹介紹那裏的情況</u>。（何不）
14. 孩子那麼小就那麼懂禮貌，<u>真可愛</u>。 （你說…不…）
15. <u>這種東西既不能吃，又不能穿，沒有用</u>。（是…還是…，有什麼）

五、根據上下文義用括號裏的詞語造反問句。

1. 今天很多朋友都來祝賀我母親的生日，我母親 ＿＿＿＿＿＿＿？
  （怎麼能不…呢）
2. ＿＿＿＿＿＿＿＿？信封上還有你的名字呢？ （不是…嗎）
3. 去年試製新產品的時候，我們遇到那麼大的困難都沒灰心，現在遇到
  這麼一點困難，＿＿＿＿＿＿＿？ （難道…嗎）
4. 我認識她，＿＿＿＿＿＿＿？ （不是…嗎）
5. ＿＿＿＿＿＿＿＿？不能，一定要堅強起來！ （難道…嗎）
6. ＿＿＿＿＿＿＿＿？那個劇團是很有名的。 （沒…嗎）
7. 人民大會堂是非常雄偉壯麗的，＿＿＿＿＿＿＿？ （誰不…）
8. 他給了我們這麼大的幫助，＿＿＿＿＿＿？ （哪兒能不…呢）
9. 我是她唯一的親人，她有了困難，＿＿＿＿＿＿？ （我不…誰…）
10. 這種家具的樣子＿＿＿＿＿＿？我覺得很難看。 （有什麼）
11. ＿＿＿＿＿？汽車馬上就來。 （什麼）

12. ＿＿＿＿＿＿？沒有必要！ （…幹什麼）

13. ＿＿＿＿＿＿？我們就要爭這口氣。 （誰說…）

14. 這塊布太小了，＿＿＿＿＿＿＿＿＿？（是…還是…）

第五章　比較的方式

在現代漢語中，比較事物、性狀、程度的高下、同異或差別等有多種方式。總的來說，可以分為兩大類：一類是比較事物、性狀的同異的，一類是比較性質、程度的差別、高低的。

第一節　比較事物、性狀的同異

比較事物、性狀同異的格式有：

一、"A跟B一樣"

在"A跟B一樣"句式裏，A和B代表兩種相比的事物或性狀，"一樣"是比較的結果，作謂語主要成分，"跟B"是修飾"一樣"的狀語。有時，"一樣"後面還可以有形容詞或表示心理活動詞以及某些動詞短語等，這時"跟B一樣"就成為這一形容詞或動詞的狀語。"A跟B一樣+形容詞/動詞"表示A在哪一方面跟B一樣。例如：

① 這個字的聲調跟那個字的聲調一樣。
② 這間屋子跟那間屋子一樣大。
③ 她跟我一樣喜歡孩子。

例①中的"一樣"是兩個字的聲調經過比較以後的結果，例②表示兩間屋子在大小方面一樣，例③表示她跟我在喜歡孩子方面一樣。

另外，在這種句式中，作為比較方面的形容詞，一般來說，多是表示積極意義的詞語，如"高、長、寬、厚、大、多"等，含有"高度、　長度、寬度、厚度、容積、面積、數量"等意思。但如果要特別指明特性是"矮、短、窄、薄、小、少"等時，也可以用這類消極意義的形容詞。例如：

④ 這本書跟那本書一樣厚，大概都是三百多頁。（指明厚度）
⑤ 這塊布跟那塊布一樣薄，看起來都不太結實。（指明薄這一特性）

"跟…一樣"作狀語，後面也可以加"地"，特別是所修飾的成分是一個短語時。例如：

⑥ 他會跟我們一樣地想念祖國。

"跟…一樣"還可以作定語。例如：

⑦ 還有跟這本一樣的字典嗎？

⑧ 這裏將要蓋一幢跟那幢一樣的樓房。

"跟"前後的成分：A和B，除可以由名詞、代詞充任以外，還可以由動詞、形容詞或動詞短語、形容詞短語等充任。例如：

⑨ 讀跟寫一樣需要下功夫。

⑩ 長跟短怎麼能一樣呢？

⑪ 用鋼筆寫和用毛筆寫一樣嗎？

⑫ 你來跟他來一樣，誰來都能解決問題。

"A跟B一樣"的否定式是"A跟B不一樣"。例如：

⑬ 他的意見跟我的意見不一樣。

⑭ 七班的節目跟別的班的都不一樣，他們跳了一個民族舞。

有時，也可以用"不跟…一樣"，這種格式否定的是"跟…"，而不是否定的"一樣"。例如：

⑮ 她不跟我一樣高，跟我妹妹一樣高。

這種句子的正反疑問形式是：

⑯ 他的意見跟你的意見一樣不一樣？

⑰ 他跟你一樣高不一樣高？

要注意的是例⑰不能說成"她跟你一樣高不高？"因為要問的是在高度方面是不是一樣，而不是高不高。

表示事物、性狀異同的除"跟…一樣"以外，還可以用"跟…相同"。否定式是"跟…不同（不相同）"。例如：

⑱ 這個零件跟那個零件的形狀相同。

⑲ 他的看法跟我們的看法不同。

應該注意的是"跟…相同"或"跟…不同"等都不能作狀語，不能說："我跟他相同高"，"我跟他不同高"等。

如果要表示兩種事物或性狀相似，可以用"跟…相似（近似、類似）"，"跟…

差不多"等。例如:

⓪ 這個故事的情節跟那個故事相似。

⓫ 小張的個子跟他差不多。

"跟"也可以換成介詞"與"、"和"、"同"等。例如:

⓬ 他的樣子沒有多大的變化,但是服裝卻與土改時的補釘衣服明顯地不同了。

⓭ 今天才曉得他們的眼光,全同外面的那伙人一模一樣。

⓮ 小販不論肩挑叫賣,…其需要一個變更現狀的革命,也和貧農相同。

⓯ …他們除雙手外,別無長物,其經濟地位和產業工人相似,惟不及產業工人的集中和在生產上的重要。

⓰ 根據地也有學生,但這些學生和舊式學生也不相同,他們不是過去的幹部,就是未來的幹部。

"A跟B"中的A、B所代表的詞語,可以有省略的說法。[省略的規律可參見本章第二節第一項中的第(二)]

二、"A有B那麼(這麼)…"

這種句式表示的意思是:A和B兩種事物相比較時,以B為標準,A達到了B的程度,"有"有"達到"的意思。"那麼"或"這麼"指示性狀或程度,遠指時用"那麼",近指時用"這麼"。例如:

① 那棵小樹有那座房子那麼高了。

② 他弟弟快有我這麼高了。

這種格式多用於疑問句和反問句。例如:

③ 這座樓有那座樓高嗎?

④ 她哪兒有你這麼會說話呀!

"A有B那麼(這麼)…"格式的否定式是"A沒有B那麼(這麼)…",意思是A沒有達到B的程度,也就是"A不及B…"。[見第二節的第二項]

第二節　性質、程度的差別、高低

比較性質、程度的差別、高低有以下幾種方式。

一、"比"字句

（一）"比"字句的分類

1. A（主語）+比B（狀語）+謂語

作為比較方面的謂語可以是形容詞、動詞以及形容詞短語、動詞短語、主謂短語等。例如：
① 這座山比那座山高。
② 劉繼武激動地說："爺爺，你比我更懂得槍的用處，你比我更喜歡這支槍…"
③ 我父親比我母親身體好。

有時，在形容詞、動詞、主謂短語等結構之後，還可以加上表具體程度或數量的補語或賓語，來表示差別。有幾種情況：

（1）謂語由形容詞充任。形容詞後面可以加上"一點兒"、"一些"、"多"、"得多"或其他數量詞作補語。例如：
① 這座山比那座山高一些。
② 這棵樹比那棵樹粗一點兒。
③ 雖然他比我只大一歲，可是什麼事情我都聽他的。
④ 往後的日子比這好一百倍。
⑤ 微風起來，吹動他的短髮，確乎比去年白得多了。
⑥ 這塊布比那塊布只長一尺嗎？
　　-- 不，長多了。

有時，是"有"+賓語。這種動賓短語也是用來描寫主語的，作用相當於一個形容詞，它（或"有"）後面同樣可以帶"一點兒"、"一些"、"多"、"得多"等補語，但不能帶表示具體程度差別的數量詞。例如：
⑦ 老張的看法比他的有點兒道理。
⑧ 這個故事比剛才那個有意思多了。

（2）謂語是表示心理狀態的動詞。後面也可以加 "一點兒"、 "一些"、 "得多"
等補語，例如：

    ① 他對這兒的情況比我了解得多。

    如果動詞後還有賓語，賓語又是代詞時， "一點兒"、 "一些" 等用在賓語之
後，例如：

    ② 爺爺比爸爸更疼我一些。

    如果賓語是名詞或動詞短語，一般就不再帶這類補語，例如：

    ③ 他比我了解這兒的情況。

    ④ 她比我喜歡唱歌。

（3）謂語為一般動詞，前面帶 "早"、 "晚"、 "先"、 "後"、 "難"、 "好（易）"、
"多"、 "少" 等狀語。動詞後還可以帶受事賓語。例如：

    ① 顯然老紀已比我先認出了對方，他緊抿著的嘴角有些顫動。

    ② …我家什麼人也沒有，就我老桿一個，再苦也比你們好對付。

    加上這類狀語的動詞之後，可以有 "一點兒"、 "一些"、 "多"、 "得多"
等，也可以有表示具體數量或程度差別的補語或賓語。例如：

    ③ 這些漢字比那些漢字難寫一些。

    ④ 他比我們少看了一遍。

    ⑤ 她今天比我早來十分鐘。

    ⑥ 小劉比我們多吃了很多南瓜粥。

    ⑦ 我們只比他們多打了四環。

    ⑧ 我比他少作了一道題。

    帶 "多"、 "少" 的動詞後面如果有名詞、名詞短語或數量詞，它們和動詞又
有施受關係時，應看作賓語，如例⑥、⑦、⑧；如果有 "數詞+動量/時量" 短語時，
應看作是動量補語或時量補語。例如④、⑤。

（4）謂語是一般動詞，後面有形容詞充任的情態補語時，形容詞之後還可以有 "一
點兒"、 "一些"、 "多"、 "得多" 等。例如：

    ① 她比我睡得晚一點兒。

    ② 她睡得比我晚得多。

③ 弟弟看書比我看得快多了。

在這類"比"字句中，"比…"可以在動詞前，如例①；也可以在補語前，如例②；如果動詞帶賓語，"比…"還可以在重複的動詞前，如例③。

另外，作為情態補語的形容詞後面，不能帶表示具體差別的數量詞，如我們不能說"她比我睡得晚半個小時。"

（5）能願動詞+動詞。這類動詞短語也是描寫性的。常用於這種結構中的能願動詞有"會"、"能"、"應該"等。只要語義搭配得上，也能帶上"一些"、"多"等補語。例如：

① 妹妹比姐姐能吃苦。
② 她比我會說話多了。
③ 我們倆都不大會寫詩，老張比我們能寫一些。

需要說明的是：這種動詞短語凝結得很緊，往往只表達相當於一個詞的概念。能願動詞不能改變位置，而且與後面動詞之間，一般也不能插入其他成分。

在另外一些"比"字句中，能願動詞往往出現在"比"之前，如："她能比你來得早嗎？"在這種句式中，能願動詞管的是後面所有的詞語，這裏的"能"管著"比你來得早"。所以不應把它看作上面的第（5）類。

在第（5）類"比"字句中，也可以在"比"之前再用上一個能願動詞。如："妹妹會比姐姐能吃苦的。"、"她應該比我會說話。"這裏的"會"和"應該"與上述句中的"能"作用相同。

（6）謂語是表示增加或減少，提高或降低之類意義的動詞。這類動詞後面的數量詞、名詞短語都應看作是賓語。例如：

① 今年這個村糧食畝產比十年前增加了七百多斤。
② 我的體重比上個月減輕了，而且減輕了很多。

例②中的"很多"應看成名詞性的短語，因為它代表的是數量，意思是"很多斤"。

2. 主語+A比B（狀語）+謂語

這種句子往往表示：同一事物在不同時間或不同處所情況有所不同。例如：

① 他現在比以前進步多了。

② 這孩子在幼兒園比在家表現好。

③ 你的發言這次比上次好多了。

"一年比一年"、"一天比一天"等也是常用的這類結構，在句中作狀語，表示程度差別的累進。例如：

④ 他身體一天比一天好了。

⑤ 發行數量一年比一年增加。

⑥ …又聽喊聲，越發大起來，"杜奎你敢出來…"一聲比一聲高。

⑦ 他考試的成績一次比一次好。

(二) "比"字句中某些成分的省略

一般來說，"比"前後的詞，詞性是相同的；"比"前後的短語，內部結構是相同的。如果"比"前後的詞語中有相同的部分，為了語言的簡練，可以有省略的說法（多數情況是在"比"後的成分中省略），省略的原則以不產生歧義為準。有下列幾種情況：

1. 省略中心語：如果"比"前後的成分是名詞短語，而其中的中心語是相同的，多數情況可以省略"比"後面成分中的中心語，只保留定語部分。如果定語後面有結構助詞"的"，只要不會產生歧義，"的"也可以省略。例如：

① 那時的條件比現在（的條件）要差得多啊！

② 我爸爸說：你的字比我（的字）寫得好。

③ 他的兒子比我的（兒子）大。

④ 她的大衣比我的（大衣）長。

例③、④中的"的"不能省略，如果省略了，例③就成了"他的兒子"和"我"比較，而不是和"我的兒子"比較；例④就成了"她的大衣"和你的身高來比較了。

有時，也可以省略"比"前面成分的中心語。如例①可以說成："那時比現在的條件要差得多啊！"

2. 省略定語：在"比"前後的名詞短語中如果其中的定語相同，中心語不同，則可以省略"比"後面成分中的定語。例如：

① 我看他的法語説得比英語流利。
② 他的小説比詩歌寫得好。
③ 老王的腿比手勤快。
④ 他家的老二比老大愛學習。

這類定語多是表領屬關係的。

3. 省略定語和中心語中的相同部分：如果"比"前後的名詞短語中有部分定語和中心語是相同的，那麼就可以在"比"前或"比"後省略相同的成分。例如：

① 你的口頭表達能力比（你的）筆頭（表達能力）好。
② 我們學英語的時間比（我們）學法語（的時間）長。
③ 他們（前進的腳步）比我們前進的腳步快。

4. 省略主謂短語中的謂語或主語："比"前後的成分是主謂短語的，如果主謂短語中謂語相同，可以在"比"前省略，也可以在"比"後省略；如果主謂短語中的主語相同，則只能在"比"後省略。例如：

① 他睡覺比我（睡覺）早。
② 我（吃飯）比他吃飯香。
③ 你的年齡比他大，鬥爭經歷比他長一些，你受國家的培養也比
　　他（受國家的培養）多些，應該多幫助他。
④ 我學漢語比（我）學日語快。

例①、②、③也可以改成"他比我睡覺早"、"我吃飯比他香"、"…你也比他受黨的培養多些…"。例④則不能改成"學漢語比我學日語快"。

如果兩個主謂短語中的主語和謂語都不相同，那麼就不會有省略的說法。例如：
⑤ 他大伯，歡娃年輕，你吃鹽比他吃米多，他說得不對，你甭計
　　較。

5. "A比B"作狀語時，一般省略"比"前成人A。"A比B"作狀語的句子是把同一事物在不同時間、不同處所時的情況加以比較。如果"比"前的A是表示"現在"、"當時"、"在這裏"、"這一次"等，A可以省略不說。例如：

① 微風起來，吹動他的短髮，確乎比去年白得多了。　　（現在）
② 我的身體比以前好多了。　　　　　　　　　　　　（現在）
③ 這幾個孩子都比在家裏聽話。　　　　　　　　　　（在這兒）

④ 今天我們比第一次談得好。 （這一次）

除上述五種情況外，"比"的前後都是動詞短語或都是形容詞短語的，即使有相同部分，也大多不省略。例如：

① 長一點比短一點好。

② 有文化比沒文化強。

③ 阿爸也說："這條路是陳佔鰲偪我們走的，拼死總比餓死好…"

有時上下文或語言環境清楚，也可以把"比"前面的成分全部省略。例如：

④ 焦振茂今天比哪天說話都多，比幹一天木匠活還要累。

這後一分句的意思是"說話（那麼）多比幹一天木匠活還要累。"

(三）"比"字句中的"更"、"還"、"再"

"比"字句中，在作為比較方面的謂語之前可以用上副詞"更"、"還"、"或"、"再"，表示A在程度上又深了一層，同時含有B已有了一定程度的意思。例如：

① 聽說西安城東壩橋鎮啥地方，修起一座紗廠，比國棉一、二廠兩個合起來還大。

② 那裏的情況他比我更了解一些。

③ 你汗也流盡了…你手也軟了，你會覺得世界末日也不會比這再壞。

④ 你以為你聰明，人家比你還要聰明。

⑤ 他比你更會安排時間。

從上面的列句看，"更"、"還"、"再"可以用在單個的形容詞或動詞、動詞短語前（包括"有+賓語"、"能願動詞+動詞"的格式），如例①、③、④、⑤，也可以用在形容詞或動詞帶上"一點兒"、"一些"這些動補短語前，如例②。

如果形容詞、動詞後帶著"多"或表示具體數量的數量補語、賓語時，前面一般不用表示程度的"更"、"還"、"再"（表示語氣或重複的"還"、"再"除外）。例如：

⑥ 我們的物質基礎也比過去雄厚多了，增產節約的潛力很大。

⑦ 今年來華留學生的數目比前年增加了一倍多。

⑧ 一個小時他比我多看了兩頁書。

"比"字句中用"更"、"還"、"再"等有什麼不同呢？讓我們來看一看：

"A比B更…格式"，表示B已有了一定的程度，A則在這程度上比B又高一層，但一般來說全句沒有什麼特殊的感情色彩。

"A比B還…"格式，表示B的程度已經夠高了，是說話人認為很滿意（或很不滿意）的，而A則比B更甚，"還"強調程度的作用比較明顯。

"A比B再…"格式，多用於假設、疑問或否定句。試比較下列幾個句子：
⑨ 這種帽子好，那種帽子比這種更好。　　　　　　　　（表示程度）
⑩ 我覺得這種帽子已經夠好了，可是那種帽子比這種還好。(強調程度)
⑪ 那種帽子比這種帽子再好，我也不買。　　　　　　　（假設）
⑫ 那種帽子不會比這種再好了。　　　　　　　　　　　（未成事實）
⑬ 還有比這種帽子再好的嗎？--沒有比這種再好的了。(疑問、否定)

"更"、"還"、"再"一般都放在作為比較方面的謂語之前。在少數情況下，"更"、"再"也可以放在"比"前。例如：
⑭ 去年的收成就不錯，今年更比去年強。
⑮ 再比它大的沒有了。

（四）"A比B…"的否定形式

"A比B…"的否定形式是"A不比B…"。這一否定格式可以有兩種意思：a.相當於"A沒有B…"或"A不如B…"。b. 相當於"A跟B一樣…"。例如：
① 這件衣服不比那件衣服長。
② 我其實也並不比我所怕見的神經過敏的自尊的文學青年高明。

例①的意思有兩種可能：A."這件衣服沒有那件衣服長"或"這件衣服不如那件衣服長"，即這件衣服短。B."這件衣服跟那件衣服一樣長"。同樣，例②的意思可能是"我"還不如那些"文學青年"高明，也可能是"我"和那些"文學青年"的情況一樣。但從語氣和上下文義來看，意思接近於後者，即和那些"文學青年"差不多。

二、A（主語）+沒有B（狀語）+謂語

　　這種格式所表示的意義是A達不到B的程度，比較時以B為標準。“A沒有B…”，如果用“比”字句來表達，則應該是“B比A”…”。即：A沒有B好＝B比A好。

　　這一格式在結構上的特點是：

（一）在作為比較方面的謂語之前，常常用“那麼”（“那樣”）或“這麼”（“這樣”）來指示程度。一般地說，用“那麼”較多。除非B是代詞“我”、“我們”、“這裏”、“這兒”或定語中有這類代詞的名詞短語，才用“這麼”。例如：
　　① 這座樓沒有那座樓高。
　　② 誰也沒有俺這麼清楚俺爹。
　　③ （她）眼光沒有先前那樣精神了。
　　④ 他們那裏沒有這兒這麼冷。
　　⑤ 他們班同學沒有我們班同學這麼活躍。

（二）作為比較方面的謂語可以是：（1）形容詞，“有”（或“沒有”）＋賓語；（2）表示心理狀態的動詞；（3）一般動詞後帶情態補語；（4）能願動詞＋動詞。這樣四種情況。例如：
　　① 他唱歌沒有小李唱歌好。
　　② 這篇小說沒有那篇那麼有吸引力。
　　③ 姐姐沒有弟弟那麼愛打球。
　　④ 我沒有他來得那麼早。
　　　　我來得沒有他那麼早。
　　⑤ 她沒有你這麼會造句。

　　要注意的是：

　　A. 表示增加或減少之類意義的動詞不能用於這種格式。前面加“早”、“晚”、“先”、“後”、“多”、“少”、“難”、“好（易）”之類的一般動詞，也不能用於這種格式。
　　B. 作為比較方面的謂語之後，不能帶表示具體差別的詞語，如“一點兒”、“得多”等。
　　C. 謂語主要成分之前，不能用“更”、“還”、“再”等。“A沒有B…”句中可省略的成分和“比”字句相同。

三、A（主語）+不如B…

　　“不如”是動詞，在句中可以作謂語。所以“A不如B”本身就可以構成一個完整的句子，意思是“A沒有B好”，也可以說成“A不如B好”。如果要比較的不是好壞，而是其他方面，那就必須在B後明確說出比較的方面。例如：

①　…可是她們比我們組織起來的晚，能有這樣的成績是不簡單的，這說明我們的工作不如他們。

②　晚去不如早去好。

③　他不如前幾年身體好了。

④　我不如他念得流利。

⑤　我念得不如他流利。

　　在用“不如”的句子裏，表示比較方面的形容詞多是表示積極意義的，如“高”、“大”、“好”、“乾淨”、“亮”、“寬”、“長”、“美”、“積極”、“勤快”等，而不是“矮”、“小”、“壞”、“髒”、“暗”、“窄”、“短”、“醜”、“消極”、“懶”等。有時，雖然在某些句子裏會出現這些消極意義的詞語，但說話人也是從積極方面考慮的。如：一個人希望休息時有一間比較暗的屋子，我們就可以說：“這間屋子不如那間暗，還是讓他到那間屋子去吧。”

　　用“不如”時，一般來說，結構特點與“A沒有B…”相同，只是“不如”可用作謂語，而“沒有”不行。

練　習

一、用 "跟"、"比"、"有"、"沒有" 填空：

1. 我弟弟十五歲，他十七歲。他 ＿＿ 我弟弟大兩歲，我弟弟 ＿＿ 有他大。

2. 我哥哥二十三歲，他也二十三歲。他 ＿＿ 我哥哥一樣大。

3. 我妹妹十八歲，她十九歲。她 ＿＿ 我妹妹不一樣大。她 ＿＿ 我妹妹大，
   我妹妹 ＿＿ 她小，我妹妹 ＿＿ 她大。

4. 這棵樹三米高，那棵樹也是三米高，這棵樹 ＿＿ 那棵樹一樣高。

5. 這棵樹三米五高，那座房子也是三米五高，這棵樹 ＿＿ 那座房子那麼高。

6. 這棵樹是四米高，那座房子是三米五高，這棵樹 ＿＿ 那座房子不一樣高。
那座房子 ＿＿ 這棵樹這麼高，這棵樹 ＿＿ 那座房子高，那座房子 ＿＿
   這棵樹矮。

7. 這本書300頁，那本書200頁，這本書 ＿＿ 那本書厚。那本書 ＿＿ 這本
   書薄。那本書 ＿＿ 這本書厚。

8. 我們班有20個學生，他們也有20個學生。我們班 ＿＿ 他們班的學生一
   樣多，我們班的學生 ＿＿ 他們班那麼多。

9. 他從前身體不好，現在身體很好，他從前 ＿＿ 現在身體好，他 ＿＿ 從前
   身體好。

10. 這條路遠，那條路近。這條路 ＿＿ 那條路不一樣遠。這條路 ＿＿ 那條
    路遠， 那條路 ＿＿ 這條路近。這條路 ＿＿ 那條路那麼近，那條路 ＿＿
    這條路這麼遠。

二、造句：

例A：我一米八〇，他一米七九。
　　造句：　　（1）我比他高。
　　　　　　　（2）他比我矮。
　　　　　　　（3）他沒有我（這麼）高。
　　　　　　　（4）他跟我不一樣高。

1. 那個房間十八平方米，這個房間十六平方米。
2. 他的衣服長，我的衣服短。
3. 這篇文章深，那篇文章淺。
4. 我們學校有兩千個學生，他們學校有一千多個學生。

（注意：要改成 "我們學校的學生" 和 "他們學校的學生"。）

例B：這條街一公里長，那條街也是一公里長。

造句： （1）這條街跟那條街一樣長。

（2）這條街有那條街那麼長嗎？

1. 姐姐喜歡聽音樂，妹妹也喜歡聽音樂。
2. 這個水庫一百畝大，那個水庫也是一百畝大。
3. 她從前愛跳舞，現在仍然愛跳舞。
4. 這個公園的風景很美，那個公園的風景也很美。
5. 輕工業展覽很受歡迎，農業展覽也很受歡迎。

三、用括號中的詞語改寫句子：

1. 一班表演的節目不如二班表演的好。（沒有）（比）
2. 這個故事的情節沒有那個故事的情節複雜。（比）（不如）
3. 這本古代寓言比那本有意思。（沒有）（不如）
4. 這本詞典收的詞可能有那本那麼多。（跟…一樣）
5. 學滑雪有學滑冰那麼容易嗎？（跟…一樣）
6. 他跟你一樣喜歡游泳嗎？（有）
7. 他怎麼會跟你哥哥一樣高啊！（有）他沒有你哥哥高。（比）
8. 他們小組討論得沒有我們熱烈。（不如）（比）
9. 王先生的課比張先生的課講得更好。（沒有）（不如）
10. 他的漢語說得不比她流利。（跟…一樣）（沒有）

四、劃出句中可以省略的部分：

1. 她發音比我發音清楚得多。
2. 他的身體現在比從前更健康了。
3. 他父親的年紀跟我父親的年紀一樣大。
4. 他開車比我開車慢。
5. 他學英語比他學法語更快。
6. 他們班的同學比我們班的同學早來一個星期。
7. 那種紀念郵票沒有這種紀念郵票好看。
8. 圖書館的中文書比閱覽室的中文書多。
9. 北京的夏天沒有我們那兒的夏天熱。
10. 我的漢語水平不如他的漢語水平高。

五、改正下列病句：

1. 今天跟昨天相同暖和。

2. 你們學的漢字跟他們學的漢字一樣多不多？

3. 他的兒子十二歲，我的兒女也是十二歲，他的兒子跟我一樣大。

4. 這輛自行車比那輛很新。

5. 這件事情有那件事情更重要嗎？

6. 昨天晚上沒有早上涼快一點。

7. 她家的生活比十年以前完全不同了。

8. 那裏教中文的方法比我們大學的方法不一樣。

9. 姐姐比我五歲多。

10. 那個箱子有這個箱子一樣重。

11. 他的錄音機更好比我的。

12. 那個醫院很大比這個醫院。

13. 我母親每天早上都比我起得早半個小時。

14. 她比我喜歡得多看雜技。

第六章　非主謂句

一般的句子是由主語和謂語兩部分構成的。有些句子不是由主語和謂語兩部分構成的，叫非主謂句。非主謂句有兩種：一種是沒有主語的，叫無主句；一種是由一個詞或作用相當於一個詞的短語構成的，這個詞或短語無法判斷其為句子的主語還是謂語，這種句子叫獨詞句。

第一節　無主句

一、無主句與隱含或省略主語的句子的區別

無主句是根本沒有主語的句子。這種句子的作用在於描述動作、變化等情況，而不在於敘述"誰"或"什麼"進行這一動作或發生這個變化。它不同於主謂句中省略主語或隱含主語的句子。試比較：

① 刮風了！
② 上課了！
③ 　問：昨天你看電影了嗎？
　　答：看了。
④ 小張是上海人，（∅）在北京大學學習。

③、④是不完全的主謂句；①、②是無主句。二者的區別是：

1. 不完全主謂句的主語是確定的，是可以補出來的，雖然在漢語裏它往往隱含或省略[注]；無主句永遠以沒有主語的形式出現，這是根本沒有主語的。如果要人為地補上一個主語，所補的主語也往往是不確定的，也就是說，補不出一個確定的主語來。有的無主句根本補不出主語。例如例②可以補出"我們"，"咱們"或"你"，"你們"等作主語，是不確定的。例①補什麼作主語呢？補上"天"，說"天刮風"？這個句子在漢語中是很少見的，是不合漢語習慣的。而例③、④則不然，例③可以補出主語"我"，例④所隱含的主語是"小張"。

[注] 詳見第五篇第二章第一節。

2. 不完全主謂句離開上下文或問答等語言環境，不能表達完整明確的意思。例如，假如一個人突然沒頭沒腦地說："看了。"別人一定會感到莫名其妙。無主句則不然，沒有上下文或回答等語言環境，所表達的意思也是完整而明確的。當然無主句一般也是出現在特定的場合，如"小心煙火"出現在存放易燃易爆物品的地方，"下雨了"是在天氣變化的情況下說的，等等，但與不完全主謂句所需要的語言環境是不同的。

二、無主句的結構分析

　　無主句與主謂句的謂語在結構上、意義上都很相似，可按分析一般主謂句的謂語部分的方法來分析。但無主句與主謂句的謂語部分畢竟有本質差別，無主句是一種完全的句子，不是句子的一部分─謂語。因為主語、謂語是相對而言，是互相依存的，沒有主語─陳述的對象，也就無所謂謂語─對陳述對象的陳述。因此分析無主句時，不要把它當作謂語來分析。無主句一般都包含動詞，分析時，以動詞為中心，然後分析出動詞的狀語、賓語等。例如：

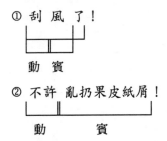

三、無主句的分類

　　無主句所表達的意義是有限的，它總是出現在特定的交際場合，按所表達的意義，無主句可以分為以下幾類：

（一）敘述天氣等自然現象和提醒出現了某種新情況：
　　① 下雨了！
　　② 要出太陽了！
　　③ 結冰了！
　　④ 起床了！
　　⑤ 到站了！
　　⑥ 開會了！

這類無主句多為一個動賓短語，句末有表示變化的助詞 “了”。

（二）表示祈使或禁止的：
    ① 隨手關門。
    ② 請按順序上車！
    ③ 請勿吸煙！

這類無主句也多為動賓短語。

（三）某些格言、諺語：
    ① 一鍬挖不出個井，一口吃不成個胖子。
    ② 留得青山在，不愁沒柴燒。
    ③ 吃一塹，長一智。
    ④ 活到老，學到老。

（四）表示祝願的：
    ① 為我們兩國人民的友誼乾杯！
    ② 祝你健康！
    ③ 願這五兄妹更加健康地成長，去迎接更加美好的未來。
    ④ 紀念偉大的革命先行者孫中山先生！

（五）包含 “是” 字的無主句（見第四篇第二章第一節 “是” 字句）

（六）包含 “有” 字的無主句（見第四篇第二章第二節 “有” 字句）

（七）存現句中只有時間詞沒有處所詞的無主句（見第四篇第二章第五節   “存現句”）

第二節　獨詞句

一、什麼是獨詞句？

    由一個詞或作用相當於一個詞的短語構成的句子叫獨詞句。例如：
    ① 火！

② 注意！

③ 多麼壯觀的景色！

　　獨詞句也是一種完全句，它既不同於主謂句的主語，也不同於主謂句的謂語。它不依賴於上下文或回答等語言環境，可以表達完整、確定的意思。

　　和無主句一樣，獨詞句沒有省略什麼，也補不出確定的主語或謂語。

二、獨詞句的分類

　　獨詞句所表達的意思也是有限的，也只出現於一定的交際場合。獨詞句可以分為兩大類：第一類以事物為說明對象，這類獨詞句都是由名詞或名詞短語構成的。

（一）詠嘆事物的屬性的：

　　① 好香的乾菜！

　　② 多麼可愛的孩子！

　　③ 這樣的婆婆！

　　④ 這個該死的東西！

（二）發現或提醒出現了某種新情況：

　　① 啊，火！

　　② 水！水！

　　③ 火車！

（三）表示祈使的：

　　① （郵遞員：）信！

　　② （售票員：）票！

（四）說明事情發生的時間或處所，多出現於劇本、小說中：

　　① 早晨，列寧的辦公室。

　　② 秋天。

　　第二類不說明事物。構成這類獨詞句的是名詞、形容詞、疑問代詞、副詞、嘆詞以及某些熟語性短語。

（五）呼語、稱呼：

① 玉榮！玉榮！

② 祥林嫂！

③ 喂！

（六）表示同意、反對、疑問或反問的應對語：

① 是。

② 行。

③ 好。

④ 當然！

⑤ 怎麼？

⑥ 什麼？

（七）感嘆語：

① 啊，（長城眞雄偉！）

② 天哪！

③ 唉！

④ 眞棒！

（八）敬語：

① 謝謝！

② 勞駕，（十樓在哪兒？）

③ 對不起，對不起！

④ 不敢當，不敢當。

⑤ 辛苦了，辛苦了。

其他如斥責語（包括罵人的話）、單獨用的象聲詞也屬於獨詞句。

練 習

指出下列句子哪些是主謂句，哪些是非主謂句；在非主謂句中哪些是無主句，哪些是獨詞句。

1. 請按順序上車。
2. 小心火車！
3. 隨手關燈。
4. 一九五五年三月。
5. 虎！
6. 衛實現四個現代化而奮鬥。
7. 哈爾濱到了。
8. 出太陽了。
9. 多美的夜晚啊！
10. 請大家安靜。
11. 太陽出來了！
12. 風停了。
13. 刮風了。
14. 車票！
15. 勞駕！
16. 媽媽 ——！
17. 活到老，學到老。
18. 肅靜！
19. 好漂亮的球！
20. 虛心使人進步，驕傲使人落後。

第五篇　句法(下)　複句

　　由兩個或兩個以上意思上有聯繫的單句構成的句子叫複句，構成複句的單句叫
分句。

　　複句必須具備以下特點：

1．構成複句的各分句必須有意思上的聯繫。例如：
　　① 北京不但是中國的政治、經濟中心，而且也是文化中心。
　　② 總工會還成立了科技協會，組織工程技術人員結合本廠實際開
　　　　展專題學術討論。
　　③ 小劉學英文，小王也學英文。

2．複句的分句與分句之間語音上有較短的停頓，書面上多用逗號或分號。單句與單
句之間停頓較長，書面上用句號、問號或感嘆號。

3．複句的一個分句不能是另一個分句的一部分，例如例①--③。下面的句子是單句，
不是複句：
　　④ 培養兒童具有健康的體魄，是我們的一個重要目標。

這裡"培養兒童具有健康的體魄"是這個單句的主語。
　　⑤ 我們誰都知道，他工作積極，學習努力。

這裡"他工作積極，學習努力"是謂語動詞"知道"的賓語。

第一章　複句的類型

　　根據分句與分句之間的語法關係，複句可以分成聯合複句與偏正複句兩大類；
如果複句的分句本身又包含幾個分句，即複句中包含複句，那麼複句又可分成單純
的複句與多重複句兩大類。

第一節　聯合複句

如果複句的各個分句之間語法上是平等的、不互相修飾或說明，這種複句就是聯合複句。按分句之間的意義關係，聯合複句又可分以下幾類。

一、並列複句

並列複句的各分句意義關係複雜多樣，主要有以下幾種：

（一）平列關係：各分句分別敘述或描寫幾件事情、幾種情況或同一事物的幾個方面。這種複句可以不用關聯詞語（連詞和起關聯作用的副詞），如：

①　我們複習生詞，寫漢字，作練習。

②　歷史在鬥爭中發展，世界在動搖中前進。

③　青年婦女背著地雷，白髮的母親遞送槍支，老農民忙著送運手榴彈。

有的用"也"、"又"、"同時"、"又…，又…"、"一面…，一面…"、"一邊…，一邊…"等關聯詞語：

④　這是新書，那也是新書。

⑤　他又會漢語，又會英語。

⑥　歡迎的群眾一邊跳舞，一邊唱歌。

（二）對比關係：這類並列詞句一般由兩個分句組成，兩個分句在意義上有互相對比映襯的作用。這類複句，除第二個句子開頭可以用連詞"而"以外，一般不能用什麼關聯詞語。例如：

①　河東，是個炮彈殼"鐘"；橋南，是個鋼軌"鐘"。

②　我們的人越來越多，山上的石頭越搬越少。

③　張老師教三班，李老師教四班。

④　在修建成昆鐵路的日日夜夜裡，困難一個接著一個出現，而勝利的喜悅也一個接著一個傳來。

⑤　這時他們想到的不是自己，而是正在進行的施工不能停。

（三）分合關係：分合關係複句，或是先總提，再分述，或是先分述，再總結，總提（或總結）部分與分述部分是並列關係。例如：

① 來客也不少，有送行的，有拿東西的，有送行兼拿東西的。

② 兩頭都要抓緊，學習工作要抓緊，睡眠休息娛樂也要抓緊。

③ …或者把老虎打死，或者被老虎吃掉，二者必居其一。

④ 中央要注意發揮省市的積極性，省市也要注意發揮地、縣、區、鄉的積極性，都不能框得太死。

例①、②是先總提，後分述；例③、④是先分述，後總結。

二、承接複句：各分句依次敘述連續發生的幾個動作或幾件事情，各分句的先後次序是一定的，不能顛倒。

各分句可以都不用關聯詞語，如：

① 他低聲一說，大家聽了都哈哈大笑起來。

② 走著走著，他停住了。

也可以用＂（首先）…，然後…＂連接：

③ XX大使首先講了話，然後中國外交部長也講了話。

④ 你先到後勤組去領工作服和防護用品，隨後我領你到阿華師傅那兒去。

也可以只在第二分句中用＂便＂、＂就＂、＂又＂、＂也＂、＂於是＂等關聯詞：

⑤ 我和母親也有些惘然，於是又提起閏土來。

⑥ 歐陽海看了看停在旁邊的火車，又看了看火車上下來的人，微笑了一下，就閉上了眼睛。

⑦ 王進喜聽了，二話沒說，轉身就出了門，一口氣走了兩個多小時，來到了馬家窯。

⑧ 老頭子使了一個眼色，阿Q便也被抓進柵欄門裡去了。

三、遞進複句

遞進複句的後一分句比前一分句表示更進一層的意思。這種分句常用的關聯詞語，前一分句是＂不但＂、＂不僅＂，後一分句是＂而且＂、＂並（且）＂、＂也＂、＂還＂、＂更＂、＂甚至＂等。

有時兩個分句都用關聯詞語：
① 他不但會說英文，而且說得很流利。
② 勞動人民的生活不但有了保障，而且生活水平一天比一天高。
③ 現在針灸技術不僅得到普遍採用，而且有了新的發展和創造。

也可只在第二個分句用關聯詞語：
④ 他一定得來，而且一定得早到。
⑤ 我珍惜這件禮物，更珍惜彼得對中國人民的友情。
⑥ 抗日戰爭開始不久，日本侵略者佔領了清苑縣，並且經常到周
　 圍的村子"掃盪"。
⑦ 現在有些國家的領導人就不願意提，甚至不敢提這個口號。

　　第一個分句用不用"不但"、"不僅"等關聯詞語，所表達的意思有細微的差別。例如：
⑧ 他會說英語，而且還會說法語。
⑨ 他不但會說英語，而且還會說法語。

　　不用"不但"、"不僅"時，兩個分句的意思說話者都要表達，不過更強調後一分句的意思；用"不但"、"不僅"時，說話者的目的在於撇開第一個分句的意思--這是不成問題的或是雙方已知的，而要突出表達第二個分句的意思。因此用不用"不但"，"不僅"，在一定的場合裡就不是完全自由的了。

　　但只在第一分句用"不但"、"不僅"，而第二分句不用相應的關聯詞語是不行的：
　　*他不但會說英語，會說法語。

有的句子還可以有兩層遞進：
⑩ 他不但會說英語，而且會說法語，甚至還會說阿拉伯語。

　　如果句子的意思是從否定方面說的，就用"不但不（沒有）…，反而（倒）…"來表示：
⑪ 困難不但不會把他們嚇倒，反而會把他們鍛鍊得更堅強。
⑫ 你這樣說不但不能解決問題，反而會影響團結。

四、選擇複句

　　兩個或兩個以上的分句，分別說出幾件事情，要從中選擇一件，這樣的複句是選擇複句。選擇複句可以分以下兩種：

（一）在兩項或幾項中任選一項，有"或此或彼"的意思。在敘述句中用"或者（或是、或）…，或者（或是、或）…"，"要麼…，要麼…"；在疑問句中用"（是）…，還是…"。例如：

　　① 去北海，或者去頤和園，他都沒興趣。
　　② 或者你去，或者我去，我看都可以。
　　③ 路那麼遠，我們要麼坐車去，要麼騎車去，步行去就太累了。
　　④ 你們坐飛機去，還是坐火車去？
　　⑤ 明天你們是去頤和園，還是去香山？
　　⑥ 教你們體育的是張老師，還是王老師？

（二）兩項中只能或必須選擇一項，有"非此即彼"的意思，常用的關聯詞語是"不是…，就是（便是）…"：

　　① 這孩子每天不是打球，就是游泳。
　　② 今天沒來上課的，不是生病了，就是有事。
　　③ 我們班的同學，不是歐洲人，就是亞洲人，沒一個其他洲的。

第二節　偏正複句

　　如果一個複句有兩個分句，其中一個分句修飾、限制另一個分句，這樣的複句就是偏正複句。偏正複句中被修飾、限制的分句是正句，另一個分句是偏句。按偏句與正句的意義關係，偏正複句可分以下幾類。

一、因果複句

　　偏句表示原因，正句表示結果。因果複句又分兩種：

（一）說明因果句。這種複句的偏句說明原因，正句說明這個原因所產生的結果。常用的關聯詞語是"因為…，所以…"、"由於"、"因而"、"因此"、"以致於"等。因果句可以在兩個分句中都用關聯詞語，也可以只在一個分句中用關聯詞語，也可以根本不用關聯詞語：

① 因為天氣不好，所以我們沒去頤和園。

② 由於路太遠，病人在半路不幸死去了。

③ 教條主義者不遵守這個原則，他們不了解諸種革命情況的區別，因而也不了解應當用不同的方法去解決不同的矛盾。

④ 由於他優柔寡斷，以致鑄成大錯。

⑤ 吳廣被殺害，革命力量受到很大損失。

"因為…，所以…" 常常成對地用；"由於" 常常單用；"以致" 多用於後果不好的情況。

(二) 推斷因果句：偏句表示原因，正句表示由這個原因作出的推斷。常用的關聯詞語有 "既然…就…"：

① 好吧，既然你都回答上來了，我就把你收下。

② 田大爺，你說我是記者，那我就向你採訪一下吧！

③ 既然帝國主義壟斷資本可以勾結在一起，…那麼發展中國家又為什麼不可以團結起來，衝破帝國主義的壟斷，維護自己的經濟權益呢？

④ 但他既然錯了，為什麼大家又彷彿格外尊敬他呢？

推斷因果句的正句，有時用疑問形式，如例③,④，有加強語氣的作用。

因果句與推斷因果句的區別：

因果句的正句說的是已實現的事實，而推斷因果句的正句說的是沒有實現或不清楚是否已實現的。比較：

⑤ 因為外邊下雨，所以小剛沒有去打球。

⑥ 既然外邊下雨了，小剛就不會去打球了。

二、轉折複句

偏句敘述一個事實，正句沒有順著這個事實得出公認的結論，而說出了一個相反或部分相反的事實，這樣的複句叫轉折複句。轉折複句又分為兩種：

(一) 重轉。兩個分句意思完全相反的是重轉，常用的關聯詞語有 "雖然…，但是（可是）…"、"否則"、"不然" 等：

① 人家雖說是投遞員，可是什麼事都替咱們辦！

② 孩子們雖然失去了父母，但是更多的父母、叔叔、阿姨在關心著他們。

③ 幸而車夫早有點停步，否則伊定要栽一個大跟頭，跌到頭破血流。

④ 應當承認，每個民族都有它的長處，不然它為什麼能存在？

有的偏句不用"雖然"等，只在正句用"但是"、"但"、"可是"、"然而"等，這樣的轉折複句，語氣上緩和些：

⑤ 人們都在燈下匆忙，但窗外很寂靜。

⑥ 岸上看的人怎能不提心弔膽呢？然而，羊皮筏子上的人去從容地在談笑，…

（二）輕轉。常用的關聯詞語有"不過"、"卻"、"只是"、"就是"（用在正句）等。例如：

① "對，在說話，不過這只有海員才懂。"

② "叔叔，我爸爸媽媽常講到你呀，就是不知道你在什麼地方。"

③ 每個中國人對於這三項都有選擇的自由，不過時局將強迫你迅速地選擇罷了。

三、條件複句

偏句表示條件，正句表示結果。條件複句又可分以下兩種：

（一）特定條件句。正句表示結果，偏句提出實現此結果所需要的條件。"只要"指出所需要的一定的條件，只要有此條件，就能產生正句所說的結果，正句一般用"就"關聯：

① 只要你肯努力，就一定能學好。

② 只要你給他寫一封信，他就會幫助你。

"除非"、"只有"指出實現結果的唯一條件，沒有這個條件就不能產生正句所說的結果，正句一般用"才"關聯：

③ 只有打倒了主觀主義，馬克思列寧主義的真理才會抬頭，黨性才會鞏固，革命才會勝利。

④ 只有掌握了漢語，才能很好地研究中國文學。

⑤ 除非他是個聾子，才會聽不見這麼大的聲音。

⑥ 除非你也去，不然我才不去呢！

偏句用“除非”時，正句如果是雙重否定，也可以用“就”關聯：
⑦ 除非你也去，不然我就不去。

（二）無條件句。這種複句表示在任何條件下都會產生正句所說的結果。常用的關聯詞語有“不管（不論、無論），卻（也、總、還）…”。例如：
① 不管有多大困難，我也要幹下去。
② 我們不論有什麼事，都願意找他談。
③ 無論誰參加我們組，我都歡迎。

四、假設複句

偏句提出一種假設，正句說明在這種情況下會出現的結果。在口語裡常用的關聯詞語是“要（是）…，（就）”、“如果…，（就）…”，等；書面語偏句多用“假如”、“倘若”、“如”、“倘使”、“設若”等，正句多用“就”、“便”、“那麼”等：
① 如果我父母還活著，他們一定不會拒絕一個兒子的錢…
② 你要不關心群眾的痛癢，群眾一輩子也不會親近你。
③ 要是找到了雞，也就能找到雞蛋的主人了。
④ 如今，你若是從井岡山山坳走過，便能看到一條條修長的竹滑道。
⑤ 你若被敵人反對，那就證明我們同敵人劃清界限了。
⑥ 倘若你們偷偷摸摸到處亂跑，那是不許可的。

偏句也可以不用關聯詞語：
⑦ 明天下雨，我們就不去公園了。
⑧ 你不來，我就給你送去。

有時也可以根本不用關聯詞語：
⑨ 有什麼困難，我們一定幫您解決。

假設複句所敘述的可能是已成事實的情況，也可能是未成事實的情況，以後者為多。試比較：
⑩ 如果你早來兩天，就看見老李了。

⑪ 你要是早點來，還能看見老李。

例⑩說的是已過去的事實，所提出的假設是不可能實現的；例⑪說的是尚未實現的事情，所提出的假設是可以實現的。

還有一種假設複句，兩個分句說的是相關的兩件事，如果承認前一個分句所說的是事實，那麼就得承認後一分句所說的也是事實：

⑫ 正如周恩來同志所說，如果說黨的第七次代表大會同它以前一個時期全黨的思想、政治上的整風，奠定了我們黨統一思想的基礎，在這個基礎上取得了反對帝國主義、封建主義和官僚資本主義這種民主革命的勝利，那末，這一次會議就會使我們取得社會主義的勝利。

假設複句與條件複句有相通之處，因假設複句的偏句也包含條件的意思，條件複句的偏句也包含假設的意思。不同的是，一個側重假設，一個側重條件。

五、讓步複句

偏句承認某種事實，作出讓步，正句從相反的角度說出正面的意思，這種句子叫讓步複句。常用的關聯詞語，偏句是"儘管"、"縱然"、"固然"、"即使"、"哪怕"、"就是"等，正句是"也"、"都"等。讓步複句又可分兩種：

（一）事實上的讓步。偏句所說的事實是已實現的：

① 儘管有了昨日的經驗，仍然出乎意料。

② 他固然不對，你的態度也不好啊！

偏句也可以不用關聯詞語：

③ 對於蔬菜這樣的生活必需品，有的國家賠錢也不漲價。

（二）假設的讓步，偏句提出的事實是一種假設：

① 即使這些意見暫時通不過，他也不會放棄它，而是耐心地做工作，直至最後勝利。

② 就是有天大的困難，我們也要把這種新產品試製成功。

③ 那怕就剩下我一個人，也要堅持下去。

六、取捨複句

　　兩個分句表示不同的事物，說話者決定取一捨一，用"與其…，不如…"關聯時，所取在後，用"寧可…，也（決）不…關聯時，所取在前：

　　① 與其等死，不如起義反抗。

　　② 你與其找他談，還不如先到群眾中去了解一下情況。

　　③ 一個伙計說："寧可回家餓死，也不給周扒皮幹了。"

　　④ 他們寧可餓死，決不動搖。

用"寧可…，也…"關聯時，兩個分句所表示的都是所取的：

　　⑤ 我寧可一夜不睡覺，也要把這篇文章寫完。

　　取捨複句與選擇複句不同，它表示已經經過比較，決定了取捨。

七、目的複句

　　偏句表示目的，正句表示為達此目的採取的行動。一般在偏句中用關聯詞語"為"、"為了"等：

　　① 為了保障居民的健康，又建立了合作醫療站。

　　② 為了搞好設計，技術人員不怕危險，吊在懸崖上進行工作。

也可以在第二個分句用"免得"、"以免"、"以便"等關聯詞語：

　　③ 我堅持著不讓自己發出一點聲息，免得驚醒同志們。

　　④ 他近來減少了社會活動，以免影響學習。

　　⑤ 老師用了三天的時間給我們複習，以便鞏固前一階段的學習成
　　　果。

八、時間複句

　　偏句表示時間，正句表示在這個時間裡發生的事情或出現的情況。時間複句一般不用連詞，可在第二分句用關聯副詞"就"、"還"、"才"等：

　　① 走了沒有二十里地，天氣就變了。

　　② 到山上幹了半天活，天還不亮。

　　③ 華大媽等候他喘氣平靜，才輕輕地給他蓋上了滿幅補丁的夾被。

也有不用關聯詞語的：

　　④ 從病人家裡回來，已經是深夜了。

⑤ 我剛走進教室，鈴響了。

⑥ 當地群眾發現山上有象群出現，立即報告了捕象隊。

⑦ 太陽出來一人高了，伙計們睡得正香。

⑧ 我說了半截話，抬頭看見老洪笑呵呵地從外邊走進來。

九、連鎖複句

偏句與正句緊密相連，分句中一般出現同樣的詞語（如"越…，越…"或疑問代詞等）：

① 誰為人民服務，我就向誰學習。

② 哪裡有困難，他就出現在哪裡。

③ 時間越長，效果越顯著。

④ 我怎麼說，你怎麼做。

偏正複句一般是偏句在前，正句在後（見上述各類複句中的例句）。有些複句，也可正句在前，偏句在後，後出現的偏句一定要用關聯詞語，這種複句含有補充說明的意味，有時有突出偏句的作用。例如：

① 他的性格，在我的眼裡和心裡是偉大的，雖然他的姓名並不為
　 許多人所知道。

② 科學的東西，隨便什麼時候都是不怕人家批評的，因為科學是
　 真理，決不怕人家駁。

③ 所以我們決不可拒絕繼承和借鑒古人和外國人，哪怕是封建階
　 級和資產階級的東西。

④ 這個月也可以提前完成任務，只要大家再加一把勁。

⑤ 我一定要堅守崗位，繼續戰鬥，即使最後只剩下我一個人。

這種偏句可以後出現的一般限於轉折、因果、條件、假設、讓步等複句。

第三節　多重複句

有一些複句，分句本身就是複句，即分句中包含著分句，這種複句叫多重複句。

分析多重複句，首先要找出直接構成整個複句的各個分句，在這些分句（如果是偏正複句，多為兩個分句，如果是聯合複句，可能不止兩個分句）之間劃上"|"，

並分析分句間的相互關係；然後，再找出這些分句中所包含的下一層次的分句之間的界限，劃上"‖"，並分析下一層次的分句之間的關係；…依此類推。例如：

① 我們要和一切資本主義國家的無產階級聯合起來^①，‖要和日本的、英國的、德國的、意大利的以及一切資本主義國家的無產階級聯合起來^②，|才能打倒帝國主義^③，‖解放我們的人民^④，‖解放世界的民族和人民^⑤。

①、②與③、④、⑤構成條件複句，①與②是平列關係，③、④、⑤也是平列關係。

② 為了搭起滑道^①‖，他們翻越了多少陡峭的懸巖絕壁^②；|為了尋找水路^③‖他們踏遍了多少曲折的幽谷荒灘^④。

①、②與③、④構成並列複句；①、②是目的關係，③、④也是目的關係。

③ 我們的工資一般還不高^①，|但是因為就業的人多了^②，‖‖因為物價低和穩^③，‖‖加上其他種種條件^④，‖工人的生活比過去還是有了很大的改善^⑤。

①與②、③、④、⑤構成一個轉折複句，②、③、④與⑤是因果關係，②、③、④又是並列關係。

④ 今後，我們的隊伍裡，不管死了誰^①，‖‖不管是炊事員^②，‖‖‖是戰士^③，‖只要他是作過一些有益的工作的^④，|我們都要給他送葬^⑤，‖開追悼會^⑥。

①、②、③、④與⑤、⑥構成一個條件複句，①、②、③與④是並列關係，①、②與③也是並列關係，②與③是選擇關係，⑤與⑥是並列關係。

複句中能進行第二個層次分析的，如例①、②，是二重複句，能進行第三個層次分析的，如例③，是三重複句，能進行第四個層次分析的，是四重複句，如例④，…

分析多重複句時，首先要統觀全局，找出第一個層次的分句，然後再逐層分析下去；其次要注意用的是什麼關聯詞語，如果沒有關聯詞語，要分析分句間的意義關係，或看是否能加上合適的關聯詞語，從而判斷分句間的關係。還要注意不要把長複句看成多重複句。下面的句子為一個長複句：

發展中國家掌握和保護自己的資源，不僅對於鞏固政治獨立、發展民族經濟是必要的，而且對於反對超級大國擴軍備戰、制止它們發動侵略戰爭，也是必要的。

這是一個遞進複句，由"不僅…，而且…"連接，第一分句的主語是"發展中國家掌握和保護自己的資源"，謂語是"（對於鞏固政治獨立、發展民族經濟--狀語）是必要的"，第二分句的主語與第一分句相同，謂語是"（對於反對超級大國擴軍備戰、制止它們發動侵略戰爭--狀語）也是必要的"。

練 習

一、分析下列複句（說明各分句之間的關係）：

1. 山洞裡不僅沒有木板，就連草也找不到。
2. 你如果有這種思想，就幹不好工作。
3. 一鍬挖不出個井，一口吃不成個胖子。
4. 小劉雖然明白了，可是怎麼也想不通。
5. 只要有愚公移山的精神，再大的困難也能克服。
6. 你們要好好學習，將來好為四個現代化做貢獻。
7. 既然你們都決定了，我還說什麼？
8. 他不在家，他的東西我們不要隨便動。
9. 我們早晨八點吃的早飯，九點就出發了。
10. 老地主被打得半死，躺在床上再也爬不起來了。
11. 他們之間的矛盾是暫時的，而友誼是永恆的。
12. 圖書館星期日也開放，以便學生借閱圖書。
13. 只有代表群眾，才能教育群眾，只有做群眾的學生，才能做群眾的先生。
14. 他雖然不認識魯迅，也從來沒有通過信，可是確信他 -- 魯迅先生，一定能夠滿足一個共產黨人臨死之前念念不忘的這個莊嚴的要求。
15. （大家表示：）只要還有一口氣，還能堅持一分鐘，就要革命繼續戰鬥。
16. 從不懂到懂，從掌握知識不多到掌握知識較多，必須堅持學習，堅持實踐。
17. 既然你晚上不去看電影，我就不來找你了。
18. 因為走得急，我沒來得及多說，只告訴她要按時吃藥，注意休息。

二、判別正誤：

1. A. 到哪個地方，我都看到中國人民在辛勤地勞動著。
   B. 無論到哪個地方，我都看到中國人民在辛勤地勞動著。
2. A. 這個村子不但很窮，而且迷信思想還很厲害。
   B. 這個村子雖然很窮，但迷信思想還很厲害。
3. A. 他已經跑了四千米了，可是還不覺得累。

B. 雖然他已經跑了四千米了，而且還不覺得累。

4. A. 如果今天不預習，明天上課有困難。
   B. 如果今天不預習，明天上課就有困難。

5. A. 既然你今天沒時間，為什麼還去看電影？
   B. 既然你今天沒時間，那麼還去看電影？

6. A. 無論有多大困難，我們都要想辦法克服它。
   B. 儘管有多大困難，但是我們都要想辦法克服它。

7. A. 他的軍裝已經很舊了，不想領新的，可是把它補一補。
   B. 他的軍裝已經很舊了，可是還不想領新的，而是把它補一補。

8. A. 他們雖然白天黑夜地幹活，但是還是沒有辦法生活下去。
   B. 他們不管白天黑夜地幹活，都沒有辦法生活下去。

9. A. 我們應該愛護國家財產，哪怕是一顆釘子、一粒米都不能浪費。
   B. 我們應該愛護國家的財產，哪怕是一顆釘子還是一粒米。

10. A. 儘管這種武器的威力有多麼大，最後決定戰爭勝負的還是人。
    B. 不管這種武器的威力有多麼大，最後決定戰爭勝負的還是人。

三、改正下列病句：

1. 只要你努力，才一定能學好漢語。
2. 因為學好中文，我一定多聽多說。
3. 除了大部分人都參加了討論會以外，只有病人沒有參加。
4. 不管誰提出意見，我們應該聽。
5. 還要進一步了解新中國，為了發展兩國人民的友誼。
6. 他打太極拳打得不太好，動作差不多都對。
7. 他請我去看電影，但是我推辭了，並沒有工夫。
8. 東郭先生救了狼，狼卻沒有感謝他，可是要吃他。
9. 我們先解決重點問題，就解決別的問題。
10. 要是沒有同志們的幫助，否則他就變壞了。

第二章　複句的主語和關聯詞語

第一節　複句主語的異同和隱現

一個複句往往包含幾個分句。各分句的主語有時相同，有時不同，有時出現，有時不出現，情況比較複雜。

一、在漢語裡，複句的各分句主語相同時，主語一般只在其中的一個分句出現，其餘的分句不出現主語。這種在複句中不出現主語的現象，叫主語的隱現。

主語可以只出現在第一個分句：
① 在這歡樂的時刻，驅逐艦上分隊長李新民悄悄跑回住艙，（李新民）拿來一顆晶瑩的玻璃珠，（李新民）把它投入太平洋。
② 人才問題是百年大計，（人才問題）是四化建設的緊迫問題。

以上句子，各分句的謂語類型相同，都是動詞謂語句。
③ 山洞裡濕得很，（山洞裡）沒有木板，（山洞裡）就連稻草也找不到。
④ 車夫聽了這老女人的話，（車夫）卻毫不躊躇，（車夫）仍然攙扶著伊的臂膊，便一步一步的（地）向前走。

以上句子，各分句的謂語類型不同。

主語也可以只出現在最後一個分句：
⑤ （他）做熟了飯，他到處找兒子。
⑥ （我）不管遇到什麼事，我也要堅持著活下去。
⑦ （我們）繞過場地，（我們）穿過燈器室，我們來到材料間。

主語也可以只出現於中間的分句：
⑧ （他）為了報答大伙的好意，他要盡心竭力給大家做活，努力把工作作好。

在一定的語文環境中，例如寫信或與對方交談時，主語清楚，可以全部隱現：
⑨ 因為（我）剛到學校，（我）比較忙，所以（我）沒有馬上給

你寫信。

⑩ 既然（你）信不過我，（你）又何必讓我承擔這個任務！

如果各個分句都出現主語，就有強調主語的作用：

⑪ 他們不懂得黨的民主集中制，他們不知道共產黨不但要民主，尤其要集中。

⑫ 你要知道原子的組織同性質，你就得實行物理學和化學的實驗，變革原子的情況。

二、各分句的主語不同時，一般需要逐一地說出來。例如：

① 夜空漆黑，風在怒吼，浪在咆哮。

② 我於是日日盼望新年，新年到，閏土也就到了。

③ 他贏而又贏，銅錢變成角洋，角洋變成大洋，大洋又成了疊。

有時，分句的主語也可借用其他分句的某一成分而隱現：承前一分句的賓語（前一分句的賓語在下一分句中作主語）：

④ 當時中國分成了許多諸侯國，（諸侯國）主要有齊、楚、燕、趙、韓、魏、秦七國。

⑤ 那船裡便突然跳出兩個男人來，（這兩個男人）像是山裡人，一個抱住她，一個幫著，拖進船裡去了。

承前一分句主語的領屬性定語（前一分句主語的定語作後一分句的主語）：

⑥ 大爺的黨齡比我的年齡都大，（大爺）為革命幾十年如一日，村子裡誰不尊敬大爺，這還用說嗎？

⑦ 他的精神，現在只在一個包上，（他）彷彿抱著一個十世單傳的嬰兒， 別的事情，都已置之度外了。

前一分句的主語也可以承後一分句的某一成分而隱現：

⑧ （她）想著想著，她的決心大了起來。

有的複句各分句的主語異同交錯，隱現的主語，需仔細尋找辨識，這樣才能準確地理解全句的意思。例如：

⑨ 他是我的本家，（他）比我長一輩，（我）應該稱之曰"四叔"，（他）是一個講理學的老監生。

⑩ 母親問他，（母親）知道他的家裡事務忙，（他）明天便得回

去；（他）又沒有吃過午飯，（母親）便叫他自己到廚下炒飯
吃去。

在漢語裡，複句的各分句的主語這種異同隱現的現象，表現了漢語句法簡潔靈
活的特點。如果不是為了特別強調，在每個分句中都加上主語會使句子顯得累贅、
煩冗。但當各分句的主語不同時，只有在表意明確、不會引起誤解的情況下，某些
分句的主語才能隱現，否則不能隨意省略。這一點是應該十分注意的。

第二節　複句的關聯詞語

複句的關聯詞語是指把複句的各個分句連接起來的連詞和部分副詞。連詞既可
用於偏句，又可用於正句。關聯副詞一般只能用於正句。

一、關聯詞語的位置

（一）連詞的位置

第一分句的連詞有兩個位置，兩分句主語相同時，多位於主語後：
① 先生既然救我，就應該救到底。
② 貧農因為最革命，所以他們取得了農會的領導權。
③ 馬克思不但參加了革命的實際運動，而且進行了革命的理論創
　　造。

連詞也可以放在主語前，但不如放在主語後普遍：
④ 因為我坐在前邊，所以看得非常清楚。
⑤ 即使他錯了，也不會承認。

兩個分句的主語不同時，第一分句的連詞多放在主語前：
⑥ 雖然座談會的時間比較長，但大家都不覺得累。
⑦ 只要你說得對，我們就改正。
⑧ 即使他已睡到床上，也要把他拖起來。

在這種複句裡，連詞放在主語後的現象更為少見。

第二分句的連詞一定要放在主語前：

⑨ 雖然並不相識，然而他讀過魯迅先生的文章，深知魯迅先生對
　　革命的忠誠。

⑩ 不是他們相互之間打起來，就是人民起來革命。

⑪ 因為累了，所以我沒去。

（二）關聯副詞的位置

　　能起關聯作用的副詞是有限的，主要有"就"、"還"、"也"、"都"、
"才"、"卻"、"越"等。除了"越"以外，關聯副詞只能出現在正句--第二個分
句，而且一定要位於主語後：

① 外面北風呼嘯，屋裏卻溫暖如春。

② 如果明天不下雨，我就去北海公園。

③ 他越説，我越生氣。

二、關聯詞語的單用和合用

　　連接各種複句的關聯詞語，有的必須成對地使用，有的可單用、可合用，也有
的只能單用一個。下面列舉各類複句常用的關聯詞語，只列出一個的，表示單用，
列出兩個的，表示合用，只在括號內出現的，一般不能單用，"…"，表示不用關
聯詞語。

		關　聯　詞　語	
		偏　句	正　句
聯合複句	並列複句	可不用關聯詞語 ……， ……， 又……， 既……	也……。 即……。 又……。 又……。
	承接複句	可不用關聯詞語 ……， （首先……，） ……， ……，	於是……。 然後……。 就……。 便……。
	遞進複句	（不但或不僅…，） （不但……，） ……， ……， ……，	而且或並且…。 也……。 更……。 還……。 甚至……。

	選擇複句	(或者……，) (或是……，) ……， (是……，) 要麼…… 不是……，	或者……。 或是……。 或……。 還是……。 要麼……。 就是……。
偏正複句	說明因果複句	可不用關聯詞語 (因為……，) 由於……， ……，	所以……。 所以……。 因而……。
	推斷因果複句	……， (因為……，) (既然……，) ……，	因此……。 以致於……。 (那)就……。 可見……。
	轉折複句	(雖然或雖……，) (雖然……，) ……， ……， ……， ……， 儘管……，	但是或可是……。 卻……。 然而……。 否則……。 不然……。 不過……。 就是……。 然而或但是、卻…。
	特定條件複句 無條件複句	只要……， 只有……， 除非……， 無(不)論……， 不管……，	就……。 才……。 才……。 也或都……。 也或都……。
	假設複句	不用關聯詞語 如果……， 要是或若是……， 倘若、假若……， 若……， ……，	就……。 就……。 就……。 就……。
	讓步複句	即使……， 固然……， 就是……， 縱然……，	也……。 也……。 也……。 也……。
	取捨複句	與其……， 寧可(正句)……，	不如……。 也不(偏句)……。
	目的複句	為了或為……， ……， ……， ……，	……。 以便……。 以免……。 免得……。

	時間 複句	不用關聯詞語， ……，	就、或還、才……。
	連鎖 複句	越……， 疑問代詞……，	越……。 與偏句相同的疑問代詞

練 習

一、用所給的句子組成一個複句（可按複句的要求增減個別的詞）：

1. 北京是中國的政治經濟中心。
   北京是中國的文化中心。
2. 這個人頭髮全白了。
   這個人的兒子不過十幾歲。
3. 他出了門。
   大家立刻把他圍住了。
4. 昨天晚上十點我寫完了作業。
   昨天晚上十點我就睡覺了。
5. 大家趕緊上車。
   火車就要開了。
6. 這個電影我喜歡看。
   這個電影阿里喜歡看。
7. 下雨了。
   我們不去打球了。
8. 站著死。
   不跪著生。
9. 漢語比較難學。
   阿里學習漢語很努力。
   阿里的漢語成績很好。
10. 你堅持下去。
    你一定會勝利。
11. 這本書很有意思。
    這本書太厚了。

12. 我去過中國。

　　我在中國學過漢語。

13. 我們取得了很大的成績。

　　我們不能驕傲。

14. 阿里想學漢語。

　　阿里買了一臺錄音機。

二、判別正誤：

1. A. 她特別喜歡音樂，晚上，她不是彈鋼琴，就聽唱片。

　　B. 她特別喜歡音樂，晚上不是彈鋼琴就是聽唱片。

2. A. 只有搞好經濟建設，人民的生活才能幸福。

　　B. 只有搞好經濟建設，才人民的生活很幸福。

3. A. 我替他從圖書館不但借來一本書，而且簡單地給他介紹了一下書的內容。

　　B. 我不但從圖書館給他借來一本書，而且還簡單地給他介紹了一下書的內容。

4. A. 我們希望儘快地上課，老師們立刻便滿足了我們的要求。

　　B. 我們希望儘快地上課，老師們便立刻滿足了我們的要求。

5. A. 把東西整整齊齊地如果放在桌子上，就會用起來特別方便。

　　B. 如果把東西整整齊齊地放在桌子上，用起來就會特別方便。

6. A. 因為只有半個小時了，所以他跑著到車站去。

　　B. 他只有半個小時了，跑著到車站去。

7. A. 在黨委的領導下，研究人員深入群眾，深入實際，解決了很多問題。

　　B. 研究人員在黨委的領導下，深入群眾，深入實際，解決了很多問題。

　　C. 研究人員在黨委的領導下，研究人員深入群眾，深入實際，解決了很多問題。

8. A. 我們到中國各地旅遊，還參觀了很多工廠和公社。

　　B. 我們到中國各地旅遊，我們還參觀了很多工廠和公社。

9. A. 因為不讓敵人發現這些材料，所以他用特殊的墨水來寫這些材料。

　　B. 為了不讓敵人發現這些材料，所以他用特殊的墨水來寫。

10. A. 這個問題不但我解答不了，他也解答不了。

　　B. 這個問題我不但解答不了，他也解答不了。

三、改正下列病句：

1. 要是現在不努力學習漢語，就是中國話以後說不好。
2. 學習中文的同學因為比較少，我們所以彼此都認識。
3. 我們參觀了車間以後，就我們去訪問工人家庭。
4. 只是他可憐他，沒有別的意思。
5. 我不管別人去，我一定要去。
6. 只有多聽、多說、多寫，就能中文學得好。
7. 不單單地做好自己的工作，還常常幫助別人。
8. 他開始記日記時，他有的字不會寫，他只好畫圖。
9. 他因為不愛說話，所以你如果不問他，他就不理你。
10. 他白白去了一王府井一趟，可是東西還是沒有買到。

第三章　緊縮句

第一節　緊縮句的特點

一、什麼是緊縮句

緊縮句是一種以單句形式表達複句內容的句子。一般可以看成是由複句緊縮而成的。

所謂"表達複句內容"是指緊縮句的謂語部分必須包含兩個"相對獨立"的陳述內容，這兩個陳述內容之間存在著承接、條件、讓步、因果等關係。緊縮句的兩個謂語既不互相包含，也不互相修飾。

所謂"單句形式"是指緊縮句的謂語部分雖有兩個謂語，但是一般常用一個或者一對有關聯作用的詞語（也有不用的）把它們緊縮成一個整體，中間沒有語音上的停頓，書面上不用逗號分開，從形式上看像是一個單句的謂語部分。例如下列句子就是緊縮句：

① 站住，不站住就開槍了。
② 看得清楚才能對得準。

例①的第二個分句是個緊縮句。句中的"不站住"、"開槍"是兩個謂語，通過關聯詞"就"把二者聯成一個整體，中間沒有停頓。從意義上看相當一個表示假設關係的複句。全句的意思是"站住！你要是不站住，我就開槍了。"例②的"看得清楚"和"能對得準"是兩個謂語，由關聯副詞"才"把它們聯成一個整體，中間沒有停頓。從意義上看，相當一個表示條件關係的複句。全句的意思是"我們只有看得清楚，（我們）才能對得準。"

大多數的是縮句可以擴展成複句，我們可以用複句的語法關係進行意義上的解釋。但並不是所有的緊縮句都能擴展，例如"我們的人越來越多。"就不能擴展成複句。如果擴展為"我們的人越來，我們的人越多"就不成話了。

另外，緊縮句的結構類型是有限的，其內部結構大體上也是固定的，也就是說，在漢語中，緊縮句是在長期使用中凝固起來的一些固定的句式，是不能隨意臨時創造的。

二、緊縮句與連動句、兼語句的界限

由於絕大多數緊縮句都是通過關聯詞語把兩個謂語聯成一個整體的，所以可以用謂語中是否包含關聯詞語把大部分緊縮句與連動句、兼語句區別開來，包含關聯詞語的一定是緊縮句。例如：

① 他披上衣服走出門去。　　　　　　　　　　　（連動句）
② 他披上皮襖還冷。　　　　　　　　　　　　　（緊縮句）
③ 小明哭著說：「我要永遠記住這個教訓。」　　（連動句）
④ 小明哭著也能吃得下兩碗飯。　　　　　　　　（緊縮句）

應該注意，有些句子謂語中所包含的副詞不起關聯作用，因而也不是緊縮句，試比較：

⑤ 你有事明天再說。　　（緊縮句）
⑥ 走吧！理他呢！到食堂裡再拿一套回去。
　　　（非緊縮句，“再”表示重複）
⑦ 過去！過去想也不敢想啊！
　　　（緊縮句，“也”為表讓步關係的關聯詞）
⑧ 桐桐想了想也沒回答出來。
　　　（非緊縮句，“也”表示“同樣”）
⑨ “我一定要…”我想說“保護你”可是話到嘴邊又咽回去了。
　　　（緊縮句，“又”表示轉折關係）
⑩ “怕什麼？…”老胡想了想又找補了一句，“…”。
　　　（非緊縮句，“又”表示“添加”）

上面三組句子中起關聯作用的副詞只能輕讀，不起關聯作用的副詞可以重讀。

其次，可以從語義上加以區別。有些句子雖然不包含關聯詞語，但包含的兩個謂語之間存在著假設、條件、讓步、因果等偏正關係，也是緊縮句。例如：

⑪ 社小身單幹不動哪！　　　　　　　　　　　　（因為…所以…）
⑫ 你喊東家，東家出來打得還要屬害。　　　　　（要是…就…）
⑬ 有缺點不怕，只怕不知道缺點在什麼地方，或是知道了不改正。
　　　　　　　　　　　　　　　　　　　　　　（即使…，也…）
⑭ 繳槍不殺！八路軍優待俘虜，快！　　　　　　（如果…，就…）

三、多重緊縮句

有的緊縮句像多重複句一樣包含多重關係，稱為多重緊縮句。例如：
① 你愛信不信。
② 霆兒，你記著再窮也別學你姑丈，有本事餓死也別吃丈人家的
飯。

例①是一個沒有關聯詞語的緊縮句，這句話中雖然只有五個字，但卻包含了兩重假設關係。全句的意思是"如果你愛相信，你就相信；如果你不相信，就算了。"例②的第二個分句包含了因果關係和讓步關係。這句話的意思是"如果你有本事，就是餓死也別吃丈人家的飯"。

四、關於緊縮句的主語

緊縮句有兩個謂語，出現在前的叫第一謂語，在後的叫第二謂語。但在緊縮句中一般只在句首出現一個主語，第二謂語前不能出現主語。例如：
① 人困得多厲害啊，那麼大的露水，濕了他們的衣服都不知道。
② 鄧海對春梅說："你來熱烈歡迎，別人來概不接待。"

例①的緊縮句中有兩個謂語，第一個是"濕"，第二個是"不知道"。"露水"是"濕"的主語，第二謂語"不知道"的主語應是"他們"，被緊縮掉了。例②中有兩個緊縮句："你來熱烈歡迎"，"別人來概不接待"，也都是只出現一個主語：第一緊縮句是"你"，第二緊縮句是"別人"，而兩個緊縮句的第二謂語所陳述的對象--"我們"都被緊縮掉了。如果第一謂語與第二謂語的主語是相同的，更是只在句首出現主語。例如：
③ 你幹就得幹得像個樣子。
④ 咱們窮死也不受這窩囊氣。

第二節　常見緊縮句類型的列舉

常見的緊縮句有以下幾種類型

一、用成對的關聯詞語構成的固定句式

　　常見的有下列幾種：

（一）用"越…越…"關聯的，第一謂語與第二謂語可以都是動詞（短語）或形容詞（短語），也可以一個是動詞（短語），一個是形容詞（短語）。例如：

　　① 雨越下越猛，像瓢潑一樣。

　　② 敵人越追離路口越遠。

　　③ 這一老一少眞是越幹越有勁兒。

　　④ 小魏越看越覺得心慌。

　　⑤ 老頭子越老越糊塗。

　　⑥ 可是包善卿是青松翠柏，越老越綠。

　　⑦ 為祖國修鐵路，越是艱苦越幸福。

　　⑧ 越忙越應該巧安排。

　　⑨ 身體越不好越要加強鍛鍊。

　　用"越…越…"關聯的緊縮句都表示連鎖關係，意思是第一個"越"後面的詞語所表示的動作或變化使第二個"越"後面的詞語所表示的動作或變化相應地加深。

（二）用"不…不…"關聯的，所關聯的可以是兩個動詞（短語）或兩個形容詞（短語），也可以是一個動詞短語，一個形容詞（短語）。例如：

　　① 咱們不見不散啊！

　　② 不要不行，一定要收下。

　　③ 這種果子不曬不紅。

　　④ 棉衣不厚不暖和。

　　⑤ 東西不好不要。

　　用"不…不…"關聯的緊縮句一般表示"要是不…就不…"的意思，即假設關係。應注意此類緊縮句與謂語為並列結構的句子的區別。比較：

　　⑥ 咱們在校門口見，不見不散！　　　　（緊縮句）

　　⑦ 祥子站在那兒，不吭不動。　　　　　（謂語為並列結構）

（三）用"再…也…"關聯的，第一個謂語多為形容詞（短語），第二謂語多為動詞（短語），也可以兩個都是動詞（短語）。例如：

　　①"行了，行了！再為難也得叫孩子上學！"爸爸說。

② 我管保比他們水式好，水再深點也不怕。

③ 如果有了正確的理論，只是把它空談一陣，束之高閣，並不實行，那麼，這種理論再好也是沒有意義的。

④ 狐狸再狡猾也鬥不過好獵手哇！

用"再…也…"關聯時，一般表示"就是…也…"即讓步關係。

(四)用"(不)…也…"關聯的，兩個謂語可以都是動詞（短語），也可以是一個形容詞（短語），一個動詞（短語）。例如：

① 我十輩子不見他也不想他。

② 這份禮物，你要也得要，不要也得要，這是專為你買的。

③ 為了糊口，你想不幹也得行啊？

④ 你的想法不成熟也可以提出來。

⑤ 人家不喜歡看也沒辦法。

用"(不)…也…"關聯的兩個謂語一般表示"就是…，也…"，如例①、②、③、④，或表示"如果…，也…"，如例⑤，即假設或讓步關係。一個句子究竟表示什麼關係，有時需要根據一定的語言環境來判斷。如例③、④即可表示假設關係，也可以表示讓步關係。

(五)用"一…就…"關聯的，兩個謂語可以都是動詞（短語）或形容詞（短語），也可以一個是動詞（短語），一個是形容詞（短語）。例如：

① 母親一知道就很著急。

② 這把刀的鋼特別好，稍微一磨就很快。

③ 可不能糊塗，多好的心，一不清醒就會辦壞了事。

④ 奶奶年紀大了，一著急就糊塗。

用"一…就…"關聯的緊縮句，一般包含著假設、條件的關係，如以上各例。

(六)用"非…不…"關聯的，第一謂語多為動詞（短語），有時也可以是名詞或代詞，第二謂語多為"行"、"可"，也可以是動詞短語。例如：

① 我非去不行。

② 非把這條洋狗打死不行，不然終久是老百姓的大害！

③ 形勢逼人啊，當領導的非精通業務不可。

④ 腳跟不穩，非摔跟頭不可。

⑤ 他非拉過一定的錢數不收車。

⑥ 告訴你，我還非坐花轎不出這個大門。

⑦ 要解決這個問題，非你不可。

"非…，不…"表示"如果不…，就不…"，即假設關係。

二、只用一個關聯詞語的常用的關聯詞語有"就"、"也"、"再"、"又"、
"都"、"倒"、"是"等，關聯詞語位於兩個謂語中間。

(一) 用"就（便）"關聯的，"就"可以關聯不同關係的緊縮句。

1・隱含著"如果…就…"，即假設關係,所關聯的兩個謂語可以是兩個動詞（短語），
兩個形容詞（短語）或一個動詞（短語），一個形容詞（短語）。例如：

① 他願意來就叫他來。

② 說幹就幹。

③ 在家的時候，餓了就在娘懷裏睡，娘念叨著："人是一盤磨，
睡了就不餓…。"

④ 凡事勉強就不好。

⑤ 你有什麼問題就直接談吧！

⑥ 這樣幹下去，再幹幾天就得累死。

⑦ 不重要就不這樣急了呀！

⑧ 沒有矛盾就沒有世界。

⑨ 幹革命就要有這股勁。

"就"所關聯的詞語還可以是完全相同的,或部分相同的。完全相同的。例如：

⑩ 去就去吧!我也正想到山裡去看看。

⑪ 不說就不說，往後咱們倆誰也別理誰。

⑫ 殺頭就殺頭，革命還怕這個。

⑬ 白跑一趟就白跑一趟，為了大伙兒應該的。

⑭ 人少點兒就少點兒吧，不會影響我們承擔的修渠任務的。

部分相同的又分幾種情況，一種是前一謂語包含能願動詞或可能補語，後一謂
語不包含能願動詞或可能補語。例如：

⑮ 一個窮孩子，一回到自己的隊伍就像回到了自己的家，餓了就
吃，渴了就喝，想說就說，想笑就笑，該打仗就打仗，該行軍

就行軍，這不很好嗎？

⑯ 王子是國王的兒子，想要什麼就要什麼，想去哪兒就去哪兒，願意幹什麼就幹什麼，…。

⑰ 不要怕，該怎麼治就怎麼治吧。

⑱ 閻王笑著說：“仗要活打，不要死打”。…能夠打硬仗就打，不能打硬仗就避開。

⑲ 跑得了就跑，跑不了就跟他拼。

⑳ 你幫幫好了，該幹什麼就幹，甭等我說。

一種是第一個謂語只包含一個動詞或形容詞，第二個謂語除了重複第一個謂語外，還包含賓語、狀語、補語等成分。例如：

㉑ 世界上怕就怕“認真”二字，共產黨就最講認真。

㉒ 玩就玩個痛快。

㉓ 幹就大幹一場。

㉔ 搞就把它搞得像個樣子。

㉕ 多就多點吧。

㉖ 這篇文章好就好在實事求是。

這種形式的緊縮句，第一謂語也有用能願動詞的。例如：

㉗ 要吃就吃個飽！

㉘ 想來就早點來。

㉙ 要看就看原著。

2．隱含著“既然…，就…”，即讓步關係，所關聯的兩個謂語一般是動詞（短語）。例如：

① 說了就得算。

② 欠賬就得還錢！

③ 好，那就算了吧！脾氣做成就改不了啦！

3．隱含著“只要…，就…，”即條件關係。例如：

① 我心想：送信這工作簡單不簡單，看看老白就清楚了。

② 你們打開看看就知道了。

③ 阿鳳見人就問：“你見到我家小花貓了嗎？”

④ 試工期內，她整天的做，似乎閒著就無聊。

⑤ 你關上電門就解決問題啦！？

⑥ 好壞沒關係，能做上就行。

4‧隱含著"因為…，就…，"即因果關係，例如：

① 他看你不在家就回去了。

② 我讓石頭碰一下兒就軟下來，那還有咱貧下中農的骨氣嗎？

5‧隱含著轉折關係：

① 你看，這姑娘還不是兵就有士氣了。

② 那部電影寫得太公式化了，剛看一半就知道結局了。

③ 這幾年氣候異常，還沒到伏天就這麼熱了。

④ 小家伙才三歲半就選上醜角小演員了。

（二）用"也"關聯的

1‧隱含著"即使…，也…"，即讓步關係：

① 你有意見也少說，能說的說，不能說的少說。

② 你不贊成也得表個態啊！

③ 我死了也不投降。

④ 你按部就班地幹，做到老也是窮死。

⑤ 別理他，這樣的人沒理也要強佔幾分。

⑥ 老主任，平時請你也請不來，現在來了，就不能走了。

2‧隱含著"如果…也…"，即假設關係：

① 咱們倆幹的不是一行，想也想不到一塊兒，說也說不到一塊兒。

② 忘了也得唱，不能停，這是我們做演員的規矩。

③ 我們沒有事也不會到這兒來打擾。

④ 我自己會看病也不來求醫了。

3‧隱含著"無論…也…"，即條件關係：

① 你說什麼也不能聽你的，他早已打定主意了。

② 風多大也要出海。

③ 媽媽怎麼勸也聽不進去。

④ 機器出問題了，怎麼修也不轉了。

4 · 隱含著 "雖然…，但是也…" 或 "就是…；也…"，即轉折關係或讓步關係：
　　① 這件事與我們沒關係也應該關心關心。
　　② 你經驗多也不能粗心大意。
　　③ 她身體不好也沒耽誤了工作。
　　④ 法官來了也解決不了你我之間的矛盾。
　　⑤ 去過也可以再去一趟看看，這麼多年總會有變化。

(三) 用 "又" 關聯的

1 · 隱含著 "雖然…但是…"，即轉折關係：
　　① 他心碎了，怕看又不能不看。
　　② 剛才我話到舌尖又咽回去了。
　　③ 老鍾看見王林，想說什麼又忍住了。
　　④ 當時瑞娟好像要說不去又沒說出來。
　　⑤ 方立想要又不好意思開口。

2 · 隱含著 "如果（說）…"，即假設關係：
　　① 我家小胖胖吃又能吃，睡又能睡，沒有什麼病。
　　② 這種旅行袋背又好背，提又好提，買一個吧。
　　③ 大劉跑又跑得快，跳又跳得高，為什麼不參加運動會？
　　④ 這些事在信裏寫又寫不清楚，還是面談吧。
　　⑤ 這麼遠的路，騎車又不會騎，走路又走不動，還是不去的好。

3 · 隱含著 "即使…"，即讓步的關係：
　　① 這群歹徒！燒了房子又能嚇住誰？
　　② 我就不說又能把我怎麼樣？
　　③ 你比別人都能幹又有什麼了不起的？
　　④ 隔壁有人又怎麼樣？

(四) 用 "還" 關聯的

1 · 隱含著 "雖然…，但是還…"，即轉折關係：
　　① 老伯伯頭髮都白了還練基本功哪？
　　② 失敗了還幹。
　　③ 這孩子飽了還想吃。

④ 祥子穿著棉襖還不住地搓著手。

2．隱含著"即使…"或"就是…"，即讓步關係：
① 你這個人真是！打狗還得看主人呢！
② 您真摳門，買個小孩玩意兒還得塊八毛呢！給這麼幾個錢…
③ 你別小看這個工作，你想幹還不讓你幹呢。
④ 嗯，你不讓我去，下次請我去還不去了。

3．隱含著"如果…"，即假設關係：
① 我不信任你還告訴你這事。
② 我們要不開車廠子，你們想拉車還沒地兒拉呢。
③ 我懂還來問你。
④ 有意見還不提，用得著你來問。

（五）用"再"關聯的：

隱含著"如果…"，即假設關係：
① 有意見以後再提，現在不是時候。
② 我看就這麼辦吧，出了問題再研究。
③ 他不同意再改變計劃。

（六）用"才"關聯的
隱含著"只有…，才…"，即條件關係：
① 堅持到底才能勝利。
② 果子熟了才能摘。
③ 站得高才能看得遠。

（七）用"都"關聯的：

（1）隱含著"就是…"或"即使…"，即讓步關係：
① 你走都走不穩，還想跑。
② 老人氣了，看都沒看一眼，接過去就撕了。
③ 那天，他來我家，坐都沒坐一會兒就匆忙地走了。

（2）隱含著"無論…都…"，即條件關係：

① 誰看見她都喜歡得不得了。
② 走吧，走吧，跟他說啥都白搭唾沫。
③ 民兵們從四面八方射擊，敵人走到哪兒都捱打。
④ 前門我已經開開了，什麼時候想跑都可以跑掉。

（八）用"卻"關聯的

表示"雖然…，但是…"，即轉折關係：
① 三姑娘有才卻不外露。
② 這個戲情節簡單卻引人深思。
③ 喜旺看見了卻只裝沒看見。

三、不用關聯詞語的緊縮句

除了用有關聯詞語緊縮句外，還有大量緊縮句是不用關聯詞語的。例如：
① 幹吧！出了問題找我。
② 你身子骨又弱，工作又累，病倒了怎麼辦？
③ 你願意去去吧！還等什麼？
④ 猜錯了可捱罰。
⑤ 不同意別勉強。
⑥ 敵人來幾個消滅幾個。
⑦ 我老孫頭有啥說啥。
⑧ 這事兒你看著辦，該怎辦怎辦。
⑨ 你們該吃吃，該玩玩，該幹什麼幹什麼，別客氣。
⑩ 咱們哪，還是幹什麼說什麼，賣什麼吆喝什麼。
⑪ 錢？錢是我的，我愛給誰給誰。
⑫ 這孩子站沒站相，坐沒坐相，磕頭也沒有磕頭相。

四、帶有連詞的緊縮句

這樣的句子也可看做是緊縮得不徹底的緊縮句。由於句中有連詞，兩個謂語所包含的關聯關係是較明確的。例如：
① 要是他不同意怎麼辦？
② 我因為等你才沒去。

　　這裡只是列舉了緊縮句的主要類型，對每種類型緊縮句的說明解釋也不是全面的、詳盡的。由於每個關聯詞語所表示的關係是多種多樣的，所以一個緊縮句究竟表達的是什麼意思常常要由上下文或語言環境來決定。可以說緊縮句對上下文和語言環境的依賴性比一般句子要強得多。

　　緊縮句具有用字不多，含義豐富的特色，充分體現了語言的生動與精煉。它在口語中用得很多。

練 習

一、解釋下列各句是什麼意思：

1. 八點鐘不來上車就不等了。
2. 人來齊了才開演呢。
3. 你想參加就報名。
4. 他有多大困難也不願麻煩別人。
5. 不了解情況不要亂說。
6. 有票才能進去。
7. 路再遠出得去。
8. 你哭也不讓你去。
9. 我自己有辦法還來求你？
10. 他吃了多少藥也不見好。
11. 不讓去就不去，以後請我也不去了。
12. 你的勁再大也搬不動這麼大的石頭。
13. 有了真本事才能為人民服務。
14. 你不說也知道。
15. 你非來不可，這兒需要你。
16. 他向來不問不說。
17. 這是大家舉手通過的，你不同意也得照辦。
18. 你愛來不來，你來歡迎，你不來也不缺你。
19. 不努力學不會。
20. 你再有學問也不可能什麼都知道。
21. 他一感冒就發燒。
22. 條件再好不努力也學不好。
23. 沒事情就不來找你了。
24. 能來就來，不能來就打個電話來。
25. 壞就壞了，再買一個新的吧。
26. 深挖才能見水。
27. 怎麼勸也不聽。
28. 知道就說知道，不知道就說不知道。
29. 人來齊了才發票。
30. 再不抓緊可要完不成任務了。

二、根據下列各句的意思，改用緊縮句表達出來：

1. 要是你不想看，就把電視關上吧。
2. 你既然不同意，就不要舉手。
3. 我不讓他去，他一定要去。（用"非…不可"）
4. 我想了多少次他家的地址，我還是想不起來。
5. 我寧願餓死，也不替敵人做事。
6. 你們既然已經決定了，就別再猶豫了。
7. 產品的質量要是不合格，就不能出廠。
8. 咱們既然決定去，就應該早一點兒去，不要遲到。
9. 如果題目比這個還難，（我）也能做出來。
10. 對於我跟你說的話，你願意相信就相信，你不願意相信就算了。
11. 要是樣子不好看，（我）就不買。
12. 你如果不想去，（你）可以不去。
13. 你只有認真找，（你）才能找出錯誤來。
14. 即使你比現在還有錢，（你）也不應該浪費。
15. 這是一項緊急任務，你即使不想幹，（你）也應該幹。
16. 既然大家都希望去頤和園，那麼咱們就去頤和園吧。
17. 你不是不舒服嗎，（你）怎麼還來上班？
18. 你無論怎麼努力，（你）也趕不上他。
19. 他（好像）要說什麼，可是又沒說。
20. 只要大家齊心，就能把工作作好。

練習答案

第二篇　第一章　名詞

一、　1. 街上　2. 身上　3. 心　4. 路上　5. 同學之間　6. 眼睛　7. 院子　8. 機器旁邊
　　9. 八點以前　10. 窗旁、小凳子上　11. 下課以後　12. 離開教室以前　13. 樓上/樓下
　　14. 人之間　15. 到中國來以前/之前

二、　1. 商店和理髮館，東邊　西邊　劇場　劇場
　　2. 小紅　小力　小力　小紅　中間
　　3. 丙　甲　乙　丙　後面
　　4. 外邊　外邊　藍圈　紅圈　藍圈
　　5. 上頭　下頭　上頭　李　張　王　張　（或張　王）

三、　1. 理論上　實際上　　　　　2. 基本上　/原則上
　　3. 經濟上　/生活上　　　　　4. 事業上　生活上
　　5. 國防上　　　　　　　　　6. 思想上　行動上
　　7. 主觀上　客觀上　　　　　8. 原則上　/基本上

四、　1. (+)　2. (−)　3. (+)　4. (−)　5. (−)　6. (−)　7. (−)　8. (−)　9. (−)　10. (−)　11.
　　(−)　12. (−)　13. (−)　14. (+)　15. (−)

五、　1. 昨天有四個同學來看我。
　　2. 他在我的床前(旁邊)站了一會兒，沒說話。
　　3. 請你把練習本，放在老師的桌子上。
　　4. 頤和園是中國有名的公園。
　　5. 幾個少先隊員從山上跑下來了。
　　6. 從古代我們兩國之間就有密切的往來。
　　7. 我們學校的東邊是一個醫院。
　　8. 他犧牲以前，說過這樣的話。
　　9. 字典裡查不到這個字。
　　10. 媽媽回來了，孩子們都躲到門後藏起來了。
　　11. 她那金黃色的頭髮，像一朵美麗的花，在陽光下開放。
　　12. 下個月我們要到中國南方去旅行。

第二章　代詞

一、　1. 這兒(指)那麼(指)　2. 這(指)這(指)誰(疑)哪(疑)　3. 這(指)怎麼(疑)這樣(指)
　　4. 我(人)自己(人)那(指)那些)(指)她們(人)那樣(指)那樣(指)　5. 他(人)這(指)
　　我們 (人)我們(人)它(人)　6.他(人)她(人)這(指)這麼(指)這麼(指)怎麼(疑)這麼
　　(指)什麼(疑)

二、　1. 那樣(稱)　2. 這(些)(指)　3. 那麼(指)　4. 這麼(指)　5. 這(指)　6. 那(指)
　　7. 這(稱)　8. 那樣(指)　9. 這(指)這麼(指)　10. 這(稱)這(稱)那些)(稱)
　　11. 這(稱)　12. 那(指)　13. 這樣(稱)　14. 這(指)這麼著(稱)那麼著(稱)

三、　1. 怎麼　2. 什麼　3. 哪　4. 怎麼　怎麼　5. 哪　6. 這　那　7. 哪兒/什麼

地方/誰　8. 怎麼　幾　9. 這　那　10. 誰誰/他　11. 誰　12. 什麼　13. 什麼
14. 怎麼/怎麼樣　怎麼/怎麼樣　15. 哪兒　16. 這麼　怎麼　17. 哪會兒　18.
哪兒　19. 這兒　自己　什麼　什麼　20. 哪　哪

四、　1. ①小明生日那天，誰送給他一套彩色明信片？
　　　　②小明生日那天，姐姐送給他什麼(東西)了？
　　2. 我們應該做什麼樣的人？
　　3. 一只做工的蜜蜂最多能活幾個月？
　　4. ①這個字念什麼？(這個字怎麼念？)
　　　　②那個字念什麼？(那個字怎麼念？)
　　5. ①明天上午八點鐘在哪兒上車？(在什麼地方上車？)
　　　　②幾點出發？(什麼時候出發？)
　　6. ①他媽媽從上海給他寄來了什麼？
　　　　②這個手提包是誰從上海給他寄來的？
　　7. ①織女星的光是太陽的多少倍？(幾十倍？)
　　　　②牽牛星的光是太陽的幾倍？
　　8. 來中國以前，做什麼工作？(你幹什麼？)
　　9. 老劉同志對人怎麼樣？
　　10. 這張畫畫的是哪兒？

五、　1. 她今天不太舒服，什麼東西都不想吃。(什麼都不想吃)
　　2. 圖書館的字典我哪本都查過了，也沒查到這個字。
　　3. 誰的英文水平高我們就想請誰當翻譯，(哪個人，哪個人)
　　4. 我們大院誰都知道老王正直、可靠。(哪個人)
　　5. 小王只交給我一封信，什麼(話)都沒說就走了。
　　6. 弟弟剛到這兒來的時候，看到什麼都覺得新鮮。(看到什麼覺得什麼新鮮)
　　7. 我哪次去他家的時候，他都在學習呢。(我什麼時候去他家，他什麼時候都在
　　　學習呢。)
　　8. 開始學習打太極拳的時候老師怎麼做，我們也怎麼做。

六、(“疑”表示疑問、“任”表示任指、“虛”表示虛指)
　　1. 什麼(疑)哪兒(疑)　2. 怎麼(任)　3.哪(疑)　4. 什麼(任)什麼(任)　5. 哪
　　兒)(虛)怎麼(疑)　6. 怎麼(疑)　7. 誰(任)誰(任)　8. 怎麼樣(虛)　10. 怎麼(任)怎
　　麼(任)

七、
　　(一) 1. 每　2. 各　各　3. 每　每　4. 各　5. 各
　　(二) 1. 我們　2我們　我們　3. 我們　4. 咱們　5. 我們　我們　咱們　6. 咱們
　　(三) 1. 幾　幾　幾　2. 多少　3. 多少　4. 幾　幾　5. 多少　多少　多少
　　(四) 1. 人家　2. 人家　3. 人家　4. 別人　5. 別人

第三章　數詞和量詞

一、1,5236　9643　35,0000　1826,0000,0000　10,5000,0926　3218,0400

二、　2,0805：兩萬零八百零五　　　369,2418 ：三百六十九萬二千四百一十八
　　6215,4321：六千二百一十五萬四千三百二十一　　　3,0000,0000 ：三億
　　1080 ：一千零八十　　　25,0001：二十五萬零一

　　　　四分之三　　五分之四　　二十八分之九　　十分之七　　二分之一
　　　　千分之一　　百分之八十　　百分之二　　百分之九十五
　　　　三點一四一六　　五百八十四點三二　　一千零四十點五二

三、　一百來個或一百個左右　　十個左右或十來個　　十來個或十個左右　　二十個左右或二十來個　　三五個　　七八個　　二十三四歲或二十四五歲　　二十來歲或二十歲左右七十來歲或七十歲上下

四、　二　二　二…二　兩　兩或二　兩…二　兩　二或兩　兩　兩　二　兩或二

五、　2.✓　　6.✓
　　1. 我們班有十來個學生。
　　3. 春節前後王剛要回家鄉去一趟。
　　4. 老師的孩子很小，看上去五歲左右。
　　5. 某工廠去年生產化肥一千萬噸，今年生產兩千萬噸，今年的產量是去年的兩倍。

六、　支　件　張　把　篇　把　條　頭　把　條　臺　輛　面　根或條　個　塊　個或斤　勺或碗　鍋　杯　扇　堵或面　顆　粒或串　頭　條

七、　1. A✓　2. B✓　3. A✓　4. A✓　5. B✓　6. B✓　7. B✓　8. B✓

八、　1. 大　2. 大或小　4. 大、小或滿　6. 大或小　7. 大　9. 大或平　10. 長　11. 大或小　12. 大或滿

第四章　動詞

一、　1. 參加　看電影　去　工作　2. 學習　知道　去上海　3. 材料　反映　4. 來說普通話　乾淨　寫　5. 阿　去王府井怎麼走　這部電影　明天什麼時候上課　6. 球撲克牌

二、　1. B　2. A　3. B　4. B　5. A　6. B　7. B　8. A　9. B　10. A

三、　1. ②　2. ③　3. ②　4. ①　5. ④　6. ①　7. ①　8. ④　9. ①　10. ③

四、　1. ①　2. ④　3. ②　4. ③　5. ①　6. ③　7. ①　8. ④　9. ①　10. ①　11. ②　12. ③

五、　1. 今天晚上我不用去醫院看阿里了。
　　2. 你穿這雙鞋出去不會摔跟頭。
　　3. 我還沒好，自己不能走。
　　4. 劇場裡不准(或不能)吸煙。
　　5. 吳明不能用英文寫信。
　　6. 飛機票沒買到，你們明天不能走了(或走不了)。
　　7. 同學們不能走。
　　8. 那座廟不值得看，沒什麼意思。
　　9. 我去請小李，他大概肯幫忙。
　　10. 外邊不會下雨。
　　11. 我不想出去散步。
　　12. 這本書丟了不用賠。

第五章　形容詞

一、能受程度副詞修飾的：
　　白　整齊　假　正確　直　漂亮　隨便　相同　一般

二、大大　　　　高高　　　　紅紅　　　　涼涼快快　　熱熱鬧鬧　　漆黑漆黑
　　雪白雪白　高高興興　碧綠碧綠　滾圓滾圓　痛痛快快　生疼生疼
　　清清楚楚　整整齊齊　焦黃焦黃　模模糊糊　順順當當　冰涼冰涼

三、　1.②　2.②　3.①　4.④　5.③　6.②　7.②　8.①

四、　1.A　2.A　3.A　4.B　5.B　6.A　7.A　8.B

五、　2、4、5、6、8是正確的。
　　　1. 中國人民對我國人民很友好。
　　　3. 這件事情他們了解得很清楚。
　　　7. 老師的房間裡有很多書。
　　　9. 扮演小花的演員演得很真實。
　　　10. 外面漆黑漆黑的。
　　　11. 黑板上的字寫得清清楚楚。
　　　12. 新建的工廠很大 (或：新建的工廠是大型的)。

第六章　副詞

一、
　　(一) 1. 只　都　2. 只　3. 都　4. 都　5. 只　6. 只　都 7. 都　8. 只
　　(二) 1. 更　2. 最　最　3. 稍微　4. 稍微　5. 比較　6. 比較　7. 更　8. 比較
　　　　9. 稍微　10. 最
　　(三) 1. 曾經　2. 已經　3. 曾經　4. 已經　5. 曾經
　　(四) 1. 還　2. 還　3. 又…又…4. 再　5. 又　再　6. 再　也　7. 又　還
　　　　8. 再也　9. 還　10. 還
　　(五) 1. 才　2. 就　3. 才　4. 才　5. 就　就　6. 才　7. 就　就　8. 才　9. 就
　　　　才10. 就
　　(六) 1. 不　不　2. 沒　3. 不　不.4沒(有)　5. 沒(有)　不　6. 沒(有)　7. 沒(有)不
　　　　8. 不　沒(有)不　9. 沒(有)　10. 不　不　沒(有)11. 不　沒(有)　12. 沒(有)
　　　　沒(有)

二、　1. 曾經　2. 已經　3. 正　4. 再　就　5. 只　6. 比較　很　正　7. 非常(十分)
　　　8. 也　一塊兒(一起)

三、　1. B　2. B　3. B　4. B　5. B　6. B　7. B　8. B

第七章　介詞

一、1. 由於　2. 在…中　3. 替　4. 離　5. 對　6. 從/打　7. 為了　8. 跟　9. 向/
　　跟10. 在…下　從

二、甲1從　乙1從　甲2替　乙2在　甲3從　對　乙3對　甲4跟　至於　比　乙4
　　關於　給甲5為了　乙5向　乙6離　甲7比　乙7對　跟　從　甲8在…下　為　在

三、(一)1. 向 向 向　2. 向　3. 往　4. 向　5. 往　6. 向 7. 往
　　(二)1. 從　2. 自　3. 由　4. 自　5. 由
　　(三)1. 跟　2. 對　3. 跟　4. 對　5. 跟　跟　6. 對
　　(四)1. 為　2. 替　3. 替　4. 為　5. 給　6. 為　7. 給
　　(五)1. 至於　2. 關於　3. 至於　4. 對於　5. 對於

四、　1. A(-) B(+)　2. A(-) B(+)　3. A(-) B(+)　4. A(-) B(+)　5. A(-) B(+)　6. A(-) B(+)
　　7. A(+) B(-)　8. A(-) B(+)　9. A(-) B(+)　10. A(-) B(+)

五、　1. 你從哪兒來？
　　2. 昨天在汽車上我遇見了一個朋友。
　　3. 狼對東郭先生說：「打獵的從後邊追來了，先生救救我吧！」
　　4. 為了了解我的學習情況，先生跟我談了幾次。
　　5. 他對這裡的情況很熟悉。
　　6. 由於他每天練習發音，他的發音特別好。
　　7. 他知道這件事，但是他不說。
　　8. 中國同學對我們的學習很關心。

第八章　連詞

一、　1. 和(詞)　2. 和(詞)　3. 或者(短語)　4. 還是(短語)　5. 而(詞)　6. 和(短語)
　　7. 或者(短語)　8. 雖然…可是…(分句)　9. 既然(分句)　10. 不但(分句)或者(詞)
　　11. 儘管…可是…(分句)　12. 不但…而且…(分句)　13. 就是(分句)　14. 倘若
　　(分句)　15. 不論(分句)　16. 寧可(分句)　17. 與其…不如…(分句)　18. 只…
　　才…(分句)　19. 只要(分句)　20. 並(詞)

二、　1. 不論/無論/不管　2. 不論/無論/不管　只要　3. 因為…所以…　4. 還是　5.
　　不…而…　6. 或者　7. 而/可是　8. 儘管/雖然　9. 無論/不論/不管　10. 既然
　　11. 固然可是　12. 即使/哪怕/就是　13. 哪怕　14. 不但　並且

三、因答案不是唯一的，以下給出的答案供參考。

　　1. 明天我們上午和下午都有課。
　　2. 你坐火車來的還是坐飛機來的？
　　3. 坐十路公共汽車或者坐二十二路公共汽車都可以到天安門。
　　4. 我穿著棉衣服還覺得冷呢，何況你只穿一件毛衣了。
　　5. 雖然你學習有很大進步，你不應該驕傲。
　　　儘管你學習有很大進步，你也不應該驕傲。
　　　就是你學習有很大進步，你也不應該驕傲。
　　6. 不管明天陰天還是晴天，我們都去頤和園。
　　　不論明天陰天還是晴天，我們都去頤和園。
　　　無論明天陰天還是晴天，我們都去頤和園。
　　7. 儘管他的態度不太好，你也不應該對他那樣。
　　　即使他的態度不太好，你也不應該對他那樣。
　　8. 最近因為學習較忙，沒有能及時給你寫信。
　　9. 小明沒有想到自己的考試成績那麼好，而且還是全校第一名。
　　10. 要是你對我有什麼意見，就請你隨時給我提出來。
　　　　如果你對我有什麼意見，就請你隨時給我提出來。

11. 因為阿里要寫一篇論文，所以他暑假不回國探親了。
12. 作報告的人雖然講的不是普通話，可是我還聽懂了一大半。
　　因為作報告的人講的不是普通話，所以我只聽懂了一大半。
13. 他寧願捱餓，也不願意給敵人做官發財。
14. 小王遲到了，他不是因為起晚了，而是因為他在路上幫助別人修車，耽誤了時間。
15. 我們不但要有革命熱情，而且還要有科學態度，實事求是的精神。
16. 只要你刻苦鑽研，堅持到底，你就能掌握這門新技術。
17. 這個試驗，我們就是失敗一百次，也要繼續試驗下去。
18. 雖然我們兩家住得很近，我們不常常見面。

第九章　助詞

第一節　結構助詞

一、　1. 的　2. 個　3. 的　4. 地　5. 地　6. 得　7. 得　8. 地　得　的　9. 地　10. 得　11. 的　的　得　12. 的　13. 的　得　14. 的　地　的　15. 得　16. 的　17. 的地　18. 的　的　得　19. 地　的　20. 的　的　得

二、　1. 在黨的領導下，經過革命鬥爭的鍛鍊，劉胡蘭很快成長為一個堅強的共產黨員。
　　2. 文教衛生事業相應地有了發展。
　　3. 這件事在世界上引起越來越多的注意。
　　4. 孩子們都寫得很好。
　　5. 北京的農業發展得很快。
　　6. 他們時間抓得很緊。
　　7. 小明今天受到了嚴厲的批評。
　　8. 目前，這方面的工作經驗還不多，要在今後的實踐中不斷地總結改進和提高。

第二節　動態助詞

一、　1. 過　了　2. 著　3. 了　了　4. 著　著　5. 了　6. 了　著　著　了　7. 了　8. 過　9. 著　10. 著　了

二、　1. A　2. B　3. B　4. B　5. A　6. B　7. B　8. A　9. A　10. A　11. A　12. B　13. B　14. A

三.　1. 我們每個月寫一篇短文章。
　　2. 明天我們上了四節古代漢語課。
　　3. 三年前，我在波恩大學開始學習中文。
　　4. 那個年輕人進來以後，魯迅問他為什麼到書店來。
　　5. 在那些艱苦的日子裡，我一直隨身保存著這兩件東西。
　　6. 我在日本常常看見中國古代的藝術品。
　　7. 我在國內讀過《紅樓夢》，但沒讀完。
　　8. 從前我去過上海，上海是中國最大的工業城市。
　　9. 昨天晚上小明沒把練習做完。
　　10. 到現在還沒有一個人來開會，是不是時間改了呢？

11. 王冕到了二十歲左右，就成為一個很有名的畫家了。
12. 兩個月以後，我會說一點漢語了。
13. 有不少工人、農民被選為勞動模範。
14. 現在我能滑冰了。

第三節　語氣助詞

一、 1. 吧　2. 嗎　3. 吧或呢 吧或呢　4. 嗎　5. 嗎，呢或呀　6. 呢　7. 嘛　8. 呢
9. 呢或呀　10. 呢　11. 嗎或呀　12. 罷了　13. 嗎或啊　14吧或啊　15. 著哪

二、 1. A　2. A　3. B　4. B　5. B　6. A

第十章　象聲詞

一、 1. 啪啪 槍聲　2. 嘩嘩 下雨的聲音　3. 赤嚓赤嚓 老牛嚼草的聲音　4. 咯吱咯
吱走在雪地上的聲音　5. 喔喔喔 雞叫的聲音　6. 呼呼 刮風的聲音 嘩嘩 窗戶
紙被風吹時發出的聲音　7. 劃火柴的聲音　8. 嘀鈴鈴 電話鈴響的聲音　9.
嘎！嘎！嘎！ 海鳥叫的聲音　10. 得得得得　敲門的聲音　11. 喊嚓，喊嚓，
喊嚓，秒表走時發出的聲音　12. 怦怦 心跳的聲音 13. 鐺，　鐺，鐺，鐺　時
鐘報時的聲音　14. 啪 書扔在地上時發出的聲音　15. 霹霹啪啪 大雨點打在玻
璃窗上發出的聲音　16. 蹬，蹬，蹬 走路時比較重的腳步聲　17. 唰唰 下雨的
聲音　18. 咕嘟咕嘟 大口喝水的聲音　19. 撒啦撒啦 刮風時樹葉子發出的聲
音　20. 乒乒乓乓 搬東西時撞碰的聲音

二、 1. 唰　2. 嘩　3. 呱噠呱噠　4. 啪噠啪噠　5. 滴滴答答　6. 嗡嗡　7. 吱扭　8.
吧嗒吧嗒　9. 唔哩哇啦　10. 嗷嗷　11. 呼呼咻

第十一章　嘆詞

一、 1. 讚嘆　2. 招呼　3. 嘆息　4. 答應　5. 驚訝　6. 驚訝　7. 驚訝　8. 招呼
9. 稱讚　10. 疼痛　11. 應答　12. 因沒聽清楚而追問　13. 懊惱 14. 驚喜
115. 領悟6. 領悟　17. 唾棄　18. 不滿　19. 恍然大悟　20. 高興　21. 吃驚
22. 驚嘆　23. 疼痛時的呻吟 24. 驚訝　25. 驚訝

二、 1. 喲　2. 荷　3. 呸　4. 嗐　5. 欸　6. 嘖嘖嘖　7. 哦　8. 嗯　9. 哈哈　10.
咦11. 哎呀　12. 唉

第三篇　第一章　主語與謂語

一、 1. 臉色(A)　2. 小王(C)(A)　3. 她(B)　4. 回答(A)　5. 健康(C)　6. 花草(B)
7. 人 (C)　8. 斷指(B)手術(B)　9. 火車票(B) 十六次的(B) 10. 山上(C)　11. 花
生(B)12. 天氣(C)　13. 愚公(A)你(B)　14地方(C)　15. 遠處(C)

二、 1. 南方(名(處))　2. 一切(代) 你(代)　3. 字(名)　4. 工作(動) 勞動(動)　5. 三
十年(數量詞)　6. 天(名)地(名(處))　7. 屋後 (名(處))孩子們(名)　8. 事(名)　9.
舞會(名)10. 方式(名)睡覺 (動賓短語)散步(動賓短語)下棋(動詞短語) 聽音樂(動
賓短語)出去逛公園 (動詞短語)　11. 不同意的("的"字短語)　12. 按時工作(動

詞短語)按 時休息(動詞短語) 13. 看著一棵好花生病要死(動詞短語) 14. 聰明(形) 15. 運動場上(名(處)) 16. 他這樣做(主謂短語) 17. 勇敢(形) 18. 對人平等相待(動詞短語)

第二章　賓語

一、 1. 海員(類別) 中國(處所) 2. 槍聲(施事) 3. 三張紙(數量) 兩千字 (數量) 4. "留念"兩個字(結果) 5. 岸(處所) 6. 相(結果) 7. 姑娘(施事)辮子(結果) 8. 小王一個人(數量) 9. 船(處所)二十多 (數量) 家(處所) 10. 長詩(結果) 11. 精神(對象)12. 雪(施事)雪人(結果) 13. 樹(對象)三棵(數量) 14. 竹床(工具)木板床(工具)15. 大花臉(原因) 16. 箱(工具)車(工具) 17. 人(存在的事物)

二、 1. 我們(代) 2. 五百頁(數量詞) 3. 街上(名(處))車輛(名) 4. 東北人(名詞短語)冷(形) 5. 一半(數量詞) 6. 表揚(動) 7. 苦(形)吃(動)喝(動)穿(動)戴(動) 8. 莊嚴(形)美麗(形) 9. 姓張的("的"字短語)哪一位(指+數量詞) 10. 老張讓他妻子從家鄉寄來的("的"字短語) 11. 學習中國歷史(動賓短語) 12. 這部小說寫得好(主謂短語)看一看(動詞重疊) 13. 到哪兒去玩(連動短語) 14. 熟人(名詞) 15. 滑冰(動)游泳(動)滑冰游泳(動詞) 16. 老北京(類別)哪兒(代) 17. 小說(名詞) 18. 英文(名)法文(名)德文(名)日文(名)

第三章　定語

一、 1. 新社員 2. 健康的身體 3. 北京的春天 4. 他的姐姐 5. 三塊蛋糕 6. 老實人7. 普普通通的房子 8. 操場(的)前面 9. 非常關鍵的時刻 10. 中國老師 11. 身體好的學生 12. 前面的山嶺 13. 小劉的信心 14. 白茫茫的山上 15. 很多問題16. 小花 17. 多麼簡單的方法 18. 石頭桌子 19. 嘹亮雄壯的歌聲 20. 穿藍衣服的人 21. 光明正大的事情 22. 非常幸福的生活 23. 劉胡蘭的母親 24. 聯歡晚會 25. 參加勞動的人 26. 學習方法

二、 1. 這是一張從畫上剪下來的彩色照片。
2. 老張的一個不滿週歲的男孩子病了。
3. 他們把羊群趕到山坡下的一塊開滿野花的草地上。
4. 昨天作報告的那個穿藍衣服的男同志是小李的爸爸。
5. 這時一個年紀最小的穿一身新軍裝的高個子解放軍走了過來。
6. 他們正在執行上級交給的一項光榮的任務。
　　或：他們正在執行一項上級交給的光榮的任務。
7. 小劉是一個勇敢的、朝氣蓬勃的、有遠大理想的青年。
　　或：小劉是一個朝氣蓬勃的、有遠大理想的、勇敢的青年。
　　或：小劉是一個有遠大理想的、朝氣蓬勃的、勇敢的青年。

三、 2.10是正確的。
1. 到中國以後，我認識了很多中國朋友。
3. 我要積極參加技術革新和技術革命活動，刻苦鑽研技術，為祖國生產更多的優質產品。
4. 中國人民滿懷信心地迎接新的大好形勢。
5. 今天參加遊行的人很多。
6. 我的學習成績不大好。
7. 昨天我去看了一個朋友。

8. 我哥哥不喜歡藍顏色，他喜歡白顏色。

9. 我們每學期進行兩次考試。

四、　1. B　2. A　3. B　4. A　5. A　6. B　7. B　8. B　9. A　10. B　11. A　12. B

第四章　狀語

一、　1. 熱烈地討論　2. 快走　3. 努力(地)學習　4. 積極(地)參加　5. 明天出發　6. 親自動手　7. 漸漸(地)走遠　8. 高喊　9. 在宿舍下棋　10. 跟小王談話　11. 一步一步(地)接近　12. 吃驚地看著　13. 自由自在的飛翔　14. 高高興興地回家　15. 筆直地站著　16. 一次解決問題　17. 一下午沒說話　18. 不由自主地站了起來　19. 仔細(地)觀察　20. 順利(地)進行

二、　1. 孩子們昨天下午興高采烈地向公園走去(了)。

2. 他昨天已經跟小李一起去上海了。

3. 幾天來他為大家到處奔走著。

4. 小王高興地從座位上很快地站了起來。

5. 姐姐忽然激動地對小明說："快走吧！"

6. 老師在課堂上大聲地給學生朗讀課文。

三、　1. B　2. A　3. B　4. A　5. B　6. B　7. B　8. A

四、　2. 7. 9是正確的句子。

1. 你到底同意不同意，直爽地跟他說一說。

3. 他們正在那個地方唱歌，我們去聽聽吧。

4. 我們1980年2月16日從法國來到北京。

5. 我們走進禮堂的時候，大家正在為作報告的人熱烈地鼓掌。

6. 雞早也不叫，晚也不叫，長工們剛躺下就叫了起來。

8. 你在村裡幹什麼活兒？

10. 朋友，你怎樣回答這個問題呢？

第五章　補語

第一節　結果補語

一、　1. 在　2. 見　3. 給　4. 倒或死　5. 給　6. 通　7. 住　8. 瘦　9. 到　10. 完　11. 到　12. 給　13. 在　14. 到

二、　1. B,C　2. A,C　3. B　4. A　5. B　6. A　7. B　8. A　9. B　10. A　11. B　12. A　13. A　14. B

第二節　趨向補語

一、　1. 出來　2. 出　3. 起、開　4. 上去　5. 到…去　6. 起來　7. 起來　8. 過去或過來9. 出來　10. 上　11. 下來　12. 下　13. 起來　14. 下去

二、　1. 我們進了幼兒園，小朋友們正在門口排著隊歡迎我們。

2. 吳清華逃出了地主家以後，向大森林走去。

3. 琴聲一響，孩子們就唱了起來。

4. 農民的生活一天天好起來。
5. 小剛把書包一放就跑出去了。
6. 你的朋友回來了，難道你沒看見嗎？
7. 時間飛快的過去，眼看就要放假了。
8. 孩子一看見我，就向我撲了過來。
9. 你的鋼筆壞了，應該修理修理。
10. 一九六二年，周師傅和他的妻子先後病死了，留下了三個兒子和兩個女兒。
11. 每到這個時候，我就想起他的名字來。
12. 老張進商店的時候，已經快十二點了。
13. 他把小女兒叫到面前來說：「你要永遠記住這個教訓。」
14. 受傷的人從床上坐了起來，大家勸他趕快躺下。
15. 風一吹，飄過來一陣花香。
16. 房間裏不時地傳出來一陣陣的笑聲。
17. 同學們，上課了，快進教室去。
18. 吃完飯，我們都回宿舍去。
19. 小李，你給我拿一個杯子來。
20. 鴿子飛上天去了。

第三節 可能補語

一、 1. 不清楚 2. 不起來 3. 不進去(來) 4. 不到(著) 5. 得出來(到) 6. 不了 7. 大意不得 8. 不上(得) 9. 不得 10. 得下(了) 11. 不得 12. 不懂 13. 不起 14. 不了

二、 1. 今天學的課文我背不下來。
2. 星期日小劉不能回來看電影。
3. 這兩道題有什麼區別，我看不出來。
4. 他說的話我聽不懂。
5. 這個問題小王答不上來。
6. 一塊錢買不了五斤蘋果。
7. 電影七點半演不完。
8. 你在這樣的燈光下看書，眼睛近視不了(或不會近視)。
9. 這件事我不能詳細地寫出來(或…我寫不詳細)。
10. 童年時代的生活他記不得了。

三、 1. B 2. A 3. B 4. A 5. A 6. A 7. B 8. A

四、 1. 你連一塊石頭都搬不動，怎麼能把山搬走呢？
2. 今天天氣不好，還照得了像嗎(或還能照像嗎)？
3. 要不是老師幫助我，我就學不好中文。
4. 因為錢不夠，所以他買不了(或不能買)那件大衣了。
5. 下午你能來幫助我嗎？
6. 我打開水龍頭，看看現在水來沒來。
7. 現在，那座小山上一棵樹也看不見。
8. 蕃瓜弄是上海一個有名的貧民窟，去參觀以前，我真想不到解放前的勞動人民生活是那樣的悲慘。
9. 小張的傷勢很重，大家都知道他已經活不了了，禁不住哭了起來。
10. 你這樣工作，工作不好(或不能把工作作好)。

第四節　情狀補語

一、　1. 阿里激動得很。
　　　2. (1)小剛把身體鍛鍊得很結實。
　　　　　(2)小剛(的)身體鍛鍊得很結實。
　　　3. 他的臉脹得通紅。
　　　4. 運動員表演得很好。
　　　5. 謝利(說)漢語說得比我流利。
　　　6. (1)小王忙得忘了吃飯。
　　　　　(2)小王忙得把吃飯都忘了。
　　　7. 李明把飯吃得乾乾淨淨。
　　　8. (1)火把他的臉烤得通紅。
　　　　　(2)火烤得他臉通紅。

二、　1. B　2. A　3. B　4. B　5. A　6. B　7. A　8. B　9. B　10. B

三、　1. 我要把這項工作作得更好。
　　　2. 我聽見他們(唱歌)唱得高興極了。
　　　3. 他學漢語學得很好，說得也很對，寫得也很快。
　　　4. (1)工人把工廠管理得很好。
　　　　　(2)工人管理工廠管理得很好。
　　　5. 他慢慢地散著步。
　　　6. 敵人惡狠狠地說：「你回答得全不對！」
　　　7. 我們在教室裡討論得很熱烈。
　　　8. 孩子們把水果吃了個一乾二淨。

第五節　數量補語

一、　1. B　2. A　3. A　4. B　5. B,C　6. A　7. B　8. B　9. A　10. B

二、　1. (1)我跟農村醫生用漢語談話談了一個上午。
　　　　　(2)我跟農村醫生用漢語談了一上午話。
　　　2. 關於回國的問題他們倆談了一個小時。
　　　3. (1)每天我們在課堂上寫半個小時漢字。
　　　　　(2)每天我們在課堂上寫漢字寫半個小時。
　　　4. (1)他在農村幹了十一年活。
　　　　　(2)他在農村幹活幹了十一年。
　　　5. 我們在這兒學習半年到一年。
　　　6. 咱們打一場球，怎麼樣？
　　　7. 他敲了幾下兒門，屋裏沒有答應。
　　　8. 阿里比謝利高三釐米。

三、　1. (1)孩子看書看了三個小時了。
　　　　　(2)孩子看了三個小時書了。
　　　2. 狗在雷鋒的腿上咬了一口。
　　　3. 王剛去美國已經三年了。
　　　4. 阿里比謝利重五公斤。

 5. (1)小明游泳游了一上午。
　　(2)小明游了一上午泳。
 6. (1)我昨天看了一晚上歌舞。
　　(2)我昨天看歌舞看了一個晚上。
 7. (1)你去找一下兒小李。
　　(2)你去找小李一下兒。
 8. 奶奶死了整整五年了。

第六節　介詞短語補語

一、 1. 於　2. 自　3. 從,向　4. 自　5. 向　6. 於

二、 1. 這個故事是從老師那裏聽來的。
 2. 後來小王從東北來到北京。
 3. 我們從一個勝利走向另一個勝利。
 4. 中華人民共和國是一九四九年成立的。
 5. 我們來自不同的國家。

第七節　狀語與補語比較

一、 1. 那個時候有七個家庭婦女在這兒工作。
 2. 下星期我就要和中國同學住在一個房間裡了。
 3. (敵人來了,)你快走吧!
 4. (我很快地走著,)怕來晚了。
 5. 你把這本書放在床上。
 6. 孩子在床上睡覺。
 7. (1)我聽錄音聽了一個小時。
　　(2)我聽了一個小時錄音。
 8. 我一天看完一本書。

二、 1.B　2.A,B　3.A　4.B　5.B　6.A　7.A　8.A

三、 1. 在舊社會,地主不讓農民吃飽穿暖。
 2. 你注意記住這個字,不要忘了。
 3. 張明去火車站跑得很快。
 4. 他練習作得這樣少,哪能得100分?
 5. 我已經到故宮去了三次了。
 6. 我在大學學了三年中文。
 7. 如果晚來一點兒,就買不到了。
 8. 在通貨膨脹的情況下,糧食一天漲好幾次價。
 9. 因為怕遲到,他很快打了一個電話,叫了一輛出租汽車。
10. 不論什麼工作,完成得好,都是光榮的。
11. 我想我算錯了。
12. (1)請你把話說清楚。
　　(2)請你說話說得清楚一點兒。
13. 自從中華人民共和國成立以來,北京變多了。
14. 今天你來得太早,明天晚點兒來吧。

第六章　複指和插說

一、 1. 紅旗 鮮艷的紅旗　2. 上海 這座工業發達的城市　3. 她們姐妹 倆　4. 我
張老漢　5. 五本書 一本語文 一本數學 一本歷史 一本地理 一本英語　6. 我
們 大家7. 愛吸煙喝酒的人 他們　8. 主治醫生 王大夫　9. 我們 兄弟 幾人
10. 恩人 老張 叔叔　11. 你 自己　12. 對工作認真負責的人 他們　13. 好多
東西 三張辦公桌十幾把椅子 兩個書櫃　14. 蘋果 桃子 石榴 糖 花生 這些
吃的東西　15. 人家 張大爺　16. 小王 他們　17. 中學老師 金建 先生　18.
幾名研究生 張力 李平 趙凡他們　19. 一天 六六年七月一日　20. 那部書的手
卷 一部不朽的巨著

二、 1. 我看　2. 據說　3. 總而言之　4. 說實在的　5. 不瞞你說　6. 看來　7. 你想
想　8. 聽說　9. 據了解 比如　10. 看樣子　11. 不想　12. 看起來

第四篇　第一章　主謂句

一、 1. (A)(B)(A)　2. (B)(B)　3. (D)(D)　4. (C)(C)　5. (A)　6(D)　7. (C)(A)
8.(A)(A)(A)(B)　9. (C)(C)　10. (A)　11. (A)(A)　12. (A)　13. (C)(A)　14. (D)(C)
15. (A)(A)16. (A)　17. (A)　18. (A)　19. (C)(C)　20. (B)(B)　21. (B)　22(B)　23.
(A)(A)(A)　24. (B) (B)

二、參考答案

(一)1. 我北京人。　2. 我今年十二。　3. 我四年級。
(二)1. 今天八號。　2. 今天星期二。　3. 現在五點半。
(三)1. 這種水果糖三毛錢一口袋。　2. 桃四毛五一斤。　3. 兩口袋糖、三斤桃一共二
塊九毛五。
(四)1. 我家四口人。　2. 我愛人天津人。　3. 我兩個孩子。
(五)1. 我住的那套房子兩個房間。　2. 每個房間一個窗戶。　3. 最大的一間十八平方
米。
(六) 我的朋友高個子，大眼睛，黃頭髮。 (我的朋友中等個兒，大眼睛，花白頭髮。)

三、 1. 道理(A) 他(B)　2. 房間(A) 燈(B) 窗戶(B)　3. 話劇(A) 看過的人(B)　4.
文章(A) 主題(B) 語言(B)　5. 美化首都(A) 人人(B)　6. 什麼(A) 他(B) 什麼
(A) 他(B)7. 手續(A) 我(B) 行李(A) 我(B)　8. 老廠長(A) 個子(B) 年紀(B)　9.
家鄉(A) 三面(B) 風景(B)　10. 他(A) 臉色(B) 身體(B)

四、 1. 亮　2. 悶熱　3. 忙　4. 艱苦 樸素 講究　5. 乾乾淨淨 整整齊齊　6. 寬長
7. 噴香噴香　8. 高 高 高矮　9. 綠油油　10. 激動

第二章　幾種特殊的動詞謂語句

第一節　"是"字句

一、 1. (B)　2. (B)　3. (B)　4. (E)(E)(E)　5. (D)　6. (D)　7. (D)　8. (B)　9. (D)(D)
10. (E)　11. (B)(B)　12. (D)　13. (B)　14. (A)　15. (D)　16. (B)　17. (I)　18. (H)
19(E)　20. (D)(B)　21. (F)(F)　22. (D)　23. (G)　24. (J)　25. (F)

二、 1. 這種布貴是貴一點兒，可是結實、耐穿。
2. 你想看的那本書我有是有，只是現在不在我手頭，張力借去看了。

3. 小王來是來過了，可是你要的東西沒有給你帶來。
4. 那件事他跟我說是說過了，但是說得不很詳細。
5. 這些漢字我們學是學過了，可是忘了怎麼念了。
6. 那個英文報告我聽是聽了，可是都沒聽懂。
7. 他寫得慢是慢，可是寫得整齊。
8. 這篇文章長是長，可是沒有什麼內容。

第二節 "有"字句

二、 1.(B) 2.(B)(B) 3.(B) 4.(B) 5.(B)(B)(B) 6.(B) 7.(D) 8.(B)(B)(B) 9.(D)10.(F) 11.(G) 12.(F) 13.(A)(A) 14.(D) 15.(C)或(B) 16.(F) 17.(A) 18.(D) 19.(B)或(A) 20.(A)(A)(A) 21.(C)(C)或(F) 22.(B) 23.(C) 24.(E) 25.(G) 26.(A) 27.(A)或(B) 28.(B)(B) 29.(B) 30.(A)

三、 2. 問：你們的圖書館有很多書，是嗎？
   答：對，我們的圖書館有很多書。
3. 答：不，沒有(或沒有什麼經驗)。
4. 問：他的報告一定對你們很有幫助，是嗎？
   答：不，沒有幫助。
5. 答：對，明天傍晚有雨，可能還有點兒風。
6. 答：沒有用。

第三節 連動句

一、 1. 想了一下，說(A) 2. 找時間 去你家 看看你的母親(B)(B) 3. 搬到北京郊外住(B) 4. 去那個公園 玩(B) 5. 坐船 到南方奶奶家 過暑假(C)(B) 6. 有個青年 要見你(E) 7. 用手 輕輕地摸了摸小力的新鉛筆盒(C) 8. 開門 出去 看了看(A)(A)9. 有什麼理由 不同意他的要求(E) 10. 放著 沒吃(D) 11. 搶著 幹又髒又重的活兒(C) 12. 有一些問題 想請教你一下兒(E) 有時間 幫助我(E) 13. 放在抽屜裡 沒帶(D) 拿出來 一看 (B)

二、 ①咱們每個人用樹枝在地上畫一條蛇。 ②每個人就拿起一根小樹枝在 地上畫起來③他笑著看了看週圍 ④(他)抱著酒壺得意地說："你們誰有本事能比我畫得快，我還有時間給蛇畫上幾隻腳。" ⑤(另一個)指著地上的蛇說

三、 1. 他回宿舍取眼鏡去了。
2. 孩子們聽完都哭起來了。
3. 所以她一直保存著沒用。
4. 昨天他們坐火車去南方旅行了。
5. 姐姐正忙著寫論文，沒有時間回答我的問題。
6. 阿里從書包裡拿出一封信交給我。
7. 下午咱們帶著水果去看她吧！
8. 他花了幾十塊錢買一輛舊自行車。
9. 你不應該躺著看書。
10. 他們沒有理由不參加這個會。
11. 孩子們都爭著答應："嗳"！

四、 1. 他花了三百多元又買了一輛新型摩托車。

2. 這位年輕的作家用了一年左右的時間寫了一個劇本。

3. 他沒有理由不回答我的問題。

4. 我現在還沒有條件住那麼好的房子。

5. 下星期天，我來找你，咱們一起去頤和園划船。

6. 他坐公共汽車去北京圖書館借書。

7. 走在半路上，汽車停住不走了。

8. 看完兒子的信，老人拉起衣袖擦了擦眼淚。

9. 我每次去看他，他都坐在桌旁看小說呢。

10. 看了我織的毛衣，姐姐捂著嘴直笑。

五、 1. A. 小方先開門後出去。　B. 小方先出去再開門。

2. A. 老隊長先接過那把鋤頭，然後看了看，最後說："……"。
   B. 老隊長先看了看那把鋤頭，然後接過去，最後說："……"

3. A. 他們坐著汽車進城了。（"坐車"表示"進城"的方式）
   B. 他們先進城去後坐汽車。

4. A. 她先下床再穿衣服。
   B. 她先穿好衣服後再下床。

5. A. 他們先輕輕地推開門，再走進去。
   B. 他們先輕輕地走進去，然後推開門。

6. A. 小明先站起來，然後拍拍身上的土。
   B. 小明先拍了拍身上的土，然後才站起來。

第四節　兼語句

一、 1. 別人　2. 誰　3. 他　4. 別人　5. 哥哥　6. 衛兵 他　7. 我們　8. 外號　9. 我10. 錄音機

二. 參考答案

(一) 1. 老師叫我八點來。

2. 弟弟讓我教他日語。

3. 今晚，學校請我們看京劇《貴妃醉酒》。

4. 圖書館催我還書。

5. 老王託我帶了些東西。

6. 你勸勸他別生氣了。

7. 領導派他們去西藏了。

8. 你這樣做使我很不安。

9. 每個學校都組織我們到各地遊覽。

10. 你怎麼強迫人家同意你的意見呢。

(二) 1. 大家都表揚他服務態度好。

2. 同學們都佩服這位老師有學問。

3. 誰都嫌小明太淘氣。

4. 同志們都喜歡他愛幫助人。

5. 人人都稱讚小力刻苦、好學。

6. 鄰居們都罵他太不講道理。

7. 孩子們都恨他自私自利。

8. 全車間的同志一致選他當車間主任。

9. 人家都笑我太粗心。

10. 我們組的同志都感謝你這麼大力地幫助我們。

(三) 1. 小明有個姑姑在鄉下。
　　 2. 他家有一張桌子(是)三條腿。
　　 3. 那間大屋子有兩個窗戶朝南。
　　 4. 圖書館新買了一套大百科全書是英文版的。
　　 5. 她還有個弟弟叫小明。

三、 1. 那天晚上，是看大門的老工人給我開的門。
　 2. 是誰殺害了我的父親？
　 3. 是我們的老師教育我們長大成人的。
　 4. 是風把蠟燭吹滅了。
　 5. 是一位工人師傅幫我修理好了我的自行車。

四、 1. 他請我去他家。(B)　我去他家玩過兩次。(A)
　 2. 領導上讓我回來。(B)　我回來看看您老人家。(A)
　 3. 齊王派晏子到楚國去。(B)　晏子到楚國去當大使。(A)
　 4. 大媽讓我趕快把汗水浸透的衣服脫下來。(B)　我趕快把汗水浸透的衣服脫下來換上乾的。(A)
　 5. 他有個哥哥調到西北去。(B)　哥哥調到西北去支援邊疆了。(A)
　 6. 我爹急急忙忙跑回來告訴我。(A)　我叫大家先躲一躲。(B)
　 7. 我們廠長請您先在接待室看看報。(B)　您先在接待室看看報等他一會兒。(A)
　 8. 大家都選她當代表。(B)　她當代表去北京開經驗交流會。(A)
　 9. 很多學生到我家裡來請我。(A)　請我給他們演戲。(B)
　 10. 老師不讓我們單獨一個人到河裡去。(B)　我們單獨一個到河裡去游泳。(A)
　 11. 你打電話叫他。(A)　你叫他來。(B)
　 12. 你叫他來。(B)　他來打電話。(A)

五、 1. 老王託我去他家看望一下兒他的母親。
　 2. 張力進城去請一位畫家給我們作報告。
　 3. 我去張教師家請他看一下這篇論文。
　 4. 老王命令小王立刻去連隊報告新接到的情報。
　 5. 大家都推選大劉當組長組織這次活動。

第五節　存現句

一、 1. 我的家鄉是一個小山村。村外有一條小河，小河上架著一座小木橋。走過木橋，可以看見一座小山，山上長滿了樹木。夏天，山坡上開遍了野花，美麗極了。
　 2. 阿里的房間很乾淨，也很整齊。房間裡有一張床，床旁邊是一個大衣櫃，裡面掛滿了衣服。靠牆放著兩個書架，書架上擺滿了書。房間還有一張桌子，桌子上擺著一臺錄音機；錄音機旁邊是一個檯燈。
　 3. 休息時我走出房間，忽然看見前邊走過來一個人。他頭上戴著一頂藍布帽子，身上穿著黑衣服，手裡還提著一個皮包。走近一看，原來是我弟弟。我叫他到屋裡去。我們剛想進屋，又發現牆角蹲著一個人，正在地上寫著什麼，地上寫滿了字，這個人是誰呢？

二、 1. 房間裡走出一個人來。(或：那個人從房間裡走出來。)
　 2. 桌子上放著很多書。
　 3. 教室裡忽然跑進來幾個孩子。

4. 河邊上圍了(著)很多人。
5. 草地上蹲著一群人。(或：有一群人在草地上蹲著。)
6. 家裡昨天來了幾個客人。
7. 生產隊裡死了一頭黑豬。
8. 去年發生了一件奇怪的事。

第六節　"把"字句

一、　1. 老師把本子發給我們。
　　2. 媽媽把我找回來了。
　　3. 一幅美麗的圖畫把我們吸引住了。
　　4. 農奴主把那個農奴打了一頓。
　　5. 你把這個問題看得太簡單了。
　　6. 阿里把房間打掃得很乾淨。
　　7. 媽媽把孩子緊緊地抱在懷裏。
　　8. 大夫把自己的血輸給了那個受傷的戰士。

二、改病句
　　1. 社員把牆挖了一個洞。
　　2. 大家說："可以把石頭扔到海裡去。
　　3. 昨昨上，我沒看完電影就走了。
　　4. 雷鋒把自己的一生獻給了人民。
　　5. 運動員走進了比賽大廳。
　　6. 文清慢慢地把手放在桌子上。
　　7. 我們應該幫助他。
　　8. 小紅把手洗得雪白。
　　9. 他們不但唱一支歌，還跳了一個舞。
　　10. 我們把這個問題討論討論(或一下)吧。
　　11. 今天我能把錄音聽完。
　　12. 明天你應該把這些練習作完。
　　13. 他沒學過中文，怎麼能聽懂中文？
　　14. 他學中文很努力。
　　15. 敵人把全村的群眾趕到廣場上。
　　16. 魯迅有的小說我上大學時就讀過了。

三、　1. 《紅樓夢》再版了，我到書店買了一本。回家以後我就開始看，十天就把它
　　　　看完了。
　　2. 六月初我開始學游泳，只學了三天就把游泳學會了。
　　3. 星期日上午八點我洗衣服。我先把衣服放在洗衣機裡，然後開動機器，八點
　　　　半就把衣服乾淨了。

第七節　被動句

一、　1. 信已經寄出去了。
　　2. 今天的報放在哪兒了。
　　3. 敵人被民兵消滅了。
　　4. 這個秘密叫人發現了。

5. 戰士們沒有被困難嚇倒。
6. 他家的門叫不開。
7. 報紙買來了。
8. 敵人被消滅了一半(或一半敵人被消滅了)。

二、 1. 他的父親被敵人殺害了，解放軍把他救了出來。
2. 劉胡蘭不幸被敵人發現並被逮捕了。
3. 那本新書我買到了。
4. 我的杯子叫孩子摔碎了。
5. 那張地圖讓人借走了。
6. 小馬被送進醫院，醫生把她救活了。
7. 敵人被這突然的襲擊嚇壞了。
8. 解放前，他被敵人關進了監獄。
9. 中國雜技團受到我國人民的熱烈歡迎。
10. 媽媽喊孩子。
11. 《漢語課本》賣得很快。
12. 這座大樓是一九五二年蓋的。

第三章　“是…的”句

一、 1.② 2.①① 3.② 4.③③ 5.① 6.② 7.② 8.① 9.① 10.③③ 11.②
12.②② 13.①① 14.③ 15.③②

二、 1.⑤ 2.④ 3.① 4.① 5.② 6.③ 7.⑤ 8.④④ 9.② 10.③

三、 1.B 2.A 3.B 4.A 5.A 6.B 7.A 8.a

四、 1. 我不是在北京語言學院學的漢語。
2. 我朋友是從外文書店買來的《英漢詞典》。
3. 昨天我是在北京飯店遇見的我的老朋友。
4. 他是下午四點半給你打來的電話。
5. 馬同志是跟張同志一起去的南方。
6. 昨天中午我是吃的西餐，晚上吃的中餐。
7. 屋子裡太冷了，是誰把窗戶打開的？
8. 他睡不著覺是喝茶喝的。

第四章　疑問句和反問句

一、(一)
1. 你是清華大學的外國留學生嗎？
2. 他是在第一外國語學院學的英語嗎？
3. 你想去河邊散散步嗎？
4. 明天星期三嗎？
5. 這種圓珠筆好用嗎？
6. 她看過那個芭蕾舞劇嗎？

(二)
1. 你看過魯迅的小說《阿Q正傳》沒有？
   你看過沒看過魯迅的小說《阿Q正傳》？

556

2. 她的口頭表達能力強不強？
3. 學過的生詞你都記住了沒有？
4. 他有《現代漢語詞典》沒有？
　　他有沒有《現代漢語詞典》？
5. 你會不會翻譯這個句子？
　　你會翻譯這個句子不會？
6. 你相信不相信這個消息是真的？
7. 他家的彩色電視機是不是新買的？
　　他家的彩色電視機是新買的不是？
8. 這部作品中的幾個主要人物寫得真實不真實？
9. 他們能不能按期完成這項工程？
　　他們能按期完成這項工程不能？
10. 電影開演以前，你們到得了到不了。
　　電影開演以前，你們能不能到？

(三) 1. 你(是)去頤和園，還是去故宮？
2. 你到醫院去(是)看內科，還是看外科？
　　你(是)到醫院去看內科，還是看外科？
3. 這次考試的題目(是)容易，還是難？
4. 昨天晚上的氣溫是零下十二度，還是零下十四度？
5. 你會騎自行車，還是會開汽車？
6. 你是學生，還是工人？
7. 你(是)喜歡北京的秋天，還是喜歡北京的春天？
8. 這篇文章(是)看得懂，還是看不懂？
9. (是)他來找你，還是你去找他？
10. 她(是)在教室學習，還是在圖書館學習？

(四) 1. 誰是教育代表團的副團長？
2. 老馬是什麼時候動身到廣州去的？
　　老馬是哪天動身到廣州去的？
3. 孩子們到哪兒去玩兒了？
4. 你給他借了幾本《現代短篇小說選》？
5. 哪個班明天要和外國留學生聯歡？
6. 那條路有多長？
7. 他女兒幾歲了？
　　他女兒多大了？
8. 老馬的父親多大歲數了？
　　老馬的父親多大年紀了？

(五) 1. 我的帽子呢？
2. 屋子裡已經打掃乾淨了，院子呢？
3. 你哥哥已經結婚了，你姐姐呢？
4. 這個問題比較簡單，那個問題呢？
5. 這位客人是你父親的朋友，那位客人呢？

二、1. 沒有，明天下午我們學校沒有足球賽。
2. 是的，病人需要到室外去曬太陽。
3. 對了，我不參加今天晚上的招待會。

4. 不，我昨天看了那個歌劇了。

5. 不，他是這個班的學生。

6. 不，昨天晚上我是在學校食堂吃的晚飯。

7. 對了，我母親還沒吃晚飯。

8. 好，我們明天不去長城了。

9. 沒有，我沒把房門鑰匙丟在商店裏。

10. 是的，對完成這項任務，大家都很有信心。

三、 1. 問題已經解決了，你還著急！(你不應該著急)

2. 天氣已經這麼暖和了，你怎麼還穿大衣？(你不應該再穿大衣了)

3. 我叫了他好幾聲了，他難道沒聽見嗎？(他應該聽見)

4. 這麼容易的句了，你還不會翻譯嗎？(你應該會翻譯)

5. 這不是我的字典嗎？原來在這兒。(這是我的字典)

6. 你要是不來參加聯歡會，我們的大合唱誰來指揮呢？(我們的大合唱就沒有人指揮了)

7. 這麼好的機會，你怎麼不利用？(你應該利用)

8. 這哪兒是幫忙呀！簡直是給我找麻煩！(這不是幫忙)

9. 這個責任我不承擔，誰承擔呢？(這個責任就應該我承擔)

10. 這間屋子大什麼？只有十四平方米。(這間屋子不大)

11. 這本小說有什麼好？一點意思也沒有。(這本小說不好)

12. 你笑什麼？難道這是可笑的事？(你不應該笑，這不是可笑的事)

13. 票都丟了，還看什麼電影啊？(不能看電影了)

14. 他有什麼理由不讓我們工作呢？(他沒有理由不讓我們工作)

15. 你拿傘幹什麼？外邊又沒下雨。(你不必拿傘)

16. 誰說她不會畫畫兒？人家還參加過個人畫展呢！(她會畫畫)

17. 你打個電話就行了，何必自己跑去呢？(不必自己跑去)

18. 風浪那麼大，還要坐這麼小的船出海，你還想活不活了？(你是不想活了)

19. 是不是？我就知道你一定得感冒！(必然會是這樣)

20. 我們想搞個課外活動站，可是既沒有經費，又找不到活動地點， 你說難辦不難辦？(確實難辦)

21. 你們是來幫忙來了，還是來看熱鬧來了？怎麼不動手啊？(你們實際上是來看熱鬧來了)

22. 誰說婦女不頂用，我們要頂半天邊！(婦女是頂用的)

四、 1. 那個體育館不是很大嗎？我聽說坐得下一萬五千人呢！

2. 這種圓珠筆不是很好用嗎？你怎麼說不好用呢？

3. 一個人哪兒吃得下這麼多蘋果？

4. 我沒看過那本科學幻想小說，怎麼能知道它的內容是什麼呢？

5. 對狼這樣的壞東西難道能仁慈嗎？

   難道對狼這樣的壞東西能仁慈嗎？

6. 路那麼遠，你還不坐汽車去？

7. 既然你們兩個人都懂法語，為什麼不用法語交談呢？

8. 你是群眾代表，這個會你不參加誰參加？

9. 這兒沒有茶，只有汽水，我不喝汽水喝什麼？

10. 解決這個問題有什麼難？

11. 我們的假期很短，借那麼多小說幹什麼？

12. 誰說我們不能成功？我們有信心有決心，一定要試驗成功。

13. 聽說他去過那個地方，<u>我們何不請他來介紹介紹那裡的情況？</u>
14. 孩子那麼小就那麼懂禮貌，<u>你說可愛不可愛？</u>
15. <u>這種東西是能吃呀，還是能穿哪，有什麼用啊！</u>

五、　1. 今天很多朋友都來祝賀我母親的生日，<u>我母親怎麼能不高興呢！</u>
　　2. <u>這不是你的信嗎？</u>信封上還有你的名字呢！
　　3. 去年試製新產品的時候，我們遇到那麼大的困難都沒灰心，<u>難道現在遇到這麼一點困難就灰心嗎？</u>
　　4. 我認識她，<u>她不是老張的妹妹嗎？</u>
　　5. <u>難道就這樣軟弱下去嗎？</u>不能，一定要堅強起來！
　　6. <u>你沒聽說嗎？</u>那個劇團是很有名的。
　　7. 人民大會堂是非常雄偉壯麗的，<u>誰不想去參觀一下呢？</u>
　　8. 他給了我們這麼大的幫助，<u>我們哪兒能不感謝他呢？</u>
　　9. 我是她唯一的親人，她有了困難，<u>我不管誰管？</u>
　10. 這種家具的樣子有<u>什麼好看</u>？我覺得很難看。
　11. <u>著什麼急呀</u>？汽車馬上就來。
　12. <u>請大夫幹什麼</u>？沒有必要！
　13. <u>誰說我們不能成功</u>？我們就要爭這口氣。
　14. 這塊布太小了，<u>是夠做襯衫的，還是夠做褲子的？</u>

第五章　比較的方式

一、　1. 比 沒有　2. 跟　3. 跟 比 比 沒有　4. 跟　5. 有　6. 跟 沒有 比 比　7. 比 比 沒有　8. 跟 有　9. 沒有 比　10. 跟 比 比 沒有 沒有

二. A 1. 那個房間比這個(房間)大。
　　　這個房間比那個(房間)小。
　　　這個房間沒有那個(房間)(那麼)大。
　　　這個房間跟那個(房間)不一樣大。
　　2. 他的衣服比我的(衣服)長。
　　　我的衣服比他的(衣服)短。
　　　我的衣服沒有他的(衣服)長。
　　　我的衣服跟他的(衣服)不一樣長。
　　3. 這篇文章比那篇(文章)深。
　　　那篇文章比這篇(文章)淺。
　　　那篇文章沒有這篇(文章)(這麼)深。
　　　那偏文章跟這篇(文章)不一樣深。
　　4. 我們學校的學生比他們學校(的學生)多。
　　　他們學校的學生比我們學校(的學生)多。
　　　他們學校的學生沒有我們學校(的學生)多。
　　　他們學校的學生跟我們學校(的學生)不一樣多。

　B 1. 姐姐跟妹妹一樣喜歡聽音樂。
　　　姐姐有妹妹那麼喜歡聽音樂嗎？
　　2. 這個水庫跟那個水庫一樣大。
　　　這個水庫有那個水庫那麼大嗎？
　　3. 她從前跟現在一樣愛跳舞。
　　　她從前有現在這麼愛跳舞嗎？

4. 這個公園的風景跟那個公園(的風景)一樣美。
   這個公園的風景有那個公園(的風景)那麼美嗎?
5. 輕工業展覽跟農業展覽一樣受歡迎。
   輕工業展覽有農業展覽那麼受歡迎嗎?

三、 1. 一班表演的節目沒有二班表演的好。
   二班表演的節目比一班表演的好。
2. 那個故事的情節比這個故事(的情節)複雜。
   這個故事的情節不如那個故事(的情節)複雜。
3. 那本古代寓言沒有這本有意思。
   那本古代寓言不如這本有意思。
4. 這本詞典收的詞可能跟那本一樣多。
5. 學滑雪跟學滑冰一樣容易嗎?
6. 他有你那麼喜歡游泳嗎?
7. 他怎麼會有你哥哥那麼高啊!你哥哥比他高。
8. 他們小組討論得不如我們熱烈。
   我們小組討論得比他們熱烈。
9. 張先生的課沒有王先生講的好。
   張先生的課講得不如王先生。
10. 他的漢語說得跟她一樣流利。
    他的漢語說得沒有她流利。

四、 1. 她發音比我(發音)清楚得多。
   她(發音)比我發音清楚得多。
2. 他的身體(現在)比從前更健康了。
3. 他父親的年紀跟我父親(的年紀)一樣大。
   他父親(的年紀)跟我父親的年紀一樣大。
4. 他開車比我(開車)慢。
   他(開車)比我開車慢。
5. 他學英語比(他)學法語更快。
6. 他們班同學比我們班(同學)早來一個星期。
7. 那種紀念郵票沒有這種(紀念郵票)好看。
8. 圖書館的中文書比閱覽室(的中文書)多。
   圖書館(的中文書)比閱覽室的中文書多。
9. 北京的夏天沒有我們那兒(的夏天)熱。
10. 我的漢語水平不如他(的漢語水平)高。
    我(的漢語水平)不如他的漢語水平高。

五、 1. 今天跟昨天一樣暖和。
2. 你們學的漢字跟他們學的漢字一樣多不一樣多?
3. 他的兒子十二歲,我的兒子也十二歲,他的兒子跟我的兒子一樣大。
4. 這輛自行車比那輛新。
5. 這件事情有那件事情重要嗎?
6. 昨天晚上沒有早上涼快。
7. 她家的生活跟解放以前完全不同了。
8. 那裡教中文的方法跟我們大學的方法不一樣。
9. 姐姐比我大五歲。

10. 那個箱子跟這個箱子一樣重。
11. 他的錄音機比我的更好。
12. 那個醫院比這個醫院大。
13. 我母親每天早上都比我早起半個小時。
14. 她喜歡看雜技比我喜歡得多。

第六章　非主謂句

1. 無主句　2. 無主句　3. 無主句　4. 獨詞句　5. 獨詞句　6. 無主句
7. 主謂句　8. 無主句　9. 獨詞句　10. 無主句　11. 主謂句　12. 主謂句
13. 無主句　14. 獨詞句　15. 獨詞句　16. 獨詞句　17. 無主句　18. 獨詞句
19. 獨詞句　20. 主謂句

第五篇　第一章 複句的類型

一、 1. 遞進複句　2. 假設複句　3. 並列複句　4. 轉折複句　5. 條件複句　6. 目的
　　複句7. 推斷因果複句　8. 說明因果複句　9. 承接複句　10. 說明因果或承
　　接複句　11. 轉折複句　12. 目的複句
13. 多重複句 (①只有代表群眾, ‖ ②才能教育群眾, |③只有做群眾的學生, ‖ ④才能 做
　　群眾的先生。) ①、②與③、④是並列關係, ①與②是條件關係, ③與④也是條件關係。
14. 多重複句 (①他雖然不認識魯迅, ‖ ②也從未通過信, |③可是確信他--魯迅先
　　生, 一定能夠滿足一個共產黨人臨死之前念念不忘的這個莊嚴的要求。) ①、
　　②與③是轉折關係, ①與②是並列關係。
15. 多重複句 (①(大家表示:)只要還有一口氣, ‖ ②還能堅持一分鐘, |③就要為
　　革命繼續戰鬥。) ①、②與③是條件關係, ①與②是並列關係。
16. 多重複句 (①從不懂到懂, ‖ ②從掌握知識不多到掌握知識較多, |③必須堅
　　持學習, |④堅持實踐。) ③、④與①、②是條件關係, ③、④是偏句; ①、②
　　是正句; ①與②, ③與④都是並列關係。
17. 推斷因果複句
18. 多重複句 (①因為走得急, |②我沒來得及多說, ‖ ③只告訴她要按時吃藥,
　　注意休息。) ①與②、③是說明因果關係, ②與③是並列關係。

二、 1. B　2. A　3. A　4. B　5. A　6. A　7. B　8. A　9. A　10. B

三、 1. 只要你努力, 就一定能學好漢語。
2. 為了學好中文, 我一定多聽多說。
3. 大部分人都參加了討論會, 只有病人沒有參加。
　　或:除了病人以外, 大部分人都參加了討論會。
4. 不管誰提出意見, 我們都應該聽。
5. 為了發展兩國人民的友誼, 還要進一步了解新中國。
6. 他打太極拳打得不太好, 不過動作差不多都對。
7. 他請我去看電影, 我推辭了, 因為沒有工夫。
8. 東郭先生救了狼, 狼不但不感謝他, 反而要吃他。
9. 我們先解決重點問題, 然後再解決別的問題。
10. 要是沒有同志們的幫助, 他就變壞了。
　　或:多虧有同志們的幫助, 否則他就變壞了。

第二章　複句的主語和關聯詞語

一、　1. 北京不但是中國的政治經濟中心，而且也是文化中心。
　　　　或：北京是中國的政治經濟中心，也是文化中心。
　　　2. 這個人(雖然)頭髮全白了，可是兒子才十幾歲。
　　　3. 他一出門，大家就把他圍住了。
　　　4. 昨天晚上十點鐘我寫完了作業，馬上就睡覺了。
　　　5. 火車就要開了，大家趕緊上車。
　　　6. 這個電影我喜歡看，阿里也喜歡看。
　　　7. 下雨了，我們不去打球了。
　　　8. 寧可站著死，也不跪著生。
　　　9. 雖然漢語比較難學，但阿里學習很努力，所以成績很好。
　　10. 你只要堅持下去，就一定會勝利。
　　11. 這本書很有意思，就是太厚了。
　　12. 我去過中國，(而且)在那裡學過漢語。
　　13. 我們雖然取得了很大的成績，但不能驕傲。
　　14. 阿里為了學好漢語，買了一臺錄音機。

二、　1. B　2. A　3. B　4. B　5. B　6. A　7. A,B　8. A　9. B　10. A

三、　1. 要是現在不努力學習漢語，以後就說不好中國話。
　　　2. 因為學習中文的同學比較少，所以我們彼此都不認識。
　　　3. 我們參觀了車間以後，就去訪問工人家庭。
　　　4. 他只是可憐她，(並)沒有別的意思。
　　　5. 不管別人去不去，我一定要去。
　　　6. 只有多聽、多說、多寫，才能學好中文。
　　　7. 他不單單做好自己的工作，還常常幫助別人。
　　　8. 他開始記日記時，有的字不會寫，只好畫圖。
　　　9. 他不愛說話，所以如果你不問他，他就不理你。
　　10. 他白白去了王府井一趟，東西還是沒買到。
　　　　或：他去了王府井一趟，可是東西還是沒買到。

第三章　緊縮句

一、　1. 要是(你們)八點鐘不來上車，(我們)就不等了。
　　　2. 人來齊了以後，(咱們)才開演呢。
　　　3. 要是你想參加，(你)就報名。
　　　4. 他無論有多大困難，(他)也願去麻煩別人。
　　　5. 要是你不了解情況，(你)就不要亂說。
　　　6. 只有你有票，(你)才能進去。
　　　7. 就是路再遠，(我們/你)也得去。
　　　8. 你就是哭，(我們)也不讓你去。
　　　9. 如果我自己有辦法，(我)還來求你？
　　10. 雖然他吃了很多藥，可是(他的)病也不見好。
　　11. 既然你不讓我去，我就不去，以後你就是請我去，我也不去了。
　　12. 就是你的勁(比現在)還大，(你)也搬不動這麼大的石頭。
　　13. 只有有了真本事，才能為人民服務。

14. 即使你不說，我也知道。
15. 你如果不來可不行(你一定要來)，這兒需要你。
16. 他向來是如果你不問他，他就不說。
17. 這是大家舉手通過的，你就是不同意，(你)也得照辦。
18. 你願意來你就來，你不願意來就別來了。你要是來了，我們歡迎你，你要是不來，我們這裡也不缺你。
19. 要是不努力就學不會。
20. 就是你再有學問，(你)也不可能什麼都知道。
21. 他只要一感冒，(他)就發燒。
22. 就是條件再好，要是(你)不努力，(你)也學不好。
23. 假如我沒有事情，(我)就不來找你了。
24. 你要是能來，(你)就來，(你)要是不能來，(你)就打個電話來。
25. 既然壞了，就算了(別想(說)他了)，再買一個新的吧。
26. 只有深挖，才能見水。
27. 你怎麼勸他，(他)也不聽。
28. 你要是知道，(你)就說知道，你要是不知道，就說不知道。
29. 只有人來齊了以後，咱們才發票。
30. 如果再不抓緊，咱們可就要完不成任務了。

二、參考答案
1. 不想看就把電視關上吧。
2. 不同意就不要舉手。
3. 我不讓他去，他非去不可。
4. 他家的地址，我怎麼想也想不起來了。
5. 我餓死也不替敵人做事。
6. 決定了就別再猶豫了。
7. 產品的質量不合格就不能出廠。
8. 決定去就早一點去，不要遲到。
9. 題目再難也做得出來。
10. 對於我跟你說的話，你愛信不信。
11. 樣子不好看就不買。
12. 不想去就不去。
13. 你認真找才能找出錯誤來。
14. 你再有錢也不能浪費。
15. 這是一項緊急任務，不想幹也得幹。
16. 去頤和園就去頤和園吧。
17. 你不舒服還來上班？
18. 你怎麼努力也趕不上他。
19. 他要說又沒說。
20. 咱們大家齊心就能把工作作好。

參考文獻

中國現代語法　　　　　　　王力　1955年

中國語法理論　　　　　　　王力　1951年

中國文法要略　　　　　　　呂叔湘　1957年

現代漢語語法講話　　　　　丁聲樹等　1961年

漢語的構詞法　　　　　　　陸志韋等　1964年

語法和語法教學　　　　　　張志公主編　1956年

現代漢語　　　　　　　　　胡裕樹主編　1979年

現代漢語語法探索　　　　　胡附、文煉　1956年

語法分析問題　　　　　　　呂叔湘　1979年

漢語口語語法　　　　　　　趙元任 (呂叔湘譯)　1979年

現代漢語語法研究　　　　　朱德熙　1980年

現代漢語虛詞釋例　　　　　北京大學中文系漢語專業　1976年

現代漢語八百句　　　　　　呂叔湘主編　1980年

實用現代漢語語法

原書作者： 劉月華、潘文娛、故韡
繁體版策劃：鄧守信
　　發行人：白文正
　責任編輯：顏逸萍
出版・發行：師大書苑有限公司
　　　　　　台北市和平東路一段 147 號 11F 之 2
　　　　　　電話：(02) 2397-3030・2397-9899
　　　　　　　　　 (02) 2397-9969
　　　　　　傳真：(02) 2397-5050
　　　　　　郵撥：0138616-8
　　經銷處：**師苑**（圖書出版部）
　　　　　　台北市和平東路一段 129-1 號
　　　　　　電話：(02) 2392-7111・2394-1756
　　　　　　　　　 (02) 2397-3389・2392-9688
　　　　　　傳真：(02) 2391-3552
出版登記：局版北市業字第 195 號
　　初版：中華民國八十五年八月
　　二刷：中華民國八十九年三月

定價：新台幣陸佰元整